CB079424

Via Gemito

Domenico Starnone

Via Gemito

tradução
Maurício Santana Dias

todavia

Para Rosa, Rusinè

Primeira parte
O pavão

Quando meu pai me disse que tinha batido em minha mãe apenas uma vez durante seus vinte e três anos de casamento, nem respondi. Fazia tempo que eu não contestava mais nada em suas histórias cheias de acontecimentos, datas e detalhes, todos inventados. Desde menino eu o considerava um mentiroso e me envergonhava como se as mentiras dele me pertencessem. Agora, já adulto, tenho a impressão de que não mentia de todo. Ele acreditava que suas palavras eram capazes de refazer os fatos segundo os desejos ou os remorsos.

No entanto, dias depois, aquele seu esclarecimento preciso me voltou à mente. A princípio senti incômodo, depois uma irritação crescente, por fim uma vontade de pegar o telefone e gritar para ele: "Ah, é? Somente uma vez? E as surras de que me lembro até pouco antes da morte dela, eram o quê? Afagos?".

Obviamente não lhe telefonei. Mesmo representando há décadas o papel de filho devoto, eu já tinha achado um jeito de lhe dar suficientes desgostos. De resto, não adiantava nada agredi-lo frontalmente. Ele abriria a boca, perplexo, como fazia quando algo imprevisto lhe acontecia, para logo em seguida rebater com o tom brando que reservava a nós, os filhos, e enumerar de modo sofrido, durante a ligação interurbana, as provas irrefutáveis do mal que não ele tinha feito a minha mãe, mas minha mãe a ele. Então pensei: "Se você inventa o que bem quer, vai mudar o quê?".

Na verdade, me dei conta de que mudava muito. Para início de conversa, eu mesmo mudava, e de um jeito que não me agradava. Senti, por exemplo, que estava perdendo a capacidade de medir as palavras, uma arte que desde a adolescência eu atribuía a mim mesmo com orgulho. Já a frase que eu desejara gritar para ele ("E as surras de que me lembro até pouco antes da morte dela, eram o quê? Afagos?") não estava nada calibrada. Quando experimentei escrevê-la, fiquei chocado com seu tom grosseiro e imprudente. Parecia algo próximo a exageros semelhantes aos de meu pai. Era como se eu quisesse lhe jogar na cara, aos berros, que ele tinha esbofeteado minha mãe até no leito de morte, golpes dados com a habilidade do pugilista diletante que ele dizia ter sido aos quinze anos de idade, no ginásio Belfiore da avenida Garibaldi.

Era o sinal de que bastava o sopro de antigas raivas e medos para que eu perdesse a sabedoria e começasse a apagar as distâncias que me impusera ao crescer. De fato, com aquela frase irresponsável, eu estava aceitando misturar meus pesadelos às mentiras dele. Estava mais uma vez lhe dando crédito, concordando em enxergá-lo como ele queria se apresentar: uma pessoa com quem não se brinca, como tinha aprendido a ser desde menino, quando o campeão europeu Bruno Frattini lhe oferecia o estômago no ringue lhe dizendo com um sorriso nos lábios: "Bata, Federí! Bata com socos e chutes!". Ah, que campeão. Bruno lhe ensinara que se vence o medo atacando primeiro e batendo com força, uma verdade que meu pai nunca mais esqueceu. Desde então, na primeira oportunidade, ele partia direto para arrebentar os ossos de qualquer um que quisesse espezinhá-lo.

Justamente para estar à altura, passou a treinar aos sábados e domingos no clube esportivo Giulio Luzi. "Giulio Luzi? Mas não se chamava Belfiore?", eu perguntava com uma ponta de malícia. E ele respondia ríspido: "Giulio Luzi, Belfiore, dá na mesma". E prosseguia: quem o levara àquele ginásio pela primeira vez havia sido o campeão dos pesos-pluma da Campânia, Raffaele Sacco, que um dia passara por lá justo quando ele estava lutando a chutes, socos e mordidas contra um bando de garotos do bairro Ferrovieri, que todo dia jogavam pedras nele e em seu irmão Antonio. O pugilista Sacco, de dezoito anos, decidiu intervir. Distribuiu uns socos nos filhos da puta e então, depois de tê-lo elogiado pela coragem, o levou ao Giulio Luzi ou Belfiore, não importa qual.

Ali meu pai começou a praticar boxe não só com Raffaele Sacco e Bruno Frattini, mas também com seu pupilo, Michele Palermo, com o maciço Centobelli, com o pequeno Rojo, todos campeões. Logo fez muitos progressos. Quem o notou foi um tal de Tammaro, que um dia, quando ele voltava da escola com o irmão Antonio, o interpelou assim: "Então você é um boxeador? Não me faça rir, Federí!". Ele não disse uma palavra, simplesmente o derrubou na calçada sem sentidos, com um gancho de esquerda no queixo, e se dirigiu a um amigo de Tammaro que ficou paralisado de terror: "Quando esse bosta acordar, diga que da próxima vez não vou arrebentar só a cara dele, mas a bunda também".

A bunda. Eu me assustava ao ouvir essas histórias. Me sentia humilhado por não saber defender meu irmão das pedradas das gangues, como meu pai soube proteger o seu desde menino. Me preocupava sair para o mundo sem saber lutar boxe. Ficava ansioso, mesmo adulto, ao ver como meu pai sabia imitar com perícia as vozes da violência, as poses, os gestos, disparando socos e chutes no ar.

Já ele parecia gozar de sua vontade de selvageria, do modo como sabia colocá-la em prática. Contava aquelas histórias para suscitar minha admiração. E às vezes até conseguia, mas era mais frequente uma mistura de irritação e medo, mais duradoura. Como no caso dos dois engraxates da Via Milano no

Vasto, às sete da noite de um mês de verão. Meu pai, que na época tinha dezessete anos, e o irmão Antonio, que tinha quinze, voltavam da academia na avenida Garibaldi. Começou a chover de repente, e os dois rapazes — com o uniforme fascista de sábado, coisa que meu genitor enfatizava com orgulho, mesmo depois de décadas, por achar que o uniforme o favorecia e o tornava um homem mais temível — correram para se abrigar sob a marquise do teatro Apollo, onde já havia um punhado de gente, inclusive dois engraxates. Vozerio, água, o cheiro de terra molhada. Assim que os engraxates o viram, começaram a enquadrá-lo, debochando maldosamente. Então um deles disse ao outro, em voz alta: "Esses dois filhos da puta fizeram a chuva cair". Palavras pesadas, que ofendiam os dois irmãos, a mãe deles, o pai, talvez até o sombrio mau agouro do uniforme fascista. De modo que meu pai, sem pestanejar, embora o engraxate que falou tivesse uns trinta anos e fosse grande e perigoso, o agarrou com a esquerda pelo pescoço e lhe aplicou um uppercut na boca fétida de neandertal — neandertal, dizia, para indicar que o tal sujeito era um primitivo —, arrebentando-lhe os dois incisivos. Snock. O murro foi tão poderoso que um dos dentes — e a essa altura do relato me mostrava o indicador da mão direita, onde deveria haver uma cicatriz que na verdade eu não conseguia ver, mas, para acalmá-lo, dizia mesmo assim: claro, papai, estou vendo — entrou em seu dedo e ficou ali. Precisou sacudir a mão com força para fazê-lo cair.

Ele a sacudia toda vez que contava essa história, como se o dente ainda estivesse ali. E eu, criança, espiava com devoção aterrorizada aquele homem magro, ossudo, o rosto alongado por uma testa altíssima, um nariz frágil e fino, de narinas sensíveis, que nunca se diria que fosse de um boxeador veterano. Eu sempre o via voltar para casa furioso, como se tivesse acabado de nocautear Tammaro ou o engraxate, sempre às voltas com situações gravíssimas, sempre capaz de reprimir o medo impetuosamente, mesmo quando os inimigos eram muitos e era óbvio que o teriam massacrado. Alguém que tinha sido iniciado no boxe por ninguém menos que um campeão europeu dos pesos-pesados. Alguém que não se deixava espezinhar por ninguém, imagine pela esposa. Se tanto, era ele quem a espezinhava. Chutando de bico — eu temia toda vez que ele voltava do trabalho —, pressionando com o salto.

Certa manhã de setembro, só para me acalmar, resolvi fazer um esquema simples de todas as vezes que meu pai seguramente bateu em minha mãe.

De início a tabela se mostrou riquíssima, mas quando as imagens específicas do passado — um tapa, um prato de macarrão jogado contra a parede, um berro, um olho roxo — foram submetidas às necessidades da prosa e articuladas em uma sucessão ordenada de fatos, a memória começou a vacilar e me vi, bastante alarmado, com apenas dois episódios de indiscutível fundamentação.

O primeiro remontava a 1955, em alguma noite entre os dias 4 e 15 de junho, quando meu pai expôs vinte e oito obras suas, entre pinturas, aquarelas e desenhos, na galeria de arte San Carlo, localizada sob os pórticos da Galleria Umberto I, número 7.

Busquei uma imagem da qual partir. Pude vê-lo deitado na cama de casal. Eu tinha acabado de levar o café para ele, o cheiro se espalhava pela casa toda. Enquanto o sorvia, ia lendo em voz alta para minha mãe, para mim e meus irmãos os trechos de jornal em que se falava dele. Que época era aquela. Ele sempre a evocava de bom grado. Acordar assim todas as manhãs e misturar o cheiro do sono, do café e do primeiro dos inumeráveis cigarros ao do papel impresso, e procurar ansioso os títulos e as colunas entre as folhas, e ver seu nome de pintor autodidata, sem escolas, academias ou apoio de família, estampado nos jornais da cidade ou do interior junto a centenas de palavras que tratavam de seus quadros. Veja o que ele tinha conseguido fazer, ele, nascido no beco dos Barrettari e obrigado pelo pai torneiro, que não sabia nada de arte, a deixar a escola para trabalhar. A juventude desperdiçada. Aos dezoito anos, em 1935, trabalhava como operário eletricista nas Ferrovias do Estado. E somente graças à sua grande inteligência e à vontade de melhorar, em 1940 já era subchefe. Ora, em poucos anos — em 1951, dizia — se tornou um chefe de estação graduado e controlador central das linhas de trem de Nápoles e arredores. Uma grande satisfação. Um papel importante. Por mérito, naturalmente, não por tempo de casa ou indicação. De fato, tinha sido o mais jovem chefe de estação graduado de toda a Itália — jurava —, apreciadíssimo pelos superiores, mesmo inventando de tudo para não ir trabalhar e ficar em casa se dedicando à sua verdadeira atividade, para a qual tinha vindo ao mundo: desenhar e pintar, que ele pronunciava "pitar". Tanto que alguns de seus colegas ferroviários não o suportavam, aquele artista metido a besta de merda, diziam, e o acusavam de ser folgado, arrogante e antipático. Sim, ele era folgado. Sim, era arrogante. Sim, era antipático. Adjetivos todos adequados, era o primeiro a admitir. Aliás, sentia-se no direito de ser folgado, antipático e arrogante com quem queria lhe encher o saco: era um pintor de nascença, não um ferroviário. Porém, como ele se empenhava a fundo em tudo o que fazia, sobretudo para mostrar que fazia melhor que ninguém, acho que até como ferroviário ele de fato trabalhava bem. De resto, nas vezes em que estava em serviço — e frequentemente estava em serviço, um serviço pesado, com turnos de dia e de noite; lembro que, em algumas ocasiões, passei em seu escritório quando já era adulto: ele dirigia o tráfego de um monte de comboios, que acompanhava a traços de linha, esquadro e lápis numa grande mesa de desenho, e o fazia de um modo irritantemente lúcido —, apesar dos grilos que tinha na cabeça, nunca se envolveu em desastres com mortos e feridos.

Ele se aproveitava disso, é claro. Como chefe de estação graduado, estava autorizado — sublinhava, deleitando-se ao declarar aquela autoridade — a fazer inspeções repentinas quatro vezes ao mês nas estações de sua jurisdição. Assim, entre 1954 e 1955, tinha inspecionado Cassino, Cancello, o entroncamento de Nápoles. Mas não pelo gosto de bancar o inspetor: falante como era, e tomado por sua mania de brilhar, em geral sua última preocupação era inspecionar; a menos que topasse, me explicava, com um ferroviário que dava a entender com uma frase torta que não estava nem aí para ele, para suas opiniões, suas atividades artísticas; então o mandava se foder e se tornava muito exigente. Quanto ao resto, nada. Havia inspecionado todas aquelas estações só para aproveitar a oportunidade e traçar em pastel ou têmpera, como registro, as cores do real.

Isso porque, mesmo trabalhando de ferroviário, não pensava em outra coisa senão na mostra que estava preparando. E, de fato, quando se sentiu pronto, se trancou em casa falando nas ferrovias de febres reumáticas, gastrites e outros males, enquanto pintava semáforos, entroncamentos, vagões de carga, escalas, bifurcações e triagens. Quadros de que me lembro bem: eu, minha avó e meus irmãos dormíamos no cômodo em que ele pintava, a sala de jantar em que desde sempre havia seu monumental cavalete, as tintas, as telas. Eu dormia com aquelas paisagens nos olhos e as achava belíssimas, gostaria de reencontrá-las.

A essas ele acrescentou, oscilando entre retornos ao trabalho e novas doenças, aquilo que avistava da janela: o campo, mas não aquele que cheirava a hortelã, onde eu brincava com meus irmãos e amigos quando menino; mas o que, abatidas as árvores, arrancadas as antigas raízes, aplainado o terreno, no fim de 1954 estava se transformando em um canteiro de obras. Daí ele extraiu estudos de terra devastada, bate-estacas, betoneiras, escavadeiras, elevadores, toneladas de cimento, um registro minucioso da destruição da colina, um quadro repleto de episódios de trabalho que intitulou *Canteiro 1954*.

Depois passou às naturezas-mortas: esboçou umas taças que tínhamos em casa, ora ao lado de arenques secos, ora ao lado de maçãs, ora com um machado, ora com alcachofras, ora com mexilhões, ora com flores — o que lhe caía nas mãos. Acrescentou dois dos nus que tinha feito quando anos antes frequentara a escola livre de nu, um a sanguínea e outro a carvão. Inseriu também um retrato de meu irmão doente de nefrite, que, segundo ele, era melhor que os de Battistello Caracciolo. E ponto-final.

Foram oito meses de esforço. Toda a casa da Via Vincenzo Gemito cheirava a tintas e aguarrás. Os móveis da chamada sala de jantar tinham sido empurrados contra as paredes de qualquer jeito (quanto minha mãe penara por aqueles móveis, e ele os tratava assim), e à noite sempre havia em nossas camas alguma tela, posta ali para secar. A esposa se lamentava, minha avó resmungava: como ele ousava envenenar os meninos — ou seja, a mim e a meus três irmãos — dia e noite assim; tinha se esquecido de que dormíamos ali? Meu pai do céu, ele rebatia, que mal eu fiz para suportar por toda a vida a encheção de saco de duas mulheres ignorantes. Mas agora chega: a tarefa estava feita. Não sei de onde ele tirou o dinheiro para montar aquela exposição. O fato é que, com a ajuda de dom Luigino Campanile, que fabricava e vendia sapatos no Vomero, mas tinha sensibilidade para as artes e se oferecera para transportar as telas em seu furgão, ele foi pendurar os quadros nas paredes da galeria San Carlo.

Tinha trinta e oito anos, deve ter lhe parecido um momento decisivo. Mesmo já velho, e apesar de doente, listava com precisão límpida e orgulhosa o nome dos visitantes de destaque: Ciardo, Notte, Striccoli e assim por diante, um rio de nomes e sobrenomes, artistas — me garantia — de grande prestígio, sons hoje apagados, mas que naqueles tempos eu ouvia pronunciados com frequência, às vezes com respeito, muitas outras com desprezo e desdém por causa das desfeitas que de fato lhe haviam feito ou que ele considerava que haviam feito. Além disso, bastava que a fama roçasse de leve um pintor, mesmo que local, para ele começar a cobri-lo de insultos ferozes, abertamente e pelas costas. Invocava sobretudo com os mais jovens ou os de sua idade. Não tolerava que tivessem mais sorte que ele e apontava com afinco sua pobreza artística e suas mesquinharias. Com frequência e de bom grado, sentia a necessidade de agredir com um epíteto horrível até quem ele no fundo admirava, só para se desafogar. Mas naquela ocasião todos lhe pareceram louváveis, já que, embora no geral movidos por más intenções, tinham ido à inauguração de sua mostra e assinado o livro de visitas. Oitenta e quatro assinaturas, nada mal. Sem contar os mais famosos, que tinham aparecido como uma Nossa Senhora, mas acharam que assinar seria muito comprometedor: Giovanni Brancaccio, Carlo Verdecchia e Guido Casciano. Ele se queixava à distância de décadas, com um sofrimento autêntico: o que lhes teria custado uma assinatura? Caralho, um pouco de generosidade. De todo modo, foi uma multidão. Visitantes e artistas ficaram discutindo animadamente sobre arte, pintura, sobre sua pintura, até altas horas, mesmo após a galeria San Carlo fechar.

Então será possível que minha mãe não quisesse entender? Já em tempos normais se comportava com despeito. Assim que, terminado o jantar, ele dizia "Vou dar uma caminhada", para ir a exposições e discutir sobre arte, ela logo largava tudo e exclamava: "Eu também vou". Meu pai se enfurecia, não sabia como lhe explicar: o que ela iria fazer no meio de artistas? Principalmente agora, naquela circunstância específica, não se dava conta de que era um estorvo para ele? Toda noite, já exausto pelo turno nas ferrovias, precisava ir correndo até a galeria para fazer o turno do artista. E não para se divertir, mas para lidar até tarde da noite com os falsos amigos, os inimigos, com quem queria comprar, regatear o preço, arriscar uma tratativa apesar do veneno das cobras que tentavam afastar os compradores sugerindo outras obras, outra pintura, outros pintores mais capazes — eles mesmos, por exemplo. Não era diversão, era uma guerra. Maldades, agressões, insinuações, calúnias. Rusinè, por favor, fique em casa.

Contudo, minha mãe não queria ficar em casa, especialmente naquela ocasião. Tinha trinta e quatro anos, quatro filhos, estavam casados havia treze. Órfã de pai, tinha trabalhado como costureira de luvas desde menina ("Sabe fazer luvas? Então faça luvas. O que você entende de pintura?"). Aos cinco anos, seu trabalho era pescar os fios de algodão que os rebites decorativos deixavam na parte interna das luvas e enrolá-los de modo a manter a costura externa bem firme, o que lhe quebrava as unhas e esfolava a polpa dos dedos. Com meu pai, apesar das conversas, as coisas não tinham mudado muito. Mas paciência: ele tinha seus lados ruins e outros que continuavam a atraí-la. Fantasioso, arrogante, louco como era, ele a atraiu imediatamente, já na tarde morna de 1938 em que a parou na rua. Permita-me, senhorita. Era diferente de todos, nos gestos, nos tons de voz. Não se parecia com seu irmão Peppino nem com os amigos do irmão ou com os homens das irmãs de sua mãe; não se parecia com ninguém.

Ele a avistou enquanto jogava conversa fora com uns amigos, operários do Depósito. Um olhar e pronto. Ele a viu lá de cima, da ponte sobre o entroncamento, enquanto ela avançava pela estrada poeirenta tendo às suas costas o reflexo azul-celeste da Marina. Não conseguiu se conter, caiu sobre ela como um falcão, ele mesmo se comparava a esse pássaro ao evocar o encontro com tons nostálgicos. Era bonita, mas talvez menos bonita que agora, aos trinta e quatro anos: tinha na época dezessete, cabelos pretos e soltos, um rosto meio oriental, a saia rosa toda plissada oscilando sobre os tornozelos bem torneados e uma blusa clara sob um casaquinho.

Senhorita, senhorita, permita-me. Ele ria, se gabava, se agitava. Ela caminhava depressa e calada, olhando para a frente, salvo umas olhadas de esguelha, irônica, para avaliar o desconhecido. Estava todo vestido de preto, a testa bem alta, usava bigode, parecia velho. A certa altura até disse a ele, para desencorajá-lo: "O senhor é muito velho para mim". Mas ele, um tanto chocado e humilhado, esclareceu que tinha vinte e um anos: era a roupa que o envelhecia, talvez o cansaço, talvez o bigode.

Só então ela se deu conta de que ele lhe agradava. Sabe-se lá por que se sentiu atraída, são coisas misteriosas que não se podem explicar. Talvez porque se comportasse como se fosse o filho de um rei que, por razões secretas, tinha se disfarçado de operário da manutenção elétrica. Talvez por ter sacado uma folha, um lápis e a desenhasse idêntica, a boca entreaberta de espanto. Seja como for, ficou noiva dele em casa, contente com a sorte que teve, um homem que sabia mantê-la alegre, que falava e falava, nunca estava em silêncio. Sem contar que tinha um salário fixo. Objetivamente, o que ela podia esperar de melhor?

Mas agora, em junho de 1955, eis que ele de repente parecia próximo de se tornar justo aquele que havia quinze anos jurava que se tornaria: um artista famoso; e ela não queria perder a ocasião de estar em público, em seu melhor, a esposa de um artista famoso. Por isso, enquanto meu pai imprecava contra todos os santos e virgens, ela tirou a roupa de dona de casa e sacou do armário os vestidos que costurara ora para o casamento de uma prima, ora para a crisma de uma conhecida. Escolheu um deles num piscar de olhos e, do jeito que sabia fazer, sem maquiagem além do creme Nivea (ela pronunciava Nivéa) e do batom, tornou-se de uma beleza de tirar o fôlego.

Ele esbravejou ainda mais alto. Hoje suspeito que odiasse a beleza especial de sua mulher, porque, assim que pressentia a potência por trás dos modos e das formas a que se habituara, sentia o aperto da angústia. Era uma característica indefinível do organismo, uma espécie de segredo dos segredos que ninguém consegue desvelar e que por isso mesmo apaixona. Apenas ela conhecia realmente a fórmula e a usava segundo sua vontade. Rusinè sabia aquietar-se durante meses a fio e de repente disparar como um raio. Naquela ocasião, ela refinou sua beleza com dois pentes para cabelo, pentes de um elegante desenho em volutas que meu pai lhe dera de presente, e então lhe anunciou em dialeto, todos nós só falávamos em dialeto: "Estou pronta, Federí".

Pronta para quê? *'A sfaccimm'e chi t'è muórt,** Rusinè. Acima de tudo o marido a humilhou, dizendo que ela estava muito empetecada, palavra que usava para definir os parentes novos-ricos de minha avó quando andavam por aí com chapéus emplumados, cores nas bochechas e joias demais: mulheres espalhafatosas, que se vestiam feito peruas — acho que era esse o sentido —, figuras tão elegantes quanto sons de peido com a boca. Mas, como ela bateu o pé e não mudou em nada a aparência, só por birra ele quis que meu irmão e eu também fôssemos nos deleitar com seus triunfos artísticos. E teria arrastado até as outras duas crianças, se um não tivesse sido ligeiro o bastante e o outro não tivesse dois anos de idade. Mas, puta merda, meu pai queria que eles fossem também, e até minha avó, todos, uma saída geral, de modo que ela não esquecesse que seu papel era o de mãe de filhos, e não de assanhada, como ela quis parecer para constrangê-lo entre pessoas que já o consideravam um intruso e agora, noite após noite, tentavam de todo modo fazer sua caveira. O que ele tinha feito de mau para merecer uma mulher assim?

* Expressão em dialeto napolitano para mostrar desdém. [N. E.]

Não lembro quase nada de nossa visita àquela mostra. Provavelmente descemos com o funicular central, atravessamos a Via Toledo e seguimos sob os pórticos da galeria Umberto, meu pai cinco passos à frente, feroz, e nós atrás.

Rusinè nunca disse nada sobre esse dia, e Federí, ao mencionar aquele período, sempre insistia apenas nas injustiças contra ele, nos quadros que mesmo assim tinha vendido, nas resenhas boas e nas cruéis. A mulher era rigorosamente expulsa de suas memórias daqueles dias de junho. Nós, os filhos, também.

Contudo, quem estava lá era o empreiteiro La Padula, que a certa altura entrava na galeria San Carlo vestido com grande elegância, acompanhado de uma corte obsequiosa e famélica, e na mesma hora se apaixonava pelo quadro *Canteiro 1954*, tanto que decidiu dá-lo de presente ao filho prestes a se formar em arquitetura. Então assinou um cheque de cento e vinte mil liras, dois salários e meio de um ferroviário. Assinou sob os olhos de todos, inclusive os do crítico de arte comunista Paolo Ricci. Uma cifra que nunca saberei quanto seria fruto dos exageros de meu pai ou do movimento ambíguo do dinheiro que, oriundo de rios de trabalho verdadeiro, do som real de bate-estacas e das cremalheiras sob nossas janelas, do derramamento de toneladas de cimento, agora servia para adquirir com ostentação a imagem pintada daquele trabalho e pendurá-la como um troféu no estúdio de um arquiteto. Ele, o ferroviário-artista ou artista-ferroviário, ou simplesmente artista, embolsou aquela grana com o orgulho de quem pode se mostrar mais capaz de fazer dinheiro, e com mais dignidade, que açougueiros, charcuteiros, confeiteiros, todos os que na época passaram a enriquecer sob seus olhos ansiosos. Enquanto isso, ele se dirigia à engenheira Isabella, assessora de edificações, menos munificente que o empreiteiro, menos sensível às betoneiras e às cofragens apesar de seu cargo político, ou talvez justamente por isso. A engenheira ficou mais impressionada por uma *Natureza-Morta com Peixes*, que pretendia levar para casa não por cinquenta mil liras (um salário das ferrovias), mas por quarenta (pouco menos que um salário das ferrovias). E as tratativas estavam avançando — meu pai: cinquenta; a engenheira: quarenta — e já se estava quase chegando a um acordo — quarenta, paciência — quando lhe bastou girar os olhos e avistar Rusinè no centro da sala.

Não estava sozinha nem cuidava dos filhos, que circulavam constrangidos pela galeria. Tinha em torno de si um enxame de pintores de merda, poetas analfabetos, críticos de arte incompetentes, e cada um deles lhe dizia alguma coisa, ao que ela respondia em tons estridentes ou lançava risadas de dentes branquíssimos, os olhos ágeis e vivos de corte oriental, que justo naquele momento o próprio empreiteiro La Padula parecia apreciar; sem contar um poeta de meia-idade que derramava frases cadenciadas de elogios, quase decassílabos, dizia, e prometia homenageá-la com um livro de versos seus, com dedicatória personalizada, concluindo: "Minha cara senhora, irei pessoalmente à sua casa amanhã para lhe prestar minha homenagem"; tanto que minha mãe respondia com um trejeito de satisfação: "Obrigada"; e estava tão esplendorosa que até a engenheira Isabella disse algo sobre aquela senhora tão amável, dirigindo-se a meu pai; mas meu pai não teve tempo de retrucar, porque naquele momento apareceu Chiancone, professor do Instituto de Arte e pintor, um tipo magérrimo, rosto de ictérico, que logo se intrometeu na tratativa; e a engenheira resolveu perguntar a ele: "Chiancone, o senhor acha que esta *Natureza-Morta com Peixes* vale cinquenta mil liras?"; e aquele escroto respondeu o quê?, respondeu: "Engenheira, gostos são gostos, e qualquer um pode gastar o que quiser com uma coisa que lhe agrade, mas nem sempre aquilo que agrada é uma obra de arte"; como se dissesse que a *Natureza-Morta com Peixes* não era obra de arte; caralho, não era obra de arte?, então obras de arte eram as obras de merda de Chiancone?, que aquele esgoto se purgasse e cagasse toda a bile e vomitasse todo o fel e fosse tomar no cu, ele e a engenheira Isabella.

Meu pai, furioso, interrompeu a tratativa.

Nesse ponto há um vazio. Depois tudo recomeça quando já estou na cama. Meu irmão dorme em pé, ou finge que dorme. Em uma pequena cama ao lado está minha avó com meu terceiro irmão, de sete anos. O último dorme no quarto de meus pais, que aliás não dormem. Ouço os gritos de meu pai, as frases soluçadas de minha mãe, rumor de pés como de perseguição, coisas que caem e se quebram. Faço orações que minha avó me ensinou desde pequeno, a ave-maria, por exemplo. Recito mentalmente, mas de modo que a voz ressoe alto em minha cabeça, mais forte que os berros de meu pai. Precaução inútil. Então penso que, rezando ou não, se Nossa Senhora existe em qualquer lugar e tem algum poder, fará de tudo para impedir que ele mate minha mãe. Por isso falo sussurrando, em dialeto, a única língua que conheço bem: "Minha Nossa Senhora, faça com que ele pare". Digo dezenas de vezes, com muita concentração, como se a repetição pudesse se tornar mais persuasiva. Mas Nossa Senhora não faz nada. Então tento vencer o terror, me levanto devagar da cama, vou até a porta, entreabro. Não sei o que fazer. Tenho doze anos, mas sinto um medo enorme de meu pai. Não é medo físico, ou de todo modo o medo físico é o que menos percebo, o que recordo menos. É um medo de outro tipo. Temo me sentir vazio diante dele, sem argumentos que considere dignos de opor aos dele, pura caixa de ressonância dos insultos que está vociferando, dos xingamentos. Sendo assim, temo que ele me force a admitir que tem o sacrossanto direito de matar minha mãe. Temo consentir. De modo que o medo é insuportável.

Enquanto isso, vejo. Vejo que ela também chora e tenta escapar dele na cozinha, vejo garrafas e panelas e copos caindo no piso. Os urros: "Leviana!", palavra misteriosa que ficará impressa em minha memória para sempre, com aquele som intolerável de injúria, vocábulo estranho ao dialeto de todo dia, nome estridente entre os que ele mesmo está pronunciando, obscenidades, ofensas. Ninguém em casa sabe o que significa, nem mesmo minha mãe, nem eu, que acabei de concluir o primeiro ano do fundamental. Somente ele sabe o significado. E berra: leviana, e a enche de tapas, um depois do outro, com a palma e o dorso da mão, destruindo sua pele olivácea, a boca, o penteado, fazendo voar para longe os pentes elegantes.

Não sei o que fazer. Acrescento os golpes que não vi a esses que estou vendo, somo aquilo que escutei da cama ao que estou escutando — faço isso mesmo agora, enquanto escrevo —, e os golpes e as palavras repetem ao infinito que ela não deve mais sair de casa, nunca mais, nunca mais, por culpa dela meu pai perdeu pelo menos trezentas mil liras nesta noite, a engenheira Isabella queria comprar dois quadros, estavam nas tratativas, mas ela resolveu encher o saco, que merda eram aqueles trejeitos todos, que merda era aquela coxa, você não se dá conta, Rusinè, as risadinhas, a gargalhada, Rusinè, você não entende, não sabe que gente é aquela, gente de merda, aquele bosta do poeta, o bosta do escultor, a bosta da engenheira, ainda estão todos lá na galeria, rindo, e sabe o que eles dizem?, dizem: aposto que eu como aquela ali antes de você, é o que estão dizendo, e já espalham o boato de que o ferroviário só vende os quadros por causa de sua fêmea, sem a mulher ele estava frito, porque ele nem sabe pintar, e você me meteu nessa situação, leviana, leviana, leviana. Com mais e mais palavras, tudo em dialeto, sons de mãos estalando, muitas injúrias delirantes e impronunciáveis.

Senti tanto horror que recuei. Ou talvez nem tenha me levantado da cama. Talvez quem tenha me impedido foi minha avó, que estava acordada olhando o teto e me disse: *ciunkllochemmommò*, palavra da malmagia que significa fique quieto, parado, continue na cama como se estivesse paralisado de repente por uma paralisia infantil, é culpa da mãezinha, não deve responder a ele, já lhe disse mil vezes que não deve responder; mas ela não quer entender, é teimosa, madona, madona, *ciunkllochemmommò* que não é assunto seu, não é assunto nosso, são coisas de marido e mulher que amanhã vão se amar mais que ontem e menos que depois de amanhã.

Um sussurro, mas talvez suficiente para me deter. Ou talvez o que me deteve tenha sido a exaustão, como em tantas outras vezes: aquela falta de energia que a voz raivosa de meu pai sempre me causava, sua horrível capacidade de me deixar com uma só nota da garganta, o corpo pesado e vazio, vazio de razões minhas e cheio de chumbo até a boca, um peso que, por mais que eu resistisse, logo me fazia chorar. E as lágrimas me abatiam, no sentido de que me aterravam e degradavam, ou seja, me humilhavam por um tempo indefinido, talvez por toda a vida.

O fato é que, enquanto vejo os tabefes, enquanto vejo Federí batendo e minha mãe tentando se proteger, enquanto vejo os pentes que voam sobre o piso — mas ver não é uma certeza: vemos com muitos olhos possíveis, não há palavra ou sílaba ou grunhido ou estalo que não seja de pronto também uma imagem ou duas ou cem ao mesmo tempo —, enquanto vejo tudo isso, não vejo o resto, apenas ouço que ele continua gritando, agora ameaça que, se um daqueles putos de merda aparecer zumbindo em torno dela, ele o jogará das escadas, *'st'uommenemmèrd*,* ainda não entenderam com quem estão lidando, ele não é como o Nicola de uma história que sua avó Funzella lhe contava na infância para prepará-lo para a vida, ele não é *pièccoro, becco, curnuto*,** contente como era o Nicola da fábula enganado pela vadia da esposa, Lillina, com ele ninguém vai cantar de galo no meio da noite enquanto volta para

* "Esse sujeito de merda." [N. E.] ** "Carneiro, bico, chifre." [N. E.]

casa do trabalho: *'a Lillina 'e don Nicò, fa' l'ammore com Totò, 'on Nicò, 'on Nicò, tu sí piécher'e nuje no*;* ao contrário, ele mata a mulher, ele a estrangula com estas mãos, meu Deus, o que eu fiz para merecer isso, mas chega, chega, me dê aqueles pentes, você nunca mais vai usar esses pentes, nunca, nunca, nunca, é muita leviandade, Rusinè, muita leviandade.

Vazia. O vazio interior de minha mãe. Sem nenhum pensamento, ela também. É cano de chaminé. Quando fala, sopra vento de vanidade. Ou exala fumaça que se expande pela casa. E depois o cheiro. É um cheiro denso, de objeto resistente que se arrebenta, libera substâncias voláteis de cor escura e queima sobre o carvão da lareira. Ela soluça alto, minha avó se agarra a um rosário e implora por vingança, meu irmão chora do fundo de um falso sono, os pentes ardem — é o que acho, assim os vejo — na noite de junho. O cheiro deles me dá enjoo, um sofrimento das narinas e do estômago, um sentimento olfativo de desgosto. Vou preservá-lo com zelo. Vai se tornar parte indissolúvel do corpo de minha mãe, como se no fogo Federí tivesse queimado não os pentes, mas suas unhas ou cabelos ou os cílios negros e densos que lhe sombreavam os olhos.

Isso aconteceu em uma noite de verão de 1955. Mas, se eu tivesse tocado no assunto com meu pai, ele diria: no máximo um ataque de raiva, nada mais. Que tapas, que socos? E os pentes. Ele mesmo trataria de me fornecer informações precisas sobre certas coisas de maior relevo, bem mais que os pentes. Coisas daquela época: pessoas, crueldades que tinham feito com ele. Cucurra, por exemplo (mudava os nomes segundo o humor do momento: Chiancone, Cucurra), docente do Instituto de Arte, um presunçoso entupido de rancor. Tinha me contado como ele se intrometeu para ferrar a venda de uma

* "Seu Nicola, sua Lillina está transando com Tião, seu Nicola, seu Nicola, você é corno, a gente não." [N. T.]

natureza-morta com peixes? E Paolo Ricci, conhecido como Paolone, o crítico de arte do *Unità*, tinha me contado dele? Um grosseiro cheio de presunção bem disfarçada sob as maneiras gentis. Sempre usava um lenço vermelho no pescoço e se apoiava numa grande bengala, uma arma imprópria mais que um apoio. No dia 13 de junho aquele senhor não confiável escreveu com perfídia sobre suas obras expostas na galeria San Carlo, bem assim: "Resta ainda alguma coisa em sua arte, que tem um tom de provisoriedade, de puro fato exterior, de forçado". Cretinices. Um tom de provisoriedade, de puro fato exterior, um tom de forçado. Eu, que era formado, sabia dizer a ele que droga de italiano era "um tom de forçado"? O companheiro Ricci tinha uma birra com ele, eis a questão. O companheiro Ricci tinha visto com os próprios olhos o empreiteiro capitalista La Padula comprar o *Canteiro 1954* com um cheque de cento e vinte mil liras. Está claro? Por isso ele desafogou sua inveja fazendo de conta que tutelava o proletariado. Proletariado é o caralho.

Assim, sem nenhum freio. Ora rindo com ódio, ora com satisfação, meu pai acumularia detalhes sobre detalhes sorvendo entre seus devaneios de olhos abertos até mesmo minha reconstrução incerta. Enquanto isso, me inoculava na memória outros venenos. Só a certa altura, de repente, se lembraria das pancadas, dos pentes queimados, e para apagar essas imagens pronunciaria com um tom carregado de emoção a frase de sempre: "Eu amava sua mãe". E passaria a me dizer, como prova, que por amor à esposa, por amor aos filhos, teve de renunciar a várias oportunidades importantes, dessas que ou você agarra logo, ou não acontecem nunca mais. Não, nunca poderia sacrificar a família à arte, embora muitas vezes tenha pensado em sair para comprar cigarro e nunca mais voltar. Coisas que se liam nos jornais, que aconteciam de fato. Mas ele por acaso fez isso? Não. E por quê? Porque era um homem fundamentalmente bom, apesar de terem feito todo tipo de maldade com ele desde o nascimento, todos, a começar pelos pais, a começar por seu pai. Sim, sim. E desandaria a falar da infância, da juventude, a falar de si com a alegria de quem toda vez, no ato de contar, sabe trazer à vida os depósitos da memória e enriquecê-los com uma cascata enérgica de palavras.

Naquela manhã, tive a impressão de estar correto. Era inútil contradizer meu pai e acabar no redemoinho de suas conversas. Melhor continuar com o trabalho a que me propus.

Então me concentrei em outro episódio. Mas foi um erro, devia ter me contentado. Passei toda a tarde tentando estabelecer datas, identificar espaços, achar propósitos em imagens fluidas. Consegui muito pouco.

Por exemplo, o espaço, o tempo. A janela me parecia aquela da sala de jantar da Via Gemito, 64, no Vomero, onde moramos até 1956; já o banheiro era certamente o da avenida Arnaldo Lucci, 149, onde passamos a morar a partir de 1957. Primeiro minha mãe era espancada a socos e tapas em um edifício situado entre a Estação Central e o início da autoestrada Nápoles-Pompeia, dentro de uma cozinha que dava para os trilhos e os vagões de carga, talvez no ano de 1958. Então escapava de meu pai — o rosto inchado e cheio de lágrimas, o roupão aberto que se alargava feito um manto, a anágua azul com renda branca rasgada aqui e ali — pela sala de jantar da Via Gemito, em 1956. Aqui ela abria uma janela e tentava subir no parapeito para se jogar. Mas alguém a segurava (minha avó, meu pai, nós, filhos aterrorizados?, sombras), e ela se desvencilhava com uma força inesperada e mais uma vez escapava, depois de um salto de pelo menos dois anos, pelo corredor da casa na avenida Arnaldo Lucci, alcançava o banheiro, ia até a prateleira diante do espelho, vasculhava ali como se raspasse as unhas nos utensílios e cortava o pulso esquerdo com uma gilete. Ou a palma da mão, talvez com o caco de um copo quebrado por acidente. Gilete e copo se alternavam, terminavam na pia, no chão. Eu via e não sabia decidir. Enquanto isso, ela olhava o sangue pingando, meus irmãos também olhavam, eu olho também. Meu pai só se agitava. Levava as mãos aos olhos e gritava para o teto: "Minha mãe do céu, minha mãe do céu", com o horror e a perda de controle diante do sangue, como sempre manifestava, despudoradamente, a cada arranhão que ele ou nós sofríamos. Então minha avó o sacudia furiosa, lhe gritava alguma coisa, e ele corria para fora invocando a ajuda do *padreterno*, voltava com uma gravata laranja, agarrava o pulso de minha mãe sempre se dirigindo a santos e santas e girava em torno dele aquele objeto insensato, que logo se tornava de um vermelho-escuro e lhe molhava os dedos. De modo que minha mãe, repentinamente calma, o afastava com gentileza, apertava ela mesma a gravata mais acima, em volta do braço, a amarrava com a ajuda dos dentes brancos e depois lhe dizia: "Me leve ao hospital".

Isso é tudo. Pouco. Que naturalmente eu poderia enriquecer com as histórias que meu pai contava sobre como passamos da Via Gemito para a avenida Arnaldo Lucci, sobre seu trabalho de ferroviário naquele período, sobre o dinheiro que nunca era suficiente, sobre a riqueza ostentada pelos parentes de minha mãe, que se lançaram ao comércio varejista. Dali eu poderia extrair material que teria atenuado a indeterminação da lembrança. Um procedimento da memória que, de resto, não me favorecera minimamente ao reconstruir o episódio dos pentes queimados? O qual, tive de admitir, sem o pano de fundo das ferrovias, dos pintores e das mostras era o quê? Gritos em uma noite de verão. Uma única palavra certa: leviandade. A angústia de um menino de doze anos que não suporta uma briga entre os pais. Cheiro de queimado. O resto — me levantei, não me levantei, vi meu pai bater em minha mãe, não o vi — era matéria de pesadelos infantis ou de incômodo adolescente tanto quanto o fantasma de mulher sem data, sem espaço, que ainda corria dentro de minha cabeça adulta, à procura da morte por desespero.

Por isso, dia após dia, dediquei cada vez menos tempo a esses dois episódios. O caminho dos fatos incontestáveis não leva a lugar nenhum, está em desuso como certas estradas rurais que, no fim, são abandonadas por sua acidentalidade refratária a qualquer manutenção. Deixei para lá. Em vez disso, pensei — me recordo — que o problema estava em outro lugar, que não adiantava se agarrar a uma noite de junho, a uma mulher que tenta cortar as veias. O problema era que por toda a vida, e ainda hoje enquanto escrevo, eu tinha secretamente acreditado que a certa altura meu pai, de espancador, se transformara em um perseguidor ferrenho. Tanto que — insiste e insiste — a consumira até matá-la. Que a tivesse espancado uma ou cem vezes, pouco importava. Se tanto, o que importava é que eu me decidisse a acusá-lo ou absolvê-lo antes que morresse. Me dei conta disso com certa repulsa. Vou pensar, disse a mim mesmo. Tempo havia, meu pai estabelecera que morreria em 2017, aos cem anos. Achei que eu tinha coisas mais relevantes a fazer.

Até que, com um sentimento inesperado de alegria, o pavão me voltou à memória. Era um animal importante de minha infância. Dele, se me fosse dada a oportunidade, eu conversaria de bom grado com meu pai. Tratava-se de um segredo entre mim e ele, que poderia me responder sem grandes perturbações, sem se desviar do assunto, sem um desgosto senil. Aparentemente minha mãe não tinha nada a ver com aquilo, podíamos tranquilamente começar dali.

No entanto, quando decidi visitá-lo e quem sabe conversar sobre isso, me dei conta de que ele tinha como que definhado, perdera algo de si, estava morrendo antes do prazo que se destinara. Gritava de dor a intervalos fixos, invocava: "*Padreterno, padreterno*", queria um revólver. Na falta de uma arma de verdade, erguia o indicador até a têmpora, levantava os olhos para o teto e fazia: pá. Depois se estatelava nos travesseiros e resmungava: "*Mamma mia*, *mamma mia*, que mal eu fiz?".

Durante a tarde, sua segunda esposa me chamou ao jardim e me disse, entre sofrida e constrangida: "Você ouviu? Um sujeito morreu há poucos meses da mesma doença, mas não fez o escarcéu que ele está fazendo. Por que tem sempre que exagerar?".

Toda vez que estou de bom humor, me sinto como se estivesse sob os olhos coloridos das penas de um pavão, o mesmo que vi tanto tempo atrás na casa da Via Gemito, quando meu pai me disse em dialeto: "Os cigarros", e eu fui buscá-los no bolso do paletó que ele havia deixado no quarto de dormir, sobre uma cadeira entre o armário e a escrivaninha. A casa estava escura de frio, e os vidros tremiam nas esquadrias por causa do vento. Deixei a mesa de jantar, enquanto as brasas viravam cinzas nos fornos da lareira. Sempre obedecia a meu pai sem objetar, assim obedeci a ele pela vida inteira.

A um passo da porta da cozinha, me virei para olhá-lo. Ou ao menos acho que fiz isso, trabalho com sugestões, duas ou três imagens precárias, palavras gritadas. Com certeza tenho em mente suas costas ossudas, os cabelos pretos e bastos. É uma sombra descontente, sentada à cabeceira da mesa. Seguramente está prestes a gritar algo, talvez já tenha gritado. Quer brigar, é claro, mas ainda tenta se acalmar, por isso sente a necessidade de fumar. Preciso ser rápido. Minha mãe está sentada à sua direita, segura no colo o terceiro filho, que mama em seu peito. A distância que a separa do marido é mínima, basta um nada para que ele a golpeie, fazendo sangrar sua boca ou nariz.

Sou um menino amedrontado, já passei muitos sustos, me custa deixar a cozinha aquecida. Ainda não confio na casa, nos mudamos para cá faz poucos meses. Antes morávamos na Via Zara, no apartamento de meus avós paternos, que por causa dos bombardeios se refugiaram em Savignano com toda a família. Os quartos ali estavam em ruínas: pó e escombros, uma parede derrubada por uma bomba, o piso que daria para o nada se Federí não tivesse prendido do jeito que pôde, com um pedaço de arame, uma coberta militar no local da parede faltante. Meu pai é um homem sempre ativo, sempre previdente. É claro que não me lembro de nada do período na Via Zara, mas ele me encheu a cabeça de histórias, por isso sei que às vezes mal teve tempo de me agarrar antes que eu despencasse no precipício além da coberta. Um grito — *mannagiamarònn, Rusinè, acchiapp'a criatúra!* —,* ele me agarra, e começo a chorar sem parar. Aliás, mérito dele se ainda estou vivo, minha mãe é desatenta, vai saber em que tanto pensa. Fique sempre com cem olhos abertos, grita para ela, e então se acalma e explica que sou atraído pelo balanço da coberta, gelada no inverno, apinhada de moscas no verão, basta um nada para que eu caia e morra. Mas ela está grávida pela segunda vez, os enjoos, a barriga, os pensamentos: sorte que meu pai tem reflexos rápidos e a capacidade de prever desastres.

Imagino que cresci assim, entre gritos e poeira, durante os anos de 1944 e 1945. O menino que guardo em alguma parte, aqui atrás dos ossos da testa, deve ter visto porradas, escutado insultos e aprendido a repetir as palavras do pai, que às vezes se enfurece e deseja que toda a casa afunde, libertando-o de aflições, e às vezes, ao contrário, é alegre, inventa historinhas sem pé nem cabeça em uma língua que não é a língua habitual da Via Zara, põe o filho primogênito para saltar em seus

* "Caramba, Ruisinè, agarra, criatura!" [N. E.]

joelhos ou lhe canta canções napolitanas e o joga para cima e depois o agarra em pleno voo com um upa.

De fato, meu pai também é capaz de divertir e de fazer belas surpresas. Recentemente me comprou um casaco de marta — o que é uma marta? — para que eu ficasse bem agasalhado. E certa vez voltou dos perigosos territórios onde costumava sumir de manhã com um maravilhoso cavalo de balanço, um cavalo de cores luminosas, um focinho de bicho inventado que parecia verdadeiro. Ele o encomendou a um carpinteiro chamado dom Peppe, recomendando que o fizesse tal qual um desenho traçado especificamente para ele. Que desenho especial! Dom Peppe, entusiasmado, o esboçou em uma viga de faia com uma serra de fita. Sim, meu pai sabe fazer sangrar, mas também sabe encantar com frases e objetos realmente excepcionais. Ele insiste, insistiu muito ao longo dos anos para que eu conservasse a memória dessas coisas: Mimí, se lembra das canções que eu entoava para você, dos belos presentes que lhe dava?

Claro. Dele eu me lembro de tudo, ele me encheu a cabeça com suas palavras, seus pensamentos. Já de minha mãe não guardo uma única palavra, nenhum pensamento. No entanto, com certeza recebi as primeiras sílabas dela. Gostaria de voltar a ouvi-las, as palavras que me dizia, saber como as acolhia na garganta, repetindo-as mutiladas pelo cômodo sem parede da Via Zara. Mas meu pai, com sua habitual energia, lhe impôs um andamento que apagou sua entoação. Inoculou uma ambição, uma vontade de falar que não pertencem à mulher, mas a ele. De resto, não é ele quem leva para casa, entre a cama e a coberta militar, entre as tigelas de leite e o abismo, uma urgência de se fazer ouvir, uma necessidade de falar para se pôr acima dos outros? Não, por mais que a voz de minha mãe tenha deslizado em cada parte de meu corpo na infância, não se sustentou, mostrou-se frágil. Ela mesma, que no entanto deve ter brincado comigo, cantado, confeccionado brinquedos, não soube me transmitir sons. Foi rapidamente reduzida às palavras do marido, que gritava até altas horas quando voltava para a Via Zara: Rusinè, caralho, Rusinè.

Subitamente, ao que parece, no início de março de 1946 meu avô voltou de Savignano com toda a família. Retomou a posse da casa da Via Zara e botou todos nós para fora de uma hora para outra, gritando ao filho Federí: "*Strunzemmèrd*, você quis se casar? Então *nummeromperocàzz*!". Houve muito mais gritos que de costume, injúrias terríveis, choros de mulher. Pai e filho se acusaram de coisas das quais deviam se acusar havia tempos, e por pouco não se atracaram. Devo ter visto, devo ter escutado aquela cena, olhos e ouvidos existiam para isso, e o que vi e escutei deve ter se depositado em alguma parte de meu corpo, em algum canal, um interstício do organismo, posso senti-lo pelos dedos que batem nas teclas como se soubessem mais do que pretendo realmente escrever. Meu avô, por exemplo, que xinga e quer reaver a casa em ruínas para a família numerosa; a hostilidade que sente por aquele filho cheio de ilusões, que não se conforma em ser operário como ele; a obsessão pelo dinheiro que ambos têm, a grana que lhe dei, a grana que você me deu, a grana que pegou de mim. E ao redor de todos a cidade do pós-guerra, a vida arriscada de cada dia, um terror bem expresso pelo coro das mulheres aos prantos e gritos em torno dos dois homens brigando, o mais velho que urra e dá socos no ar, o mais jovem que espuma violência pela boca, mas precisa se conter, não pode avançar nas palavras. Frases como: me deixe em paz, papai, não me faça falar, não me faça falar; minha Nossa Senhora, me ajude, não me faça bater em meu pai; vocês ouviram, bater em mim, bater em mim, *'stu chiavechemmèrd*, *'stu figliesfaccímm* quer me meter as mãos *'ncuòll*, quer dizer, no pescoço, uma figura de retórica, a parte pelo todo, pôr as mãos naquele corpo de pai e esquartejá-lo em sintonia com a paisagem de corpos esquartejados, herança recente da guerra.

As mulheres gritam, mas depois falarão com frequência, pacatas, do feio entrevero entre os dois. Minha avó dizia que, naquele dia, tinha visto dois machos *incarzapellúti* — a palavra que usava era essa —, dois machos enfurecidos lançando urros de animais. Contava que eu estava no colo dela, um menino de três anos que olha de boca aberta a encenação de como *s'incarzapèlla* faz uma algazarra de modo que toda a vizinhança escute. Devo ter visto e percebido a fúria indignada que é preciso ter para estar no mundo. Fiquei aterrorizado e sentirei repulsa por meu avô para sempre: vou ser devorado pela angústia quando a cada aniversário, em 4 de agosto, terei de ir à Via Zara dar-lhe os parabéns e presenteá-lo com dois pacotes de cigarros *nazionali:* um velho soturno, de raras palavras mal balbuciadas pela boca sem dentes.

Sorte que, no fim, a sra. Attardi, do quinto andar, viúva de um ferroviário, interveio e se ofereceu para hospedar Federí, a esposa, dois filhos e a sogra em seu apartamento, em um quarto de passagem situado entre a cozinha e o quarto de dormir. Uma hospitalidade generosa, gratuita, da qual meu pai se aproveitou por mais de um ano e meio. Ali ficamos todos, entre outros arames, outras cobertas militares a servir de parede, gente que vai e vem, nenhuma intimidade. Até que Federí enfim se cansou: em um impulso, segundo seu hábito, saiu numa manhã e pegou a casa da Via Gemito.

Aconteceu — ele sempre contava com gosto — que, assim que as ferrovias recomeçaram a funcionar do jeito que foi possível, ele voltou à sua condição de ferroviário subchefe (mas na bilheteria) e logo passou a buscar um apartamento. Apresentara-se em um escritório que designava as casas aos ferroviários e pediu por escrito e oralmente que lhe encontrassem um alojamento em algum edifício das ferrovias. Vai hoje, vai amanhã, e nada, para ele nunca havia nada, e não porque não houvesse casas, mas porque, terminada a guerra, tudo voltara pior que antes, enrolações, *pasticci*, *cufécchie*. Só para contar uma — me explicava toda vez que se lembrava daquela história —, o funcionário responsável pela concessão de casas econômicas aos ferroviários, que se chamava Lanza, já tinha ocupado aquele cargo, o mesmíssimo cargo, no período fascista e continuava naquele posto sem pestanejar, mesmo agora que Mussolini não existia mais. Nada de nova moral, nada de novos homens de merda. Tudo conversa fiada. Assim que tinha algum tempo livre, meu pai ia até Lanza e perguntava: "*Cavalié*, há boas notícias para mim? Alguma casa foi liberada? Alguém foi transferido, alguém se aposentou?". E Lanza sempre respondia: lamento, não; depois recomeçava imediatamente a confabular com Cannavaccio, comissário da polícia ferroviária, com quem era, como se diz, unha e carne, ou seja, parceiros em fazer trambiques com a atribuição dos alojamentos.

Esse Cannavaccio conhecia bem meu pai e não o suportava. Toda vez que o via irromper na secretaria sem bater, com olhos pequenos, vívidos e nervosos que sabiam ameaçar loucuras, o interpelava dizendo: "Chefe, não sabe que se bate à porta antes de entrar?", como se aquele fosse seu escritório de comissário, e não o escritório para atribuição de casas aos ferroviários. É claro que Federí mal conseguia se controlar. Bastaria um uppercut para arrebentar todos os dentes do outro, mas só não o fazia por amor à família. Até que um dia de setembro de 1947 ele chega à Via Santa Lucia, passa pelo portão, sobe agoniado as escadas, passa o primeiro lance, passa o segundo, e a cada degrau está cada vez mais preparado para gritar que um novo inverno está prestes a começar, que ele tem dois meninos, um de quatro anos e outro de dois, não pode mais continuar na casa da viúva Attardi, o que ele vai fazer.

Irrompe no escritório de Lanza e naturalmente o encontra com Cannavaccio. Cannavaccio escancara a boca para dizer:

"Chefe, não sabe que se bate à porta antes de entrar?". Já está a ponto de cobri-lo de obscenidades e agarrá-lo pela garganta, quando chega um contínuo com o braço esticado em direção a Lanza e algumas chaves na mão. O contínuo diz: "*Cavalié*, aqui estão as chaves do apartamento da Via Gemito, 64, que ficou livre há uma hora". Meu pai olha as chaves, Lanza, Cannavaccio. É um instante. Diz: "Obrigado", arranca as chaves do contínuo, se esquiva de Cannavaccio, que tenta detê-lo, e escapa pelas escadas descendo os degraus de dois em dois, enquanto o comissário dá a ordem: "Segurem *chillusfaccimmemmèrd*!", e o sr. Lanza esbraveja com o contínuo que se deixou roubar as chaves, e Cannavaccio não se conforma e persegue pessoalmente meu pai, ameaçando: "Chefe, devolva essas chaves, assim você vai se dar mal!".

Mas imagine se Federí ia devolvê-las. Ele se vira, e dirige a Cannavaccio — que do alto das escadas agora quase implora: "Suba, chefe, venha, entregue as chaves e nós fazemos vista grossa" — um gesto de vai se foder com o braço. Mas um gesto que, a meu ver, não era habitual dele: em seus relatos há, sim, momentos em que recorre a acenos injuriosos, mas quase sempre tende ao ato de cuspir ou de mijar na cara, este último de pernas afastadas, torso arqueado, a ponta dos dedos voltada para o púbis bem à mostra, a boca com um sorriso meio torto de desprezo. De todo modo, eis que ele já corre pela Via Santa Lucia, um homem de trinta anos com cabelos ao vento, o vento de mar de um dia de setembro. Corre e então para um táxi de passagem e vai até a Via Gemito, 64, para ocupar um apartamento de dois cômodos amplos, um banheiro moderno com pia de porcelana e descarga no vaso, uma cozinha espaçosa: a mesma onde agora se senta raivoso à mesa de jantar, os vidros escuros tremendo nas esquadrias, a brasa virando cinza nos fornos da lareira.

Sou um menino que, quando escuta as histórias do pai, olha para ele boquiaberto: às vezes fica tão encantado que os lábios perdem a sensibilidade e, com muita vergonha, chega a babar que nem seu irmão recém-nascido. Há meses desponta entre meus medos o temor de que o sr. Lanza e o comissário Cannavaccio venham retomar as chaves e a casa. Mas a preocupação que me atormentava parecia nem ocorrer a meu pai. "O sr. Lanza achou que ia me ferrar", se gabava frequentemente com alegria, "no entanto fui eu que ferrei o sr. Lanza." Ele se orgulha muito daquela ousadia, arriscou-se a ir para a prisão pela família, rebelou-se com justa indignação contra a marmelada que está por trás da liberação das casas. Com flibusteiros — me ensina e ensinará ao longo dos anos — é preciso ser ainda mais flibusteiro, Mimí.

No entanto, já percebo desde então que aquele apartamento úmido da Via Gemito, espremido entre o campo esportivo e a zona rural — para onde nos transferimos às pressas, levando em uma carroça puxada por um burro as únicas coisas que tínhamos, cinco colchões e suportes de ferro, uma caixa cheia de roupa branca e cobertas militares —, é um butim que, tímido como sou, de medos fáceis, não seria capaz de defender. Por exemplo, se realmente o comissário Cannavaccio chegasse no meio da noite com o sr. Lanza e dissesse: "Devolvam as chaves", eu saberia ajudar meu pai a expulsá-los de casa? Saberia mijar na cara de um, cuspir na cara do outro, arrebentar o traseiro dos dois? Sinto o terror de não ter a fibra para essas ações. Lanza e Cannavaccio poderiam derrubar a porta de repente e me demonstrar na prática que não consigo ser um flibusteiro como meu pai quer que eu seja. Isso poderia decepcioná-lo e levá-lo a gritar para mim: "Fora daqui", no mesmo tom imperativo com que me disse agorinha: "Os cigarros". O tom com que, agora que me preparo para sair da cozinha e ir ao quarto de dormir, ele recomeça a agredir minha mãe — "Rusinè, caralho,

Rusinè, onde foi parar o dinheiro, o que você fez com ele?" —, a voz cada vez mais raivosa, tanto que ela tira do peito meu irmão Toni e o passa para sua mãe, minha avó. Faz isso porque sabe perfeitamente o rumo que as coisas podem tomar e quer deixar a salvo o recém-nascido. Torce o tronco e, só quando Toni está nos braços de minha avó, responde agressiva: "Mas de que dinheiro você está falando?".

Olho para meu terceiro irmão: tem nos lábios o vestígio úmido do leite. Esse pequeno que é todo agitação e vagidos veio ao mundo há pouco, em janeiro de 1948, apenas dois ou três meses atrás, e eu e Geppe acordamos pelo barulho excessivo, saímos ao corredor, vimos a parteira, dona D'Eva, com lençóis sujos de sangue. Então ficamos assustados. Mas dona D'Eva nos explicou que estava tudo certo, a cegonha veio e trouxe nosso irmãozinho. Porém depois mudou de ideia, queria levá-lo embora de volta, nosso pai precisou intervir, acabou com ela, jogou-a na privada e deu descarga. Um redemoinho de água que meu irmão e eu geralmente observamos com muito interesse. No entanto, a partir de agora também vamos sentir tristeza: a gente queria ter brincado pelo menos um pouco com a cegonha.

Já a vovó diz que não. Os animais devem ficar com os animais, os homens com os homens, se forem homens. No entanto, se forem animais, que fiquem com os animais. E, com o rosto vermelho, ou se achega ao fogão a lenha para preparar uma salsa picada, ou fica sentada com nosso novo irmão no colo e começa a fazer com a boca oo-oh, oo-oh, enquanto a cadeira empalhada já range, que habilidade, vai para a frente e para trás, ora sobre dois pés ora sobre quatro, tan-tan, tan-tan, um ritmo hipnótico escandido com a precisão de uma cantilena noturna, o canto que vovó modula com voz lamentosa.

É uma história de bichos assassinos e de bichos assassinados, só me lembro de poucas palavras, mas me parecem terríveis até hoje, *oi nonnanonna nonnanunnarella*, o lobo devorou a ovelhinha. O lobo que rondava pelos campos da Via Gemito ao anoitecer, uivos no escuro que me cortavam a respiração, ameaça de fera que ora me parecia vir de fora da casa, ora de dentro.

De dentro, minha avó dava a entender, de dentro. E, para ninar nosso irmãozinho, cantava em tom mais alto que a voz de nosso pai que, enquanto isso, naquela noite dos cigarros, se enfurecia cada vez mais com Rusinè. Ai, lobo, ai, lobo. Quer comer a ovelhinha. Já a está devorando. O lobo também grita com palavras cada vez mais afiadas: "O dinheiro que ganhei no teatro Bellini!". Mas minha mãe insiste, não sabe nada desse dinheiro, e meu pai diz: cem mil liras; e ela rebate: que cem mil liras? Porque é uma cifra exagerada como todas as cifras que ao longo da vida saíram da boca de Federí, mas verdadeira, verdadeiríssima em sua mente de mentiroso, tão verdadeira que ele exige de minha mãe que lhe preste contas imediatamente: onde está o dinheiro do teatro Bellini, o que você fez com ele, como o gastou. Mas ela não pode nem sabe lhe prestar contas nem imediatamente nem nunca. De resto, como se faz a contabilidade de uma soma imaginária? E todos nós — eu que estou indo buscar os cigarros, meu irmão Geppe, até Toni, que agora está no colo de minha avó Nannina, batizada como Anna di Lorenzo — sentimos que o jantar está arruinado, por culpa daquele dinheiro nosso pai logo vai se tornar como um dragão que vomita fogo mortal, e será preciso preparar-se para enfrentar o coração aterrorizado da noite. Tanto mais que ele está muito nervoso, não tem o que fumar, repete agora de modo obsessivo: "Onde estão as cem mil liras do teatro Bellini, onde estão?". E Rusinè, em vez de se calar por comodidade, como sempre não se contém, bufa e responde descaradamente, quase com derrisão: e eu sei lá.

No inverno de 1948, na noite em que meu pai me mandou buscar os cigarros, o teatrobellini — assim mesmo, sem maiúsculas, sem espaçamento — já era um sinal indefinido de grave incompreensão conjugal. Era como se ele dissesse, com um tom de voz sempre mais agressivo: olhe o que eu sou capaz de fazer, olhe o que eu poderia continuar fazendo, se você tivesse me entendido e apoiado. No entanto, duvido que a fórmula "Por culpa sua eu tive que abandonar tudo" já tivesse aparecido. Talvez tenha sido pronunciada pela primeira vez justamente naquela ocasião. Com certeza a versão mais decidida, mais indiscutível, "Por culpa de sua mãe", só se tornará habitual por volta de meados dos anos 1960, quando a voz da esposa já não podia contradizê-lo, sublinhando com ironia, em dialeto: "Por culpa minha? Culpa de quê?".

De todo modo, antes de ser o núcleo de sons acusatórios entre os tantos da casa de Via Gemito, antes de se tornar uma peça de acusação, a primeira apresentada por meu pai contra Rusinè, o teatro Bellini era apenas um teatro. "Entre os mais bonitos de Nápoles", dizia Federí. E acrescentava para meu conhecimento: "Construído com dinheiro do barão Lacapra pelo arquiteto Carlo Sorgente". Seis andares de plateia, tudo frisado a ouro, uma maravilha. Ali, aos vinte e seis anos, ele cuidou da cenografia, da coreografia, tudo. Ali ele recrutou pessoas de todo tipo, trabalhadores braçais e bailarinas. Ali, a cada estreia, eu — você, ele me dizia — ficava olhando o palco sobre os joelhos de minha mãe, Rusinè, que se sentava com a avó Nannina bem na tribuna de honra.

Quando, três anos atrás, tentei pela primeira vez escrever sobre aquele inverno de 1948 e os anos que o tinham precedido, e sobre meu pai, e por fim sobre o pavão, lembro que me detive demoradamente naquela "tribuna de honra" a fim de subtraí-la ao arbítrio das brigas em casa e reencontrar sua verdade: luzes, estuques, sons de língua inglesa, a respiração de minha mãe, a de minha avó. Queria partir dali para ter uma panorâmica do ambiente como ele o tinha vivido, como o tínhamos vivido nós. Foi um erro e um esforço inútil. A cada versão que meu pai fornecia daquela experiência, o teatro ia se tornando menos um teatro verdadeiro, e mais uma meta de sua fantasia, uma etapa reluzente de seu destino, como se toda a Segunda Guerra Mundial, batalha atrás de batalha, cadáver atrás de cadáver, tivesse transcorrido horrivelmente, desde o ano de 1939 até aquele 1943, só para que o Exército inglês requisitasse o edifício situado na Via Conte di Ruvo e o *staff-sergeant* Leefe, da Naafi-Efi (Federí pronunciava assim), o confiasse basicamente a ele a fim de que organizasse ali espetáculos para a tropa de licença.

Em resumo, o teatro Bellini era sim um local que realmente existia, a ser somado a outros locais que realmente existiam, para cada um dos quais é possível, hoje, caso se deseje, fornecer uma rigorosa topografia, como a casa de Savignano, a Via Zara, 18, e até a Avignon na França, zona de ocupação alemã de onde ele parte (em uniforme de radiotelegrafista, um nojo de uniforme — dizia — se comparado aos belíssimos uniformes alemães) em um dia de agosto de 1943. Mas também era, como todos os locais que Federí mencionava, lugar de sonhos belos e feios, estação de uma via-crúcis toda percorrida naqueles meses, naqueles dias, para fazer uma razia no inferno e depois ascender a um paraíso adequado ao seu talento.

Portanto é inútil buscar a verdade. Era preciso escrever "tribuna de honra", contentar-se com "tribuna de honra" como ele falava quando decidia me instruir partindo dos fatos que lhe tinham acontecido, e eu não podia dizer: não, obrigado, e então permanecia diante dele, imóvel, sem perder uma palavra sequer. Escutava e, embora tenso com a ideia de que ele me fizesse perguntas para ver se o estava acompanhando, me impressionava sua capacidade de conectar lugares, estações, episódios, para demonstrar os erros que tinham sido cometidos contra ele, sobretudo por minha mãe. Ao ouvi-lo, me parecia que tudo havia ocorrido exatamente como ele dizia. Os eventos daqueles anos tinham se dado um após o outro sem jamais perder de vista sua vida, substância preciosa a ser preservada. Se havia um desígnio do qual ele nunca se lamentava, era precisamente o desígnio da providência. Não conseguia se convencer de que os fatos se precipitavam em cascata, por acaso, indiferentes a ele. Ao contrário, estava certo de que grandes e pequenos acontecimentos obedeciam a um motivo de fundo, a cifra de seu destino. Algo que ele tentava demonstrar a si mesmo, aos parentes, aos amigos e a nós, filhos, compondo uma trama fantasiosa dentro da qual a verdade era sempre e apenas aquilo que no momento lhe parecia necessário. Consequentemente os nomes de cidade, cada edifício, as ruas, toda a geografia eram meros mapas de suas necessidades, e assim eram registrados.

Por exemplo, onde ele serviu como militar? Onde Avignon se encaixava? Partindo de quais movimentos de guerra se chegava ao Bellini? Ele combateu? Tinha realmente estado no front russo, até as bordas de Stalingrado?

Ele acreditava que sim. Parecia-lhe inevitável ter estado, talvez porque se convencera de que ter combatido na Rússia e ter sobrevivido aos projéteis soviéticos e à neve testemunhassem da melhor maneira possível sua indispensabilidade no mundo.

Contudo, enquanto ele falava, eu vigiava minha mãe com o canto do olho, e minha mãe não o deixava falar em paz. Quando Federí acenava à sua triste partida para o front russo e a seu milagroso regresso, são e salvo, ela balançava a cabeça. Ele notava e às vezes lhe dizia, nervoso: “Por quê? Não se lembra?”. Ela rebatia em tom irônico: “Mas claro”. Coisa que o deixava irritado. Rusinè era uma testemunha embaraçosa, registrava os fatos da vida assim como vinham, ao acaso, e não entendia que o sentido dos acontecimentos está sempre inteiro na fantasia com que o olho os observa e torna a observar, sem se prender a detalhes inúteis. De modo que, em certos casos, quase para convencê-la também, ele dobrava a aposta nas minúcias; já em outros casos, se desviava prudentemente rumo a campos de batalha mais plausíveis.

O resultado é que sua participação na guerra sempre me pareceu muito vaga: ora partia como militar para a Rússia, ora estava prestes a partir, mas depois o Comando o enviava a outra frente, ora não dizia uma palavra sobre a Rússia e limitava sua experiência bélica à permanência em Menton, soldado radiotelegrafista conectado com as forças alemãs, 155ª companhia de radiotécnicos aquartelada no Caravan Palace, Côte d'Azur.

Mas depois deixava Menton e era enviado a Pierrefeu-du-Var, para onde haviam deslocado seu transceptor em um caminhão e onde, entre um serviço de escuta e outro, achava um jeito de desenhar ou pintar. Então tinha ido parar em Avignon, cidade dos papas, localidade feliz que lhe permitira se concentrar cada vez menos nos transceptores e cada vez mais em uma pintora de dezoito anos com um nome perfumado, Rose Fleury, nativa de Nîmes — departamento du Gard, professora na escola fundamental de Les Angles, boa conhecedora da escola de Barbizon —, a qual o educara tanto artística quanto sentimentalmente.

Por isso, digamos que suas únicas histórias militares de alguma dramaticidade remontavam a pouco depois do alistamento. A princípio, ali ele se distinguiu. Constatou-se, como enfatizava, que era dos mais altos (um metro e oitenta e um) e, com noventa centímetros de tórax, certamente o de melhor compleição. Em suma, bem-feito, inteligente, uma vocação de artista que logo procurou pôr em evidência. Pretendia se tornar aluno oficial, mesmo não tendo o grau de estudo para isso. Queria fazer o curso em Fano, sentia-se apto tanto no corpo quanto na mente. Mas nesse ínterim foi mandado ao Depósito da 40ª infantaria, na avenida Vittorio Emanuele, na altura da estação de Mergellina. E foi ali que as coisas ficaram muito mal.

Tudo culpa do intestino, que ficou bloqueado assim que entrou no quartel. Tudo culpa das marchas forçadas de matar de cansaço, da comida muito condimentada que tinha como se solidificado na barriga, deixando-o pesado. Tudo culpa dos médicos que não davam ouvidos a quem marcava consulta e lhe prescreveram sal inglês, coisa que o deixou continuamente agachado na latrina. Tudo culpa da preguiça que se abateu logo em seguida, um abatimento, uma sensação de solidão, tristeza. Tudo culpa de um salto-mortal sem rede, feito com o coração na garganta, o fôlego entrecortado, "eu consigo, não consigo?", tanto que acabou com a cabeça na areia e teve a impressão de ter quebrado o pescoço. Tudo culpa do coronel Degli Uberti, que de seu pódio gritava: "Covardes! Covardes! Juventude de merda!".

Enfim, mandaram-no às pressas ao hospital militar. Ali o médico tenente, *'nu strunz* com olhos de Lúcifer, o diagnosticou com uma insuficiência mitral congênita e o deu por liquidado, no máximo dois meses de vida, indicador e médio bem esticados, oscilando alternadamente. "Dois meses de vida?", meu pai perguntou incrédulo. Dois meses de vida para ele, que sempre soube estar predestinado a grandes feitos, mas ainda não tinha tido tempo de fazer nada excepcional? Plaft! Deu uma cusparada na cara do médico tenente — um espesso grumo de saliva que sempre encontrava na boca em momentos oportunos — e depois tentou esganá-lo com as mãos. Diagnosticar uma morte iminente a ele? A ele? Foram necessários muitos enfermeiros para restabelecer a calma, e no fim das contas o reformaram com uma licença ilimitada por gravíssima doença cardíaca. Algo que, para piorar, o fez perder imediatamente o posto de operário eletricista e o reduziu a menos que um trapo.

Caramba. Ser aniquilado assim. Nunca entendi bem quais foram seus reais sentimentos. Com certeza queria muito ser soldado, mas não um subalterno, militar graduado, qualquer coisa que lhe desse destaque. E, quando eu era menino, insistiu várias vezes comigo: “Mimí, com um diploma, com uma graduação você pode ser um oficial”. Gostava da ideia, acho, de que eu pudesse ter autoridade. Esperava que os soldados batessem continência para mim, como se eu fosse o sol e eles, ao me ver, protegessem os olhos com a mão para não se ofuscarem. Apreciava muito os rituais que serviam para marcar quem era uma pessoa direita e quem não era. Talvez a vida militar daquela época o tenha atraído justamente por isso, mais pela forma que pela substância. Mas com certeza também por aquele “todo regular” que a caserna oferecia. Regular na saúde, nas capacidades sexuais, nas laborais, ou seja: a certificação de ser realmente um homem de fibra, com colhões desse tamanho, pronto para as funções fundamentais da vida.

Mas não. Não conseguia se conformar, queria me convencer de que aquele fracasso nas armas não dependeu dele. Ele o atribuía sobretudo à incompetência e à estupidez dos graduados, médicos ou não. Se aqueles idiotas não tivessem se metido, uma vez que se tornasse oficial, com o uniforme e as insígnias adequadas, teria dinheiro só para si, belas mulheres, nada mais de labutar nas ferrovias, uma vida de diversões longe de casa. No entanto, agora, num piscar de olhos, se encontrava sem uniforme, sem trabalho, desorientado. Vagava de noite por Ponti Rossi pensando no carimbo de “reformado” que levava marcado, no coração gravemente enfermo, no que as moças diriam na primeira oportunidade, rindo: “Meu querido, quem não é bom para o rei, não é bom nem para a rainha”. Aquelas vadias. Portanto, nada de mulheres. Dois meses de vida. Não podia acreditar.

Nem sequer seu pai acreditou naquilo e logo mexeu os pauzinhos para se certificar com o professor Blasi, médico do Inspetorado Sanitário das Ferrovias e coronel licenciado da Guarda Ferroviária, de que o filho folgado e *cacacàzz* — *’nu sfaccimmemmèrd* que queria ser melhor que o genitor e no entanto era um pamonha que nem o salto sem rede fora capaz de fazer — não tinha nenhuma insuficiência mitral congênita, ao contrário, era saudável como um touro, devia ser reassumido de imediato pelas Ferrovias do Estado e levar para casa o salário de que ele, o pai, tinha grande necessidade, sendo a família justamente numerosa.

Mas aquele homem raivoso não parou por ali. Levou o filho à Via Chiaia, ao consultório monumental do professor Boeri, grande luminar de barba que, logo de cara, vaticinou: "Meu rapaz, você tem um coração saudabilíssimo e, se Deus quiser, ainda vai ter muita vida pela frente". Então, confiante naquele diagnóstico, o pai escreveu até para o secretário do Partido Nacional Fascista, Achille Starace, que por sua vez respondeu: "Egrégio camarada, lamento, mas o veredicto da comissão médico-militar é inapelável".

Hierarca de merda: inapelável. Ao contrário de meu pai, meu avô odiava os fascistas, tinha propensões socialistas e não se conformou. Impôs ao filho recalcitrante (no fim das contas, se não fosse por aquele carimbo de doente-moribundo, inapto tanto para o rei quanto para a rainha, a condição de desocupado lhe parecia excelente, a ideia de voltar ao emprego de operário-ferroviário lhe repugnava) que mandasse um foda-se a Starace e fizesse de qualquer jeito um pedido de readmissão ao serviço no Ministério das Comunicações.

Pois bem, puxa de cá, empurra de lá, em 15 de junho de 1938 chegou a bela notícia. Federí, *chistu piezzemmèrd*, anunciou a meu avô e à família reunida que, mesmo estando reformado, mesmo tendo prestado apenas quinze dias de serviço militar, o *signuríno* podia voltar ao trabalho.

No fim das contas, tudo voltou ao normal como devia ser, e aquela curva acidentada em sua vida só tinha servido para reforçar: Federí, você tem futuro e ninguém pode tirá-lo de você, nem mesmo um médico com olhos de Lúcifer. É um dos mais altos, é o mais bem-feito, Sacco, Frattini, Centobelli e Rojo o ensinaram a lutar boxe. É verdade, você se deixou impressionar um pouco pelas marchas, pela solidão, sobretudo por um salto-mortal. Mas apenas porque tem repulsa a tudo o que é mortal. Mortais são os outros, então que os outros façam os saltos sem rede. Que os façam, por exemplo, seus amigos de infância: Cannava, Impacciarella, Salzana e Songes, o medalha de prata. Morrerão na guerra, o destino deles era esse. Já para você a vida lança outros sinais. Você vai durar. O que lhe acontece agora tem um sentido secreto que logo se manifestará. O teatro Bellini o espera. Siga em frente sem medo.

Foi o que ele fez. Em 1940, os reformados nascidos entre os anos 1914 e 1919 foram reconvocados, e meu pai — ele contava —, sem medo nenhum, se apresentou à comissão com toda a papelada reunida pelo pai, inclusive a carta endereçada a Starace. Foi imediatamente considerado, não se sabe com que contentamento, um jovem muito patriótico e apto para a guerra. E mais: submetido a um novo exame cardiológico, ultraespecializado, foi declarado em perfeita forma e designado em 18 de março de 1940 à 31ª infantaria, 2º batalhão de fuzileiros, 13ª companhia de disciplina. Entendeu? Exame cardiológico ultraespecializado, enfatizava para mim apenas dois anos atrás: saudabilíssimo. E não tinha sido aquela consulta distraída que faziam com todos: só faziam assim com os melhores militares, de partida para a Rússia.

E aqui voltamos ao começo. Foi ou não foi à Rússia? A coisa tinha sido apenas cogitada? De fato estava prestes a partir e no final escapou graças à ousadia teimosa de meu avô, que trouxe à baila aquele salto-mortal e a insuficiência mitral congênita?

Não sei, não me interessa mais. Mas tenho nítido na lembrança que, aos meus amigos que circulavam pela casa ainda no início dos anos 1960, ele contava que sim, que tinha partido justamente para o front russo. Na companhia de Giulio Fuiano, especificava, que era apenas dois anos mais velho que ele. Mas Fuiano tinha morrido, era um bom rapaz, um jovem realmente sem sorte. Ele não. E eu ficava escutando — não era mais um menino, tinha uma necessidade de violência no peito, não me encantava mais — e me agitava em um canto. Via a cara irônica de meus colegas enquanto o ouviam, notava que não engoliam aquilo, implorava para que meu pai parasse de contar, sofria. Aquilo que dele mais me impressionara na infância — aquelas histórias narradas com uma grande habilidade de enfileirar vertiginosamente causas e efeitos, de não deixar nada ao acaso, nem mesmo a morte dos outros —, agora eu taparia os ouvidos para não escutar mais.

"Seu pai esteve na Rússia?", meus amigos perguntavam com perfídia. Eu dava de ombros, mudava de assunto, às vezes respondia com um tom distraído: "Só uma semana. Depois o mandaram para Avignon".

De Avignon tinha voltado a Nápoles para se casar, em maio de 1942. Casamento malvisto, os muitos parentes de Rusinè balançavam a cabeça ou davam de ombros. "Suponhamos", diziam, "que Federí morra ferido na guerra: o que Rusinè vai fazer, quem sabe até com um filho nas costas?" Aquele destino terrível já tinha acontecido com Nannina. Minha avó tinha ficado viúva com dois filhos, uma de dois anos (Rusinè) e outro (Peppino) ainda de colo. Passou por maus lençóis, não queria que a filha tivesse a mesma experiência. Todos os que gostavam dela eram contra aquilo e, embora Federí tivesse passado de operário a funcionário das ferrovias, um bom partido, os parentes sugeriam em peso: "Por que tanta pressa? Vamos esperar o fim da guerra, vamos ver se Federí sobrevive ou morre".

No entanto, ele estava absolutamente certo de que sairia vivo. Aprontou um escarcéu, queria se casar o mais rápido possível. Àquela altura houve uma reunião de família em que, depois de muita discussão, se decidiu que os dois jovens podiam se casar, contanto que não se unissem carnalmente. Escolheram tio Matteo, marido da irmã mais velha de Nannina, tia Assunta, para comunicar a resolução ao noivo. "Federí", disse tio Matteo em dialeto, "jure que, para se unir, vocês esperarão o fim da guerra." Meu pai logo rebateu com raiva: "Que *strunzata* é essa, tio Mattè? Acha que eu tenho cara de quem se casa e não se deita?". Depois, vendo que o outro estava fazendo uma autêntica chantagem, simulou um juramento solene. Logo depois do casamento, despediu-se de todos e foi para Florença com a bela esposa para uma rápida viagem de núpcias.

Ali os dois recém-casados se hospedaram com outra irmã de Nannina, tia Nenella, casada com um policial que era conhecido na família como tio Peppino de Florença. Federí não conhecia nenhum dos dois, e foi até a casa deles muito desconfiado. Ao longo de todo o noivado, me explicava, se convencera de que toda a família de Rusinè era composta apenas de ignorantes e *strunz*, de modo que viajou esperando de tia Nenella e de tio Peppino de Florença apenas uma enorme encheção de saco. Todavia aconteceu uma coisa rara em sua longa vida: naquela casa fria da Via dei Pilastri, 18, último andar sob o telhado, sentiu-se bem. Rusinè eu não sei, mas ele insistia: "Mimí, realmente passamos muito bem". E não por mérito de tia Nenella, é claro, que não era diferente das outras irmãs de sua sogra. Mas graças ao tio Peppino de Florença, que, quando chegou a hora de ir para a cama e tia Nenella imediatamente tentou dizer, em respeito à vontade da parentada: "Federí, você dorme com Peppino e eu durmo com Rusinè", interveio dizendo: "Eles estão regularmente casados e dormem aqui", isto é, em sua cama de casal. Tia Nenella se dispôs a objetar: "Mas há um pacto, Peppí", e então tio Peppino perguntou aos recém-casados: "Vocês querem manter esse pacto?". Meu pai respondeu: "Quem se importa com o pacto?", e não se sabe se Rusinè acrescentou alguma coisa. O certo é que naquela mesma noite Federí se uniu sem mais problemas à sua jovem esposa, e não só: desde então manteve uma bela amizade com tio Peppino de Florença.

Com tia Nenella, não, restou um fundo de hostilidade. "Eu tinha acabado de me casar", me contava com frequência, "e estava sempre morrendo de fome, porque sua mãe me atraía muito e eu me cansava." Mas tia Nenella não dava atenção aos seus cansaços e, durante o almoço, quando ele punha os olhos no maior pedaço de carne e espichava o garfo para pegá-lo, ela o fisgava primeiro e dizia: "Este é para meu marido", pouco se lixando para sua necessidade de recobrar as forças antes de voltar ao front.

Florença se tornou uma bela recordação; depois ele e Rusinè se reencontraram em Saviano, numa manhã gelada de fevereiro de 1943. Federí veio em licença de Menton, tinha atravessado meia Itália, e logo ressaltou os enormes perigos que correra na viagem: bombardeios, rajadas de metralhadora. Rusinè estava grávida, nove meses tinham se passado, a barriga estava imensa; mesmo assim, preparou para ele uma tina de água quente e o lavou atrás de um pano pendurado em um arame, catando-lhe os piolhos. Que mais podia fazer? A situação era aquela, pessoas refugiadas, todos os parentes em um só cômodo grande, não havia intimidade. Mas o marido, branco, magérrimo, com os cabelos rebeldes puxados para trás, já enquanto se enxugava, tendo de ficar pouco e voltar às pressas para o front, não se conteve e demonstrou toda a sua insatisfação. Disse que não se sentira devidamente acolhido, que muitas coisas lhe pareceram erradas. Insistiu sobre o excesso de gente no cômodo e sobre a injusta distribuição das camas. "E nós, onde vamos ficar?", perguntou por fim.

De fato havia três camas de casal, com grandes colchões cheios de palha: em um deles dormiam a avó Nannina e Rusinè;

em outro, as duas irmãs da avó Nannina, Maria e Carmela, com seus respectivos maridos, Espedito e Attilio (também eles irmãos), e os dois filhos pequenos, um por casal; no terceiro, dormia sossegadamente uma terceira irmã, Assunta, com o marido Matteo; sem contar que, no chão, em um acolchoado de pura lã, dormia o irmão mais novo de Rusinè, Peppino, de vinte anos. Federí começou a esbravejar: "Mas como é que tio Matteo e tia Assunta dormem juntinhos e tranquilos, com todo o conforto? Como é que seu irmão tem um colchão de lã só para si?". E mais: "Seus parentes sabem que precisamos ficar um pouco sozinhos? Sabem que eu tenho pouco tempo e que até posso morrer na guerra?".

Sabiam perfeitamente: um a um, Attilio, que era motorista e um homem de poucas palavras gentis; Espedito, um confeiteiro animado e agradável; Matteo, que comerciava hortaliças e tinha uma cara boa, de compostura viril; o jovem Peppino, que era torneiro mecânico, mas se comportava como um rapaz despreocupado; todos foram para o pátio gelado. Depois deles, foi a vez de as mulheres sumirem com a mesma discrição pacata. E o casal ficou sozinho fazendo amor, o que acalmou Federí, que logo se pôs alegre, enquanto Rusinè ria muito, até que os dois dormiram.

No entanto, às cinco da tarde ela lançou um grito que o acordou de sobressalto. Eram as dores do parto. Meu pai se levantou praguejando e correu para chamar a sogra no pátio. A avó Nannina ficou pálida, mandou-o às pressas à parteira. Esta, uma robusta matrona de seus quarenta anos, gorducha, sebosa, os cabelos repuxados e amarrados na nuca, veio bem devagar, tanto que Federí corria pela rua e ela ficava para trás. Uma gigantesca aflição.

Finalmente a parteira entrou no cômodo, abriu espaço entre parentes e amigos e foi sentar-se como uma estátua de pedra à beira da cama da parturiente. Ali permaneceu imóvel por horas, enquanto Rusinè de vez em quando berrava. Em volta estavam a mãe, as duas avós, as três tias, os três maridos das três tias, os dois meninos, o irmão Peppino, dom Ciccillo com a esposa e três filhos, o dono da casa, dom Liborio, acompanhado da família, uma conhecida de Rusinè com o marido, o próprio Federí e a parteira. Vinte e cinco pessoas. Uns falavam, uns davam conselhos em voz alta, umas contavam as fases do próprio parto, outros fumavam. Só se fazia algum silêncio no cômodo quando o grito de Rusinè o atravessava. Durante aquela pausa, a parteira erguia o cobertor, dava uma olhada e dizia em dialeto: "Não se preocupe, está tudo bem". Então a conversa recomeçava mais densa e rumorosa, minutos e horas, já era alta madrugada. Agora Rusinè estava branca, suada, olhos arregalados, os cabelos sem o mesmo brilho e grudados na testa, olheiras profundas. Berrava, berrava, e a parteira dizia: "Dona Rusína, só mais um pouco e pronto".

Aí Federí perdeu a calma. Começou a gritar que a mulher precisava parir em paz e expulsou todo mundo. Os parentes saíram um a um, ainda que de má vontade, porque do lado de fora fazia um frio do cão, havia o toque de recolher, e se ouvia o eco dos bombardeios sobre Nápoles. O que os convenceu a acabar no frio do pátio foram certamente os olhos de dragão que o marido de Rusinè sabia fazer, impressionantes. Só quem opôs alguma resistência foi dom Liborio, que, na condição de senhorio, portanto proprietário de todo o prédio, do pátio, do estábulo e dos campos, queria ficar para ver. Mas Federí berrou com os lábios roxos: "Para fora, dom Libò: o espetáculo terminou", e então passou a ameaçá-lo de morte. Naquele ponto, mofino, mofino, dom Liborio decidiu seguir o rumo dos outros.

Continuaram no aposento apenas a avó e a bisavó da parturiente, Nannina, a parteira e Federí. Os gritos de Rusinè prosseguiram até as quatro da manhã. Durante um tempo a parteira agiu como de costume, com um olhar de reconhecimento e fórmulas do tipo: "Força que você consegue". Mas a certa altura a mulher ficou sonolenta: não olhava mais debaixo do cobertor, já não encorajava a parturiente. Nannina e Federí começaram a ficar alarmados: o genro olhava a sogra, a sogra olhava o genro em uma espiral de ansiedade. Então, depois de notar um olhar de súplica da mulher exausta, ele deu um salto, agarrou a parteira pelos ombros e gritou para ela: "Mas que merda está acontecendo aqui? Que merda de parteira você é? Por que não faz nada?". A matrona apenas respondeu: "Vocês têm que ir a Nola. Talvez seja preciso um cirurgião".

Federí perdeu a calma de novo. Começou a correr e a gritar pelo cômodo. Queria um telefone, mas nada: onde achar um telefone? Então correu ao pátio em busca de ajuda: os parentes que ele havia expulsado horas antes tinham se abrigado na casa de dom Ciccillo, o ourives, e na casa de dom Liborio. Começou a berrar: "Tenho que ir até Nola, preciso de um cirurgião". E, como sabia que entre tantas coisas dom Liborio também tinha uma carroça, foi voando até ele e implorou: "Dom Libò, preciso de um transporte, me ajude, não deixe minha mulher e meu filho morrerem, me acompanhe em sua carroça". Mas o outro, talvez por não ter engolido o modo como foi enxotado pouco antes, respondeu que a carroça estava com os aros da roda muito velhos, não aguentariam o galope do cavalo. "Lamento, dom Federí. Acredite em mim, não é por má vontade: é só porque não conseguimos chegar até Nola", concluiu.

Então ele foi praguejando pela ruela e começou a gritar em dialeto: "Minha esposa precisa de um cirurgião. Pago cem liras por uma carroça que me leve a Nola". Inútil. Estava tudo escuro, parecia um deserto, nenhuma resposta. Correu para a estrada gritando ao céu negro: "Quinhentas liras a quem me levar a Nola. Quinhentas liras". E só nesse ponto, finalmente, ouviu-se uma voz dizer: "Pego o cavalo e já vou".

De fato, um camponês chegou em uma carroça, o fez subir e se lançou com o cavalo a galope pela estrada que vai até Nola. As faíscas que os ferros faziam no chão de pedra. Uma noite assustadora. Ouvia-se o reboar das bombas sobre Nápoles e se viam os clarões das explosões.

Federí logo achou um cirurgião, graças a Deus, e o conduziu feito um raio até o cômodo de Saviano. Tratava-se de um homem de seus setenta anos, calmo, competente. Mal entrou e já foi dizendo: "Carregue sua esposa e a ponha deitada naquela mesa". Meu pai levantou Rusinè com muito amor e a pôs sobre a mesa. Depois acariciou seu rosto suado e lhe disse: "Trouxe o médico para você, está contente? Agora está tudo bem". Ela de fato logo deu à luz e começou a rir tanto que não conseguia parar.

De Rusinè, a partir do momento que se torna minha mãe, no fim das contas não sei mais nada além dos gritos e daquela risada. Meu pai se apropriou do parto e deslocou quase todo o esforço e os sentimentos envolvidos para si: a parteira, os parentes, dom Liborio, o frio da noite, ele todo suado e sem casaco, a carroça, os perigos da guerra, aquele dinheiro que custei a ele ao nascer — ora cem, ora quinhentas, ora mil liras.

Aos cinco anos eu já sabia cada detalhe de como ele tinha salvado minha vida e a de Rusinè de um gravíssimo risco de morte que, de fato, eu percebia, consistia nem mais nem menos em meu corpo, o corpo do subscrito que se recusava a nascer como se deve. Ao longo do tempo, todas as vezes que ele repetia essa história, eu o observava com uma gratidão incerta e muitas perguntas na ponta da língua. Foi preciso recorrer ao fórceps? E como não me deixou nenhuma marca? Eu nasci de cesárea? O médico era mesmo necessário ou não? Ele passava por cima daqueles detalhes, os considerava supérfluos, preferia concentrar-se em si. E quanto mais contava, mais seu papel salvífico crescia. A partir dos anos 1970, começou até a insistir no fato de que o destino na verdade decidira que minha mãe morreria de parto em 1943. E com certeza teria morrido, exclamava, se ele não tivesse ido correndo buscar o cirurgião, superando obstáculos e desafiando os perigos da noite gélida, sem casaco, debaixo dos bombardeios. Como para sugerir, penso, que os anos que Rusinè viveria em seguida, entre 1943 e 1965, quando depois teve de fato que morrer, mesmo que ele tivesse tentado salvá-la mais uma vez, houvessem sido no fim das contas uma dádiva dele, um presente de amor que ele lhe dera.

Sua esposa devia muitíssimo a ele. Na velhice, se apresentava como um marido solícito. Atribuía até os rios de lágrimas que ele a fez derramar logo depois do parto a efeitos colaterais de suas ações amorosas. De fato, antes de retornar a Menton, escreveu ao pai para que viesse imediatamente buscar a nora e o neto e levá-los embora daquele cômodo fedorento, cheio de *strunz* que não tinham movido uma palha para ajudá-lo. Não queria que o filho ficasse à mercê de alguém como dom Libório, de ineptos como Peppino, Attilio, Espedito, Matteo. Tinha decidido que era melhor que eu e minha mãe ficássemos com os pais dele em Savignano. Com efeito, de uma hora para outra, em plena guerra Rusinè foi forçada a deixar a mãe, o irmão, as avós, as tias com quem crescera para ir morar com os quase desconhecidos que eram seus sogros e cunhadas, levando no colo o filho recém-nascido. Quanta dor naquela separação. Ela, Nannina e as tias choraram um riacho. Lágrimas de mulher, dizia Federí. Ele tinha agido daquela maneira, exercendo sua nova autoridade de pai de família, para o bem de Rusinè e meu. Feito isso, voltou para a guerra.

Ele estava em Avignon quando lhe chegou uma notícia terrível: sua irmã Modesta, de dezessete anos, tinha morrido. Depois daquele desgraçado decesso — eram justamente essas as palavras que ele usava em suas histórias —, obteve uma licença extraordinária de catorze dias, incluída a viagem, e partiu para Nápoles.

Não sei nada de Modesta, é o fantasma de uma menina loura e olhar tristonho, de cor anêmica, que conservei por décadas, ora a meio busto contra um fundo escuro — talvez uma aquarela ou óleo de meu pai —, ora entre os braços de minha mãe enquanto lhe diz, antes de exalar o último suspiro: "Rosa, fique perto de mim, não me abandone".

Quando eu era pequeno, muitas vezes a via de repente atrás dos batentes das portas da Via Gemito, na despensa sem janelas ao fundo do corredor, nos espelhos, em todos os cantos escuros da casa, e até por isso — devo dizer —, em março de 1948, eu me aventurava muito a contragosto pelo corredor escuro e frio até o quarto onde estava o paletó de meu pai com seus cigarros.

Naqueles anos os terrores pululavam, eu tinha muitas memórias recentes de coisas ruins. E aquilo que eu não recordava em primeira mão me chegava pela boca dos outros e me feria os nervos. Contava-se, por exemplo, que minha mãe havia chorado sua jovem cunhada a ponto de estragar o leite que me dava. Contava-se que Modesta se agarrara a ela e não queria soltá-la, mesmo depois de morta. Naqueles relatos, "Modesta" soava como um nome horrível da angústia, como a possibilidade de morrer antes de crescer, tempo interrompido cedo demais e de modo incoerente, olhos vermelhos no rosto lunar da dor. Quem falava desse jeito era a avó Filomena, mãe de meu pai, acrescentando imagens de dor ao quadro de desespero, mas sem nenhum detalhe, nem sequer a causa da morte, como se a filha tivesse sido levada pela água e pelo vento, e só restasse invocar seu nome de uma sacada, do parapeito de uma janela. Minha mãe também falava desse jeito, embora geralmente narrasse com o silêncio, um meio-sorriso de lamento, um sobressalto no olhar. Por meio delas, ou talvez pela conversa fúnebre dos carunchos no coração da noite, adquiri a percepção de um sopro de menina atrás da cortina da sala de jantar, ao fim da tarde.

Já meu pai só se referia à irmã — depois de atribuir a ela, como de resto a todos os parentes, uma saúde de ferro, uma beleza extraordinária e uma grande inteligência — para associar seu desgraçado decesso à licença providencial de catorze dias. Aliás, parecia até que a consequência mais relevante daquela morte fosse justamente o trem que agora, no alvorecer de 27 de agosto, após uma longa viagem cheia de perigos, o conduzia à estação de Nápoles, magro, pálido, dentro de um uniforme que lhe dançava sobre o corpo.

Ao contar o caso, recorria a verbos no imperfeito como se quisesse deixar os acontecimentos ainda em fase de conclusão, justo para voltar a aperfeiçoá-los de tanto em tanto, esclarecendo nexos e eliminando incongruências. Ali, em Nápoles, descobria que o comboio para Savignano só sairia dali a duas horas. Então ele ia até a Via Zara, 18, uma rua importante de sua vida, onde ficava a casa do pai em um dos quatro edifícios do bairro Ferroviários, na qual vivera dos doze anos até o dia em que foi mandado para o front, na França, quem sabe na Rússia, e onde moraria no início do pós-guerra. Na Via Zara pôde constatar com os próprios olhos que uma bomba aliada, caída em julho na pracinha, tinha arrancado o pavimento de pedra lávica e danificado o apartamento dos pais no primeiro andar, destruindo com a onda do impacto a parede do quarto de dormir. Então ele voltava à estação e tomava o trem para Savignano, onde, uma vez chegado, podia prantear Modesta, cumprimentar os pais, irmãos e irmãs, e reabraçar a esposa de vinte e dois anos e o filho de seis meses. Depois de alguns dias, porém, decidia partir com Rusinè e o bebê para Saviano com o intuito de contentar sua jovem esposa, que, sob a impressão da morte de Modesta, temia pela sorte da mãe, dos irmãos, dos parentes, e desejava se reunir a eles. E eis então que ele voltava com a pequena família, entre tios, tias, sogra e cunhado, ao cômodo fétido.

Era uma fala assim, sem interrupções, em que como sempre uma frase puxava a outra segundo certa consequencialidade. Aquilo que na voz de minha avó Filomena ou nos silêncios de minha mãe parecia ocorrer ao acaso, na de meu pai revelava um andamento clarividente que me impressionava. Modesta, Modesta. Mesmo de maneiras diferentes, as duas mulheres se desesperavam porque o que havia ocorrido também podia — meu Deus — não ter sido; minha avó se exaltava: "Minha Modesta não devia ter morrido"; e minha mãe, ainda em fins dos anos 1950, às vezes fazia cálculos mentais e dizia: "Hoje Modesta teria trinta e dois anos"; de modo que eu mesmo, tocado pelos suspiros delas, terminava olhando cada coisa do mundo com certa perplexidade, me esforçando para imaginar tudo o que havia como se não existisse, ou de todo modo desfeito e refeito sob outras formas, nada de certo sob o sol, nem mesmo o sol. Já meu pai, a partir da morte de Modesta, construía etapas obrigatórias e sugeria uma ideia de crescente predeterminação que, se não tinha a capacidade de apagar o sentimento de angústia — ser Modesta, que horror: uma personagem menor já no nome, uma linha ou duas e acabou, apenas aquela permanência fantasmática atrás de uma cortina à noite, que minha avó, os carunchos e minha mãe lhe asseguravam —, no entanto me transmitia um prazeroso abandono, nada de miseravelmente desconjuntado, uma alegria de construção bem-feita. Quanta coisa, caso se quisesse, era debitada à sombra daquela minha tia tão jovem. Tinha morrido para permitir que o irmão, meu pai, se salvasse da deportação para a Alemanha. Tinha morrido — eu imaginava na infância, intimamente — por amor à minha mãe, para tirá-la dos estranhos entre os quais Federí a deportara e fazê-la voltar a Saviano, para sua mãe.

Em suma, narrado daquela maneira, seu decesso liberava energias e se transformava não em um fim, mas num incipit. Até a dor que causava servia não para falar daquela dor, mas para explicar como Federí conseguiu reabraçar seus queridos a tempo. E quando tudo de repente parecia rumar de novo para o pior — a licença dele havia expirado, era obrigado a retornar ao front, as pessoas queridas a quem Modesta o reunira ao se imolar seriam mais uma vez abandonadas no grande cômodo de Saviano —, eu sabia que era preciso esperar, sua voz de tons profundos logo articularia modulações de palavras, uma seguida da outra, uma rede de proteção sobre o abismo.

Por exemplo, a partida de Saviano. A princípio parecia definitiva, Federí tornou a vestir o uniforme, apresentou-se ao comando de polícia, carimbou o documento de reentrada e, depois de abraços, beijos e lágrimas, partiu desconsolado para Nápoles com o trenzinho de Nola-Baiano. Quem sabe quando poderia rever seu filho e Rusinè. Quem sabe o que os desastres da guerra reservavam a ele. Deprimido, chegou de novo à cidade em 10 de setembro, por volta das quatro da tarde. A confusão era geral. Informou-se sobre os trens para Roma, mas a linha da Via Formia estava interrompida, e a da Via Cassino só ia até Cápua. Então, buscando mais informações, foi falar com o primeiro assistente do chefe de estação, um sujeito que ele conhecia, e o assistente — aí está o novo e providencial golpe de cena — lhe aconselhou textualmente: "Rapaz, volte para casa. Os alemães estão revistando todos os militares que passam por Cápua. Dizem que Badoglio assinou o armistício".

Federí olhou alarmado ao redor, mas ainda bem que não havia alemães na estação. Então procurou algum trem que o levasse de volta a Saviano: nada, o próximo só sairia às seis da manhã. Então começou a caminhar ao longo dos trilhos, vinte quilômetros de suplício. Reapareceu diante de Rusinè e dos parentes dela às nove da noite, exausto, faminto, querendo arrancar logo de cima do corpo o horroroso uniforme de soldado raso.

No dia seguinte, temendo ser acusado de deserção, apresentou-se em trajes civis ao chefe de polícia. Disse: "Os trens estão parados, em Nápoles me disseram que a situação está feia, o que eu devo fazer?". O suboficial assinou para ele uma prorrogação da licença por motivo excepcional e o dispensou com palavras apreensivas, exatamente como o chefe de estação: "Rapaz, ouça o que lhe digo, vá para casa e não saia de lá até que os americanos cheguem".

Ele seguiu à risca aquela recomendação. Ficou trancado em casa — o cômodo fedorento — até receber das mulheres em missão de reconhecimento, em 16 de setembro, a notícia de que os americanos tinham desembarcado em Salerno. Somente nesse momento pôs, cauteloso, o nariz para fora. Mas em 20 de setembro as mulheres em missão voltaram gritando: "Homens, se escondam, os alemães estão chegando". E meu pai se trancou em casa de novo.

Imagino aquele período de reclusão no cômodo de Saviano como um tempo de descobertas. Minha mãe, por exemplo, deve ter se dado conta só então do tipo de marido que lhe coube. De 1938 a 1940 tinham sido namorados, e um namorado não tem nada a ver com um marido. Em 1940 ele tinha partido para a guerra, e a distância, interrompida por algumas licenças, deve ter revelado a ela apenas que se tratava de um homem em certos aspectos enfadonho. Em 1942 se casaram, mas só tiveram o tempo de me conceber em Florença, depois Federí teve que retornar ao front. Portanto, se se exclui a rápida licença por meu nascimento (licença conturbada e cheia de tensões), quando eles tiveram tempo e meios de saber realmente que tipo de pessoas eram?

Quanto a mim, o menino obediente que está indo buscar os cigarros no quarto de dormir, dizem que só me dei conta dele mais tarde, e com desgosto. Eu tinha oito meses de vida quando ele apareceu em Savignano pela morte de Modesta e depois, forçado pelo desespero de minha mãe, nos reconduziu a Saviano. Ela dizia rindo que, em um primeiro momento, eu não gostara dele e o repelia golpeando-o com a mão assim que se aproximava; aliás, quando ele insistia em me paparicar, eu caía no choro. Ele mesmo, meu pai, confirmava um tanto a contragosto em seus relatos que se, por exemplo, colocava um braço nos ombros da esposa, eu logo choramingava e tentava afastá-lo. Ou seja, é provável que eu tivesse certa dificuldade em reconhecê-lo como meu pai. Talvez me sentisse mais à vontade com os outros homens da família: o irmão de Rusinè, Peppino, muito gentil e engraçado, um tio de ouro, sempre disposto a brincar, que eu amei muito; ou Matteo, Attilio, Espedito. A voz do sangue, que meu pai considerava relevantíssima e incontroversa, em meu caso demorou a se fazer ouvir. Para isso deve ter contribuído bastante a impressão que ele me causou naqueles dias e que, pensando bem, ainda me causa, porque basta um nada para que torne a despontar o ser de quase oito meses que se agarra assustado à mãe. O que há naquele boneco de matéria viva, sílabas desconexas e choros, uma memória que conserva pouco ou nada? Por que tem tanto medo do estranho pálido de testa proeminente, o jovem ansioso e de humor instável que quer dormir com eles e insiste em demonstrar que aquela mulher é sua, aquele filho é seu, e por isso tem o direito de mandar nos dois?

O pequeno, de tranquilo que era, agora está sempre nervoso. Só encontra um pouco de paz quando a mãe de vinte e dois anos o leva para fora até a colina, ao sol, ao banheiro turco, até o alto de uma feia escadaria carcomida com degraus de pedra escura.

Ou o segura pela mão e o ajuda a dar os primeiros passos no pátio, para onde se abrem as portas dos apartamentos de dom Liborio, o sinistro dono do cortiço arruinado. Quanto mais o menino se distancia do cômodo e do pai, mais se aquieta. Rusinè se diverte com isso, balbucia que nem ele ao falar, leva-o para fora do prédio, à ruela que de um lado leva à cidade e, de outro, a um campo cultivado de hortaliças. E depois, pronto, tem a impressão de que o marido gritou alguma coisa e volta às carreiras.

Passará um bom tempo até que ela se acostume com aquela voz que berra Rusinè, que quer isso e precisa daquilo, não tolera esperar um minuto sequer. Quando acorre ofegante com o filho no colo, ele já está irritadíssimo, protesta, não gosta de Peppino, não gosta da sogra, não gosta das tias, não gosta dos maridos das tias. Quando era noivo se continha, mas desde que casou não se controla mais. Começou a cuspir veneno naquelas pessoas que ela ama.

Todos os moradores do grande cômodo provavelmente ficaram mais que felizes com o meu retorno e de minha mãe. Mas duvido que, depois das cenas furiosas de meu nascimento, oito meses antes, também estivessem felizes de ter meu pai diariamente entre eles. O ambiente era amplo, havia até uma bela sacada, mas catorze pessoas ali dentro eram demais, sufocavam, e o convívio só era possível quando se tinha um temperamento fácil.

Ele não tinha um temperamento fácil. Em suas histórias, mais cedo ou mais tarde sempre revelava um traço marcante: mal suportava as contingências, especialmente aquelas em que os significados profundos de sua presença no mundo pareciam meras flores despetaladas. Então semeava nostalgias e venenos. Coisas do tipo: onde ele foi parar? Prisioneiro em um cômodo fétido. Assim, era melhor o front. A Côte d'Azur, Mimí. Até poucos meses antes ele falava francês em Avignon com uma leve cadência patoá e era amigo da pintora Rose Fleury, de dezoito anos. Quando podia, deixava de lado seu transceptor e ia de bicicleta para a orla do Ródano, levando Rose na barra. Ah, aqui sim que era uma vida adequada. Ela elogiava a escola de Barbizon, ele, a escola de Posillipo. Depois achavam um lugarzinho bonito e começavam a pintar suas impressões das paisagens. Toda a atmosfera era uma festa, nomes de artistas ecoavam com pontos de exclamação, os quais soavam como novidade para ele que, infelizmente, era autodidata e só agora começava a se familiarizar. Quanto devia àquela jovem culta e de boas maneiras! Foi ela quem lhe falou pela primeira vez de Rousseau, Millet, Corot, Díaz, Dupré, Troyon, Daubigny. Sem contar Cézanne, o incompreensível Cézanne com suas paisagens mal reproduzidas do real, a quem meu pai, birrento, opunha a arte de Gigante, Carelli e Pitloo.

Já naquele cômodo, naquela atmosfera malcheirosa, o que ecoava? Nada. No máximo os peidos do irmão de minha mãe, Peppino, com quem ele ainda implicava, e continuou implicando nos anos seguintes, como se sua simples existência o ofendesse.

Como lhe irritava que a sogra louvasse constantemente aquele filho. Lindo, ela insistia: as meninas, segundo ela, saracoteavam em saracoteios. Imagens que deixavam meu pai bicudo. Afinal de contas, onde é que estava toda essa beleza? Em uma família de feiosos (exceto Rusinè, que por milagre veio ao mundo bem-feita), um meio feio como aquele era logo declarado um adônis. Não tolerava exageros quando diziam respeito aos outros, e sofria com a centralidade que era cegamente dispensada ao cunhado, um rapaz sem nenhuma excelência, apenas uma boca a mais para comer, um cu para cagar. Ele, ao retornar do front, esperava uma acolhida digna, já que era um homem de valor, um metro e oitenta e um de altura, bem-proporcionado, testa muito ampla, lábios carnudos, que entre outras coisas acabara de conhecer a escola de Barbizon graças à refinada Rose Fleury. No entanto, não havia naquele cômodo um cão — exceto a esposa, embora ela mesma andasse meio distraída naquelas circunstâncias — que mostrasse apreciar suas grandes qualidades, os retratos que esboçava de Rusinè, da avó Nannina, de seu primogênito, até do belíssimo cunhado.

Pérolas aos porcos. Era até inútil contar que, entre os poucos volumes que sobraram da biblioteca devastada do Caravan Palace de Menton, ele tinha encontrado um livro com reproduções da melhor arte da Europa e começara a copiá-los. Quem naquela situação dava importância à história dos seus progressos de pintor? Quem naquele cômodo se lixava que, em Pierrefeu-du-Var, no celeiro onde os radiotécnicos tinham se alojado, e em Avignon, no palacete residencial onde se abrigou com outros cinco militares, tinha reproduzido *As Senhoritas à Beira do Sena*, de Courbet, e também um nu do grande Gustave, o *Pierrot* e o *Dom Quixote* de Daumier, notando, caralho, com uma alegria que lhe tirava o fôlego, que realmente sabia refazê-los: a folhagem, as pedras da orla, as nádegas consistentes, as manchas bem definidas de cor impressionista. Ninguém estava nem aí. Era tratado pura e simplesmente como o marido ex-soldado de Rusinè. Nenhuma consideração. Os melhores bocados iam para o jovem Peppino. Para ele, Federí, apenas a polenta feita de farelo.

No entanto — e aí atacava com o dinheiro —, tinha trazido do front muitos milhares de liras. Com essa grana, a sogra comprara farinha e azeite. Mas tudo acabara em um piscar de olhos, certamente escondido por aqueles bostas dos parentes de sua mulher, para ser consumido em segredo, sem Rusinè e o filho, sem ele. Acima de tudo sem ele, que na prática era o que menos comia entre todos, já que sua consciência — era o único que tinha consciência naquele cômodo — lhe dizia que desse parte de sua porção a Rosa, que tinha o menino para amamentar.

Mas claro: ele não era um bicho como os outros. Imprecava assim o dia inteiro. Em um cômodo lotado, onde no entanto ninguém levantava a voz e até aquele momento se vivia em harmonia e com amor, ele se instalara assustando o menino com aqueles tons exaltados. "Fique quieto", Rusinè lhe sussurrava, lançando-lhe olhares de reprovação. Mas ele, que não queria outra coisa senão brigar, logo implicava com a esposa de um modo que depois se tornou rotineiro: começando pelo dinheiro, fazendo cálculos, exigindo prestação de contas.

Enquanto estava combatendo na guerra — ele lhe jogava na cara —, ela ia embolsando mês a mês o salário que ele recebia. O qual, atenção, não era mais o de um operário eletricista qualquer: fizera um concurso em 1939, tinha se tornado subchefe das ferrovias em 1940 graças à sua brilhante inteligência, ganhava mil e duzentas liras. E então? Que merda tinham feito com aquele dinheiro? Tudo bem, tudo bem: seiscentas liras se perderam diretamente com o pai, que, na condição de operário, e tendo mulher e cinco filhos para cuidar, ganhava apenas quatrocentas e cinquenta liras e evidentemente precisava de ajuda. Mas e as outras seiscentas? E as duzentas e cinquenta que o Estado lhe pagava por ser esposa de um combatente? Que filho da puta tinha comido suas oitocentas e cinquenta liras ao mês desde que eles se casaram, de maio de 1942 até hoje, fim de setembro de 1943? A mãe dela? As irmãs da mãe? Os maridos das irmãs da mãe? Seus filhos pequenos? Peppino, o belo?

Xingava com os olhos arregalados, pressionando minha mãe e apontando para mim. "E a este aqui, quem lhe dá de comer?", gritava. Concluindo: eles. Eles, os parentes, teriam que providenciar meu sustento, já que no passado sua esposa os alimentara com o salário dele, e agora ele não podia se expor, não podia sair para arranjar comida, havia o risco dos alemães.

Mas os parentes ingratos não estavam nem aí. Só lhe deixavam migalhas, sem nenhuma consideração por sua condição de procurado. Aliás, no fundo, no fundo o consideravam alguém que se refestelava de graça e ainda por cima pretendia porções mais substanciosas. Gente que não tinha olho para nada, que olhava sem ver. Gente que se safava ou não se safava, aos olhos do mundo dava na mesma. Ele, ao contrário, sabia que precisava sobreviver, tinha muitas coisas importantes a realizar. E ia até a janela, ia até a porta e voltava à janela, como uma fera no jardim zoológico.

De fora lhe chegavam os cheiros do andar de baixo, onde ficava a casa de dom Liborio. Era cheiro de farinha e de pão, de leite recém-ordenhado e de esterco, de gado na engorda que prometia bistecas e salames. Então dizia a Rusinè: "Rusinè, vá ver se a mulher de dom Liborio está precisando de ajuda". Ela ia, ajudava a mulher a amassar e assar o pão, e sempre voltava com um filãozinho. E os parentes não podiam nem chegar perto daquilo que trouxera. Era ele quem produzia as ideias, era ele quem elaborava estratégias de sobrevivência. Mas que porra. O pão conseguido pela esposa era como se ele mesmo o tivesse conquistado pessoalmente. No entanto ele não queria nem um pedaço, obrigado: queria que ela o comesse sozinha. Sim, inteiro. Precisava daquilo, tinha de fazer um leite consistente para o subscrito, que na época tinha poucos meses. Mas minha mãe insistia: "Coma também", e ele por fim comia, mas pouco, sempre ficava com uma puta fome, que o deixava fraco dos nervos. Já os parentes da esposa, segundo ele, esses sim que comiam, comiam, comiam.

Estou na porta da cozinha da Via Gemito, estou prestes a abri-la. A briga entre meus pais começou. Federí passou das recriminações sobre o dinheiro para os insultos contra os parentes de minha mãe. Ouço às minhas costas a voz dele, que sobe de tom. Acho que, em ocasiões como aquela, ele devia estar fazendo com a esposa os experimentos domésticos de um esquema interpretativo mais geral, adaptável a todos os casos de sua vida. Era um esquema simples e ao mesmo tempo robusto, dentro do qual mais cedo ou mais tarde acontecia que, apesar do articulado traçado do destino em seu proveito, alguém sem méritos levava à traição aquilo que merecidamente cabia a ele. As tias, seus maridos, enfim, os parentes de Rusinè — Federí estava berrando — haviam se apropriado dos esforços de um homem — e batia no peito — que graças a Deus sempre foi cheio de iniciativas, ferroviário com salário fixo, mas também pronto a labutar para conseguir um extra, tudo devido a sua coragem, sua inventividade, seu talento de artista. Aquela pilhagem o prejudicara, além de tê-lo ofendido. Para ele, muitos percalços de sua vida tinham começado ali. E não aguentava mais, queria uma satisfação.

"Você tem de saber que, se os destinos não se cumprem inteiramente", dirá muitas vezes nesses últimos anos, quando a velhice e um fio de depressão tornavam seus discursos mais lentos, "o predestinado nunca é o responsável por isso, mas sim a gente do mal, que aliás é ótima em confundir as coisas e em causar cizânias até entre pai e filhos." Por isso, antes de morrer, a partir de 1988, vai pôr suas memórias preto no branco. *Verba volant.* Queria deixar atrás de si um longo fio de escrita para lembrar a nós e a nossos descendentes que, com uma mulher assim — minha mãe —, disposta a cevar com o dinheiro que ele ganhava toda uma tribo de consanguíneos incapazes, sem se preocupar com a família de verdade — com uma mulher assim —, gritou agora na cozinha, me fazendo estremecer, ou está gritando, ou gritará daqui a pouco, o que eu posso fazer, *pataterno*, o que fazer, trabalhar pra caralho? Isto é, para ninguém a quem valha a pena labutar, caralho no sentido de zero, como se dissesse "para nada"?

Abro a porta, saio da cozinha que tem a mornidão dos utensílios de cobre pendurados nas paredes, reluzentes do fogo doméstico e da raiva. O ar gelado do corredor me fere no peito e nas pernas. É uma corrente lilás que sopra para longe as paredes e difunde terrores noturnos e bronquites.

"A porta!", grita meu pai logo após o caralho. E acrescenta: "*'A-currènt!*", palavra que é um sinal de alarme induzido pelo ar frio do inverno, como alfinetes nas costas.

Sempre o deixamos em meio às correntes. E no meio das correntes o metemos também nós, de propósito, para tornar sua vida ainda mais complicada. Depois vem a tosse. E o catarro. Tanto que é preciso recorrer a Corbino, outro ferroviário e nosso vizinho, cujo filho mais velho tem bigodinhos louros como um janota, está no segundo ano de medicina e, quando é preciso, vem nos fazer falar trinta e três.

Porque se pode morrer por uma corrente de ar. Escavam no peito e entre as escápulas feito um vitríolo, tanto que nosso pai, quando sente a corrente, antes de gritar *'a-currènt*, emite um som de garganta que é um dolorosíssimo aaaah, quase como atravessado por uma lâmina, e então acrescenta com certa tristeza: "Vocês querem me matar, me matar". (A ordem é esta, como se recitasse Eduardo De Filippo: *aaaah, 'a-currènt!, vuje me vulíte fa' murí a me.*) Morte que, por enquanto, excluo de desejar. Tinha apenas alguma suspeita quanto a minha mãe: ela deseja a morte desse homem?

Não é possível saber, não se saberá nunca. Com certeza é ela quem provoca o maior número de correntes de ar, abandonando-nos às lufadas justo quando estamos bem quentinhos, com as bochechas e as orelhas coradas. Nossa febre alta, segundo meu pai, é fruto da desatenção dela. Seríamos poupados das doenças se ela fosse mais atenta. Por isso, nas noites de inverno, por punição, ela terá que aquecer o ferro no fogo, passá-lo nas peças de lã e vesti-las quentes sob nossas malhas, nos peitos e nas costas, para secar o catarro.

Eu gostava do cheiro do ferro sobre a lã. Minha mãe fazia deslizar em meu peito, por baixo da malha, as peças quentes que secavam o catarro. Daquele tempo me ficaram suas pupilas vivazes, muito pretas entre cílios pretíssimos, suspensas sobre mim como hoje as borboletinhas com carrilhões nos berços dos recém-nascidos. Eram olhos intensos, cheios de imagens pensadas e guardadas. Durante anos tive dificuldade de acreditar que ela fosse incapaz de qualquer inteligência, uma mulher feita apenas para gerar filhos, nós, e só. "As mulheres", de fato nos instruía nosso pai, "são meras fazedoras." E eu acreditava nele, acreditei por muito tempo, pelo menos até 1962, quando já era um adulto.

Fazedoras, ele falava assim. Nunca imaginei pedir explicações. Na infância, me limitava a olhar minha mãe e, como ela não se incomodava, mas suspirava resignada com o ar de quem dizia "a cada qual sua cruz", eu respondia com um meio-sorriso constrangido aos sorrisos cúmplices de meu pai, que enquanto isso tentava enfiar uma mão sob sua saia e, quando ela o repelia de mau humor, gritava contente: "Fazedora!".

Palavra obscura entre as tantas que interrompiam o fluxo mais conhecido do dialeto. Naquele inverno de 1948 eu certamente ignorava seu significado, mas intuía que era uma palavra muito próxima do caralho, o mesmo que ele mencionava com tanta frequência, ora com fúria, ora com alegria. Por isso eu fazia de conta que entendia — sim, sim: fazedora —, nem que fosse só para evitar que ele resolvesse me explicar tudo até a última vírgula, com muitos exemplos práticos e, segundo ele, divertidos. Saber certas coisas sobre minha mãe me dava repulsa. Melhor o consenso, que me permitia escapar.

Agora sigo rapidamente pelo corredor, apesar de não sentir os braços, as pernas, o tronco, a cabeça. Se encontrasse meu corpo em algum canto, não o reconheceria. Sou apenas um tamborilar de palpitações impelido pelos gritos de meu pai, que nesse momento explodem na cozinha.

Sei perfeitamente que não está zangado comigo, que nunca me faria mal. Repete com frequência que, mesmo sendo capaz de machucar qualquer um, jamais machucaria seus filhos. Ele nos considera como se fôssemos um pé seu, uma perna, um braço. Somos feitos exatamente como ele, diz, não temos nada de nossa mãe. É por esse motivo, penso, que estamos a salvo. Até uma unha que fosse diferente das de meu pai nos catalogaria entre os membros da família dela, e Federí não nos sentiria mais como seus filhos. E nesse caso, sim, nos cobriria de porrada.

Portanto, esse é um período em que faço de tudo para não desagradá-lo, para parecer idêntico a ele. Escorro pelo corredor como o fio de água de um tubo rachado, me afogo no escuro. Temo os mil fantasmas que me mordem o coração, até a sombra pálida de Modesta, e no entanto me obrigo a não girar o interruptor da luz. É possível que ainda não tenha luz elétrica na Via Gemito, e que minha avó faça luz com um pedaço de cordão queimado em um pratinho com um pouco de óleo, o que produz figuras angustiantes nas paredes avermelhadas. É possível até que tenham cortado a luz elétrica, uma vez que Rusinè deixou que os parentes roubassem todo o dinheiro, especialmente o do teatro Bellini, e não pôde pagar a conta. Mas em geral não ligo o interruptor porque tenho medo de que ele grite: "Nesta casa sempre há luzes acesas, parece a festa de Piedigrotta". Aqueles protestos me assustam tanto que, mesmo agora que escrevo e já está escuro, nem sequer penso em acender a luz. É Rusinè quem desperdiça insensatamente os recursos da casa, não eu. Faço todo o esforço para me parecer muito diferente dela, de minha avó, do irmão de minha mãe, até de Giuseppe, o avô materno que nunca conheci, motorneiro, morto de alguma doença ou de acidente no trabalho aos vinte e quatro anos. Gente de nada, sarracenos com meio dedo de testa, escuros, sem a estampa normanda de Federí e de seus filhos. Ou seja, nós. Nós, que somos descendentes dos príncipes do Norte — explica meu pai —, de Mann (homem) e Nor (norte), ele sabe todas as línguas, alemão, francês, inglês e latim. Suábios do séquito de Frederico da Suábia, todos artistas e todos com um estro que cintila nos olhos e assinala: eu sou eu, eu, eu.

Por isso, faço de tudo para sempre me mostrar de modo correto nos espaços corretos e na hora correta. Tenho muito medo de que ele de repente perceba algum traço daqueles outros oculto em meu corpo, pessoas não confiáveis como se revelaram no grande cômodo de Saviano, animais sem inventividade, sem nenhuma excelência. Tenho tanto medo que sinto um calafrio bem no instante em que estou para alcançar o quarto de dormir e pegar os cigarros, imagino que subitamente meus pés não são mais como os de meu legítimo genitor, nem as mãos, o polegar, o indicador, o médio, tudo errado. Agora temo descobrir, na penumbra do quarto mal iluminado por uma luzinha acesa em devoção a Nossa Senhora de Pompeia, dentro do espelho do toalete, que não tenho mais o aspecto do filho daquele homem na cozinha, mas, por exemplo, do filho de um crocodilo. O crocodilo me dá mais medo que as baratas pretas e reluzentes que muitas vezes vejo correr pela casa. Não quero ser um corpo de bicho, língua de réptil, psssss.

Nos últimos anos, meu pai contava os dias de guerra em Saviano como se os verdadeiros inimigos fossem o dono da casa, dom Liborio, o irmão de minha mãe e todos os parentes egoístas e aproveitadores de sua mulher. Como, só para dar um exemplo, tio Matteo.

Esse tio Matteo — que, como se sabe, era casado com tia Assunta —, Federí o retratava como um tipo bem nutrido, quarenta e cinco anos, ótimo conhecedor da área. Em sua opinião, bastava olhar para ele e entender que o sujeito sabia como e onde encontrar comida sem temer os alemães. No entanto, sempre voltava para casa com uma ninharia, ou mesmo de mãos abanando. Isso irritava meu pai, que passou a espiá-lo e, ao vê-lo robusto, de boa aparência e ótimo humor, suspeitava que, antes de retornar ao cômodo, ele devorasse frangos numa taverna da cidade ou comesse sozinho tudo o que conseguia arranjar para não dividir nada não só com os parentes, mas até com a esposa. Resumindo, um egoísta. Um egoísta de merda, o definia com indignação crescente.

Ele teve a comprovação desse comportamento desumano quando, certa vez que estava sozinho no cômodo com Rusinè ("Mas então, apesar dos alemães, todos saíam daquele cômodo, não só tio Matteo? Todos menos você?", eu tinha vontade de perguntar na infância, mas me calava para não me indispor com ele ou metê-lo em dificuldades), foi vasculhar a cômoda, bem na gaveta de tio Matteo e tia Assunta. Mas vasculhar por acaso, especificava, só para passar o tempo. Aliás, nem mesmo vasculhar. Aconteceu que, enquanto conversava com Rusinè, agitou distraído o pé e a gaveta se abriu por acidente, revelando ali dentro, envolvido em um guardanapo (meu pai dizia: escondido em um guardanapo), um grande pão caseiro de trigo que pesava uns dois quilos.

Diante daquele espetáculo, ficou furioso. Gritou para a esposa: "E isso aqui, o que é?". A esposa: "É pão". Ele: "E de quem é?". A esposa: "Do tio Matteo". Ou seja, o homem de merda, o tio do caralho que escondia pão na gaveta da cômoda. Meu pai agarrou o pão e já ia despedaçá-lo com avidez, mas Rusinè se lançou contra ele gritando: "Não, Federí, não é nosso". Minha mãe tinha o senso daquilo que é meu e do que é seu. Sentia que o pão era para tia Assunta, a irmã de sua mãe que a criara e por quem tinha muita gratidão. Não lhe parecia correto que o marido cravasse os dentes nele. Tentou arrancá-lo de suas mãos, e nesse ponto ele lhe deu uma bofetada.

É a famosa bofetada que admitia ter dado: a única em vinte e três anos de casamento. Além de contar para mim várias vezes, de viva voz, ele o escreveu em seus cadernos de memórias com solenidade patética: "Foi a primeira e a última bofetada que lhe dei". Aliás, nem sequer um tapa mais forte, pontuava: foi somente um tapinha demonstrativo que eu, no entanto, mesmo estando presente, não podia lembrar, era muito pequeno. Mas me jurava que não a machucara. Limitara-se a um golpe leve, só para que ela entendesse definitivamente que, quando ele decidia uma coisa, ninguém podia impedi-lo, nem mesmo sua esposa. De fato, enquanto os cinco dedos da mão se desenhavam na cara de minha mãe, ele correu para pegar uma faca. Com ela, afundando-a decidido, cortou o pão em três partes iguais. Uma parte ele pôs de volta na cômoda. Quanto às outras duas, uma para ele e outra para a mulher, ele as cortou em oito fatias, esfregou alho nelas, pôs um pouco de azeite e começou a comer.

Rusinè chorava com o menino no colo, um choro incontrolável. A intervalos fixos, o marido lhe estendia uma fatia dizendo "Coma", mas ela nada, estava de cara amarrada. Então Federí não só começou a passar a fatia debaixo do nariz dela, para que sentisse o perfume, mas também lhe fez caretas engraçadas, para diverti-la. No fim das contas Rusinè meio que chorava, meio que sorria, até que aceitou comer. Ou pelo menos assim ele contava. Depois tio Matteo voltou, procurou o pão, achou apenas um terço e perguntou: "Onde o pão foi parar?". Rusinè ficou muda em um canto, de olhos baixos. Quanto a meu pai, quando aquele homenzarrão se virou para ele com olhar interrogativo, respondeu com voz firme: "Eu comi de bom grado, com alho e óleo, à sua saúde. E ainda bem que foi suficiente para mim e que lhe deixei um pouco. Se ainda estivesse com fome, teria deixado em sua gaveta apenas *'na cap' e cazz*". Exatamente essas palavras. Tio Matteo deu de ombros e resmungou: "O que posso lhe dizer, Federí? Você fez bem". Por medo, na opinião de meu pai. E na minha também.

Desde menino, eu pensava incomodado que sentiria medo de alguém que se comportasse daquele jeito, que falasse daquele jeito. Federí devia parecer um tipo muito perigoso. Aliás, imaginava que todos os tios daquele grande cômodo em Saviano, provavelmente presentes àquela cena, intuíssem sua periculosidade e se calassem por comodidade. Ou talvez apenas fechassem um olho aos seus aspectos mais tremendos porque seduzidos pelos espantosos: um ar de grande aristocrata, uma conversa divertida, a rapidez com que desenhava pessoas e objetos com um toco de lápis.

Quanto a ele, não, nada neles o seduzia. Com os anos, aumentou cada vez mais os insultos: vão se catar, seus vagabundos inúteis, bando de inúteis — a habitual ladainha de ofensas ferozes. Eu ficava ouvindo em silêncio — como sempre ouvi, por diversos motivos, até quando ele morreu — e não ousava lhe confessar que eu, ao contrário, amava aqueles parentes, todos eles, e não admitia que tivessem cometido nenhuma das culpas que meu pai lhes atribuía. Eu os amei desde a primeiríssima infância, em segredo: tia Assunta, tão parecida com minha avó, que ainda nos anos 1960 vendia frutas e verduras com o marido, tio Matteo; tia Maria, manca, a cabeça levemente inclinada, que fazia café em seu bar e vendia os doces que tio Espedito produzia na cozinha; tia Carmela, de aparência sempre alegre, que recheava nosso pão com presunto, mortadela, salame e falava tanto quanto o marido, tio Attilio, se calava; tio Peppino, o irmão de minha mãe, com quem eu teria saído com gosto daquela casa de gritos obscenos e pancadas, se ele quisesse ter me levado junto. Da parte deles, só me lembrava de gentilezas. Certas vezes tive vontade de dizer a meu pai, em um tom pacato (gentilezas, papai); noutras, quis escandir-lhe com maldade (gen-ti-le-zas). E gritar-lhe com rancor que eram os parentes dele que me davam medo, desde a primeira infância: não só o avô Mimí, mas também a avó Filomena e cada uma das irmãs. Exatamente o contrário do que ele queria que nós, filhos, sentíssemos e pensássemos. Mas não havia nada a fazer: na memória, o bom caráter de minha mãe se estendeu sem contradições a todos os parentes dela, enquanto a violência de meu pai se alongou sem interrupções até os parentes que eu nunca tinha visto, dos quais apenas ouvira falar; por isso, acho, a partir do início da adolescência, quanto mais me esforcei em exibir a ele nossas semelhanças, mais me preparei silenciosamente para ser como a outra tribo.

No andar de baixo daquele prédio em Saviano morava dom Ciccillo, o ourives, ótimo em trabalhar o ouro e a prata, que também vivia refugiado com a mulher, uma filha da idade de Rusinè, um filho de dezenove anos e um rapazinho de catorze, muito simpático, muito esperto, que, quando era preciso, ia até Nápoles comprar e vender em nome do pai.

Com dom Ciccillo era possível conversar. Não era cego e surdo em relação à arte como todos os inquilinos da casa. De vez em quando, cautelosamente, meu pai ia visitá-lo. Sempre o encontrava ao lado de sua bancada, sempre com uma lente no olho, sempre manejando com as mãos pequenas e brancas instrumentos delicados, martelinhos e pinças, limas e cinzéis, alicates e ganchos. Entre uma conversa e outra, tinha encontrado um jeito de dizer ao ourives que ele era ferroviário somente por acaso: no fundo, era um artista e grande desenhista. Dom Ciccillo não pestanejou, apenas disse: "Bravo!". Mas certo dia, de modo inesperado, ele subiu ao cômodo e se apresentou a meu pai com duas esferas de prata reluzentes, de uns quarenta centímetros de diâmetro, explicando que de Nápoles, onde ainda havia demanda para aquele tipo de trabalho apesar dos tempos difíceis, lhe chegara uma encomenda de dois mapas-múndi, urgentes, a serem entregues em cinco dias. "Se o senhor é realmente um artista", lhe disse exibindo as esferas, "não poderia, por gentileza, traçar o desenho dos continentes aqui em cima, como eram no tempo da descoberta da América?"

Imagine: meu pai desenhou os continentes num piscar de olhos, deixando o homem boquiaberto. E o fez apenas pelo gosto de fazer — nesse ponto eu acreditava nele, e ainda acredito —, sem pensar em um ganho qualquer: para ele, primeiro vinha o prazer de pôr seu talento à prova, depois o lucro, se fosse o caso. Mas dom Ciccillo foi generoso, quis lhe dar mil e duzentas liras. Não só isso, a coisa foi adiante: visto que o ourives agora se mostrava mais disponível, meu pai lhe perguntou se poderia ver como ele usava o escalpelo, e o outro concordou de bom grado. De tanto olhar, Federí, que era rápido em aprender as coisas do intelecto e da arte, declarou que ele também era capaz de fazer aquele trabalho. Dom Ciccillo sorriu um tanto cético, lhe passou o formão, e eis que meu pai traçou com mão segura algumas caravelas e uns ventos de bochechas infladas que sopravam nas velas. Maravilha. Meu pai ganhou mais três mil liras, muita admiração e uma confidência: em Nápoles, lhe disse o ourives, para quem tinha o dom da arte, naquele momento havia um único modo de fazer dinheiro: dar início a um mercado de antiguidades que parecessem realmente antigas, artigos para vender às tropas libertadoras a preços astronômicos. Ele, dom Ciccillo, já estava mexendo seus pauzinhos. Federí gostaria de colaborar?

A proposta lhe pareceu um divisor de águas, avivando-lhe a fantasia. Viu nela o caminho da vingança, a demonstração prática de que, graças a seu talento, havia meios de comer bem todos os dias, e com o prazer de inventar, de criar, de pôr para trabalhar os olhos e as mãos. Na fuça de toda a gente que não queria entender o potencial que havia nele. Aqueles *strunz* só entendiam a língua da grana. Então aqui está a grana: as quatro mil e duzentas liras de dom Ciccillo, que Rusinè logo gastou no mercado paralelo, comprando provisões. Para todos, naturalmente. Como poderia se vangloriar de seu talento sem associar à vaidade a generosidade?

Enquanto isso ele fez projetos, lançou-se logo ao trabalho e já se via a cinzelar todos os dias toneladas de antiqualhas para os libertadores. De fato os resultados começaram a aparecer rápido, belos objetos com frisos criativos. E o filho adolescente de dom Ciccillo também fez umas viagens a Nápoles para sondar o mercado. Mas infelizmente a euforia durou pouco. Quando tudo parecia se encaminhar para o melhor, eis que a face da guerra se mostrou a Saviano, e adeus arte.

Desde 1948, frequentemente finjo que sou um morto. Os mortos me assombraram. No entanto, nunca vi um defunto de verdade, com exceção (talvez) de Modesta, em Savignano. Escutei certos sons de metralhadora, isso sim, e assovios de obuses, e baques distantes de bombas; mas nenhum morto. Evidentemente os outros me contaram, por isso agora, enquanto saio da cozinha, tenho a fantasia carregada de cadáveres, mas nenhum de primeira mão. Trata-se de imagens geradas de palavras alheias e fortalecidas por brincadeiras: cadáveres todos jovens, todos belos, todos ensanguentados.

Quando brinco com meu irmão no corredor, a certa altura quase sempre o trucido. Primeiro mato o pobre Abel, moreno de olhos vivos, que teima em me desobedecer e não estrebuchar; depois eu mesmo morro. O campo de batalha é vasto, cheio de corpos sem vida. Quando atravesso aquele corredor à noite, sempre vejo, além do habitual espectro da jovem tia Modesta, rapazes mortos de olhos abertos e a boca escancarada.

Hoje à noite, vejo uma multidão deles. Para ir até o quarto de meus pais, sou obrigado a passar ao lado da porta que dá para a escada, forçada por ladrões e pelos rumores do mundo externo.

Para protegê-la de todo perigo, há uma barra de ferro com uma extremidade fixada em um elo preso à parede, e a outra inserida em um anel de metal, pregado no batente. Durante nossas brincadeiras, essa barra é muito importante para mim e para meu irmão. Ambos nos agarramos a ela, nos contorcemos, nos penduramos de cabeça para baixo dando socos no ar, damos chutes nos segurando com as mãos, lutamos contra forças que querem nos raptar. Todo o mal se aglutina nesse ponto e nos agride para nos eliminar. Mas resistimos com gritos assustadores e, embora as formas mais monstruosas avancem para nos desgarrar daquele apoio, não nos rendemos e combatemos. Somente quando a brincadeira está para terminar, perdemos a vida, primeiro meu irmão Geppe, o mais novo, e depois eu, o mais velho. É muito raro vencermos: até quando parece que estamos prestes a conseguir, somos enfim tragados pela catástrofe. É uma imposição minha, sou o irmão mais velho. Se fosse por Geppe, sempre venceríamos de bom grado, mas eu banco o sabido dizendo — e direi por todos os anos de nossa infância — que jazer sobre a terra no próprio sangue é melhor.

Conversa fiada, claro. Quando passo veloz pelo corredor, vou de cabeça baixa, não quero ver os cadáveres que as brincadeiras deixaram espalhados no piso. Acima de tudo, não quero ver os inimigos que ainda estão colados na porta, rentes à barra de ferro. São horríveis e se zangam sobretudo com as crianças.

Certa tarde, meu pai estava jogando trunfo no cômodo. Praguejava e baixava as cartas, mostrando que sabia muito sobre tudo, por exemplo, sobre os alemães. Entre uma mão e outra, não resistia e desandava a falar: aqui e ali, deixara escapar que suas simpatias, apesar de tudo, iam instintivamente para o Exército alemão. Em suma, sentia-se mais inclinado àquelas tropas do que aos parentes e vizinhos de casa, com os quais era forçado a viver e até a jogar trunfo. Quanto aos libertadores, supondo que tivessem nos libertado, ele os considerava apenas *strunz* a quem vendia as falsas antiqualhas de dom Ciccillo.

Desde menino eu percebia bem aquele seu ar de admiração pelos soldados de Hitler. Talvez apreciasse os uniformes, dizia a mim mesmo incomodado. O certo é que ele amava neles os traços não negroides, não levantinos, como os definia, convencido de que tinha mais afinidades sobretudo físicas com aquela gente e não, digamos, com o cunhado Peppino. O certo é que não parava de repetir: "Os alemães são um grande povo" — gentis, bem-educados, uma língua esplêndida cujos rudimentos ele começara a aprender com avidez, quando era radiotécnico na França. E além disso, enfatizava, eram altos, bem-proporcionados, homens robustos, e não merdas robustas. De resto, como combatentes, eles lutavam sem ladainhas, com grande rigor tático e estratégico. Percebeu isso pessoalmente em Menton, estando cotovelo a cotovelo com eles; ou mesmo na Rússia, dizia, durante a terrível ofensiva, a terrível derrota. Naquelas circunstâncias, obviamente, eram um perigo para nós, italianos. Mas, sejamos francos, os tais libertadores não eram perigosos?

Os assim chamados libertadores — contava para me instruir sobre a realidade verdadeira da última guerra mundial — tinham submetido Saviano, cidadezinha até então poupada, a todos os horrores num único dia, entre as cinco e as seis de uma tarde de setembro. Ele se lembrava muito bem, como se fosse hoje. Estava justamente jogando trunfo quando se ouviram os aviões, que ele nomeava com ar competente: Mustang. Não se preocupou com aquilo, acontecia todos os dias: os assim chamados libertadores estavam indo certamente despejar bombas sobre Nápoles. Mas então começaram as rajadas de metralhadora, e após as metralhadoras houve um silêncio de morte. Uma coisa que congelou o sangue de todos. Na cidadezinha sempre cheia de vida não se escutava mais nenhum chamado, nenhuma voz.

Até que se levantaram os gritos vindos da estrada nacional. As mulheres da casa — minha mãe, minha avó, as irmãs de minha avó — também começaram a gritar de repente, sem saber por quê, insensatamente, apenas pelo efeito do horror que aqueles urros desumanos inspiravam. Mas quem já sabia — lá embaixo, na ruela, outras mulheres — estava gritando exatamente naquele momento: "*Curríte. 'O treno. Song-tutt-muórt*". Um ferimento repulsivo pairava no ar, de prantos e palavras, palavras e prantos.

Até que Ciccillo, o ourives, branco feito gesso, irrompeu no grande cômodo e disse: "Esses libertadores imundos metralharam o trem cheio de rapazes". Ou seja, o trem de Nola-Baiano lotado de crianças. *'Sti chiàveche*, exatamente assim na versão de meu pai: tinham metralhado o trem. E agora dom Ciccillo implorava ao *padreterno* — meu Deus, meu Deus, meu Deus — e suplicava que seu filho de catorze anos não estivesse naqueles vagões. Naquela manhã, o rapaz tinha ido a Nápoles vestindo o uniforme da Juventude Fascista para entregar as falsas antiguidades, nas quais também meu pai havia trabalhado. Ele foi o incumbido de ir porque, sendo muito novo, não corria o risco de uma varredura por parte dos alemães. Um cálculo que, aliás, muitas famílias faziam, e de fato o trem estava lotado de meninos mandados a cumprir missões nos arredores. Todos pareciam protegidos justamente porque tinham pouquíssimos anos nas costas. No entanto, *mannaggiopatatèrn*, os libertadores trucidavam até as crianças.

Meu pai, que permanecera escondido até aquele momento, correu para fora com dom Ciccillo, o ourives, querendo ajudá-lo a procurar o filho. Ele ia à frente, dom Ciccillo atrás. Segundo o relato, os dois estavam acompanhados no máximo do outro filho de dom Ciccillo e de um jovem chamado Alessandro, com quem ele costumava jogar trunfo. Mas em geral preferia ser o protagonista absoluto, e muitas vezes durante o trajeto se esquecia até do ourives. Resultado: não sei onde estavam os outros homens da casa, guardo apenas imagens confusas. Por exemplo, não posso ver o jovem tio Peppino abrindo caminho entre os mortos, sujo de sangue. Ou que, depois do bombardeio de toda aquela zona, ele corre para fora dos escombros da fábrica em que trabalhava, em Pomigliano d'Arco, coberto de pó até os cabelos, até sobre os cílios. Mas talvez eu esteja confundindo as histórias da avó Nannina, que tinham o filho como protagonista, com as de meu pai, que tinham por protagonista ele mesmo. Então, para evitar confusões, sigo meu pai e ponto-final.

E cá estamos na estrada nacional, em direção a Sant'Arpino, um grande tumulto: todos correndo para a linha do trem. Na altura do cemitério, meu pai e dom Ciccillo avistaram uma carroça carregada de cadáveres: sobre ela, eretos entre os corpos, estavam dois homens que levantavam os mortos, um pelos braços e outro pelos pés, os faziam oscilar um pouco e então os lançavam para lá do muro do cemitério. Foram inspecionar os corpos de cá e de lá do muro, mas não viram uniformes da Juventude Fascista, o filho de dom Ciccillo não estava ali. Então, com ânimo renovado, se dirigiram ao poço de Sirico, onde o trem parara. Cruzaram pelo caminho com outras quatro carroças cheias de cadáveres, mas ainda nenhum rastro do filho de dom Ciccillo. Restava o comboio, vagão após vagão. Quando chegaram, dom Ciccillo parou e vomitou. Já meu pai deu um salto e passou rapidamente de carro em carro. Muitos meninos ainda estavam sentados nos bancos de madeira como se dormissem, alguns com o queixo no peito, outros com a nuca apoiada no espaldar e a boca aberta. No entanto, a maioria estava emborcada uns sobre os outros, como se tivessem se levantado para escapar e os projéteis os tivessem abatido um a um. Uma jovem permanecia sentada com a cabeça na janela, os olhos abertos voltados para a campina. Gritos ao redor, soluços. Meu pai lhe disse: “Senhorita, levante-se, já terminou”, mas ela não se mexeu. Naquele instante, dom Ciccillo começou a berrar. Tinha encontrado o filho. Estava caído entre dois bancos, o uniforme encharcado de sangue. Uma bala entrara na ponta do ombro direito e saíra na altura da clavícula. O rapaz tinha acabado de morrer naquela poça de sangue. Quando se acalmou, mesmo sendo um homem franzino e desnutrido, o pai não quis que o ajudassem a levá-lo para casa. Ergueu o filho, o ajeitou entre os braços e refez assim toda a estrada, até deitá-lo em sua cama. Aqui a história se esfumava. Os libertadores, concluía meu pai com certa satisfação: mas que libertadores?

Os alemães, que nunca tinham dado as caras em Saviano, chegaram no dia seguinte ao metralhamento do trem. Segundo Federí, não tinham nenhum traço especial de ferocidade. Eram saqueadores, mas — sublinhava — extremamente jovens. Na infância, eu os via com cara de menino sob o capacete, empunhando o cano dos fuzis. E, como na série de imagens que meu pai evocava, eles apareciam logo após o massacre do trem e não muito depois das frases com que ele tinha dado uma ordem e um sentido à morte de Modesta, eu os percebia — os soldadinhos alemães — como nada perigosos, mas eles próprios em perigo, tal como os pequenos italianos trucidados pelos libertadores, tão expostos à morte quanto pelo menos minha tia de dezessete anos, antes de seu desgraçado decesso.

Assim, sem sequer me dar conta, eu aderia às simpatias de meu pai. E somente com o tempo (mas tarde, durante uma adolescência triste: 1958, 1959, 1960) comecei a suspeitar e pensei que havia um desenho preordenado naquela contiguidade. Às vezes penso nisso até hoje, enquanto folheio as páginas de seus cadernos em que a escrita dá, mais que a voz, uma imagem e visibilidade em direção a esse nexo, reforçando a impressão de cálculo. Mas depois digo a mim mesmo que não, talvez não houvesse cálculo algum. Havia aquele seu faro das correspondências, a necessidade de traçar linhas de articulação segundo seu talento compositivo. Um exercício do olho, nada mais que isso.

Mas lá estavam os alemães. Imberbes, sob o comando de um sujeito de seus quarenta anos. Avançavam pela cidade com a intenção de fazer uma varredura. Ou de fazer justiça, pelo menos aquele pouco que bastasse a satisfazer meu pai, de novo trancado no grande cômodo, ele, o tal do Alessandro e o irmão da esposa, Peppino.

Dessa vez é dom Liborio, o locador do aposento fétido — dono de farinhas, gado, leite, salames, presuntos e queijos que o tinham feito penar nos piores dias da fome; o que se recusara a atrelar o cavalo à carroça com a desculpa de que os aros das rodas estavam gastos —, que irrompe ofegante. Os alemães, os alemães, gritava puxando o filho atrás de si. "Vocês precisam me ajudar", pedia a meu pai, Alessandro e Peppino. Os alemães pegariam tudo o que ele tinha. Era preciso se armar. Era preciso atirar. Dizia: "Temos que atirar".

Mas meu pai respondeu com frieza: "Nós? Dom Libò, se quiser atirar, atire. As coisas são suas. *O senhor* tem que atirar, *seu filho* tem que atirar. O que a gente tem a ver com isso?". E Alessandro: "Dom Libò, o problema aqui não são suas coisas, o problema é salvar a própria pele. Então *jataffancúlo*". Mais ou menos assim, quase palavra por palavra.

Pai e filho fugiram se embrenhando pelos campos, seguidos imediatamente por Peppino, o irmão de minha mãe que, segundo meu pai, só de ouvir a palavra "alemães" corria para se esconder abandonando todo mundo à própria sorte, mãe, irmãs, sobrinho, amigos e parentes de segundo e terceiro graus, deixando-o sozinho a tomar conta das mulheres e crianças.

Não sei como podia tomar conta de nós, ele nunca se estendeu sobre o assunto. Talvez nos escondesse debaixo da cama, nos armários, em algum subterrâneo, sei lá. O fato é que, naquele caso específico, quando os jovens saqueadores alemães chegaram, minha mãe não estava mais ali, nem minha avó, nem eu, nem um só parente, nem sequer o tal Alessandro. Só havia um olhar: o dele, que decidiu não escapar (entendeu logo que os saqueadores não tinham saído à caça de homens, mas de provisões), escondendo-se em algum canto enquanto observava o caminhão avançando pela rua, precedido pelo oficial de quarenta anos.

Na altura da casa de dom Liborio, fez sinal para que parassem. Não é cruel, não é peremptório, não grita ordens como os nazistas costumam fazer. Ao contrário, meu pai o humaniza com simpatia e vê nele apenas um medo fodido no rosto cansado.

O oficial diz a seus jovens soldados que peguem o que houver para pegar. Os soldados — seis — obedecem. Invadem a entrada da casa de dom Liborio, pegam dois porcos e um vitelo, carregam o caminhão com eles. No final, saem dois rapazes na retaguarda. Meu pai detém o olhar sobre eles. Recuam para o caminhão com a máuser apontada, cada um com dois presuntos pendurados no ombro esquerdo. Coisas que o dono da casa tinha guardado só para si e a família, sem nenhum sentimento de humanidade. Os alemães fazem bem em levar tudo embora.

Quando eu era criança, escutava em grande tensão e, para dizer a verdade, esperava que ele terminasse perdoando dom Liborio e agisse no último momento em seu favor. Naquela época, durante seus relatos de guerra, eu sempre ficava à espera de que ele de repente empunhasse o fuzil e atirasse. Esperava que combatesse e morresse, isso apesar do fato de que quem contava era ele, e portanto estava vivo. Mas não, ele sempre sabia conduzir as palavras até um ponto em que tudo se resolvia com leveza, em seu proveito. Assim, a velha esposa de dom Liborio, que tinha ficado em casa para ver desesperada como os alemães lhe levavam tudo, quando os soldados se afastaram, implorou a meu pai que não a deixasse só. Era uma pobre velha aterrorizada, e Federí passou a cuidar dela. Nos dias seguintes, para evitar que ele se afastasse, o alimentou abundantemente, de manhã, de tarde e de noite. "Coma, coma", dizia. "Meu marido é um doido: *chillu strunz* queria atirar. Coma. Melhor o senhor que os alemães." E quando dom Liborio voltou furioso dos campos, sem sequer cumprimentar, a espingarda de caça nos ombros, a esposa passou a contrabandear provisões para meu pai, quase de pirraça contra o marido. De modo que até minha mãe recuperou uma cor e consequentemente eu também, graças ao leite dela. E as coisas — de modo provisório, é claro — ficaram ruins para os egoístas e boas para os generosos de verdade. De fato, era assim que ele se sentia. E reiterava com insistência, para que os que não quisessem entender compreendessem de uma vez que, se às vezes ele ficou um pouco na retaguarda, não foi por covardia, mas por uma lúcida repulsa a qualquer forma de oportunismo, pelo olhar desapaixonado de artista que radiografa as situações a cada momento e diz para si: "Mas veja só *'sti strunz*".

Federí gostava de dizer que enxergava mais longe que os outros. Acho que adorava contar os casos do passado não tanto por amor à narrativa, mas para poder mostrar que ele, ainda no meio do imbróglio, já conseguia saber como acabava. Considerava-se um verdadeiro profeta e se achava incapaz de errar uma previsão.

Frequentemente falava com entusiasmo dos seus olhos de lince. "Dez vezes em dez", dizia, sublinhando sua infalibilidade. Mostrava-se tão contente com isso que, quando minha vista começou a piorar e depois piorou de vez — tudo parecia desfocado —, ocultei-lhe o fato por um bom tempo; me pareceu que ele consideraria aquilo uma mutilação vergonhosa, sem contar a despesa com os óculos, que certamente o deixaria nervoso. Enquanto não me vi forçado a confessar minha miopia (por volta dos dezesseis anos, quando eu já vivia em uma névoa), estudei preventivamente todas as inscrições que se viam das janelas da Via Gemito, as maiores, as menores, e toda vez que ele queria apostar quem tinha a vista melhor, eu as recitava de memória, de modo que ele pudesse concluir satisfeito: "Puxou a mim, dez vezes em dez".

Ele se vangloriava não só daquele seu dom de ver as coisas nitidamente e nos mínimos detalhes, mas também de ter aquilo que definia como golpe de vista. "O golpe de vista", dizia, "é o dom do artista." E me explicava que lhe bastava um olhar de conjunto para colher e memorizar cada detalhe, aquilo que se via imediatamente e o que se ocultava atrás das aparências. "Sobretudo as cores", dizia, "sempre as enxerguei em cada mínima nuance, não como esses que se limitam a falar: é vermelho, é azul, é branco, é preto." Ele sabia como olhar. "As coisas", me explicava, "brincam de se esconder na confusão geral da vida." Segundo ele, se uma pessoa não estiver bem atenta, até as cores servem mais para ocultar que revelar. Por isso o artista tinha duas tarefas: primeira, compreender com o golpe de vista quais eram as cores verdadeiras, aquelas que não enganam; segunda, distribuí-las sobre a tela como se deve.

Certas vezes, quando eu tinha menos de dez anos, acontecia de ele me dizer: "Venha aqui que eu vou te ensinar os nomes das cores". Eu ia e ficava a seu lado. Ele tinha uma caixa de madeira horrorosa, bem rente ao cavalete, onde guardava trapos, tubos e tubinhos. Os trapos estavam quase sempre rígidos de tinta ressecada e aguarrás, os tubos e tubinhos raramente estavam cheios e reluzentes, na maioria das vezes se mostravam amassados até a ponta rosqueada. Em um canto da caixa havia uma larga folha de compensado, com uma jarra, pincéis, espátulas e uma faca de serra que éramos terminantemente proibidos de tocar. No compensado ele distribuía também as cores, antes de começar a pintar. "Esta", me dizia, remexendo na caixa com mão segura, "é o ocre amarelo, esta é o carmim, esta é a terra de Siena queimada, esta é o azul da Prússia, esta é o verde-esmeralda, este é o azul-marinho." Espremia um pouco dela no compensado e às vezes se irritava, recorrendo à faca para rasgar o tubinho e raspar a última nesga de tinta.

Eu gostava muito do cheiro das tintas, da terebintina, da aguarrás. Naquela época, também gostava muito das palavras que ele pronunciava, cheias de sugestões: ocre, carmim, terradessienaqueimada, terradessombra, verdesmeralda, azuldaprússia, azulmarinho. Especialmente o marinho escancarava marés altas. Sua voz apaixonada fazia disso tudo uma aventura de poucos segundos, inteiramente contida no azul que se espalhava sobre o compensado.

Mas depois ele perdia a paciência. Em pouco tempo a paleta estava pronta, e suas palavras se espaçavam. Passava a se fixar na tela, se esquecendo de que tinha me chamado. Talvez pusesse em ação seu olhar aguçado de artista, eu pensava, e eu o estivesse incomodando. Me sentia inseguro: temia que, se fosse embora, ele deduzisse que eu não me interessava por suas aulas e interpretaria mal; se ficasse, se irritaria e não demoraria a me perguntar: "Mimí, o que você está fazendo aqui?".

A verdade é que, quando se lembrava de que eu estava ali ao lado, ficava contente. Fumava, pintava e me explicava: "Jamais linhas pretas, menino". Porque naquela fase ele acreditava que quem usa o preto não sabe pintar. Mais tarde mudou de opinião, e mudava com frequência, pela curiosidade. A certa altura, também passou a falar bem de Cézanne, admitindo que na juventude ainda sabia muito pouco de pintura para apreciá-lo. Mas na época eu achava que tudo o que saía de sua boca era definitivo. E como ele dizia "Preto não", eu pensava: "Preto não".

Afinal, como ter dúvidas? Um artista não pode errar, ele afirmava. Acima de tudo não pode ser enganado, em nenhuma circunstância. O artista só precisava de um relance para alcançar o sentido dos fatos, a natureza autêntica das pessoas. Ele olhava para alguém e pintava; se fosse um *strunz* — e na maioria das vezes era —, percebia imediatamente: esse é um *strunz*.

Quando um punhado de libertadores chegou em tanques a Saviano, ele logo formou uma ideia clara da situação que ia se desenhando.

Tudo começou com os sinos repicando em festa. A gente da cidade saiu para as ruas, uns empunhando forcados, outros com enxadas, outros ainda com picaretas, muitos de lenço vermelho no pescoço. À frente de todos marchava dom Liborio, espingarda a tiracolo, mas não faltaram parentes de minha mãe, talvez até tio Peppino. Subiam pelos blindados como orangotangos, riam, atiravam flores, gritavam, davam tiros.

Meu pai também foi ver, mas cético. Não queria se misturar com a multidão, se sentia um individualista, e além disso não achava que os alemães desistiriam tão fácil. Por isso se mantinha afastado: alto, a testa inteligente, comigo nos braços, Rusinè ao lado, a sogra e a mãe da sogra (ou seja, minha bisavó, que na época tinha setenta e dois anos) ao lado de Rusinè.

Os libertadores desfilaram por Saviano e se dirigiram para Nola. A festa foi cessando aos poucos. Meu pai já estava voltando para casa com aquele menino de sete meses no colo, a esposa toda feliz, a sogra e a bisavó conversando, quando subitamente vieram de Nola descargas furiosas de metralhadora. Depois, em resposta, um som comprido como de alguma coisa que dispara pelos ares, ou seja, o projétil em trajetória curva de um obus, que passou sobre a cabeça dele, da minha e das três mulheres rodopiando rumo a Nápoles. Logo em seguida, um após outro, zu-ím, zu-ím, novos projéteis e um corre-corre geral: os tanques dos libertadores já estavam voltando correndo, os obuses rasgavam o céu com dezenas de projéteis, Peppino abandonava a mãe e corria para se abrigar, Espedito, Attilio e Matteo escapavam seguidos pelas esposas ágeis ou claudicantes, dom Liborio se lançava pelos campos armado inutilmente, todos cuidando apenas da própria pele.

Não meu pai. Preparado para aquele evento, de reflexos rápidos, lançou a mim e a Rusinè em uma valeta ao lado da estrada e então saltou ele mesmo ali dentro, nos cobrindo com seu corpo. Claro, sogra e bisavó ficaram desprotegidas, gritando *madonnamia* e lhe pedindo socorro. Mas acima de tudo ele precisava nos servir de escudo, e só depois pensar nelas. De fato, assim que o fogo cessou, ele se levantou, nos tirou da vala e, arrastando as duas avós atrás de si, correu para um refúgio ali perto.

Bem na hora, porque logo os disparos recomeçaram das bandas de Nápoles. Culpa — soube-se mais tarde, e meu pai relatava com certa satisfação — dos jovens saqueadores alemães que, dias antes, tinham depredado a casa de dom Liborio. Aqueles rapazes valentes haviam derrubado todos os plátanos da estrada que ia de Saviano a Nola, tornando a via impraticável para os assim chamados libertadores. Não só: dispararam com seus Panzerfaust nos Crusaders aliados que queriam ocupar Nola, forçando-os a bater em retirada. Porque — comentava — os soldados alemães são osso duro de roer, ele sempre avisou. Tanto é que, no dia seguinte, para combatê-los, os chamados libertadores mandaram bucha de canhão para Saviano: indianos, marroquinos, negros.

Os negros, segundo meu pai, tinham horríveis focinhos de chimpanzés excitados. Assim que os viu, já em Saviano começou sua obsessão. A esposa não podia sair na rua, a não ser escoltada por ele ou por outros homens da família. E não devia aceitar daquela gente nem cigarros, nem caixinhas, nem chocolates. Ele a ameaçava. Ai dela se houvesse algum contato ou troca de olhares ou sorrisos ou palavras com aqueles animais que só tinham uma coisa na cabeça: foder.

Foder, gritava pela casa. Sem distinção de sexo ou idade. *'E nire* só queriam foder as mulheres, os homens e as crianças. Até as crianças. E quanto menores, mais queriam fodê-las. Então até eu, que tinha menos de um ano, não estava seguro, minha mãe precisava estar sempre comigo. E lhe recomendava — especialmente mais tarde, em Nápoles, na Via Zara, 18 — que ficasse de olhos bem abertos. Também fazia recomendações insistentes ao irmão Antonio e a Peppino. Os negros arrombavam as portas, escalavam muros e entravam pelas janelas, podiam a qualquer momento aparecer por trás da coberta militar, aquela que substituía a parede destruída pela bomba de julho de 1943.

Antonio e Peppino davam de ombros, às vezes riam, às vezes perguntavam com ar provocador: "Tudo bem, Federí, então vamos imaginar que agora *'e nire* entrem aqui: o que você faz?". E contavam — contaram frequentemente — que meu pai ficava soturno só de pensar na ideia e depois começava a xingar, até ficar furioso como se os negros de fato tivessem entrado na casa. Quando eu começava a choramingar de medo, ele se enfurecia ainda mais. Dava socos no ar, a esmo, berrando: "Eu mato eles".

Um dia aconteceu que Antonio e Peppino, que se tornaram muito amigos, decidiram pregar uma peça em meu pai. Antonio, apesar de minha mãe implorar que ele não fizesse aquilo (Federí é perigoso, é maluco mesmo), passou no rosto uma graxa de sapato, confeccionou um turbante com alguns trapos e se ajeitou de modo que realmente parecia um indiano do Exército britânico. Depois esperaram que meu pai voltasse do teatro Bellini. Quando o avistaram no fundo da rua e escutaram seus passos nas escadas, o cunhado Peppino escancarou a porta de casa e logo gritou: "Corra, Federí". Um *niro* tinha entrado na casa, estava lá, trancado no quarto com Rusinè e o menino.

Meu pai arregalou os olhos miúdos de horror e gritou: "Peppí, que merda você está dizendo?". Então se precipitou pela casa como uma fúria, abriu a porta do quarto de dormir, viu o indiano com o turbante, pulou em cima dele e tentou esganá-lo. Antonio estrilou: "Federí, sou eu, Antonio". Minha mãe estrilou: "Solte ele, é seu irmão!". Peppino tentou tirar o cunhado de cima, implorando: "Deixe ele. *Avímme pazziàto*". Meu pai escoiceava, esganava e rugia com olhos assassinos, não estava brincando.

Eu olhava bem na cara dele — a cara daquele momento de loucura aterrorizada e homicida — quando tio Antonio e tio Peppino contavam de vez em quando aquela brincadeira. Era uma cara assustadora. Tinha uma veia inchada na testa enorme, cabelos pretos desgrenhados, a boca retorcida com os dentes compridos, as narinas dilatadas. E insistia em esganar Antonio porque não o reconhecia, não conseguia reconhecê-lo. Naquele intervalo de segundos a única verdade era a graxa, não os traços de seu irmão.

Meus dois tios evocavam aquele episódio e balançavam a cabeça, ainda incrédulos depois de tantos anos, e à medida que se aproximavam do final iam perdendo o bom humor. Quando meu pai estava presente e fazia uma expressão muito contrariada, eles lhe davam uns tapinhas no ombro e tio Antonio dizia: "'*Stu strunz*, quase me matou". Mas, quando estava ausente, a história não tinha um verdadeiro final, ninguém limpava a cara suja, ninguém abraçava ninguém, ninguém ria dizendo: "Que grande gozação". Ao contrário, aquela mascarada se tornava uma espécie de preâmbulo a outra história mais grave, dessas que não têm graça alguma. A história começava numa manhã em que tio Antonio, acho, ou tio Peppino, ou ambos foram passear com minha mãe.

Rusinè estava com um belo vestido florido e eu também tinha sido arrumado para a ocasião. Ela como sempre me levava no colo, e juntos íamos testando as palavras. Mas parece que depois, a certa altura, eu comecei a espernear, a dar gritos e balbuciar fragmentos de palavras. Ria, espichava os braços para algo ou alguém atrás de nós. Então ela se virou, tio Antonio se virou e também tio Peppino, se é que ele também estava lá.

A poucos passos de distância, alguns soldados americanos caminhavam, talvez dois, talvez três, quem sabe brancos, quem sabe pretos, e faziam caretas, botavam a língua para fora, se divertiam quando eu ria, me estendiam um chocolate. "Não, não", dizia tio Antonio. Mas parece que eu tinha agarrado um tablete, e, embora minha mãe ordenasse: "Solte agora", não houve jeito, eu dava gritinhos agudos e peguei mais um. Tenquiú, desse tio Antonio, e bai-bai: seguimos em uma direção, e os americanos em outra.

Nesse ponto do relato, o irmão de meu pai fazia uma expressão muito preocupada. Contava que tinha dito à minha mãe: "Jogue fora. Ou vamos comer logo tudo. Ou então eu escondo". Mas ela costumava ter certas atitudes cujo sentido ainda hoje me parece indecifrável. Falou: "Claro que não", e quis ficar com um tablete, como se se envergonhasse de admitir ao cunhado que não era prudente levar o chocolate para casa; ou como se esconder algo de Federí não fizesse parte de seus hábitos, considerando uma falta de respeito; ou ainda, como se toda vez esperasse que o marido tivesse comportamentos menos insensatos que das vezes anteriores.

O fato é que, quando meu pai voltou de noite, achou o chocolate bem à mostra sobre a mesa. Perguntou: "O que é isso?". Minha mãe contou do soldado americano na rua. E continuou com o tom de quem vai dizer uma coisa agradável, um acontecimento cheio de sentimentos positivos, quando precisou se interromper bruscamente.

Também tio Antonio, também tio Peppino se interrompiam naquele ponto. Balançavam a cabeça admitindo que não havia nada a fazer, às vezes era impossível dialogar com meu pai.

Santodio, não dava para segurá-lo. Ele se recusava a ouvir, se recusava a acreditar que quem pegou o tablete fui eu, seu primogênito de menos de um ano, e acusava a ela, a insultava, humilhava, golpeava. "Você", gritava, "chamou a atenção, ficou dando risinhos." Tratava-a como se tivesse se tornado uma garota de Capodichino, como essas que *'e nire* saíam para caçar. "Você não sabe", gritava. "*'E signurine 'e* Capodichino trepam com os marroquinos, e os marroquinos enchem elas de porrada, porrada até matar." Exatamente assim. Putas. *Ullèr'e pistullère, ullèr'e pistullà.*

Mas isso aconteceu mais tarde, em Nápoles. Quando os negros entraram em Saviano, ele se limitou a dizer: "Você não sai de casa, Rusinè". Depois deu uma escapadinha cautelosa, só para pôr seu inglês à prova. Descobriu que sabia falar melhor que os apóstolos que receberam do Espírito Santo o dom das línguas: um inglês fluente, graças ao qual começou a saborear uma nova fase de sua existência, fase com um toque internacional. Na cara de todos os parentes que não lhe haviam dado a devida importância e agora o olhavam boquiabertos, enquanto ele conversava disso e daquilo com os libertadores negros para ver se era possível aplicar uns golpes.

Bem na cara das pessoas da cidade, especialmente na de dom Liborio, que de novo com a espingarda a tiracolo dava uma de *partigiano*. *Partigiano* do caralho.

Assim que ia parar na boca de meu pai, grande parte das coisas do mundo se tornava propriedade privada do caralho, que ele não só citava com gosto, mas também indicava energicamente com as palmas convergindo como seta sinalética para as calças e a parte dos genitais.

Era uma de suas fórmulas preferidas, a mesma que agora estava usando com a voz vibrante em dialeto, na cozinha da Via Gemito. Gritava: "Sim, as dívidas do caralho". Me lembro nitidamente dessa expressão como se a tivesse escutado um minuto atrás, apesar de hoje eu não saber nada do que ele gritou antes e do que gritaria depois, a não ser o vago resumo de todas as brigas de então, das passadas e das que ainda viriam a ocorrer. De resto, era inútil tentar aprofundar. Anos atrás, quando comecei a juntar alguns apontamentos para clarear as ideias sobre o episódio do pavão, me detive muitas vezes naquela exclamação de Federí ("Dívidas do caralho"). Queria a partir dali rastrear a ansiedade do menino de cinco anos que está a um passo do quarto de dormir. Tentei, em parte achando graça e em parte não, sentir o impacto violento daquela fórmula em um cérebro ainda em formação: tio do caralho, libertadores do caralho, *partigiano* do caralho, dívidas do caralho. Foi perda de tempo, precisei renunciar: é totalmente insensato tentar chegar ao primeiro arranhão que as palavras fizeram em nós. No fim, preferi me concentrar na disposição dos móveis do quarto, de modo a pelo menos ter clareza sobre o espaço no qual o menino se moveria.

Desenhar as plantas dos ambientes em que morei é algo que me tranquiliza, uma espécie de sedativo contra a fantasmagoria do passado. Comecei a trabalhar nisso. Logo reencontrei a cama de casal, o armário, a mesa de cabeceira, a cômoda com a janela atrás — a qual, me dei conta agora, devia estar escancarada. Mas não porque me viesse uma lembrança nítida dela. Aliás, diria até que, mesmo vendo uma janela escancarada naquele exato momento, enquanto traçava diligentemente as linhas em uma folha, nunca poderia jurar que a janela estivesse de fato aberta naquela noite gélida de 1948. Tinha apenas repescado por acaso, em algum lugar, uma límpida memória infantil de ar fresco, um sopro noturno não rançoso, não carregado de fumaça, de suor e de tinta a óleo, mas úmido de folhas, árvores, aromas e sons de bichos. O latido dos cachorros. Certos gritos noturnos de viventes em agonia. Um pássaro. A agitação dos galos — rapidamente me vi escrevendo primeiro de modo concentrado e depois com um progressivo deboche de minha própria escrita —, das galinhas, das gralhas, do macho da gralha: o gralho, isto é, o'gralho, o'garalho, o caralho.

Depois de certo tempo amassei a folha, fechei os dicionários, deixei de lado a topografia do quarto e qualquer esforço de reconstrução objetiva. Nesses últimos anos, muitas vezes foi assim. Eu tentava recuperar o fio da narrativa e, se achasse que o tinha encontrado, buscava não perdê-lo. Mas depois acontecia que, se eu puxasse de um lado, meu pai — ele em pessoa, ou a sombra dele, ou aquilo que dele trago inscrito no corpo desde o nascimento — puxava do outro. Tinha coisas urgentes a me dizer ou sugerir, um acréscimo, um esclarecimento. Assim eu procurava seguir meu caminho, insistindo por dias inteiros. "Eu estava aqui", esclarecia a mim mesmo, buscando dar solidez espacial à narrativa e resistir, "estava aqui, bem na soleira do quarto; e na cozinha, pouco afastada da mesa, estava minha avó, que se balançava para a frente e para trás na cadeira, entoando uma canção de ninar a plenos pulmões para fazer Tonino dormir; e em torno da mesa estavam meu irmão Geppe e minha mãe." Tentava visualizá-los com precisão, desenhava um espaço dentro do qual pudessem me dizer o que estavam fazendo, o que estavam sentindo. Mas não havia nada a fazer, meu pai reentrava em cena, prepotente como sempre. Talvez, lá na cozinha, já tivesse empurrado a cadeira. Talvez já estivesse de pé, gritando com minha mãe: "Você está me ouvindo? Ou eu falo, falo, e você me manda ao caralho?". Então me parecia que era melhor deixar tudo de lado, inclusive eu na soleira do quarto de dormir, atingido pelo ar fresco da noite, e apoiar a testa no tampo da escrivaninha, como se tomado por uma hipoglicemia, e me abandonar à sua voz.

De fato, qual o sentido sem ele? Os fatos daquela noite só se tornavam significativos se eu não o perdesse de vista. Não queria que ele ainda me dissesse, como certas vezes aconteceu, mas com ar benevolente: "Mimí, eu falo, falo, e você nem aí". Acontecia especialmente quando, pela enésima vez, ele me falava sobre questões de dinheiro e eu me distraía. Ele se dava conta e me dizia: "Escute bem". Exclamava: "Eu sempre soube ganhar dinheiro". Gritava: "Se tivesse tido outra esposa, vai saber a que ponto chegaria". E se queixava de seu suado dinheiro, do desperdício que Rusinè fazia.

Começava assim, a ocasião para brigar estava sempre relacionada a esses temas. A raiva crescia por motivos confusos: temia que a mulher o considerasse um homem sem os pés no chão, incapaz da ousadia e do espírito prático necessários para ganhar dinheiro; afirmava então que sabia ganhar dinheiro, que tinha espírito prático e o demonstrara várias vezes, sobretudo no teatro Bellini; berrava que, se estava sem dinheiro, era porque ela distribuía por aí tudo o que ele ganhava. Depois de pratos quebrados, ameaças e tremendas vias de fato, a fúria se abrandava aos poucos e Federí se encontrava diante do verdadeiro motivo para seus ataques constantes: o descontentamento com tudo, a falta de esperança em si, nunca declarada e sempre latente. Certas vezes, terminada a briga, ele desandava a chorar.

Ainda nos últimos dias de Saviano, ele iniciou um modesto comércio de carne, investindo na empresa um capital de três mil liras, talvez fruto dos trabalhos feitos para dom Ciccillo, o ourives. Mas obviamente era preciso vendê-la em Nápoles, o que não era nada fácil. A ferrovia Nápoles-Nola-Baiano estava desativada. É verdade que havia as caminhonetes Bianchi Miles roubadas, nas quais os camorristas de lá transportavam as pessoas; mas era preciso pagar duas mil liras por cabeça, cada trecho, o equivalente ao que até pouco tempo atrás se pagava em uma Topolino usada. E mesmo com esse preço era difícil achar lugar nos caminhões: a vaga era disputada a socos, chutes e pancadas.

Ora, como se sabe, ele tinha sido boxeador, treinado por ninguém menos que o campeão europeu Bruno Frattini, e quando necessário saía no braço com gosto. Mas por que dar aos camorristas dois terços do que tinha? Decidiu pedir emprestado a tio Espedito uma velha bicicleta que ele usava para os deslocamentos como operário confeiteiro. E como tio Espedito se recusou a emprestá-la dizendo que precisava dela para trabalhar, ele a pegou à força, sem nem se dar ao trabalho de discutir, até porque originalmente a bicicleta pertencia ao irmão de Rusinè e, portanto, sendo ele e Rusinè casados, não havia conversa, tinha mais direito de usá-la que tio Espedito.

Os açougueiros abatiam os animais à noite, em locais escuros, temendo policiais e camorristas que podiam aparecer a qualquer momento, armados, e levar tudo embora. Policiais e camorristas faziam o mesmo com quem ia vender mercadoria em Nápoles. Se te pegavam, te quebravam a cara e ficavam com as coisas. Mas meu pai não era bobo. Viajou de bicicleta pelos bosques, entre os tremores e lamentos dos pássaros noturnos, até encontrar um açougueiro lá no fim do mundo. Gastou com ele as três mil liras e voltou para casa com oito quilos de carne. Para enganar os eventuais ladrões, mandou a mulher costurar uns sacos de pano impermeável. Distribuiu todos eles pelo corpo: quatro debaixo da camisa, descendo pelos ombros e pelo peito; dois sobre as coxas e dois nos quadris, sob a calça. A carne estava gelada, e o simples contato com a pele o fez morrer de frio e de nojo, mas depois tomou coragem. Despediu-se de Rusinè, do filho, e partiu para Nápoles. Pedalou rapidamente escapando dos ladrões. Pedalou com uma expressão tão feroz no rosto, que os policiais e os camorristas evitaram incomodá-lo, e ninguém ousou sequer lhe dar bom-dia no caminho.

Uma vez na cidade, sem saber a quem se dirigir, resolveu procurar um ex-colega de armas, Vincenzo Mirullo, um sujeito cheio de iniciativas. Em 1942, tinham voltado juntos de Menton para a Itália, ambos com uma licença de casamento, mas Mirullo havia sido mais esperto: depois do casamento, achou um jeito de continuar em Nápoles alegando um tracoma, enquanto ele teve que voltar a Menton como radiotécnico.

Foi até a casa dele, em um subsolo da avenida Garibaldi, e lhe mostrou os sacos cheios de carne que trazia no corpo. Mirullo ficou entusiasmado e exclamou: "Federí, você foi muito corajoso, isso aqui é ouro". O ex-companheiro era muito organizado. Tinha preparado uma balança que marcava novecentos gramas por quilo. Com essa balança, sua mãe vendia de tudo no mercado de Borgo Sant'Antonio Abate. Ali a velha arrasava a concorrência enganando no peso, mas baixando os preços: por exemplo, botava a carne a mil e seiscentas liras o quilo, enquanto os açougueiros de lá a vendiam a mil e oitocentas. Mirullo convocou a genitora, uma velha de aparência afável, e lhe perguntou: "Mãe, quanto conseguimos com oito quilos de carne?". A velha respondeu: "Treze mil e quinhentas liras". Por amizade, Mirullo ficou com toda a mercadoria de meu pai e lhe pagou nove mil liras e três quilos de espaguete. O negócio foi fechado com a seguinte recomendação: "Federí, me traga mais carne amanhã".

Entendeu? Aquilo era a prova de que ele — gritava frequentemente com Rusinè durante as brigas — era tão bom nas coisas práticas quanto nas teóricas, sobretudo se implicassem riscos, já que os riscos o deixavam elétrico. Depois — é bem verdade —, uma vez demonstrado que ele estava à altura, deixava tudo para lá, mas não por preguiça, enfatizava; deixava para lá porque tinha outra natureza. Alguém como ele não podia pedalar pela estrada nacional como um Matteo, Attilio, Espedito ou Peppino qualquer; tinha uma sensibilidade mais fina, uma cabeça pensante. Por isso arrancava pelas ladeiras se perguntando a cada pedalada: "Mas que merda estou fazendo com essa carne bovina nos ombros e nas coxas? Será possível que eu precise gastar minhas energias e meu tempo assim?". Não parava de se queixar, estava insatisfeito. Por dois ou três dias, foi para cá e para lá, comprando e vendendo, Saviano-Nápoles, Nápoles-Saviano, vinte quilômetros de ida e vinte de volta. Então começou a ceder. O suor, a carne fria nas costas: tinha medo de pegar de repente uma pneumonia. Devia haver — pensava — um modo mais digno para ele tirar a família da fome. E, de tanto matutar, não aguentou mais: deu um basta naquele comércio. Devolveu a bicicleta a tio Espedito, deixou a minha mãe e a mim em Saviano e foi se estabelecer em Nápoles, na casa bombardeada de seu pai na Via Zara. Sentia que a cidade estava cheia de oportunidades. Queria encontrar um desses trabalhos junto às autoridades locais, onde logo de cara reconheceriam seu valor e lhe diriam: "Caralho, dom Federí, estávamos justamente esperando pelo senhor, queira se acomodar".

Antonio e Peppino também foram para Nápoles. Os três se apresentaram ao posto de triagem na Piazza Carità. O irmão e o cunhado foram logo admitidos como operários e enviados a um centro de distribuição em Poggioreale, administrado pelos negros. Meu pai, não: ele se recusava a fazer trabalhos braçais e não queria depender dos negros. Por isso se ofereceu como intérprete, um trabalho que lhe pareceu adequado. Mas quando ficou de frente com o encarregado depois de uma longa fila, o homem lhe disse: *finish*.

Resultado: nada de trabalho. Nada de trabalho durante dias, porque ele sempre voltava ali e pedia, teimoso: intérprete; e eles obviamente o dispensavam dizendo: *no, interprete finish*. Enquanto isso, Peppino e Antonio labutavam o dia todo, mas pareciam despreocupados, até se divertiam. Quando voltavam de noite, alegres, com batatas, palitos de caramelo, caixas e tabletes de chocolate enfiados nos bolsos, dentro das calças, nas meias, não aparentavam cansaço: brincavam, se atracavam, simulavam lutas. Já ele andava deprimido, não entendia o que tinha acontecido com seu futuro glorioso. Por fim, muito a contragosto, resolveu que ele também iria, já que não aparecia nada melhor, trabalhar como operário.

Foi à Piazza Carità às cinco da manhã. Fazia frio, havia longas filas de desesperados. Ficou aguardando sua vez, contando com a boa sorte. Como sempre, intérpretes zero, mas a certa altura correu o boato de que havia uma vaga de cenógrafo. Seu cérebro se iluminou, pensou que o dia era bom, talvez o *padreterno* estivesse fabricando uma ocasião justamente para ele. Gritou: "Se estão precisando de um cenógrafo, estou aqui". Mas, quando chegou sua vez, descobriu que já tinham contratado um cenógrafo. Deu de ombros e falou: tudo bem, operário.

Assim se viu em uma trupe de outros trinta e um trabalhadores: vinte operários, dez pintores de parede e finalmente, sorte deles, um intérprete e um cenógrafo. Para onde iriam? Era preciso voltar pela Via Toledo, chegar à Piazza Dante e pegar a Via Conte di Ruvo: o destino era o teatro Bellini, um dos mais belos de Nápoles.

Os trinta e dois trabalhadores foram todos reunidos no foyer, cujas paredes eram de um lindo madrepérola, e logo depois apareceu um sargento britânico que falou em um belo inglês: "Eu sou o *staff-sergeant* Leefe". Então, sempre em sua língua, se pôs a explicar, explicar, explicar. O teatro — explicou — tinha sido requisitado pela Naafi-Efi, que apresentava espetáculos teatrais perto de várias linhas de batalha. O primeiro deles, *Barrett Family*, seria encenado exatamente dali a quatro dias, e tudo deveria estar pronto. Os empregados tinham que correr para limpar o local de cima a baixo. Os pintores de parede tinham que repintar o foyer madrepérola com um vermelho cinabre, que já estava à disposição em latas de pesos variados. Todos — inclusive ele mesmo e seus soldados — precisavam estar prontos para descarregar, segundo a necessidade, cenários e figurinos que já estavam a caminho. E acima de tudo o cenógrafo precisava começar a trabalhar imediatamente no esboço, a partir do qual sairia o cenário único para aquela comédia: um salão burguês. Tudo entendido? "Intérprete, traduza", ordenou o sargento.

O intérprete, que meu pai descrevia como um matuto arrogante que até então tinha botado banca com todo mundo, mas que eu francamente imaginava como um pobre coitado obeso, de camisa regata e muito suado pela tensão, disse: "Bem, bem. Moço, eu não entendi nada. Aliás, preciso dizer uma coisa: não sei falar *mericano*". E na versão contada por meu pai, ele continuou esclarecendo atabalhoadamente que, quando se ofereceu para o cargo, nunca teria imaginado uma situação que demandasse tanta cultura e pompa como aquela: um teatro, frisos dourados e aquele sargento que falava e falava; ele achou que iria trabalhar *cu 'e nire*, que falam coisa nenhuma, só fazem operações básicas de carga e descarga e, no máximo, gritam: "Vamos, vamos".

Silêncio, ninguém (exceto meu pai) tinha entendido nada do discurso do sargento, ninguém sabia o que aconselhar ao falso intérprete e, portanto, ninguém se mexeu.

Leefe ficou nervoso. Olhou o intérprete, olhou os trabalhadores, tornou a olhar o intérprete e, caralho, era um homem perspicaz — soube-se mais tarde que na vida civil ele era decorador de profissão —, entendeu logo que aquele sujeito não era nem o cocô do cavalo de um autêntico intérprete, não era nada. Então gritou: "Fora". Depois se dirigiu aos presentes: "*Is there anybody who has understood?*". E meu pai, levantando a mão: "*May I act as an interpreter, sir?*". Leefe: "*Yes, you can. What is your name, please?*". Meu pai: "*Fred*". E Leefe: "*Freddy, you can begin*".

Foram suas palavras textuais, eu as transcrevi exatamente como meu pai falava. E devo dizer que essa cena me agradava bastante na infância: eu me comovia ao ouvi-la, e toda vez que pesquei uma dessas no cinema ou nos livros, ainda que vagamente parecidas, achei que tinham um ar de família e me emocionei muito. Porque havíamos finalmente chegado ao ponto. O destino se cumpria, havia uma virada nos acontecimentos que mostravam no conjunto, texto e subtexto, seu sentido mais profundo. "Pode começar, Freddy", dizia Leefe a meu pai com magnanimidade. E imediatamente o promovia a *stage-interpreter*, um cargo talvez inventado só para a ocasião. Ou seja, Freddy assumia ali mesmo o papel de quem contata os artistas e militares estrangeiros. Freddy tinha que fazer todo o necessário para pôr em cena *Barrett Family* ou *Merry Widow* ou *Blithe Spirit*. Resumindo, meu pai estava prestes a se tornar enfim o homem que devia e que queria ser.

Sigamos com as histórias do teatro Bellini. Lá dentro — insistia toda vez que me contava —, lá dentro, em um intervalo de poucos dias, mesmo tendo sido a princípio contratado como um simples trabalhador braçal, preste bem atenção, lá dentro ele chegou a mandar mais que o próprio *staff-sergeant* Leefe.

De resto, o sargento logo reconheceu suas qualidades e lhe deu carta branca, dizendo: "Freddy, você tem que fazer todas as melhorias necessárias ao bom funcionamento do serviço interno e dos dois espetáculos diários, o vespertino e o noturno. Confio em você".

Ele arregaçou as mangas. Contratou umas trinta lindas jovens napolitanas para serem lanterninhas. Depois também se encarregou de seus namorados, pagando-os pelo trabalho mais pesado. Além disso, para manter o pessoal sempre à disposição, organizou um refeitório gratuito com várias cozinheiras e dois ajudantes, refeitório onde todos comiam juntos, lado a lado: belas garotas, trabalhadores braçais e soldados ingleses. Ali dentro havia um constante trinado de felicidade bem nutrida. Fred distribuía dinheiro, aconchego, bons sabores, prazeres, uma perspectiva de vida.

Mas o que dizer de quando descobriu que na Gutteridge, uma loja a dois passos do teatro Bellini onde ele comprava a tela para os cenários, era possível adquirir algumas peças de musselina com as cores da bandeira italiana? Comprou tudo, contratou duas costureiras e mandou fazer uniformes para suas garotas, que depois — lindíssimas — corriam para cima e para baixo pelo teatro conduzindo os espectadores com o vestido ora branco, ora vermelho, ora verde. É claro que também levou quilômetros de tecido e musselina a Rusinè, que assim providenciou vestidos para si, para a mãe e para toda a parentada de *strunz*.

Ah, sim. Naqueles dois anos no teatro Bellini — do final de 1943 a meados de 1945, para ser exato — ele se comportou como um príncipe benfeitor. Quer comer? Coma. Quer se vestir? Vista-se. Cobriu todo mundo de ouro. E ele mesmo, pessoalmente, ganhou muito, muito, muito dinheiro. Como? Ele confessava sem problemas, aliás, com uma mistura de orgulho e alegria, sublinhando a cada passagem, obsessivamente, que era um homem de inteligência rápida, capaz de colher as ocasiões, não um cretino que diz: não, essas coisas eu não faço.

Conseguiu acumular dinheiro com o sobrepreço, como uma empregada quando faz as compras. Para que eu compreendesse bem, fazia com os belos dedos compridos — primeiro o mindinho, depois o anular, até o polegar — um movimento ágil que significava: pegar e levar embora. Um gesto que faria com frequência nas décadas seguintes, quando ficava sabendo de um colega ferroviário que tinha comprado um apartamento, ou de outro que abrira um açougue. Nesses casos, acrescentava ao gesto uma careta entre o despeito e o desprezo e então passava a me contar: "Aquele lá, Mimí, já durante o fascismo roubava as válvulas Westinghouse que eram usadas para acionar os freios dos vagões de carga, peças de bronze muito caras, que pesavam muitos quilos. E aquele outro, eu mesmo vi pegando propina para liberar vagões inteiros de repolho estragado para a Alemanha. E mais um outro que, logo depois da guerra, depenava os vagões de carga parados no pátio de manobras, especialmente os que transportavam gado". Como se dissesse que toda riqueza, mesmo a de pequena cabotagem, ocultava um ladrão, porque — me ensinava — com um simples salário não é possível comprar casas nem abrir açougues: se o sujeito faz isso — e repetia aquele gesto com os dedos —, quer dizer que está roubando.

Enquanto o escutava, voltava à minha memória o cuidado neurótico com que ele trancava as janelas toda noite na Via Gemito, e como sempre, antes de dormir, conferia se a barra de ferro estava bloqueando a porta. Temia que a casa fosse roubada e transmitia aquele medo até a mim. Eu imaginava que um bando de ladrões se deslocava em silêncio da ferrovia até o Vomero, do Vomero a Pozzuoli, de Secondigliano ao Vomero. Escalavam os muros dos prédios e roubavam até os lençóis estendidos para secar. Pega daqui, pega dali, aos poucos iam juntando uma grana com a qual depois abriam charcutarias, confeitarias, açougues, pizzarias e restaurantes mais renomados que aquele que antigamente existia na Pigna e era administrado por Giuseppe, o Voador. Eu tinha dificuldade de dormir à noite. Ouvia estalos, rumores suspeitos. Frequentemente passava à noite pela Via Gemito um homem de avental branco, equilibrando na cabeça um recipiente com tampa de cobre e gritando em dialeto: "Pizzaaaaaquenteeeeeee". Ele passava, e aquele grito me dava medo. A voz rasgava as palavras e esticava as sílabas com uma sensação de dor. Imaginava que o homem de avental voava como uma ave de rapina, e aqueles sons alongados anunciavam que ele estava descendo embicado, direto para minha casa, contra o vidro da janela. Talvez tenha sido ele quem nos roubou os lençóis em uma noite de verão. Como meu pai ficou furioso de manhã: praguejava, queria sair para se atracar com o submundo e recuperar os lençóis. De modo que eu não entendia: como é que ele se enfurecia com o furto dos outros e se gabava tanto dos seus? As circunstâncias, me explicava. Os tempos. Quem ficava para trás era *'nu strunz*.

Por isso, para não ser um *strunz*, tinha começado a beliscar a verba das despesas fixas e eventuais para o refeitório que montara lá no teatro. Mas depois aprendeu a ganhar em cima de tudo, principalmente sobre os materiais de consumo. Foram os vários comerciantes de quem ele comprava que lhe abriram os olhos. "Dom Federí", diziam a ele, "os ingleses *nun capíscene niente*. O senhor pega agora dez quilos exatos de cola de peixe, leva o material para o teatro e começa a espalhar com uma esponja, de modo que a olho nu pareça uma grande quantidade. De minha parte, eu lhe faço uma nota fiscal para vinte e cinco quilos, o senhor me paga quinze e o resto é seu. Combinado?"

Combinado. De todo modo, as coisas eram assim, até o sargento Leefe levava o dele. Todos levavam o seu, até dom Peppe, o carpinteiro, que fizera para mim um cavalo de balanço e que tinha bons contatos com os muambeiros do Cavone. Não só: se ganhava com tudo. Por exemplo, com os preservativos. Esses que, no fim do espetáculo, ingleses, americanos, pretos e brancos, entre assovios e aplausos, em uma nuvem de suor e entusiasmo, inflavam e atiravam dos balcões e das galerias. Balões oblongos que choviam densamente na plateia e às vezes explodiam como tiros de revólver, sob os saltos ou entre as mãos dos espectadores. No dia seguinte, sob as ordens de Fred, as garotas recolhiam os que tinham ficado intactos, os enrolavam cuidadosamente e tornavam a enfiá-los nos saquinhos recolhidos aqui e ali. A cada vez, eram pelo menos de duzentos a duzentos e cinquenta. Ele os juntava e levava para dom Peppe, que depois os distribuía no mercado paralelo.

Então era daí que vinha a grana do teatro Bellini, que Rusinè tinha desperdiçado. Para mostrar que ele não era nem um pusilânime nem um artista avoado. Quando era preciso, ele sabia fincar os pés bem no chão. E se tivesse desejado, com todo aquele dinheiro também poderia ter aberto seu negócio. E encerrar com as Ferrovias do Estado. E fazer ainda mais grana do que os parentes da esposa fizeram depois. A diferença é que — resmungava —, ao contrário deles, ele estava cagando e andando para o dinheiro, numa boa. Seu talento tinha ojeriza àquela mesquinhez de ganhar dinheiro com dinheiro, sem um pingo de sensibilidade. Em vez disso, bastava-lhe demonstrar que, se quisesse, era capaz de qualquer coisa, do pior e do melhor. Não para si mesmo, naturalmente. Para mim, seu primogênito. Para Rusinè, com quem se casara por amor, e que ainda amava muitíssimo. Para que todos vissem que ele era mais determinado que Matteo, Attilio, Espedito, Peppino e até que os camorristas do bairro da Sanità.

Depois de receber carta branca do sargento Leefe, Federí subiu com o cenógrafo até um salão bem iluminado por um lustre imponente, onde ficava o ateliê no qual se faziam os cenários. De fato, ali havia baldes com diversas tintas, pincéis de vários tamanhos pendurados no alto em uma vara, um bastidor abandonado no piso de madeira, um esboço à la Fragonard deixado sobre uma mesa.

“Mãos à obra”, disse meu pai, que ao subir as escadas, como de hábito, achou um jeito de informar ao cenógrafo que ele, ferroviário de profissão e agora intérprete por circunstância, era na verdade um ótimo pintor, que desde a primeira infância descobrira nos olhos e nas mãos capacidades de artista. No entanto, assim que chegaram ao salão, o cenógrafo, que se chamava Mario Cito e era um homem bem-posto de quase cinquenta anos, lhe disse em um tom deprimido: "Dom Federí, me desculpe: sou um capitão da Aeronáutica, não um cenógrafo. Estou desolado de ter que fazer na sua frente o mesmo papelão que o falso intérprete fez, mas não sei o que me deu na cabeça. Deve ter sido pela fome, deve ter sido porque o Senhor quis assim, mas o fato é que, quando o encarregado das contratações me perguntou: 'Você é cenógrafo?', não consegui resistir e falei: 'Sim'. O que se pode fazer agora?".

Nada de pânico. Meu pai tranquilizou Mario Cito, que era um homem instruído, de bom caráter e, o que mais importa, disposto na ocasião a considerá-lo o filho de Deus vindo à Terra, e juntos começaram imediatamente a trabalhar. Em pouco tempo executaram um cenário de fundo e bastidores que representavam do melhor modo possível o salão da família Barrett: cortinas, tripés, bibelôs e uma grande janela.

Cito — meu pai admitiu — se empenhou bastante. Tinha um porte que inspirava autoridade, de pessoa firme, bem-educada, o que ajudava muito nas relações sociais. Mas quanto ao cenário, foi ele, Federí, quem preparou as tintas, foi ele quem as espalhou como se deve, foi ele quem deu um notável efeito realista às paredes do salão burguês e à janela que dava para um parque. Tanto que Leefe disse: "Caralho, Freddy, você é muito bom". E meu pai sentiu aquele calafrio de prazer que conhecia desde a infância e que lhe sulcava o corpo em profundidade toda vez que alguém percebia seu talento. Era uma espécie de contração enérgica, seguida de uma doce expansão de si. Ao experimentá-lo, sentiu-se integrado à luz nítida que descia da claraboia, ao cheiro de aparas, colas e tintas, ao gosto de pó e do ferro dos pregos entre os lábios enquanto batia com o martelo uma coisa e outra.

Desde aquele momento não parou mais, tornou-se onipresente. Todo dia deixava a casa em ruínas da Via Zara, chegava cedo ao teatro e saía tarde da noite. Os atores ensaiavam? Ele dava sugestões, não só pelo gosto de exercitar seu inglês com o texto de *Barrett Family*, *Blithe Spirit* e *Merry Widow*, mas também pelo prazer de estar ali, entre pessoas de outros mundos e outras línguas que, no entanto, tinham um espírito artístico como o dele. Precisavam de garotões que agitassem as pernas alegremente entre preservativos voadores? Ele os conseguia. Em julho de 1944, conseguiu até organizar um espetáculo com atores italianos para um público feito não só de tropas estrangeiras, mas também de napolitanos pagantes. Um sucesso. Viajou até Caserta para entrar em contato com Nino Taranto, que se refugiara ali com a família. Fez de tudo para que o gênio daquele grande ator tivesse todo o necessário para se manifestar em cena à vontade. Por fim, todos juntos — ele, Nino Taranto, Carlo Taranto, Dolores Palumbo, Enzo Turco, as três lindas irmãs Nava, o comediante Nazzaro e o famosíssimo maestro de orquestra Angelini — ofereceram um espetáculo a ingleses, canadenses, negros e napolitanos que causou no teatro Bellini uma onda indescritível de entusiasmo — na plateia, nos balcões e na galeria.

Toda noite eram gritos e risos e assovios de uma alegria luminosa. Um outro mundo: um mundo de pura ficção, mas feito com capricho. Como se a guerra não continuasse pela Itália e pelo mundo, e toda noite a cidade devastada não morresse e não desse a morte por poucos dólares, e os becos e ruas escuras, os bairros espanhóis *out of bounds* não fossem uma faca nas costas ou uma corda no pescoço para qualquer um, militar estrangeiro ou civil temerário, que se aventurasse sozinho. Como se cada detalhe horrível daqueles anos medonhos se recompusesse dia após dia no quadro de felicidade a que meu pai se abandonava distante da Via Zara, dentro do foyer do teatro que agora era de cor cinabre, atrás dos bastidores bem pintados com Mario Cito, na marcenaria de dom Peppe, o carpinteiro, que negociava às maravilhas com os muambeiros, no salão do ateliê dos cenógrafos onde chovia uma bela luz densa de partículas.

Ali, naquela sala com assoalho de madeira antiga, às vezes viveiro de andorinhas, pombas e gaivotas, encontrou uma maneira de retomar seus desenhos e pinturas. Leefe, que tinha se tornado seu fervoroso admirador, lhe arranjou tintas, pincéis e telas. Conseguiu com um comerciante, seu amigo e cúmplice, um velho cavalete maciço. E assim, quando podia, sentia-se lá em cima um Courbet em seu ateliê de artista. Enquanto lá embaixo o sargento Leefe bancava o sargento, e os trabalhadores braçais bracejavam, e os pintores de parede pintavam com as brochas, e as belas garotas napolitanas coloriam as bochechas recorrendo aos frasquinhos de cosmético vermelho das *soubrettes* inglesas, e doze belas pernas esperneavam doze vezes ao som do cancã, Federí sentiu pela primeira vez na vida que estava recitando o papel certo de modo certo com os meios certos, e desenhava, pintava, desenhava.

Belas coisas criativas, bem esboçadas, de cores vivas. Deu de presente muitas obras daquele período — contava — ao sargento Leefe, que ficou muito lisonjeado. Vistas da Piazza Bellini ou esboços da vida de teatro que mais tarde o sargento levou para a Inglaterra. De ótima fatura, repetia. Mas às vezes ocorria que, depois de ter realçado bastante a admiração do sargento, ele de repente se apagava e admitia com uma dor autêntica: "Na época eu desenhava, pintava, mas o que sabia das artes dos últimos cem anos? Nada. Somente as porcarias que tinha visto em alguma mostra de ferroviários". Era só um instante, logo se recuperava. Tornava a exibir seu aprendizado dos tempos da guerra — a pintora Rose Fleury, de dezoito anos —, ria e recontava em versões sempre diferentes sua estada na Côte d'Azur, quando era radiotécnico do Exército. Antes de deixar Menton para sempre, dizia, antes de abandonar Avignon, Les Angles e Rose, tinha dado umas escapadas até

Paris para estudar no Louvre, para treinar o olho diretamente sobre as obras dos mestres. Sem deixar de mencionar que a maestrina-artista o educara sobre o melhor da pintura. Sim, com ela teve muitas discussões sobre arte moderna, especialmente sobre Cézanne, o qual — ele insistia e ela rebatia, ele concordava e ela discordava, e no final das contas não se sabia qual dos dois era a favor ou contra Cézanne — como pôde chegar a uma pintura precária de diletante, caralho, se tinha sido na juventude um admirador de Delacroix e de Courbet?

Por fim, ele remetia àquele passado para que eu imaginasse os estudos a guache de nus com que ele tinha coberto as paredes do ateliê do teatro, as reproduções de memória de certos detalhes significativos dos *Borrachos* de Velázquez, os tantos esboços em tomada direta daquele período: a Via Bellini, uma vista da Piazza Dante, a figura de um velho vendedor de objetos usados, sentado perto de uma banca de San Gregorio Armeno, lendo um livro. Tudo exatamente como um grande pintor do século XIX ("O que eu sabia do século XX?", tornava a admitir com raiva, contraditório, sem que se esperasse), pincéis, paleta e tintas como um Giacinto Gigante, um Consalvo Carelli: sentia dentro de si quase toda a escola de Posillipo.

Nesse meio-tempo as distâncias diminuíram, os oceanos se retiraram, certos céus desconhecidos, antes estranhos ou até mesmo ameaçadores, agora pousavam com interesse amigável sobre a claraboia do teatro Bellini. Quando foi que chegou a companhia de Ben Lyon, o famosíssimo ator? E Douglas Fairbanks Jr.? Eu não sabia quem era aquela gente, mas mesmo assim ficava de queixo caído. Meu pai não só tinha ganhado um monte de dinheiro negociando com comerciantes e com dom Peppe, o carpinteiro, mas também tinha frequentado astros do cinema com nomes exóticos, não Nino, Carlo ou Enzo, mas Douglas e Ben, gente que havia deixado Hollywood e atravessado mares e céus para vir atuar no teatro Bellini, tendo ao fundo os cenários preparados por ele e por Mario Cito, oficial da Aeronáutica. Ben lhe chamava: "Fred". Douglas lhe chamava: "Fred". E até Bebé Daniels o chamava de "Fred", ela que atuara com Rodolfo Valentino tempos atrás, meu pai a tinha visto e admirado na tela quando menino.

Bebé tinha uma verdadeira simpatia por ele. E ele lhe retribuía. Dizia que aquela mulher de aspecto delicado estava tão bonita quanto ele se lembrava de tê-la visto no cinema anos atrás. No palco, parecia uma jovenzinha e fazia a tropa delirar. Era preciso apenas saber iluminá-la do modo certo. Ela de fato lhe dizia: "Fred, quando eu estiver em cena, é você quem deve estar nos refletores. Você é o melhor na distribuição da luz. Você não me ilumina, você me pinta". Isso obviamente em inglês, com voz vibrante. E ao ouvi-la tal como meu pai a imitava, eu acabava deduzindo, mas sem lhe dizer, que ele não só tinha sido intérprete, cenógrafo, assistente e organizador de espetáculos no teatro Bellini, mas também cuidara da iluminação e dos refletores. Nenhum espanto, Fred era onipresente e de múltiplos engenhos. Eu com certeza sabia que, se escutasse com atenção suas histórias, acabaria descobrindo não sei quantas outras atividades: talvez técnico de som, talvez cantor, talvez músico. De fato, quando estava de bom humor e depois de ter bebido um pouco, ele cantava "Io te vurría vasà" muito bem. E de noite tocava bandolim para nós, quando não estava irritado. E talvez, se tivéssemos insistido, ele até teria tocado um violino poeirento — um verdadeiro Stradivari, dizia, e me mostrava uma inscrição dentro da caixa de ressonância onde de fato estava escrito: Stradivari — que conservamos em casa por muito tempo, herança do tio Peppino de Florença, e que provavelmente ainda está entre as coisas dele.

Meu pai tinha sido tudo: só não fora dançarino, porque os dançarinos são frescos. Aliás, como os costureiros. E certos artistas degenerados e sem talento. E os boys que certa vez conseguiram enganar o sargento Leefe e se exibiram com enorme habilidade (eram perfeitas mulheres, e muito bonitas) em um cancã desenfreado, tão felizes em dançar que não pararam nem quando soou o alarme e os alemães iniciaram um bombardeio: continuaram com uma coragem espantosa, as pernas para cima e para baixo, a música que obviamente não parava, a tropa — ah, quem era capaz de segurá-la! — que, seduzida e em delírio, se esquecia dos horrores lá fora e admirava aquelas doze falsas garotas ali dentro, inflava preservativos e os lançava dos balcões.

Aquele período durou quase dois anos. Mas Rusinè esperneava, não queria entender. Apesar dos perigos que rondavam Nápoles de dia e sobretudo de noite, fazia questão de ir com ele: Via Zara, Via Colonnello Lahalle, Via Alessio Mazzocchi, Piazza Carlo III, Via Foria, Via Costantinopoli, Via Conte di Ruvo e retorno. Queria estar presente a cada espetáculo, mesmo nos mais ousados (certa noite, os peitos de uma dançarina pularam para fora do sutiã, e o que se pôde ouvir das galerias, dos balcões e da plateia era inominável), queria assistir a cada "estreia" no camarote real, como uma princesa, com o menino-infante e a avó Nannina, todos bem-vestidos graças à sua habilidade de costureira; e era ela mesma quem se arrumava de modo a parecer a rainha dos *Três mosqueteiros*, à espera das joias que D'Artagnan lhe traria.

Meu pai estrebuchava. No teatro estavam a tropa enlouquecida, *'e nire*, a escória de Nápoles, prostitutas, veados, efeminados de peruca com pintinhas falsas, pó de arroz e oi-oi-bonitão-vem-cá. Havia de tudo. E ele, com todas as funções importantes que tinha, não podia ficar parado ao lado dela, precisava correr para cá e para lá. Mas sua mulher não queria saber. Por exemplo, Federí logo percebeu que as coisas poderiam mudar a qualquer momento e que, por isso mesmo, ou ele aproveitava a ocasião num pulo, ou tudo se acabava, absolutamente tudo. Ela não, ela o segurava, impedia de propósito seus movimentos. Ele lhe dizia: "Rusinè, mais cedo ou mais tarde vão reativar as ferrovias aqui, os trens vão voltar a rodar e eu preciso escolher. O que faço? Deixo o teatro? Faço o quê? Volto àquela vida de *strunz*?". Bem, ela respondia que sim, chega de teatro. Chega de ateliê debaixo da claraboia. Chega de voltar para casa tarde da noite, o que a deixava acordada e morrendo de medo. Chega dessa mania de querer bancar o artista, se esquecendo de que tinha uma mulher, um filho de um ano e meio e outro a caminho. Ou então que fosse as duas coisas, *strunz* e artista. Mas nada de deixar as ferrovias. Como iam fazer sem um salário fixo?

De fato, quando os primeiros vagões voltaram a circular nos trilhos e as ferrovias o readmitiram, ele voltou ao antigo trabalho. Sabia perfeitamente com quanta gente escrota toparia todos os dias. Sabia perfeitamente o esgoto a céu aberto em que a chamada nova Itália estava se transformando. Tinha entendido isso já no primeiro dia de trabalho no Bellini.

Deixou o teatro tarde da noite, cansado mas satisfeito: Leefe acabara de nomeá-lo intérprete e cenógrafo; estava todo contente com o rumo que sua vida ia tomando. Até que um *sfaccimmemmèrd*, um tal de Gigino Campo, que tinha sido seu colega de trabalho nas ferrovias, quando ambos estiveram lado a lado na Milícia ferroviária e ambos fizeram parte da equipe de esquiadores da X Legião FF.SS., o interrompeu, o cumprimentou muito efusivamente e lhe mostrou um papel. "Assine, Federí", disse a ele, persuasivo.

Meu pai pegou o papel, leu e descobriu que se tratava de uma espécie de declaração na qual os subscritos (Gigino Campo como comandante, depois ele e sabe-se lá quantos outros firmatários) afirmavam que, durante os famosos Quatro Dias, haviam defendido valorosamente a Ponte della Sanità contra o Exército alemão. "A Ponte della Sanità", balbuciou meu pai. Gigino disse: "Sim...". Ele balbuciou de novo: "E você era o comandante dos *partigiani*...". Gigino disse: "Sim...". Meu pai enfatizou: "E eu, ao contrário, era um simples *partigiano*...". Gigino disse: "Sim...". Então ele olhou bem na cara do sujeito e falou com voz normal: "Gigí, quer saber de uma coisa? Eu não me lembro dessa defesa da Ponte della Sanità...". E gritou de repente, com olhos de um louco furioso saído do manicômio de Aversa: "*Vafancúlo, strunzemmèrd!* Acha que eu sou um palhaço que nem você?", recusando ali mesmo uma patente de *partigiano* que certamente o teria beneficiado se ele não fosse — e o dizia com orgulho — o que de fato era: alguém que nunca na vida se comportara — e jamais se comportaria, entendido? — como um farsante *chiavechemmèrd*. Boa noite, Gigí.

Gigino ficou mal. E daí? Mas quem sabe — meu pai às vezes conjecturava, apenas para ouvir que estava errado — não tivesse sido melhor assinar aquela carta? Talvez ter defendido a Ponte della Sanità durante os Quatro Dias tivesse sido proveitoso para sua carreira artística e em outras circunstâncias, como na vez em que tentaram matá-lo, pouco mais de um ano após aquele encontro, a poucos dias do nascimento de seu segundo filho, em 28 de abril de 1945 ou 1º de maio.

Se eu pudesse interrogar o menino de 1948 sobre essas letras e cifras que acabei de anotar em busca de um efeito de exatidão, descobriria que ele não dispõe de testemunhos cronologicamente fundados a me oferecer. Não sabe de datas, quem sabe delas é seu pai. Não sabe distinguir o hoje do ontem, do amanhã. Não sabe sequer que está vivendo em março de 1948. Para ele, "28 de abril de 1945" e "1º de maio de 1945" são meramente sons que não significam nada. Aliás, como lida muito mal com números, desconfio que não saberia nem mesmo contar até dez. Sabe apenas que, quando o pai está no trabalho, ele, na Via Zara, na Via Gemito, pode brincar pela casa como se até as queixas e as bruscas intervenções de sua mãe ou da avó fizessem parte de uma festa alegre, que desliza no tempo sem sequer uma sombra de sofrimento. No entanto, se o pai está em casa, ele nem pensa em brincar, e não porque ele o proíba (no máximo, é a mãe quem lhe diz: fique quieto, que seu pai ainda está dormindo, ou frases desse tipo), mas porque sua simples presença, acordado ou dormindo, desaconselha e apaga o tempo das brincadeiras.

De resto, como realmente se abandonar àquela espécie de outro mundo feliz, se depois ele chega com o dele? Não, o menino não brinca se o pai estiver em casa. Fica em silêncio, espera, tenta não causar incômodo. Seu tempo só tem uma escansão de verdade: a porta que bate quando ele sai; a porta que bate quando ele entra. Se agora eu insistisse e lhe pedisse uma indicação temporal para aquela noite de 1945, ele me responderia mais ou menos: "Foi quando meu pai saiu de manhã e demorou a voltar para casa, tanto que achei que nunca mais voltaria".

Naquela noite Federí estava trabalhando na bilheteria da estação Nápoles Central, para onde pedira que fosse temporariamente alocado. É claro que estava com os pés na bilheteria e a cabeça inteira no teatro Bellini, posto que não queria abandonar de jeito nenhum. De lá, do Bellini, agora era capaz de ver Nova York, a América, o futuro, e passava o tempo todo matutando como bater asas antes que fosse tarde demais. Enquanto isso, subornava com um maço de Senior Service por semana o chefe imediato, um ex-centurião da Milícia ferroviária, para que o fizesse constar na lista de ponto, mesmo trabalhando a semana inteira sob as ordens do sargento Leefe. Ia à bilheteria somente aos domingos, das nove da manhã às seis da tarde, para trabalhar como chefe em lugar do chefe verdadeiro, que ficava em casa descansando a contragosto.

Por que a contragosto? Porque naquele período era um autêntico privilégio trabalhar no setor da bilheteria. Os trens diários eram poucos, os lugares eram escassíssimos, e os bilhetes postos à venda eram em quantidade inversamente proporcional à distância, isto é: quanto mais longe se ia, mais limitada era a quantidade de bilhetes à disposição — digamos dez para o trecho Nápoles-Roma, vinte para Nápoles-Latina e cinquenta para Nápoles-Aversa.

As pessoas faziam fila diante dos guichês para agarrar uma chance de viajar. Missão árdua, porque parte dos bilhetes disponíveis já tinha ido parar nas mãos da polícia ferroviária, que por sua vez contava com uma clientela própria; parte havia sido vendida aos cambistas que mantinham contatos secretos com a bilheteria; e a outra parte era vendida legitimamente pelo bilheteiro de plantão. Mas este tinha a obrigação de só emitir bilhetes a quem lhe apresentasse um documento de identidade válido. Como naqueles anos de guerra era raro que alguém tivesse pensado em renovar a carteira de identidade, a única maneira de se obter um documento válido era molhando a mão do bilheteiro. Nesse caso, a carteira de identidade se tornava na mesma hora novinha em folha, e, levando-se em conta que a maioria dos passageiros era de contrabandistas do mercado paralelo, os policiais, cambistas e bilheteiros faziam seus negócios sem tanto remorso. Era por isso que, na bilheteria, todos tinham grande apego ao trabalho, e meu pai podia passar toda a semana no teatro Bellini sem que ninguém se queixasse. Muito menos ele, que obviamente, como se sabe, acumulava fama e dinheiro no Bellini.

Muito dinheiro. Tanto é que, justo naqueles dias, como seu guarda-roupa se reduzira a um par de calças militares e a um casaco de piloto inglês sem distintivos — com os quais não se sentia à altura de seu cargo de dirigente no teatro —, mandou fazer sob medida um belo terno de lã bege que acabara de ser confeccionado em uma empresa de Salerno, o qual lhe caiu como uma luva e lhe custou trinta mil liras no total. Na manhã de 28 de abril (ou talvez de 1º de maio), meu pai resolveu usar aquele traje para impressionar seus colegas bilheteiros, e Rusinè o acompanhou até a porta lhe dizendo em dialeto: "Tome cuidado, Federí, não vá sujar a roupa, você fica tão bem nela".

Elegante, um verdadeiro príncipe da ostentação (balançava os braços para cá e para lá, de modo descoordenado, ondulando o tronco a cada passo: um movimento que também está inscrito em meu corpo, e que durante toda a vida tentei inutilmente reduzir à normalidade), atravessou a Piazza Garibaldi pensando no futuro e, imerso em suas fantasias de grande artista, mal percebeu certos grupos de exaltados que gritavam slogans e de vez em quando louvavam os Aliados com um hip-hip hurra. Grupos indefinidos, que sempre tive dificuldades de identificar com clareza: ora levavam um lenço vermelho atado ao pescoço, ora vestiam uma camisa verde-acinzentada e usavam capacetes da Grande Guerra. O fato é que ele seguiu em frente e foi assumir seu turno de chefe de escritório, gastando o tempo a desenhar no verso dos formulários sobre a escrivaninha o rosto dos aspirantes a passageiros de pé, para lá do vidro da bilheteria, irritados diante do funcionário da vez, um tal de Cisa, que examinava documentos e procurava pelo em ovo para depois sugerir uma propina.

O dia passou lentamente. Por volta das quatro da tarde, Cisa, responsável pela venda dos bilhetes Nápoles-Roma, veio lhe informar que o trem que saía às oito da noite já estava lotado, de modo que ele fecharia o guichê por um momento para organizar o registro contábil e depois começaria a vender os bilhetes para o trem do dia seguinte.

Muito bem, muito bem. Meu pai tinha voltado a desenhar, quando se apresentou em seu escritório um maquinista, um tal de Barradoro, representante sindical da categoria de maquinistas e do pessoal de bordo. Com certa arrogância, o homem lhe disse: "Colega, sou o sindicalista Barradoro. Quero agora mesmo uma passagem para o trem das oito que vai para Roma". Meu pai respondeu tranquilamente: "Meu caro Barradoro, lamento, mas não há mais bilhetes para Roma, nem sequer para sindicalistas ou outras sumidades. Se quiser mesmo que eu emita um bilhete para você, vá ao encarregado dos vagões e me traga uma ordem por escrito". Barradoro não gostou e rebateu: "Talvez você não saiba com quem está falando". Mas meu pai quis demonstrar que sabia perfeitamente e lhe disse: "*'Nustrunzemmèrd!*". Barradoro exclamou, irritadíssimo: "Limpe sua boca quando falar comigo". Meu pai retrucou: "Limpe você, *casinucèss*". E concluiu: "Agora me faça o favor de sair do escritório. Se quiser fazer uma queixa, vá falar com Loffredo, secretário do sindicato dos ferroviários, e não me encha *chiú 'o cazz*!".

Barradoro saiu cuspindo cobras e lagartos, mas ele, que estava pouco se lixando, recomeçou a desenhar. No entanto, a paz tinha ido para o saco. Nem cinco minutos depois da saída barulhenta de Barradoro, Cisa reapareceu. Disse um pouco agitado que tinha acabado de reabrir o guichê das passagens Nápoles-Roma para vender as do dia seguinte, quando um sujeito acompanhado de quatro mal-encarados começou a criar confusão e chegou a lhe falar: "*Strunz*, levante a bunda daí e vá chamar seu chefe". O homem gritava, não havia jeito de acalmá-lo. Cisa deu de ombros: "Dom Federí, o senhor precisa vir".

Meu pai se levantou com santa paciência e foi ver o que estava acontecendo. Cinco trogloditas tinham armado a maior confusão na fila dos que esperavam os bilhetes para o dia seguinte, dava para vê-los além do vidro fumê que separava a bilheteria do átrio, ameaçando e vociferando com o ar de quem diz: "Olha só quanto tempo estamos perdendo aqui". Ele não se intimidou, abriu o compartimento do guichê e se viu cara a cara com o líder do grupo. "Pois não", disse. O líder explicou:

"Chefe, temos que estar em Roma hoje à noite, por motivos políticos urgentes. Então precisamos das passagens para o trem das oito". Meu pai objetou: "Lamento, mas os bilhetes das oito já esgotaram". O líder esclareceu: "Para nós, não. Devem ter sobrado alguns, passe os bilhetes para cá. Por que caralho a gente salvou a Itália, se depois não temos direito nem a cinco passagens Nápoles-Roma?". E como testemunho disso, quis mostrar a meu pai, desabotoando a camisa, as cicatrizes de feridas recentes que, segundo ele, demostravam de modo incontestável que ele havia salvado a Itália. Gritava: "Olhe! Olhe aqui! *'Stu fascistemmèrd*, olhe só como ele está todo elegante! A gente devia ter botado todos no paredão: você, sua mãe, sua irmã, seu pai, seu avô, até seus filhos, se tiver algum! Olhou bem? Olhou bem aqui? Então me passe cinco passagens agora!". Depois, como meu pai insistia em explicar que não era possível, repetiu aos berros: "Agora!". E logo a coisa virou um dueto ritmado, do tipo: "Mas...", "Agora!"; "Se...", "Agora!", que duraria sabe-se lá quanto tempo se o canalha a certa altura não tivesse se cansado e recorrido à bala de prata. Depois de outro "agora", gritou: "E chega de *pazzià*! Eu sou parente de Cacciapuoti".

Silêncio. Meu pai fez uma careta — Cacciapuoti? — e então falou em perfeito italiano, para intimidá-lo: "Ah, é? Então mande meus cumprimentos a ele. Se for uma pessoa séria, vai compreender que sou um cumpridor de ordens e não posso por iniciativa própria...". Enquanto concluía a frase, começou a fechar o compartimento nas fuças do parente de Cacciapuoti. Mas o outro se deu conta da intenção e, rápido como um raio, aproximou a boca da abertura e puh!, lhe deu uma cusparada na cara.

Na cara de meu pai, para ser bem claro. Um fato anômalo. Geralmente era ele quem cuspia na cara dos adversários. Já naquele caso, foi surpreendido pelo parente de Cacciapuoti. E como, por motivos óbvios — o vidro, o compartimento etc. — , era complicado reagir do modo que lhe era costumeiro — ou seja, mijando na cara do outro —, meu pai soltou uma direita com notável precisão pela abertura do guichê, que devia ter no máximo uns quinze centímetros de diâmetro, e aplicou um direto que lhe arrebentou a cara.

Sangue por todo lado, gritaria. "Eu vou aí e te mato", berrava o parente de Cacciapuoti. E de fato se lançou com seus capangas contra a porta que dava acesso aos serviços internos, gritando: "Morte ao fascista".

Cisa, o bilheteiro, trancou a porta à chave. Mas os facínoras não desanimaram e começaram a dar chutes e trancos nela. Então meu pai e seus subordinados arrastaram móveis para a passagem e se armaram com bastões que tinham sempre ao alcance das mãos, para o caso de brigas por bilhetes provocadas por mal-intencionados. Os bastões eram grossos e nodosos. Pouco a pouco os cinco se acalmaram, a porta parou de vibrar sob os golpes, os gritos se apagaram. O bilheteiro Cisa inspecionou com o olhar o átrio lotado e, constatando que o pior já havia passado, resolveu voltar ao guichê para continuar embolsando o dinheiro que tornava imediatamente válidas as identidades vencidas. Enfim, tudo sossegou aos poucos.

Mas meu pai estava desconfiado, temia que o bando do parente de Cacciapuoti estivesse tramando alguma coisa nas sombras e telefonou ao comissário Cannavaccio, da polícia ferroviária, que no entanto respondeu: "Chefe, se acalme: não tenho homens à disposição. Fique tranquilo, chefe, não se exalte, não seja mal-educado comigo. O dia hoje foi bastante agitado. Seu caso é uma bobagem se comparado aos outros em que precisei intervir. Passe bem, o senhor pode perfeitamente resolver a questão sozinho".

Enquanto isso, já eram quase seis da tarde, o turno de trabalho estava para terminar, seu substituto chegaria em breve. Meu pai deu uma espiada pela abertura do guichê: parecia tudo normal, a fila dos que queriam viajar continuava ali, à espera. Para se garantir, ele chamou um carregador de bagagens que circulava entre os viajantes em busca de clientela e lhe pediu que verificasse a situação. O outro lhe assegurou: "Nenhum perigo, chefe". E agora? Devia confiar nele ou não? Sair ou não sair?

Estava na dúvida quando o telefone tocou. Alô. Tratava-se de um tal de Salentini, chefe de estação da Nápoles Central, um trapaceiro. Salentini lhe disse em tom autoritário: "Que história é essa? Você tem que emitir agora mesmo um bilhete para o sindicalista Barradoro, que precisa pegar ainda esta noite o trem das oito para Roma". Meu pai respondeu: "O senhor é chefe de estação e, portanto, pode emitir bilhetes como e quando quiser. Emita o senhor o bilhete para o sindicalista Barradoro. Se realmente quiser que eu emita, vou precisar de uma autorização sua por escrito, em que assume toda a responsabilidade". O chefe de estação ficou furioso e gritou: "Ah, é? Tudo bem! Venha imediatamente aqui com o bloco de bilhetes em branco! Barradoro já esperou demais". O que meu pai podia fazer? Pegou os bilhetes e saiu da bilheteria com extrema cautela.

Em 1945, a estação Nápoles Central era assim. Pausa. Federí acentuava o suspense pegando um papel, uma caneta e traçando riscos decididos com mão firme, uma autêntica planta topográfica. Aqui, me esclarecia, ficava a fachada, esta aqui era a bilheteria, e aqui estavam os dois blocos laterais onde ficavam os escritórios. Antes da guerra, uma pesada cobertura de ferro e vidro claro partia da fachada. A cobertura se apoiava nos blocos laterais e se estendia até a área da saída dos trens, cobrindo corredores, escadas e duas pontes suspensas sobre o vão do metrô da Piazza Garibaldi. Mas em 1941 — meu pai se demorava caprichosamente — a cobertura tinha sido desmantelada para ser reutilizada pela indústria bélica, e desde então a estação ficou a céu aberto. De modo que agora, na noite de 28 de abril ou 1º de maio de 1945, era possível ver do alto, justamente por falta da cobertura, Federí no momento em que saía a passos rápidos da bilheteria, pegava uma passagem à direita e se preparava para atravessar, com o bloco de bilhetes na esquerda, a mais próxima das duas pontes que passavam sobre as plataformas da Piazza Garibaldi.

Do outro lado da ponte estavam esperando por ele o chefe de estação, Salentini, e o maquinista-sindicalista Barradoro. Mas não olhavam em sua direção, e sim para um numeroso grupo de mal-encarados que bem naquela hora começou a gritar, apontando o indicador para ele: "Lá, lá está o fascista! Vamos atrás dele! Morte ao fascista!".

Eram pessoas com sangue nos olhos, uma quantidade imprecisa, mas certamente numerosa. Todos corriam para a ponte, aos gritos. Meu pai entendeu que estavam furiosos com ele. E também entendeu que quem atiçava aquela gentalha contra ele era o parente de Cacciapuoti, embora não o tivesse visto, nem seus capangas. Mas reconheceu à frente daquela turba de demônios a figura de Carnaciaro Fulgenti, famoso — me explicava — por ter sido mais tarde um ativista do Homem Qualquer,* mas que, naquela ocasião específica, gritava: "Morte ao fascista".

Que angústia, que confusão: o sindicalista Barradoro, a horda que seguia um tal que se dizia parente de Cacciapuoti, o bando do inconfiável Carnaciaro Fulgenti. Meu Deus, mas como aquilo me excitava: o que ele estava contando era a armadilha, a vingança. Um pesadelo desenfreado de golpes e de sangue. Num instante meu pai se deparou com todos eles, lá na ponte: embaixo, o cascalho, os dormentes, os trilhos do metrô.

* Fronte dell'Uomo Qualunque, partido populista, anticomunista e monarquista fundado em 1946. [N. T.]

Ele se lançou contra o grupo com a audácia de sempre, ensinada pelo campeão europeu Bruno Frattini; mas eram muitos, levou socos na cara, chutes. Nunca apanhou tanto na vida. Ou talvez não, talvez somente em outra ocasião, no final dos anos 1970, quando um sujeito que estava em uma galeria de arte e dizia, como sempre, coisas horríveis sobre as obras expostas o jogou no chão e pulou sobre seu tórax com todo o peso, tanto que ele teve de ficar um mês de cama, quase sem conseguir respirar. Mas lá, na ponte da estação, a coisa foi diferente: lá, a certa altura, quiseram realmente matá-lo — eram anos em que, um morto a mais ou a menos, ninguém dava bola —, e Federí viu o rosto deles, viu as lâminas das facas. Enfim, pensou que a sorte o abandonara e que agora a vida estava acabada. Agachou-se e se encolheu no chão em posição fetal, braços e mãos a proteger a cabeça e o rosto, agarrando ainda o bloco de bilhetes, por instinto.

Até que se ouviu uma voz: Barradoro. "Com licença", dizia, "só um momentinho, me deixem pegar os bilhetes, por favor." E empurrava, tentava abrir caminho, buscava uma passagem, tanto que os justiceiros pararam por um segundo, desorientados. Barradoro chegou até meu pai e arrancou os bilhetes de sua mão; depois agradeceu e começou a se retirar. Mas aquela pausa imperceptível antes do golpe mortal foi decisiva. Com energia e elasticidade, meu pai deu um salto e fugiu, aproveitando a brecha que se abrira com a passagem de Barradoro.

Agora ouço um eco longínquo das palavras de minha mãe. Sim, ela confirmava, a coisa foi feia mesmo. Quando a porta desconjuntada da Via Zara se abriu, o belo terno de lã bege estava aos farrapos, e o marido trazia no rosto uma máscara de sangue.

Nunca o tinha visto daquele jeito. Não se comparava, acho, nem mesmo ao estado em que muitas vezes e de bom grado ele a deixava, quando começava a falar: "Está vendo como tenho que me virar? Está vendo o que me acontece quando vou trabalhar na estação? Onde acho tempo para pintar?".

Certas vezes até parecia que ele quisesse pôr na conta dela o que a gangue de Carnaciaro Fulgenti tinha feito com ele. Algum tempo depois — contava —, ele havia encontrado Fulgenti no bar da estação. Agora aquele *ommemmèrd* se tornara um paladino do partido monarquista, melífluo, rastejante. "Me desculpe, dom Federí", lhe falou assim que o reconheceu, "me desculpe. O parente de Cacciapuoti tinha me dito que o senhor era um fascista. E eu nem sabia que o senhor era um sobrevivente da campanha na Rússia. Me perdoe." Meu pai respondeu: "Perdoar o quê, Carnacià?". Então ordenou ao garçom com voz generosa: "Um café para o sr. Carnaciaro Fulgenti". Quando o café chegou, ele se dirigiu solicitamente ao outro dizendo: "Não vamos deixar esfriar". E então, sem hesitar, jogou-lhe na cara a bebida fervente, junto com a xícara e o pires.

Meu pai não deixava passar nada a ninguém. Quando voltava para casa do trabalho, e só seus passos na escada já interrompiam qualquer brincadeira minha com os irmãos, anulando toda alegria, eu sabia perfeitamente que nada de fato seria capaz de derrubá-lo. Mesmo estropiado, ainda assim gritaria "Rusinè" e a mandaria preparar um elixir revigorante, e depois perseguiria seus inimigos como se fosse a Morte com o falcão. E agora com mais obstinação ainda. Porque, desde que o trabalho no teatro Bellini havia cessado, ele tinha se tornado mais intratável que nunca, passando a brigar com todo mundo, quer estivesse certo ou errado, com ou sem razão.

Ficou apenas com o salário das ferrovias e responsável por uma esposa, três filhos, a sogra e o cunhado. *Vafancúl'a* todo mundo, berrava. Na cozinha, depois do jantar, perguntava com voz altíssima, pela enésima vez: "Onde está o dinheiro que ganhei no teatro Bellini? Quero tudo aqui, preciso dele". E queria realmente, lira por lira. Ou então que lhe dissessem quem o pegou. Rusinè dera tudo às irmãs de sua mãe, aos maridos? E eles tinham usado sua reserva para abrir uma confeitaria melhor que a do grande taberneiro e confeiteiro Pintauro, uma charcutaria muito rentável, um negócio de frutas e verduras? Pois muito bem: agora tinham que devolver imediatamente o dinheiro que surrupiaram dele. Então ordenava à mulher: "Agora vá pedir um empréstimo a eles". Ela dizia que não, ele sim, ela não, ele sim. E como já estavam com a água batendo no pescoço, no final Rusinè cedia e ia pedir envergonhada. Depois, quando chegava o salário, ela dizia: "Federí, estamos com um monte de dívidas, precisamos pagar". Mas invariavelmente ouvia de volta: "Dívida é o caralho".

Tratava-se não de um mau humor momentâneo, mas de uma estratégia precisa. Ele a elaborara — me dizia com ares de quem se sente correto — justamente quando tinham ido morar no Vomero, na Via Gemito, 64, bloco C, apartamento 10. Naquela época, ele e minha mãe não tinham um único móvel e viviam pendurando as roupas em um arame estendido de uma parede a outra, tal como faziam na Via Zara. Mas Rusinè o pressionava todos os dias, dizendo: "Federí, precisamos de móveis". E ele: "Tudo bem, você quer móveis? Então vamos pedir um empréstimo de cem mil liras a seus tios, que hoje são comerciantes ricos". E ela: "Não, já temos muitas dívidas com eles". E ele: "Que se fodam. Fazemos mais dívidas".

Por fim, os dois foram juntos pedir aquela volumosa quantia, cinco salários de um ferroviário em 1947. Seu projeto explícito era o seguinte: "Embolso essas cem mil liras e não devolvo mais a *'sti strunz*". A meu ver, ele pensava assim não só porque o dinheiro do teatro Bellini — que, na sua opinião, tinha sido dilapidado pelos tios em anos passados, com o consentimento de minha mãe — era uma cifra indeterminável da fantasia e, portanto, acreditava-se autorizado a solicitar empréstimos de qualquer monta àqueles parentes, pelo resto da vida, mas também porque, como artista forçado momentaneamente a uma vida de penúria por culpa da esposa, se sentia no direito de ter um mecenas, papel que, na falta de coisa melhor, podia ser perfeitamente desempenhado por Attilio, Matteo, Espedito, Carmela, Assunta e Maria. De modo que os bajulava, os provocava, se irritava, voltava a rir para que eles rissem e por fim pedia, como de fato pediu daquela vez: "Cem mil liras. Preciso comprar móveis". Mas os outros obviamente já não aguentavam mais e, com as devidas boas maneiras, reuniram todas as forças e lhe responderam: "Federí, nós somos comerciantes. Temos que fazer o dinheiro girar não uma, mas duas, três vezes. Tente compreender. Lamentamos, mas não é possível".

Foi um deus nos acuda. Queria me convencer de que havia sido humilhado. E como farejava que naquele caso eu estava do lado de meus parentes maternos (não por palavras, é claro, mas por pressentimento: quem se arriscaria a contradizê-lo?), nunca houve um período ou ano de minha vida, desde pequeno até adulto, em que ele tenha deixado de escandir com raiva: *'sti chiavechemmèrd*. Ele os tirara da fome, gritava, quando já nem tinham mais olhos para chorar, e mesmo assim não quiseram lhe dar aquele dinheiro. Aliás, deram a entender — os ingratos — que naquele caso queriam receber juros. Juros de agiotas. *Idiotas*, berrava com escárnio. E acrescentava: mas quem se importa? Ele nunca se importou com ninguém. Compraria os móveis com o próprio talento, pintando na sala de jantar, ao lado da janela.

E de fato foi isso que fez. "Foi isso que eu fiz, Mimí", sublinhava. Queria que eu prestasse atenção, não tolerava distrações quanto a esses assuntos. Ele comprou os móveis que Rusinè queria para embelezar os cômodos da Via Gemito, a primeira casa só sua, ao aceitar fazer em tempo recorde, por encomenda de um tal Caporali — conhecido como o dentuço, doutor em economia e comércio, uma pessoa realmente correta —, quinze retratos de soldados americanos que queriam mandar suas fuças de rapazotes sardentos e contentes para as famílias no além-mar. Naquela época, todos os pintores faziam esses retratos, não havia de que se envergonhar. Mestre Emilio Notte fazia; Rubens Capaldo, que era o melhor, também fazia; afora naturalmente Federí. Desenhavam nas telas os traços das fotos dos marines com o auxílio de um projetor; subdividiam o desenho; preparavam as tintas. "Trabalhei noite e dia", contava. Os móveis da casa tinham sido adquiridos com aquele suado dinheiro exatamente no dia 12 de dezembro de 1947, antes do Natal, para agradar minha mãe, que estava grávida pela terceira vez e se lamentava: "Como vamos fazer sem móveis, como vamos fazer?".

Enquanto ele falava e falava, aquela nova mobília me voltava nitidamente à memória. Eu me lembrava do armário de três compartimentos, e o compartimento central tinha um espelho que, quando girava com um rangido, era capaz de refletir a sombra de Modesta pálida e loura como Ofélia, escondida em um canto do quarto de dormir. Lembrava-me da escrivaninha, sobre a qual o relógio de ferroviário de meu pai, da marca Perseo, batia os segundos na penumbra. Lembrava-me da cômoda. Lembrava-me também da mesa dos almoços nos dias de festa.

Era nova e cheirava a verniz. Comemos ali, naquele móvel recém-saído da marcenaria, o almoço de Natal daquele ano. Então minha avó no final serviu as frutas secas: figos, amêndoas, avelãs e nozes. Antes nunca o tivesse feito. Meu pai pegou uma noz e, como estava de bom humor, conversando e rindo, enfim, estava com a cabeça nas nuvens, a apoiou inadvertidamente em uma quina da mesa, manteve-a firme com o polegar e o indicador da esquerda e a esmagou com um golpe seco dado pela palma da direita.

O grito de dor de minha mãe chegou uma fração de segundo antes que ele desse a pancada: "A mesa!". De fato, quando Federí ergueu a toalha, se deu conta de que o tampo do móvel novinho em folha tinha cedido. A madeira estava trincada, na bela superfície reluzente havia uma lasca esbranquiçada, uma rachadura de terremoto.

Como Rusinè chorou. Meu pai olhava para ela sem entender. Caralho, murmurava, o que foi que eu fiz de tão grave? Um dano mínimo. Essas mulheres. E como se pode chorar assim por uma tontice. Quer parar com isso? Vai parar ou *t'aggiascummesàng*? Estava ao mesmo tempo sentido e nervoso diante do sofrimento da mulher, tanto que não sabia como fazê-la sair daquilo senão tirando sangue abundante do nariz dela. Ou seja, do mesmo modo de sempre: com uma cacetada, traulitada, bordoada. Ainda bem que eu escutava suas histórias cada vez mais distraído. Ainda bem que, ano após ano, fui aprendendo a afastar as palavras. Segundo uma técnica exercitada durante a adolescência, quanto mais ele se inflamava ao contar sua vida e seus motivos, mais eu deixava descer uma névoa e pensava em outras coisas. Servia para estabelecer uma distância. Para amortecer a vontade de homicídio.

De resto, mesmo quando criança, nem sempre prestei a máxima atenção a meu pai, tenho certeza disso. Até nos momentos em que ficava mais seduzido que aterrorizado, a certa altura algo intervinha, me esvaziava a cabeça e levava meu pensamento para longe. Difícil dizer, agora, o que era. Talvez um incômodo por aquela presença falastrona que ocupava todos os espaços. Talvez a suspeita de que logo haveria um esgarçamento em suas histórias, e todo o tecido das aventuras se desfaria, para a sua e para a minha humilhação. Talvez a percepção confusa de que, sob o entusiasmo com que se conectavam perfeitamente os eventos de sua existência, mesmo quando a situação parecia crítica, se ocultava, ao contrário, o rancor de quem se sente traído pelos fatos e se torna mau, sem conseguir aceitar a traição, sempre a um passo da vingança mais atroz.

Eu estava na soleira da porta do quarto de dormir, a poucos passos dos cigarros, e me sentia precisamente vazio, sem sons e sem imagens. Sentia apenas um cheiro de campo: uma impressão de ar fresco, isso foi o que me ficou, como se a janela estivesse escancarada. E quanto ao resto? Sufocava de ansiedade, perseguido pela necessidade de ser aquilo que meu pai queria, com suas alegrias e suas fúrias.

Aprendia com ele a cada dia. Ficava espiando e observando seus gestos, e os repetia. Tentava demonstrar por todos os meios que eu apreciava cada palavra dele, cada respiro. Aterrorizava-me a ideia de que pudesse pensar o contrário. Ele tinha uma grande necessidade de consenso. Queria que os outros, ao reconhecer sua superioridade, se concentrassem nele com a mesma intensidade com que ele se concentrava nos demais para demonstrar sua insignificância. "Viu o que o papai fez?", às vezes me dizia sem aviso prévio, lançando com satisfação as costas no espaldar da cadeira. "Gosta?" E punha debaixo de meus olhos, em uma folha ou em uma pequena tábua, a cara de tio Peppino, minha avó limpando verduras, minha mãe sentada e talvez lendo *Annabella*, meu irmão com um ar perdido, até a mim mesmo, que, embora já plasmado, ele, insatisfeito como era, tinha resolvido refazer melhor, a lápis, a carvão, a têmpera, a aquarela. Era tão desejoso de reconhecimento que queria até meus entusiasmos de menino. Necessitava até disso. E isso me dava aflição, eu ficava transtornado com aquele "gosta?" repentino, exagerava ao concordar. Mas nunca tinha certeza de ter exagerado o bastante.

Excesso de gestos, de balbucios; e ao mesmo tempo um esgotamento, a ponto de perder o senso de mim mesmo, incerto até sobre minha imagem. Foi nesse estado que entrei no quarto onde meus pais dormiam juntos, todas as noites, e logo refreei o coração como se ele rastejasse sobre as lajotas do piso, e o detive com ambos os pés em cima, ou cascos, ou quem sabe patas palmadas, para evitar que acabasse às pressas no espelho da *tunalètt*, a penteadeira de minha mãe. No assento à sua frente, posto ali desde o dia 12 de dezembro do ano anterior, data em que os móveis novos tinham chegado, ela deveria se sentar como uma atriz de cinema, escurecer os cílios tornando-os ainda mais pretos, delinear os olhos já bem desenhados por natureza, pintar a boca já tingida pelo sangue. Mas nunca fez isso. O marido não gostava, e além disso o quarto era muito acanhado, a cabeceira da cama quase invadia o vidro do espelho, havia apenas um espaço estreito para chegar até a janela. Sem falar que a cadeira estofada, feita para pentear, vestida de camisola, os cabelos de piche (se tivesse tido uma escova, o conforto e os homens pacientes das mulheres dos filmes), tinha ficado pouco ali, diante do espelho da penteadeira. Meu pai depois a colocou entre o armário e a escrivaninha, e no lugar dela pôs uma cadeira que lhe servia para pendurar o paletó. Agora se servia da cadeira como banquinho, sem tirar os sapatos, quando precisava pegar alguma coisa de cima do armário. Ou então éramos nós, os filhos, que subíamos nela para alcançar de qualquer jeito o topo do armário e depois pular sobre a cama dos pais.

Quem mais fazia essa brincadeira de pular do armário era eu: naqueles primeiros meses de 1948, meus outros dois irmãos eram muito pequenos para conseguir fazer isso. Então eu me esparramava na cama de barriga para baixo, levantava a cabeça e olhava para o espelho. Me observava por um longo tempo, talvez esperando que alguém me confirmasse definitivamente: "É você". Mas na casa havia mais o que fazer, meus pais gritavam frases imperiosas entre si e não me falavam nada. Por isso eu aproximava o rosto da beirada da cama e me perdia na geometria das lajotas como se tivesse acabado de beber leite quente com pão, o estômago estufado me tirasse as energias e eu estivesse a ponto de desmaiar. Que desgraça seria — pensava — se eu realmente fosse filho de um crocodilo.

Tinha sérias dúvidas sobre minha real estrutura corpórea, especialmente naquela noite de março. Entrei no quarto com cautela, temendo ver no espelho não tanto a sombra de Modesta, mas um reflexo que de repente me revelasse minha verdadeira natureza.

Não aconteceu. No ambiente fracamente iluminado pela luz da escrivaninha, no reflexo do espelho, não havia crocodilos nem hipopótamos nem outros animais perigosos, progenitores ou genitores indignos que haviam entrado à traição no quarto e agora estavam à espreita na lâmina do espelho, debaixo da cama de casal ou em cima do armário atulhado de caixas e rolos de papel desenhados e telas pintadas. No quarto de dormir, entre a cômoda e a janela com os vidros vibrantes de vento (aberta, fechada?), havia um pavão.

O pavão era enorme. Roçava o teto com a cabeça cristada, e eu ouvia seu som contra o reboco enquanto a movia com leves arranques. Tinha o peito inflado de um azul violáceo, como o mar quando o sol acaba de se pôr. E movia em leque a cauda majestosa e cheia de olhos, que tingia o quarto de tantas cores quantas meu pai deixava em sua paleta na sala de jantar, misturadas com perícia ao longo da superfície de pastas brilhantes e densas.

Escrevo sobre o menino que viu o pavão. Permanece imóvel, siderado, e no entanto prepara e dispara de forma desordenada raios de prazer com uma energia insuspeitada. Depois formula dois pensamentos que conservo com carinho em algum canto, na mesma forma de então, duas esferas de aço claríssimas e mudas.

O menino primeiro pensa: ele vai gostar; e logo em seguida: ele não vai gostar. Isto é, seu pai vai gostar ou não vai gostar daquele animal de força tão fúlgida, tanto que o coração pode ficar parado e ao mesmo tempo vivo, e cada emoção seguir seu traçado vibrante, mas sem os inesperados sobressaltos que cortam a respiração? Vai deixar que ele fique ali no quarto? Falará longa e apaixonadamente das cores das penas, de suas harmonizações, de como são possíveis aqueles efeitos, das técnicas mais eficazes para reproduzi-los na tela? (Sabia discorrer sobre as cores como nenhum pai que eu conhecia.) Ou correrá para a janela com urros selvagens, enxotando o animal para fora do parapeito a chutes e socos e cuspes e mijadas na cara, para o campo além da estrada, de onde quem sabe como acabou vindo? Ou vai matá-lo e despedaçá-lo como fez com a cegonha que trouxe há pouco tempo o terceiro irmão, a mesma que — depois me lembrarei — ele desenhou esplendidamente para nós? Ou vai agarrá-lo pelo pescoço e agir como agiu dois meses atrás, quando, para que a esposa pudesse tomar um caldo revigorante depois dos esforços do parto, foi comprar um frango vivo e depois tentou matá-lo com uma faca, mas o bicho se debatia de olhos esbugalhados, agitava a crista vermelha, contraía as patas amarelas e se depenava buscando libertar-se, e ele, o pai, no exercício de suas funções sacrificiais, estava branco feito um defunto, mas mesmo assim tentava cortar o pescoço do bicho, fazendo escorrer o sangue escuro na pia de pedra e, como não conseguia, com uma careta de nojo deixava a faca cair, como se tivesse escapado por acaso de suas mãos, e o frango se libertava esguichando sangue do pescoço e escapava ora correndo, ora voando, ora tornando a correr pela casa (e todos atrás: o pai, o segundo filho de três anos, a avó Nannina, este menino de cinco anos que é o primogênito), primeiro pelo corredor, depois no quarto de dormir, subindo pelo corpo exausto de Rusinè com o recém-nascido ao lado, então mais uma vez pelo corredor e por fim na sala de jantar, onde borrifou sangue na mesa nova, nas telas recém-pintadas que jaziam a secar, sobre as tintas da paleta, no parapeito, antes de saltar do segundo andar com as asas abertas e a cabeça quase decepada para ir morrer entre os arbustos do campo ali defronte?

Os gritos que chegam da cozinha não deixam prever boa coisa. Agora é difícil saber se os vidros vibram pelo vento ou pelo volume desmedido da voz de meu pai.

Acabou de esmiuçar todas as questões de dinheiro. Acabou de cobrir de xingamentos os parentes dela. Agora está prestes a lançar na cara da esposa sua maior culpa, que é a seguinte: ela o acorrentou, aproveitou-se de seu amor e dos filhos para deixá-lo pesado, sem forças, como Sansão. Ah, como ele foi *strunz*. Devia era ter partido do teatro Bellini para além-mar, para a América. Douglas Fairbanks Jr. lhe fizera sérias propostas de trabalho, como assistente de cenografia. E Bebé, a atriz de cinema mudo, lhe disse antes de ir embora: "Fred, seu talento aqui é um desperdício. Você tem um golpe de vista que ninguém mais tem. Você enxerga tudo o que ninguém vê. Você é o olhar do Pai Eterno e veio ao mundo justamente para mostrar-nos a beleza com sua pintura. Por favor, deixe este país de merda. Venha e me encontre em Hollywood. Todas as portas estarão abertas para você. Seu destino é lá". Mas o que foi que ele fez? Embarcou? Sobrevoou o Atlântico? Foi para Hollywood, onde teria se tornado pintor e cenógrafo, um artista completo de fama mundial? Não. Porque a sorte não lhe concedera a mulher certa, disposta a encorajá-lo, a incentivá-lo, a segui-lo. Para não falar dos filhos: ele podia nos abandonar, nós em Nápoles, ele em Hollywood? E assim, pouco a pouco, tudo se acabou no Bellini. Ben foi embora, Douglas foi embora, Bebé foi embora. Até o sargento Leefe foi embora. E ele se viu abandonado como uma garota de Capodichino. Ficou trabalhando para o dentuço. Não foi ele quem partiu para a América, mas aqueles retratos de merda, copiados de fotografias, pendurados sabe-se lá em que rancho do Texas ou do Arizona. Ficou olhando os parentes, aqueles comerciantes do caralho que se cobriam de ouro como sob as mãos de um dourador incapaz. Até que as ferrovias o engoliram de novo.

A voz raivosa irrompia aqui e ali, e ele se comovia com genuíno sofrimento. Mas logo o tom subia de novo, corroborado pelos sons de objetos quebrados, pelos soluços de minha mãe, pelas batidas ritmadas das pernas da cadeira em que minha avó ninava o bebê cantando de modo provocador: "*Oi nonnanonna nonnanunnarella, 'o lupo s'è mangiata 'a pucurella*".* Como a esposa pôde preferir a mãe, o irmão, as tias e os maridos das tias a ele? Como não teve a generosidade de lhe dizer: "Vá, parta para Hollywood com o dinheiro que ganhou, depois vou te encontrar"? Como não manifestou um pingo de agradecimento por não a ter deixado, ela e os filhos e o raio que o parta, como fizeram tantos homens sem sentimentos, de um dia para o outro, desaparecendo no nada?

Não conseguia acreditar. Sentia-se revirado até as tripas, sentia-se *scuncigliàto*, um homem sem conciliação. Por isso agora gritava: "Mimí, caralho, os cigarros!". Para obter um pouco de alívio, queria imediatamente os cigarros.

Comecei a apalpar com certo frenesi o bolso do paletó de meu pai. Para isso, tive que roçar de leve o cotovelo nas penas brilhantes do pavão. Senti a poderosa energia do pássaro de extrema beleza e por um instante tive a impressão de que

* "Ai, vovozinha, vovozinha, o lobo comeu a ovelhinha." [N. T.]

suas cores se tornavam líquidas e que do teto choviam pelo quarto o verde-esmeralda, o azul-marinho, o marrom, o amarelo-ouro ou o lilás, lágrimas comovidas dos cem olhos de sua cauda espantosa.

Peguei o maço de cigarros e recuei. Eu sabia que precisava levá-lo correndo para meu pai, de volta àquele barulho, à paisagem certamente devastada da cozinha, mas não conseguia abandonar ali no quarto a alegria imensa que me invadia. Então me demorei um pouco mais e lancei os olhos nos olhos daquelas plumas elegantes, que no alto moviam o ar com seus longos cílios violáceos. Entendi que eles me viam.

Não eram olhos cegos como, sei lá, os das batatas. Eles me viam e me redesenhavam. Conheciam a arte de misturar as cores, borrifavam em mim seus verde-azuis, combinando-os com uma luminosa pasta amarelo-acobreada e certa substância violácea, rica de escamas douradas. Davam novas tonalidades ao quarto, revigoravam até a cópia da *Assunção* de Domenico Morelli refletida no espelho do armário.

Pensei: "Vão se entender". O pavão arlequim e meu pai se entenderiam bem. Encontrariam uma solidariedade no olhar, se reconheceriam, estabeleceriam uma aliança. Mas se a princípio essa ideia me consolou (o pavão não seria massacrado como a cegonha, não correria pela casa com o pescoço caído e sangrando), logo em seguida comecei a sentir uma sensação de perda, um abatimento. Aquela criatura estupefaciente se tornaria parte das tantas aventuras de meu pai. Ele a submeteria às suas necessidades e, depois dos primeiros entusiasmos, começaria a listar seus defeitos (que patas feias, por exemplo: os pavões sempre têm patas horríveis) e a destilar maldades e invejas, como fazia com seus pintores rivais, tanto que logo a reduziria a uma galinhota insignificante. Voaria em torno dele com asas rancorosamente falastronas: um lepidóptero, uma borboleta-pavão.

Assim, mais uma vez, eu não sabia o que fazer. Via aquele volátil com a roda colorida e retinha meu contentamento enquanto era possível, bem perto de mim. A cozinha, a casa, a Via Gemito agora eram carentes de som, um espaço suspenso. Tanto que nem escutei os passos de meu pai pelo corredor. Ele apareceu de repente no quarto, acendeu a luz (naquela época, nas noites de inverno, havia luz na Via Gemito: bastava a vontade de meu pai para fazê-la chover do lustre) e disse: "E aí?", mas controlado, somente a testa mais pálida que de costume, e os olhos um pouco lustrosos de raiva e desgosto.

Imediatamente lhe estendi o maço. Mas logo me virei para o pavão, que sob a luz elétrica estava ainda mais resplandecente, uma onda cambiante de cores, e o apontei dizendo: "Papai, olhe". Ele já estava acendendo nervosamente um cigarro. Ergueu os olhos da chama do fósforo, apontou-os para a cômoda e falou distraído, mas sem irritação, com uma voz contida que me dizia por favor, me deixe em paz: "Olhar o quê, Mimí?". Então, soprando a fumaça para longe, correu para fora do quarto perseguindo a meada de suas raivas e gritando: "Eu errei, fui um *strunz*. Preciso lhe dizer: Rusinè, o que passou, passou, e *nummeromperocàzz*".

Olhei para ele enquanto sumia no corredor. Eu estava estupefato. Ele nem percebera o pavão. E embora a briga agora recomeçasse mais feroz ainda, me senti alegre. Não era o contentamento de pouco antes, não era sequer um abandono feliz. Era bom humor: uma mistura de sílabas, cores e notas musicais que ainda hoje me sacode quando as manhãs estão bonitas e o trabalho que faço me agrada.

Na época, naturalmente, percebi os motivos de modo confuso. Sentia apenas que me vinha vontade de rir. Lá no espelho, agora, eu via um menino que ria de lábios apertados, com um sorriso brilhando nas pupilas, e não queria se exprimir com os dentes para não faltar com o respeito ao pai. O qual — repetia a mim mesmo incrédulo, enquanto a alegria crescia — tinha olhado o pavão com seus olhos portentosos, mas não o enxergara.

Mais tarde, o pavão só me voltou à memória em uma única ocasião, por volta de meus catorze anos — sim, deve ter sido em 1957 —, quando um primo meu três ou quatro anos mais velho me perguntou: "Mas o que você faz quando ele bate nela? Fica olhando?".

Essa questão ficou dentro de mim durante muito tempo. Por fim, desgostoso, fui forçado a responder a mim mesmo: sim, não faço nada, só fico olhando. E me perguntei: o que eu poderia fazer?

Naquele período, eu não estava crescendo bem. Me submetia a esforços inúteis. Já tinha os braços tão compridos que, quando me movia, eles oscilavam sem controle, como se fossem se soltar do peito e das costas. Tentava corrigi-los para evitar que minha passada se parecesse com a de meu pai. Falava em monossílabos para não ser loquaz como ele. Me limitava a um comportamento humilde e me furtava a qualquer competição, para evitar as gabolices dele. Perscrutava meu rosto no espelho para me assegurar de que tínhamos poucos traços em comum e, se percebesse algum, estudava expressões que o camuflassem. Detestava as pessoas que, para me fazer um elogio, exclamavam: "Idêntico a seu pai". E esperava.

Não sabia fazer outra coisa senão esperar. "Assim que notar que estão brigando", me aconselhava meu primo, "se jogue no meio deles, grite, comece a chorar." Tudo inútil, eu não era capaz, tinha a impressão de que meu papel não era aquele. Acho que por isso me lembrei do pavão. Pensei que deveria conversar com minha mãe e explicar a ela que seu marido era um mentiroso: não tinha o olho que dizia ter, ela se deixara enganar. Mas mesmo naquele caso acabei desistindo. Receei que ela, por motivos obscuros, fosse cúmplice dele e lhe contasse tudo. Se acontecesse, o que eu poderia fazer? Só me restaria matá-lo.

Eram anos terríveis, eu sentia uma grande violência nas mãos. Estava convencido de que aqueles que mereciam viver podiam ser contados nos dedos da mão. Arranjei uma arma branca, pouco mais que um canivete, e a levava aberta no bolso, com a lâmina pronta. Não via a hora de enterrá-la na barriga de alguém. Às vezes me perguntava quem eu gostaria de matar. Ao me dar a resposta, notava com tristeza que as categorias de pessoas que eu eventualmente eliminaria eram muito semelhantes àquelas contra as quais meu pai esbravejava em seus relatos. Então tinha nojo de todo aquele ódio que sentia por dentro e arrancaria de bom grado a cabeça dos ombros para trocá-la, se possível, com a de meu tio Peppino, ou tio Attilio, ou tio Espedito.

Em 1960 — na manhã de um domingo de primavera, acho — me levantei cedo e encontrei minha mãe na cozinha, só e absorta. Tinha um olho inchado, todo roxo, com escoriações vermelhas. Disse a ela, me esforçando para ser convincente: "Vou matá-lo". Deu um sorriso de lado e me respondeu: "Você é mais besta que seu pai".

Segunda parte

O menino que despeja água

Um ano depois da morte de meu pai, fui tomado pelo desejo de recuperar um quadro dele intitulado *Os Bebedores*. Conservava dessa obra apenas uma imagem em preto e branco, impressa em um catálogo antigo. Com o tempo, me esquecera das cores e, embora tivesse em mente uma tela do tamanho de uma parede, não sabia dizer se eu a aumentara ou se ela era realmente tão grande. Pensei que gostaria de restituir-lhe a luminosidade de antigamente, as sombras, uma base precisa e uma altura.

Por isso, em uma manhã de setembro, chamei a companhia telefônica e pedi o número da prefeitura de Positano, que, segundo os relatos de meu pai, tinha adquirido o quadro em 1953 por cem mil liras. Liguei e, como ele sempre me disse que a obra estava exposta na sala do conselho municipal, acima do assento do prefeito e dos secretários, falei à funcionária: "Gostaria de uma informação. A senhora saberia me informar se na sala do conselho há um quadro grande? Não sei dizer exatamente a altura e a largura dele, mas se trata de um quadro enorme: se estiver aí, a senhora com certeza o notou".

A mulher foi gentil, quis saber qual era o tema. Eu o descrevi sumariamente: "É um canteiro de obras, o título é *Os Bebedores*. São quatro pedreiros que estão comendo e bebendo, um mastim napolitano e um menino que despeja água de um garrafão". A funcionária disse que não, nunca tinha visto um quadro grande com pedreiros lá na sede da prefeitura. Mas, por via das dúvidas, decidiu me passar a uma colega mais experiente.

A colega pediu outros detalhes. Falei sobre meu pai, disse a ela que, por motivos pessoais, eu dava muita importância àquela pintura. Ela se esforçou para ser útil. Me deixou à espera e foi, acho, verificar alguma coisa. Quando voltou, me disse: "Aqui com certeza não está. Mas pode ser que o quadro de seu pai estivesse na antiga sede da prefeitura: quando fizeram a mudança, talvez o tenham levado para algum outro local". Ela me explicou que antigamente os escritórios ficavam em vários lugares ("O senhor já esteve em Positano?"), mas agora estavam em um lindo palacete ("Como é que o senhor nunca esteve em Positano?"). "Volte a ligar na segunda", me aconselhou. Enquanto isso, perguntaria a um tio dela que era pintor: talvez ele se lembrasse do quadro de meu pai.

Falei tudo bem, obrigado, até segunda.

Os Bebedores guardam uma história que nunca contei a ninguém. Tem a ver com a vocação artística de meu pai, a doença de minha mãe, um repentino jorro d'água, um braço ora curto demais, ora longo demais. Mesmo hoje, quando começo a escrever sobre ele, só o pensamento me dá uma sensação de mal-estar.

Meu pai, ao contrário, até pouco antes de morrer falou daquele quadro como de um grande feito, cuja lembrança lhe dava prazer e também certa melancolia. "Mimí", me confidenciava, "naquele período eu realmente me senti num estado de graça." Enquanto isso, me observava com um olhar intenso, para ver se eu sabia o que significava um estado de graça. Quando se convencia de que eu não sabia — ou seja, sempre —, passava imediatamente a me explicar o que era. Um estado de graça, dizia, é como quando você se sente igual a uma flecha que nunca errará o alvo. Vai pelo ar direto, decidido, e ninguém pode te impedir de chegar aonde você decidiu chegar. "Nem mesmo o pior escroto", se enfurecia, "que por inveja, maldade ou despeito insistisse em te humilhar."

Deslocando o indicador da esquerda para a direita, fazia para mim o percurso da flecha e enquanto isso, talvez com o lampejo dos olhos, me sugeria uma ideia de traçado luminoso. Depois, como sempre, ele se esquecia do quadro e esboçava o fundo trevoso de suas dificuldades. Então — me dizia —, entre o final dos anos 1940 e o início de 1950, depois do expediente nas ferrovias, ele costumava ir em noites alternadas à inauguração de alguma mostra para se inserir aos poucos no mundo artístico e trocar ideias com os pintores do Vomero ou com os das galerias da Via Chiaia ou da Via dei Mille.

Naquelas ocasiões, encontrava uma grande quantidade de figurões. Havia os críticos de todos os jornais da cidade: Barbieri, Ricci, Schettini, Girace; havia artistas como Ciardo, Notte, Striccoli, Verdecchia, Casciaro, que ensinavam na Academia e nas escolas de arte; havia pintoras jovens e cultas, como por exemplo Tullia Matania, que era bonita, fina e entusiasta da pintura dele desde que tinham exposto juntos em uma coletiva na galeria Romanella, no Vomero. Enfim, era um ambiente livre e vibrante. Todos conversavam, debatiam, Emilio Notte dizia uma coisa, Vincenzo Ciardo contestava com outra, o crítico Carlo Barbieri contava casos de quando a Via Cesare Rosaroll era uma espécie de Quartier Latin, uma infinidade de artistas trabalhava ali e se ia até altas horas assim.

Meu pai também esticava até tarde, mas sem entusiasmo, ficava nervoso. Não conseguia relaxar, não era capaz de gozar aquele tempo de pura vida estética. Primeiro, porque vinha esgotado de uma jornada de trabalho nas ferrovias; segundo, porque se deprimia com a ideia de que, no dia seguinte, teria que desperdiçar seu tempo labutando como ferroviário, e isso pelo resto da vida; terceiro, não suportava ficar calado, queria mesmo era estar no centro das conversas, desandando a falar com espirituosidade e charme, sem nunca parar.

Se não agia dessa maneira, se no fim das contas se continha — ele, que tagarelava com tanto gosto —, era só por medo de que lhe ocorresse o que ocorreu certa noite na galeria Medea (de propriedade do dr. Mario Mele), quando o escultor Giovanni Tizzano, ex-fiscal de finanças, por pura maldade, diante de todos, perguntou a ele: "Federí, me desculpe, mas saberia me dizer se há um trem confortável que vai para Roma entre meio-dia e uma da tarde?".

Risadinhas, os olhos de todos voltados para ele. "Entendeu a ofensa?", me perguntava com olhos furiosos, como se a ofensa tivesse sido feita uma hora antes. Dando-se ares de grande artista que vai encontrar seus pares na capital, Tizzano se dirigira publicamente a ele não como a um pintor de talento, mas como a um ferroviário qualquer, e, para humilhá-lo, lhe pediu informações em voz alta sobre o trem certo. Isso justo quando ele estava em um canto, discutindo sobre arte com Tullia Matania, que o ouvia boquiaberta, lindíssima, os olhos enormes.

"Está claro?", Federí me pressionava. Ou seja, está claro o ultraje sofrido? A sorte de Tizzano foi a idade avançada: tinha cabelos brancos, meu pai não podia partir para cima dele. Teve que se limitar a responder com um sorriso nos lábios: "Dom Giuvà, se o senhor precisa ir a Roma para solicitar seus atrasados de fiscal de finanças aposentado, não é melhor partir de manhã?". Algumas pessoas riram, inclusive Tullia Matania. Mas Tizzano não se deu por vencido e quis girar a faca na ferida, dizendo: "De que vocês estão rindo? Não sabem que Federí é um ótimo ferroviário?".

Teve que aguentar isso e muito mais em seus anos de iniciante, enfatizava meu pai, assumindo uma entonação sofrida. Invejas, armadilhas, traições. Seu sonho era achar um jeito de deixar o emprego nas ferrovias e se tornar um pintor de relevância nacional e internacional: assim poderia sacanear todos os seus detratores napolitanos. Queria topar com um marchand que lhe dissesse: "Federí, você me dá dez telas por mês, e eu lhe dou tanto para você se manter no luxo com sua família. Aceita?". Negócio fechado. Abandonar as ferrovias. Ser remunerado para pintar dia e noite. Saber que cada pincelada era dinheiro. Esse era seu ideal, essa era sua esperança. De manhã, quando já não precisaria correr para as ferrovias, ficaria horas na cama, acordado, fumando e olhando para o teto, fantasiando. Pensaria no futuro. Em silêncio, os olhos arregalados no quarto em penumbra, projetava obras que pudessem fazer todos declararem: "Federí, você é um grande artista".

Posso imaginá-lo. A grande cabeça apoiada na cabeceira da cama. Ouço que pigarreia e cospe o catarro de fumante em uma folha de jornal estendida no chão, ao lado da cama, posta ali para isso. O quarto mantém os cheiros da noite, apesar de ser meio-dia. Ele chama Rusinè para que lhe traga o café. A esposa, que desde cedinho pisa o pedal da máquina de costura porque, naqueles anos, faz camisas por conta de uma senhora eslava muito empreendedora, interrompe o trabalho, leva o café para ele e volta para a Singer. Ele beberica e reflete, reflete e beberica. Pensa: "Se uma refugiada da Ístria que nem sabe dos usos e costumes napolitanos conseguiu pôr de pé um próspero comércio de blusas, por que eu não poderia fazer o mesmo com meus quadros?". A arte é mais nobre que blusas. A arte, caso se queira, vende bem melhor. Os parentes da esposa, *chilli sfaccímm*, compraram casa e automóvel vendendo mortadela e folhados com creme. Por que ele não deveria enriquecer com suas telas? Os pintores do passado eram apoiados por príncipes e banqueiros. Quem o apoia agora?

Para não se lamentar sozinho, chama de novo a mulher e pede que lhe traga outro café. É capaz de beber cafeteiras napolitanas inteiras, revezando xícaras e cigarros, cigarros e xícaras. Um coração de ferro, um organismo resistente. Rusinè chega e dessa vez se senta na beirada da cama, confabulam, muitas vezes riem. Ele devaneia sobre o dinheiro, quer viajar com um álbum de desenhos debaixo do braço, volta a sonhar com um marchand que lhe permita finalmente pintar em paz, comprar casas e automóveis.

Depois daquelas conversas, ele se levanta da cama mais alegre. Veste a malha de dormir e cuecas brancas e folgadas. A mulher abre a janela para fazer o ar circular, recolhe com uma careta a folha de jornal manchada de catarro. Ele põe as calças, cantarola. Talvez já se veja em uma nova condição, que lhe permita frequentar todas as noites as galerias de arte e bater papo com Tullia Matania, sem o perigo de que Tizzano apareça e jogue lama em cima dele, dizendo: "Não é um pintor, é um ferroviário".

Fica alegre por um tempo, às vezes se senta na cozinha e toca bandolim. Depois é assediado por um monte de coisas que o deixam nervoso. Problemas com as ferrovias e os ferroviários. Conspirações de pintores contra ele. A grana que acaba logo. E como se não bastasse, Attilio e Carmela, os donos da charcutaria, compram um apartamento na Via Carelli, a poucos passos da Via Gemito, em um prédio recém-construído que fica ao lado do cinema Stadio. Uma afronta. Eles já têm uma casa e agora adquirem outra. A ostentação do bem-estar sob seus olhos de grande artista. É também por isso que, em abril de 1953, ele decide deixar todo mundo de queixo caído, críticos, pintores e quem sabe, graças a uma bela venda, graças a um prêmio generoso, até os parentes, concebendo um quadro que, em suas intenções, devia ser melhor que *Le Déjeuner sur l'Herbe* de Manet. Um quadro como os que os grandes mestres do passado faziam, de fôlego — ele diz —, alto e largo como os *Borrachos* de Velázquez. Você se lembra, Mimí, dos *Borrachos* de Velázquez no Prado de Madri?

Enquanto evocava aqueles dias, me pegava pelo braço e insistia: "Você lembra?".

O fim de semana passou, veio a segunda-feira, e não liguei para Positano. Decidi ir pessoalmente, mas não de imediato, estava ocupado. De todo modo, continuei pensando no quadro como se pensa em objetos que são como escrínios cheios de segredos. Tanto é que, quando em meados de outubro meu irmão Geppe veio me visitar em Roma, a primeira coisa que lhe disse foi: "Você se lembra do quadro *Os Bebedores*?", e falamos longamente sobre ele, comparando nossas memórias. Conversa vai, conversa vem, acabei voltando com ele para Nápoles.

Quis ficar em sua casa apenas uma noite e depois seguir para Positano. Mas no dia seguinte acordei com vontade de ver alguns lugares da cidade que tinham sido importantes para meu pai. Fazia muito calor naqueles dias, mas me sentia disposto a dar longas caminhadas. Na rua, enquanto descia de manhã cedo de Capodimonte até Santa Teresa degli Scalzi respirando um ar já pesado, me dei conta de que meu pai e eu nunca tínhamos passeado juntos por Nápoles. Não havia lugar na cidade do qual eu pudesse dizer: aqui nós paramos e aqui nos dissemos isso e aquilo.

Já com minha mãe eu saí várias vezes, inclusive adulto, até quando ela ficou doente. Se quisesse, poderia reencontrar locais precisos da cidade, ainda que apenas trechos de rua, servindo-me de sua figura como de um marcador de livros que me indicasse com rapidez um segmento importante. Por exemplo, no final dos anos 1950 saímos e subimos muitas vezes juntos, a pé, justamente por Santa Teresa degli Scalzi. Íamos todos os dias visitar meu pai, que estava em uma clínica pouco antes da Ponte della Sanità. Havia operado — eu me envergonhava ao dizer isso — de hemorroidas e passava o maior sufoco, mas mesmo assim tinha ânimo de contar sua cirurgia a todo mundo. Dizia que os médicos o tinham pendurado de cabeça para baixo e, mantendo-o daquele modo, trabalharam com bisturi e gelo em uma região que, como se sabe, é delicada. Gabava-se muito da coragem com que enfrentou a intervenção: dilatava a experiência e a romanceava, como de costume. Quanto a mim, torcia para que se calasse e não entendia como minha mãe conseguia suportar as conversas dele. Eu me envergonhava de ter um pai que operara de hemorroidas. Com meus amigos, ou eu omitia o fato ou, se não tinha jeito, dizia que ele havia passado por uma difícil cirurgia no estômago, órgão do corpo que alguns anos antes, com mais dignidade, meu tio Attilio operara. Em resumo, teria esperado da parte dele mais discrição e preferia Rusinè, que, ao contrário dele, nunca contava histórias sobre os males do corpo e da alma, e até dos abortos e partos se recuperava com uma velocidade impressionante, sem tanta publicidade. Já Federí, diante de qualquer mal-estar, via logo o caminho de onde a morte chegaria, e falava e falava e falava para exorcizar o medo de que, morrendo, não pudesse cumprir as grandes obras que tinha em mente. Enquanto eu descia por Santa Teresa degli Scalzi e ia reconhecendo este e aquele canto, sentia a presença silenciosa de minha mãe, e de meu pai ouvia sobretudo a voz, misturada ao pesado clamor da cidade.

Depois de passar pelo museu — agora realmente fazia calor —, fui tomado por certa trepidação e diminuí o passo. Podia ter tomado a Via Correra e seguir pelo Cavone, onde meu pai dizia ter negociado com os muambeiros junto com dom Peppe, o carpinteiro. Ou simplesmente podia me refugiar no museu, me abrigar um pouco ao fresco, ou procurar o olhar com que Federí deve ter olhado o braço de Eurídice estendido para Orfeu, ou os pés de Sileno bêbado, ou a barriga inchada da Bacante adormecida, ou o Atlas que sustenta nas costas o globo terrestre com todas as constelações. Decidi que não e retomei o passo normal. Percorri a Via Pessina em direção à Piazza Dante e dobrei à esquerda na Via Conte di Ruvo.

Aquela era a rua que meu pai tinha percorrido junto com a esquadra de operários que vinha da Piazza Carità, antes de conhecer o sargento Leefe, antes de se tornar intérprete, cenógrafo, tudo. E aquele era o teatro Bellini. Ali em frente ele havia descarregado ferramentas, baldes e latas, furioso com a má sorte que não cedia espaço para a boa.

Desde menino, sempre evitei cuidadosamente aquela rua, nunca lancei sequer um olhar ao teatro; e já adulto, quando me ocorria de ler comentários muito críticos sobre aquela estrutura — um local tétrico, que faz pensar em um grande carro fúnebre dourado, daqueles em voga no final do século XIX —, eu tirava deles a última prova dos exageros de meu pai. Naquela ocasião, ao contrário, percebi apenas o sentido que ele lhe atribuíra na época. Tentei imaginá-lo quando enveredou por aquela rua, perdido no meio de tantos outros desesperados. Mas me dei conta de que eu guardava bem poucos traços vivos de Federí, não marmorizados por fotos da época: uma testa ampla, olhos pequenos e levemente oblíquos, uma boca semicerrada. Suficientes para dar uma impressão de sua figura, mas não para evocá-lo agora, nas ruas da cidade.

Parei na esquina da Via Bellini, fechada ao trânsito por grandes vasos de pedra, repleta de bares e restaurantes. Daquele ponto, olhei para a fachada do teatro, que era de uma pedra cinzenta, cortada por cinco entradas; os globos brancos das luminárias com braços de ferro escuros; o balcãozinho estreito do primeiro andar com uma pequena balaustrada; e os leões alados, crianças com liras, um friso circundando máscaras trágicas e instrumentos musicais, e acima a inscrição: TEATRO BELLINI.

Atravessei a rua e examinei as fotos de cena expostas no mural. À tarde apresentariam *A morte de Carnaval*, de Viviani, com interpretação e direção de Renato Carpentieri. Com certa hesitação, me aproximei do átrio: era cor de pérola, no teto havia ramos verdíssimos de palmeiras entrelaçados. Uma jovem logo me avisou: "O senhor não pode ficar aqui, se retire, senão vou receber uma advertência". Pedi que me deixasse dar uma olhada na parte interna, mas não houve jeito. Me mandou para o vigilante na entrada dos artistas.

Fui até o vigilante, um homem de idade. Expliquei a ele que queria dar uma olhada no teatro. Estava interessado especialmente, disse a ele, no espaço situado no topo do edifício: se havia uma grande claraboia, e como a luz entrava por ela. "É preciso ter uma autorização da direção", respondeu. Tentei ser simpático, perguntei sobre o teatro entre 1944 e 1945, se ele se lembrava dos espetáculos organizados pelos ingleses. Cortou secamente com algo do tipo: "Não sou nenhum matusalém". Tornei a insistir: "Só preciso dar uma olhadinha". Balançou a cabeça: "Lamento, é preciso ter uma autorização". Agradeci e fui embora.

Passei muito tempo na Via Bellini, primeiro sentado em um bar, bebendo uma água mineral, e depois circulando em frente à Academia de Belas Artes, um edifício de pedra rústica, dois leões negros na entrada, os meninos vestidos de artistas.

Meu pai queria ter passado sua juventude ali dentro. Também teria gostado se, pelos méritos adquiridos, alguém, em seus anos de maturidade, o tivesse chamado para ensinar uma arte qualquer, boa ou ruim. Não lhe aconteceu nem uma coisa nem outra. Olhei a fachada de tons amarelos, medi a distância exígua que separa o Bellini da Academia. Sim, pena que Federí só tivesse à disposição palavras como: magro, olhos pequenos, testa ampla, boca semicerrada. Gostaria de tê-lo visto jovem naquele espaço de expectativas, um homem que tem muitos anos pela frente e sonha alto.

Depois do teatro Bellini, desde que perdeu para sempre o ateliê fabuloso sob a claraboia onde pela primeira vez se sentiu — ele dizia — realmente um pintor de gênio, a vontade de ser artista se tornou cada vez mais forte, conferindo-lhe um ar sempre agitado. A agitação cresceu com o passar dos anos, uma energia nunca apaziguada, torrencial, que agora, em 1953, se transformara em aspiração para grandes coisas e pretensão de reconhecimento.

Pelo quadro *Os Bebedores*, pelos problemas que lhe impunha, ele submeteu a casa e nossos sentimentos a um turbilhão, sem hesitar. A ocasião comezinha que deu origem a todo esse terremoto foi um passeio (às vezes dizia um encontro) com o pintor Armando de Stefano. Meu pai nutria uma sincera admiração por esse artista, alguns anos mais novo que ele. Entre altos e baixos, continuou sempre a admirá-lo, tanto que, quando De Stefano lhe deu de presente um quadro, ele o pendurou sem titubear entre os seus e depois o levou para todas as casas onde morou, sem jogá-lo em um canto com fastio, como fizera e fazia com as obras de outros artistas. Sobre ele, declarava em qualquer oportunidade, mesmo após uma longa bateria de insultos: "Armando é um pintor de mão cheia, o melhor dentre os que despontaram na Nápoles do pós-guerra".

Agora não sei bem onde foi o encontro dos dois: na Via Caracciolo, quando o inverno estava terminando e se caminhava com o casaco jogado no ombro, o passo confiante na bela estação; ou na Via dei Mille, depois de ter tomado um café. O certo é que falaram de quadros e mostras de que participaram juntos — a grande coletiva de Roma, no Palazzo delle Esposizioni, por exemplo — e se disseram contentes e decepcionados, sobretudo meu pai. A certa altura, bem no meio da conversa, De Stefano propôs: "Federí, podíamos fazer uma exposição juntos, só eu e você, apresentando não apenas as coisas que já fizemos, mas também obras novas e de fôlego". Meu pai ficou de boca aberta com a surpresa. Então aceitou com entusiasmo.

Voltou para casa de ótimo humor. Pareceu-lhe importante que um jovem pintor, já inserido na Academia e professor encarregado no liceu artístico, lhe tivesse feito aquele convite. De Stefano, dizia, não era *'nu strunzemmèrd* como todos os pintores de fama local, nacional e internacional. Ao contrário, era uma pessoa de mérito e com a mente livre. Com ele não precisava se preocupar minimamente se era ferroviário de profissão, e não um artista; nem se sentir constrangido por nunca ter frequentado academias, nunca ter feito estudos regulares, nunca ter tido a chance de ser professor de desenho no liceu artístico. De Stefano lhe fizera a proposta por simples e generoso apreço: "Federí, vamos fazer uma exposição juntos e expor obras novas e de fôlego". Por isso ele respondeu sem vacilar: "É realmente uma bela ideia, Armà. Já vou começar a trabalhar".

À tarde, voltei ao teatro e vi *A morte de Carnaval*. No intervalo entre o primeiro e o segundo ato, deixei meu assento e subi pelas escadas até o último andar. O Bellini estava impecável, restaurado com zelo. Me aproximei de uma galeria vazia. De lá, o teto de nuvens e querubins parecia ao alcance da mão. Cavalos alados ascendiam de balcão em balcão, com focinhos de demônios e luzes na garupa.

Tentei ver Rusinè no camarote de honra, onde, segundo meu pai, quando Bebé e Douglas Fairbanks atuavam, ela costumava se sentar. Foi inútil. Minha mãe estava mais presente em minhas memórias que nas do marido. Mesmo nos cadernos de recordações que escreveu mais tarde, ele a liquidava com duas frases do tipo: Sabe-se como Rusinè era, não sabia se regular. Então voltei para a plateia. Agora havia de novo o escuro acolhedor dos teatros, quando o palco parece uma lareira acesa em uma grande sala tenebrosa. Se ali dentro ou em qualquer lugar

Federí tinha representado o papel do jovem de grande sensibilidade artística, sua esposa — imaginei — simplesmente se esforçara para parecer uma adequada companheira de vida. Era tudo. Mas ele não estava satisfeito. A mulher, dizia, o deixava constrangido. Mais tarde, altas horas, era preciso brigar e gritar com ela: "Não te levo mais ao teatro, você não está à altura".

Aos olhos dele, minha mãe nunca se mostrava à altura, seja no teatro ou em qualquer outro local público. No entanto, ela fazia de tudo para estar. Gostava das mulheres que sabiam se impor, que conseguiam ficar frente a frente com os homens, que causavam um choque com sua desenvoltura escandalosa. Por exemplo, se interessava por pintoras que caminhavam pelas galerias até tarde na noite. Era atraída por figuras como Tullia Matania, que sabiam de arte, tinham ideias próprias a expor e não se preocupavam muito em cobrir as pernas quando as cruzavam. Nos raros eventos públicos em que Federí a admitia, tentava imitá-las. Mas ele ficava furioso, preferia que se resignasse a ser como ela era.

Como ela era? Nunca vou saber. Quando se enfeitava com capricho para sair com meu pai, parecia de fato uma atriz deslumbrante. Naqueles casos, era Federí quem parecia não estar à altura. Tinha um ar feroz, ficava sempre em alerta, era menos simpático que ela, e talvez tivesse consciência disso. Eu os observava com apreensão, casal na corda bamba, aliados e rivais segundo seus movimentos, que me eram obscuros. Agora, da escuridão da plateia, me pareciam formas de chama, como os atores em cena pela morte de Carnaval. Depois de certo tempo, me abandonei ao espetáculo, enquanto o público ria. Quantos prazeres experimenta quem produz arte. Federí conhecia todos eles: esse estar no centro das atenções, esse mover o riso na garganta ou as lágrimas nos olhos, ou acelerar as batidas do coração.

De *Os Bebedores* me lembro sobretudo da consistência da tela. Devo tê-la tocado várias vezes, mesmo antes que fosse pintada, porque ainda posso senti-la sob a polpa dos dedos. Meu pai, quando falava sobre ela com o tom como sempre exagerado, alargava os braços o máximo possível para me mostrar como era grande. Tinha precisado, me dizia, de todo um lençol de casal para cobrir o chassi, o único lençol da casa em bom estado: um tecido áspero de cor amarelada, cânhamo que raspava a pele durante a noite. Em um primeiro momento Rusinè, que segundo meu pai era lenta em compreender as exigências da arte, o proibiu e gritou: "Não deixo, nem que você me mate". Mas depois ele respondeu com três berros aterradores, e ela se resignou e acabou cedendo.

Não sei o que minha mãe realmente sentia naquela circunstância. Posso imaginá-la enrolada num roupão feio, apoiada no batente da porta, uma expressão de despeito impotente na cara emagrecida. A imagem dela é tão desgastada, e ao mesmo tempo tão vívida na memória, que até dá a impressão de ser transparente. Parece-me fraca, como se não tivesse mais confiança em suas razões e, portanto, estivesse resignada a ceder tudo o que ele queria, o lençol, as energias, a luminosidade irônica dos olhos.

De fato, pouco depois — contava meu pai —, ela começou a rir nervosamente e até o ajudou. Fazia sempre assim: primeiro batia o pé, depois colaborava. Foi ela quem molhou o lençol em uma bacia de cobre, ela quem o torceu, mas não muito, segundo as instruções que ele lhe deu. Agora havia um gotejar de água por toda a casa, o lençol estendido sobre a tela, ela ajeitando com eficiência de um lado, ele ajeitando do outro, descontente. Talvez houvesse até um ar de brincadeira, é possível, os lençóis para mim sempre tinham um gosto de alegria. Quando Rusinè e minha avó os dobravam, uma puxando de um lado, a outra do outro, eu e meu irmão Geppe nos divertíamos em perturbar aquela operação, pulando e querendo que o lençol batesse na gente, abandonando-nos ao prazer dos deslocamentos de ar e ao cheiro de lavado. Mas é provável que, naquela ocasião, a ansiedade tenha prevalecido. De fato, nós filhos tivemos que correr várias vezes até a despensa para pegar todo o necessário: o martelo, os preguinhos, mas não estes preguinhos, "umas tachinhas que devem estar aí, Mimí", gritava meu pai, "eu as comprei há um mês, que merda vocês fizeram com elas?". Enfim, havia poucos motivos para diversão. Agitação, coração disparado, o lençol que continuava pingando água. Nunca está suficientemente torcido, nunca está suficientemente esticado. Meus pais o estendem, o retiram, tornam a estendê-lo, toda a casa parece um pântano. O chassi (ele também tinha sido feito em casa? Sim, não, quem sabe), quatro ripas atravessadas por uma quinta bem no centro, emoldura uma boa parte do piso de lajotas hexagonais, recém-liberado dos móveis.

Sim, com certeza, até os móveis foram deslocados. Tenho nitidamente diante dos olhos a mudança barulhenta que depois permitiu instalar no cômodo o chassi e a tela de *Os Bebedores*. Vejo a figura afilada de meu pai que passa pelo corredor transportando umas sobre as outras as poltroninhas da sala de jantar, forradas de um tecido verde floral bastante desgastado. Depois de deixá-las sob o olhar crítico de minha mãe em um canto do quarto de dormir já muito apinhado, ele volta todo contente para a sala e começa a mudar a mesa de lugar. Faz tudo sem aviso prévio, com o ímpeto desdenhoso de sempre. Enquanto Rusinè e minha avó se apressam em levar, a primeira, um vaso de flores de vidro lapidado com reflexos verdes e, a outra, um par de cinzeiros considerados de valor, ele, desgrenhado e com a barba por fazer, vestindo uma calça surradíssima que usa para pintar, cujo tecido tem uma mancha de tinta seca da virilha até os joelhos, empurra a mesa com enorme barulho até uma parede, encaixando-a entre um móvel envidraçado que chamamos de cristaleira, mesmo não contendo cristais, e um sofazinho que menos de seis anos antes era novo em folha, mas que agora eu, meus dois irmãos e as telas de tinta fresca postas para secar destruímos irremediavelmente.

Quanto barulho. "Os pés", se lamenta minha mãe, e, se não o faz naquela ocasião, certamente o fez e o fará em outras. Os pés — ela se refere às pernas da mesa —, uma exclamação que sempre pronuncia em todas as situações parecidas, cada vez mais resignada, quase um suspiro. Agora, quando se lamenta, é apenas para sublinhar a prepotência do marido, já que de fato, no intervalo de poucos anos, perdeu qualquer amor por aqueles móveis maltratados, puro entulho em uma casa pequena que ele, ao contrário, trata como se fosse um aposento do Alcazar posto à disposição do grande pintor Velázquez.

Fantasias delirantes: os fatos da vida doméstica são outros. Nas raras vezes em que a usamos para comer, a mesa treme toda e emite um nhé-nhé cada vez mais perceptível. Empurra daqui, empurra dali, a madeira ordinária cede feito manteiga, e a cada vez cai das junções um chuvisco de serragem que se deposita no piso como um sinal da mais deprimente desagregação. Além disso, um vidro da cristaleira rachou. E o pequeno sofá está desconjuntado e enlameado. E as cadeiras perderam o estofado pelos cortes e rasgos. Um desastre.

Federí se preocupa com isso? De jeito nenhum. Normalmente já revela um soberano desprezo pelos bens da casa. Mas naquelas ocasiões específicas o desdém é ostensivo, como se dissesse que não há bem terreno que possa realmente se interpor entre ele e suas necessidades de artista. O que são a mesa, o vaso lapidado, os cinzeiros de maiólica? O que são as poltroninhas, o pequeno sofá, a cristaleira, as cadeiras? Nada diante de sua urgência de espaço em torno do cavalete e da caixa de tintas. De modo que, quanto mais minha mãe protestava, mais ele exagerava no desprezo à materialidade das coisas, como se quisesse demonstrar sua inconsistência. Aliás, talvez para provar a ela que, quando o espírito criativo ferve, o corpo quase se retrai para ceder-lhe todo o espaço necessário, ele fecha bruscamente os canais da percepção e, se ela lhe diz algo, ele não responde e lhe devolve um olhar ausente, um ar de quem não sabe nem o próprio nome ou o endereço. Minha mãe precisa sacudi-lo pelo braço para que ele volte a si e diga: "Ahn?".

Os dias que passei em Nápoles voaram. De noite eu rabiscava apontamentos confusos e no entanto pensava: chega, amanhã vou atrás de *Os Bebedores*. De manhã, acordava e decidia: não, hoje quero rever a Via Gemito, o prédio dos ferroviários, a janela de onde observava meu pai enquanto ele pintava.

A estação de metrô ficava a pouco mais de cem metros da casa de meu irmão. Bastava me precipitar entre paredes de um belo cinza, os corrimãos amarelos, os tijolos vermelhos, a borracha preta do piso que cheirava a novo como tudo o mais naquele lugar, subir no primeiro trem e descer na Piazza Medaglie d'Oro. Então, certa manhã, com um andar desocupado, cheguei à Piazza de Antignano, examinei com cuidado os velhos prédios ainda intactos, me demorei na feira que me pareceu idêntica e depois fui para a Via Gemito.

Parei para observar o número 64: o mesmo quadrado com os dois números. Mas, naquele trecho exatamente em frente ao centro esportivo, a Via Gemito passou a se chamar Piazza Quattro Giornate. E a praça tinha em seu centro, cercado por tapumes, os andaimes da Metrosud, sinal das obras em curso para uma nova estação de metrô. Não havia mais nenhum vestígio de campo ou do amplo espaço entre o edifício e o estádio, onde nas boas estações os meninos do bairro jogavam bola, corriam de bicicleta, combatiam em bandos jogando pedras uns nos outros. Ainda bem que a paisagem urbana muda como todas as coisas, uma sombra que serve de fundo a outras sombras. O trânsito intenso de carros e scooters roçava os tapumes da Metrosud.

Dei uma olhada no prédio, não me pareceu da mesma cor. Agora era branco e cinza, ao passo que eu guardava na memória cores quentes e luminosas, mas já não sabia quais. Nas sacadas de pedra, naquelas cercadas, não havia ninguém. As janelas do térreo eram protegidas por grades robustas. A moldura que corria em volta do edifício, logo acima das aberturas dos porões, onde subíamos para olhar diretamente nos apartamentos e chamar nossos amigos, tinha sido removida talvez por motivos de segurança.

Passei pela entrada e perguntei ao jovem porteiro se podia dar uma olhada no pátio. Entrei em busca das diferenças, mas vi poucas. No centro ainda havia o jardim, margeado por uma elegante borda de pedra, e a única novidade evidente era uma fonte com uma estátua de mulher que despontava entre os troncos das palmeiras ainda vigorosas — quatro — e o verde das hortênsias, em minha lembrança levemente mais densas. No verão, o porteiro da época — que se chamava dom Ciro — as regava todos os dias com uma mangueira. Eu ficava um longo tempo ao lado dele, olhando o jato d'água — dos seis aos oito anos, passei muitas horas assim — e esperando que ele me dissesse "Tome, regue você", ou que por brincadeira lançasse o jato em cima de mim. Mas dom Ciro nunca me deixou regar nem dirigiu a água para mim à traição. Assim como tantas outras figuras da memória, tinha permanecido no limiar de uma bela ação, sem se decidir.

Contei os andares e as janelas que tomavam as fachadas. Quando o portãozinho do bloco C se abriu com um estalo e deixou passar um homem de meia-idade, fiz-lhe um sinal que o deixasse aberto e entrei. Tinha morado ali, no segundo andar, dos quatro aos catorze anos de idade. Longa pausa na respiração. Agora o vão das escadas era ocupado por um elevador, mas tive a impressão de que o corrimão de madeira do parapeito, no qual eu montava na infância e escorregava em grande velocidade de andar em andar, com um agudo desprezo pelo perigo, permanecia o mesmo.

Subi a pé, lentamente. Onde antes moravam meus colegas de brincadeiras, agora havia um laboratório de radiologia. A penumbra era fresca: não se ouviam vozes ou rumores, como se os apartamentos estivessem vazios. Décadas atrás, nós tínhamos sido uma família muito barulhenta. Às vezes, as brigas entre meus pais rompiam até a barreira da porta de casa e se alastravam pelo patamar. Isso acontecia sobretudo quando Federí ameaçava ir embora para sempre, lançando-se pelas escadas berrando e praguejando. No entanto, em certa ocasião, até Nannina — que nunca fazia coisas desse tipo — decidiu encenar nossos dramas fora das paredes da casa. Enquanto meu pai se enfurecia sei lá por que motivo banal, ela desapareceu no banheiro ou em um cômodo e saiu pouco depois vestida com sua roupa escura dos dias de festa, na mão uma bolsinha antiquada. Atravessou o corredor com o olhar firme, abriu a porta que dava para as escadas e anunciou em voz alta, dirigindo-se à filha: "Rusí, estou indo para a casa de Peppino". Alguma coisa a ofendera de modo irremediável, talvez uma frase grosseira de meu pai sobre o filho. Rusinè interrompeu imediatamente a briga com o marido e, aos prantos, correu atrás dela. Nós também, os netos, nos alarmamos e a seguimos pelo patamar, gritando: "Vovó, vovó". Ela foi descendo as escadas de cabeça baixa. A filha a puxava por um braço, gritando entre lágrimas: "Ele não disse de propósito, mamãe, você sabe como é Federico, fala da boca para fora", e nós, crianças, tentávamos impedir que ela descesse os degraus, fazendo uma barreira para forçá-la voltar. Meu pai também pareceu preocupado e a certa altura começou a chamar da porta do apartamento: "Sogra, pode-se saber que merda foi que eu disse? Me explique!". No entanto, como a sogra não respondia, mas se desvencilhava muda, buscando abrir uma passagem entre os netos, ele, depois de algum sarcasmo, ficou ainda mais furioso, praguejou e perguntou: "Mas será possível que eu não posso falar o que quero em minha casa? *Cazz*, quem manda aqui dentro, eu ou a senhora? Chega! Quer ir embora? Então vá logo! Que me importa se vai ou se fica?".

Pouco a pouco minha avó se acalmou e resolveu ficar. As escadas retomaram o silêncio, a porta de casa tornou a se fechar. A mesma porta diante da qual eu me demorava sem motivo. Antigamente ostentava uma placa azul com letras vermelhas, pintada por Federí. Agora havia um latão reluzente.

Depois de voltar para a rua, me apoiei no encosto de um banco à beira do fluxo de carros, o olhar fixo no amplo portão e no gradeado. Dali meu pai saía diariamente para ir trabalhar nas ferrovias, mas estava sempre atrasado e tão apressado que nem tinha tempo de tirar o cheiro das tintas do corpo.

Saía de casa esbravejando, levando raivosamente na ideia *Os Bebedores*. Continuava pintando a tela pelas ruas, no bonde, na estação, e as cores se expandiam como franjas de névoa desde a Via Gemito até a Piazza Garibaldi. Só podia viajar sossegado no bonde e depois fazer bem seu trabalho de ferroviário se nada ou ninguém lhe arruinasse o pensamento do quadro. Caso contrário, ficava agitado e sentia prazer em brigar, como num desabafo.

Toda manhã ele sumia na direção da Via Luca Giordano, para reaparecer por ali à noite. Às vezes, especialmente na primavera e no verão, minha mãe ficava bonita, impunha um aspecto civilizado a mim e a meus irmãos Geppe e Toni, e os quatro íamos pouco logo após o pôr do sol esperar Federí na parada em frente à igreja de San Gennaro em Antignano, onde havia sobre a arquitrave um busto do santo entre dois anjos em oração, que na época me encantavam muito. Pouco depois chegava o bonde, e ele saltava do estribo como um guerreiro da cidade que volta de mil combates. Ficava contente ao nos ver, beijava minha mãe e nos beijava. Mas já na rua, indo para casa, ele se perdia e era como se ainda não tivesse voltado. "Estou pensando em muitas coisas, Rusinè", se justificava quando minha mãe dizia algo do tipo: "Era melhor se a gente tivesse ficado em casa". Muitos pensamentos, sim, todos naquele quadro. Interrupções contínuas. E depois o cômodo em que ele pintava. Era impossível trabalhar ali, não havia luz suficiente, não havia espaço. Meu pai — ele dizia em alto e bom som, como se fosse culpa nossa — se envergonhava de convidar os amigos pintores à nossa casa. Velázquez trabalhava naquelas condições? Courbet trabalhava naquelas condições? Qualquer borra-telas de merda, desses que povoavam as galerias de arte de Nápoles até altas horas, trabalhava naquelas condições? Não, todos tinham uma sala, um sótão, um espaço próprio para isso. "Já eu", ainda me dizia no ano passado, quando já estava mal, "era forçado a *pittà* entre a janela e a mesa da sala de jantar da Via Gemito." Eu me dava conta disso? Me lembrava? Assim que caía a noite, nós filhos íamos dormir naquela sala, e então ele tinha que represar sua inspiração e manter tudo na cabeça, dentro do peito, esperando o momento certo para recomeçar. Como podia trabalhar assim?

Ao evocar a vida de então, ficava de mau humor. Não só não conseguia ter uma vida de artista livre, mas não tinha sequer um espaço seu. Quando o velho pintor Vincenzo Ciardo contava como se pintava bem na Via Cesare Rossarol, o Quartier Latin de Nápoles; quando Alfredo Schettini contava o mesmo, ele que agora era crítico de arte, mas que na juventude também tinha pintado na Via Rosaroll; meu pai se mordia de inveja e grunhia com raiva, pensando: "Por que eu tenho de pintar aqui, no prédio dos ferroviários, na Via Gemito, 64?".

Queria ir embora dali, precisava de novos ares, de experiências artísticas. Às vezes pegava um trem e ia ver exposições em Roma, em Florença, em Milão, aproveitando que os ferroviários tinham direito a bilhetes grátis. Contava que, em certa circunstância — em 1948, dizia —, tinha ido até a Bienal de Veneza, dando uma banana ao trabalho nas Ferrovias do Estado. Queria ver, queria aprender. Se não visse, se não aprendesse, como poderia organizar o caos em suas telas, ser um deus que confere boas formas à confusão geral dos elementos? Partiu dizendo a Rusinè, que protestava: "Calada, é importante", e foi para Veneza com todo o grupo de críticos e artistas conhecidos seus.

No início, falava daquela viagem com grande entusiasmo. Tinha ido com os pintores Striccoli e Verdecchia, com os críticos Barbieri e Ricci (não mencionava os outros porque não valia a pena). No plano do crescimento artístico, afirmava que não tinha aproveitado absolutamente nada: sala após sala, tinha visto coisas na Bienal que ou já sabia fazer havia tempos, ou eram tão medonhas que nunca, jamais se dobraria a fazê-las. Mas pelo menos em alguns momentos se divertira um monte, especialmente às custas de Carlo Barbieri, que ele e Striccoli a certa altura tinham flagrado em êxtase na sala dedicada a Juan Miró.

O crítico, me contava baixando a voz para imitar um tom confidencial, estava parado quem sabe há quanto tempo diante de um tríptico do pintor espanhol que representava, contra um fundo claro, um grande touro cinzento, primeiro com um pau mole de um vermelho cádmio não trabalhado, depois com o pau duro e bem empinado, por fim com o pau esporrando em abundância, incontrolavelmente. É óbvio que o motivo daquela contemplação tão absoluta não tinha nada a ver com crítica de arte. "Mimí", me explicava meu pai, inclinando-se para mim, "Carlo Barbieri, que de fato tinha uma grande cultura e enorme sensibilidade, era boiola. Por isso passava tanto tempo diante daquele Miró."

Na época a notícia me deixava perturbado, mas eu disfarçava; já adulto, me irritava, mas eu disfarçava a irritação. No entanto, nesses últimos anos, sempre que aquela anedota ressurgia, eu embirrava comigo e me perguntava: "Por que ainda fico escutando essas bobagens? O que há de engraçado? O que estou fazendo aqui, diante dele? Nem sei se ele foi realmente à Bienal de Veneza, se naquele ano havia uma sala dedicada a Miró, se o episódio é verdadeiro ou se ele o inventou". Assumia um ar entediado, em certas ocasiões lhe perguntava com agressividade: "E daí?". Mas não adiantava, ele prosseguia sem me dar bola, em geral dava pouca bola aos interlocutores, o que ele gostava era de falar e pronto. De fato, depois de ter rido contente, retomava o relato. Dizia: chegamos atrás dele e gritamos: "Te pegamos no flagra, dom Carlè". Mas o crítico não se desconcertou e suspirou: "Caros amigos, já viram este Miró? Que grande artista!". Troca de sinais, deboche, piadas. Barbieri às vezes tentava esclarecer seu ponto de vista estético, às vezes se defendia dizendo: "Me deixem em paz, por favor: me deixem olhar Miró". Até que, como meu pai e Striccoli não paravam de zombar dele, explodiu com raiva: "A verdade é que vocês são uns medíocres, é por isso que não gostam de Miró. Sentem-se humilhados por sua mediocridade".

Bastou isso, acho, para que toda a graça do dia na Bienal se acabasse. De fato, Striccoli ficou muito ressentido e disse coisas do tipo: "Vamos parar com isso, dom Carlè. Miró só chegou tão longe porque vocês, críticos, o botaram de propósito num pedestal. Caso contrário, sozinho não iria a lugar nenhum". Barbieri rebateu: "Não ousem atacar meu Miró! Ele é uma verdadeira raridade". Striccoli o provocou: "Até certos selos são verdadeiras raridades". E assim continuaram o bate-boca.

Já meu pai não disse nada. Toda vez que contava o episódio, daquele ponto em diante se mostrava taciturno, o próprio tom da narrativa se alterava. Não podia aceitar que alguém o chamasse de medíocre. O velho Barbieri se irritara porque nem ele nem Striccoli eram capazes de apreciar os bonequinhos idiotas que *chillu strunzemmèrd* do Miró fazia? O que havia ali para apreciar? Será possível que aquilo lá de fato tivesse verdades e belezas que ele não era capaz de reconhecer?

Afastou-se devagar de Striccoli e Barbieri, que continuavam a discutir. Circulando com as mãos nos bolsos, um ar arrogante mas no fundo cheio de dúvidas, se esforçou para observar com olho mais atento as obras de Miró. Medíocre, ele? Não eram de grande qualidade as coisas que ele tinha a impressão de saber fazer? Deveria mudar? Por um momento, cogitou começar a fazer também ele uns grafites infantis e bem coloridos, como os que tinha diante dos olhos. Uma dessas telas que não custam nada: com a espátula, se espalma uma pasta colorida e a obra já está pronta para ser assinada. Ou até tábuas salpicadas a esmo com as tintas, como se alguém, Mimí, despejasse em cima dela mijadas em rabiscos, de várias cores. Fantasiou não sei por quanto tempo. Até hoje o imagino naquela sala, como aliás ele se retratava em seus relatos, enfezado e pensativo, enfezado e com desdém, de todo modo enfezado. Mas a atenção aos outros e às obras dos outros não era seu forte. Em poucos minutos já não via Miró, se perdera atrás de seus projetos.

Lembro-me de quando toda expressão se apagava em seu rosto. Fazia um olhar de quem, em uma espécie de retina interior, tem imagens autônomas e não vê as pessoas e os objetos que estão à sua volta. Na fase, digamos, da irrefreável fúria criativa que o levou à realização de *Os Bebedores*, tinha sempre aquele rosto e aquele olhar. Ignorou a casa, as ferrovias, a mulher, todos nós. Desprezava até a comida. Trabalhava por horas e horas naquele quadro e não se importava com mais nada.

Não que ele não comesse, mas, para fazê-lo se sentar à mesa, era preciso que Rusinè gritasse cem vezes da cozinha: "Federí, está na mesa". Muitas vezes ela me mandava chamá-lo e eu lhe dizia em dialeto, com cautela: "Papai, vamos comer, venha senão esfria". Ele respondia sim; no entanto, continuava dando pinceladas na tela. Então eu esperava alguns minutos e depois me retirava quase na ponta dos pés, em silêncio. Dizia a minha mãe: "Ele falou que já vem", para evitar que ela lhe gritasse alguma coisa de novo, e ele se irritasse. De modo que eu tornava a me sentar à mesa, e ciscávamos a comida esperando que ele voltasse: eu, meu irmão Geppe, meu irmão Toni, minha mãe, minha avó.

Por fim ele chegava, um rastro de aguarrás que se misturava ao cheiro dos molhos. Sentava-se à mesa e começava a se queixar porque o tinham esperado, e não havia necessidade disso. É claro que mentia: se realmente tivéssemos comido sem ele, ficaria furioso. Então lhe vinha uma expressão de desgosto. Dizia não sentir os sabores, a comida lhe servia apenas para se nutrir, tinha outras coisas na cabeça. E para nos fazer entender que não se tratava de uma pose de artista, mas de algo real, comia em silêncio e com uma lentidão extenuante.

Um prato lhe custava uma eternidade. Detinha a colher a meia altura, a boca entreaberta, e ficava assim de olhos arregalados, mirando firme à sua frente. Só voltava a si quando minha mãe lhe dizia sem ênfase, apenas com um tom impaciente: "Coma, que estamos te esperando". Nesses casos, exibia um verdadeiro sobressalto, como se tivesse sido perturbado em suas reflexões secretas, e fazia um ar de quem vive em meio a pessoas incapazes de compreender. Aliás, se estivesse de bom humor, a partir daquele momento se punha a comer depressa, de maneira provocadora, repetindo com voz de ogro para zombar de Rusinè: "Coma, que estamos te esperando". Devorava tudo, se levantava da mesa e voltava à sala de jantar, ao cavalete, para fazer e refazer e mudar e até cantar, porque quando pintava às vezes cantava.

Virei à direita e depois à direita de novo, na rua que se chama Andrea da Salerno. Agora queria olhar a fachada do prédio onde tínhamos morado, com nossas três janelas daquela época. Obviamente ainda estavam ali, mas haviam mudado. Tinham esquadrias de metal, antigamente eram de madeira, com vidros mal vedados, por onde passava o frio. Aquelas que tinham sido as janelinhas da cozinha e do banheiro, uma ao lado da outra, mas cortadas por uma fina parede divisória, agora, vistas de fora, pareciam uma única janela que dava para um só ambiente. Reformas, talvez. Nesse caso, nenhum menino — graças a Deus — poderia submeter-se à prova de coragem que eu e meu irmão enfrentávamos, arriscando a vida, quando passávamos do banheiro para a cozinha rastejando no mármore do parapeito.

Parei e tentei recuperar a visão que eu tinha lá de cima: o campo cheirando a menta, depois o canteiro de obras que o eliminou, depois o prédio com pórticos que surgiu ali, sob os quais agora eu parava com o nariz para cima. Me pareceu um edifício bonito e elegante, sorte de quem morava ali. A certa altura, no quarto andar, tinham aparecido uns meninos da minha idade, com os quais planejamos um teleférico para transportar de nossas janelas para a varanda deles revistas em quadrinhos e outras coisas. Não o construímos, era complicado demais, nem mesmo meu irmão Geppe, que tinha talento para essas empreitadas, conseguiu fazê-lo.

Aqueles anos tinham uma instabilidade própria. Mal os rostos alcançavam uma definição e imediatamente perdiam seus traços, havia sempre outra coisa de que se ocupar. Amigos iam, amigos vinham. Os meninos do teleférico se perderam no nada em poucos meses. No primeiro andar do novo edifício, a certa altura apareceu uma menina; na primavera ela brincava em uma sacada que nós invejávamos, de nossas janelas sempre à sombra parecia um lugar alegre, continuamente banhada de sol. Depois veio o verão, a menina foi para a praia e morreu afogada, não se sabe como. Uma horrível surpresa. Antes havia vida e depois não havia mais. Figuras verdadeiras de repente se tornavam sonhos de olhos abertos. Até a sacada: era o quê? Vazia, as persianas baixadas. Dei alguns passos adiante, me virei para procurá-la com o olhar, era de fato uma varandinha esquálida. Todo o prédio tinha perdido os traços da novidade, se oferecia sem imponência, frágil, cheio de escritas nas portas de rolar das lojas fechadas. Tornei a olhar minhas janelas daquela época.

Me detive sobretudo na terceira à esquerda, bem ao lado de uma sacada que não nos pertencia. Perto daquelas vidraças, no inverno, ou com as janelas escancaradas no verão, meu pai havia pintado ano após ano, sentado diante do cavalete. Dali tinha olhado e pintado, pintado e olhado. Eu gostaria de poder evocar sua figura mesmo que apenas por um instante, atrás daquelas esquadrias de metal, atrás das vidraças. No entanto, a janela da cozinha se abriu de repente e minha mãe apareceu gritando em dialeto: "Já para casa, hora do almoço". Ela tinha essa capacidade. Depois que morreu, durante um tempo eu a via em toda parte. Certa vez até caminhava em cima de um edifício, sobre uma cornija, com seu robe verde. De lá, fazia expressões de sofrimento. Fechei os olhos, tornei a abri-los, e segui pela Via Paisiello.

Agora reflito sobre o mistério de Rusinè. Penso: "Não sei nada a seu respeito, e no entanto ela permaneceu em toda parte". Devo tê-la seguido com o olhar a cada deslocamento, desde que eu era pequeno, e assim a subtraí a si mesma e a fixei nas ruas, sem me dar conta. A cada passagem ela deixou sua figura sobre as coisas, como uma impressora deixa sobre a materialidade do papel branco as letras de um texto. Naquele dia eu a vi nos jardins da Piazza degli Artisti, em Antignano, na Via Annella di Massimo. Ainda usava o mesmo penteado e as mesmas roupas, e a vi ao fundo das oficinas com utensílios da época, a do sapateiro, o armarinho, a banca do açougueiro com o verde do louro sobre o *soffritto* vermelho, os quartos de boi, as bexigas de banha, a pastelaria que vendia *graffe* quentes cobertas de açúcar.

Agora, depois de tê-la deixado na janela da Via Gemito, também a vejo na loja da Via Carelli, aquele da senhora eslava que lhe dava blusas para cortar e confeccionar. Era uma espécie de armarinho, ficava ao lado do cinema Stadio, aonde minha avó nos levava — nós, crianças — todas as tardes, para nos tirar da casa pequena demais e evitar que ficássemos no pé de meu pai enquanto ele pintava, e de minha mãe, que costurava. Ali, em meados dos anos 1950, aconteceu que Rusinè e a senhora eslava tentaram abrir uma butique. A senhora pôs o negócio de pé, minha mãe entrou com sua habilidade de costureira. Tinham criatividade, encorajavam uma à outra. Além disso, ambas eram muito bonitas — assim me pareciam — e causavam uma ótima impressão naquela portinha, as duas com um ar de quem pensa: "Estamos para inaugurar o paraíso das senhoras, criaremos roupas para grandes ocasiões, fundaremos uma famosa casa de moda".

Depois, obviamente, meu pai entrou na parada. Não acho que ele estivesse muito convencido no início, temia confusões e problemas. Mas se deixou atrair pela possibilidade de que a esposa ganhasse dinheiro com a moda, e sobretudo pelo papel que ele poderia desempenhar naquela empresa, o que acendeu sua fantasia. Para começo de conversa, propôs rebatizar a loja da senhora eslava de Lady's Fashion (originalmente se chamava Tip Top), porque — dizia às duas mulheres — precisamos pensar grande, temos que aspirar a uma dimensão internacional. Além disso, pretendia desenhar e fazer aquarelas de figurinos para Rusinè, de modo que, suponhamos, de tão bonitos, os figurinos seriam impressos em revistas internacionais de moda, e os especialistas se perguntariam: "Sim, claro, os vestidos são lindos, mas quem desenha os figurinos, quem sabe pintá-los com tanta habilidade e elegância?". Então ele brilharia e diria: "Eu".

Perfeitamente possível: a vida é feita de ocasiões. Por um tempo, Federí acreditou na empreitada. Por meio da atividade de costureira da esposa, esperava finalmente encontrar o canal não só para fazer dinheiro, mas também para ganhar ressonância como pintor e quem sabe topar com um marchand capaz de influenciar a crítica (feita por um bando de *chiavechemmèrd* facilmente compráveis) e transformá-lo em um artista famoso. Por isso — agora não sei se esse caso de fato começou no mesmo ano de *Os Bebedores* — ele se empenhou muito naquele período. Pintou figurinos e ainda afrescou toda a loja com imagens de peixes, medusas e outros animais submarinos, sem se poupar, incansável como sempre quando se tratava de arte.

Agora na Via Carelli não há mais o bar Stadio, nem o cinema Stadio, nem a loja Tip Top que nunca se transformou na Lady's Fashion porque, por lei, era preciso pagar uma grana alta para batizar as lojas com nomes estrangeiros. Aliás, aquela butique nunca teve sorte alguma. E como não aconteceu nada do que tinham imaginado, Federí começou a questionar Rusinè pelo tempo que ela perdia sem cuidar da família. De resto, a descoberta de que, por conta daquele comércio, a esposa tinha que lidar não só com mulheres, mas também com todo tipo de homem, representantes, atacadistas, trambiqueiros — que, como se sabe, queriam acima de tudo trepar —, a coisa não lhe agradou nada. Ela era bonita e um pouco leviana; ele temia que amigos e conhecidos lhe cantassem pelas costas musiquinhas do tipo: "*'on Nicò, 'on Nicò, tu sí piécher'e nuje no*". Consequência: se retirou do negócio e a atazanou até que ela também desistiu e voltou a se fechar em casa.

Além disso, alguns fatos objetivos também contribuíram para o fracasso do empreendimento. Por exemplo, em vez de aumentar, as clientes diminuíram, porque não sabiam o que fazer com aqueles modelos exclusivos e já preferiam roupas pré-fabricadas, mais confortáveis e até mais bonitas. Contudo, o que mais pesou foi que meus pais não conseguiam aceitar o comércio por aquilo que ele era, não se contentavam com o dinheiro somado ao dinheiro, como faziam os parentes tão vilipendiados. Ambos tendiam a enobrecê-lo pelo desejo de se distinguir, e nisso estavam absolutamente afinados. Aqueles fundos marinhos com a flora aquática, os peixes, as medusas: minha mãe que se sentava na loja afrescada pelo marido como uma Ondina recém-saída das profundezas. Ela ainda está lá; ele, não. Cumprimenta até agora, assim como me recebia quando eu voltava da escola e passava por ali.

Rusinè deixou bruscamente de ser uma menina e perdeu a força da descontração. Associo *Os Bebedores* ao tumulto que ele trouxe à casa, e até à primeira e lenta rendição de seu corpo.

Os olhos sempre alarmados, era como se a vida estivesse desmoronando sob seus pés. Não só. Acho que começou a se perguntar em silêncio o que aquele homem pretendia realmente dela. De um lado, havia o amor que sentia por ele, o deslumbramento e a admiração que continuava lhe dedicando; de outro, temia que Federí enlouquecesse de tanto correr atrás da arte e um belo dia, num ataque de frenesi criativo, sem sequer se dar conta, liquidasse toda a família — ela, Nannina, os filhos — e caísse no mundo, como frequentemente ameaçava fazer, representando o papel do gênio incompreendido, não mais na Via Gemito, mas nos mares do Sul.

Agora o olhava como se fosse o Vesúvio, belo e grandioso, mas que podia cobri-la de cinzas, lava e terremotos, sem nenhum motivo mais sério além de seus delírios a respeito de si e do seu destino. Queria um lençol? Uma tela do tamanho da sala? Quatro cadeiras, nas quais depois pingaria tinta fresca, para sustentar aquele mausoléu? Mas tinha posto na conta a tinta que seria necessária? Às vezes parecia se divertir, se dirigia a ele com voz irônica, cuja tonalidade de falsa concordância ainda guardo em algum lugar; no entanto, com mais frequência dava apenas um sorriso, por pura comodidade.

Agora, por exemplo, ela o observa cética, enquanto ele remexe um líquido denso dentro de uma velha caixa de metal. É uma mistura que ele inventou, grudenta, acinzentada, que ele espalha caprichosamente sobre a tela para prepará-la para as tintas. É uma coisa que cheira mal, fede a galinheiro, a algo selvagem, terra apodrecida, e quando ele a prepara, amalgamando-a no fogo, o mau cheiro se impregna nas paredes e fica na casa durante dias. Meu pai nos explica, falante como sempre enquanto espalha aquele líquido viscoso sobre a tela, como daquele modo o cânhamo se compactará bem, e o pincel deslizará melhor que um esquiador experiente, e a cor não vai desbotar, mas conservará o brilho para sempre.

Também quer ser considerado por todos nós um cientista, técnico especializado em todas as técnicas, assim como o nobre mago-inventor Raimondo di Sangro, sobre quem nos fala com frequência. Logo após o final da guerra, começou a estudar desordenadamente os instrumentos da arte, e a cada ocasião demonstra conhecer na ponta dos dedos a selva de pincéis e a infinidade de pigmentos. Em certos períodos, chega a fantasiar em fazer tudo sozinho, para economizar. Os pincéis, por exemplo: o que custa juntar um pouco de cerdas de porco, um pouco de pelos de boi, e depois atá-los e prendê-los com um alumínio, de um lado pelo e cerdas, de outro uma haste? Quanto às tintas, ele se desdobra em palavras mais complicadas, uma chuva de óxidos e sulfetos e cloretos e antimoniatos misturados à fala dialetal e colorida de todos os dias.

Na velhice, insistia em dizer que tinha inventado tudo, no geral antecipando os tempos. Ele já lidava com resinas e pigmentos — se enfurecia — quando *chillu sfaccimmemmèrd* do Yves Klein (a quem jurava ter conhecido em Nice em 1943, assim como jurava sobre tantos outros pintores famosíssimos) ainda não havia inventado aquela palhaçada de rolar nas telas suas putas coloridas com o azul Klein. Não só: tinha começado a manipular materiais e instrumentos de todo tipo e se pusera a fazer águas-fortes, xilografias e serigrafias, do A ao Z. "Mimí", me ensinava, "você deve pensar assim: se *'nu strunz* qualquer sabe fazer alguma coisa, com certeza você, se quiser, poderá fazer bem melhor que ele." Por isso, pessoalmente, ele sempre se metia em todas as experiências: gravava, cinzelava, lidava com chapas de zinco e ácido nítrico. "Lembra dos projetores?", me perguntava, "lembra da câmera que comprei a prestação em 1955?"

Eu me lembrava. Mas enquanto isso estamos em 1953, acho que em abril, e nesse momento ele está passando um creme de couro de lebre, gesso podre, lama triturada, amoníaco e não sei mais o que naquele lençol de cânhamo finalmente enxuto e bem esticado sobre o chassi, enquanto fala e fala e nos manda executar tarefas no mesmo instante.

Necessita de muitas coisas com urgência e nunca vai buscá-las pessoalmente. As raras vezes que vai, zanza pela sala sem método, acrescentando bagunça ao que já é bagunçado. "Nunca se acha nada nesta casa", esbraveja, e muitas vezes, como precisa imediatamente daquilo que está procurando, só mesmo uma camisa de força para acalmá-lo. Tanto é que minha mãe intervém sem pressa e quase o guia pela mão até o objeto que procura e lhe diz, como se faz com os loucos furiosos: "Aqui está: você colocou aqui e aqui ficou, ninguém nunca tocou nisso".

Sei muito pouco sobre como e quando ele começou a trabalhar na obra *Os Bebedores*. Talvez tenha começado a pintar a grande tela a partir do mastim, mas não posso afirmar. O que sei com certeza é que ele circula pela sala, remexe em seus papéis, analisa esboços de figuras ou paisagens, pega velhos objetos, os examina, fica insatisfeito. Depois finalmente surge aquele cachorro de olhos vivos, vigilante e ameaçador. Mas nada exclui que eu dê prioridade a essa imagem só porque ela impressionou mais minha fantasia de menino.

Federí contava que havia trabalhado muito no mastim. Tinha vagado pelos campos do Vomero, feito esboços preparatórios, até se arriscado a umas mordidas de cães raivosos. Realmente me lembro de certos desenhos, ainda existem alguns. Mas para mim aquele cão tem outra origem. É de mármore, vem de um livro de capa azul-marinho que meu pai costumava manter em uma caixa ao lado do cavalete. O livro pertencia ao tio Peppino de Florença, o parente que hospedou meus pais na lua de mel. Quando morreu, aquele volume e vários outros objetos — mas a meu ver também a sombra do tio de Florença, o segundo fantasma importante de minha vida depois do de Modesta — acabaram em nossa casa. Federí era bastante apegado àquela pequena herança. Folheava os velhos livros, olhava e tornava a olhar as ilustrações. Usava certas taças de prata, *chinoiseries*, estatuetas e um violino para compor naturezas-mortas ou simplesmente se inspirar. Aos seus olhos não eram apenas objetos, mas tinham uma aura de afeto. Vinham de uma pessoa com quem ele, que se enfurecia com todo mundo, milagrosamente sempre se deu bem.

Quando tinha uns sete ou oito anos, também estive na casa do tio Peppino de Florença, na Via dei Pilastri, 18. Eu guardava uma profunda impressão de lá: era uma casa cheia de grandes e pequenas antiguidades. Ali eu vi pela primeira vez um Buda de jade, senhoritas japonesas pintadas em um leque delicado, uma concha enorme que continha o som do mar em tempestade, luminárias de papel com horríveis caras de facínoras pintadas.

Hoje acho que aqueles objetos encantaram não só a mim, mas também a meu pai. Ele deve ter achado que tio Peppino de Florença tinha uma sensibilidade capaz de entrar em sintonia com a sua. O fato é que sempre falava bem daquele homem. Uma ótima pessoa, dizia, um peso-pesado alto e gordo, mas bonachão, muito alegre, amigo dos amigos e até dos inimigos. Durante o fascismo, tinha sido membro da polícia política; depois passou sem qualquer pausa para a polícia normal. Sinal de que — deduzia Federí — ele se comportou como uma boa pessoa em todas as ocasiões, sem fazer mal a ninguém; ao contrário, mostrando-se sempre pronto a esconder até em sua casa os policiais procurados, antifascistas e judeus que, aliás, ele teria que prender. Foi suboficial de segurança pública até morrer, mas nunca portou o revólver, queria evitar ter de salvar sua vida tirando a de um outro. Em caso de perigo, assustava os meliantes com gritos toscano-napolitanos, depois os abatia com socos formidáveis e por fim os algemava.

Apesar do magro salário de policial, tio Peppino de Florença conseguiu juntar algum dinheiro graças a um amigo que comerciava ferro-velho e, depois da Libertação, de tanto negociar, acabou ficando rico. Aquele comerciante de metais costumava chamá-lo, depois do serviço na segurança pública, para fazer certos trabalhos que exigiam paciência, como retirar de velhos contadores elétricos todo o ferro que se pudesse extrair. Em compensação, deixava-o ficar com as bobinas de fio de cobre e o pouco de prata e de platina que havia nos contadores. Graças a esses ganhos, tio Peppino abriu uma pequena loja de antiguidades e também juntou uma modesta coleção, que se podia admirar em sua casa. Coisas extraordinárias. Naquele apartamento, além dos mais de mil bibelôs antigos, estatuetas, velhos livros, cartões, fotos de início do século, uma coluninha de madeira dentro da qual se olhava, se girava uma manopla e se viam vistas de Florença, era possível admirar pequenos quadros de Fattori, Giacinto Gigante e Pitloo.

Isso entusiasmava Federí, que, sempre que podia, viajava de bom grado a Florença. Tio Peppino reconhecia o gênio do sobrinho postiço, e o sobrinho postiço reconhecia nele um gosto de artista em potencial. Além disso, ambos se divertiam com as mesmas coisas. Tio Peppino, por exemplo, gostava de peidar de modo barulhento pelas ruas, nas escadas do prédio, em todo lugar. Meu pai gostava de acompanhá-lo e encorajá-lo a produzir peidos em qualquer ocasião, especialmente quando voltavam altas horas para casa. "Tio Peppí, se anuncie", o estimulava. E, ao comando, tio Peppino incomodava os sonhos da vizinhança trombeteando pelas escadas com as nádegas bem apontadas para cada porta de apartamento, uma descarga fenomenal. Que boas risadas eles davam. Brincadeiras de todo tipo.

Para ser franco, não sei se eu compartilhava plenamente seus entusiasmos. Lembro que, nas raras vezes em que vi tio Peppino em sua casa de Florença, quando íamos em férias curtas visitar a ele e a esposa, Nenella, tinha medo dele, apesar da grande simpatia de meu pai pelo tio, ou talvez justamente por isso. Não gostava de sua cor arroxeada. Não gostava que estivesse sempre suado. Me assustava que fosse um policial. E me sentia entre divertido e enojado pelo fato de, na sua idade, ele ainda soltar peidos como nós, meninos.

A casa também me inquietava. Não gostava de seus cantos escuros, não gostava do cheiro úmido que se sentia ali, me perturbava que, justo na cama de tio Peppino e tia Nenella, meu pai tivesse suado bastante com minha mãe para que depois eu nascesse, algo que ele contava a qualquer um. No entanto, também me sentia atraído pelas coisas bonitas que havia nos cômodos. Aquele livro de capa azul-marinho, por exemplo, eu não me cansava de folheá-lo. E depois aquele monte de estatuetas. E duas carabinas Flobert que o tio guardava em um armário de vidro logo na entrada. Meu irmão Geppe e eu a admirávamos o dia inteiro. Quando tio Peppino saía de manhã para trabalhar como policial, a gente o acompanhava até a porta com gentileza, nos despedíamos, e ele exclamava: "Como esses meninos são educados, como gostam de mim". Na verdade, não víamos a hora de ele sair porque tia Nenella, a fim de nos manter bem-comportados, abria o armário e nos deixava sentir sob os dedos a consistência excitante das espingardas.

No entanto, eu nunca estava realmente tranquilo. Temia que tio Peppino de Florença voltasse de repente, se irritasse e nos botasse na cadeia. De fato, ele nos proibira terminantemente de tocar naquelas carabinas, apenas ele podia manuseá-las. De noite, ao voltar do trabalho (estava sempre um pouco alto: no caminho, parava ora em um bar, ora em uma taverna — contava meu pai —, e sempre aceitava um copo de bom grado; ou até dava uma escapadinha com a amante, uma viúva de corpo muito acolhedor, com quem ele bebia, fodia e peidava livremente, antes do jantar), ordenava a meu pai e a nós, crianças: "Venham comigo". Pegava uma espingarda e nos levava ao terraço. "Agora vamos dar uns sustos nos judeus", dizia, e atirava na cúpula da sinagoga que, ao ser atingida, lançava longos sons, ecos intermináveis. Então gargalhava esbanjando alegria e potência física. Os judeus — nos garantia — eram todos seus amigos: sobretudo o vigia da sinagoga, que se assustava, mas não ficava bravo.

Eu apenas ouvia. Espiava meu tio, que atirava e recarregava, e via meu pai muito alegre em sua companhia. Mas as longas vibrações doloridas da cúpula me deixavam apreensivo, e tio

Peppino de Florença não deixava isso escapar. "O menino não sabe se divertir", dizia a meu pai, como lhe atribuindo uma culpa. Então, para evitar ser repreendido, eu fazia de conta que achava aquilo muito engraçado.

Com ele, sempre tinha medo de me ver em dificuldades. Lembro que certa vez, eu não devia ter mais de sete anos, de tanta preocupação por estar naquela casa, exposto a tantas novidades tão impressionantes, tive uma vontade urgente de fazer xixi, mas não consegui chegar a tempo ao banheiro e mijei nas calças. Tentei esconder aquilo, dizendo à minha mãe que eu tinha me molhado com a água da torneira enquanto tentava beber, e ela acreditou. Mas tio Peppino de Florença começou a gritar: "Ah, é? Com a água da torneira?", e não se aguentava de tanto rir. Tinha uma gargalhada tão potente e contagiosa que em pouco tempo todos estavam rindo: meu irmão, minha mãe, meu pai, tia Nenella e no fim até eu.

Quando voltamos a Nápoles, resolvi escrever uma carta de vingança para ele. Naquele tempo eu escrevia muitas cartas e cartinhas de todo tipo, e as botava em segredo nas caixas de correio: eu era fascinado pelas caixas, me atraíam as daquela época e me atraem as de hoje. Por isso escrevi palavras e garatujas com a intenção de enviá-las às escondidas, talvez até desenhando um selo, e insisti na gordura do tio Peppino de Florença e no fedor de seus peidos. Mas meu pai encontrou a folha de papel e me repreendeu. Disse: "Mimí, nunca se deve zombar dos defeitos físicos das pessoas" — logo ele, que sempre zombava dos defeitos físicos das pessoas.

Evidentemente ele dava importância àquela relação e não pretendia estragá-la. Se em Nápoles ele estava obcecado por conspirações de *chiavechemmèrd*, em Florença, naquela casa da Via dei Pilastri, sentia-se tranquilo. Quando no final dos anos 1940 nos hospedávamos lá por alguns dias, enquanto tia Nenella e Rusinè confabulavam entre si ora alegres, ora tristes, ele e tio Peppino passavam o tempo examinando antiguidade após antiguidade, sempre de modo apaixonado, especialmente os quadros pintados por Gigante, Palizzi e Pitloo. Meu pai sentia que finalmente havia encontrado alguém que o apreciava sem subterfúgios e falsidades. "Tio Peppí", dizia, "eu em Nápoles não sou compreendido: os parentes de sua esposa e os seus são todos uns idiotas, os pintores são invejosos, os críticos fazem conchavos." Mas ao mesmo tempo não sabia se conter e mostrava ao suboficial recortes de jornal que falavam dele, dizendo: "Viu como sou reconhecido?". E o informava sobre seus sucessos: "Me premiaram no primeiro concurso regional de pintura da Campânia". E ostentava as somas que os apreciadores gastavam para adquirir seus quadros: "Agora estou bastante cotado". De vez em quando gritava à esposa: "Não é verdade que me premiaram, Rusinè? Não é verdade que meus quadros vendem bem?". Minha mãe, quer fosse verdade ou mentira, sempre respondia que sim, como se respeitasse um acordo secreto.

Tio Peppino lia as críticas dos jornais, escutava atentamente sobre os prêmios e as cifras e de vez em quando, reconquistando o sotaque napolitano que depois de tanto tempo em Florença fora se apagando, exclamava: "'*Azz*, Federí!". Era uma admiração genuína. Inteligente como era — Federí às vezes o evocava com saudade —, tinha entendido imediatamente que o sobrinho postiço era de qualidade superior e merecia todo o respeito. Meu pai nunca se sentiu tão à vontade, tão amado. Às vezes saíam para passear em Florença com a caixa de tintas que pertencia ao suboficial — ele também tinha uma modesta propensão aos pincéis — e pintavam lado a lado. Conversavam e pintavam, pintavam e conversavam. Embora tio Peppino não fosse um verdadeiro artista, coisa que meu pai lhe dizia em toda ocasião, e ele admitia sem nenhum problema, sabia no entanto pintar certas figurinhas de camponesas que pareciam do final do Oitocentos. Que belas horas de contentamento.

Durante as conversas, tio e sobrinho sempre estiveram de acordo sobre qualquer tema, desde a política, que era pura merda, até a arte, única coisa exaltante da vida afora foder. De vez em quando se interrompiam para comparar suas obras: tio Peppino se mostrava extasiado por qualquer coisa que o sobrinho fizesse, meu pai corrigia as camponesas, que sempre tinham algo a aperfeiçoar.

"O Oitocentos", explicava Federí ao tio, instruindo-o, "é algo complicado, é preciso saber fazer", e lhe mostrava a pincelada adequada, o toque. Certa vez aconteceu que, para ensiná-lo como se imitava o Oitocentos, se meteu a copiar em um prato da época *A Celerada* de Lega, tal e qual. Entusiasmado, tio Peppino mostrou aquele prato a um especialista de arte chamado Nocentini, que o tomou por um Lega autêntico. O especialista se encantou por ele e desembolsou a bagatela de cem mil liras. O suboficial deu a metade a meu pai. Entendeu o homem?

Eu escutava essas e outras histórias de tons felizes, mas não conseguia eu mesmo me sentir feliz. Tudo o que dizia respeito ao tio Peppino de Florença me provocava uma inquietante mistura de alegria e pânico. Essa impressão se tornou mais forte quando, certa manhã, meu pai precisou viajar às pressas porque tinha chegado a notícia de que meu tio havia morrido de um ataque cardíaco durante a noite. Quarenta e oito anos, não mais. Acordara com um sobressalto às quatro da manhã e, com o espasmo que o estava matando, antes deu uma espécie de risada e então desferiu um de seus poderosos murros contra a parede, com o qual só por uma circunstância afortunada (ou desafortunada, como definiu Federí) não acertou Nenella, a esposa, com um golpe mortal.

Meu pai voltou para casa com muitos dos objetos que tínhamos admirado muitas vezes na Via dei Pilastri (com certeza o livro de capa azul-marinho cheio de fotos de arte, entre as quais a do mastim, com certeza um violino Stradivari, com certeza a estatueta de um beberrão), lotando ainda mais o exíguo espaço do apartamento, apesar dos protestos de Rusinè, que dizia: "Só nos faltavam essas quinquilharias todas". A meu ver, foi assim que também se transferiu para a Via Gemito a figura de ar na qual tio Peppino se transformara. Durante anos, de um lado o considerei o tutor secreto de cada bibelô ou livro coberto de poeira; de outro, um fantasma perigoso. A partir daquele momento, qualquer coisa que aparecesse na casa e tivesse a capacidade de me impressionar, para mim era como se derivasse de suas mãos grandes, e eu lhe atribuía um grumo quente de alegria e um frio de túmulo.

Até o mastim me pareceu participar dessa natureza ambígua. Quando ele começou a despontar na tela de cânhamo d'*Os Bebedores*, eu o reconheci e senti a longa e penosa viagem que fez desde a Via dei Pilastri até a Via Gemito. Agora se confundira com os cães que meu pai havia desenhado quando vagava pelos campos e, graças à arte, estava para se tornar o mastim d'*Os Bebedores*.

Fecho os olhos e me lembro do quadro tão alto que mal passava pelo vão da porta, e tão comprido que partia da janela e ocupava três quartos da sala. Cortava o espaço disponível de tal modo que minha avó precisava se encolher e se tornar mais ágil para conseguir arrumar todas as noites os suportes de ferro, as mesas, o colchão de palha, e preparar a cama em que passávamos a noite. Enquanto se virava, Nannina resmungava frases raivosas em dialeto. E às vezes, quando o genro estava nas ferrovias, chamava Rusinè e lhe dizia: "Olhe só isso", explicando que não aguentava mais. Mas minha mãe respondia sim, sim, sem dar muita bola. Ou acrescentava: "Mamãe, se ele tem que pintar, tem que pintar".

Pensei frequentemente nessa frase. Hoje, que é um dia feio de outono e que acabei de escrevê-la a contragosto, me parece que deve ser pronunciada com o tom de quem já se resignou. Depois, quem sabe amanhã, ao relê-la, talvez eu mude de ideia e veja nela a vontade de defender o marido, a tentativa de explicar à mãe que seu genro tinha motivos sérios e que deviam ser respeitados. Mas agora estou convencido de que Rusinè estava começando a deixar para trás tanto a rebeldia contra aquelas condições absurdas de vida quanto a pretensão de corrigir o homem que lhe coubera. Ou pior, talvez se preocupasse apenas em reduzir qualquer atrito e evitar tudo o que pudesse tornar ainda mais tumultuado o andamento da nossa e de sua existência.

Certamente ia nesse sentido a ansiedade que a assaltava toda vez que entrava na sala e via seu lençol pronto para ser coberto de tintas. Temia uma piora ainda maior da vida cotidiana, acho que se perguntava: "Se ninguém o comprar, onde vamos pôr um quadro tão grande?". Mas aquela angústia quase nunca se traduziu em palavras e frases explícitas. Rusinè aparecia na soleira, se apoiava no batente da porta, olhava como o quadro progredia e esboçava apenas uma careta ou um olhar deprimido. No entanto me parecia claro o que lhe passava pela mente: eu também pensava a mesma coisa. Imaginava as dificuldades que surgiriam se aquele quadro ficasse ali na casa para sempre: meu pai não poderia pintar outros por falta de espaço; minha avó não poderia mais dar ao apartamento, todos os dias, uma aparência de ordem; nós seríamos forçados a dormir eternamente em um canto da sala, uns na cabeceira e outros nos pés da cama, eu, meu irmão Geppe, meu irmão Toni e ela. Por isso eu tinha dificuldade de dormir à noite.

Pela porta entreaberta vinha o reflexo da luz acesa na cozinha, onde minha mãe trabalhava até tarde, inclinada sobre a Singer. A máquina de costura fazia um rumor de bolinhas de ferro que rolavam no pavimento. De vez em quando se ouvia meu pai, que, se não estivesse no turno da noite na estação, pigarreava a garganta irritada pela fumaça dos cigarros. A partir das dez, a sala era ocupada pelos filhos sonolentos, e ele fumava para acalmar a raiva por não poder pintar durante toda a noite. Circulava pela casa, escarrava na pia, tentava pegar no sono lendo livros para instruir-se em todas as áreas possíveis: línguas antigas e modernas, ciências, literatura, arte; uma infinidade de noções para mostrar que sabia mais que os outros pintores que, mesmo se fazendo passar por professores, não sabiam um *cazzo*. Mas o sono não vinha, pensava unicamente no quadro que estava fazendo e tinha em mente uma infinidade de composições possíveis, um número infinito de variantes: ora concebia alguma coisa, ora a descartava, ora a retomava. Então se metia a fazer esboços, pedia algo a minha mãe (café, por exemplo). Ela interrompia o barulho da Singer e se levantava para servi-lo. Federí aproveitava a ocasião para dizer uma frase, que nunca era um obrigado. Ao que Rusinè respondia, ele retrucava, e logo os dois começavam a discutir.

Da beira da cama onde eu estava, o quadro era um biombo escuro. A luz tênue da cozinha incidia apenas no grande focinho do mastim napolitano, que começava a ser esboçado. Tinha a impressão de que ele olhava bem na minha direção. Fechava os olhos e enxotava aquela cara de mastim, a expressão apoplética do fantasma do tio Peppino de Florença. Mas depois tornava a abri-los. Aquela máscara inacabada de cachorro, uma só orelha erguida e bem reconhecível, uma pupila alarmada, pescoço e busto bem-feitos, mas ainda sem patas, me pareciam equivalentes às palavras que iam chegando da cozinha em sílabas, fragmentos de frases, sinais incompletos, coisas ditas e não ditas. Sentido que não chegava a emergir de todo, formas suspensas.

Sobretudo as palavras de minha mãe eram assim. Agora tinha parado de enfrentá-lo, como ainda fazia até poucos anos atrás, e, embora com cautela, tendia a intervir com um tom levemente crítico diante das pretensões, prepotências e péssimas atitudes dele. Na circunstância específica que tenho em mente agora, se queixava do modo como ele se apresentava em público, e eu não entendia o porquê. Dizia — tenho a sensação de escutar — que não gostava nem um pouco de como ele falava quando estavam presentes Armando de Stefano e outros pintores, e até críticos de arte como Paolo Ricci, Barbieri e Pietro Girace. "É mesmo?", ele respondia, mordido. "E como é que eu falo?" Ela rebatia, estava rebatendo: "Em voz baixa demais", tanto que Armando frequentemente o interrompia para dizer: "Desculpe, Federí, não ouvi o que você disse". Por que será que, quando falava com Armando de Stefano, parecia quase estar num confessionário, e com os outros, ao contrário, berrava? Ela queria dizer, mas não dizia — embora eu entendesse do mesmo jeito —, que só sabia levantar a voz com os que não contavam nada. Com ela, por exemplo, com sua mãe, com seu irmão, com os parentes dela. Ao passo que, com gente como Armando de Stefano, ele quase parecia ter medo de se fazer ouvir. De modo que "levante a voz", ela agora o estava aconselhando com um tom levemente humilhante: falava sussurrando porque tinha medo de errar, porque Armando era professor, porque tinha autoridade e, se lhe dizia: faça uma obra de fôlego, ele a fazia imediatamente, sem sequer pensar nas consequências, tirando-lhe o único lençol bom que tinha e tornando a vida de todo mundo inviável?

Perguntas na noite escura, sílabas que caíam entre mim e o mastim. Meu pai respondia muito nervoso, em voz altíssima: "Falo em voz baixa porque pessoas educadas falam em voz baixa". Rusinè não era educada e por isso sempre gritava. Já ele era educado e falava em voz baixa com todas as pessoas de bem, e em voz alta com os *sfaccimmemmèrd*. Está claro? Imagina só se lhe devia explicações sobre como falava com Armando de Stefano! O que ela queria? Sabia a que ponto ele tinha chegado em poucos anos? Se lembrava do ponto de partida? Se dava conta de que ele não era ninguém quando começou e que agora Armando de Stefano vinha até ele para lhe dizer: “Vamos fazer uma exposição juntos, com obras novas e de fôlego?”. *Mannaggiamarònn*, Rusinè, você tem sempre que me encher o *cazz*! Como se ele não tivesse aprendido às próprias custas de que modo devia ou não devia falar. Levantava e abaixava a voz quando bem entendesse, a depender das circunstâncias, segundo os *chiavechemmèrd*, segundo as necessidades.

Como se sabe, bastava um nada para inflamá-lo. Aquelas trocas noturnas se transformavam rapidamente em briga, e ele só se acalmava quando achava que Rusinè tinha engolido tudo o que dissera. Não podia aceitar que ela se intrometesse em suas coisas, nem que fosse só de viés. Acima de tudo, não podia aceitar a hipótese que a esposa sutilmente insinuara, com aquela história da voz tímida, de que ele sofresse de um complexo de inferioridade. Nunca se sentiu inferior a ninguém, fazia questão de sublinhar, mesmo quando tentavam de tudo para que ele pensasse que era. E para demonstrar o que dizia, voltava ao início de sua carreira artística, quando ainda não havia exposto nenhum quadro em uma mostra, mordia o freio e dizia a si mesmo: “Um dia minha hora vai chegar”.

Sua hora chegou em um dia qualquer da primavera de 1945, quando leu no *Risorgimento* que a galeria Forti, situada na Via dei Mille, em frente ao cinema Corona, estava organizando a primeira coletiva de pintura do pós-guerra, aberta a todos os jovens artistas napolitanos da nova Itália, independentemente de títulos acadêmicos e de filiações político-sindicais. Perfeito. Pensou: “E eu não sou um jovem artista napolitano?”. Sim, respondeu enfaticamente, e correu até dom Peppe, o carpinteiro, para que ele emoldurasse de modo simples mas elegante (na casa da mestre Rose Fleury, em Les Angles, muitas obras eram emolduradas assim) sua bela *Piazza Dante*, tão elogiada pelo sargento Leefe e até por Bebé Daniels, e um *Velho vendedor* pintado ao ar livre, na Via San Gregorio Armeno. Olhou e tornou a olhar suas obras na moldura, lhe pareceram excelentes, e as levou pessoalmente à galeria Forti.

Durante dias pensou naquele seu início como em um triunfo certo. Sabia desde pequeno que estava destinado a isso. Imaginou até que lhe dariam o prêmio principal. Até que lhe chegou uma espécie de soco na cara. Soube que a *Piazza Dante* e o *Vendedor* não tinham sido aceitos pelo júri. Ou seja, foi eliminado. Ficou muito mal e dizia, quase chorando: "Mas então eu sou mesmo um *strunz*?". Rusinè não sabia o que fazer para acalmá-lo, ele sentia uma dor que a cada minuto o acanalhava mais.

Na noite da inauguração, foi à galeria Forti com a língua envenenada. "Federí, não banque o maluco", recomendou sua mulher. E ele nada. Tinha recuperado alguma energia e desejava ver os quadros expostos para compará-los aos seus, para entender se eram realmente melhores. Entrou na galeria, olhou ao redor, examinou as obras expostas uma a uma e, em conclusão, as considerou um esgoto. Então começou a protestar em voz alta, estava realmente ressentido, uma raiva terrível estava voltando a jorrar de seu peito. Começou a discutir com um, a brigar com outro, e finalmente soube como as coisas de fato foram arranjadas. Veja só, me contava enojado, um membro da comissão avaliadora tinha dois filhos entre os expositores. Veja só, a mostra tinha sido organizada a dedo para os alunos da escola de arte, cujos professores, todos naturalmente em atividade já sob o fascismo, queriam exibir o talento de seus alunos e consequentemente o seu, para continuarem fazendo o que bem entendessem. Aconteceu até que um tal, acreditando acalmá-lo, lhe disse que muitas obras boas tinham sido excluídas porque a galaria não dispunha de espaço suficiente para expor todas. Ah, é? Excluídas por causa disso? Mas quem afinal tinha decidido que o espaço devia ser ocupado por aquelas porcarias, e não por sua *Piazza Dante* e seu *Vendedor*?

Saiu praguejando e foi direto para a Via Medina, onde ficava a sede do jornal comunista *Voce del Mezzogiorno*. Obviamente ele havia crescido com a ideia de que os comunistas eram uns escrotos de merda, gente fedida e perigosa. Ao longo da vida, me repetiu muitas vezes essas definições, especialmente no final dos anos 1960 e durante os anos 1970. Comunistas, dizia, socialistas: todos escrotos. Não por acaso o pai dele, dom Mimí, sempre se definiu como socialista, o que, segundo ele, revelava bastante sobre o socialismo. Contudo, naquela circunstância específica, ele precisava encontrar alguém que lhe desse ouvidos, queria contar à imprensa de esquerda tudo o que descobrira, isto é, que o velho país de merda já estava dando as caras de novo. No entanto, bem na entrada da Via Medina, parou inseguro. Faço, não faço, vou adiante, não vou? Ele foi, e seguiu adiante decidido.

Uma vez na redação, mandaram-no falar com Paolo Ricci, vulgo Paolone, pintor e crítico de arte, que nos relatos de meu pai sempre trazia, em qualquer ocasião e em qualquer época, um lenço de seda vermelho no pescoço e um perigoso bastão ao lado. De fato, assim o encontrou naquela circunstância. O tal Ricci o escutou muito atentamente, brincando com o bastão. Enfim lhe disse: "Tem razão, Federí. Nada mudou nas escolas de arte. Exatamente os mesmos cornudos que estragaram os jovens artistas da Itália com a linguagem retórica e vazia da arte fascista continuam ensinando". Então, depois de ter discursado sobre o dever democrático de libertar os pintores ainda inexperientes, mas promissores, dos preconceitos do pitoresco e da ilustração, dando-lhes um amplo direcionamento crítico, aconselhou: "Faça assim, Federí: escreva um texto para a seção de cartas e denuncie essa coisa abominável que lhe aconteceu".

Meu pai concordou com entusiasmo, mas o encontro não terminou ali. Ricci o pegou pelo braço e lhe perguntou se já tinha ouvido falar do Salon des Refusés. Meu pai fez um aceno ambíguo, que deixava em dúvida se já tinha ouvido falar ou não. Também comigo, quando me contava aquela história, ele nunca era preciso e definitivo, mudando de versão de acordo com o humor. Certas vezes dizia: "Rose Fleury já tinha me falado sobre isso, mas eu estava distraído pela paixão amorosa e não dei muita importância"; noutras, dizia: "O que eu podia saber naquela época sobre o Salão dos recusados? Pouco, muito pouco". O fato é que conversa vai, conversa vem, Ricci lhe contou que uns oitenta anos antes ocorreu que o Salon de Paris acabou recusando excelentes pintores — pessoas que depois se tornariam renomadas, como o grande Édouard Manet e seu escandaloso *Le Déjeuner sur l'Herbe* — por considerá-los insuficientes. Mas aqueles artistas não se renderam e organizaram um contrassalão: "Justamente o Salon des Refusés, Federí, uma exposição dos excluídos", concluiu, dando-lhe duas expressivas batidinhas na testa com seu bastão.

Meu pai saiu da redação com a cabeça quente feito um fósforo. Eu o via atravessar a noite como se voasse, um ofuscante anjo rebelde que lançava luzes pela Via Medina e já decidira fazer um contrassalão napolitano, uma mostra em contraposição ao vexame da galeria Forti. Voltou para casa, se enfiou na cama e anunciou à minha mãe, que estava dormindo profundamente: "A partir de amanhã, com o apoio da *Voce del Mezzogiorno* e do crítico de arte comunista Paolo Ricci, começo a organizar uma mostra dos excluídos contra *'sti strunz* da galeria Forti". Uma exposição idêntica — explicou — à que fizeram grandes pintores franceses que tinham sido recusados pelo Salon de Paris havia mais de oitenta anos. Queria contar toda a história a ela, não conseguia pegar no sono. Mas Rusinè estava exausta pela jornada de trabalho e de tensões, por isso lhe respondeu do fundo do sono: "Não fique tão agitado. Durma um pouco, Federí".

Dormir um caralho. Queria ficar sempre acordado para recuperar o tempo que tinha perdido e continuava perdendo nas ferrovias. Agora lhe parecia que, se havia nascido em Nápoles, e Nápoles era a geografia que lhe coubera, Nápoles podia ser para ele assim como Paris fora para os *refusés* do Salon. Sim. Para ele, o destino estava trabalhando de modo a lhe abrir caminhos.

Uma rua em particular, a Via Bisignano, deve ter lhe parecido importante, porque nunca mais se esqueceu dela, nome e número: Via Bisignano, 20. Ficava pertinho da Via dei Mille. Quando se saía da galeria inimiga, onde era conferido o prêmio Forti, bastava percorrer a Via Filangieri, desembocar na Piazza Rodinò e ali, à direita, estava a Via Bisignano, uma reta que levava diretamente às costas do Palácio da Prefeitura e da Via Caracciolo. Naquela rua se situava um local cujo proprietário era o sr. Improta, um autêntico cavalheiro, que logo se apaixonou pela causa de meu pai e dos outros rejeitados. De fato, Improta, que também pensava que a arte, assim como qualquer coisa, continuava nas mãos dos fascistas, disse a meu pai: "Dom Federí, pode contar comigo. Fique com este espaço e faça aqui um contrassalão".

Assim, naquele ambiente posto à sua disposição de modo desinteressado por um autêntico cavalheiro (de modo desinteressado, sublinhava: nas ocasiões em que alguém lhe fazia um favor sem pretender nada em troca, o que raramente acontecia, ele nunca se mostrava ingrato, em especial se a relação tinha sido fugaz e se a pessoa em questão não teve tempo de lhe causar algum mal), naquele ambiente, eu dizia, ele montou rapidamente um contrassalão batizado à parisiense de "Mostra dos rejeitados".

Foi uma enorme satisfação. Federí sentiu que agora, especialmente quando saiu na *Voce del Mezzogiorno* um artigo de

Ricci que falava daquela iniciativa de protesto, era um artista para todos os efeitos. Então começou a guardar recortes de jornal como se fossem o único testemunho de sua presença no mundo, quase relíquias sagradas de sua existência. Tenho uma memória precisa disso: fragmentos pequenos, até insignificantes. Na infância e na adolescência, eu sentia por aqueles papéis impressos, pelos poucos caracteres publicados com seu nome e sobrenome, o mesmo sentimento de satisfação que ele sentia. As letras que lhe diziam respeito não tinham valor por aquilo que comunicavam (palavras boas ou ruins que fossem), mas pela dignidade que de todo modo, aos seus olhos e também aos meus, lhe atribuíam. Quando dizia "Mimí, olhe o que escreveram sobre seu pai", pelo tom orgulhoso da frase eu deduzia que todo ser humano, se quisesse viver uma vida memorável, devia necessariamente ir parar em algum jornal. Bem, os pintores da contraexposição tiveram aquela alegria. Nem todos. Todavia, graças a Ricci, os de alguma qualidade viram o próprio nome — "Olhe, Mimí" — impresso preto no branco para a eternidade: Salvatore Esposito, por exemplo, também conhecido como Cocco Bagnoli, operário da Ilva, estudante de arquitetura e exímio desenhista, que depois se perdeu e não fez mais nada relevante no campo artístico; Mario Colucci, que se tornaria professor permanente no liceu artístico (pessoa culta, foi ele quem mais tarde estimulou meu pai a ler as cartas de Van Gogh ao irmão Theo, encaminhando-o assim ao estudo da teoria e da prática pictórica); e meu pai, precisamente seu nome, por ora autor de uma bela vista da Piazza Dante, mas com um futuro de grandes obras pela frente, quadros de fôlego que seriam melhores que os de Delacroix e Courbet, melhores que os *Borrachos* de Velázquez, melhores que o próprio escandaloso Manet.

Voltou para casa mais agitado que de costume, mas agora agitado pela felicidade. Mostrou à minha mãe, ao cunhado, ao irmão, talvez até a mim, que mal balbuciava palavras, talvez até à minha avó, que tinha se esquecido de como se lia, o que Ricci havia escrito sobre ele. Pouco, mas o suficiente para começar. O nome e o sobrenome logo depois de Salvatore Esposito e de Mario Colucci. Paolo Ricci o pusera em terceiro lugar. Terceiro entre os rejeitados. Os quais — eu os imaginava, quando ao longo dos anos ouvia a palavra heroica — deviam ser todos iguais a meu pai: descontentes, nervosos, os cabelos penteados para trás de modo a mostrar um rosto mais aberto e, por isso mesmo, mais agressivo. Tanto que durante as noites daquela época, na casa da Via Gemito, quando eu estava na cama e não conseguia pegar no sono, via os rejeitados correndo em grupo com urros de satanases furiosos até a Via dei Mille, até a soleira da galeria Forti, e fazendo caretas e gestos obscenos e acenos de cusparadas ou de mijadas na cara dos pintores rivais, e então atirar umas pedras pesadas, conhecidas como *cazzimbòcchi* ou *cazzimbò*, para depois escaparem às gargalhadas na noite vazia.

Quando estava propenso não tanto às lorotas, mas a fantasias consoladoras, Federí dizia que, já entre os anos de 1945 e 1952, tinha participado de mais de quarenta exposições e havia exposto obras na França, em Paris, e na Flórida, em Miami, ora ajudado por Rose Fleury, ora por Douglas Fairbanks Jr. e por Bebé. No entanto, quando estava meio deprimido, se esquecia das exposições transoceânicas, do número exorbitante de exposições que tinha disparado ao acaso (quarenta), e assumia uma voz mais quente, talvez mais terna, para se lamentar dos tantos obstáculos contra os quais teve que se bater. Então vinha à tona sobretudo o esforço que teve de suportar no início. Esforço físico, sublinhava: no sentido mesmo de cansaço dos músculos, do coração que bombeia e bombeia, do esqueleto que está sempre de pé, correndo pra cá e pra lá, dos nervos que soltam fagulhas, esticados como a corda do arco de Ulisses quando disparou as flechas e deu início ao massacre de todos os merdosos que queriam tomar seu lugar em Ítaca.

Só para começar, após aquela ocasião da mostra dos rejeitados e graças à disponibilidade de Paolo Ricci, ele tinha descoberto os comunistas. Por isso, em acréscimo ao trabalho de ferroviário, ele passou a frequentar todas as noites o *Unità* e a *Voce del Mezzogiorno*, dizendo boa-noite, companheiros e mostrando quando necessário como sabia desenhar bem, com gosto, com senso de humor.

Agora que estou trabalhando com suas histórias, o vejo a circular pelas redações entre as batidas das máquinas de escrever e a puxar conversa a seu modo torrencial com fulano e sicrano e a falar de si naquele novo ambiente que lhe era totalmente estranho, inclusive a linguagem necessária para não dizer coisas que soassem equivocadas.

Que tensão. Agora sua jornada — me contava em tempos e épocas diversas, ora acrescentando e ora subtraindo — transcorria assim: antes de tudo, tinha suas horas de trabalho nas ferrovias, que lhe garantiam um salário de quarenta e oito mil liras ao mês; depois tinha que correr ao *Unità* e à *Voce del Mezzogiorno*, onde lhe pagavam um mensal fixo de oito mil liras pelos desenhos e charges. Charges políticas, enfatizava com a segurança de sempre, e desenhos. Depois das ferrovias, passava em casa às pressas só para dar um beijo na mulher e nos meninos; às vezes achava tempo para tomar um banho, trocar de roupa, comer um pouco (mas um pouco mesmo: desprezava a comida, como já disse); então saía batendo a porta às suas costas para ir — dizia, sem nunca dar detalhes — à galeria do Angiporto, na Piazzetta Matilde Serao, onde ficava a redação.

Eu o imaginava correndo da Via Gemito para a Via Luca Giordano, com os cabelos ao vento como um estandarte em cima da grande testa, até saltar no estribo do bonde com um impulso nervoso do corpo magérrimo e partir. Mas nem bem entrava nas salas do jornal e já saía de lá com o jornalista Aldo De Jaco para ir às fábricas, ele traçando retratos de operários, De Jaco colhendo notícias para seus artigos. Formavam uma dupla fixa. Federí ilustrava o mundo da fábrica, Aldo escrevia sobre a vida dos proletários, e as páginas que surgiam disso eram espantosas.

Na infância, eu o escutava sentado: ainda não sabia ser perfidamente suspeitoso, como depois me tornei com o passar dos anos. Via meu pai correndo junto a De Jaco em um Topolino, em uma moto com sidecar, em uma caminhonete debaixo de chuva, com o vento gelado que vinha do mar, até digamos a Ilva, entre relâmpagos e raios e um smog avermelhado, a desenhar, desenhar e desenhar a lápis o que De Jaco escrevia, escrevia e escrevia à caneta. Que sintonia. Ainda o vejo agora, mas já não acredito como então, uma pena. Um quadro como *Os Bebedores*, com seus operários durante a pausa no trabalho, se nutriu daquela experiência de pintor militante do PCI? E quando ele se filiou ao partido? Quando tinha começado a trabalhar no *Unità* e na *Voce del Mezzogiorno*?

Diante de perguntas desse tipo, ele respondia sem hesitar, como de costume: "É claro que eu pintava os trabalhadores porque era comunista. Me filiei ao partido em agosto de 1944 e fui contratado pelo *Unità* e pela *Voce del Mezzogiorno* com salário fixo no final de março de 1948". Datas precisas, com mês e ano: se eu tivesse perguntado, teria me informado até o dia e a hora. Então ele já era comunista — eu pensava — quando trabalhava com os ingleses no teatro Bellini? Então já era comunista — lhe perguntei certa vez, mas com cautela — quando o parente de Cacciapuoti lhe mostrou o peito cheio de cicatrizes patrióticas e o chamou de fascista bem ali, na bilheteria da Estação Central de Nápoles? Então já era comunista quando, como contava com frequência, especialmente no almoço, se viu durante uma greve em meio a facínoras que gritavam: "Companheiros, vamos fazer barricadas, vamos queimar tudo", e ele subiu em um bonde tombado de lado, a haste do trole saltando para cá e para lá, e gritou: "*Strunzemmèrd*, companheiros o caralho, como é que vamos trabalhar amanhã se vocês agora queimarem o bonde?".

Subi pela Via Carelli e depois virei à direita, na Via Luca Giordano. Não tinha pressa, nem dei uma olhada no relógio. Passei na frente da escola onde fiz o fundamental e parei alguns minutos diante do florista D'Avino. Quando se festejava o aniversário onomástico de Rusinè, meu pai me mandava ali de manhã cedo para comprar flores. Era uma gentileza que ele gostava de fazer e não hesitava em ser generoso com o dinheiro, mesmo que fossem as últimas cédulas que levava no bolso. Nós, filhos, lhe dávamos rosas amarelas; ele, nada menos que uma orquídea. Fazia expressões de cavaleiro vassalo, a beijava como um galã de cinema, era divertido de ver. Minha mãe tirava a orquídea da caixa e lhe dizia com falsa surpresa: "Federí, você sempre exagera". Então se dedicava às rosas amarelas que nós segurávamos. Colocava as flores na água, dentro do vaso verde de vidro lapidado.

Talvez, pensei comigo, eu deva dedicar mais espaço a esse seu lado de marido afetuoso que, por amor, não liga para despesas. Mas era difícil para mim, aqueles momentos eram raros e não duravam. Da gentileza, às vezes até da brincadeira, se passava subitamente à agressividade. Por exemplo, a história da Via Pitloo. Virei naquela rua e lembrei que Rusinè pronunciava Via Pitlòn. Federí a corregia de bom humor: Via Pitloo. Ela ria constrangida ou corava com os olhos confusos, mas depois lhe escapava de novo: "Pitlòn". Então o marido intervinha com súbita impaciência. "Não, Pitloo", e resmungava em dialeto: "Será possível que você não saiba nem dizer Pitloo?", e acrescentava irritado: "Com você, tenho sempre que passar vergonha".

Não confiava em sua capacidade de entendimento, dizia isso explicitamente. Certa vez, a ensinou como votar, temia que se confundisse com os símbolos. Dava lições a ela e a minha avó com um zelo irascível, as sabatinava à traição. Rusinè tendia a se esquivar, dizia que tinha compreendido, não era uma cretina, mas ele insistia por segurança. De repente, virava para mim, que ainda era pequeno, e me elogiava dizendo: "Quer apostar que Mimí entendeu, e você não?".

Noutra ocasião, ela voltou da missa e lhe disse em tom normal que, ao longo do sermão, o padre da igreja de San Gennaro em Antignano não só falou que os comunistas e socialistas iriam direto para o inferno, mas também lhe perguntou durante a confissão: "Conte a Deus tudo o que você faz com seu marido". É possível que minha mãe tenha subestimado a eventual reação do marido, mas não creio. Mais provavelmente, como sempre, ela apenas buscou um jeito de não lhe esconder uma coisa grave e, com isso, não atiçar sua raiva. O fato é que foi um pandemônio. Meu pai se enfureceu sobretudo com ela, como se fosse cúmplice do padre. Depois urrou sua decisão de ir imediatamente encher de murros *chillu chiavechemmèrd*. "Vou arrebentar a cara dele", gritou, achando especialmente insuportável não tanto as penas do inferno vaticinadas contra socialistas e comunistas, mas as confissões que o sacerdote tinha induzido Rusinè a fazer diante de Deus. Por fim, me lembro bem, foi correndo para a porta de casa e fez menção de abri-la. Queria sair de calça e camiseta, nem sequer uma camisa ou um paletó. E a meu ver ele teria feito isso se minha mãe não tivesse bloqueado seu caminho, gritando de pavor: "Federí, não faça isso".

Geralmente ele a acusava de cumplicidade com todos os seres humanos que operavam para deixá-lo com raiva. Certa vez, voltou para casa furioso e contou que, mesmo tendo sido eleito ("com votação maciça") secretário do sindicato seccional dos ferroviários, o responsável pela Federação comunista, por razões de divisão de cargos, o forçou a renunciar ao posto em favor do socialista Antonio Santoro. Naquela ocasião, minha mãe cometeu o erro de pronunciar uma frase do tipo: "Melhor assim, só nos faltava o sindicato". Federí ficou bravo com ela como se fosse o secretário Santoro em pessoa. Acusou-a de não querer entender que um artista não pode ficar em casa só posando de pai e marido. Um artista, gritava com um desespero furioso, precisa de experiências, Rusinè: relações, política, sindicato, tudo. Senão, ninguém reconhece seu valor e ninguém pode dizer em sã consciência: "Vamos deixar que Federí escreva esse manifesto da Cgil, e também que ele faça o quadro sobre as Quattro Giornate".

Depois de uma volta ampla, tornei à Via Gemito e parei ao lado do campo esportivo, onde fica o prédio com o posto policial. Ali encontrei, na fachada, uma lápide que me chamava a atenção na infância. Peguei o caderninho e comecei a copiá-la. Dizia: "Neste edifício transformado em fortaleza ocorreu o último combate cruento dos jovens patriotas que derrotaram os alemães vis e ferozes...".

Meu pai nunca me explicou por que a lápide estava ali, qual a relação com os alemães vis e ferozes, por que tinha ocorrido um combate cruento, o que os jovens patriotas queriam. No entanto, ela estava fixada na fachada do edifício desde 1947, bem na frente do prédio onde morávamos, no máximo a cinquenta metros. Eu a tinha lido sozinho, por acaso, talvez com oito ou nove anos de idade, em um dia de brincadeiras, acho, entre corridas, perseguições e cambalhotas nas barras de ferro das bilheterias. Naquela época eu lia de tudo, mas não entendia muita coisa. Fui atraído apenas pela palavra "fortaleza", que naqueles anos usei frequentemente nas brincadeiras de pele-vermelha, e por certas letras maiúsculas — 7 CAÍDOS DESCONHECIDOS — que evocavam imagens de moribundos incapazes até de murmurar: me chamo tal de tal.

Estava ali, escrevendo, quando a certa altura passou um senhor com o cabelo todo branco, empertigado, vestido com esmero. Percebeu que eu copiava a inscrição da lápide e parou. Por algum tempo se pôs discretamente ao meu lado, um olho no caderno, outro na lápide. Depois, talvez convencido de que, se alguém copia lápides na rua, deve ter alguma relação com as autoridades municipais, me disse: "É preciso sugerir ao prefeito que a nova estação de metrô não se chame 'Cilea', mas 'Quattro Giornate'. Assim as pessoas vão dizer: desci em Quattro Giornate, subi em Quattro Giornate, e vão se lembrar". Fiz um gesto de concordância, e ele começou a contar: "Enterraram os mortos aqui perto, na Via Rossini. Depois construíram a piscina e os levaram embora. Sabe-se lá onde os puseram". Disse a ele: "No cemitério". Retrucou cético: "Ou os jogaram fora". Quando nos despedimos, me recomendou: "Se tiver oportunidade, diga ao prefeito: a estação deve se chamar 'Quattro Giornate'". Tudo bem, falei, se tiver oportunidade, eu digo.

Recomecei a circular. Fui à Via Cilea, cheguei ao Belvedere, segui até a Via Aniello Falcone; depois retornei. Talvez eu quisesse ter tido um pai como aquele senhor, um homem pacato, sem a tendência a exagerar. Ou não. Quando Federí mencionava a insurreição da cidade contra os nazifascistas, sempre o fazia com uma raiva irritante. Não acreditava que Nápoles tivesse se rebelado. Para ele, "a cidade", "as pessoas" eram abstrações da propaganda. Na verdade — ele ainda me dizia nos anos 1970, quando qualquer ocasião era boa para sublinhar que, naquela altura, pensávamos em tudo de modo oposto —, a assim chamada insurreição tinha sido obra de pouquíssimos puros de coração, expressão que usava com frequência, e de delinquentes camorristas que toleravam mal a férrea disciplina dos alemães, um obstáculo para suas habituais transações criminosas.

"Não acredita?", me dizia em dialeto, porque se dava conta de que eu me mostrava cético. E prosseguia: "Depois que tudo já estava feito, aí brotaram milhares de patriotas". Às vezes até me dava o exemplo daquele seu conhecido, Gigino Campo, que lhe propusera assinar um documento cheio de patranhas, no qual se dizia que eles tinham combatido juntos na defesa da Ponte della Sanità. Noutras vezes, simplesmente se irritava e concluía: "Os puros sempre terminam massacrados, e os *chiavechemmèrd* fazem carreira".

Obviamente a carreira que mais lhe interessava era a de artista. Toda fala dele sempre ia parar nisso. Se alguém lhe tivesse encomendado um quadro sobre as Quattro Giornate, acho que ele reavaliaria imediatamente sua opinião. Mas, como isso nunca aconteceu, ele achava que as Quattro Giornate tinham ocorrido justo para permitir que seus pintores rivais fizessem horríveis desenhos e quadros comemorativos que a imprensa comunista vendia como obras-primas. "As gloriosas quatro jornadas", agora diziam os membros do partido. Gloriosas o caralho. "Na época, Mimí", se exaltava, "se tivessem podido, os comunistas teriam fuzilado de bom grado os bordighianos, os trotskistas e a gente de bem que havia arriscado a própria vida nas ruas."

Minha mãe sempre ouviu os discursos políticos do marido sem abrir o bico. Ele e ela tinham sido comunistas? Não eram mais? O que eles eram? Acho que ela nunca soube com clareza. Tinha tantos outros problemas que aquele certamente não a absorvia muito. De resto, ele só fazia confundi-la. Até quando lhe ensinava qual era o símbolo em que devia marcar a cruz, mostrava-se descontente com o partido e jogava lama em seus dirigentes. Não que se lamentasse das escolhas em política interna ou externa, ele nunca fez discursos sobre esses assuntos. Mas se lamentava de ninharias, às quais no entanto parecia atribuir grande relevância. Contava, por exemplo, que certa vez tinham ido ele, Aldo De Jaco, Luisella Viviani e o parlamentar Mario Palermo fazer um comício em Salerno (por razões misteriosas, em suas histórias de partido ele sempre estava acompanhado de jornalista famosos, figurões da burocracia, deputados). Depois dos discursos, da "Bandiera rossa" e dos aplausos, uma delegação de operários nos acompanhou festivamente até a estação. Ali, da janelinha de um vagão da primeira classe, Palermo apertou a mão de todos os operários, admiradores e eleitores fidelíssimos. Mas depois, assim que eles foram embora e o trem partiu, ele correu ao banheiro para limpar os vestígios daquele contato com a classe operária. Meu pai não pôde suportar esse gesto. "Entenderam?", dizia e nos olhava fixamente — ora a mim, ora a minha mãe, segundo a ocasião — para ver se tínhamos de fato entendido.

No que me dizia respeito, eu acenava que sim, como sempre. Já minha mãe parecia cética, eu tinha a impressão de que se perguntava: "O que Palermo devia fazer? Nunca mais lavar as mãos?". Tanto é que, quando já estávamos em 1966 — acho — e eu estava prestes a me tornar também um comunista, uma tarde, ao final daquela historieta, decidi fazer eu mesmo aquela pergunta. Falei: "O que Palermo devia fazer? Nunca mais lavar as mãos?", quase para prestar uma homenagem a Rusinè, que tinha morrido havia pouco.

Federí ficou muito mal. Rebateu com ar grave: "Isso não é engraçado". E mastigou: "Deixa pra lá, rapaz, talvez eu não tenha sido claro". Então acrescentou: "Não se esqueça de que comecei a trabalhar como operário eletricista aos dezoito anos". Ele conhecia bem os trabalhadores. Como artista, não tinha feito outra coisa senão pintá-los, como no quadro *Os Bebedores*.

E então? Era aceitável que Mario Palermo fosse lavar as mãos? Os comunistas viviam do trabalhador, mas depois tinham nojo dele, não conheciam sua vida, não conheciam sua linguagem e moralidade. Etc.

Em certas ocasiões, começava a enxovalhá-los e não parava mais. Partia das mãos ensaboadas de Mario Palermo e chegava aos comportamentos sexuais, o assunto que mais deixava minha mãe curiosa. Quando o marido o abordava, ela se punha a ouvir com toda a atenção e de vez em quando exclamava: "É verdade?". Mas não era um "é verdade" escandalizado. Acho que era um "é verdade" de espanto. Já meu pai suspeitava que fosse um "é verdade" de curiosidade e admiração, e ficava nervoso. Então adotava um tom mais feroz, até mais vulgar, e entrava nos detalhes. Contava como na federação, na redação e na seção a esposa de um trepava com o marido de outra, e todos fodiam com todas, e aí vinha uma lista de nomes e sobrenomes, uma selva de esposas adúlteras e de cornos conscientes, de cornos sem saber e de cornudos de todo tipo, amizades íntimas de rachas e de picas que ele nomeava de propósito, para advertir Rusinè: "Está vendo que raça de ambiente é? Não ouse pôr os pés ali dentro".

Ele continuou me explicando até uns anos trás, solenemente: "É por isso que nunca permiti que sua mãe me acompanhasse". Ela teria gostado, sem dúvida. Sair com ele, ver o mundo. Aprender como se vestiam, como gesticulavam, como falavam, como riam, como cruzavam as pernas as mulheres que faziam política e estavam de igual para igual com os homens. Mas ele me repetia: "Eu nunca quis". Ele mesmo já sofria por estar com aquela gente. Ainda mais que os comunistas — me revelava, invertendo de repente o sentido de suas queixas — fodiam entre si sem se poupar, mas de modo muito secreto, e depois te fustigavam em público até se você dissesse palavrões ou fizesse algum comentário pesado.

Por exemplo, me confidenciava baixando a voz, uma vez ele tinha dito à companheira D'Avenio, que era mulher do companheiro De Jaco, que a companheira Tina De Angelis, companheira do companheiro Obici, tinha umas coxas lindas. "Apenas isso", sublinhava, "coxas lindas." Palavras inócuas, pronunciadas em tom amigável, só para puxar conversa. E D'Avenio? Por acaso tinha achado graça, como era de esperar? Tinha feito uma carinha maliciosa, tinha dado um empurrãozinho descontraído para fazê-lo entender: "Federí, o que você está dizendo?". Não. Ela o repreendeu com rispidez. Reagiu frontalmente, de cara amarrada. Disse a ele que sua maneira de se expressar ofendia o decoro. E ele ficou atônito, não sabia o que dizer, nunca esperaria aquilo. Balbuciou no momento, constrangido, que só queria expressar sua admiração. Tanto mais que — me explicava em tons alusivos — ele já tinha admirado as coxas de Tina muitas vezes, demoradamente, quando haviam organizado juntos o Festival do Unità de Castellammare, e ele gostaria de desenhá-las, gostaria de pintá-las, era apenas um cumprimento de artista-trabalhador. Mas D'Avenio o deixou falando sozinho e foi embora com um ar de quem pensa: "Olha só que tipo de gente circula na redação".

Tornei a subir pela travessa Acitillo, que para mim, quando menino — se não me engano —, era quase um caminho rural onde os casais iam namorar. Agora era uma rua larga, paralela à Via Gemito, muito apreciada pelos cachorros, que distribuíam fartamente pelas calçadas suas necessidades. Fui andando com cautela, prestando muita atenção onde pisava. Talvez, pensava, meu pai tivesse tanta birra dos comunistas não por razões políticas, mas porque, mesmo se dedicando a representar a vida dos trabalhadores entre o final dos anos 1940 e o início dos anos 1950, eles não tinham lhe dado muita bola. No fundo, no fundo — se irritava —, eles também preferiam Juan Miró e achavam que um ferroviário não podia ser um grande artista, mas somente um ferroviário e ponto, ainda que no discurso pregassem a arte proletária. "Rapaz", dizia, estreitando os olhos em uma fissura, "os comunistas não acreditavam na igualdade, nunca acreditaram, ao contrário, queriam que eu me ajoelhasse quando passavam." Como Mario Alicata, que, quando entrava na redação, passava com o nariz empinado, sem olhar ninguém, sem dar bom-dia ou boa-noite, como se descendesse diretamente dos colhões de Abraão. Os presentes o notavam e imediatamente ficavam de pé e lhe faziam uma reverência quase imperceptível, mas mesmo assim uma reverência. Somente meu pai não. "Seu pai", exclamava, "não se levantava e não fazia reverências." Que *cazzo* ele achava que era *chillu strunz*.

Foi assim que um dia, em vez de seguir direto para sua escrivaninha, Alicata parou diante dele e lhe disse: "Você não tem o costume de cumprimentar, Federí?". Ao que ele respondeu: "Companheiro Alicata, quem eu deveria cumprimentar, se já cumprimentei todos quando cheguei? Quem deveria cumprimentar é você, que está chegando agora. Eu, não. Fico com o exemplo de Giorgione, que, ao entrar no ateliê, cumprimentava seus colaboradores cordialmente, para evitar que se sentisse sua superioridade. Você deveria fazer o mesmo também". Uma palavra a mais ou a menos, essa foi a resposta. E toda vez que calhava, me dizia com altivez: "Nasci artista, não ovelha". E acrescentava: "Odeio o rebanho".

Eu ficava ouvindo, menino, e depois repetia exatamente frases daquele tipo com meus colegas de brincadeiras. Tinha medo de não saber me distinguir como ele sabia. Até por isso, talvez, me chamaram a atenção aqueles 7 CAÍDOS DESCONHECIDOS da lápide na Via Gemito. Temia muito cair desconhecido. Meu pai, eu pensava, jamais cairia daquela maneira. Toda vez que lhe acontecia alguma coisa, fazia de tudo para que se lembrassem bem de quem ele era. Se realmente não tivesse a ocasião de se fazer lembrar, ficava furioso, dizendo que os eventos não tinham estado à altura. Detestava todos os fatos dos quais não tinha sido protagonista, todas as circunstâncias em que, por um motivo ou por outro, não teve a oportunidade de brilhar. Quando não podia inventar para eles uma participação significativa, se defendia cuspindo em cima. As Quattro Giornate? Pfft. A Resistência? Pfft. A imprensa comunista? Pfft. O sindicato? Pfft. Eu tinha crescido entre aquelas cusparadas, tanto é que, tão logo ele começava a falar de algum acontecimento relevante, eu esperava que ele tivesse tido um papel importante na história, para evitar as raivosas filípicas contra pessoas e fatos.

Rusinè também não apreciava essa sua tendência a desqualificar permanentemente. Escutava em silêncio, mas com uma expressão cada vez mais desanimada. Dizia: "Ele se faz odiar por todos". Ela, ao contrário, gostava de manter boas relações com qualquer um. Acolhia seus conhecidos com muita sociabilidade. Era amada sobretudo pelas mulheres, especialmente pela sra. Pagnano, que era casada nada menos com um general e tinha uma filha que se chamava srta. Pagnano, e vinha até ela para que costurasse vestidos de bailes e festas. Mas também era tratada com muita cortesia pelos homens: Luigi, por exemplo, o vendedor ambulante de frutas e verduras, homem timidíssimo, que se comportava de modo muito respeitoso com ela; dom Ciro, o porteiro, que a considerava mais que uma princesa; e assim também todos os pintores que às vezes vinham à nossa casa. Por isso teria preferido um marido que não deixasse toda aquela sociabilidade murchar dentro dela, que lhe desse a oportunidade de transbordá-la para o mundo. Mas ele nada, queria o mundo todo para si, ou no máximo o exibia a ela no leque de suas histórias. Se ela apenas se atrevesse a dizer "Deixe-me ver como é", ele o fechava sob seus olhos com um golpe seco.

Discutiam essa questão com frequência, mas não de frente. Uma vez, por exemplo, ela lhe disse, e me lembrei disso enquanto estava parado na Via Rossini, diante da entrada para a piscina: "Você é ressentido demais". Queria fazê-lo entender que o ressentimento não o tornava simpático, e que isso lhe desagradava.

Federí logo se empertigou e rebateu: "Eu não sou ressentido: eu vejo os fatos e me comporto de acordo". Ela respondeu algo do tipo: "Não, você se enfurece e pronto, está sempre insatisfeito". Na verdade, queria dizer a ele, e talvez tenha dito, que por causa de seu caráter intratável, não só ele passava a vida brigando e se queixando, mas também a obrigava a viver a sua sem momentos de satisfação. Mas meu pai só percebeu que ela o acusava de ser agressivo demais — de fato, nunca lhe dava ouvidos, não prestava atenção em ninguém por mais de meio minuto — e começou a se gabar de seu caráter franco, de sua impetuosidade, de como seu pensamento não se submetia a nenhum tipo de condicionamento e se mantinha livre, uma inflorescência espontânea do cérebro.

Tinha a espantosa certeza de não precisar de nada além de sua inteligência para desferir julgamentos. Não lia os jornais, não ouvia os noticiários do rádio, mas farejava nomes e acontecimentos e imediatamente se pronunciava. "Você é assim", sua mulher o enfrentou naquela ocasião, "é exatamente assim." E ele berrou: "Calada". Sabia, disse a ela, o que era necessário saber. Sabia por seus próprios canais. Em geral, ou tivera a oportunidade de conhecer diretamente, em alguma circunstância de sua vida, os grandes personagens da política, da cultura, das ciências, das artes, e por isso era capaz de dar testemunho direto da mediocridade deles; ou estava em contato com gente confiável, que lhe dizia como as coisas realmente estavam; ou deduzia os fatos de que tinha ouvido falar a partir de outros fatos de seu conhecimento, ocorridos a ele ou a parentes seus, que esclareciam bem os acontecimentos que eram noticiados nos jornais ou no rádio, ou mais tarde na tevê. Este era meu pai. E Rusinè por fim se calava, ficou cada vez mais calada por resignação.

"Ainda bem que você não puxou a ele", me repetia continuamente minha avó. E já não sei mais em que ocasião, uma vez minha mãe também me confirmou. "Não", disse, "você não puxou a ele", embora em outras circunstâncias preferisse me dizer o oposto, recorrendo benévola à frase: "Você é mais besta que seu pai".

Eu ainda não sabia como eu era. Digamos que tendia mais a me calar que a falar, até comigo mesmo. Me defendia das semelhanças com Federí me mantendo na sombra. Com a adolescência, começaram os anos em que eu detestava conscientemente cada palavra dele. Eu o teria trocado de bom grado por um pai morto durante um atentado contra os nazistas; ou que, submetido à tortura, tivesse preferido morrer a delatar; ou que tivesse combatido, derramando sangue rua após rua, para libertar Nápoles dos alemães vis e ferozes. Até perto dos vinte anos, escondi dele meus pensamentos e tentei me poupar dos seus. E mesmo depois, na segunda metade dos anos 1960, os embates entre nós foram contidos e jamais de caráter pessoal. Discutíamos — mas seguramente a fórmula é exagerada — sobre política. Na época, eu tinha acumulado muitas informações e, tentando não contrariá-lo demais, primeiro lhe dava razão (especialmente sobre os comunistas stalinistas: naqueles tempos eu era um admirador de Trótski, e não me custava grande esforço reconhecer os crimes de Stálin, depois passava a contestá-lo sistematicamente em tudo. A certo ponto, como era inevitável, ele se irritava e dizia que os livros que eu lia não prestavam. "Quem liga para toda essa merda", exclamava. Me explicava que os livros importantes não eram os que falavam de política, história e economia, mas de arte, de literatura, no máximo de ciências. "O resto é propaganda, Mimí", concluía, "deixe a política de lado: a verdadeira história é feita por artistas, pense na arte e na literatura, pense nas coisas que realmente importam."

Com o tempo eu sosseguei, mas ele não. Até três anos atrás, ele ainda esbravejava as mesmas coisas por telefone: "Tudo passa, rapaz. A lira muda de valor e daqui a pouco não se chamará mais lira. As siglas dos velhos partidos, já ninguém lembra mais delas. E os nomes dos políticos, *'sti scurnacchiati*, são nomes de ninguém. Se você os recorda, recorda apenas pelo mal que fizeram. Por isso pensemos em nós. Vamos tentar fazer pelo menos o nome durar".

Eu lhe respondia cá comigo: "Papai, o nome é apenas uma vibração da garganta, um borrão de tinta". Mas ele não conseguia se conformar. Queria que lhe dissesse sim, é verdade, tudo passa, mas você vai ficar, os quadros que fez durarão para sempre, com a assinatura em vermelho, bem abaixo e à direita. Porém, como não lhe dizia isso, ele se exaltava e me obrigava a interurbanos intermináveis. Perguntava: "Se lembra do quadro *Os Bebedores*, Mimí?". E se queixava pela enésima vez das condições em que teve de trabalhar, das ofensas que tanto parentes próximos quanto estranhos lhe fizeram, de todos os que barraram seu caminho. Eu o escutava e logo, com um crescente mal-estar, voltava a ser menino. Ouvia-o pronunciar cada palavra como se houvesse fogo e fumaça ao seu redor. A certa altura, deixava de escutá-lo e o imaginava em cima do famoso bonde tombado de quem sabe qual manifestação de rua, com o trole se agitando e uma multidão de facínoras prontos a montar barricadas, enquanto ele gritava: "*Strunzemmèrd*, companheiros o caralho, como é que vamos trabalhar amanhã se vocês agora queimarem o bonde?". Entre a multidão, dispunha todos os seus inimigos reais ou imaginários, até Mario Alicata, alto e um tanto curvado, que o mirava perplexo, mas depois balançava a cabeça e se afastava com sua corcunda.

Entre seus inimigos reais ou imaginários, punha sobretudo o pintor Raffaele Lippi. Raffaele Lippi não era querido por meu pai. Segundo ele, um artista muito superestimado pela federação. Trabalhava na *Voce del Mezzogiorno*, mas, como não sabia fazer retratos ao vivo, em parceria com um jornalista, dedicou-se às charges políticas e — contava Federí, exaltando-se bastante — só aparecia na redação para valorizar suas porcarias imundas. Chegava e as metia sob o nariz de todos, como se aquelas manchas asquerosas, aquelas folhas borradas, fossem autênticas obras de arte. Impunha tudo aquilo a Giorgio Amendola, a Mario Alicata, a Abdon Alinovi, a Aldo De Jaco, a Nino Sansone, dizendo: "Entende-se o sentido, não? São bonitas, hein? Você gosta, certo? Me diga a verdade".

Na opinião de meu pai, a verdade era a seguinte: embora dotado de grande vontade, mestre Raffaele Lippi tinha fundamentos muito modestos em desenho. Lançou-se ao realismo socialista, me explicava, mas de modo atabalhoado, com péssimos resultados, porque o realismo socialista demandava qualidades necessárias. Aquela tendência na arte, se tinha feito a fortuna de Vespignani e permitido a Guttuso prosseguir pela via muito pessoal que já antes praticava, por outro lado arruinou um Pizzinato. Imagine então o que poderia ter feito a Lippi, que se limitava a gritar aos quatro ventos: eu faço realismo socialista.

"Lippi?", se perguntava meu pai. "Deixa pra lá." A única coisa que Lippi sabia fazer era repetir a todos, mostrando suas charges: "Dá para entender o sentido, não? São bonitas, hein? Você gosta, certo? Me diga a verdade". Ou caluniar os outros, sussurrando isso e aquilo pelos corredores da redação: "O que Federico está fazendo aqui dentro? Eu o conheço, é um fascista".

Embora eu estivesse extenuado pelo dia de perambulações, foi difícil pegar no sono na casa de meu irmão. Me virei e revirei na cama, acendi a luz, apaguei, tornei a deitar. Fascista, eu me dizia, era uma palavra pesada, sobretudo em um ambiente comunista. Se Lippi falava de meu pai daquele modo, queria dizer que o considerava uma espécie de visitante, alguém que dava uma escapada de vez em quando e sobre quem pouco se sabia, não um filiado, não um assalariado da *Voce del Mezzogiorno*.

Contradições das histórias de Federí. Tudo parecia verdadeiro e, no dia seguinte, falso. Comunista, fascista. Meu pai certamente não se sentia fascista. Sentia-se como alguém que se importava apenas com sua arte e, aliás — insistia —, com uma mente poderosa: livre, audacioso, cheio de grandes ideias. Em resumo, como declarava sempre e ostensivamente, ele pouco se lixava para o fascismo, o comunismo, os monarquistas e os democrata-cristãos. Quando entrava em contato com essa gente, só o fazia para entender se eram capazes de apreciar sua pintura. Que tivesse cinco anos de idade na época da marcha sobre Roma e vinte e cinco durante a noite do Grande Conselho lhe parecia algo de pura paisagem, como a sombra de uma árvore na fachada de um edifício. Sua infância, adolescência, juventude tinham passado ao lado daquela árvore, daquela sombra, daquela fachada: e então? Ele era ele e ponto — se arvorava com soberba. As palavras eram suas, as convicções eram suas, as ideias que lhe brotavam da cabeça eram suas, a perícia de pintor era sua. Recusava-se a pensar que os fascistas tivessem deixado suas escórias dentro dele. Ele não era, dizia aos gritos, da raça dos *Littori* que tinham feito o que bem quiseram no tempo dos *Littoriali** e agora, como se nada fosse, davam as cartas em toda

* Referente ao *fascio littorio*, símbolo do partido fascista. Os *Littoriali* eram competições anuais promovidas pelo regime no campo cultural, artístico, esportivo etc. [N. T.]

parte, até dentro da Federação comunista, até dentro do *Unità*. Não era como Raffaele Lippi. Lippi, sim, era fascista. Apenas dez anos antes, teria feito de tudo para pintar um retrato de Mussolini. Agora estava mexendo os pauzinhos para pintar o de Stálin.

Descobriu um dia, ao entrar na redação. Encontrou Lippi no corredor, ao lado de uma caixa estreita, dessas que servem para embalar quadros. Em cima estava escrito: "Tovarish Giuseppe Stalin, Moscow, URSS". Meu pai logo lhe perguntou: "Rafè, o que tem aí dentro? Agora você virou um exportador de quadros?". Lippi respondeu: "Aqui dentro está um retrato de Stálin". Meu pai: "Você que fez?". Lippi: "Sim, para os setenta anos do líder da União Soviética". Meu pai: "E quem o encomendou, Rafè?". Lippi: "A federação". Meu pai: "Vocês fizeram tudo bem na moita, hein?". Lippi: "À luz do sol". Meu pai: "Stálin deve estar contente". Lippi: "Já informou que vai colocá-lo no Museu Púchkin". Meu pai: "Caralho, no Museu Púchkin?". Lippi: "Pois é. Na Itália, somente eu e Guttuso tivemos a honra de sermos expostos no Museu Púchkin".

Assim aconteceu que, desde aquele dia, quando levava suas charges à redação, Lippi não só dizia a todo mundo: "Dá para entender o sentido, não? São bonitas, hein? Você gosta, certo? Me diga a verdade", mas também acrescentava: "Lembrem-se de que sou o segundo pintor italiano depois de Guttuso a ter a honra de estar no Museu Púchkin". E meu pai sofria, mordia a língua para não gritar o que o contínuo do jornal lhe havia confidenciado. "Federí", tinha dito, "pobre Giuseppe Stálin. Você não sabe como ficou feio o retrato que o companheiro Lippi fez dele! Os companheiros da redação estão com medo de que, assim que ele se vir pintado desse jeito, fique furioso. *Mammamia*, que papelão nós, comunistas napolitanos, fizemos com esse quadro! A federação devia ter encarregado você de pintar o retrato do companheiro Stálin."

E esta era exatamente a opinião de meu pai, que pensava em segredo, se torturando: "Sim, sem dúvida: se a federação o tivesse encomendado a mim, eu teria feito melhor".

Ele também achava que faria muito melhor as charges satíricas. Sabia desenhar os políticos da época idênticos a como eram de fato, apenas com algum traço levemente exagerado. Lembro que certa vez ele desenhou um par deles sob meus olhos e os de minha mãe, assim, de bate-pronto, em uma loja de tecidos em Antignano: um De Gasperi com a coroa na cabeça e um Scelba de capacete. O dono da loja riu, minha mãe também riu, mas um tanto envergonhada, e o comerciante quis aqueles desenhos a todo custo, de recordação. "Como o senhor é talentoso, dom Federí", lhe disse.

De fato. Ele poderia ter feito um nome com as charges políticas, não fosse por Lippi. Mas Lippi fazia de tudo para que ele não as desenhasse, se enfezava se ele apenas sugerisse a possibilidade. E isso até quando, de repente, em novembro de 1951, surgiu uma ótima ocasião. Choveu, o rio Pó transbordou, a região de Polesine ficou submersa. Era preciso uma charge adequada, mas Lippi já tinha entregado a daquele dia, que obviamente não tinha nada a ver com o evento catastrófico. E agora, onde está Rafèle? "Chamem Lippi, o encontrem imediatamente, ele tem que fazer algo sobre os alagados", gritavam pelas salas. Mas ninguém sabia nada de Lippi, não conseguiam contatá-lo. Meu pai, que estava na redação, ficou agitadíssimo como de costume e quase gritou: "*Padreterno*, não é só Lippi que sabe fazer charges políticas!". Enquanto isso o tempo passava, era preciso achar uma solução. "Aqui está a solução", disse subitamente Nino Sansone, indicando meu pai a Aldo De Jaco.

Longa pausa. De Jaco fez uma careta e disse: "Perfeitamente, mas depois como ficamos com Lippi?". Sansone rebateu: "Foda-se Lippi. Nós o procuramos, não é? Então chega de conversa. Não temos e não podemos perder mais tempo. Federí, mãos à obra".

Um baque profundo no coração, o sangue batendo contra os pavilhões dos ouvidos, o cérebro que se incendiava. Meu pai começou a ver o céu escuro, se molhou na água turva do Pó, sentiu a chuva densa que martelava as populações fazia dias, viu Amintore Fanfani prometendo com voz firme: "Custe o que custar, faremos o impossível para socorrer os alagados", e começou a desenhar.

Num piscar de olhos, surgiu um Fanfani diante do Montecitorio que discutia com um vendedor ambulante de guarda-chuvas sobre o preço da mercadoria e exclamava: "Levo todos". Finalizou o desenho, finalizou a tira e correu para Sansone, que disse: excelente. "Excelente", disse também Aldo De Jaco.

Nesse meio-tempo, eis que Raffaele Lippi entra esbaforido, acompanhado de Rubens Capaldo. "O que foi, o que aconteceu?", perguntou Lippi alarmado, enquanto a charge já estava nas mãos de Giorgio Amendola, que a aprovava, e de Mario Alicata, que dava sinais vistosos de concordância.

De Jaco disse: "Oi, Rafè", e logo se afastou com Lippi para explicar a situação. "Você não estava, então...", disse, e enquanto isso a charge, que meu pai vigiava com o coração disparado, era entregue ao encarregado do clichê. Era visível que Lippi estava ficando nervoso, e começou a discutir com De Jaco: "Vocês podiam ter esperado...". Mas o encarregado já estava prestes a sair: "Estou indo, está tarde", e ia embora às pressas quando Rubens Capaldo o deteve, quis dar uma olhada na charge, e exclamou virando-se para Alicata: "Que belo desenho, que traço! Muito bom, ah, como é bom! Excelente, Federí". Então, dirigindo-se ao amigo Lippi: "Venha, Rafè, venha ver como esse desenho é bom. Foi Federico que fez".

Lippi deu mais sinais de perturbação, virou-se transtornado, saiu de perto de De Jaco e examinou o desenho. Disse descontente a Rubens Capaldo: "E você gosta dessa coisa? Mas você olhou com atenção? Rubbè, não é possível que goste".

Agora meu pai sentia o coração batendo no peito como se quisesse saltar para fora e explodir na cara de Lippi. Capaldo tirou a folha das mãos do amigo e o passou ao encarregado. "Corra, rapaz", falou, "Rafèle está de brincadeira. Este desenho é uma coisa excepcional. E enquanto o encarregado saía às carreiras, meu pai soltou um suspiro de alívio e aconselhou Lippi: "Você não viu bem, Rafè. Compre uns óculos".

No dia seguinte, a *Voce del Mezzogiorno* — ele me contava, mas sem entusiasmo, como se a história carregasse mais sinais negativos que positivos — esgotou quase imediatamente: sua charge foi fixada em todos os cantos de todas as praças da Itália. Mas Lippi ficou com aquilo entalado. Desde então, não fez outra coisa senão falar mal a seu respeito. Contou que Federí era pérfido e criminoso, que tinha tentado ocupar seu posto, que era preciso ficar atento com ele. Chegou a lhe jogar na cara: "Agradeça à Polesine e à sorte de eu não estar presente, se não... O que você quer? Quer se colocar contra mim? Lembre-se de que sou o segundo pintor italiano depois de Guttuso a ter a honra de estar no Museu Púchkin!".

Isso deixou meu pai com mais sangue nos olhos ainda, e os nervos à flor da pele. Tanto que às vezes, quando Rusinè queria lhe fazer uma surpresa e se punha tão bonita que parecia Jennifer Jones, vestindo a mim e a meu irmão Geppe com todo o cuidado e, vencendo a ansiedade e o medo de que ele aprontasse uma cena, descia do Vomero até justamente a piazzetta Matilde Serao, onde ficava a redação, ele dizia que estava contente, mas, como se sabe, não estava de modo nenhum, e precisava morder a língua para não a expulsar aos berros.

Sua mulher tinha entendimento sobre o que estava fazendo com ele? Aparecia assim, de surpresa, com os dois filhos, deixando-o em apuros diante de todos aqueles merdas da redação, perturbando-o enquanto ele tinha que lidar com embates extremamente tensos, e depois deixando-o agitado quando a dispensava depressa, confuso, pensando consigo mesmo cheio de sentimentos de culpa: "Será que chegaram sãos e salvos em casa? Será que aconteceu algo de ruim com eles?".

Meu Deus, deixa pra lá. E concluía com voz solene: "Mimí, eu me filiei ao Partido Comunista primeiro para contribuir como artista à causa dos trabalhadores, como eu mesmo era desde 1935, e segundo porque desejava uma vida tranquila e queria que uma força, que eu acreditava de ordem e disciplina, chegasse ao poder". Uma força que, dizia, mesmo ele sendo um ferroviário, reconhecesse o talento que tinha e o fizesse prosperar. "Em vez disso", exclamava mais terra a terra, "entendeu como eles me tratavam?"

De manhã, decidi ir à Biblioteca Nacional. Já que eu estava ali, me veio a vontade de dar uma olhada naquela charge contra Amintore Fanfani. Saí de casa com uma certa alegria. Esperava que um lampejo de verdade logo se alongaria sobre todas as fantasias de meu pai, e o falso, por fim, não teria menos sentido que o verdadeiro. "Amanhã", disse a mim mesmo, "vou a Positano com as ideias mais claras e com um espírito diferente."

Mas meu humor logo se deteriorou. Nas ruas havia um véu pegajoso de calor, eu estava com os pés e os tornozelos doloridos pelas andanças dos últimos dias, atravessar as ruas congestionadas me parecia mais árduo que o habitual, percebia um sentimento crescente de precariedade. Além disso, encontrei a entrada principal da biblioteca fechada e tive de me conformar em margear o teatro San Carlo para entrar pela Piazza Trieste e Trento. Atravessei belos jardins empoeirados, cheios de estudantes abatidos, até chegar ao portão de entrada. Deixei minhas coisas na recepção e me encaminhei para a escadaria. Já não tinha mais vontade de folhear jornais ou passar os olhos nos microfilmes.

A biblioteca estava com os sinais de obras em curso, que lhe davam um ar de edifício depois de um terremoto. Tinha estado ali muitas vezes na juventude, mas de repente me dei conta de que a vez que eu lembrava mais nitidamente tinha a ver com Rusinè, que aliás nunca havia entrado lá. Eu tinha estado naquele lugar em um dia de julho de 1965, para ler algo sobre sua doença. Ela já estava no hospital fazia um mês e morreria em outubro. Pedi o livro que me interessava e escolhi uma mesa.

Guardo detalhes precisos daquela manhã de 1965: uma bela luz que vinha do mar, o teto com frisos dourados, o extintor em um canto, as estantes de madeira. Li durante um bom tempo, aprendi tudo sobre o quadro clínico da doença, sobre seus três estágios. Mas o que mais me feriu foi a duração do primeiro. Ia de três a doze anos. Fiz as contas e logo me convenci, rememorando seus velhos incômodos, de que a enfermidade tinha começado em 1953. Tentei recordar o que havia marcado aquele ano. Me veio à mente o quadro *Os Bebedores*. Talvez, enquanto minha mãe adoecia, aquela tela passava a ocupar nossa vida até parecer a coisa mais importante que havia no mundo.

Essa suspeita durou por anos, se alastrou como uma mancha de umidade na memória daquele quadro. Mais tarde, tive a impressão de estar exagerando. Por que tender à incubação mais lenta, de doze anos? O agente patógeno, como dizia o livro, podia ter se localizado no baço por via hematogênica em 1953, em 54, em 55, em 56, em 57, até 1962. Mas não, por um longo período eu tinha optado por 1953. Somente com o tempo me convenci de que a história de um corpo que adoece é a mais difícil de ser contada, e deixei o assunto de lado. No entanto, em 1965, enquanto Rusinè gastava seus últimos meses de vida, me senti o detentor da verdade. Tinha lido sobre os sintomas: fraqueza, abatimento, sensação de peso, anorexia, vômito, epistasse. Lembrei que minha mãe frequentemente sangrava pelo nariz. Tive a impressão de entender que sua alegria nervosa, a inapetência, as repentinas palpitações do coração, a falta de fôlego ao subir escadas, a tez acinzentada, as gengivas pálidas e sobretudo o mal-estar repentino (por duas ou três vezes na rua, foi tomada de uma náusea violenta e se agarrou ao meu braço: "Vamos parar, estou vendo tudo amarelo, talvez com uma limonada isso passe") eram sinais de perigo que nenhum de nós soube levar a sério. Pela primeira vez experimentei, mais que um sentimento de culpa, a necessidade de me confessar culpado.

Saí da sala de leitura com o estado de ânimo de uma testemunha que assistiu a um delito sem intervir. Por outro lado, me perguntava: como era possível saber? Rusinè era bonita, tinha uma aparência muito jovem, parecia capaz de suportar todas as dores. Num dia estava mal, no outro se mostrava invulnerável. É verdade, de vez em quando ela dizia a meu pai: "Talvez seja preciso chamar um médico". Mas falava sem convicção, sabia que o marido não gostava daquele tipo de pedido, ficava logo impaciente. Federí odiava médicos, não queria ouvir falar de doença. Além disso, não tolerava que sua mulher se despisse na frente de um homem que depois, com a desculpa de examiná-la, a tocaria em todas as partes. Até por esse motivo subestimava seus sintomas. Considerava as indisposições que ela acusava coisas de mulher, induzia os filhos a pensarem o mesmo. Basta observar o andamento, afirmava com um tom de especialista. Primeiro nossa mãe dizia que estava mal, com ânsias de vômito e vontade de chorar; depois dizia que se sentia ótima. Para meu pai, era a prova de que ela não tinha nada. Esbravejava-lhe isso para tranquilizá-la e tranquilizar-se.

Quando começava com "Estou sentindo um peso aqui", ele em um primeiro momento reagia com uma careta de alarme e de repulsa e, por uma fração de segundo, ficava sentado na frente do cavalete com o pincel no ar. Depois bufava e voltava a pintar, gritando: "Você está obcecada com isso, está ótima, não *romperocàzz*". Diante dessas palavras, ela realmente se sentia bem de novo e voltava para a cozinha.

Então vovó Nannina lhe dizia: "Chame o médico, não dê bola a seu marido". As tias (tia Carmela, tia Maria, tia Assunta, tia Nenella) lhe diziam: "Chame o médico, quanto antes chamar, melhor é". Até a senhora eslava, no período em que se frequentaram, lhe dizia: "Rosa, faça uma consulta". Mas ela seguia adiante (se envergonhava de ir ao médico) e, assim que parava de se queixar, nenhum de nós prestava mais atenção. Parecia-nos impossível que ela adoecesse de verdade, e além disso também tínhamos nossas coisas para cuidar.

De todo modo, entre 1954 e 1955 meu pai, muito contrariado com aquelas lamentações da esposa, falou com o dr. Papa, um clínico geral a quem ele recorria havia uns anos sempre que algum de nós tinha febre alta e os remédios comuns não eram suficientes. Fez isso acima de tudo para evitar que a esposa continuasse se lamentando e envenenando sua existência. O dr. Papa quis saber todos os sintomas, sorriu e deu um diagnóstico muito avançado para aqueles tempos. Disse: "É esgotamento nervoso". Ou seja, os nervos — meu pai depois explicou a Rusinè com o ar de quem diz: viu como não era nada? — ficaram tensos por causa dos trabalhos, de certos abortos recentes, da responsabilidade pelos quatro filhos, e agora lançavam sinais de lamúria e choradeira.

Minha mãe deu um suspiro de alívio e continuou a trabalhar na Singer, a ser atormentada pelo marido, a suportar o peso dos quatro filhos ainda pequenos. Quando o mal-estar voltou, aprendeu a fingir que não era nada. Mas em 1957 ela desmaiou na rua, e então se chamou de novo o dr. Papa, que deu de ombros e concluiu sorridente: "Dom Federí, mãos à obra. É claro que sua esposa está precisando fazer outro filho".

No ano seguinte nasceu minha irmã Nuccia, e Rusinè ficou muito feliz por ter tido finalmente uma menina. Logo depois do parto — me lembro — ela fez graciosas trancinhas para si. Tinha trinta e sete anos e parecia ter vinte e sete. Realmente é verdade — dizia meu pai, também muito contente — que as mulheres são fazedoras. A natureza delas é esta: só ficam bem quando parem.

Agora, subindo as escadas da biblioteca, eu sacudia a cabeça para expulsar aquela frase, aquela imagem de mulher feliz com um corpo secretamente doente. Não tinha mais vontade de procurar a charge de meu pai sobre o Polesine.

Fui até o catálogo geral, procurei *Voce del Mezzogiorno*, descobri que a localização tinha sido rasurada com um traço vermelho. Na base da ficha estava escrito: "*passata a giornale*".

Dirigi-me com desânimo a uma jovem bibliotecária que estava estudando para alguma prova. Perguntei: "Esta fórmula significa que devo procurar na hemeroteca?". A garota parou de sublinhar com o lápis e me explicou que "*passata a giornale*" na verdade queria dizer: a *Voce del Mezzogiorno* tinha sigo guardada nas caixas. Que caixas, indaguei: caixas distantes, caixas inacessíveis? A bibliotecária fez uma expressão cética: caixas. E me sugeriu: "Veja, nunca se sabe, vá à hemeroteca. A única esperança é que tenha ido parar lá".

Fui à hemeroteca. Atravessei salas em restauração, ambientes com pó para todo lado e móveis cobertos por encerados transparentes, áreas bloqueadas por grossos cabos que partiam de furos no teto e mergulhavam no piso. A certa altura, precisei sair por uma longa sacada, percorrê-la inteira e reingressar. Finalmente cheguei ao destino.

Uma bibliotecária prestativa me disse: “Não, não temos a *Voce del Mezzogiorno*. Se lhe disseram que está nas caixas, certamente está nas caixas. Mas podemos ver se o senhor pode encontrar a coleção em outras bibliotecas de Nápoles”. Procurou em um grande registro e descobriu com pesar: “Somente nós a temos. Se realmente o senhor precisa dela, terá que procurá-la em outras cidades. Venha, vamos ver no computador”.

Dirigiu-se a um colega que imediatamente iniciou a pesquisa. Sentei ao lado da janela em uma cadeira bastante empoeirada. Olhei para fora, esperei. Como o computador demorava a responder, peguei meu caderninho e escrevi uns apontamentos. Grafia mal controlada, linhas ansiosas. Sentia que me estava voltando uma obsessão que tive por anos: perceber antecipadamente o mal que avança por trás da aparência de juventude e de alegria; imaginar os venenos que entram em circulação abatendo dia a dia o corpo vivo. Já estava ruminando sobre o peso do baço de minha mãe. Quanto pesava em 1953? E em 1955? Em 1958? Tinha fantasiado sobre isso muitas vezes depois da morte dela, e agora a ideia retornava intacta. Enquanto Rusinè se esfalfava molhando na bacia de cobre a tela de *Os Bebedores*, enquanto se cansava ao espremê-la e estendê-la sobre o chassi segundo as instruções irritadas daquele outro organismo chamado Federí, seu organismo fazia circular pela veia esplênica toxinas especiais que mais tarde devastariam seu fígado. “Bastaria”, pensei, como pensara em 1965, “ter prestado mais atenção nela, e menos em *Os Bebedores*.” Teria bastado, anotei, gastar menos falatório entediante sobre Mario Palermo lavando as mãos, sobre a descortesia de Mario Alicata, sobre as coxas de Tina De Angelis, sobre Raffaele Lippi. No velho livro de medicina que li na juventude estava escrito: “A extirpação do baço seria seguida de uma pronta recuperação”. Talvez o fundamental tivesse sido extraí-lo mais cedo.

Nesse ponto me chegou a voz do bibliotecário encarregado do computador: "Ouça". Quando notou que eu o estava escutando, me explicou: "Este é um horário de grande movimento, é melhor tentar outra hora".

Agradeci e fui embora.

Procurei um banco na sombra. Encontrei um que dava para o Molosiglio cheio de mastros de embarcações: queria me acalmar. Um pouco de verde, os barcos, o cinza e terracota dos edifícios, muita polícia, o jardim com palmeiras, o ar azul pálido. À minha direita, o mar queimado pela luz, um navio que parecia voar. A sombra cinzenta da costa amalfitana. Positano atrás do monte Faito, atrás dos Lattari.

Devaneei: "Seria bom ter uma casa aqui na Via Acton, ou em um dos grandes prédios da litorânea". Lápides azuis, ondas de luz de manhã. Nascer abastado, estar bem. Nenhuma necessidade de dar provas de si, tudo já foi provado. "Talvez", disse a mim mesmo, "se meu pai tivesse vivido em um espaço dos desejos mais adequado aos seus, tudo tivesse sido diferente, Rusinè não teria morrido tão cedo e também nós, seus filhos, nos tornaríamos outras pessoas." Ou talvez não: cada coisa teria sido exatamente como foi, porque a existência não está nas coisas, mas na carne, nos ossos e no sangue, e uma bela vista das sacadas não elimina a ânsia de nos sentirmos eu. "Mas", pensei, "nos dá mandíbulas mais educadas." É um sedativo. É a comodidade de pintar uma tela de fôlego gozando do espaço e da luz, sem preocupações. É uma trégua na guerra permanente contra o mundo.

Lippi, por exemplo. Hoje não acho que meu pai tivesse algo especificamente contra ele, quando contava todas aquelas histórias. Havia topado com ele em seu caminho, fizera dele um ícone de seus rancores. Nada mais que isso. O problema estava em outro lugar, o problema era a dificuldade de sair dos confins dentro dos quais se sentia injustamente confinado.

Não era mais suficiente para ele pendurar um quadro em um prego de uma galeria de arte e depois ser mencionado pelos críticos nos diários locais. Na galeria Medea, por exemplo, em uma coletiva de 1952, Alfredo Schettini, do *Corriere di Napoli*, escreveu que ele remontava à temática do último Léger. Federí me mostrava as linhas como prova e dizia: belas palavras, obrigado. Mas Schettini sabia — ele se exaltava — em que condições pintava quadros segundo a temática do último Léger? Vespignani pintava naquelas condições? Guttuso pintava como ele era forçado a pintar na Via Gemito?

E nesse ponto, como sempre, ele se lançava contra os parentes de minha mãe. Naquele início dos anos 1950, ele os sentira como uma ofensa permanente às suas necessidades mais urgentes, sobretudo quando apareciam em nossa casa trazendo bens de todo tipo. Chegavam tio Matteo e tia Assunta, tio Espedito e tia Matia, tio Attilio e tia Carmela, todos juntos. Por amor à sobrinha (e não certamente ao marido dela), tio Espedito, o confeiteiro, sempre levava uma quantidade de *babà*, cassatas, *sfogliatelle*, *cannoli* e, na época de Natal, *raffiuoli*, *rococó* e *mustacciuoli*; já tio Attilio, o charcuteiro, aparecia com fatias de mortadela, de salame, de presunto cru ou um provolone Auricchio, mozzarella fresca, uma bexiga de banha; tio Matteo, o vendedor de frutas e verduras, deixava em nossa cozinha abóboras e abobrinhas, tomates e pimentões, todas as cores das estações.

Era o final da quaresma, um carnaval. Minha mãe renascia, as bochechas se coloriam, os olhos brilhavam de afeto. Até meu pai, quando via toda aquela fartura divina, se mostrava contente, ria e brincava, inventava jogos de palavras para animar todo mundo, fazia alusões sexuais ou falava pesadas obscenidades que deixavam as tias vermelhas e as faziam rir sem nenhum controle. Aliás, diria até que se tornava de uma sociabilidade excessiva.

Em certa ocasião festiva, por exemplo (talvez um dia do onomástico de minha mãe), a cozinha ficou tão lotada de galinhas vivas, carnes frescas, embutidos de todo gênero, doces e vinhos, que a mesa parecia uma natureza-morta do barroco ou a despensa de um restaurante de luxo. Comemos e bebemos por horas, tanto que a certa altura meu pai ficou muito eufórico e começou a gritar: "Espedí, mas Maria fuma o sicário?", isto é, o cigarro. Àquela frase repetida várias vezes ("Marí, você fuma? Nos diga se fuma"), todos riam de modo incontrolável, até tio Espedito, que a certo ponto, por pura brincadeira, jogou um copo d'água na cara de meu pai. Meu pai ficou muito contente e foi despejar sobre ele todo o conteúdo de uma garrafa de refresco. Depois de um tempo, para meu espanto divertido e inesquecível, e de todas as crianças presentes, aquele monte de pessoas grandes, pesadas de comida, inchadas de vinho, começou a correr pelo apartamento, da sala de jantar à pia da cozinha, da cozinha à sala de jantar, rindo às gargalhadas e jogando uns nos outros água de copos, sopeiras, jarras e baldes. Foi uma guerra, o chão reduzido a um pântano, molecagens de família para se livrar e desafogar em alegria as tensões internas.

No entanto, assim que a festa acabava, assim que os tios iam embora, logo meu pai começava a resmungar. Segundo ele, os presentes dos tios não eram manifestações autênticas de generosidade. Na realidade — dizia para minha mãe, ferindo-a nos afetos —, seus tios nos embromam. Os presentes não eram presentes, nós já tínhamos pagado regiamente por eles sem nos darmos conta. Como? Ele lhe explicava. Não fazíamos as compras em seus estabelecimentos? Não nos mandavam mensalmente as mercadorias para casa? Não tínhamos que pagar por toda aquela mercadoria, massa, conservas, tudo? E como é que aquilo tudo nunca durava um mês, mas sempre terminava em duas semanas? Rusinè verificava se o que ela pagava correspondia realmente às quantidades que aqueles tios do caralho garantiam que entregavam?

Minha mãe era reduzida a cinzas, não podia suportar aquele tipo de insinuação. Rebatia que as coisas acabavam logo não porque seus parentes a enganassem no peso, mas porque nós, os filhos e ele, comíamos como lobos e assim era difícil administrarmos, por isso era preciso sempre mais mantimento, sempre mais dinheiro. Enquanto falava, seu lábio inferior tremia como se estivesse a ponto de chorar. Mas Federí nem ligava, insistia em sua tese, e os dois se enfrentavam com frases do tipo: "Não diga essas coisas, são mentiras"; "Mentiras, eu? Só digo a verdade"; "A verdade que lhe convém", e sempre acabava em gritos, choros e tapas.

Depois, além de ter que trabalhar nas ferrovias, além de ter que fazer os humilhantes retratos para os americanos, além de ter que conceber suas obras de arte, meu pai era forçado a também assumir o ônus de vigilar ("Como a KGB da economia doméstica", dizia) sobre quanto açúcar, quanto café, quanta massa, quanto feijão, quanto arroz, quanto grão-de-bico, quanto tudo aqueles *sfacimmemmèrd* mandavam para sua esposa e a que preço, e se o preço correspondia à quantidade, e assim por diante.

Obviamente o controle durava pouco, o tempo suficiente para ele constatar que a esposa tinha razão, não era questão de fraudes e trapaças, mas de bocas para alimentar, de consumo crescente, necessidade de dinheiro, dinheiro, dinheiro. Então ele se retraía pouco a pouco, dando a entender que tinha coisas bem mais importantes a tratar. "Você quer ferrar com nosso dinheiro?", gritava para Rusinè, "então ferre com tudo, pior para você. Eu não lhe dou nem uma lira a mais do que é justo e necessário, se arranje!"

Minha mãe se arranjava. Penava dia e noite na Singer, excluídos os períodos brevíssimos em que repousava por algum mal-estar, por um aborto. De todo modo, não era possível levar a vida adiante com aquela renda. E quando já não aguentava mais, dava um suspiro e se arrastava até meu pai. Na maioria das vezes, Federí estava sentado diante do cavalete. Ela não maquinava preâmbulos, só dizia: "Olhe estes sapatos". Eu levantava o pé para mostrar o sapato ao olhar distraído de meu pai, e o mesmo faziam Geppe e Toni. Ele resmungava: "Ora, qual o problema?". Ela: "Estão reduzidos ao mínimo possível". Ele: "Mande pôr meias-solas". Ela: "O sapateiro disse que não dá mais para pôr meias-solas". Ele: "O sapateiro é um *strunz*". Ela: "O sapateiro é sapateiro e sabe o que fala". Ele: "Ah, é? Assim que eu tiver um tempo, faço isso eu mesmo, e aí vamos ver se o sapateiro tem razão". Depois, a nós: "Não se preocupem, meninos, o papai vai deixar esses sapatos novinhos".

Mas minha mãe não arredava pé, o estado dos sapatos era tal que, mesmo que se quisesse, não era possível. Agora tinha assumido a perseverança ritmada da gota d'água. Despejava nele suas demandas com uma escansão tão inelutável que ao final ele, só para poder seguir pintando em paz, nos expulsava de lá, ia remexer em seus esconderijos secretos e depois entrava na cozinha com um ar de rei da Espanha dizendo: "Tome, Rusinè, e não me encha mais *'o cazz*".

Então voltava a se sentar diante de sua tela. Quem se lixava para a comida, o dinheiro, as roupas, os sapatos: o verdadeiro prazer da existência era pintar e pintar.

Pintar. Federí sempre esteve às voltas com essa paixão absoluta em sua longa vida. Acreditava que, se tivesse mais recursos, mais espaço, mais luz, teria cumprido seu destino de artista com mais rapidez e maior eficácia. Porque é verdade — me explicava sempre, a propósito de *Os Bebedores* — que a pessoa sente desde os primeiros anos de vida que nasceu para pintar; mas também é verdade que a prática da arte é difícil, é preciso um mastim napolitano e pedreiros que não devem ser todos iguais, mas cada um diferente do outro, cada qual um indivíduo com suas características próprias. Em resumo, exclamava, é preciso uma realidade. Não demasiado verdadeira, porque a verdade é móvel e nos escapa sob os olhos; e não muito falsa, pois do contrário para que serve?

Os recortes de realidade que depois, durante a primavera de 1953, se tornariam aquele quadro enorme chegaram à nossa casa não em bloco, mas aos poucos. Uma tarde, alguém bateu à porta, e fui abrir. Me vi diante de Luigi, o vendedor ambulante de frutas e verduras, *'o verdummàro*.

Era um homem moreno e atarracado. Passava todos os dias na Via Gemito com uma carreta puxada por um burro, que ele conduzia alguns passos à frente pelo cabresto. Gritava coisas do tipo: "*Puparuóli-friariéll!*". As mulheres apareciam nas janelas, diziam alto o que queriam levar e baixavam a cesta atada a uma corda. Luigi pesava as mercadorias em uma balança que manejava com grande destreza; então, uma vez que as tinha embalado em uma folha de jornal, ia colocá-las na cesta. Depois de atender às clientes, pegava o burro pelo cabresto e avançava um pouco mais, tornando a lançar seus gritos de anúncio.

Eu sempre o avistava apenas da janela, até o momento em que abri a porta para ele. Seu aspecto de homem selvagem, sobretudo seus gritos, tinham me abalado pelo menos tanto quanto sua carranca, ou os gritos do amolador, ou a silhueta branca de fantasma e os longos apelos do vendedor de pizzas quentes que passava na hora do jantar. Frequentemente o observava da janela, inclusive um dia em que ele estava servindo um quilo de batatas à minha mãe e fez menção de pegar o cabresto com o gesto costumeiro da mão direita, e o burro agarrou no ar seu polegar entre os dentes e só o soltou quando conseguiu arrancá-lo. Enquanto esteve com o dedo apertado na boca do animal, Luigi acompanhou-lhe os movimentos do pescoço e da cabeça saltando ora aqui, ora acolá, e berrando ao burro: "Ai, me largue, ai, me largue!". Depois, quando o dedo já estava decepado, ele rolou no chão todo sujo de sangue.

Agora estava diante de mim, com os cabelos, as sobrancelhas e a barba pretos, sem fazê-la havia uns dias. Antes mesmo que falasse qualquer coisa, olhei sua mão para conferir se o burro tinha mesmo comido seu polegar: tinha comido. Depois, com espanto, o ouvi perguntar não por minha mãe, para tratar de hortaliças ou pagamentos, mas por dom Federí, ele disse. Foi um instante. Nem bem se apagara o som de seu nome, e meu pai já tinha saído da sala de jantar estrilando com cordialidade: "Venha, Luigi, pode entrar".

Minha mãe e minha avó apareceram na soleira do cômodo para cumprimentar o vendedor e também entender o que ele fazia em nossa casa. Meus irmãos e eu também estávamos curiosíssimos. Logo ficou claro que Luigi tinha vindo para posar de modelo. Espiei de novo sua mão mutilada, me parecia um sinal atroz. Me perguntei por que meu pai decidiu se inspirar justo nele. O canteiro de obras que tínhamos diante de nossas janelas e os que brotavam feito cogumelos nos campos do Vomero pululavam de operários verdadeiros. Bastava pedir a um deles: "Venha posar para o meu quadro". No entanto, tinha preferido Luigi e agora o estava instruindo sobre onde devia ficar, como, em que posição.

O homem parecia inseguro, sorria embaraçado, não se decidia. Então meu pai falou muito irritado para sogra e a esposa: "O que foi? Vocês não têm nada para fazer?", e as mulheres se retiraram. Depois explicou a Luigi com bons modos que ele deveria tirar a camisa, que o queria sentado no chão, de torso nu: "E me faça o favor de se manter imóvel", explicou. Em seguida, pegou-lhe a mão mutilada e disse: "Quero que fique com esta mão assim", queria poder vê-la bem. Mas Luigi se retraiu, fez um ar ainda mais embaraçado, parecia bastante inseguro. Então meu pai mandou que nós também nos retirássemos e fechou a porta.

Ficamos no corredor, eu e meus irmãos Geppe e Toni. Toni queria brincar, e nós dois, mais velhos, lhe dissemos alarmados: "Silêncio". Não podíamos incomodar meu pai, ele ficaria zangado. Tínhamos um genitor que precisava de muita concentração, não havia pais semelhantes a ele nos apartamentos da Via Gemito. Coube apenas a nós um pai daquele tipo, com seus rolos de papel de desenho e as telas, as tintas, o carvão, o pastel que deixava marcas cor de sangue. Imaginei que agora ele já estivesse desenhando, concentrado na intenção de refazer idêntica a mão mutilada e talvez também o burro e seus dentes amarelos e o zurro feroz que o animal tinha lançado quando arrancou o dedo de seu dono. Eu devaneava. Sonhava de olhos abertos que meu pai sabia desenhar até os sons, os gritos de Luigi, as pessoas nas sacadas e janelas, o sangue na boca do animal e no pavimento. Esperava que ele reproduzisse não só aquele indivíduo específico, que agora havia trazido para nossa casa o cheiro dos campos e das ruas, mas também tudo o que eu guardava na cabeça a respeito dele, a memória que conservava daquele acidente, a distância asséptica com que, como em um pesadelo, pude observá-lo. Permaneci ali, esperando para ver o milagre que apareceria sobre a tela.

Quando a porta se abriu e Luigi saiu de dentro do cômodo, meu pai o acompanhou até a porta, dizendo: "Quando eu precisar de você novamente, mandarei notícias", e eu logo entrei na sala de jantar. A grande tela ainda estava cinzenta. Havia apenas, espalhados no piso, restos de papel mal rasgados em que meu pai desenhara depressa, a carvão, um homem sentado de costas, com o torso nu. Os braços estavam apenas esboçados, terminavam nos pulsos. Nada do que eu havia esperado.

Fui para a cozinha, Federí já estava brigando com a esposa. Queria saber imediatamente o porquê de ela ter ido intrometer-se. O que pretendia ver? Luigi de peito nu? E Rusinè já estava respondendo, indignada: "Você é louco"; que lhe importava o peito nu de Luigi, fique calado, chega. Foi necessário um tempo para que se acalmassem, foi preciso que ele se convencesse de que lhe era indiferente aquele peito nu e cheio de pelos. Então ele passou a desabafar sobre as qualidades de modelo do vendedor ambulante. "Aquele *strunz*", gritou, "não é capaz de ficar parado um minuto." Ele o deixara exasperado, não prestava como modelo. Olhava para cima, olhava para baixo, se virava a qualquer rumor, se retorcia. "Mas que *sfaccímm*", meu pai se enfurecia só de pensar, "o que é que custa ficar sessenta segundos imóvel?"

Além disso, se recusara a deixar que ele desenhasse a mão mutilada, embora Federí o tivesse chamado só por causa daquilo. Queria poder estudar aquele cotoco, esse era seu plano; gostaria de refazê-lo idêntico ao que era, com a cicatriz bem à vista. Mas Luigi lhe havia pedido, como um favor ou uma prece, que restituísse na tela uma mão com os dedos completos, a mesma que teve antes que o burro a mordesse. E meu pai se viu em apuros, como poderia responder? "Tudo bem", concordou de má vontade, "vou fazer isso." Só para dizer como era complicado para ele trabalhar bem. Isso para dizer — se lamentava — que nos tempos de Caravaggio um artista podia até transformar putas na Virgem; já ele não conseguia fazer nem um pedreiro com o dedo realmente mutilado. E não só: *chillu strunz* nunca ficava parado.

Durante toda a minha infância temi que meu pai me dissesse: "Vou fazer seu retrato". A angústia de ter que posar para ele é um corte que nunca cicatrizou. Federí estava sempre insatisfeito com os parentes, amigos e conhecidos que lhe serviam de modelo. Falava muito irritado sobre cada um: "Não parou de se mexer, não ficou bom". E quando minha mãe rebatia: "Claro que não, Federí, ficou idêntico", ele fazia uma expressão ainda mais descontente e insistia: "Ele se mexeu".

Queria fazê-la entender que os resultados que era capaz de alcançar, apesar das mil dificuldades que sempre o atrapalhavam, teriam sido muito melhores se aqueles que posavam para ele tivessem uma maior consciência de seu papel. Mas eles não sabiam distinguir a mão direita da esquerda, e por isso mesmo, embora tentasse trabalhar com rapidez, acontecia que ele baixava o olhar, rabiscava quatro traços, levantava os olhos, e eis que o modelo já tinha se mexido.

Quanto mais os minutos passavam — aliás, os segundos —, mais a pessoa que ele tinha começado a desenhar divergia da pessoa que estava à sua frente. Assim não era possível fazer nada que prestasse. "Se eu lhe digo que é para ficar parado, por que aquele cretino se mexe?", esbravejava. E a depender dos casos, se queixava com frases do tipo: "Olha só como essa orelha ficou ruim, olha como esse nariz ficou ruim".

Nós de casa achávamos as orelhas e os narizes excelentes, mas ele não. Quando frequentava a escola livre de nu — contava —, isso não acontecia. Lá os modelos eram disciplinados, sobretudo as modelos. Elas ficavam completamente nuas, e muitas vezes até fazia frio, mas não se moviam. Você podia estudar com toda a calma um pé, uma bunda, um peito, até uma veia varicosa, até os pelos da boceta. Nenhuma reclamação. Você as punha ali, e ali elas permaneciam, imóveis. Quando era preciso, você podia até ir massagear um tornozelo, um pé ou um ombro delas, para dar mais realce à musculatura e estudá-la.

Já os amigos e parentes, mas também a sogra e até Rusinè, não tinham disciplina alguma, não tinham paciência. Primeiro insistiam para que ele fizesse o retrato e depois não paravam quietos um minuto. Achavam que ele fosse como um fotógrafo:

um clique e está pronto. Não sabiam que arte é esforço, suor, sofrimento. Sofre o artista que olha a realidade, sofre a realidade sob o olhar do artista. Se a pessoa não entende isso, é inútil tentar posar.

Balançava a grande testa com um descontentamento ostensivo. Um exemplo de falta de compreensão? Ele tinha mais de cem. O pior era Peppino, seu cunhado. Federí, me faça um retrato; Federí, vou me posicionar aqui, vou ficar quieto. Tudo bem, Peppí, sente-se. Nada, não resistia nem sequer um minuto. Bocejava, ria, se virava, olhava o relógio. Depois se desculpava e tentava recuperar a pose que deveria manter. Mas *'o strunz* não se lembrava mais. E ele lá, desperdiçando seu tempo, enquanto ninguém colaborava como se deve.

Ficava irritado com todos, até com os integrantes de sua família de origem, o irmão Antonio, o outro irmão, Vincenzo. Ajeitava-os na pose, fechava a porta da sala, por um tempo se fazia silêncio. Todos nós relaxávamos na cozinha, fazíamos nossas coisas. Depois, inevitavelmente, ouvíamos um grito: "*Viciè*, *cazz*, pode ficar um pouco parado?". Então nos olhávamos petrificados, mamãe, os filhos e vovó, todos preocupados. Eu escutava aquelas repreensões como chicotadas.

Parei na Via Partenope para olhar os edifícios imponentes dos grandes hotéis. Estava mastigando um brioche desses sem creme, macios e amarelos, com uma bolinha em cima. De súbito, um velho Ford bem detonado virou bruscamente na Via Santa Lucia, roçou a frente de um táxi que estava parado e deu uma fechada em um Clio, que só não bateu na lateral do outro carro graças a uma rápida freada. O condutor, um homem de meia-idade, se espichou da janela berrando insultos. O Ford brecou derrapando pela esquerda e dele saíram correndo dois jovens, gritando por sua vez palavras ofensivas. O homem de meia-idade tornou a partir depressa, metendo-se pela Via

Partenope. Os dois rapazes o perseguiram a pé por uns cem metros, berrando ameaças truculentas com os braços estendidos como espadas, demônios da prepotência no cerne de uma cidade respeitosa. Depois voltaram atrás, entraram no automóvel, fizeram uma inversão em U cantando pneu e dispararam diante de mim com os perfis pontiagudos, congestionados de tanta fúria, os torsos inclinados para o para-brisa, na direção do Clio.

A cena acabou com o gosto de meu brioche. Quando meu pai perdia a paciência, era exatamente assim, com esses mesmos e antiquíssimos urros, avivados de geração em geração. Jogar-lhe na cara um erro o deixava furioso. Nunca se considerava culpado e sempre encontrava ótimas razões para cada ação sua, bons motivos que só ele entendia, certamente relacionados à arte. Aqueles modelos do *cazzo* se cansavam? Precisavam resistir. Se tinham aceitado posar para ele, agora eram obrigados a penar sem dar um pio. Afinal de contas o que eles eram? — dizia frequentemente, com um desprezo que exacerbava minha ansiedade de menino. Eram carne, ossos, nervos, vísceras palpitantes, uma veia que pulsa na testa, uma outra inchada no dorso da mão, e nada mais. Serviam apenas como matéria viva a ser mantida sob os olhos. Depois ele pensaria em transformá-los em trabalhadores, pescadores, pedreiros, frágeis sinais da condição humana. O artista existe para isso. E por isso Federí não hesitava, se precisasse, em recorrer até àqueles merdas dos parentes da esposa. De todo modo, em suas mãos, até a merda se tornava ouro.

De fato, na época d'*Os Bebedores*, até meu tio Matteo teve que posar de modelo. Depois de ter refletido longamente, Federí achou que, pelo físico maciço, pela expressão rude, por um certo ar de resignação serena, aquele parente, apesar de cem por cento egoísta, se prestava bem ao papel de *fravecatòre*, o fabricante de casas: uma profissão, ele me instruía, de fato nobre em tempos passados, quando quem fabricava não só colocava uma pedra em cima de outra, mas era também engenheiro, era arquiteto, um artista, e não um *fravecaiuòlo* analfabeto e extremamente vulgar.

Assim, tio Matteo também começou a vir com regularidade à nossa casa para posar na sala. Foi-lhe atribuída a tarefa de ficar sentado em uma caixa de madeira, um copo à direita, um sorrisinho benévolo e os olhos apontados exatamente na mesma direção para onde o mastim napolitano olhava.

Aquele homem já corpulento, de quem me lembro com o rosto bonito e uma expressão sempre benévola, geralmente chegava em casa com uma sacola cheia de frutas e verduras de sua venda, um presente dele e de tia Assunta, a esposa.

Entrava na cozinha meio ofegante e largava a sacola sobre a mesa, uma cesta cheia de gostosuras perfumadas, da qual eu gostava especialmente do aroma de madeira, aquele entrelaçamento cerrado de folhas de castanheira que era bom de cheirar quando a cesta era nova e as hastes flexíveis ainda reluziam, mostrando a polpa fresca e limpa.

Nós corríamos para perto dele e nos espremíamos para ver o que ele tinha trazido de bom para a gente. Minha avó o tratava com um respeito amigável, minha mãe o festejava com uma alegria de menina, feliz com os presentes. Ele se sentava e murmurava frases de satisfação pela bela acolhida. Depois de um tempo, meu pai aparecia e o convidava a ir para o outro cômodo. Tio Matteo o acompanhava com seu ar de homem pacífico.

Com os modelos era sempre assim. Chegavam contentes e iam embora descontentes. Primeiro pensavam que, ao serem pintados, sua imagem os favoreceria; mas depois pareciam decepcionados, o cansaço de se manter em pose era muito grande e até inútil, ir parar no quadro de um grande pintor já não lhes parecia tão atraente. Isso porque — comentava Federí — não só não entendiam nada de arte, mas também porque simplesmente não entendiam nada de nada. Tio Matteo, por exemplo, tinha conduzido uma carroça durante a vida toda, circulando pelos campos da província. Assim havia gastado todo o seu tempo. Quando conseguiu juntar dinheiro, tirou a habilitação e comprou um carro; entrou nele um tanto emocionado, deu a partida, ganhou velocidade. Mas, por causa de uma aceleração excessiva, logo se assustou e, por seu velho hábito de carroceiro, em vez de brecar com o pedal do freio, começou a puxar o volante para si como se fossem rédeas, gritando "Iiiiih". E assim foi bater em um poste de luz, destruindo o carro novo. Um desastre. Eu gostava da anedota, ela me divertia e comovia. Já para Federí, o caso servia sobretudo para que ele dissesse desanimado: "Como essa mão poderia sair boa, como essa cara de bebedor poderia ficar decente, se meu modelo era tão *strunz*?".

Enquanto isso, a pintura se espalhava pela tela. De um lado, ele a expandia com todo o cuidado, assiduamente; de outro, parecia transtornado por ela, como se o cheiro das tintas a óleo o atordoasse a ponto de fazê-lo perder o entendimento de si. Era bonito ouvir que o que ele tinha em mente estava se tornando cor. O mastim napolitano mirava tenso para a esquerda, patas, focinho, tudo. E um pedreiro mostrava as costas musculosas de sombras e luzes que tinham sido de Luigi. E tio Matteo se sentava sobre a caixa de madeira com um copo de vinho na direita, mas não era mais tio Matteo, era um poderoso mestre da espátula. E nuvens leitosas ainda deformavam aqui e ali as figuras e o fundo do canteiro de obras, ou pressionavam maciças do lado direito da tela como um resto de caos.

Meu pai às vezes deixava a cadeira, recuava até a porta e tentava ver seu trabalho em conjunto. Estava insatisfeito. Queixava-se de algumas zonas incompletas ou, segundo ele, mal executadas. "Veja aqui seu tio", dizia a Rusinè, se ela por acaso aparecesse na soleira da sala, "ele falou que estava com pressa, que precisava ir embora. Ir aonde? O que aquele lá tem de importante a fazer?"

Um dia, de repente, também fui convocado para posar. Tinha acabado de voltar da escola. Ainda com a bolsa a tiracolo, fui cumprimentar meu pai, que sempre esperava dos filhos um beijo a cada saída de casa e a cada retorno, para cada momento de dormir e para cada despertar. Dava muita importância a isso, era seu ritual dos afetos, e se irritava se deixássemos de cumprir apenas um. Ele nos beijava e se deixava beijar como se cada beijo de despedida pudesse ser o último beijo, e cada beijo de volta a casa celebrasse, ao contrário, nosso retorno, sãos e salvos, das ruas da vigília e do sono. Somente ele distribuía e pretendia aqueles beijos. Nunca ocorreu de minha mãe nos beijar e se deixar beijar com o mesmo ritual obsessivo. Nem sequer minha avó. Beijávamos apenas meu pai e pronto.

Naquele dia, ele estava sentado absorto diante do cavalete enquanto fumava. Parecia sombrio, e entendi que alguma coisa não ia bem, talvez tivesse perdido o interesse pelo quadro. Beijei-o na face áspera de barba escura, de homem desleixado que sempre se barbeia de má vontade. Retribuiu com um beijo distraído, dado mais no ar do que em mim. Depois, sem rodeios, ordenou que eu tirasse os sapatos.

Eu os tirei, inseguro. Ele normalmente não queria que andássemos descalços pela casa, temia que o frio das lajotas em contato com as plantas dos pés subisse até os brônquios e pulmões e nos deixasse doentes. No entanto me ordenou que os tirasse. Me disse em dialeto: "Mimí, tire os sapatos". Depois me colocou no meio da sala, me fez apoiar o joelho direito no piso, me pôs debaixo do braço esquerdo um pequeno garrafão com o gargalo de vidro verde-escuro, bem inclinado, como se despejasse algum líquido, e me ordenou: "Fique parado assim".

Fiquei exatamente na posição que me foi imposta, enquanto ele voltava ao cavalete ao lado da janela e de lá me examinava com atenção. “Olhe para o chão”, me pediu.

Cravei os olhos no piso, mas não muito, o suficiente para que não me impedisse de acompanhar os movimentos e o humor dele. Fez uma careta de insatisfação e veio a mim, pegou minha cabeça nas mãos (entre o indicador e o médio segurava o cigarro: senti aquele cheiro de tinta e tabaco que sempre me deixava meio agitado), virou-a bem de leve para o garrafão e, pressionando suavemente, me forçou a incliná-la mais um pouco. “Não se mexa”, repetiu, retornando ao cavalete para me estudar de longe.

Ora, nessa posição eu já não podia enxergá-lo: via apenas o gargalo do garrafão e os hexágonos das lajotas. Mas eu o escutava, percebia sua presença e as tensões. Não devia estar muito satisfeito comigo, talvez eu não lhe parecesse adequado ao que estava imaginando. De fato, veio para perto de mim de novo, pôs os dedos sob meu queixo e o levantou um pouco, menos de um centímetro. “Olha lá, fique nessa posição”, disse. Então se deslocou à minha esquerda, pegou meu tornozelo e o puxou para si bem devagar, até o joelho ficar bem inclinado para a direita e o pé se apoiar no piso apenas com o dedão.

Agora estava com o cigarro na boca, e um olho fechado para protegê-lo da fumaça que subia. Eu sentia sua respiração de homem catarroso, com os pulmões pretos. Levantou-se de novo e estava para voltar ao cavalete, mas mudou de ideia, se curvou sobre mim e ajeitou melhor o garrafão que eu tinha debaixo do braço, fazendo que minha direita o sustentasse com firmeza, que o recipiente se apoiasse com o devido peso na mão esquerda e que esta, por sua vez, ficasse com o dorso bem pressionado contra minha coxa. “Você é o menino que está despejando a água”, me explicou. E indicando o ar pouco mais abaixo do gargalo do garrafão, acrescentou: "O copo está aqui. É para este ponto que você deve olhar".

Olhei aquele ponto com intensidade. Esperei que meu pai estivesse satisfeito e se afastasse logo, porque a fumaça do cigarro, que ele tinha passado mais uma vez da boca para os dedos, estava indo parar nos meus olhos e me fazia lacrimejar.

Senti com alívio que ele estava voltando para perto do cavalete. Agora tinha pegado o rolo de papel que usava para desenhar e o estava desenrolando. "Quando se cansar, me diga", avisou. Não movi um músculo sequer para acenar que sim. De todo modo, eu sabia que nunca lhe confessaria: "Não aguento mais".

Voltei para a casa de meu irmão na hora do jantar. Na mesa, conversamos sobre como chegar a Positano. O melhor, disse Geppe, é ir de carro. Mas eu detestava dirigir, ele sabia: o tráfego intenso, os engarrafamentos, os toques raivosos de buzina. E os xingamentos, acrescentei, os ataques de fúria, as perseguições: tudo o que eu tinha visto e ouvido entre a Via Partenope e a Via Santa Lucia. "Não tenho coragem suficiente para ir dirigindo", concluí.

O namorado de uma das minhas sobrinhas se ofereceu corajosamente como motorista: a tarifa — disse brincando — é de cem mil. "É muito, mas vou pensar", prometi, e no momento fiquei animado com a ideia de uma viagem sem compromissos pelo litoral, Portici — Sorrento — Sant'Agata sui Due Golfi, o Vesúvio atrás, como se flutuasse. Mas depois anunciei, surpreendendo até a mim mesmo: "Vou ficar mais um ou dois dias". Queria ver outras ruas de Nápoles, outros locais. Além disso, falei, esta casa é relaxante.

Ao final do jantar, agradavelmente exausto, comecei a examinar meu irmão e os filhos, sem dar na vista. Procurava os traços de Federico e Rusinè. Ali achei uma sobrancelha, o formato de um olho, os dedos ou toda a mão, ou o modo de movê-las no ar: aparições de um e de outra nos corpos vivos; detalhes fantasmáticos que ora se animavam, ora esvaneciam em organismos de outra aparência, outra estrutura, outra história. Achei até um jeito irônico, ou uma forma de alegre acolhimento, ou um impulso orgulhoso nos olhos por excesso de amor-próprio. Pensei que talvez devesse espiar também meus outros irmãos, seus filhos e os meus, os parentes próximos e distantes, a mim mesmo, em vez de perambular pela cidade, vasculhar em bibliotecas, olhar fotografias e filmes, decifrar manuscritos, fabricá-los eu mesmo para deixar uma impressão de pessoas e fatos.

Quando me retirei ao meu quarto, antes de apagar a luz e dormir, examinei com bastante atenção os desenhos de meu pai emoldurados nas paredes. Minha avó tricotava de cabeça baixa, um vestido escuro, um avental. Minha mãe sentada com o rosto na sombra, talvez lendo *Annabella*, apenas o penteado reconhecível. Meu pai por volta dos cinquenta anos, a pele do rosto já flácida sobre os ossos como uma malha antiga, me lançando o olhar oblíquo do artista que reproduz seu rosto olhando-se no espelho.

Obras, esboços. O traço firme, era um verdadeiro talento. Todavia me pareceu que nada daqueles seres que já foram vivos permaneceu nas folhas atrás dos vidros. Deles eu conservava memórias escassas e pálidas, mas eram bem mais do que os sismógrafos experimentados das artes podiam registrar. No fim das contas, de que servia posar? De que servia deslizar na frente de uma objetiva? De que serve que eu, agora, os veja enquanto falam, gritam, riem, e tente depositar nas combinações do alfabeto o resíduo de suas vidas que guardo na minha? São necessários instrumentos mais sensíveis, técnicas mais sofisticadas para realmente registrar a dança de vozes, de gestos, de pulsações do sangue, de boa e má saúde, de soluços, de antigas risadas e caretas de dor que, por convenção verbal, chamamos de indivíduo. Estrato sobre estrato, confusamente.

O passado remotíssimo que o habita. Os outros que o invadem, dissipando-o; ele que transborda sobre os outros, dissipando--se. Federí, Rusinè. Enganos dos signos gráficos.

Bocejei, meus olhos se fechavam. Outro irmão meu, Toni, me contou justo naquela noite, por telefone, que recentemente tinha ido para Pompeia a trabalho e, no gabinete de não sei qual assessor, encontrou pendurado na parede um quadro de nosso pai. Ele falava com satisfação. O sentido da conversa era: "Papai não contava só mentiras, suas obras estão expostas em lugares adequados". Prometi a ele que iria a Pompeia para ver o quadro, e então Geppe acrescentou: "Se lhe interessa, você também encontra quadros dele no Palazzo San Giacomo". Ou seja, na sede da prefeitura de Nápoles. Respondi a ele: "Na volta de Positano, vou ver esses também". Mas falei sem convicção. Sabia que meus dois irmãos, cada um a seu modo, estavam tentando me dizer outra coisa. Sentia que, de modo gentil, buscavam me sugerir um modo menos áspero de olhar nosso pai. As palavras deles eram de orgulho contido. Aludiam a quadros expostos em amplos salões de ar antigo, em aposentos de poderosos. Era como se me sugerissem: "No fundo, no fundo, devíamos ficar contentes".

Eu não estava em condições de explicar que não pretendia discutir o talento de nosso pai. Por vários motivos, eu amava suas obras pelo menos tanto quanto eles, mas buscava confusamente outra coisa. Corria atrás da vida que se desgasta, consumida pela obsessão por resultados. Por isso queria seguir as pistas d'*Os Bebedores*, me lembrava daquele quadro cheio de desgaste. Mas não alimentava ilusões. Os resquícios de todos aqueles tormentos e insatisfações e violências e desprezo e soberba e desespero e até de amor continuavam verdadeiramente vivos apenas em meu organismo, no deles, no dos filhos deles, na multidão de imagens que duram até o limiar do sono e depois tomam o caminho dos sonhos ou dos pesadelos.

Diante daquelas descargas elétricas dos nervos, não havia arte que não decepcionasse. A matéria que vive e que pensa — tive a impressão de entender enquanto adormecia — é a única encenação que convém amar.

Agora estou no meio da sala, tenho um garrafão debaixo do braço e me aconteceu a coisa mais temida: meu pai precisou de mim, e estou posando para ele.

Sinto uma grande responsabilidade, mas tenho sentimentos confusos. Quero oferecer a ele a máxima colaboração e, se preciso, morrer sob seus olhos, contanto que o ajude a ser o artista que deseja. Mas o propósito não é tão linear, o pensamento está em tumulto, é difícil organizá-lo apenas segundo os cânones da devoção filial. Também busco evidentemente um confronto e uma verificação. Decidi ficar na pose com uma imobilidade tão rigorosa que impeça qualquer queixa de meu pai. Quero ver se vai ficar quieto, se finalmente vai parar de despejar em nós a culpa por atrapalharmos sua arte.

Meses antes tinha havido um grande rebuliço, alegria e decepção. Primeiro fizeram muitos elogios a meu pai, depois críticas pesadas, e ele sofreu e nos fez sofrer com isso. Esse hábito de nos maltratar porque se sente maltratado agora me confunde, queria entender melhor. Rumino, mas de forma ansiosa, pensamentos truncados. Foi em Roma que o ofenderam recentemente, embora a história tenha começado em Nápoles, e ele desabafou aqui em casa gritando e fazendo ameaças. Os fatos tiveram início naquela escola livre de nu, onde ele aprende a desenhar o corpo humano graças a modelos que aprecia muito, os que agora pretendo imitar. A escola fica perto da Academia de Belas Artes, Federí se inscreveu nela em 1951. Seu professor foi Emilio Notte, velho pintor que o admirava pela velocidade com que desenha e pela precisão do traço. Ele vai lá depois do trabalho nas ferrovias e, quando volta para casa, tem sempre folhas cheias de nus femininos e masculinos traçados a carvão ou a sanguínea. Ele os mostra a minha mãe, mas não nos proíbe de vê-los, afinal somos meninos. Eu examino os desenhos e descubro constrangido: "Então é isso que meu pai estuda quando vai para a escola". Sua história, sua geografia, sua aritmética são essas bundas, essas tetas. Depois de trabalhar como ferroviário, imagino, Federí vai se fechar em uma sala como a minha, da escola fundamental Vanvitelli, e ali se senta em um banco, abre a pasta, prepara o lápis, os pastéis. Então chega o professor Emilio Notte, que, em vez de livros ou de mapas, traz uma mulher bem-vestida, assim como minha mãe se veste para as grandes ocasiões. O professor diz: "Rapazes, hoje vou explicar essa senhora a vocês". E a explica, tirando cada uma de suas peças, até o sutiã e a calcinha. Às vezes, como Federí relata, ele esfrega o corpo dela com as mãos para realçar melhor a musculatura. E eu imagino cada gesto, enquanto ele nos mostra seus trabalhos, e toda aquela imaginação me causa uma agradável quentura que só se atenua quando penso: "E se meu pai também quiser nos desenhar nus, até minha avó?". Se desenhar minha mãe nua também? Essa hipótese me deixa ansioso, espero que ele não o faça. É tão difícil manter a pose, ele nunca está satisfeito. Só parece feliz quando chega em casa às pressas e sorri, dizendo que Notte o elogiou. Notte ou outros. Em 1952, no ano passado, o professor mudou e agora se chama Bresciani. Entre os alunos também apareceu Raffaele Lippi. Mas meu pai não está nem aí para ele e continua estudando com entusiasmo. De todo modo, sabe-se que ele é o melhor.

Mas eis que um dia Lippi, só para estragar seu dia, lhe diz: "Federí, já está sabendo? Fui convidado para participar da Mostra de Arte sobre a Vida do Sul da Itália, que vai ser exposta em Roma no ano que vem, no Palazzo delle Esposizioni". E acrescenta que também foram convidados outros grandes pintores napolitanos, como Armando de Stefano e Mario Colucci. E então pergunta de modo pérfido: "Você foi convidado?".

Meu pai se sente ferido por uma espada de fogo. Bate as pálpebras, escancara a boca e não só tem de responder que não foi convidado, mas também é forçado a admitir que não sabe nada daquela mostra em Roma que reúne a arte sobre a vida do Sul. A essa altura, para evitar que Federí comece a gritar como de costume e dizer que sempre fazem as coisas em segredo justamente para excluir um concorrente perigoso como ele, Lippi lhe diz que há um monte de editais de convocação colados no átrio da Academia, e que ele vá verificar.

Meu pai vai até lá mascando fel. Ele é assim, sempre a ponto de perder o controle. Em suas histórias ele se mostra frequentemente pacato, uma pessoa que vê longe, que domina as situações. Mas eu, que já aprendi a decifrar sinais secretos em sua voz, sinto que não está calmo. Pode engolir sem problemas que o pessoal de Roma tenha convidado Armando de Stefano: Armando só tem vinte e seis anos, nove a menos que ele, é um jovem culto, preparado, de grande talento, bem situado nos círculos importantes. Mas os outros? Por que Raffaele Lippi foi convidado e ele não? Por que Mario Colucci foi convidado e ele não? Que merda são esses dois? Em que os dois são melhores que ele?

Ele decora o edital inteiro. Descobre que há muitos prêmios valiosos a serem distribuídos de acordo com um regulamento que, no entanto, ainda deve ser redigido. Descobre que a participação na mostra é por convite, mas que também se pode ser aceito enviando a Roma no máximo três obras e se submetendo ao critério de um júri inapelável. Por fim descobre que, para participar daquilo, basta solicitar os formulários, inscrever as obras até 20 de dezembro e enviá-las ao júri até 10 de janeiro. E é isso mesmo o que ele faz, imediatamente.

Mas depois é tomado pela fúria habitual que nós de casa conhecemos bem. Primeiro de tudo, cai de cama com uma falsa doença para se livrar do trabalho nas ferrovias. Depois interrompe os retratos para os americanos, apesar de renderem um dinheiro que, somado ao salário miserável de chefe de estação de segunda classe (nem vamos falar dos trabalhos na imprensa comunista, ele não toca mais no assunto, nem se sabe se ele existiu algum dia), nos permite continuar vivendo. Compra telas e tintas com o dinheiro que esconde, para o caso de alguma necessidade, em livros, caixas, entre a quinquilharia herdada do tio Peppino de Florença. Decide que vai fazer bem na cara dos *strunzemmèrd* que o odeiam e conspiram contra ele três quadros de deixar o júri romano de queixo caído, quadros capazes de arrombar o rabo de todos os Lippi, Colucci e os outros que, em segredo ou abertamente, querem arrebentar o dele.

O palavreado feroz da vingança é este. E atenção, não se pode questioná-lo nunca, nem fazer objeções do tipo: "Temos boletos a pagar, há o risco de cortarem a luz e o gás". São momentos em que ele não está nem aí para a casa, para nós, para tudo. Quando não tem dinheiro nem para o cigarro, cata as bitucas dos que já fumou, enrola o tabaco em papeizinhos e alcatroa os pulmões com raiva, continuando a pintar.

Primeiro pintou um mapa-múndi, livros, um ferro de passar e uma cafeteira napolitana, tudo apoiado no chão, sobre um cobertor militar, desses que nos serviam para dormirmos aquecidos à noite. Os objetos — eu pensava o espiando enquanto pintava com a mão firme — jaziam imóveis como os mortos, não se cansavam, não tinham corpo que tremesse nem sangue pulsando sob a pele. E como eles se deixavam estudar e retratar do modo certo, a tela se encheu sem embaraços, sem esforço.

Mas assim que meu pai passou a outra ideia que lhe ocorrera — duas telas, dois pescadores, um contente e um desesperado —, senti que ele ficava impaciente. Um modelo ia, um outro vinha: tio Peppino, tio Antonio, tio Vincenzo. Ele soltava suspiros profundos, bufava, se enfurecia. Tentava de todo jeito arrancar algo de cada um, desenhos e mais desenhos. Precisou de umas boas dez sanguíneas antes de passar às telas e às tintas. As outras mil, todas inúteis, foram rasgadas com ira, nos aterrorizando.

Quando não estava em casa, eu entrava na sala e olhava os quadros em andamento. Não os via por aquilo que eram, sentia apenas suas frustrações. Fazia súplicas silenciosas, esperava que Nossa Senhora ou os Santos ou o Pai Eterno em pessoa se concentrassem e os fizessem ficar exatamente como ele os tinha em mente, superando as dificuldades de tio Peppino, de tio Antonio, de tio Vincenzo. Como nas rezas que a escola ensinava, eu pedia que todos nós de casa pudéssemos viver em paz, sem mais o peso de sua insatisfação, dos xingamentos, das obscenidades. Queria parar de ser infeliz e desejava que ele, finalmente dizendo quanto se sentia feliz, pegasse o bandolim do armário e o tocasse como fazia nos raros momentos de alegria.

Imagino que ele de fato tenha feito isso quando os quadros ficaram prontos. Porque lembro que eram lindíssimos, das coisas mais bonitas suas. Ele os deixou secando, tocou o bandolim e os examinou várias vezes, dizendo como para se animar: “Nada de realismo socialista, nada de Guttuso, Pizzinato, Paolo Ricci, Lippi. Aqui se vê a lição dos caravaggistas”. Por fim, os levou para Roma pessoalmente.

O júri era composto de grandes artistas: Giovanni Brancaccio, Pippo Rizzo, Giovanni Consolazione, Mario Mazzacurati, Alessandro Monteleone. Meu pai depositou os quadros, solicitou o recibo, se disse confiante, mesmo não estando, e se disse tranquilo, mesmo tendo uma tormenta no peito e os olhos alucinados. Então esperou e esperou, sem ter vontade de fazer nada.

Foram dias terríveis, mas não posso dizer que ele arranjasse brigas. Parecia um céu espesso e escuro que não é capaz de relampejar e se desfazer em temporal. Não só o trabalho de ferroviário o desolava mais que o normal, mas não tinha sequer energia para pensar em pintura. Vivia à espera, e assim se passaram semanas, meses.

Minha mãe, que estava mais uma vez de barriga inchada, deu à luz seu quarto filho, Walter, em novembro, aos trinta e um anos. Distraído como era e pressionado pela sogra e os parentes, ele chamou umas três parteiras e no final teve de pagar pelas três, praguejando. Quatro filhos, a mulher e a sogra para sustentar. Sentia-se esmagado. Até que, em março de 1953, dois dias antes da inauguração da mostra de Roma, quando ele já quase não pensava mais nisso, chegou a notícia: suas pinturas tinham sido aceitas.

Aqui eu poderia dizer que ele ficou alegre, mas seria simples demais. Primeiro se exaltou, dizendo a qualquer um que encontrasse na rua: "O júri de Roma aceitou meus três quadros" — e ficou mais soberbo, mais falastrão, mais presunçoso. Depois de repente voltou a se angustiar, e a exaltação se misturou ao alarme. Agora dizia em uma rajada de frases: não posso ficar aqui de braços cruzados, preciso ir correndo para Roma e arregaçar as mangas, tenho de aproveitar essa grande ocasião.

Minha mãe vasculhou no armário suas melhores roupas para ver a mais adequada à inauguração da mostra. Na fase da euforia, ele a deixou agir; em seguida, quando o humor se complicou, perguntou aonde ela achava que ia daquele jeito, logo depois do parto, com o rosto amarelo e um bebê para amamentar. Rusinè não se conformou, tentou de todas as maneiras ir com ele. Federí gritou que não, ela respondeu por quê, o marido berrou: porque eu disse que não.

De fato, não havia muito o que explicar. Ele não tinha nenhum bom motivo para não levá-la na viagem. Só queria se sentir livre para circular, ver gente interessante, fazer bons contatos e até cometer alguma gafe ou sofrer uma humilhação, sem que a esposa estivesse lá para vigiá-lo e julgá-lo. Por isso a deixou com a gente em Nápoles, partiu com Armando de Stefano e foi se misturar à tropa de artistas, críticos, intelectuais e amantes da arte que lotavam os salões do Palazzo delle Esposizioni.

Era uma multidão, e ele se sentiu perdido. Agora, enquanto escrevo, penso nele com certa pena. Chega ali, acha que vai ser bem acolhido, elogiado por pessoas importantes. No entanto, se depara com um monte de gente e descobre que, entre convidados e aceitos pelo júri, há oitocentas e sete obras expostas. *Oitocentas e sete.* As paredes das salas estão lotadas, tela em cima de tela, uma ao lado da outra como na Capela Sistina, Mimí, como os ex-votos nas igrejas. Nunca se viu tanta porcaria junta.

Meu pai não demorou muito a entender que, por causa dos conchavos de sempre, enfiaram gato e cachorro lá dentro, sem distinções. O entusiasmo e a esperança deram lugar ao rancor venenoso de costume. De todo modo, ainda bem que suas obras figuravam dignamente na sala 50, ao lado das de Paolo Ricci, Armando de Stefano, Pippo Giuffrida, Nino Suppressa e Giovanni Savarese. Ainda bem que botaram Lippi em outra sala, na de número 51. Pelo menos esse consolo.

Ficou ao todo dois dias em Roma, não pôde se demorar mais. Estava arrasado. Dividiu um quarto de hotel com De Stefano, os dois trocaram muitas ideias sobre arte, comeram juntos no restaurante, ficaram ainda mais amigos do que já eram. Mas ele, que já tinha um emprego e uma família, teve de voltar a Nápoles e trabalhar nas ferrovias. De Stefano continuou na cidade, para verificar a situação.

Foi um período anômalo. Ele se mostrou quieto no trabalho, em casa assumiu uma atitude de desolação serena. Dizia que todos estavam no Palazzo delle Esposizioni cuidando de seus negócios, e que só ele estava preso às ferrovias e à família como *'nu strunz*. Mas não gritava, não se debatia mais. Apenas se queixava com voz cansada que não podia se mudar para Roma e ficar lá, na sala 50, observando com prazer as pessoas que paravam diante de suas obras. Quanto ao resto, dormia bastante, não pintava, e à mesa comia pouco, com o olhar perdido.

Então tudo se animou de novo. Um dia, às sete da manhã, depois do plantão noturno nas ferrovias, encontrou na Estação Central Carlo Montarsolo, capitão da aeronáutica e também pintor, que, segundo obviamente meu pai, só tinha sido selecionado pelo júri romano graças à indicação de seu irmão, um famoso barítono. Montarsolo lhe disse que estava indo a Roma porque finalmente tinham publicado o catálogo da exposição, e ele queria comprar um exemplar de lembrança. Com ar carregado, ele quis saber mais sobre a coisa: havia um catálogo? "Sim", confirmou Montarsolo, "e você precisa se apressar, está vendendo que nem água. Seria uma pena se você perdesse. Botaram até um dos seus pescadores."

Meu pai ficou vermelho de prazer e mudou de humor num instante. Ele simplesmente fazia parte do catálogo. Num piscar de olhos, recuperou a certeza de que o reconhecimento tão aguardado estava prestes a chover sobre ele. "Tem certeza?", perguntou agitado a Montarsolo. Certeza absoluta. Era o único dos pintores aceitos pelo júri a ser incluído. Isso na prática significava — explicou o irmão do barítono, cumprimentando-o enquanto subia no trem para Roma — que os quadros tinham agradado muito e que era um dos poucos com boas probabilidades de ganhar o prêmio Mancini, meio milhão de liras generosamente oferecidas pela Caixa do Mezzogiorno. De fato, o prêmio seria atribuído a um pintor sulista (e ele era sulista), com menos de quarenta anos (e ele tinha menos de quarenta anos), aceito na mostra do Palazzo delle Esposizioni não por convite, mas por escolha dos jurados. Boa sorte, Federí.

Voltou para casa fora de si de tanta alegria. Anunciou a grande novidade à mulher e disse que precisava ir imediatamente a Roma comprar o catálogo, embora custasse a bagatela de mil liras. Começou a buscar dinheiro em cada canto do apartamento, não achou nada e praguejou por muito tempo. Pediu a Rusinè que fosse bater na porta dos parentes dela, que era importante, era seu destino que estava em jogo. Ela o deixou gritar e não cedeu. Já estavam com tantas e tantas dívidas que tinha vergonha de ir aos tios e falar: "Estou precisando de mil liras. Federí tem que comprar o catálogo de uma exposição". Berros, ameaças, talvez pancadas, mas não havia o que fazer. Meu pai se conformou e correu para seus pais, na Via Zara. Ali conseguiu arrancar mil liras da mãe, dona Filomena, às escondidas do pai, dom Mimí, que, se soubesse daquele dinheiro, iria jogá-lo nas cartas ou nas corridas de cavalo ou de cachorros. Isso lhe permitiu subir no primeiro trem, e lá foi ele.

Chegando a Roma, foi direto ao Palazzo delle Esposizioni a tempo de comprar um dos últimos exemplares do catálogo, um pequeno volume de capa vermelha publicado por De Luca Editore, onde estava impresso na figura CLVIII seu pescador desesperado, que olha absorto, com um pedaço de pão entre os dedos e o cesto vazio.

Folheou e folheou o livro, comparando sua obra às dos outros para ter a prova definitiva de que seu quadro era o melhor. Então, todo entusiasmado, se apresentou com um tom cativante à secretária da mostra, a sra. Dompré, para trocar umas palavras e saber em que pé as coisas estavam.

A secretária o acolheu com cordialidade e lhe revelou: "Há um enorme interesse por suas obras, mestre: só se fala disso". Diante dessa notícia, Federí ficou boquiaberto e só depois de uns segundos, com o coração aos pulos, disse: "Ah". Então balbuciou: "E o que se sabe sobre esse prêmio Mancini de meio milhão?". A secretária fez uma expressão esperta, digamos até cúmplice. Então respondeu: "O que o senhor quer que eu diga? Ainda não se sabe nada".

A frase era sibilina, mas meu pai — como nos contou ao voltar para casa, e depois repetiu a mesma história a vida inteira, a cada ocasião, em tons de grande nostalgia — entendeu que ia de vento em popa. Voltou a Nápoles e colocou cheio de orgulho o catálogo sob os olhos de Rusinè, a fez examinar a figura CLVIII umas dez vezes e depois fez o mesmo com Nannina, sua sogra, e então com o porteiro do prédio, dom Ciro, com os vizinhos e finalmente com *chilli sfaccímm* dos parentes. Mas acima de tudo fez que nós, os filhos, olhássemos: mas somente os três primeiros, o último nascido mal tinha quatro meses.

Eu — não sei Geppe, não sei Toni — senti muito prazer com aquele catálogo. Assim que podia, ia correndo contemplar o pescador às escondidas. Aliás, eu achava que aquele era o livro da boa magia, que talvez transformasse meu pai finalmente em um homem sem descontentamentos. Faria as pazes com os modelos irrequietos, com todos, com a realidade. Deixaria de ser alguém consumido, com olhos de louco, e se tornaria tranquilo, reflexivo, como tantos pais da Via Gemito. Menos mal. Já podia vê-lo no bom caminho da mudança. Ele falava no ouvido de minha mãe, e ela ria. Dizia: "Rusinè, com certeza também vou ganhar um prêmio de meio milhão". Ela ria ainda mais.

Havia razão para aquela alegria? Não sei. Dia a dia, semana a semana, ele certamente achou que houvesse. As vozes de apoio se multiplicaram. Chegaram em ondas recorrentes e, nos intervalos, quando não chegavam, meu pai ficava ansioso e se perguntava: "Como é que ninguém me parabenizou hoje? O que está acontecendo?".

A certa altura ele precisou viajar às pressas, a sra. Dompré o estava procurando. Trabalhou das oito às catorze nas ferrovias e depois subiu no primeiro trem para Roma. Lá no Palazzo a sra. Dompré lhe deu uma ótima notícia: "Mestre, suas três telas foram vendidas". Mas é difícil dizer a quem. Meu pai frequentemente mudou os nomes dos compradores, mas eram sempre pessoas de prestígio. Em seus cadernos, ele escreve com todas as letras que o pescador alegre foi comprado pelo deputado Paolo Rossi; o pescador triste, pelo cineasta Roberto Rossellini; e a natureza-morta com ferro de passar, pelo ator espanhol Juan de Landa. Total: duzentas e setenta mil liras.

Uma bela soma. Todo mundo queria festejar. Meu pai ofereceu uns petiscos no café em frente ao Palazzo delle Esposizioni, e o crítico Marcello Gallian, que escrevia sobre "Turismo e Lazer", comeu um monte, embora depois tenha se servido da foto do pescador desesperado para ilustrar não sei o que no jornal, mas se esqueceu de registrar o nome e sobrenome do autor em uma legenda. *Pezzo di merda*. Mas e daí? Parecia impossível, mas Federí não conseguia mais se enfurecer.

Voltou a Nápoles cheio da grana e de alegria. A primeira coisa que ele fez foi comprar um anel de brilhante para Rusinè. Depois renovou o guarda-roupa de todos (é mais um modo de dizer: em casa não havia guarda-roupa e não havia nada a renovar), depois deu um gostinho daquela riqueza até a *chilli chiàveche* dos parentes da esposa. Finalmente foi padrinho de crisma de amigos e consanguíneos, distribuindo presentes e adquirindo, ele e a mulher, um bando de compadres e comadres. Em pouquíssimo tempo, mesmo tentando esconder parte daquele dinheiro em lugares secretos da casa pensando em gastá-lo sozinho em Roma, se fosse o caso, dilapidou tudo com o apoio ativo de Rusinè. Seja como for, a vida tendia para melhor.

De fato, em um dia esplêndido de fins de março, ele ia saindo do bar 2000 na Piazza Carità quando ouviu o chamarem. Era o mestre Emilio Notte, que se esgoelava da calçada em frente, ao lado da banca de jornal: "Federí, venha cá, tenho que lhe contar uma coisa importante!".

Federí atravessou a rua e foi ouvir o que tinha a lhe dizer o velho pintor, que estava acompanhado de Bruno Starita, seu aluno e futuro professor de gravura na Academia. Emilio Notte falou: "Parabéns, malandro! Estávamos justamente falando de você. Quanto você ganhou em Roma?". Meu pai admitiu: "Duzentas e setenta mil liras". Notte: "Não. Você ganhou muito mais. Ganhou setecentas e setenta mil liras". Meu pai: "Não estou entendendo, mestre...". Notte: "Federí, eu estou na comissão romana que atribui os prêmios. Embora eu pessoalmente não goste tanto do seu trabalho, porque não me parece bem alinhado ao realismo socialista, demos a você o meio milhão do prêmio Mancini, porque afinal são belos quadros. Vamos comemorar". E o arrastou para o bar Motta, que ficava ali ao lado. "Mas agora", aconselhou, "vá correndo a Roma e peça a eles o comunicado oficial, sem esperar que chegue pelos correios. Fique bem, Federí."

Meu pai se abandonou à quente correnteza da sorte favorável. Comunicou a Rusinè aquele novo sinal feliz e voltou para Roma. Correu até a sra. Domрré, confirmou que a notícia era verdadeira — tinha vencido o prêmio Mancini — e tentou fazer que lhe pagassem o prêmio num piscar de olhos, ou pelo menos um adiantamento. Mas teve de se conformar e esperar que o comunicado oficial lhe chegasse pelos correios, como estava no regulamento. A sra. Dompré lhe disse: "Enquanto isso, aproveite a bela notícia".

Foi exatamente o que Federí fez. Com os olhos acesos e a pele esticada sobre as maçãs do rosto de tanto entusiasmo, foi contar a todos os presentes no Palazzo delle Esposizioni que havia ganhado o meio milhão da Caixa do Mezzogiorno, ele, aos trinta e cinco anos, aceito na mostra não por convite, mas pelo júri. Circulava de um conhecido a outro, todo contente, ninguém mais podia segurá-lo. O coração não bombeava mais sangue, mas prazer, prazer, prazer.

"É sempre assim", me dizia na velhice, "uma coisa que dá certo sempre arrasta todas as outras." E às vezes acrescentava, filosofando: "O sucesso gruda em quem tem sucesso; a desgraça, em quem é desgraçado". Eram frases um pouco mecânicas, pronunciadas pelo gosto da tagarelice. No entanto, quando ele estava mais inspirado, a conversa não terminava ali, o relato lhe saía fluido e fantasioso, representava a si mesmo como no centro de um balé surpreendente, cheio de coreografias vivas.

Nesta tarde quero pôr por escrito aqueles tons, as cenas de vida do artista como ainda ressoam em minha cabeça, histórias dos dias sem lamentos, às vezes excessivas, às vezes incongruentes. Federí as acumulou de modo desenfreado, não sabia contentar-se com os fatos, tinha muita dificuldade. Ele está no café do Palazzo delle Esposizioni, sozinho, refletindo sobre os problemas da arte e seu futuro de artista. Nesse momento entra Guttuso com Vespignani, Monachesi, Pizzinato, todo o séquito. Ele vai até o balcão e começa a discutir sobre Courbet. Meu pai também se dispõe a ouvir, em silêncio, afastado. Tem várias coisas a dizer, mas não quer pôr-se em evidência diante daquele pintor famoso. Ainda que tenha três obras expostas na mostra, vendidas a gente de prestígio como Roberto Rossellini, ainda que tenha ganhado o prêmio Mancini, não quer se fazer notar, teme que alguém do séquito, para humilhá-lo, lhe peça mais uma vez informações sobre o primeiro trem para Nápoles. E ele poderia encerrar sua história neste ponto: o café, Guttuso, a nota de mal-estar; mas sei — sei desde que era menino — que ele não conseguiria se deter, nem se eu lhe pedisse explicitamente. Ele prossegue. De um lado, descreve sua compostura, de outro, a adulação dos lacaios que buscam aparecer em presença de artistas famosos.

Até que Guttuso, que evidentemente se informou a respeito dele e de seus sucessos com a sra. Dompré — e, portanto, o conhece de nome e de vista —, se dirige a ele de modo amigável e lhe diz assim: "Federí, o que está fazendo aí sozinho! Venha, junte-se a nós". Então ele, contente com aquele convite cordial, logo se aproxima e expõe suas ideias sobre Courbet, causando grande admiração a todos, inclusive Guttuso, Vespignani, Pizzinato, Monachesi. Antes de se despedir, fez questão de pagar o café.

Romanceia. Sonha de olhos abertos o mês de março, talvez abril, uma primavera na Piazza di Spagna alegre e florida. Está em Roma para acompanhar de perto o itinerário do prêmio Mancini, mas enquanto isso, nas horas vagas, está com as costas viradas para a Via Condotti, sentado perto da galeria La Barcaccia, rabiscando esboços de Trinità dei Monti.

Eu fico escutando, tenho dez anos, Roma é uma cidade distante, vejo meu pai como um homem tocado por mil maravilhas: uma praça florida, luz, mulheres ricas nas ruas, senhores refinados que passam e dizem: "Como esse artista desenha bem". Talvez, penso, a luz dessa primavera feliz faça bem a ele, assim como o ventinho tépido e as mil aventuras.

Mas eis que um jovem egípcio para diante dele, um príncipe parente do rei Faruk, que se chama Fuadí. O príncipe quer comprar imediatamente todos os esboços por trinta mil liras, e ele os cede: pode pegar, príncipe, trinta mil está bem. Um bom negócio. Mas Fuadí também quer conversar sobre como o desenho e as cores eram usados nos túmulos dos faraós. Federí discorre em inglês, competentemente, às vezes pensando entusiasmado: como é fácil a vida em Roma para um artista; poucos traços na folha de um caderno, um príncipe estrangeiro, a arte funerária do antigo Egito, a conversa internacional; como ele aproveitaria bem a vida se estivesse sozinho, se pudesse mudar para cá, sem as obrigações familiares.

Nesse meio-tempo passa Nino Ruyu, que é funcionário dos correios entre Nápoles e Roma. Ruyu o vê e diz: "Federí, estou indo ao ateliê de Renato, quer vir comigo?". Meu pai responde: com muito prazer, e o príncipe Fuadí também os acompanha. Então caminham da Piazza di Spagna pela Via del Babuino até Via Magutta, e Ruyu não para de repetir: "Eu e Guttuso somos unha e carne, Federí. Se precisar de alguma coisa, posso te recomendar". Meu pai balança a cabeça e diz: "Não preciso de nada, Ruyu. Sou um pintor nato, minhas capacidades me bastam. Não sei se sabe que me deram o prêmio Mancini, meio milhão". Ruyu, irônico: "Ah, é?", e o parabeniza, mas depois volta a se gabar da amizade com Guttuso, tanto que meu pai, por sua vez, não consegue deixar de gabar-se mais uma vez por ter ganhado o prêmio Mancini, meio milhão.

Que bela primavera. Posso vê-los passeando, os três. Gosto especialmente do príncipe, que usa um turbante vermelho e tem um precioso punhal na cintura de seda lilás. Fuadí fala do Egito, das pirâmides, dos camelos, das odaliscas; Federí, do prêmio Mancini; Ruyu, de Guttuso e outras coisas. Mas a certa altura faz uma objeção séria: "Federí, se você está me dizendo que ganhou o prêmio Mancini, fico contente. Mas cuidado, aqui na Itália não dão nada sem recomendações". Meu pai se irrita, sente nas entrelinhas o mau presságio, pergunta: "O que você quer dizer com isso?". Ruyu explica que falou em termos gerais, que há recomendações por todo lado, tanto na Rússia quanto nos Estados Unidos. Depois se dirige a Fuadí e acrescenta, rindo: "No Egito também. Não é verdade, príncipe?". Fuadí faz que sim.

Então eles chegam ao ateliê de Guttuso. Ruyu olha o relógio e exclama: "Caramba, já é hora do almoço. Talvez seja melhor que eu suba sozinho, pode ser que Renato esteja almoçando. Desculpem, volto já".

Sobe correndo e deixa meu pai e o príncipe aguardando na rua. Mas não passa nem um minuto e ele já está de volta.

"Tem gente lá", diz, "não quis incomodar. Vamos fazer o seguinte. Vamos até a galeria do Pincio, na Piazza del Popolo. Ali está a individual de Carlo Levi, queria dar uma passada para cumprimentá-lo."

Meu pai dá de ombros e diz ao príncipe Fuadí: "O que fazemos, príncipe? Para ser sincero, não estou nem aí para Carlo Levi, mas, se quiserem vê-lo...". O príncipe quis, e então foram todos à galeria do Pincio: Ruyu, que eu imaginava vestido de carteiro, meu pai, em trajes de artista, e Fuadí, como príncipe de turbante.

Na galeria do Pincio encontram Carlo Levi, que está vermelho de rosáceas e veste, apesar de fazer muito calor, um casaco de inverno. Além disso, usa um colbaque enterrado até as orelhas, de onde saem cachos de cabelo, úmidos de suor. Ruyu se aproxima com deferência e lhe faz um sinal de saudação, mas Levi o examina desconfiado e não responde. O funcionário dos correios está prestes a insistir quando Renato Guttuso aparece na soleira, com o habitual séquito de lacaios.

Tensão. Para não ter que cumprimentar primeiro, Federí finge estar muito interessado em um quadro. Enquanto isso, Guttuso vai prestar homenagem a Levi, e Ruyu se lança ao grupo gritando: "Salve, mestre". Renato o esquadrinha com frieza e pergunta: "Desculpe, quem é o senhor?". Ruyu se inclina e responde: "Ruyu, o funcionário dos correios, aluno de Vincenzo Ciardo, que frequenta a famosa escola de paisagem. Deve se lembrar, fui apresentado ao senhor por Paolo Ricci". Guttuso: "Bem, mande minhas saudações a Ciardo e Ricci". Faz um gesto a Ruyu como quando se quer enxotar uma mosca e está se dirigindo a Carlo Levi quando lhe cai sob os olhos a bela figura de meu pai, a quem grita com cordialidade: "Federí, o que está fazendo aqui? Venha se sentar".

Meu pai se aproxima e, além dos lacaios, estão Pizzinato, Penelope, Salvatore, Serra e Monachesi, que o tratam como um velho amigo. Levi também quer cumprimentá-lo e lhe dizer: "Uma beleza seus pescadores, Federí". Tanto que, depois disso, Ruyu fica verde. Mas o príncipe Fuadí, muito admirado, chama com deferência meu pai de Mestre.

Mais tarde meu pai pensou que, com aquela referência às recomendações, Ruyu estivesse querendo lhe dar um sinal, fazê-lo entender que estavam tramando algo contra ele. O certo é que, de repente, os vilões tomaram a frente e tudo mudou. Primeiro chegou a má notícia do cinema Ideal, na Via Scarlatti do Vomero. Meu pai estava passando por lá quando encontrou o amigo Salvatore Affuso, que estava acabando de sair do cinema, onde exibiam *Narciso negro*. Affuso o abraçou e cumprimentou, parabéns. Como meu pai ficou sem entender, o outro exclamou: "Federí, você não está sabendo? Aqui, antes do filme, estão passando um documentário de arte em cores. O título é *O sol surge no Sul* e você também está nele. Quer dizer, seus quadros, aqueles expostos em Roma".

Meu pai entrou com o coração explodindo no peito, viu o filme, viu seus quadros em cores projetados na tela. Na verdade, também viu o quadro de Armando de Stefano intitulado *Antonio* e o de Domenico Purificato, *Lembranças da Ciociaria*, mas teve a impressão de que o cinegrafista se demorou mais nos seus. Depois, emocionadíssimo, correu para casa e contou a Rusinè. No dia seguinte, mandou que todos nos vestíssemos com trajes de festa — eu, meu irmão Geppe, minha mãe — e nos levou ao Ideal. Ali eu pude ver tudo com estes olhos, mas não sei o quê. Sim, tenho de admitir: não sei. Meu testemunho não vale nada. Ele me contou a história do Ideal tantas vezes que, agora que preciso escrever sobre isso, não sei distinguir entre o que de fato vi e o que ele me fez ver com suas palavras. Porém, como nestas páginas são as palavras dele que importam, escrevo que vi os três quadros, especialmente o pescador desesperado, e fiquei de queixo caído. As obras de meu pai no cinema. Inacreditável.

No dia seguinte ele não sossegou, foi até a Via Zara e arrastou para fora de casa o pai e a mãe, que também queriam convidar alguns amigos. Tudo bem, ele concordou entusiasmado. Levou todos eles ao Vomero, pagou as entradas e os acomodou em bons lugares.

O documentário começou, apareceram os quadros de Armando de Stefano, apareceram os de Purificato, aparecerem todos os fotogramas, um depois do outro, mas os que representavam seus quadros não, caralho, não estavam mais lá.

O pai dele, meu avô, ficou furioso pela perda de tempo, disse que ele tinha que parar de contar idiotices, "*sí 'nu pallíst*", gritou, um loroteiro desde que nasceu, que papelão ele aprontou na frente dos amigos, pintor famoso do caralho.

Federí o deixou no átrio do cinema e correu para o projecionista. Berrou: "Onde meus quadros foram parar?". O projecionista: "Que quadros?". Meu pai: "Os que estavam no documentário *O sol surge no Sul*". O projecionista: "A película queimou". Meu pai: "Queimou justo no ponto em que estavam meus quadros?". O projecionista: "Sim". Então o aconselhou em voz baixa: "Deixe para lá, mestre. Com os comunistas não se brinca. Eles vieram aqui pessoalmente, por ciúme, e me mandaram cortar. É melhor ir ver seus quadros em algum cinema de Caserta, ou em Roma. Aqui em Nápoles o senhor é muito invejado".

A partir daquele momento, a situação voltou à estaca zero. Meu pai voltou a ser cruel, recomeçou a brigar com minha mãe, cogitou uma conspiração de Lippi, quem sabe até de Paolo Ricci, talvez de todos — vermelhos, pretos, brancos — contra ele. Alarmado, foi correndo a Roma para saber se finalmente a carta oficial com o comunicado do prêmio Mancini tinha sido expedida. Menos cordial que de costume, a sra. Dompré lhe disse que o atraso era devido à burocracia, quinhentas mil liras eram um valor elevado, era preciso a autorização da Caixa do Mezzogiorno para poder enviar o comunicado oficial. "Volte para Nápoles e aguarde confiante", concluiu. "Ninguém pode tirar o que o senhor mereceu."

Claro que sim. Certa manhã Francesco Caiazzo, outro pintor que expôs um par de quadros em Roma, apareceu na Via Gemito e lhe disse com um tom melífluo: "Lamento, Federí, tiraram seu prêmio Mancini. Alguém falou que você é ferroviário, e o regulamento estabelece que o meio milhão deve ser atribuído a quem vive exclusivamente da pintura. Mas parte do júri está com você e se demitiu em protesto. Até Emilio Notte se demitiu". Como se não bastasse, ainda comunicou — enquanto ele ficava cada vez mais pálido, quase morrendo de desgosto — que, em seu lugar, o prêmio foi atribuído a Claudio Lezoche, órfão de guerra, bastante apoiado por Segni e por Scelba.

Meu pai esperou que Caiazzo fosse embora e então começou a gritar, primeiro contra a Itália das recomendações, que tinha agido no passado e que sempre agiria no futuro, sobretudo contra ele, e depois contra Deus, Nossa Senhora, os santos, os comunistas, os democratas-cristãos, Segni, Scelba, Caiazzo, Lezoche e minha mãe, que lhe pedia que se acalmasse.

Depois saiu e foi até Emilio Notte. "Dom Emí", lhe perguntou, "é verdade que aconteceu isso e aquilo?" Verdade. E o que se podia fazer? Nada.

Cada vez mais fora de si, ele procurou o crítico e pintor comunista Paolo Ricci, interpelando-o assim: "Sabe o que aprontaram comigo? Me tiraram o prêmio Mancini. Segni e Scelba querem dá-lo a Lezoche. Talvez seja preciso falar com Amendola, talvez seja preciso envolver o partido...". Mas Paolo Ricci lhe respondeu com dureza: "O partido não tem nada a ver com seus interesses pessoais, Federí, o partido não está a seu serviço". Falou assim para ele.

Então o que fazer? Amarelo, com os lábios roxos, meu pai voltou a Roma, foi encontrar a sra. Dompré, gritou, disse obscenidades terríveis na presença daquela mulher e jurou que mataria Lezoche na primeira ocasião, se realmente lhe dessem o prêmio. Tudo inútil. Entretanto correram muitos boatos desencontrados. De início, talvez para acalmá-lo, se disse que o prêmio seria atribuído *ex aequo* a cinco pintores, cem mil liras para cada, a ele, Lezoche, Giuseppe Ruggiero, Agata Pistone e até Mario Caiazzo. Depois, de uma hora para outra, não se falou mais do Mancini, como se a Caixa do Mezzogiorno tivesse dito: "Chega, quem se importa com isso, vamos cancelar o prêmio Mancini da lista de premiações". Por fim, soube-se que o meio milhão foi inteirinho para Claudio Lezoche, mas a título de bolsa de estudos.

Assim, quando meu pai já estava adiantado com sua nova obra, *Os Bebedores*, um dia ficou sabendo daquela notícia terrível. Mas ele já tinha desabafado bastante. Ergueu uma sobrancelha e falou vagamente: "*Chilli chiavechemmèrd*", e voltou a pintar atormentado pelos rancores. Fiquei com uma sensação de desconfiança, como quando, pequeno, eu lhe levava algum brinquedo para consertar e ele o arrumava, mas o brinquedo quebrava de novo assim que eu recomeçava a brincar.

Agora Federí está sentado ao lado do cavalete e eu estou diante dele, nessa pose tremendamente desconfortável que ele me impôs. Está começando a desenhar. Sinto que me lança não seus olhares normais, mas os de um artista, que parecem cordas com grandes anzóis ou ganchos ou arpões nas extremidades. Eles me fisgam a intervalos fixos, acompanhados de um veloz suspiro contido, e arrancam partes de mim para fazer uma figura de rapaz, um jovem aprendiz de pedreiro que despeja água no copo do mestre de obras. O carvão arranha o papel com um som que me preocupa, parece que já assinala um humor carregado, uma insatisfação. Sinto o sangue que faz meu corpo tremer, mas tento evitar que as minúsculas vibrações se transmitam ao gargalo do garrafão.

Passa algum tempo, até que meus irmãos aparecem na soleira. Me veem posando daquele jeito, se surpreendem, riem e vão embora. Então percebo rumores, vozes exclamativas, outras risadas que vêm da cozinha. Depois de alguns minutos, escuto no corredor o arrastar de chinelos de minha avó. Ela também para ao lado do batente da porta e, como se o genro não existisse, pergunta em dialeto: "Você está cansado, Mimí?". Mas meu pai, como sempre de modo rude, responde por mim: "Sogra, nós ainda nem começamos. Por favor, quer nos deixar trabalhar?". Quando a avó Nannina dá meia-volta e retorna à cozinha, ele começa a cantarolar com voz nervosa, a princípio em tom baixo e depois, sem nenhum motivo, alto, só se interrompendo nas vezes em que certas partes de mim, difíceis de retratar, demandam uma arte mais atenta.

Cantou por pouco tempo. A certa altura jogou os papéis no chão e procurou mais folhas. Recomeçou a desenhar, mas não em silêncio: dessa vez começou a falar comigo. Não me lembro do que ele disse, no início foram só falas nervosas. Mas imagino que tenha dito as mesmas coisas sobre arte, exibindo seus méritos como se fossem os gritos que os antigos guerreiros lançavam para tirar a coragem dos inimigos e criar a própria. Aliás, é provável que tenha voltado à exposição de Roma, tinha sido uma grande satisfação, ele gostava de insistir no crédito que tinha conquistado na capital e em como, mesmo saindo em desvantagem, e apesar dos conchavos, depois se revelou superior até a Armando de Stefano, que era ótimo. Contava as linhas de algumas críticas positivas que tinha recebido e as comparava a outras, em menor número, recebidas por outros pintores. Enfim, adorava dar provas matemáticas do enorme salto que havia dado e exibir cifras cavilosas que as sustentassem (mais tarde as escreveu em um caderno de 1992, cito dele), a aritmética incontestável de quanto suas obras tinham agradado.

"O júri", começava, "teve que examinar nada menos que oitocentas e sete pinturas, cento e sessenta e duas esculturas, cento e quarenta e oito desenhos e cento e quarenta e oito obras de artesanato artístico. Entre todo esse material, no entanto, escolheu apenas trezentas e dezoito pinturas, sessenta e duas esculturas, oitenta e três desenhos e quarenta e seis obras de artesanato artístico. Consequentemente, se você fizer as contas, vai ver que naquela famosa exposição de Roma foram aceitas apenas duzentas e oitenta e nove obras, com uma média de 1,83 obra para cada."

Aqui ele fazia uma pausa para ver se eu o acompanhava. No entanto, como em qualquer idade — criança ou adulto que fosse, com dez, trinta ou cinquenta anos —, ele sempre me flagrava com o olhar nublado por minha repulsa às cifras, fazia uma careta de desapontamento e ia direto ao ponto.

"Com efeito", me explicava, "a média estatística não diz a verdade. Mesmo cada artista tendo se apresentado com três obras, nem todas as três foram aceitas. Cento e vinte e seis foram admitidos com uma única obra, sessenta e dois com duas obras e apenas vinte e sete com três. Entre esses vinte e sete estava seu pai, Mimí." E eu o escutava e escutava. Como nos tempos do teatro Bellini, quando lhe foi dada a oportunidade de ir para Hollywood, agora também, mais cedo ou mais tarde, começava a se queixar da esposa, de como era ligada à mãe, de como não se mostrava disposta a se mudar para lugar nenhum etc. etc. De modo que — lamentava-se obsessivamente — ele não pôde aproveitar aquele grande triunfo em Roma e continuou trabalhando como ferroviário em Nápoles, quando deveria ter mandado tudo às favas, Via Gemito, os pintores cornudos do Vomero e da Via dei Mille, o bonde que o levava todos os dias à estação e depois o trazia de volta para casa exausto, os retratos para os americanos que o dentuço lhe arranjava, a família em seu conjunto, talvez até nós, os filhos (mas isso ele não especificava, não tinha a intenção de dizê-lo), e ir livremente morar em um sótão da Via Margutta e fazer parte do grupo de seu amigo Renato Guttuso, que não era *'nu strunz* e sabia entender num piscar de olhos quem tinha talento e quem não tinha.

Era o que ele falava naquele 1953 e anos depois. E não posso jurar sobre isso, mas talvez, no início, tenha sido justamente com conversas desse tipo que ele acompanhou a mão que me desenhava. Depois minha mãe apareceu na sala e falou: "Chega, levante-se, venha comer", mas eu ouvi apenas sua voz, não a vi — via o gargalo verde do garrafão, os hexágonos do piso —, pensei apenas por um átimo que o marido lhe gritaria algo para puni-la pela interrupção. Em vez disso, o carvão continuou arranhando o papel com traços velozes, e meu pai se limitou a perguntar: "Quer comer, Mimí?". Naturalmente respondi como o tom da pergunta me impunha: "Não", e o fiz com um sopro imperceptível, para evitar que a respiração, ao se articular, desfizesse ainda que de leve a posição.

Minha mãe hesita na soleira. Evidentemente não gosta que ele me mantenha ali como uma estátua de sal, e por isso está nervosa. Mas apesar de minhas têmporas latejarem e o joelho que se apoia no piso doer e o braço com que seguro o garrafão formigar, espero que ela me deixe ali e vá embora. Com certeza temo que, se ela ousar dizer uma palavra a mais, ele jogue fora a folha e o carvão e comece a destruir a sala, a arrebentar o grande quadro, a berrar quase aos soluços que daquele jeito nunca vai conseguir fazer as coisas como precisa. Desde que tenho memória, fico aterrorizado com cenas desse gênero, como já disse. E mesmo quando minha mãe nos obriga: "Vamos falar com seu pai", para nos fazer dar voz, todos juntos, às exigências de filhos e falar dos sapatos muito gastos ou do cabelo comprido demais ou da necessidade de comprar canetas e cadernos ou de pagar com urgência as taxas escolares ou de contratar o professor Bonanni, que justo naquele ano faz questão de me dar aulas particulares em vista dos exames de admissão no ginásio, eu resisto e estrilo: "Não, eu não quero ir, deixe para lá, não quero ir", e tento de todas as maneiras evitar aquele incômodo nocivo que ela quer lhe infligir a todo custo. No entanto, sinto que agora há algo novo. A admiração repulsiva que experimento por meu pai, a mistura de devoção e desgosto que percebo desde a primeira infância por aquela sua arte tão exposta, tão frágil, tão vilipendiada e mesmo assim tão absurdamente prioritária na vida dele e na nossa, recai sobre mim e parece um fardo pesado demais para suportar.

Observo a indiferença exausta de Rusinè pelas horas estáticas que ele passa diante do cavalete, a desconfiança dela em relação à hierarquia das coisas importantes que ele pretende lhe impor, a fraca desobediência às suas proibições implícitas e explícitas, e me pergunto o que devo fazer. A ideia de tomar as atitudes dele como exemplo me assusta, me retraio, digo que está errado. Minha mãe faz de tudo para lhe dar motivo de descarregar qualquer culpa sobre ela, no caso de os quadros não saírem como deviam sair por sua natureza, ou seja, os melhores em absoluto. Isso não me parece útil. Prefiro, sobretudo agora que me vejo forçado de repente a esta pose, contribuir o máximo possível para que ele possa desenhar e pintar no auge de suas capacidades. Quero que não tenha pretextos para me atribuir a culpa que ele atribuiu a seus modelos anteriores, quero que fique realmente satisfeito. Desejo que todos, todos mesmo, façam o que eu tento fazer — sobretudo minha mãe.

Fico aliviado quando ela se retira da sala sem replicar, deixando-me sentir como pouco a pouco o hexágono do piso se abre e me engole o joelho, lacerando-o. Espero que meu pai consiga tudo o que deseja, de modo que, se mais tarde De Stefano for mais celebrado que ele, e Lippi for escolhido para fazer outro retrato de Stálin, e Lezoche vencer um prêmio Mancini que ele não consegue ganhar, esse homem não tenha pretextos para pôr a culpa em mim, e eu possa me perguntar sem problemas, como talvez tenha desejado fazer desde os tempos em que vi o grande pavão abrindo a cauda em leque no quarto de dormir, se já não chegou o tempo, caralho, de ele também assumir suas responsabilidades.

"Caralho" está ali, na ficção da página, mais para ressaltar aquele primeiro impulso tênue de impaciência. Mas, na realidade de então, pertencia ao grupo de vocábulos impronunciáveis, ou melhor, nem sequer pensáveis. Quando de manhã, depois de uma péssima noite agitada, decidi ir ver os lugares em que meu pai havia crescido, me voltou à memória aquela proibição absoluta de expressões obscenas. Isso me deu um inesperado bom humor, e rua após rua não fiz outra coisa senão repassar palavrões. Perambulei pela Via Casanova, ampla, suja, cheia de lojas de roupa, divertindo-me em pronunciar de lábios fechados expressões do tipo: *ocazzochecacàto*, *mannaggiacchitemuórt*, *figliesfaccímm*. Atravessei a Porta Nolana, acabei na Piazza Santa Maria La Scala, pisei a sujeira dispersa no calçamento desconjuntado de pedras pretas — travessas estreitas entre lojas fechadas havia tempos, antigos depósitos que pareciam grutas, de repente um phone center, depois miséria e mais miséria que desmoronava sobre as mercadorias abundantes da Piazza Mercato —, mas o bom humor resistiu e, embora a cidade estivesse silenciosa como se fosse vazia, em minha cabeça continuou ressoando um diálogo brincalhão e sujo, atributos, predicados nominais, *sfaccimmúso*, *peretasanguégna*, *stupplecèss*, todo um rosário da infância.

Eu sabia uma enorme quantidade de expressões dessas quando era menino, frequentemente elas me vinham à ponta da língua, eu as mandava de volta para dentro e as mantinha em segredo comigo. Meus irmãos e eu não dizíamos nenhuma palavra feia, Nannina nos proibia. Ela mesma, por exemplo, jamais diria "*vafanculo*" a alguém, por causa daquele "*culo*", que lhe soava como um péssimo vocábulo. Preferia imprecações sem palavras obscenas, do tipo "*vafammoccammammeta*", à qual recorria muitas vezes ao longo do dia e que para ela significava apenas "não me aborreça"; ou expressões de mau agouro que ela lançava aos netos, como "*puozzesculà*", em que não se menciona o *culo*, mas simplesmente se alude ao sangramento ou no máximo ao expurgo dos mortos.

Nannina era hostil aos palavrões porque queria nos impedir de crescer como nosso pai, que nasceu no Lavinaio — nos dizia com desgosto —, bairro de grande vulgaridade, e por isso não sabia falar senão enlameando a boca. "Vamos ouvir, vamos ver", eu me dizia olhando ao redor, passeando por aquela área de Nápoles que eu conhecia bem. Margeei a Piazza Mercato, fui à Piazza del Carmine, subi de propósito a apinhada Via del Lavinaio, pequenos tráficos em cada canto, beco Molino, beco Zite, beco Grazie a Soprammuro, buscando a fonte da tonalidade linguística de Federí quando dizia *strunzemmèrd*. Mas não encontrei ecos que já não conhecesse, palavras numerosas e cristalinas como as gotas de orvalho em um jardim; algumas eu adorava, algumas me divertiam, sopros e caretas com a boca, gestos, risadas da vida dura, onde estava afinal toda essa vulgaridade?

Às vezes minha mãe também sublinhava a origem do marido, especialmente quando estava com os olhos vermelhos e inchados. Dizia: nasceu *rintolavenàro*, ou seja, bem no centro do Lavinaio, que pronunciado daquele jeito se tornava o topônimo da queda na grosseria, o local da degradação de corpo e alma, a geografia alusiva à má educação. Por isso não devíamos ser como ele — nos atiçava —, mas no máximo como tio Peppino, ela mesma, nossa avó, os parentes dela. Eles tinham mais educação. E se atribuíam uma origem (mas não sei qual: sei o nome da rua onde Federí nasceu, mas nunca procurei recuperar em que rua minha avó cresceu, onde minha mãe nasceu) menos rude que a de nosso pai e, portanto, se propunham a nos educar como meninos direitos.

Nós naturalmente resistíamos, conhecíamos todos os palavrões a fundo, até os mais fantasiosos, e os pronunciaríamos de bom grado assim que saíssemos de sua vigilância. Mas de fato não o fazíamos, nunca fiz isso em toda a minha vida. O motivo é que não só minha mãe e minha avó se entrincheiraram contra os palavrões, o veto delas teria sido facilmente contornado, não sabiam ser realmente ameaçadoras. Contra os palavrões também estava meu pai.

"Não diga palavras feias, Mimí", me aconselhava. Queria que eu crescesse pronunciando somente palavras difíceis, cheias de saber. Não que as palavras feias não tivessem sua beleza — sublinhava —, em especial as napolitanas, que eram estrepitosas; aliás, frequentemente ele não só me explicava algumas, mas até inventava sua etimologia do nada, com a pura fantasia, porque, mesmo se às vezes, por razões de promoção social, ele tendia a toscanizar como tio Peppino de Florença, no fundo adorava tanto as obscenidades em dialeto quanto o dialeto em si, sua amada e verdadeira língua. No entanto, acrescentava, era melhor que nós, filhos, falássemos limpo. Ou seja, como filhos de um artista criados no Vomero, na Via Gemito. Queria que crescêssemos bem, de modo que mais tarde penássemos menos para fazer coisas importantes na vida.

Nessa altura ele começava a falar de sua infância, que — dizia — não tinha sido das melhores e da qual se queixava com frequência. Em compensação, sentia prazer em contá-la. Seus primeiros anos lhe vinham à mente sobretudo quando algo na pintura dava errado. Agora (mas quem sabe foi depois) acho que posso dizer com certeza que ele me falou longamente sobre o assunto naquela ocasião em que lhe servi de modelo. Creio que o relato durou todas as horas, todos os dias que posei para ele. Deduzo isso do fato de que, toda vez que penso na infância dele, penso automaticamente na grande tela *Os Bebedores* e em minha mãe que acabou de sair da sala e em meu pai sentado na frente do cavalete dizendo a ela: "*M'adda sempre cacà 'o cazz*". Mas excluo que naquela circunstância ele recorresse à infância para justificar seus eventuais limites pelo ambiente degradado em que nasceu, para dizer: "O motivo pelo qual De Stefano faz uma carreira de artista tão veloz, e eu não, é que nasci no Lavinaio". Raramente o ouvi afirmar coisas do tipo: "Mimí, se eu tivesse nascido em uma família mais rica, mais culta, teria podido fazer bem mais do que fiz". No máximo eu mesmo às vezes lhe disse isso com cautela, mas ele nunca recorreu a argumentos desse gênero. Não gostava de sociologismos, achava que eram coisa de comunistas. Estava convencido, dizia, que se o *padreterno* lhe dá uma cabeça assim e um gênio próprio, é certo que você sempre será um homem inteligente e de gênio, não *'nu strunz*. De modo que ele contava sobre a criança que tinha sido só para pôr os pingos no is da miséria e ressaltar ainda mais sua natureza de eleito entre os bilhões de criaturas que formigam na face da Terra. "Eleito", sublinhava com rancorosa soberba. Lavinaio ou não Lavinaio. E afinal de contas — se empertigava com orgulho — o que tinha de mau *'o Lavenaro*? "Agora tem essa tonalidade de lugar ruim", me instruía fantasiosamente, enquanto desenhava com traços velozes, a carvão, "mas na verdade a palavra é bonita, há dentro dela a lava de fogo, ou as águas da chuva que lavam a terra, uma enxurrada que antigamente descia do

Vomero e chegava até o mar". Era capaz de resgatar qualquer coisa, contanto que tivesse sua revanche. Apagava a degradação, a feiura, a obscenidade, e distribuía com capricho água e fogo em torno de si, de seu local de nascimento.

A mãe — contava —, dona Filomena, o havia parido com muita dor em 17 de janeiro de 1917, no armazém de Za Rella, no beco dei Barrettari, logo atrás da Piazza del Mercato, enquanto as fogueiras em homenagem a santo Antão ardiam. No armazém havia espaço para pelo menos duas delas, detalhava quase como se lembrasse, e as chamas acompanharam tanto as dores de Filomena quanto o parto em si, ocorrido às dez da noite. Um brilho intenso, uma festa de danças e cantos. Ele se alongava sobre a multidão alegre do bairro, sobre os comércios, as lojas, Piazza del Carmine, a Marina, em suma, as cores das ruas, para dar a ideia de que tudo aquilo influenciou seus olhos imediatamente, assim que veio à luz.

Depois, pouco a pouco, abandonava o fundo urbano e passava à mãe, dona Filomena, para exaltar sua beleza, a sensibilidade e a inteligência, qualidades das quais as suas germinaram ao máximo. Eu ficava escutando e pensava que sim, os dois tinham o mesmo nariz, a mesma boca, era verdade, mas eu não conseguia imaginá-la jovem, a avó Filomena, nem sequer bonita, nem inteligente, visto que ele mesmo em outras ocasiões dizia que ela era louca. Enquanto ele contava, eu a via na cama do parto já velha e com os cabelos grisalhos, muito inquietante, tal como me lembrava dela quando eu tinha oito anos e ela veio em casa uma vez, na Via Gemito, e me chamou de lado para me contar uma história justamente sobre santo Antão. Falou quase sussurrando em meu ouvido, como quando se diz alguma coisa secreta. Uma noite, ela me disse, aquele santo foi visitado por uma linda moça morena que, depois de muitos trejeitos com a boca, falas sedutoras e olhares indecentes, no momento certo deixou nus os peitos fartos e exclamou: "*Sant'Antuó, per piacere, tuóccame 'nu poch'e zizz!*".

As *zizze*, as tetas. Eu olhava minha avó paterna — que, pensando bem, tinha de fato olhos idênticos aos do filho — e torcia para que a avó materna, Nannina, não a escutasse, ela nunca me contaria uma história como aquela, aliás, se a ouvisse — *tuóccame 'nu poch'e zizz, Sant'Antuó!* —, teria dito: tal mãe, tal filho, a mesma indecência, a mesma boca suja do Lavinaio. Mas enquanto isso a história prosseguia, santo Antão se recusava a tocar as tetas da moça, e ela, que era o diabo, por despeito se transformava em um fogo que ia até o teto, tetas, cabelos pretos de betume e tudo.

Lembro que fiquei muito impressionado. Toda vez que meu pai contava seu nascimento, eu também via queimar aquela fogueira de mulher-diabo no armazém de Za Rella, e sua vinda ao mundo me parecia ainda mais grandiosa do que ele me apresentava. Que coisas extraordinárias aconteciam no Lavinaio. A avó Filomena jazia na cama vestindo um avental preto, como os que ela sempre usava já velha, entre santos, lumes e virgens. Suava, gritava palavras feias, sofrias as dores, vermelha pelas chamas das fogueiras de santo Antão, que devoravam na noite de inverno as coisas inúteis de todo o armazém. Depois dava à luz meu pai, corpo de carne recém-nascida e reluzente, que era imediatamente acomodado como um rei em uma almofada azul com borlas de ouro. Enquanto isso, a bela moça demoníaca queimava como mato seco. E, apesar de estar escuro, a luz cegava mais que o sol.

O pai — meu avô Domenico, que todos chamavam dom Mimí — aparecia na cena já tarde. Estava ao lado da esposa, vestindo a farda da Marinha Real. A parteira erguia entre os clarões de fogo o recém-nascido que berrava, ah, como berrava. Mas dom Mimí logo se irritou com aquele nascimento cheio de bons presságios.

O filho vagia de dia e de noite, queria que todos o ouvissem, e ele resmungava impaciente: "*Nun sta mai zitto 'stu cacacàzz*".

Claro, admitia meu pai, os gritos deviam ser especialmente irritantes, até a avó Filomena gritava da cama, em dialeto: "Me deem um sapato que eu quero afundar essa cabeça com o taco. Acabou de nascer e eu já não aguento mais, não aguento mais!". Mas essas eram as intemperanças habituais de Filumena, perdia a calma com facilidade, não era culpa sua: meu pai nunca duvidou de que, no fim das contas, a mãe o amava. Ao contrário, o pai — me contava sofrido — é que sempre foi hostil a ele, desde o dia em que veio ao mundo.

Quando menino, eu experimentava sentimentos contraditórios diante da figura tenebrosa de dom Mimí. Meu pai, mesmo louvando sua inteligência e beleza, falava dele com tanta aversão que só de ouvir seu nome já me dava medo. Mas também me sentia fascinado, me parecia um homem que ninguém podia realmente ferir. Nas raras vezes em que aparecia em nossa casa, ou que íamos à casa dele, Federí se mostrava gentil, brincava, arriscava alguma de suas habituais gabolices, mas sempre em estado de alerta, com cautela. Meu avô não demonstrava sentimentos, não sorria, permanecia impassível e lia ou fingia ler o jornal. No máximo, se precisasse mesmo dizer algo, lhe lançava palavras do tipo: "*Strunz'eri e strunz sí rimàst*", você era cretino e continuou cretino.

Eu ficava muito surpreso ao ouvi-lo, olhava para minha mãe. Achava impossível que meu pai não reagisse como de costume, trucidando-o ali mesmo. Tanto mais que dom Mimí dizia aquelas coisas terríveis justo quando ele falava das coisas que mais o apaixonavam. Por exemplo, as fogueiras, a recorrência do número 17 em sua data de nascimento (17 de janeiro de 1917). Assim que Federí acenava a isso na frente do pai, dom Mimí resmungava sarcástico: "Sei, as fogueiras. Sei, o 17". E ele murchava, era muito apegado àquela cena coloridíssima do parto, àqueles números, eram coisas sérias, sinais do destino. Serviam para justificar a teimosia com que buscava de todas as maneiras demonstrar que tinha outra qualidade, feito de matéria mais nobre, mais animada pelo sopro de Deus, e por isso não podia tolerar dúvidas ou correções.

Quando a certidão de nascimento ou a carteira de identidade exibiam outra data de nascimento, ele culpava a parteira, que tinha feito — como as parteiras costumavam fazer — um balaio só e o registrou com um monte de outros bebês, quando teve tempo, na Seção Mercato, no dia 23, apagando assim dos registros oficiais aquele jogo de cifras a que tanto se apegava, o 17 do 17. "Mas meu aniversário continua sendo no dia 17", repetia, especialmente quando nós, já adultos, tínhamos dificuldade de nos lembrar.

Na verdade, nos lembrávamos muito bem, mas aqueles de nós que sentiam mais irritação por aquela insistência em querer ajustar a própria vida à exceção, e não à regra, excluíam de caso pensado o 17, que consideravam não o dia do aniversário, mas a data inicial de toda mentira. Às vezes o parabenizávamos antes, às vezes depois, mas nunca no dia certo, como uma forma surda de resistência, para não ceder àquela sua ênfase nos pobres fatos do beco dei Barrettari. Eu sobretudo errava, e errava de propósito, embora depois me desculpasse, uma distração, que avoado.

Já dom Mimí nunca deixava passar de graça. Se por acaso ouvia a história das fogueiras, a dos 17 ou outros casos parecidos, debochava, erguia os olhos do jornal e em geral lançava aquela frase: "*Guagliò, strunz'eri e strunz sí rimàst*". Eu olhava meu pai, olhava minha mãe. Mas não acontecia nada. Federí ficava nervoso, às vezes rebatia com um risinho, noutras começava a brigar sem motivo com as irmãs, mas só. Quanto a Rusinè, tinha no máximo um brilho nos olhos.

Tenho nos ouvidos sua voz naquele dia, enquanto desenhava e contava. Da situação de pose com o garrafão debaixo do braço me ficaram impressos o sofrimento da imobilidade e a sugestão de seus tons. Hoje tenho a impressão de que aquelas histórias tinham algo de urgente a me dizer. Ele estava dando a certos momentos de sua infância excepcional também a função de uma mensagem corretiva para apagar a intuição de um pendor à hostilidade, o lampejo de aversão que podia ter captado em meu olhar. Alguma coisa do tipo: "Mimí, ouça bem. Não dê bola para sua mãe, não me desvalorize". Mas talvez seja apenas um resíduo de preocupações daquela época. Em mil outras ocasiões — muitíssimas ao longo dos anos —, seus casos detalhados serviam apenas para corrigir a vida que tentava decepcioná-lo.

Parecia se lembrar de tudo, desde o nascimento. Falava com precisão de quando, tendo pouco mais de um ano, em 1918, seus pais o levaram embora do beco dei Barrettari. O pai dele era então um homem de vinte e seis anos, alto, esguio, de traços finos, todos os dentes na boca — mas por pouco tempo ainda —, uma espécie de James Stewart, o ator, mas melhor. Mais bem-proporcionado, insistia, menos desconjuntado, mais bonito, sem o olhar meio bobo de quem tem olhos azuis.

Dom Mimí era torneiro mecânico de profissão, excelente. Durante a Grande Guerra, tinha sido marujo em um torpedeiro e depois operário em uma oficina na Piazza Nazionale que produzia materiais bélicos. Terminada a guerra, as Ferrovias do Estado o contrataram como torneiro de primeira classe e o mandaram ao departamento de Reggio Calabria.

Federí lembrava cada detalhe dos alojamentos dos ferroviários na periferia da cidade, das barracas construídas após o terremoto de Messina, mas embelezadas por flores de todas as tonalidades. A estação? Talvez fosse primavera, com um céu de lâmina de navalha, ou um verão cheio de vapores, opaco pelo calor. Além do campo havia um riacho onde ele ia brincar — com dezoito meses de vida, não mais que isso — todos os dias, escapando à vigilância da mãe. Pedras e lama em que ele se movia veloz, com uma segurança precoce; moscas, água fria, vespas, grama alta; e rãs, talvez coelhos ou galinhas, com certeza cigarras.

Apesar de estar grávida de novo e se movimentar com dificuldade, Filomena sempre estava no pé dele, para evitar que fugisse. Seu vestido era mais comprido atrás e mais curto na frente, tinha vinte e seis anos também, era bastante nervosa, alguns dizem que a meningite que teve na infância a deixara como se o siroco sempre lhe soprasse no cérebro; outros, que era pelas preocupações que o marido lhe dava, mais apegado ao jogo de cartas que à família. Mas ela atribuía todos os seus problemas a meu pai. Dizia que era *'nu cacacàzz*, não conseguia controlar aquele filho insuportável. "F-d-rí, F-d-rí", o chamava como se o quisesse espetar com a voz, perseguindo-o entre os panos ao sol por todo o perímetro das barracas, as mãos esticadas, encurvada, a barriga grande sobre os sapatinhos de ponta com salto alto, as fibras tão estressadas que uma fúria lhe corria por toda a nervura.

Assim que o agarrava, lhe dava tantas que quase lhe arrebentava os ossos, especialmente os da cabeça. Fdrí berrava, puxava, chorava, escapava, se escondia, e sempre havia o risco de que mais cedo ou mais tarde se afogasse no riacho. Ela lhe perguntava em um crescendo de raiva e de tapas, inclinada sobre ele, pressionando-o com a voz e os tabefes: "Quer se *affugà*, né? Fdrí, Fdrí, quer se *affugà*?".

Meu pai tinha um ano e meio, mas se lembrava como se fosse ontem, e não queria se afogar. Só sentia — me explicava — que não conseguia ficar parado. Por isso escapava da mãe, desaparecia no mato mais alto que ele e buscava seu futuro além do recinto. Futuro que, já tinha percebido, se encontrava no olho, no olfato, na mão. Ali se aninhava um dom misterioso, que o marcava profundamente, um instinto de arte. Era isso que o levava ao riacho, agora como em tantas outras vezes, entre dentes-de-leão flutuando na brisa e borboletas esvoaçando em torno dele como uma auréola.

Fdrí avança. Ouve-se o trem, ouvem-se as vozes dos operários. Mas o menino só quer saber do lodo à beira da água fria. Para, escava, faz um montinho, mas não está bom, não é suficiente. Então chafurda ao longo da margem, as barracas estão cada vez mais distantes. Quando a argila é finalmente boa e ele pode se abandonar, a brincadeira começa, um fluxo de energia lhe dissolve o corpo como em um desmaio, os olhos deslizam até a ponta dos dedos, o fôlego se torna agradavelmente curto.

Enquanto isso o verme rasteja, a cobra dispara, o cheiro de mato se torna mais intenso, as sombras se alongam. Há também um som de vozes distante, é Filomena que grita, vozes de outras mulheres fazem coro, Fdrííí, Fdrííí. Mas o menino perdeu a capacidade natural de ouvir. Os sentidos se transferiram para a ductibilidade do barro. O olho vê, as mãos fazem, o olfato, a audição e o gosto só se afeiçoam aos cheiros, sons e sabores que acompanham a manipulação da argila: por exemplo, o sal do muco que lhe escorre do nariz ou a maceração intensa de pétalas e insetos nas poças de água. Todo o resto deixou de existir e de marcar o tempo. Somente a respiração articula de tanto em tanto um ah! mágico que enfatiza a satisfação, enquanto na orla se alinham bonequinhos e coisas de todo tipo.

Experimenta por horas o poder de esquecer um mundo para fabricar outro. Tem a impressão — quase sussurrava ao me contar, como se me confiasse um segredo nunca revelado antes — de ser habitado por uma multidão que lhe sai dos dedos a seu comando. A flor, a rã, a serpente, a borboleta, sua mãe nervosa, todos agora são bonecos de barro alinhados ao lado da água que marulha. Dom Mimí também está ali, no leito de rio, plasmado com a argila, Domenico, o torneiro provecto, que nesse meio-tempo voltou do trabalho e praguejou todos os santos e todas as virgens. Onde está o menino? *'O cacacàzz* sumiu? A noite o está engolindo dentro de alguma poça de água podre? Filumè, Filumè, a criança se perdeu, as lesmas babam sobre ele, os ratos do campo o estão devorando, as aranhas fazem teias nele, veladas pela umidade da noite. Corra, corra.

Todos os homens se juntam, os ferroviários que voltaram cansados do trabalho e ainda renunciam ao jantar acendem tochas, deixam as barracas, percorrem os campos gritando Fdrí, como em um verso escrito por Giovanni Pascoli especialmente para meu pai menino e para a noite de Reggio Calabria.

Só nessa altura ele estremecia e recordava que aquele som, Fdrí, era ele, ele mesmo, o olho, a mão e o sopro que tinham fabricado pessoas e coisas na beira do riacho.

Então recolhia depressa o mundo trazido de volta por aquele grito, renunciava momentaneamente ao dele, abandonava os pais de barro no leito do riacho com medo das pancadas dos pais verdadeiros e fugia amedrontado pelas sombras que as tochas alongavam, por seu próprio nome que, nas gargantas de quem o estava procurando, não sabia nada da arte à beira do riacho, ainda não soava como mais cedo ou mais tarde soaria portentosamente, era o nome de um momento que não era seu momento, nome do filho de dom Mimí, o marinheiro, o torneiro de primeira classe que tem a paixão pelas cartas.

Fdrí atravessava a noite como a sombra aterrorizada de um menino que deixou a vida na brincadeira interrompida no leito do rio. Entrava às escondidas na barraca dos pais e se escondia no quarto de dormir do casal, atrás da porta do guarda-roupa. Precisava fazer xixi, se contorcia, suava frio, mas não se movia. O coração era como o de um filhote ferido. Até que a certo ponto sentia a presença de Filomena. A mulher, tocada em todos os nervos por algum deus ruim, se aproximava pelo corredor. Um taco batia no piso, o outro não. Filomena entrava mancando no quarto, fechava a porta, aparecia na frente do menino, sombria, os olhos vermelhos, enorme, com um sapatinho nas mãos erguido acima da cabeça, acima do ventre inchado. Então o golpeava com o taco, berrando, sem se controlar. Tampouco o menino se controlava e se mijava inteiro.

Mas meu pai — assim dizia agora, rindo — não sentia nenhum rancor por ela. Sentia rancor pelo torneiro, seu pai, que não quis saber de desculpas e, no dia seguinte àquela terrível noite de medos, fez uma coisa de enorme crueldade. Não quis saber de argila, de bonequinhos, da alegria que aquele riacho lhe dava e, passando por cima de tudo, tomou uma decisão inapelável. Chamou o agente dos correios Simeoni e lhe confiou seu primogênito para que o levasse de Reggio Calabria para Nápoles, com o objetivo de entregá-lo à sogra, dona Funzella. Endereço: Via Casanova, em frente à paróquia de Santa Maria delle Grazie. "Ali há um prédio grande, Simeò", meu pai contava, imitando a voz maldosa do seu, "de cinco andares, construído dois séculos atrás para servir de mosteiro: tem um portão alto, que vai até o primeiro andar, e tão largo que dá para uma carroça com cavalos passar por ele. Você atravessa o átrio e chega a um pátio retangular, de pelo menos quarenta metros de comprimento, a céu aberto; ali você vai ver duas escadas de pedra, uma de frente para a outra, que levam até as sacadas; nas sacadas, em cada um dos andares, estão as portas dos apartamentos; dona Funzella, minha sogra, está em um apartamentinho no primeiro andar, logo à direita de quem entra; você vai lá e dá para ela *'stu cacacàzz*".

Entrega em domicílio, como uma encomenda expressa, não como uma pessoa. De um dia para o outro, dom Mimí o tinha expulsado da família de origem e das barracas de Reggio

Calabria. Não tinha entendido a urgência de sua vocação artística e o mandou para o exílio, entregando-o ao fiel Simeoni. Eu podia ver meu avô, que, sem parar de jogar cartas, dizia: "Leve embora amanhã mesmo". Imaginava o agente dos correios como um homem sinistro e bigodudo, de uniforme, que levava o menino para longe e agora estava sentado no meio de um vagão, viajando pelo sul escaldante da Itália, entre pilhas de cartas presas por barbantes e caixas lacradas, enquanto ele, Fdrí, esse esguicho de consoantes, se retorcia com os olhos furiosos em um canto, no chão, amarrado e amordaçado.

Viagem longuíssima. No final, sujo, choroso e com ranho no nariz, foi entregue à dona Funzella Pariota, sua avó, originária de Solofra, uma boa mulher, a última dos vinte e quatro filhos de um funcionário da alfândega bourbônica chamado Salvatore Guarino. A avó o acolheu, o limpou, cuidou dele. Mas Fdrí continuou chorando por muito tempo. Em 1920 seu pai foi transferido para Nápoles, e Filomena voltou à Via Casanova com seu segundo filho, Antonio. Os três foram morar em um apartamento que ficava um andar acima do de Funzella, mas não levaram o primogênito para morar com eles. Deixaram o menino no andar de baixo, com a avó, para proteger — se justificavam — os biscuits que Filumena tinha espalhado graciosamente por toda a casa e para proteger a vida de Antonio, a quem Fdrí infligia violentas manifestações de afeto quanto mais o menino gritava "*gnòppete*", sons calabreses de aterrorizada repulsa. Que sofrimento.

Meu pai desenhava enquanto balançava a cabeça, amargurado. Não, ele dizia, não tinha nada a ver com Antonio, nada a ver com os biscuits. O problema era outro. O problema era que dom Mimí tinha notado sua vocação para ser algo mais, uma espécie de encarnação do sinal de adição; mas ficou despeitado, tinha visto naquele "+" apenas uma cruz para quem devia correr atrás de suas manias de criança com *artéteca*, um vocábulo meridional que se refere à inquietude dos velhos doentes de artrite, mas que misteriosamente só se usa para meninos que nunca param quietos. Por isso se livrou dele, deixando-o com a avó Funzella, sem se importar com o tanto que o menino se desesperava não só por aquele exílio, mas pela saudade da argila de Reggio Calabria, por aquele barro do riacho tão bom para fazer bonecos.

Pouco a pouco Fdrí se resignou. "Mas uma verdadeira necessidade, Mimí", me instruía meu pai naquele ponto do relato, "nunca deixa de ser uma necessidade." O menino engoliu as lágrimas e começou a procurar outras vias para os olhos, as mãos, o olfato. Por exemplo, começou a desenhar com o gesso raspado do reboco (branco sobre preto) ou com o carvão recolhido entre as cinzas dos fogareiros (preto sobre branco), e sentiu com prazer que, mesmo na casa de Via Casanova, seus olhos de vez em quando deslizavam para os dedos e o fôlego engrossava até crepitar como a madeira bíblica dos espinheiros que queimam sob uma panela: sxá, sxá.

Em pouco tempo, frisos, garatujas e laços ataram coisas ou sonhos pelos degraus de pedra, nas paredes, no piso da sacada e na porta da avó Funzella. As pessoas andavam ali, passavam sobre o filho do marujo-torneiro, paravam e diziam: parabéns. O "parabéns" durava na memória, tornava o olho mais decidido, a mão mais precisa. E os sinais que ele fabricava se expandiam como uma trepadeira. Inclusive números. Números arábicos que copiava do calendário. Aprendeu sozinho, precocemente, aos dois anos, 1, 2, 3, 1920, 1921, 1922. A mão via e os refazia com o gesso na escura porta de entrada da avó Funzella, que estava satisfeita ou quem sabe apenas contente com o fato de que havia algo capaz de entreter aquela choradeira agitada, e assim ela não apagava os rabiscos, ao contrário, lhe dava giz e lápis de cera coloridos, o essencial é que ficasse bonzinho, que não enchesse o saco de ninguém, sobretudo de Filomena, por favor.

Mas ele nem sempre sabia se controlar. As mãos não queriam parar de difundir sinais em toda parte, inclusive no lance de escada que levava ao segundo andar, espalhando cores até a porta dos pais. E, quando conseguia entrar furtivamente no apartamento deles, só entrava para destruir biscuits. O que lhe criava problemas infinitos — penso —, apesar de agora meu pai, sentado ao lado do cavalete, falar da felicidade da infância, da alegria das explorações curiosas, do encantamento na penumbra dos cômodos no verão e se justificar: "Eu só queria tocá-los com os dedos".

Evidentemente os tocava raivoso, com uma mistura de medo de ser flagrado com o desprezo pelas coisas alheias, que se tornaria habitual nele. Um pega e corre que arrancava o objeto de seu lugar e o espatifava em mil pedaços. De modo que, quando fugia aos prantos e ia até Funzella com a cabeça doendo pelos golpes da mãe, a avó lhe dizia: "Fdricchié, não se preocupe. O salto de Filumena mexe com sua cabeça. Fique contente, é por isso que você é tão inteligente". Algo com que Rusinè nunca esteve de acordo e, rindo anos e anos depois, corrigia com outra interpretação, mais pessimista, que era: "A mamãe estragou sua cabeça com pancadas de salto. Por isso você ficou tão maluco".

Meu pai tomava como um cumprimento as acusações de loucura que de vez em quando a mulher lhe lançava. A loucura que a gente comum lhe atribuía era para ele como um sinal de genialidade. "Você me acha maluco", dizia satisfeito em dialeto, "mas na verdade sou um pintor nato." Sua infância também lhe servia para demonstrar a fundamentação daquela fórmula, em que "nato" queria dizer que ele não tinha aprendido com ninguém, que não havia nem sombra de arte em sua família de origem, que a arte chegou até ele do nada, ou vinda diretamente do *padreterno*.

O certo é que ela obviamente não veio do pai. O pai, caralho, sempre o humilhara dizendo: "*Strunz'eri, strunz sí rimàst*". Isso porque seus pais — refletia — não eram capazes de compreendê-lo, sempre o trataram como um menino anômalo, a ser mantido na rédea curta. Não só eles, na verdade. Tampouco a avó Funzella confiava nele, apesar de amá-lo muito. Segundo ela, Fdrí tinha prata viva por dentro, isto é, mercúrio, além da *artéteca*, e tentava limitar cuidadosamente seu raio de ação. Por isso mal o tolerava dentro de casa e o enxotava para a sacada, onde, para mantê-lo ocupado, o deixava cobrir a porta de cifras coloridas, os dias, os meses, os anos que passavam: 1923, 1924.

Dom Mimí, quer ele descesse ou subisse, se limitava a passar por cima do menino sem o mínimo interesse. Preocupava-se apenas em garantir dois maços de Macedonia por dia, jornais em abundância e algum dinheiro para apostar nas cartas, nos cavalos, nos cães. A vida para ele — dizia meu pai com rancor — estava toda no arrepio que lhe corria pelas costas um segundo antes de saber se tinha cartas boas ou ruins, se tinha ganhado ou perdido. Por apego a esse arrepio, estava sempre em busca de dinheiro. Antes que os fascistas se tornassem donos de tudo, ia jogar no clube anexo à sede do Partido Socialista, na Piazza Principe Umberto. Certa vez, perdeu ali todo o salário do mês. Levantou-se com calma, se despediu, saiu. Depois sofreu um colapso nas escadas e, ao cair, quebrou todos os dentes. Aquele acidente o deixou com a expressão ainda mais sombria. Saía e voltava em silêncio. Quando notava o filho na sacada de Funzella, no máximo dizia: "Depois mando limpar isso".

Limpar coisa nenhuma. Funzella — suspirava meu pai com uma gratidão comovida — gostava daqueles números. No início ele os desenhou com giz branco e uma crescente destreza: 1925, 1926, 1927. Somente mais tarde os emoldurou de vermelho e laranja, para depois enfeitá-los ainda mais de amarelos, verdes, azuis e lilases, e por fim voltar ao laranja, passando pelo vermelho. Isso terminou em 1931, o ano em que ele interrompeu aquela sua obra infantil.

"Como ficou boa", me explicava (mas não em 1953, quando eu temia que o garrafão me escapasse das mãos porque meus dedos já tinham perdido toda a sensibilidade, de tanto ficar imóvel; muitos anos depois, em 1997, quando comemoramos seu aniversário de oitenta anos, em uma atmosfera de presságios fúnebres), "aquela porta, Mimí, já era pop art."

Agora, já velho e com todos aqueles anos nas costas, muitas vezes se lamentava por ela não ter sido conservada. "Hoje", dizia entre sarcástico e nostálgico, "poderia fazer sucesso na Bienal de Veneza, ao lado das obras daquele idiota", idiota, insistia se lesse em meus olhos alguma irritação, "do Andy Warhol."

Às vezes, quando mencionava nomes de artistas famosos — fossem Oldenburg, Rothko ou outros, ao acaso —, perdia o tom fanfarrão e se saía com um sofrimento que me fazia sofrer. "Se pelo menos meu pai tivesse me encorajado", dizia. Não se queixava desta ou daquela carência cultural de dom Mimí; se queixava de sua gélida cegueira. Depois se recuperava, fazia uma expressão de revanche e recomeçava a falar dos sinais precoces de sua vocação, do período feliz em que ficou como esquecido na casa da avó Funzella, e a avó, para se livrar dele, o deixava passar o tempo na sacada.

Funzella muitas vezes e de bom grado o esquecia ali depois de ter recomendado: "Mas fique pouco, hein". Que lugar de maravilhas. Meu pai contava que, naquela sacada, treinou o olho durante pelo menos dois anos de sua vida, ora tentando fazer a cabeça passar por entre as barras da grade para ver melhor, ora se sentando nos vasos de flores para contemplar resignadamente a rua. Debaixo de sol e de chuva — ele buscava me convencer —, sem interrupções.

Naquele ponto eu me encantava. Aquela imagem de solidão exploratória, não interrompida sequer pelas mudanças meteorológicas, era persistente. Eu me perdia como em uma longa história de menino esquecido na sacada de casa, tendo acima de si o céu que se transforma com o calor ou o frio, e as plantas que florescem ao lado ou que perdem suas folhas, e a terra que gela nos recipientes de barro, e o canarinho de olhos queimados (tinha sido um calabrês cruel) que canta na gaiola pintada, e os melões amarelos do Natal amadurecendo pendurados nos cantos da sacada, enquanto passa a brisa marinha que Fdrí tenta apertar no punho, e arrasta em círculo todas as estações, as que espalham perfumes e as que avermelham os narizes de frio, as que queimam a pele e as que encharcam os cabelos com a água dos temporais repentinos.

O tempo atmosférico colore os sorbos pendurados em tufos e adocica sua polpa justamente para que ele os faça cair na sacada com a bengalinha de passeio de seu avô Antonio Pariota, marido de dona Funzella, e os saboreie quando estão maduros ou os cuspa, quando azedos, sobre as frutas e verduras de Maria, a verdurcira, que também é uma hábil fritadeira — em uma panela sobre o fogo aceso a um passo dos trilhos do trem — de *ciurilli*, *scagliozzi*, *pastacresciute* e *panzarotti*, tanto que também é chamada de Maria, a *panzarottara*.

Cheiros misturados a cores, cores misturadas a sons. O olhar de Fdrí corre sobre os pequenos cartazes com os números coloridos dos preços a granel, desenhados por artesãos especializados e expostos sobre grãos-de-bico, favas e lentilhas à venda bem na frente, em sacos de pano diante da loja de Ferdinando *'o casadduoglio*, vendedor de queijo e de azeite genuíno de Bitonto, comercializado em pequenas fôrmas de ferro estanhado, seja de um décimo, seja de dois décimos.

O menino vê, cheira e escuta. Em 1920, ele tem três anos de vida, não mais. Do alto da sacada, olha para baixo e assimila as cifras radiosas dos preços — por elas também teria aprendido a colorir as suas na porta precursora de Funzella? —, junto à cor azul do papel que envolve a massa, junto ao rumor amarelo de Nápoles dos grãos-de-bico remexidos, junto aos odores castanhos da lixívia, da potassa, do sabão natural dissolvido ou em barras, fabricado pela famosa Mira Lanza.

Fdrí tem uma concentração prazerosa, a mesma de quando consegue obter papel branco de charcutaria (raro: a mercadoria dos charcuteiros é cara) e desenha a carvão, na sacada da Via Casanova, Maria, a *panzarottara*, Consiglia, a leiteira, com sua vaca que dá leite espumante, os padres da paróquia de Santa Maria delle Grazie, os asnos de passagem ou parados, até o dirigível que assustou os passantes em 1920 ou 1921.

Ele lembra que de vez em quando a avó Funzella aparecia na sacada para dar uma olhada e fingir espanto: "Fdricchié, mas essa não é Titina?". Meu pai exclamava contente: "Sim, é ela mesma", porque a verdadeira Titina tem uma saia grande, e ele pintou o vermelho de sua saia com uma casca de tomate em conserva. "E esta? Esta aqui não é Sarina?", pergunta a avó Funzella. Claro que é Sarina. A Sarina verdadeira é loura de um amarelo-ouro, e ele obteve o amarelo-ouro recorrendo à pele de um pimentão, depois colada sobre uma cabeça em formato de bola.

Prodígios que ele cita e que falam de seu gênio e da vida incrível que o espera. Até dom Carmeniello, o decorador, pai de dom Federico, o guarda, teve certa vez a oportunidade de ver as obras do menino e dizer: "*Nun so' 'nguacchi di criatúra*". Não são manchas de menino pequeno. Não são porcarias, *munnezza*, sujeira que cai do céu tipo merda de passarinho sobre uma roupa boa, sobre um papel imaculado, fazendo borrões. Dom Carmeniello, o decorador, fica muito abalado naquela ocasião e quer ser preciso com o menino. "Fdrí", diz, "essas coisas têm a dignidade da arte." Expressão que meu pai dá por certa em seus relatos, escutada com os próprios ouvidos: dignidade da arte; à qual se seguiu primeiro a frase de constatação objetiva: "Você é um artista!", e depois a profética: "Sim, você vai ser um grande artista, Fdricchié".

Isso era o que também já pensavam os inquilinos do andar de cima, dona Graziella e os filhos, que, ao irem para sua sacada, podiam ver o menino-artista trabalhando nas obras. É gente que trabalha duro em casa: cortadores-modelistas de couro para calçados. A pequena família se enche de admiração. Todos incentivam Fdrí do alto, inclinando-se do parapeito com gritos de espanto: dona Graziella, Aldo, Zaccaria, até Elisa, que tem dezesseis anos e de noite vai com os irmãos e alguns amigos ao cabaré, vestida segundo a moda Charleston, saia de seda com borda franjada acima dos joelhos e cabelo louro *à la garçonne*.

Todos o encorajam e lhe dão uma cola especial, própria para seus couros, dentro de uma latinha de estanho, além de tiras de papel brilhante em várias cores e tonalidades. Depois gritam em coro: "Parabéns!". E o menino, de tanta alegria, escapa de si mesmo e desce até dentro das mãos, até o carvão, a cola, as tiras de papel colorido. E desenha, corta com os dedos o papel brilhante (ninguém nunca lhe dá tesouras, nem mesmo Funzella) se esforçando para ser preciso, então experimenta e torna a experimentar com tons e cores sem sentir cansaço naquela brincadeira extraordinária. Até que, como um deus da terra e do céu, obtém o efeito que lhe parece realmente bom.

Só então ele para, e das sacadas as pessoas olham e exclamam: que maravilha. É uma multidão que normalmente luta pela vida, mas que naquela circunstância se anima e vai até a sacada para ver o que o pequeno Fdrí fez de bonito. E ele, ouvindo aqueles elogios, se enrijece com todo o corpo, os braços dobrados em ângulo reto, os punhos cerrados, toda uma contração dolorosa e feliz de contentamento.

Dissolver-se, voltar a si pouco a pouco, lhe deixa um senso de desorientação incômodo, um desajuste em relação à vida comum, uma necessidade de recomeçar.

Via Casanova é de fato ampla, um tumulto de matéria viva e morta que reclama a marca da arte. O menino precoce se adestra ao golpe de vista: um bonde, o mármore, a passagem de nível, o poste, até um dirigível; perimetrais velozes de edifícios de todo tipo: a igreja, o casario popular, a escura fábrica de pregos, os prédios de cinco andares da Revitalização alinhados até a avenida Garibaldi, o presídio de San Francesco com os presos atrás das janelas gradeadas, os Magazzini do povo, o sombrio edifício-espelunca que dava para o beco Cavalcanti; e senoides imaginárias ou linhas retas do olhar ou círculos tão precisos quanto os de Giotto, traçados com uma leve rotação da cabeça, que capturam o mundo espalhado além da sacada até a grande curva no prolongamento da avenida Novara, até a ferrovia de bitola reduzida de Nola-Baiano.

Coisas, pessoas. A parte alta do bonde elétrico que liga os distritos da periferia à cidade, chacoalhando pelas ruas, quase se choca contra a sacada. Parece que basta alongar a mão para alcançá-lo. O menino sente suas vibrações, a laceração fragorosa do ar, a lufada que bagunça e arrasta tudo: os vapores da fritadeira, o cheiro de queijo e de azeite que exala da loja de dom Ferdinando *'o casadduoglio*, as moscas do açougue de dom Angelo *'o chianchiere*, a fumaça da cantina de dom Ferdinando, o cantineiro.

No entanto, quando o bonde se afasta, as coisas pouco a pouco param de tremer às suas costas. As barras da grade se acalmam, lentamente se reorganiza o rastro brilhante dos trilhos de bitola normal, reaparece o leito de cascalho e as valas transversais onde a água corre quando chove, escoando até as poças ao longo da calçada na qual caminham padres, burros e também Consiglia, a leiteira, que puxa com a corda sua vaca de tetas sempre inchadas.

Enquanto isso, a serra grita na mão de alguns operários que cortam placas dos blocos de mármore, os quais reluzem mais ao longe, aos pés de um casario popular quase colado ao enorme edifício sem reboco onde se fabricam alfinetes. Os dentes de metal comem a pedra, levantando uma poeira branca. A lâmina vai para a frente e para trás, fica incandescente, e de vez em quando um operário a resfria com jatos d'água que soltam vapores e chiados. Até que chega à sacada — e Fdrí estremece — o bang do disco sinalizador da ferrovia Nola-Baiano, instalado a poucos metros dos operários do mármore. Então o sinal passa do vermelho ao verde, liberando o trem de partida. E avança na distância o penacho de fumaça da locomotiva a vapor, a sombra escura do trenzinho que corre pela passagem escavada ao longo da Estrada Velha de terra batida, que se chama Via Poggioreale. O corpo do trem corre entre os prédios da cidade, atrás da fumaça cinzenta da locomotiva que aos poucos se torna um fio de lã escura esticado entre uma via e outra, um beco e outro. Corre até a passagem de nível da Via Casanova, até os trilhos da linha do bonde distrital, nos quais a certa altura — o menino espera — parece preparar-se para disputar com o bonde; entretanto desvia bruscamente, dobrando à direita por uma grande curva, até a avenida Garibaldi.

O último é o poste de iluminação a gás. Ele alonga sua cabeça de vidro e metal até o ponto em que falta uma barra vertical na grade da sacada. Olho inerte de dia e vivo ao escurecer. Quem o acende toda noite é um homem de bigodes, a quem Fdrí tenta dar uma mão, espichando-se perigosamente através do vão deixado pela barra faltante, até a portinhola por onde a chama do acendedor de lampiões penetra na luminária e arde nos trilhos reluzentes, nos melões de Natal e nos sorbos pelas paredes, no canarinho cego e nos olhos do menino.

Nesse momento, os vermelhos e os azuis jorram, transportando o cheiro inebriante do gás. As mariposas vão morrer ali com pequenas quedas depois de voos loucos. Surgem sombras, mas não alongáveis como as do sol: são sempre as mesmas, todas as noites.

Fdrí observa, reproduz, aprende. A felicidade da arte começa por aquela sacada. Pena que certo dia dom Mimí apareceu de repente praguejando ("*Mannaggiamarònn, mannaggiopatatèrn! Cazzoncefàstacriatùraccaffòra?*") e trançou com raiva um retículo de arame entre uma barra e outra. Por mais que o menino *cacacàzz* choramingue e esperneie tentando abater aquele obstáculo com as mãos ou com chutes, ele fechou para sempre o aceso ao lampião.

Voltei pela avenida Garibaldi até a Via Casanova. Não me lembro de uma única história feliz de meu pai que tivesse o dele como protagonista. Na infância, eu me perguntava se os pais, por sua própria natureza, eram excluídos da possibilidade de estar com os filhos nas horas felizes. Talvez — eu me dizia — os momentos de alegria sejam prerrogativa das mães, muitas vezes dos avós, às vezes de um tio, mas não dos pais. Certas vezes dom Mimí tinha a função de intervir como a morte, para negar ao filho aquilo que mais lhe dava alegria.

Agora eu estava com dor de cabeça por causa do calor, o cansaço tinha afugentado o bom humor. Esbarrava em passantes distraidamente, pescava trechos de conversas: calor demais, vai haver um terremoto; um batedor de carteira na Piazza Carlo III; talvez chova amanhã; quase mataram dois motoristas da Atan; na Porta Capuana está o maior fedor. Como eu caminhava distraído, a certa altura trombei em um sujeito que, ao contato, deu um pulo de lado, exclamando: "*Mannaggiamarònn!*". Pedi desculpa várias vezes, o homem fez um gesto de tudo bem e me avisou em dialeto: "Mas olhe por onde anda".

Eu olhava, mas só via o que me passava pela cabeça: um menino com um garrafão, ajoelhado no centro de uma sala; um homem de trinta e seis anos concentrado em desenhar e falar de si; uma criança na sacada da Via Casanova, a mesma que eu percorria agora. Onde estava o grande edifício com o apartamento de Funzella? Não conseguia encontrar uma pista segura, a rua conservava pouquíssimos sinais do passado. As lojas, as mil obras. Talvez tivesse chegado o momento de me contentar com as palavras de meu pai. Final de perambulação. Não havia uma sacada real que pudesse de fato testemunhar os jogos de luz de um lampião a gás. Eu devia abandonar a infância de Federí e todas as suas histórias à sua voz adulta, que cavilosamente, fantasiosamente, distribuía substantivos e verbos para pôr em evidência sinais de grandeza. Meu pai com certeza não gostaria se soubesse que eu estava buscando um modo meu, trabalhoso, de narrativa, recorrendo à realidade dos lugares, dos fatos, das datas. "Venha cá, eu lhe conto tudo", ele logo se ofereceria. Quer a localização exata da loja de dom Fernando *'o casadduoglio*? Quer a das lojas vizinhas, o cheiro das mercadorias, os usos e costumes dos vendedores e dos fregueses? Quer saber a história dos *carabinieri* — já lhe contei alguma vez? —, o dia, o mês, o ano? Ele me falaria imediatamente, com riqueza de detalhes. Certa manhã me contou — como se já não o tivesse feito centenas de vezes — sobre o dia em que entrou pela primeira vez na cantina de dom Fernando e viu *carabinieri* coloridíssimos, de uma estatura gigantesca. "Mimí, aquelas figuras me marcaram profundamente, embora eu só tivesse três anos", teria insistido, para me carregar de expectativas. Tinham sido a etapa mais importante de sua infância de gênio. Importavam, como qualquer outra pessoa ou coisa, somente por isso.

Foi em um domingo de maio de 1920. Seu avô Antonio Pariota, marido da avó Funzella, lhe disse: "Fdrí, quer me acompanhar para buscar um litro de Gragnano?". O menino ficou muito contente com aquele convite inesperado. O sol estava tépido, o ar, perfumado. Atravessou a rua segurando a mão do avô, que Funzella às vezes chamava de Bebão, por suas leves bebedeiras nos dias de festa. Com o passo cauteloso e meio charuto toscano na boca, o neto de um lado, a garrafa vazia na outra, dom Antonio foi em direção à loja do *casadduoglio*. Avô e neto (sim, os momentos radiosos nunca têm os pais como numes tutelares) passaram primeiro em frente aos depósitos de couro; depois margearam o barbeiro dom Giuvà e seu ajudante dom Luigino; por fim chegaram às duas entradas do subsolo do cantineiro, ambiente perfumado pelo vinho contido nos barris que ficavam alinhados atrás das mesas.

O menino e dom Antonio entraram. Foi um instante, um sobressalto de um segundo, e já Fdrí não via nada além da grande parede atrás do balcão das bebidas. Ali havia dois *carabinieri* enormes. Olhavam direto para ele. O penacho vermelho do barrete roçava o teto. Ambos apoiavam a mão esquerda no sabre, pendurada em um cinto branco. Com a direita, os dois levavam à boca um copo de vinho. Eram rígidos, idênticos que nem gêmeos, cada um fechado em uma acentuada linha preta. Às suas costas se enfileiravam barris e mesas com homens serenos, que levantavam os copos.

Nunca se esqueceu daqueles dois. Quando meu pai me falava deles, mesmo já velho, continuava se emocionando. Na época, ele tinha visto da sacada muitos *carabinieri* como aqueles. Tinha estudado seus uniformes e os havia comparado com aqueles, menos bonitos, dos guardas reais. Mas agora os encontrava ali dentro, em formato gigante, rostos pintados, bigodes pintados, uniformes pintados, sabres pintados, penachos pintados, confirmando que outros também olhavam o mundo e se apropriavam dele com mãos cheias de olhos. Senti pela primeira vez, me disse levemente comovido, que viver só é bom de verdade quando a vida é pintada.

Claro, quem havia representado os dois *carabinieri* e os barris e as mesas e os bebedores na grande parede da cantina — acrescentava com ar crítico, de artista já veterano, que sabia avaliar melhor que uma criança — não sabia o que estava fazendo. O pintor anônimo era apenas um ingênuo artesão de bairro, um ambulante sem fama que ganhava a vida assim. Tinha feito aquele trabalho sob encomenda — lhe explicou depois o avô Bebão, conhecedor de cantinas —, não só para embelezar a parede, mas também, como se usava, para alertar que na taberna de dom Fernando a lei era respeitada, só se admitia gente tranquila, o vinho era bom para o sangue e pronto.

"Veja", sublinhava para que eu aprendesse a complexidade e a importância da arte, "quantas coisas um artista põe em sua obra, mesmo sendo ingênuo." Mas depois torcia a boca e listava em detalhe as imperícias do pintor: a linha preta, os defeitos de perspectiva, a rigidez das figuras, a incapacidade de diferenciá-las. No entanto se percebia perfeitamente que aquela primeira impressão infantil de uma cena pintada o perturbara mais que qualquer realidade observada da sacada. De fato, ele insistia muito nisso e voltava sempre ao tema, tanto que em 1991 escreveu: "Desde aquele momento, 'cantina' e 'cantineiro' nunca mais me fizeram pensar em vinho, mas nos *carabinieri*".

Enfim, aquilo foi algo que ficou impresso nele sabe-se lá com que consequências — agora é inútil tentar entender. O fato é que, quando algum tempo depois lhe apareceram as boas — isto é, as pústulas boas, mas é só um modo de dizer: as pústulas da varíola nunca são boas, são ruins até quando são as boas da varíola benigna, que a avó Funzella chamava de "boas *'nzàere*", ou pelo menos assim meu pai se lembrava; mas a fórmula correta é "boas *'nzàteche*", pústulas asiáticas, por isso selvagens, portanto mais próximas à mãe natureza, mas mesmo assim sempre um problema —, Fdrí teve uma febre altíssima, que lhe causou delírios. E no delírio — contava Funzella, ainda abalada pela doença do neto —, no delírio ele via na frente da loja do barbeiro os dois *carabinieri* enormes, que não se sabe como tinham se destacado da parede da cantina e saído para a rua, e agora o fixavam com rostos móveis sobre os pescoços, dois, quatro, dez, e olhos, nariz, boca que se multiplicavam e se deformavam como se estivessem vivos e ao mesmo tempo pintados no fole ora contraído, ora dilatado de um acordeom.

Portanto, Via Casanova e arredores. Ater-se às visões, aos sonhos, até aos delírios. Fdrí era pequeno, quatro anos no máximo, mas cada vez mais inteligente, mais sensível. Estudava os comportamentos de dom Mimí para aprender com ele. Se o pai lia o jornal, o menino queria se sentar na mesma posição e fazer de conta que também estava lendo. Mas o pai não permitia. Era apegado a suas coisas, dizia a ele que nem ousasse tocar em seus jornais. Então Fdrí se sentava ao lado dele e espiava escondido. Espia hoje, espia amanhã, aprendeu a ler, mesmo com a página de cabeça para baixo e as linhas de ponta-cabeça.

Os inquilinos do prédio da Via Casanova agora estavam orgulhosos de ter ao alcance da mão um menino não só artista, mas também leitor precoce. Já o torneiro não sabia mais o que fazer para tirar de perto aquele seu primogênito tão pretensioso. Resmungava: "*'Stu strunzíll* não pode triscar em meus jornais. Ai dele se os tocar". Fdrí os tocava de qualquer jeito, e aí vinham os berros, as ameaças.

Um dia foi a avó Funzella que, também exausta com as agitações do menino, teve uma ideia resolutiva. Disse: "Ele é tão inteligente, vamos mandá-lo para uma escola particular, apesar de ainda ser muito pequeno". Dona Filomena, que, mesmo sendo nervosíssima, mesmo batendo em sua cabeça com o salto a qualquer pretexto, tinha intuído os dons de Fdrí, conseguiu se impor ao marido e o mandou para uma escola que ficava na

Piazza Carlo III, no enorme Palazzo Salsi, em frente ao Albergue dos Pobres.

A escola era administrada pelo professor Umberto Piantieri, que, por nove liras ao mês, decidiu arranjar uma vaga para Fdrí. Para ir até lá da Via Casanova era preciso andar um bocado. Meu pai sabia evocar aquele percurso de modo caviloso. Falava como se a grade da sacada onde havia passado tanto tempo de sua primeira infância tivesse se quebrado, e ele tivesse finalmente caído no mundo. Funzella — dizia com uma chispa alegre na voz — o acompanhava todas as manhãs, mão na mão. Juntos, sentiam os aromas da fábrica de perfumes, ladeavam o cemitério que a avó chamava *campusànt de' prutestànt*, chegavam à fábrica de papéis de parede Donvito — que era mais conhecida como a fábrica de dinheiro, porque antigamente havia uma casa da moeda ali —, passavam em frente à loja de bicicletas que cheirava a borracha e diminuíam o passo para sentir o gostinho da fábrica de biscoitos.

Diante da igreja de Sant'Alfonso de' Liguori, Funzella fazia o sinal da cruz e queria que Fdrí também fizesse. O menino obedecia, mas distraidamente. O que mais lhe instigava a imaginação eram as figuras e os escritos coloridos nos cartazes colados nos muros. Silabava o que havia para silabar e associava cores às letras. Cuidava sobretudo dessas combinações, embora não soubesse nada do soneto das vogais de Rimbaud.

No início, as coisas não andaram muito bem na escola. Era um péssimo lugar. Uma professora antipática não lhe deu corda nenhuma, contava meu pai: se lixou para suas grandes capacidades, o tratou como um menino insuportável. Ele chorava muito, não queria ficar ali, não tolerava que seus dons passassem despercebidos. Mas um dia chegou um inspetor do ministério, desses bastante severos com os educadores e mais disponíveis aos estudantes. O inspetor quis ver o que um menino tão pequeno sabia fazer e descobriu que sabia desenhar, sabia ler e escrever melhor que os meninos não só da primeira, mas também da terceira. Ficou boquiaberto. Chamou o diretor Piantieri e ordenou que cuidasse especialmente de Fdrí. Piantieri obedeceu de bom grado. Repreendeu a professora por não lhe ter apontado a excepcionalidade do pequeno aluno, dedicou-se ao menino, o encaminhou diretamente aos exames de estado e o promoveu ao segundo ano.

Quando meu pai falava disso, do professor Piantieri, dava para ver que se afeiçoara muito a ele. Era descrito como paciente, atento, gentil e acima de tudo grande admirador de seu gênio itálico em todas as matérias. Mas Piantieri gostava especialmente da rapidez com que Fdrí desenhava e pintava qualquer coisa. Sei lá, andando na rua para a escola via um cachorro? Imediatamente, na sala, mergulhava a pena no tinteiro de ferro preso ao banco e desenhava um cachorro. Ia à escola e via nos muros, sei lá, um feixe de varas atrelado a um machado? Imediatamente chegava para a aula e desenhava o feixe à perfeição, inclusive a inscrição "*w il fascio*". Piantieri o encorajava. Dizia: excelente.

O episódio de maior satisfação ocorreu uma vez que, voltando da escola, lhe aconteceu de ver em um muro amarelado um número impreciso de rostos carimbados, todos iguais, um depois do outro, que produziam um efeito engraçado, preto sobre cinza. Sua avó, que tinha ido como sempre buscá-lo na escola, percebeu que o menino estava curioso e lhe perguntou: "Quer ver como fazem? Olhe".

Mais adiante havia um grupo de jovens com um balde, uma brocha e uma chapa de zinco toda perfurada. Apoiavam a chapa no muro e passavam em cima dela uma mão de tinta. Depois tiravam a chapa e a cara aparecia no muro. Caralho — exclamava meu pai, contando —, como aquilo me impactou.

Quando voltou para casa, imediatamente mencionou a dom Mimí o que tinha visto e então lhe perguntou que cara era aquela, de quem era. Dom Mimí respondeu ácido, sem lhe dar satisfação. "É uma *faccemmèrd*. Se chama *Musullíne*". E só. O torneiro já era normalmente de poucas palavras; mas para *Musullíne* e sua camarilha tinha no máximo uma palavra só: *schiattamuorti*, carniceiros — é o que eram.

Fdrí ficou péssimo, mas não conseguiu tirar da cabeça a cara preta e cinza que tinha visto nos muros. Não sabia se conter, queria desenhá-la, fosse ou não uma cara de merda. Porém, como em casa não podia, temendo que seu pai se enfurecesse, no dia seguinte a desenhou na escola, em seu caderno quadriculado.

O professor Piantieri passou pelos bancos, parou e a viu. Houve um longo silêncio espantado. Então Piantieri ficou muito alegre e exclamou: "Uma beleza". Imediatamente quis o desenho de presente, mostrou-o a todos, colegas, amigos, parentes, disse que tinha a intenção de emoldurá-lo. De fato, ele o emoldurou — meu pai se lembrava já velho, com satisfação —, mas decidiu não ficar com o desenho. Ele o presenteou a ninguém menos que o ilustre Mussolini, quando ele esteve em Nápoles e discursou na Piazza Plebiscito. Talvez Mussolini o tenha pendurado em uma parede de seu gabinete no Palazzo Venezia.

Portanto, uma carreira fulgurante: do riacho de Reggio Calabria em 1918 para o retrato de Musullíne em 1922, com apenas cinco anos. Que futuro o aguardava?

O professor Piantieri falava a todos das capacidades extraordinárias daquele menino. Fdricchiè sabia não só desenhar, colorir, ler e escrever, mas também expressar com clareza sua opinião sobre assuntos de arte, revelando um espírito crítico muito precoce e uma competência igualmente precoce.

Um dia, contava meu pai, aconteceu que Piantieri levou para a aula um quadro a óleo de um pintor chamado Colizzi, que representava — como dizia o título — *Efeitos de Neve ao Alvorecer*. Foi o primeiro quadro a óleo que viu em sua longa vida e, a um primeiro golpe de vista, lhe causou uma boa impressão. Mas depois de um tempo, após observar o quadro com extremo cuidado, identificou seus mil defeitos e passou a uma crítica pontual de cada detalhe errado, demonstrando ao professor a mediocridade do pintor Colizzi. Tanto que Piantieri, estarrecido, chamou imediatamente dom Mimí e lhe disse: "Este menino precisa ir com urgência para a escola de arte".

Dom Mimí chegou de má vontade, era a doença mortal por qualquer gratificação ou sentimento de comovida alegria que envolvesse o filho. O professor fez de tudo, listou ao torneiro todos os méritos do menino, disse que era o melhor em aritmética, que escrevia muito bem, que cantava com grande afinação, que tinha ouvido para a música, que tinha até desenhado um belíssimo retrato do ilustre Mussolini. Nada, dom Mimí não estava nem aí, sobretudo quanto ao último fato. Assim que entraram em casa, disse: "*'O maestro è 'nu strunz!* E o que você vai comer com a escola de arte?". Aliás, a partir daquele momento começou a perguntar com frequência, em voz alta e a um público constituído basicamente por Filumena: "Fdrí é melhor que eu?". Pergunta à qual respondia sozinho, antes que a esposa se intrometesse: "Não, não é melhor que eu. Então vai trabalhar de operário. O que há de mau em ser operário?".

Neste ponto, sentado em frente ao cavalete enquanto desenhava, meu pai me explicava assim: "Se alguém só sabe trabalhar de operário, Mimí, não há nada de mau. Mas, se a pessoa tem outro destino, e isso se nota por tantos sinais, que merda significa 'o que há de mau'?". Não significava nada. Era apenas uma fórmula útil para seu pai mandá-lo o mais rápido possível trabalhar e juntar uns trocados, para depois apostá-los nas cartas ou nas corridas de cachorro.

Era essa a intenção de dom Mimí, por isso ele não queria ver, não queria ouvir. Ele tinha olhos perfeitos, ouvidos também, era um homem muito inteligente. Se quisesse ter admitido: "Caralho, olhe só o filho que eu consegui fazer", teria podido. Em vez disso, teimou em cavar — murmurava Federí com um sofrimento de velha data na voz — uma cova funda para jogá-lo dentro, figura de ogro que antecipava todos os ogros de sua vida futura: dirigentes *scurnacchiati* das ferrovias, novos-ricos presunçosos, pintores *chiavechemmèrd* que lhe arrancavam prêmios importantes nas exposições.

Fiquei sentado por um tempo em uma barra de ferro que servia de anteparo a uma leve corcunda no calçamento. "Esta é a Ponte de Casanova?", perguntei só para ouvir o som de minha voz a um homem de seus trinta anos, que passava depressa e de cabeça baixa.

O jovem foi gentil, disse que sim, me explicou com ar competente que atrás de mim, onde agora estavam as canaletas, antes corria o canal que levava as águas pluviais para a Arenaccia. A ponte passava sobre ele, disse, mas ponte é um modo de dizer, nunca houve uma ponte verdadeira. "E como o senhor sabe?", perguntei. Ele me respondeu rindo: "Estudei".

Dei uma olhada na velha avenida Novara cortada pelo elevado, avancei até a Piazza Nazionale e a Via Poggioreale. Topei sobretudo com nomes de ruas e praças que tornavam contíguas a adolescência de meu pai e a minha. Coisas do tipo: ele encontrava os amigos dele aqui, na Piazza Nazionale; aqui, na mesma praça, décadas depois, eu também encontrava os meus. Na verdade, percebi que a única vizinhança possível era a das palavras. Quanto ao resto, o que havia a compartilhar entre minha adolescência e a dele? O estudo é acima de tudo confiança no léxico: evocar pontes, falar do canal, pôr signos em lugar de coisas e pessoas, aprender a usá-los para que tudo se una. Estudar nos habitua à ilusão de continuidade, causa e efeito, premissas e consequências de um silogismo. Basta agarrar o fio da meada e começar a desembaraçar. O que nunca foi verdadeiro mais cedo ou mais tarde mostrará uma aparência de verdade.

Meu pai tinha insistido muito no estudo. Aquela necessidade me viera dele. Em sua conversa ora agressiva, ora comovida, havia sempre o remorso por não ter estudado o suficiente, a que, no entanto, logo associava o desprezo pela instrução sem inteligência e sem fantasia. Enfrentava de peito aberto qualquer graduado ou diplomado. Queria confrontar-se com eles e demonstrar que sabia mais, ou pelo menos que sabia extrair do pouco que conhecia mais que qualquer um que tivesse feito estudos regulares.

Eu não conseguia entender quando era novo. Um dia era diplomado; no outro, não. Exibia competências em cada setor, teoria e prática. Para desapontamento de minha mãe, às vezes até arriscava dizer que era formado. Por anos aquela situação confusa me causou embaraços, não sabia como defini-lo com meus amigos. Com o tempo, Federí foi aos poucos se conformando e, ao envelhecer, preferiu admitir que não tinha diplomas ou graduações. Mas só o fez para poder atacar melhor seu pai.

Culpa de dom Mimí, dizia. Quando aquele seu filho de gênio completou dez anos, decidiu bruscamente mandá-lo trabalhar na França, com um irmão que havia emigrado. Mas bateu de frente com a resistência duríssima da avó Funzella e de Filomena. E como temia as cenas de sua mulher — verdadeiras demonstrações de fúria, sem nenhum senso de limite: Filumè sabia tornar-se perigosa para si e para os outros —, no momento se contentou em inscrever o menino na escola de preparação ao trabalho "Casanova", frequência de oito horas por dia, uma prévia da oficina, da fábrica.

Em geral, nessa altura Federí abria um parêntese para me dizer: "Mas você vai estudar. Eu não sou que nem meu pai. Você vai poder fazer tudo aquilo de que gosta: engenheiro das ferrovias, qualquer coisa. Não vou te confrontar". Eu escutava e sentia que preferiria ser confrontado. Intuía confusamente que por trás daquele "qualquer coisa" se escondia a necessidade de que eu fizesse algo que lhe desse grande satisfação, como justamente ser engenheiro das ferrovias. Por isso eu era tomado pelo medo de não satisfazer suas expectativas e invejava o pai dele, que fez de tudo para barrar seu caminho, dando-lhe a oportunidade de dizer mais tarde: "Tudo culpa de meu pai".

Mas ele não se dava conta, fechava o parêntese e reiterava: "Queria me mandar trabalhar". Foi graças a outras cenas terríveis de Filomena, memoráveis em todo o prédio, que ele, terminada a preparação, conseguiu escapar mais uma vez do trabalho. Assustado, dom Mimí cedera de novo e mandou o filho ao Instituto Alessandro Volta, para que se tornasse operário especializado. Enquanto isso, fazia de tudo para atrapalhar sua vida escolar; só pagava as taxas depois de muito atraso, não comprava os livros necessários, deixou-o em situações que quase o fizeram perder de ano ou ser expulso da escola.

O relato de meu pai, geralmente tão colorido, naquela zona se perdia em sussurros. Ainda nos anos 90, sempre em seus cadernos de memórias, ele deixava baixar uma neblina sobre as histórias em que se gabava da precocidade artística, perdia-se o rastro de sua autocelebração ruidosa, obscurecia-se o gosto de se reinventar da cabeça aos pés. Era como se naquele ponto seu gênio se recolhesse em si e, humilhado, decidisse calar.

Se surgisse a ocasião, é claro que ele não hesitava em contar que certa vez, no Museu de Capodimonte, tinha impressionado um pintor que copiava obras-primas e traçava aquele encontro se inspirando no arquétipo de Cimabue e Giotto. Mas o fazia sem alegria. Preferia romancear seus primeiros amores ou falar dos amigos de adolescência ou contar sobre a escola de boxe e de suas excepcionais exibições de esquiador, quando foi parar na Milícia ferroviária. Depois da explosão infantil, a bravura artística de repente entrou em uma espécie de estado de latência. Desenhava, pintava aos doze, treze, quinze, dezoito anos? Exibia aquele seu estro entre muitos aplausos? Difícil dizer. De 1927 saltava bruscamente a 1935, ano em que o pai finalmente levou a melhor e o obrigou a deixar o Alessandro Volta sem diploma, apesar dos gritos e dos choros de Filomena. Nada de escola de arte, nada de escolas técnicas, nenhum título de estudo decente. Foi isso que dom Mimí fez com ele.

"Você devia era agradecer", lhe disse uma vez a avó Nannina, intrometendo-se de repente, "porque de todo modo ele o manteve na escola até os dezoito anos."

Caiu — me lembro — um silêncio pesado. Senti que também minha mãe desaprovava aquela intromissão, que aliás era rara em Nannina. Era como se minha avó, apontando imprudentemente uma falha, tivesse dito ao genro: dom Mimí pode ter seus defeitos, mas no fim das contas ele o manteve na escola por doze anos.

O silêncio se alongou como um suspiro. O fato é que foi Nannina quem falou de novo, acrescentando com mágoa: "Já meu filho Peppino, precisei mandar trabalhar cedo". Então Federí, que ficara de boca semicerrada entre espantado e incomodado, respondeu: "E quer comparar Peppino a mim? Seu filho é *'nu strunz*".

Desenhava mantendo firme o papel apenas com a palma da mão esquerda em uma tábua que havia apoiado sobre as pernas cruzadas. A uma imagem composta assim, com as costas voltadas para a janela, hoje atribuo uma voz baixa que dizia: "Aos dezoito anos, Mimí, fui obrigado por meu pai a fazer um concurso para as ferrovias, e assim acabei na lama, sempre a um passo da morte". Ouço as palavras pronunciadas com um tom dramático, ao qual meu pai recorria de bom grado, quando se tratava de narrar o início de sua condição de ferroviário. Não sei separá-las de uma sensação difusa de dor física, talvez uma mistura de sofrimentos: o dele, de jovem artista que o pai obrigara a trabalhar como operário eletricista; o meu, de menino a quem ele, por amor àquele quadro de grande fôlego que tinha batizado de *Os Bebedores*, impôs o papel de aprendiz de pedreiro, servente de pedreiro e mestre de obras, os ossos do joelho esmagados contra o pavimento, o trançado de vime do garrafão que agora me afunda na carne do braço.

"Precisava trabalhar na revisão das locomotivas elétricas", agora estava dizendo. Era forçado a se enfiar nos locais mais imundos. O uniforme estava sempre sujo de graxa rançosa e o corpo se impregnava daquilo. No fim do trabalho não havia jeito de se limpar, as banheiras do galpão eram insuficientes, os lavatórios também, a gente se limitava a esfregar as mãos e os braços com óleo e areia. Somente aos domingos era possível tomar um banho de verdade, porque as banheiras do Depósito ficavam mais livres naquele dia. E o que havia no final, depois de todo aquele horror? Nada, nem sequer dinheiro. Todo mês ele ia ao caixa, assinava; o caixa contava quatro cédulas de cento e cinquenta peças de prata, mas ele nem tinha tempo de tocar naquilo; o pai logo caía em cima do butim e levava tudo embora. Não adiantava dizer: "Papai, não vai me dar nada?". A resposta era: "Para que você precisa de dinheiro? Está lhe faltando alguma coisa?". No máximo, por medo de que ele o denunciasse à dona Filumè, lhe passava cinco liras de prata.

Dom Mimí confiscou seus primeiros três salários, tudo. Não deu nem mesmo uma lira a Filomena: disse a ela que os recém-contratados não recebiam salário nos primeiros três meses e foi apostar seu butim. Primeiro sufocou sua vocação artística, agora lhe tirava o dinheiro. E tiraria muito mais ao longo dos anos. Durante a guerra, encontrou um jeito de se apropriar até dos soldos que deveriam ir para Rusinè. Lixando-se dela, o socialista.

Os dias, os anos se tornaram muito duros. Os operários eletricistas tinham que revisar os motores debaixo de uma cobertura aberta de todos os lados, que abrigava uns trinta monstrengos de ferro daqueles. As locomotivas eram separadas por uma plataforma giratória que depois, uma vez terminado o trabalho, as recolhia para mandá-las aos trens que partiam. Cada um era colocado em uma cavidade da altura de um homem. No fundo da cavidade, que era toda de concreto, havia uma escadinha de quatro degraus. Você tinha que trabalhar ali dentro.

O equilíbrio era precário, a escadinha era instável, no chão havia óleo e graxa. Era preciso se segurar nas partes salientes do motor para evitar cair. Mas o pior era quando se tinha que trabalhar no teto do carro. No alto, sob a cobertura, corria um cabo da corrente de alta-tensão onde se apoiava o engate de cobre dos pantógrafos, dois para cada locomotiva. Em geral os pantógrafos ficavam deitados, cada um fixado sobre as duas cabines de comando, a posterior e a anterior. O pessoal encarregado os manobrava elevando os pantógrafos graças ao ar comprimido de quatro atmosferas, até que os engates tocassem o cabo de alta-tensão, ou os baixando ao liberar a pressão.

Detalhes. Serviam para meu pai me explicar onde meu avô o jogara, para me mostrar como foi um milagre ele não ter batido as botas ali mesmo. De fato — agora quase murmurava —, em uma tarde chuvosa de fevereiro de 1936 houve um acidente feio. Ele estava mexendo em um dos motores e mais adiante um tal Barca, de vinte e quatro anos, trabalhava no dele. Era um operário experiente, muito seguro de si, não fazia um movimento a mais que o necessário. Só desligava a corrente de alta-tensão quando tinha que ajustar os pantógrafos, o que ele fazia ativando-os e controlando as atmosferas adequadas para acioná-los. Mas, se precisasse trocar os engates — operação que se fazia com o pantógrafo em repouso —, não desligava a corrente para não perder tempo. Naquele dia estava chovendo a cântaros, e ele procedeu do mesmo modo de sempre. A certa altura meu pai precisou de escovas de dínamo e foi para o depósito. Ao passar, viu Barca de pé no topo da locomotiva, a dois metros de altura, se movendo para tirar o engate de um pantógrafo. Estava escuro, a cobertura fustigada pela água fazia muito barulho, meu pai pulava daqui e dali para evitar as poças.

De repente uma labareda iluminou o galpão como se fosse dia. Federí mal teve tempo de se virar para ver o que tinha acontecido quando houve outra labareda, seguida de um forte estouro. O ar ficou avermelhado, cheirando a carne queimada, e ele se esforçou para habituar os olhos. Da locomotiva de Barca, bem entre os dois compartimentos cilíndricos de ar comprimido, se erguiam longas línguas de fogo.

Meu pai correu imediatamente para lá e viu Barca emborcado sobre os cilindros, entre vapores e lampejos de luz, como se o jovem estivesse soldando alguma coisa com o maçarico. Naquele instante se formou uma terceira labareda, ofuscante, a que se seguiu uma espécie de violenta chicotada. Era o cabo de alta-tensão que se rompera e ora assoviava pelo ar, ora batia no corpo de Barca.

Federí começou a gritar. Imediatamente um operário de meia-idade, um tal de Renauro, gritou de volta, mandou que ele não tocasse na locomotiva e correu para soltar a golpes de martelo a alavanca de controle da alta-tensão. Quando desceram Barca da locomotiva, já estava morto. Depois se soube que ele tinha acabado de trocar o engate do pantógrafo e estava para descer do teto da locomotiva quando escorregou e instintivamente, para não cair, se agarrou ao primeiro apoio que encontrou: o cabo de alta-tensão.

Foram muitos os mortos e feridos lá embaixo. Eu ouvia e imaginava aquele local sempre escuro, sempre cheio de descargas elétricas. Meu pai mesmo caiu uma vez do teto de uma locomotiva — uma queda de dois metros —, e sua mão direita chegou até a metade do rádio, tanto que um colega a puxou e recolocou no lugar.

Ele contava sem exagerar. Aquilo lhe parecia um assunto tão pouco manipulável que nem tinha vontade de embelezá-lo, como costumava fazer. Quando falava dos perigos que seus colegas correram, não se atribuía nenhum papel de salvador, confessava que tinha ficado paralisado de medo, não se mostrava como de hábito o mais capaz entre todos. No cenário daquele período ruim ele não era o mais ágil, o mais forte, o mais inteligente. O final da infância maravilhosa tinha sido traumático demais, debilitante demais. A verdadeira prova de força e de inteligência — considerava agora — não estava em se ambientar e fazer coisas memoráveis naquele ambiente, mas em sair ileso dali de baixo, achar um jeito de recuperar a própria sorte e voltar à tona. Ou seja, voltar à superfície, rever a luz de bons presságios das fogueiras de santo Antão. Reconquistar a memória da alegria extática experimentada pela primeira vez à beira do riacho de Reggio Calabria e abrir caminho na multidão de canalhas borra-botas que queriam cortar suas asas. Sentar-se agora ao lado do cavalete e trabalhar em uma obra como *Os Bebedores*, apesar do cansaço, apesar do espaço insuficiente, apesar dos modelos incapazes, apesar da família, apesar de Rusinè.

De repente meu computador pifou. Pressionei a tecla de ligar e não apareceu nada, apenas uma tela branca. Por algum tempo fiquei olhando deprimido para o retângulo luminoso, onde se lia Macintosh Powerbook 145 B. Há meses estou revirando dentro desta máquina palavras e frases de meu pai, que nunca usou instrumentos desse tipo, uma das pouquíssimas coisas em que ele não se declarou logo muito competente. Recentemente pensei, por diversão: este dispositivo da moda é elegante e sofisticado demais para tolerar por muito tempo palavras como Fdrí, as *bone 'nzàteche*, o retrato de *Musullíne*, os engates dos pantógrafos em cima das locomotivas, até de vez em quando o insistente bandolim — com certeza vai acabar quebrando. Agora que quebrou de fato, estou muito desconsolado: será que até a memória eletrônica, em geral tão indiscriminadamente receptiva, não suporta "salvar" Federí e seu vocabulário?

Fui correndo a um técnico. O técnico deu uma olhada no portátil, soltou um sorrisinho e disse: "Bela máquina. Mas o senhor precisa se atualizar. É como se hoje o senhor decidisse fazer uma viagem com uma Giulietta. Lembra da Giulietta?".

Fiquei aliviado. Dessa vez Federí não tinha culpa nenhuma, nem sequer metafórica. A culpa era minha e de meu computador, que de surpresa se mostrou ultrapassado. Eu não tinha confiado, como pensava, as histórias de meu pai a sabe-se lá que máquina de vanguarda, mas a um instrumento que, pela velocidade atual de obsolescência das coisas, era equivalente ao carro de tio Attilio, nosso parente charcuteiro. Eu tinha escrito todos os dias, diligentemente, servindo-me de uma espécie de Giulietta, um velho símbolo do bem-estar sobre quatro rodas nos tempos de Federí e Rusinè. Quarenta anos atrás, minha mãe entrava dentro dela com alegre exibição de si, quando tio Attilio vinha nos mostrar sua riqueza e meu pai se contorcia de inveja, amargurado com o fato de ele ser um artista sem automóvel. De que lhe servira aquela infância maravilhosa e todos os sinais que ela emitia — se queixava, mas com palavras suas —, se depois um homem qualquer, um vendedor de fatiados, vivia entre objetos luxuosos e de grande modernidade? Tio Attilio não tinha visão, da sacada de sua casa talvez não fosse capaz de enxergar nada, nem mesmo com um binóculo. Todavia lá estava ele na Giulietta, brilhante e lustrosa, de cor verde-azul. Federí fremia. Eu fremia com ele enquanto olhava para o técnico e me justificava: "Mas eu comprei esse portátil há apenas três ou quatro anos".

O especialista começou a trabalhar com afinco. Me perguntou só para estabelecer uma conversa: "Desde quando o senhor começou a trabalhar com computadores?". Respondi: "Desde 1985". Perguntou em tom divertido: "Tem certeza?". Escandi: "Absoluta". Ele fez com desgosto: "Lamento dizer, mas em tantos anos o senhor não aprendeu nada. Dá para ver que esta maquininha sofreu muito em suas mãos". E acrescentou algo genérico sobre as competências necessárias para estar realmente à altura de nossos tempos etc. Depois, por meio de não sei que associações, chegou a uma fórmula do tipo: "Nos dias de hoje, o novo envelhece mesmo continuando novo, e o velho sempre está potencialmente na última moda".

De toda aquela conversa, só fiquei curioso com a expressão "nos dias de hoje". O que eram os dias de hoje? Federí estava nos dias de hoje? Meu Powerbook estava nos dias de hoje? E eu? A que lapso mensurável de tempo correspondem os dias de hoje? Significa "agora", "nesses últimos anos"? Ou alude à vida inteira, memórias e tudo o mais, até que os olhos de dentro e de fora se fechem e o dia de hoje tenha terminado?

Quando voltei para casa com o portátil consertado, me veio à mente tentar escrever usando apenas o imperfeito e o pretérito perfeito, os tempos da gramática que mais amo, aqueles em que o agora é sempre um momento não ainda acabado ou que no máximo estaciona nos arredores, como as sombras dos mortos nos contos inquietantes. Por algum tempo bati com afinco nas teclas desejando que mais cedo ou mais tarde o imperfeito e o pretérito perfeito tomassem definitivamente o lugar do pretérito mais-que-perfeito ou do presente, deixando ao futuro sua pobre função de efeito da ansiedade, um lampejo da esperança. Até que me interrompi e voltei à sintaxe de Federí e Rusinè. Todas essas palavras na tela, um número impressionante de caracteres que compendiavam fatos, lugares, tempos. Estou aqui em minha casa — enumerei —, estou na Via Casanova e na Piazza Nazionale, me apoio em um joelho dolorido para ajudar meu pai a pintar um ajudante de pedreiro, sou meu próprio pai e minha mãe, sou até meu avô, dom Mimí, o torneiro, que não quer reconhecer o grande talento do filho. Sou tantas coisas. Se pressiono uma tecla que comanda "delete" — disse a mim mesmo, voltando de repente a uma hipótese já formulada de modo mais tosco durante a adolescência —, me transformo em nada: nem nome nem sexo de que se saiba, somente a nebulosa de uma tela quebrada.

A hipótese me assustou. Recomecei a bater nas teclas diligentemente, agora estou na Piazza Nazionale. Um preservativo inflado, idêntico àqueles que os soldados do exército aliado jogavam dos balcões do teatro Bellini, rola pelo calçamento imundo, impelido por uma lufada de vento quente. Daqui, enquanto me durar a convicção de que tenho um fio e que sei alongá-lo linha após linha, voltarei de algum modo ao menino que sofre na Via Gemito, ao pai que desenha e fala de si.

Nos jardins da Piazza Nazionale, enquanto buscava inutilmente uma fonte para me refrescar, decidi de uma hora para outra enriquecer minha programação e liguei para os gabinetes da prefeitura. Meu pai, falei com fórmulas idênticas às já usadas com a funcionária de Positano, foi um pintor. Ótimo pintor, de bom nível. Alguns de seus quadros estavam com certeza expostos nas salas do Palazzo San Giacomo. Eu gostaria de poder vê-los: seria possível?

A telefonista me deu o número da responsável pelos bens culturais do patrimônio da prefeitura, a dra. Guidi. Telefonei. "Dra. Guidi?", perguntei. Sim. Expliquei também a ela que meu pai tinha dedicado a vida à arte: um pintor, sim, bastante conhecido; se não fosse incômodo, eu gostaria de dar uma olhada em suas obras expostas na prefeitura. A doutora me perguntou se eu tinha certeza de que ali, no Palazzo San Giacomo, havia obras de meu pai. Falei que não, com meu pai nada era seguro; mas mesmo assim insisti para dar uma olhada. "Venha nos fazer uma visita amanhã de manhã, às nove e meia", me concedeu com cordialidade.

Embora martelado por uma dor de cabeça, fiquei satisfeito. De repente senti o impulso de agir como meus irmãos tinham me aconselhado: aceitar a imagem que Federí quis dar de si, prestar-lhe homenagem, comportar-me como se fosse ver por puro prazer uma exposição dele em uma galeria de grande prestígio. Sim, eu estava contente. Pensei que daquela maneira eu traçaria uma linha reta entre o rapaz de dezoito anos que perdeu toda a esperança e se conformou em ser não artista, mas operário, e suas tantas obras de décadas depois, escapadas do Lavinaio, da Via Casanova, das perseguições de dom Mimí. Disse a mim mesmo que depois iria a Positano com o ânimo mais sereno, com intenções mais claras.

Retornei à Piazza Carlo III em busca de um ônibus que me levasse de volta à casa de meu irmão. Por um momento me senti um filho devoto, libertado da cadeia geracional de submissões e de conflitos. Depois, pouco a pouco, voltei à pose na sala da Via Gemito. Recuperei o mal-estar pela imobilidade prolongada, senti de novo a sensação de angústia e fascínio que a voz de Federí me dava quando acumulava capciosamente detalhes para me provar de um lado a consistência de seu talento e, de outro, o número infinito de injustiças cometidas contra ele. Rusinè também reapareceu, o rosto tenso, os olhos perplexos fixando seu lençol de casal reduzido a cenário de canteiro de obras. E o abatimento de então retornou idêntico.

Quando subi no ônibus lotado que arrancou com dificuldade por Santa Teresa degli Scalzi, me dei conta de que meu humor e meus sentimentos tinham mudado outra vez. Já estava arrependido daquele encontro com a dra. Guidi. Seria melhor encerrar logo a história de *Os Bebedores*.

Quanto tempo fiquei posando naquele dia? Quinze minutos, meia hora, uma eternidade? Não sei. Na verdade, devo confessar que não guardo na memória uma escansão precisa daquele tempo, e por outro lado não sinto a necessidade de inventar uma. Prefiro somar momentos diferentes um pouco ao acaso, como fiz até agora: a vez que meu pai me chamou e fez um certo número de desenhos a carvão; a vez que minha mãe entrou e disse: "Hora de comer"; a vez que ele finalmente pareceu satisfeito e fomos de fato comer; a vez que me chamou de novo e quis que eu ficasse na mesma posição, para transferir para a grande tela a imagem do menino que despeja a água.

Recordo detalhes, frases, certas alegrias e certas tensões, mas não a sucessão clara dos eventos. Em minha cabeça, ora ele desenha, ora pinta, ora está sentado, ora está de pé; e o quadro agora está quase acabado, agora está só esboçado, agora tem à direita uma mancha amarelada que meu corpo pintado depois deverá ocupar: o espaço está situado bem sobre a refeição dos pedreiros, que no entanto já está definida: o pão, quatro tomates, um cacho de uvas.

Enfim, não sei nada de exato para contar. Só sei que a posição era muito incômoda, sei do sofrimento. Mas não excluo que, em meio a seus olhares-arpões destinados a capturar a patela do joelho, um dedão, um cotovelo, ele tenha interrompido e me perguntado: "Tudo bem, Mimí?"; nem que tenha me encorajado com um: "Mais um pouco e já terminamos"; nem que tenha me prometido: "Daqui a pouco vamos comer". O que mais me ficou na memória foi sobretudo o esforço para não perder a postura, uma sensação crescente de inadequação e aquela sua insistência um tanto comovida e um tanto fanfarrona sobre seus sucessos, sobre a precocidade de sua vocação artística, sobre como seu pai tinha tentado de todas as formas reduzi-lo a um qualquer.

Eu tentava ficar parado e pensava: "O que há de mau em ser um qualquer?". E a esse pensamento me sentia como um invólucro vazio, como se a admiração que meu pai me levava a sentir por ele me causasse um sentimento de perda. Não sei achar outras palavras para aquele sentimento. Em minha mente ficou a impressão de ter perdido algo por excesso de atenção, como quando se está seduzido demais por outro. O fascínio por sua extrema vitalidade, demonstrada desde o nascimento, me desvitalizava, tanto que hoje penso que só fui capaz de ser uma estátua sob seus olhos porque não sentia em mim forças para ter uma infância, uma adolescência, uma existência como a dele.

Eu estava ali, parado, fazendo o papel do aprendiz de pedreiro que sofria por sua condição de criado de mestres de obras. Ele falava e as páginas de sua vida infantil, de sua luta titânica contra meu avô, giravam como por um sopro imperceptível. Dolorido em cada músculo, eu buscava nos poucos anos que tinha às minhas costas algo de igual potência a que pudesse me agarrar, mas não achava nada de comparável. Assim experimentava uma sensação de insignificância que se enraizou e me acompanhou por toda a vida.

Até que por fim ele disse: "Por ora chega", interrompendo suas histórias. Eu me lembro daquela frase com nitidez, como se a voz dele fosse o tiro de canhão que antigamente marcava a pausa no trabalho para o almoço. Disse chega e recolheu as várias folhas espalhadas pelo chão com minha figura apenas esboçada.

Tive a impressão de que todos os meus membros se derretiam de alívio. Apoiei o garrafão no chão, me levantei sem ousar esfregar o joelho e sem sequer me espreguiçar. Mas ele começou um elogio generosíssimo de minha autodisciplina, de como não me queixei em nenhum momento. E quando fomos para a mesa — minha avó, minha mãe, meus irmãos, todos estavam esperando, os pratos cobertos por outros pratos para manter a comida quente —, ele distribuiu insultos a todos os modelos anteriores, sobretudo a tio Matteo e tio Peppino, que, recordou, não conseguiam ficar parados um segundo. Fez de propósito para depois poder dizer à minha mãe com orgulho: "Já ele não se mexeu nem um milímetro". Então passou a louvar nossa raça — raça, dizia, no sentido de estirpe, e com essa expressão queria se referir à família de origem e sobretudo a si mesmo, que era seu melhor exemplar, e a nós, seus filhos, que prometíamos nos tornar ainda melhores. Então me elevou a exemplo de capacidade que todas as outras raças, especialmente a de minha mãe, nem sonhavam alcançar.

Falou mais ou menos isso. Fatos e desejos de fatos aqui se misturam, assim como as palavras efetivamente pronunciadas e as palavras apenas desejadas. Tampouco sei dizer se a excitação e o bom humor existiram realmente. Às vezes lhe acontecia de ficar alegre de repente, e agora gosto de pensar que, naquela circunstância, ele estivesse de fato satisfeito com o rumo definitivo que havia encontrado para o quadro. Eu também estava. Estava com um joelho roxo, e o braço que tinha carregado o garrafão me doía muito. Massageava o pulso ostensivamente para que minha mãe, minha avó e sobretudo meus irmãos entendessem a real dimensão daquilo que eu tinha feito. Olhava meu pai, que devorava a comida enquanto brincava, e me sentia orgulhoso por tê-lo ajudado exatamente como ele queria. Enfim havia uma bela atmosfera serena.

Mas e depois? O depois é brusco, parece uma porta que bate de repente por um golpe de vento. Pam. Estou de novo — é terrível — diante do cavalete, na mesma pose de pouco antes.

Volto a ficar com o joelho no piso, volto com o garrafão vazio debaixo do braço. Não sei o que houve no intervalo. Talvez minha avó Nannina, que o deixou irritado — digamos — ao notar que eu continuava massageando o pulso e a certa altura falou com ternura: "Você se machucou?". E eu parei na hora de me massagear, com medo de que ele ficasse bravo. Mas agora a pergunta já tinha sido feita, e meu pai mudou de humor e lhe disse algo do tipo: "Ele está ótimo, sogra, não foi nada. Seu neto não é de ricota como seu filho". Então deixou o almoço pela metade e me fez sinal para que o seguisse novamente até o cômodo onde pintava. Ou seja, a harmonia era muito frágil, bastava uma coisa de nada para rompê-la.

Mas não é certo que foi assim. Talvez tenha havido um longo silêncio durante o qual desejei ter redes fortes para pescar as palavras erradas que tinham sido ditas por minha avó, e também meus gestos, até o estalo dos dedos de meu irmão Geppe, que na época vivia estalando os dedos. Como não era possível fazer isso, me conformei em esperar para ver que rumo meu pai tomaria no resto do almoço, embora nunca houvesse surpresas naquelas circunstâncias. Se algo o deixara irritado durante o ritual da mesa, ele primeiro se calava apertando os lábios, então rompia o silêncio escolhendo um interlocutor — a mim, por exemplo, o preferido — e começava a falar e a falar com rancor, de modo incansável, de modo que, quando já estávamos na sobremesa, ele ainda estava no primeiro prato. Minha mãe e minha avó esperavam um pouco, depois começavam a tirar a mesa discretamente. Ele as ignorava e falava. Meus irmãos se levantavam da mesa e ficavam circulando por ali, esperando que eu fosse encontrá-los no corredor. Ele os ignorava e falava. Ficávamos meu pai e eu, um na frente do outro, e agora a mesa só estava posta do lado dele, o resto estava sem nada, mas ele continuava comendo e falando, falando e comendo. Assim o almoço se tornava um golpe de cutelo que, por uma magia perversa, demorava uma eternidade para atingir o pescoço. As duas mulheres ficavam de pé, à espera, sem saber se começavam a lavar os pratos ou não. Meus irmãos enrolavam, se perguntando se era o caso de voltar para a mesa e fingir que escutavam. Eu sonhava em ser libertado por algum raio ou outra coisa. Até que Federí parava bruscamente de se dirigir a mim e se agarrava a um gesto, um movimento qualquer de minha mãe para se pôr a gritar, ameaçar, bater nas coisas. Tínhamos enchido seu saco, ele berrava deixando a mesa. E assim foi naquela circunstância específica, quando ele disse, acho, depois de ter praguejado contra todos os santos e virgens: "*M'avíte proprio rutt'o cazz!* Venha, Mimí".

Ou não, nem isso é uma certeza. Talvez tenha se limitado a incubar por dias aquelas figuras de pedreiros — entre casa e ferrovia, ferrovia e casa —, enxergando-as com a cabeça em cada detalhe, já adulto e no entanto ainda como o menino do riacho de Reggio Calabria, o menino que enchia de números coloridos a porta de Funzella, aquele que observava tudo da sacada, aquele que tinha visto os *carabinieri*.

Os olhos que se abriam por dentro tinham uma visão mais larga que os olhos de fora. Imaginava suas figuras vivas, enquanto uma ao lado da outra se distribuíam no espaço do canteiro, e o mastim espiava com atenção as coisas que aconteciam fora da tela, e até tio Matteo olhava para aquele lado, com um meio-sorriso de curiosidade, ao passo que Luigi continuava sentado, a mão esquerda no chão batido, o braço direito que ainda não se estendia com o copo na mão, aliás, nem sequer esboçado, e o menino que despeja a água ainda em gestação, assim como os dois pedreiros que depois estariam a seu lado, não se sabia para quê. Ou seja, ainda havia meio quadro a ser pintado, ele não sabia com clareza como usar os esboços que tinha preparado, era preciso um esforço de imaginação, trabalho e tempo. Depois, um dia sentiu que tudo ficou claro em sua mente e me falou: "Mimí, seja paciente, faça mais esse sacrifício pelo papai". E assim o suplício daquela pose imóvel recomeçou.

Este é o único fato seguro: recomeçou e ponto-final. De modo que aqui estou, posando no centro da sala, ao lado da cristaleira com o vidro quebrado, a poucos centímetros da mesa. Se houve alguma trégua (e agora duvido disso, tenho a impressão de ter ficado naquela posição de dia, de noite, por semanas), não serviu para amenizar o cansaço e a tensão. Me sinto como uma corda esticada e cheia de nós bem apertados. O tempo passa, sinto náuseas, uma espécie de febre. Tenho fantasias ruins, imagino que na frente do cavalete, diante do quadro *Os Bebedores*, esteja sentado não meu pai, mas o menino Fdrí. É ele quem me pinta: um menino de três anos, que é o pai, está pintando um de dez, que é seu filho primogênito. De resto, o que muda se ele me pinta aos três ou aos trinta e seis anos? Meu pai sempre insistiu muito no fato de que talento ou se tem, ou não se tem, e se você tem é porque nasceu com o talento. Ele nasceu com o talento. Por isso, o vejo como ele aparece em uma velha foto da primeira infância, a cabeça grande, as bochechas gordas, mas com o cigarro na boca, o pincel na direita enquanto me observa, faz *ah*, distribui pinceladas na tela.

Vejo isso e outras coisas. Vejo que o piso da sala se tornou de terra. A cena do quadro transbordou para o cômodo. Meu joelho se apoia na terra do canteiro, o pé descalço pisa o pano branco onde estão dispostos uma metade de pão, um prato com quatro tomates, um cacho de uvas, o almoço dos pedreiros. Mas a perspectiva está mudada: as coisas agora são vistas da minha posição, não daquela que meu pai quis — sou eu quem as observa. Até Luigi, por exemplo. Se meu pai o colocou de dorso, de meio perfil, eu o percebo de modo frontal, os cabelos pretos, a testa baixa, as faces com a barba de dias, o peito cheio de pelos. A única coisa que lhe falta é o braço direito com a mão que deve segurar o copo.

Estou no meio de um sonho de olhos abertos — ou quem sabe fechados, não sei, de todo modo tenho uma impressão muito nítida — quando acontece outro fato surpreendente. O garrafão, apesar de estar vazio, começa a derramar água. Mas a água não acha um copo e vai parar nos tomates, no prato, escorre no pano áspero, o encharca, umedece a uva, é absorvida pela terra, pelo miolo do pão. Estremeço, tenho a sensação de ter descoberto algo terrível. Com os olhos da imaginação, completo às pressas o braço de Luigi. Ponho um copo em sua mão, o faço espichá-lo até o garrafão. Mas estou moído pelo cansaço, sinto que vou morrer.

Minha posição está errada.

A água continuará caindo para sempre sobre os tomates, o prato, o pano branco. Meu pai me posicionou de um jeito que, embora Luigi estenda a mão, nunca vou poder acertar o copo.

Enquanto escrevo, vou pondo ordem, procuro razões, uso o que acho ter entendido ao longo dos anos. Mas na época eu só sentia a urgência de impedir que Federí, uma vez descoberto seu erro, achasse uma maneira de pôr a culpa em mim e quem sabe em minha mãe, e depois nos parentes, enfim — como sempre — em toda a família.

Experimentava sentimentos tumultuosos, truncados — acho — pela aflição do momento: contrariedade, porque agora era inútil aquele meu esforço de modelo petrificado; medo diante da ideia de que ele logo explodiria pelo tempo que tinha desperdiçado e rasparia com a espátula ou com a faca a tinta fresca da tela, maldizendo todas as criaturas da terra e do céu; pena, porque desde o nascimento não conseguia ser de fato o grande artista que dizia ser; palpitação, a palpitação da responsabilidade, porque o destino daquele quadro agora dependia tanto de minha figura de aprendiz de pedreiro quanto de minha devoção de filho.

Precisei de pouco tempo para ter certeza: a distância de Luigi para mim era excessiva; meu pai seria forçado a pintar um braço desproporcional, se quisesse que o vendedor ambulante, em sua versão de pedreiro, estendesse o copo até o garrafão.

Eu não podia pensar nisso sem me sentir mal. Quanto mais imaginava o comprimento do braço, mais suava frio. Não havia remédio, já sabia como ele justificaria seu erro. Primeiro, gritaria comigo: "Viu o que você fez? Você se mexeu". Depois se lamentaria por não ter um ateliê adequado, como todos os pintores de gênio. Então pegaria no pé de minha mãe, que não havia permitido que ele tirasse o resto dos móveis e os jogasse fora, ou até os queimasse, de modo a lhe deixar o espaço necessário para realizar o projeto que tinha em mente. Por fim, entraria em desespero por aquela desgraça de ser um homem bom, apegado à família, incapaz de nos abandonar e de ir morar sozinho em alguma mansarda em Paris. E seria inútil responder: "Tudo bem, papai, mas quem errou foi você, não eu, não minha mãe, não toda a família". Ele ficaria ainda mais furioso. Reagiria como só ele sabia reagir, ou seja, com rancor, dizendo-se incompreendido até pelo primogênito e enumerando, para deixar claro, as mil dificuldades daquele quadro, difícil na concepção e na execução. O que nós podíamos saber — diria indignado — sobre seus problemas de artista? Fazíamos ideia da multidão de coisas que ele tinha na cabeça? Sabíamos, caralho, como era chacoalhado para lá e para cá por mil hipóteses, todas diferentes, esta, aquela e mais outra? *Padreterno*, não se tratava de fatiar um queijo, não se tratava de rechear doces com creme.

Já na época eu não suportava a possibilidade de que ele me dissesse: Mimí, você não me entende. Foi assim a vida toda, sempre detestei o tom que ele usava com minha mãe ("Você não é capaz de me entender") e temia que o usasse comigo também.

Mas eu o entendia, me esforçava para entendê-lo; estava atento ao mínimo gesto, a cada palavra dele. Aos dez anos, eu sabia muitas coisas sobre como ele trabalhava no cavalete. Tinha visto muitos outros quadros, desenhos, têmperas e aquarelas nascerem. Na minha opinião, ele sempre tendia a se organizar de dois modos: ou pegava uma pessoa, um objeto, uma paisagem (minha mãe, minha avó, o ferro de passar, o campo com as árvores que se viam de nossa casa antes de que se tornasse um canteiro de obras) e os desenhava idênticos ao que eram, chamando-os de "mamãe", "vovó", "ferro de passar", "campo"; ou pegava, sei lá, tio Vincenzino, que era perito eletrotécnico, e mesmo o reproduzindo tal e qual, acrescentava um mar às suas costas, um cesto com peixes e o rebatizava de "pescador".

Aquele grande quadro *Os Bebedores* seguia com certeza essa segunda vertente. Embora havia dias e semanas eu sentisse que estava ocorrendo algo mais complicado. Para se dar conta disso, bastava entrar na sala enquanto ele trabalhava. Aos cheiros habituais de tinta, aguarrás e suor se somou naqueles dias um perfume de excitação cansada e ao mesmo tempo feliz, como o que se sente nos cômodos em que crianças brincam por horas. Eu reconhecia aquele cheiro, era o cheiro de nossas brincadeiras, quando fingíamos ser sabe-se lá que heróis. Ficava surpreso que ele o exalasse. Será possível que estivesse brincando de modo parecido com o nosso?

Eu olhava o quadro: olhei para ele muitas vezes, em todas as fases de sua composição, de dia, em plena luz, e de noite, quando a luz da lâmpada da cozinha penetrava na sala e iluminava apenas algumas zonas, deixando outras no escuro. O canteiro de obras que servia de fundo era exatamente o canteiro que se via da janela, com sua terra devastada, o esqueleto do edifício em construção, as paliçadas, os barracões das ferramentas. Mas a faca deitada sobre o trapo branco do almoço era estranha aos montes de cal, às betoneiras, ao bate-estaca:

provinha da placa de compensado que servia de paleta, era a faca que meu pai usava para raspar as tintas secas. Um grande salto de ambiente, de função. Também o prato, os tomates, o pão; eu sabia perfeitamente que pertenciam não aos pedreiros, mas à nossa cozinha, subtraídos à jurisdição de minha avó (o cacho de uvas não, ainda não era época de uva, quem sabe de onde ele tirou). E o caixote de madeira onde tio Matteo se sentava em pose de mestre de obras provinha de sua venda de frutas e verduras, outro lugar, outro espaço de vozes e rumores, estranho tanto ao canteiro quanto à nossa casa. Além disso, o que o tio Matteo tinha a ver com o ofício de pedreiro? E mais: o que tinha a ver com Luigi, que se sentava no chão de torso nu, no centro do quadro? Embora ambos vendessem verduras, não se conheciam nem queriam se conhecer: Luigi era um ambulante e circulava com uma carroça, exposto ao sol, ao vento e à chuva; tio Matteo tinha uma loja e vendia sua mercadoria à sombra e abrigado.

Por fim, lá estava eu. Frequentava o quinto ano do fundamental, estava às vésperas de prestar o exame de admissão para o ginásio; meu pai mesmo me dizia que, como seu filho, eu era herdeiro — com meus irmãos — de seu grande engenho e faria coisas importantes na vida. Portanto, não via que relação eu tinha com os meninos aprendizes que avistava da janela, penando no canteiro. Aliás, sentia certo incômodo com o uso que ele decidira fazer de minha pessoa, como se por motivos obscuros ele tivesse resolvido bruscamente cancelar de meu corpo a graça que em outras circunstâncias insistia em me atribuir.

Sentia esse incômodo serpentear pela tela, entre os seres animados e inanimados, como se cada um cultivasse a seguinte ideia: "Não estou bem aqui, agora vou embora". Via meu pai sentado por horas com a boca entreaberta diante de seu quadro, ora misturando tintas, ora pintando, e percebia o esforço que estava fazendo para forçar todos nós a nos amalgamarmos, a viver juntos com naturalidade, pessoas e paisagens e coisas que normalmente existiam por conta própria, sem verdadeiros pontos de contato. Era por isso que suava, mesmo estando sentado? Era por isso que estava tão excitado e, quando lhe parecia que tudo andava bem, exalava aquele cheiro de contentamento, como um menino que brinca?

Houve um momento, naquela hora de angústias — não é possível dizer: foi neste ponto, depois de tal pensamento e antes daquele suspiro ou acesso de tosse ou sei lá o quê —, em que descobri outra coisa. Ocorreu-me que ao lado dele, sem ser visto, como lhe dando conselhos de entendedor de arte, se sentasse o fantasma do tio Peppino de Florença.

Tinha a impressão de que, dos objetos que ele nos deixara de herança ao morrer, emanasse um sopro enfeitiçado que povoava a cabeça de meu pai com uma infinidade de sugestões. Era um rumor permanente, ao qual eu atribuía a voz toscano-napolitana do agente de segurança pública, nosso parente. A voz dizia: "Federí, faça assim; não, melhor assado", e oferecia retalhos de posturas, formas de rostos, de corpos e de objetos, misturas excepcionais de cor, confundindo meu pai ou com ideias aparentemente decisivas, ou com propostas que enfraqueciam a confiança daquilo que já havia realizado no quadro.

Hoje eu não saberia dar conta de todas as sugestões que, partindo daqueles objetos de Florença, daquela voz, acabaram confluindo para *Os Bebedores*. Certamente não poucas coisas do mastim napolitano migraram, como eu já disse, de um livro de fotos com capa azul. E também desempenhou um papel relevante uma estatueta de quinze centímetros de altura — arte rústica de artesão desconhecido, da qual nós, filhos, mais tarde arrancamos a cabeça com uma bolada —, que representava um homem sentado com ar de bêbado. Sem contar um pequeno volume com capa de tecido dedicado ao grande pintor Manet, que meu pai mantinha aberto em uma cadeira ao lado do cavalete para de vez em quando dar uma olhada e exclamar: "Este quadro, Mimí, também quer ser uma homenagem ao grande pintor Édouard Manet".

Com o mastim, eu entendia facilmente como tinha sido. Na foto do livro azul havia uma forma marmórea de cão. Meu pai, talvez aconselhado pela sombra do tio Peppino de Florença, talvez de modo autônomo, primeiro a animou tornando-a vigilante e agressiva, depois a confundiu com todos os mastins vistos em sua vida ou desenhados ao perambular pelos campos. Por fim, de passagem em passagem, acabou por transferi-la para a tela, outra presença difícil de conter em meio a tantas entre as quais não havia familiaridade.

Mais difícil era acompanhar as mutações na estatueta de gesso pintado. Sem dúvida nenhuma Federí tinha tirado dela a pose de tio Matteo, sentado com o copo na mão. Mas só a pose: o corpo era mesmo o corpo daquele nosso tio, e o influxo da estatueta só reaparecia no chapéu que ele tinha na cabeça e em algum traço do rosto, tanto que tio Matteo, ali no quadro em atitude de mestre de obras, parecia menos parente nosso que da estátua e, ao encontrá-la, era como se tivesse pedido a ela: "Pode me emprestar um pouco o chapéu?".

Quanta vida possível meu pai devia ter intuído naquele objeto vindo de Florença, escolhido pelas mãos grossas e no entanto competentes de tio Peppino. Dali certamente deduziu também as figuras que estavam do lado esquerdo do menino com o garrafão, ou seja, do meu lado. Tratava-se de dois pedreiros que olhavam fixamente o jato de água com uma curiosidade imotivada, eu não entendia o que eles tanto olhavam. Tinham ficado tão bem naquela atitude que, ao examiná-los com atenção depois de terminado o quadro, me espantei que parecessem verdadeiros, mesmo não tendo tido modelos em carne e osso. Meu pai devia ter feito a estatueta girar bem de leve, o suficiente para mudar um pouco a perspectiva, e com isso extraiu vida dela, tendo inventado com perícia os dois homens sem precisar se queixar com eventuais modelos por nunca estarem parados. Eu os estudava: pareciam irmãos siameses, parentes distantes de tio Matteo. Aquela semelhança me fazia pensar no ser humano que o autor desconhecido da estatueta deve ter retratado, e eu dizia a mim mesmo: "Quem sabe desde quando está morto, e no entanto está aqui". Naquele período, a arte me parecia uma bizarra migração de ectoplasmas.

Por último havia Manet. No longo lapso de tempo em que meu pai trabalhou naquele quadro, manteve ao lado do cavalete o livro da lombada de tecido, aberto em *Le Déjeuner sur l'Herbe*. Nas vezes em que, em sua ausência, eu ia espiar a tela, acabava sempre dando uma olhada naquela página. Perguntava-me por que ele a mantinha continuamente sob os olhos, já que entre seu quadro e aquela reprodução não havia nenhum ponto de contato. Até que justamente enquanto eu estava lá, posando e aflito sobre o que fazer, entendi que também Luigi não era apenas Luigi. Em seu torso nu havia se aninhado algo de estranho. Isso mesmo. No torso nu de Luigi havia a nudez da mulher de Manet. *Os Bebedores* não continham apenas uma foto de estátua de mastim que servira para moldar um mastim retratado da realidade. Não conservavam apenas uma estatueta que distribuía sua atitude, fisionomia e até o chapéu a três personagens, um retratado da realidade e dois inventados, com o resultado de que os inventados pareciam parentes do verdadeiro. Naquele quadro também havia a ambição de transferir, para dentro do esquálido canteiro de obras, traços daquele *Le Déjeuner sur l'Herbe* de Manet.

Agora que estou escrevendo, imagino meu pai com a testa grande e os olhos semicerrados, enquanto vê coisas que nós, da família, não vemos: o cinza terroso que se substitui a um prado, pedreiros que ocupam o lugar de burgueses bem-vestidos, o magro Luigi despido até a cintura, que com grande audácia faz as vezes da opulenta mulher nua de Manet.

Naquele quadro, para além da aparente tranquilidade da cena, fermentava toda uma agitação de verdadeiros e fictícios, de formas caseiras e poses de alta classe. *Le Déjeuner sur l'Herbe*, *Borrachos*, *Os Bebedores*. Estátuas, estatuetas e tio Matteo. Quem sabe mais o quê. Cheguei até a me perguntar, desorientado, mas não com estas palavras: "Até o menino que despeja a água não é inteiramente eu? Também deriva de algum desenho ou estatueta ou quadrinho ou gravura escondida entre os objetos de arte que tio Peppino de Florença deixou para nós?". Pensei-me habitado por desconhecidos. Remodelado, refeito, distorcido sem nenhum respeito. Então, na ausência de meu pai, procurei fontes na casa para minha figura de menino com garrafão. Mas não achei nada, logo deixei para lá, duvido que a essa altura encontre alguma coisa.

O fato é que, em torno daquele quadro, durante dias e semanas houve um animado carnaval de formas, uma efervescência de imagens. Iam e vinham em um fluxo irrefreável, pareciam as bolhas de um efervescente. Aí está — eu pensava —, é por isso que meu pai está sempre com um ar delirante, nervoso, gritando sem motivo. Talvez, enquanto eu estava posando, tivessem passado ali ao lado, como em uma ronda, até os *carabinieri* que Federí tinha visto na infância, embora (ou justo por isso) eles bebessem vinho e aqueles pedreiros preferissem água. Eu tentava não me espantar com aquilo. Entendia. Entendia que cada obra era o local de encontro de uma multidão. Meu pai tinha a cabeça lotada de sombras e precisava manter sob controle mil fantasmas, todos dentro da cabeça, atrás da testa — "aqui, Mimí, aqui" —, sem nenhuma possibilidade de enfileirá-los em ordem, homens, objetos, cães, enfim, qualquer coisa, no espaço exíguo daquela sala. Vê-los com um olhar que abraçasse todos eles. Descobrir se combinavam um ao lado do outro. Deduzir quais eram as distâncias certas e quais as justas proporções, e que cores tinham à luz do dia para depois não se confundirem com as cores da luz elétrica. Ou decidir usar apenas a luz da lâmpada como se fosse a do dia e pintar em escuros fechados e sempre com a lua acesa, embora fizesse sol. Porque, ah, Mimí, é tão difícil. Difícil desde menino, nunca se sabe o que fazer, o realismo, o abstratismo, a tradição, a vanguarda, *chillu struz 'e* Picasso, *chillu cazz 'e* Léger, o que é a verdadeira arte, que *sfaccimmaggiafà*, o que deve fazer quem quer pintar no meio desta zona: ou seja, de nós, filhos, que gritávamos pelo corredor em nossas brincadeiras, e vovó que se queixava porque de noite não dava para fazer as camas direito nem desfazê-las de manhã, e o trabalho de ferroviário com turnos de dia e de noite, e Paolo Ricci que diz: faça assim, e Carlo Barbieri que diz: faça assado — é claro que depois não se consegue ficar atento a tudo, me entende?

Sim, eu entendia. Intuía o que tinha acontecido. Aconteceu que, naquele caos de pessoas e objetos e paisagens e livros e tio Peppino de Florença e enfim tantas possibilidades de fazer e inventar e reinventar, meu pai se equivocou, não tinha calculado bem as distâncias. Agora ele deveria pintar um braço de proporções corretas que, ao contrário, acabaria ficando desproporcional.

Decidi que era preciso fazer o que até aquele momento eu me impusera com todas as minhas forças não fazer: me mover. Pareceu-me a única possibilidade que eu tinha de reparar aquela terrível situação. Era impensável dizer a meu pai: "A posição que você me deu está errada. Assim como estou agora, o jato do garrafão nunca vai parar no copo. Talvez daí você não se dê conta, precisa prestar atenção em muitas coisas. Mas daqui eu posso imaginar Luigi como se estivesse na minha frente, e lhe garanto que a distância é excessiva, vou derramar água no chão, e ela vai parar no pão e nos tomates. Por favor, antes que o dano seja irreparável, é melhor que eu mude de lugar". Não, não. Ainda que eu tivesse a coragem de lhe falar assim — e não tinha —, ele ficaria boquiaberto pelo espanto já na primeira frase, depois daria um risinho contido e por fim, se estivesse em um momento de bom humor, no máximo me diria: "Mimí, por favor: confie no papai", ou então nem se dignaria a responder e me faria entender com o silêncio: "Você por acaso é pintor? É artista? Fique parado aí e não dê um pio". Por isso, planejei mudar de posição com movimentos mínimos, tão estudados que ele nem notaria. Não via outras soluções possíveis.

Foi uma operação demorada, mas me lembro dela como de uma das experiências de maior tensão em toda a minha vida. Na verdade, tratava-se de um deslocamento discreto. O joelho direito que se apoiava no piso serviria de eixo. Bastava avançar bem devagar o pé esquerdo de modo a fazer o tronco girar o suficiente para permitir que o gargalo do garrafão se encontrasse ao alcance da mão do futuro copo de Luigi. Os ossos do joelho me doíam, o pé e a perna direita estavam dormentes, mas mesmo assim comecei a operação.

Na infância se vive na borda dos sonhos ou dos pesadelos, eu pelo menos vivia assim. Naquela época eu estava sempre tomado por uma febre mental que fornecia razões para cada detalhe insignificante dos fatos, amplificava ou restringia os espaços segundo as necessidades, queimava os tempos do relógio ou os dilatava. Não tenho dúvida de que preferiria morrer a desistir: assim morria muitas vezes ao longo de um dia. Quanto aos milímetros que ganhava, eram percursos intermináveis, mas eu tinha botas melhores que as do gato de botas. E o tempo? Quanto durou aquela tentativa? Não sei, a duração depende às vezes do significado que atribuímos aos nossos atos. Acho que aquela torção ainda está durando e durará enquanto eu viver, ou melhor, até quando eu continuar pensando nisso e narrando.

Entretanto meu pai falava e falava: da infância, da adolescência, das garotas, das mulheres, do pai, dos pintores inimigos. Eu me deslocava com movimentos mínimos. O dedão e os dedos do pé esquerdo atritavam com as lajotas do piso e tensionavam os músculos da coxa. Meu corpo girava imperceptivelmente sobre o joelho direito. O gargalo do garrafão abandonava pouco a pouco o pano branco e o prato de tomates, ficções nitidíssimas para que eu me orientasse, e ia para o copo de Luigi, outra ficção necessária. Eu era o menino que despeja a água e queria despejar direito, se mais não fosse para garantir a meu pai uma obra de grande fôlego e, a partir daí, derramar serenidade sobre minha mãe e um clima de paz em toda a família.

Mas a certo ponto Federí parou de falar. Caiu um silêncio que me gelou, interrompi de pronto minha torção. Esperei e o ouvi dizer, irritado: "Mimí, você está se mexendo". Acrescentou: "O que foi? Está cansado? Quer repousar?". Me encorajou: "Você foi excelente até agora". E me prometeu: "Quase terminamos por hoje, resista só mais um pouco". Então voltou a pintar.

Esperei uns instantes e depois recomecei a me deslocar. Estava molhado de suor, os dedos do pé escorregavam sobre as lajotas antes de se fixarem. No entanto, eu tinha quase conseguido: o gargalo verde do garrafão já se encontrava na altura do copo de Luigi. Aquela era a posição certa.

Mas não para meu pai. Levantou-se em um impulso com o pincel na mão e o cigarro na boca. Dessa vez estava muito impaciente. Será possível que eu não conseguia ficar parado mais um minuto? Ele tinha pedido só mais um minuto, *padreterno*.

Veio ao meu lado, se ajoelhou e, com irritação, me reconduziu à posição inicial.

Minha experiência de modelo de artista terminou ali. Não houve mais necessidade de mim nem então, nem nunca. Mas o quadro ainda demandou muito trabalho, e meu pai continuou pintando por horas, durante todo o tempo livre que tinha. Eu voltava da escola sempre apreensivo. Esperava que a qualquer momento ele descobrisse seu erro. Imaginava encontrá-lo mudo diante do cavalete ou furioso. Já nas escadas tinha a impressão de ouvi-lo berrar que não era possível trabalhar assim, e o via com a faca na mão diante da tela toda rasgada pela raiva.

No entanto, não aconteceu nada disso, e aos poucos a tensão cedeu. Esqueci que estava ansioso por aquele problema, também tinha minhas coisas para cuidar. Apenas de quando em quando registrava os progressos do quadro. Agora eu estava reproduzido ali na tela, completo, cabeça baixa mas reconhecível, joelho na terra, garrafão debaixo do braço. Ao meu lado tinham aparecido os dois irmãos siameses, bem juntos um do outro, pedreiros derivados da estatueta de gesso que me olhavam divertidos, não sei por quê. Luigi finalmente tinha seu braço esquerdo, desproporcional como eu já esperava: nem assim conseguia chegar ao gargalo do garrafão — estava muito no alto —, e a água caía em seu copo com um jato longo e branco, como a cascata em miniatura de uma torrente forçada a um salto.

Frequentemente minha mãe entrava na sala, às vezes para trazer o café a Federí, às vezes só para pegar algo de que precisava. Parava por um momento e observava o quadro em silêncio. Ele fingia que ela não estava e continuava pintando, mas era claro que aguardava um parecer. Se ela não dissesse nada por iniciativa própria, ele perguntava: "Gosta", mas sem ponto de interrogação, para que entendesse que precisava que ela respondesse sim.

Ela sempre respondia sim, especificando, quando ele não a fizera sofrer e, portanto, tinha olhos vivos e vontade de falar, como isso tinha ficado bom, como aquilo tinha ficado bom. Depois me parecia que meu pai pintava com maior paixão, e várias vezes, assim que Rusinè saía, ele começava a cantarolar ou até assoviava canções napolitanas e belas baladas. Coisa que me desorientava: não entendia como é que ele, que em geral humilhava minha mãe com palavras brutas, sentisse tanto prazer com aquelas opiniões positivas. Mistérios difíceis de desvendar.

De todo modo, se eles estavam contentes, eu também estava, sobretudo quando Rusinè dizia que eu tinha sido pintado especialmente bem, parecia muito natural com aquele garrafão; e Federí concordava, eu tinha ficado melhor que todos os outros: isso porque tio Matteo era *'nu strunz*, Luigi também era *'nu strunz*, mas eu, que era seu filho, não.

Sempre evitou mencionar que, na última vez em que posei, me mexi. Tinha generosamente se esquecido disso. Atravessava um período de boa disposição e gentileza, o final daquele trabalho extraordinário o deixava de bom humor. Um dia foi gentil até com tio Matteo, que viera se ver na tela e, mesmo se parecendo — em minha opinião — mais com a estatueta de gesso do que consigo mesmo, exclamou satisfeito: "Federí, você me fez igualzinho". De tão contente, meu pai quis que ele ficasse para almoçar e, entre o primeiro prato e o segundo, chegou até a lhe explicar, como se de repente lhe atribuísse um cérebro capaz de entender: "Não o fiz igualzinho, tio Mattè, fiz melhor. Fiz de um modo que agora você não vai mais morrer".

Foi paciente até com Luigi, que chegou alguns dias depois de tio Matteo. Tímido, desculpando-se por estar vestido com as roupas do trabalho (camisa regata e calça frouxa), o vendedor ambulante temia sujar a casa com sua presença. Mas meu pai disse que não, não está sujando nada, venha, e ele entrou no cômodo e ficou imóvel, tomado de assombro. Então se aproximou para ver melhor sua mão e verificar se tinha todos os dedos. Quando teve certeza de que meu pai manteve a promessa, falou: "Antes meu dedo era exatamente assim, obrigado". Meu pai respondeu: "Não há de quê".

Mas o melhor dia foi o da última pincelada. Federí não via a hora de ter a opinião de uma pessoa muito competente, e nessa ocasião chamou Armando de Stefano para vir em casa. De Stefano veio. Meu pai o fez entrar na sala de jantar e, enquanto Rusinè e minha avó repetiam com variadas entonações: "Desculpe pela bagunça, aceita um café?", ele lhe disse com um gesto ostensivo: "Pronto, olhe aqui".

Foi uma verdadeira satisfação. Federí contava — inclusive em seus cadernos de memórias — que Armando de Stefano primeiro ficou boquiaberto, depois se disse muito satisfeito e por fim exclamou: "*Santodio*, como você conseguiu pintar uma obra tão importante dentro desta sala tão pequena e mal iluminada?". O único problema foi que ele se retirou sem nem mencionar a tal mostra que os dois deviam fazer juntos, com obras de grande fôlego. Não disse sequer, sei lá: precisamos conversar sobre a mostra, temos que marcar uma data.

Meu pai aparentemente não se importou com isso; mas minha mãe, sim. Desde aquele momento lhe perguntava todo santo dia: "E então, tudo bem? E aquela mostra, você e De Stefano, quando vão fazer?". Podia parecer uma pergunta normal, de interesse artístico, portanto legítima até para os ouvidos de meu pai. Mas eu mesmo percebia que a verdadeira questão estava por trás das palavras, e toda vez que ela batia naquela tecla, eu ficava agitado. A indagação de Rusinè soaria assim, se ela tivesse meios de formulá-la sem levar uma bofetada: "Quando você vai tirar esse quadro daqui e liberar a sala? Quando os meninos vão poder dormir de um jeito mais decente, e todos nós poderemos nos reorganizar como se tivéssemos uma casa normal?".

É óbvio que meu pai sabia perfeitamente que todo aquele interesse da mulher pela mostra era porque não via a hora que ele liberasse a sala. Por isso ficava nervoso. Nos dias bons, respondia: "Não sei, Armando ainda não tocou no assunto". Nos dias ruins, respondia: "Rusinè, *nummeromperoccàzz*". Até que uma vez voltou para casa tão emburrado, com uma expressão de tanta decepção, raiva e desespero, que todos nós não sabíamos onde nos esconder para evitá-lo, e até minha mãe o espreitava com o canto do olho, atenta para não dizer as palavras erradas.

Estávamos todos almoçando, me lembro, quando ele não aguentou mais e começou a falar o que lhe fervia na cabeça. Não implicou com nenhum de nós. Implicou diretamente com Armando de Stefano. "*Chillummerdaiuólo, chillucanteremmèrd*", gritou, fazendo-se ouvir por toda a vizinhança. De Stefano tinha mudado de ideia. Não queria mais fazer a exposição com ele. O professor de desenho do caralho tinha muito medo de destoar. Preferia — sibilava como se lhe faltasse a respiração — fazer a exposição sozinho, para evitar a comparação. O covarde, o hipócrita. Se De Stefano conseguia ser simpático com todo mundo, e ele não, isso era por causa justamente da hipocrisia. Palavra que na época eu desconhecia, como também hipócrita, tanto que não conseguia ter uma ideia clara sobre por que De Stefano era simpático aos olhos de todos e entendia ainda menos quando meu pai berrava: "Ele chama isso de boa educação, *'o struz*, mas na verdade é hipocrisia!". Só às vezes acrescentava frases mais explícitas, do tipo: "Nunca que De Stefano teria a coragem de dizer na cara a *'nu strunz*: '*Strunz!*'". Já ele era capaz, sim, sem nenhum medo. Se alguém era um *strunz*, ele imediatamente dizia, porque sua natureza era essa, de homem franco, leal, corajoso, que não sabia fingir, ao contrário, tinha sempre que dizer a todos os *strunz* a verdade sobre o que eles eram. Como Caravaggio, aliás. Porque também Caravaggio — urrava transtornado pela humilhação, pela dor de ter sido ferido por um artista que admirava —, se precisasse dizer a outro pintor: "*Strunz!*", lhe dizia. Já De Stefano, sendo professor do liceu artístico e membro da Academia, não tinha o estofo de Caravaggio. E às vezes se defendia dizendo: "Não sou hipócrita, Federí. Ao contrário de você, *ca' sí 'nu chiàveche*, sou apenas uma pessoa direita".

Eu escutava magoado. Acho que pendia — como sempre nesses casos — para as pessoas que causavam menor dano, e por isso pensava: "Quero ser como De Stefano, não como Caravaggio". Não podia tolerar estar destinado a espalhar ao meu redor a tensão que meu pai agora estava espalhando. Ele falava e gritava e balbuciava de raiva. Nenhum de nós ousava interrompê-lo, nem minha mãe, que estava sentada à sua direita, lugar onde era fácil receber tabefes. Eu observava sua pele amarelada, o olhar melancólico. Em certos momentos, entreabria os lábios e parecia pronta para dizer alguma coisa. Eu prendia a respiração e rezava para que não perguntasse: "Agora o que vamos fazer com esse quadro?". Só ficava um pouco mais calmo quando via que ela renunciava a falar. As palavras marulhavam na boca do marido em uma sucessão de ondas de borrasca tão intensa que, ainda bem, não havia jeito de ela se pronunciar.

Porém, quando conseguiu falar, surpreendeu minha avó, meus irmãos e a mim. Só abriu a boca para consolá-lo. Não disse: "Você falou a De Stefano que pintou o quadro para isso e que agora é preciso fazer a exposição e ponto-final?". Não disse: "De Stefano, você e essa sua mania de dar um passo maior que a perna arruinaram todos nós". Em vez disso, falou que ele não devia se aborrecer, que era muito melhor que De Stefano e que qualquer outro, que ela sempre soube disso, que De Stefano e todos os outros também sabiam. Disse exatamente aquilo que meu pai desejava ouvir.

De fato, ele se mostrou animado de novo, levantou da cadeira com repentina energia e quis que fôssemos todos para a sala de jantar. Ali formamos uma fila, a família inteira, diante do grande quadro *Os Bebedores*.

Um belo momento. É preciso saber que o sol nunca batia no apartamento da Via Gemito. Era uma casa úmida. Mesmo nos dias bons, os cômodos só recebiam uma luz fria, de um azul pálido. No entanto, o quadro parecia luminosíssimo. As costas nuas de Luigi se curvavam avançando da tela com sua carne reluzente, o mastim nos fixava alarmado, tio Matteo sorria com um sorriso de divindade jônica, os dois irmãos siameses riam entre si misteriosamente, eu despejava a água do garrafão, e não havia, ali na tela, nenhum vestígio do esforço que me custou ficar tanto tempo parado naquela posição.

Que obra de grande fôlego: neste momento me comovo ao pensar. Ouvia meu pai nos explicando as cores e os efeitos de luz, buscando palavras de crítico de arte. Falava de massas tonais, de linhas de perfeita eurritmia (quantas palavras colecionava, dessas que podiam servir para impressionar seus numerosos inimigos), de sinusoides contrapostas nas quais estavam belamente inseridas as massas dos pedreiros. Estávamos todos atentos — eu pelo menos estava. Quando se dirigia a mim, eu sempre fazia um sinal afirmativo, para que ele entendesse que eu entendia. Mas agora não era necessário, ele já não precisava de apoio. Estava tão tomado pelos resultados de sua arte e pela vontade de explicar a qualquer um como os havia obtido, que acho que ele nem me enxergava. Só precisava ter a certeza de que não estava falando apenas a si mesmo.

Enfim, tudo ia às mil maravilhas — para ele, bastava sentir-se tão talentoso quanto estava nos explicando prolixamente que era —, quando se dirigiu à minha mãe para obter alguma outra concordância formal. Mas Rusinè de repente fez algo inexplicável para mim, que me tirou o fôlego. A uma pergunta peremptória dele, do tipo: "O que me diz, é bonito?", ela respondeu que sim, é muito bonito, mas acrescentou, talvez para tornar seu sim mais convincente e demonstrar que ela, depois de tantos anos de casada com um artista, também tinha espírito crítico e olho de especialista: "Há apenas este braço de Luigi, que é longo demais".

Não sei bem o que aconteceu depois, só me lembro perfeitamente daquela frase. O resto é poeira, fragmentos de sons, palavras como aparas sob a plaina do tempo e outras fórmulas enfáticas que aqui servem substancialmente para dizer isto: uma narrativa é uma narrativa; até quando narra apenas a verdade, usa e abusa da fantasia.

Meu pai olhou o quadro, olhou minha mãe. Repetiu para se convencer: "Longo demais? E onde você está vendo que é longo demais?".

Rusinè foi cativante. Aproximou-se da tela com alegria e indicou o braço de Luigi do ombro até o copo, exclamando em dialeto: "Não está vendo? É longo. Mas não importa, é bonito do mesmo jeito".

Nesse momento, Federí perdeu a luz da razão. Começou a gritar que chega, não era possível que sua mulher, uma pessoa que não tinha nem a quinta série e mal sabia ler e escrever, viesse dizer a ele: o braço é longo demais. Longo *'stu cazz*! O braço foi feito assim para dar profundidade. Rusinè sabia o que era profundidade? E sabia todos os cálculos, os testes e o trabalho que ele teve para dar aquela profundidade ao quadro? Ou pensou que alguém se sentava e zás-trás, pintava sem pestanejar? Ele recorria ao estudo, ao raciocínio, ao conhecimento das técnicas, não era *'nu strunz*. Sabia quem tinha realizado exatamente aquele mesmo tipo de efeito que agora ele havia realizado com o braço de Luigi? Michelangelo Buonarroti. Na Capela Sistina. Exato. Michelangelo tinha feito o mesmo com Jesus Cristo, que tinha pernas curtas e tronco comprido justamente para dar, a quem olhava de baixo, uma impressão de corpo alongado que se projeta no ar com toda a potência. Se não sabia, então ficasse calada. Só faltava agora ter que prestar contas a ela. Braço longo. Fique ali e olhe: me diga onde está o braço longo?

Com olhos furiosos, a boca escancarada, indicava ostensivamente o ponto da sala de onde ela devia contemplar o quadro.

Parecia muito seguro de si, mas na verdade não dava para saber se ele estava de fato explicando suas razões de artista ou se, ferido pela consciência súbita do erro, estava dando nó em pingo d'água para demonstrar, sobretudo a si mesmo, que o erro não era um erro, mas uma necessidade da arte.

Entretanto, bem devagar, enquanto o genro berrava, minha avó deu as costas e se retirou da sala. Ao fazer isso, esperava que a filha entendesse e seguisse seu exemplo. Mas era uma esperança inútil, todos sabíamos: uma vez que abriu o bico, Rusinè continuaria abrindo o bico, sem medir as consequências.

Assim, durante todo o tempo em que Federí gritou com grande agitação, ela ficou observando o quadro com muita intensidade, como se nem ouvisse a voz do marido e só se interessasse em compreender bem se ela estava enganada ou se tinha razão. Por fim confirmou que sim, não havia dúvida, o braço realmente era desproporcional. Veja, disse a ele, nem com um braço tão comprido Luigi consegue levar o copo até o gargalo do garrafão. E o coitado do menino — lhe mostrou com leve ironia minha figura pintada — está posto tão no alto que é um milagre que acerte o copo. Então admita: todo o resto está perfeito, você só errou aqui.

Sabe-se lá por quanto tempo continuaram. Não sei escrever todas as palavras tim-tim por tim-tim, mas o certo é que houve um grande bate-boca em que a raiva de meu pai encontrou como sempre uma única saída: a mulher, que metia o bedelho em seu trabalho de artista como se não fosse uma simples fabricante de luvas, uma costureirinha, uma aspirante a comerciante como todos os seus parentes de merda, mas uma autêntica pintora, que agora queria lhe dar lições, com a clássica presunção do ignorante incompetente. Portanto fique calada, Rusinè — berrou. Nem De Stefano tinha feito um mínimo reparo, e ela agora o criticava? Mas *vafanculo* o braço, o copo, a água. Está vendo esses dois aqui, ao lado de Mimí? Segundo você, por que eles estão olhando o rapaz e a água que sai do garrafão? E por que estão rindo? E por que se divertem? Você não sabe, fala só por falar. Eles olham o menino e riem porque querem ver se ele consegue acertar a água bem dentro do copo de Luigi. Não tinha entendido, hein? Não tinha entendido, berrava, que o copo precisa ficar embaixo, longe do gargalo do garrafão; se não há nada a olhar, não há brincadeira, não há motivo de riso. Mas agora chega, imagine se eu tenho que dar explicações a você, fale mais uma vez que eu lhe dou um tapa.

Como ele já estava levantando a mão para acertá-la, minha mãe saiu do cômodo com um ímpeto nervoso de raiva, e meus irmãos foram atrás dela correndo. Quanto a mim, não fui capaz de me mexer, estava com a cabeça esvaziada pelo medo, não fui capaz de comandar as pernas. Mantinha os olhos na tela pensando: "Será verdade que o braço ficou comprido de propósito? Será verdade que aqueles dois me olham rindo para ver se eu consigo acertar o copo de Luigi?". Meu pai mentia e inventava desculpas no momento? Ou — me vinha a suspeita, e me vem até hoje — nós dois, eu e minha mãe, estávamos errados e, ao errar, queríamos realmente atrapalhá-lo e éramos, por motivos obscuros, os maiores inimigos de sua arte?

Eu não sabia me decidir, estava apenas esgotado pela angústia. Agora me dava desânimo ter sido posto naquele quadro. Que sentimento intenso é o desânimo, esse pensamento que se perde em si mesmo por excesso de tensão. Também me desanimava ter permanecido ali, sozinho com meu pai, que agora estava imóvel diante da tela com os olhos arregalados de um louco, olhos que ficavam bem nele.

Federí fixou longamente o braço de Luigi, como se não fosse ele quem o tivesse pintado. Via-se que pouco a pouco estava voltando a si. Começava a sentir os tormentos do homem isolado e também o remorso por ter tratado a mulher daquela maneira, mas não posso jurar sobre isso. Quando se deu conta de que eu ainda estava na sala, me pareceu surpreso. Fez uma careta entre raivosa e conciliadora e me perguntou: "Você acha esse braço longo, Mimí?". Sacudi a cabeça energicamente, dizendo que não.

A história do quadro *Os Bebedores* termina aqui. Ou pelo menos termina aqui sua história doméstica. Já a história pública tem início em julho de 1953, mas é bastante confusa e, em seus traços principais, semelhante a tantas outras histórias de desgosto que meu pai me contou ao longo da vida.

Depois de muitas brigas diárias com minha mãe, daquelas de sempre — não necessariamente violentas, na maioria das vezes um mau humor constante —, um dia Federí apareceu em casa com dois conhecidos muito prestativos e levou o quadro embora.

Foi um momento memorável. Eu estava tão habituado àquele fundo cheio de cores que, sem ele, a sala me pareceu particularmente grande e particularmente desolada. As mulheres da casa devem ter tido a mesma impressão. Meu pai tinha acabado de fechar a porta atrás de si, e já a avó Nannina estava na sala tirando a poeira, varrendo, lavando, um rito purificador, enquanto minha mãe arrastava móveis pelo corredor e, aguardando que Nannina terminasse de lustrar o piso e raspar o que fosse possível da tinta seca nas lajotas, analisava da soleira a melhor forma de dar ao cômodo um toque de novidade.

Enquanto isso o quadro viajava por Nápoles, talvez em um caminhão, talvez em uma carroça. Federí não se preocupava com os detalhes quando contava aquele episódio e ia direto ao ponto. Estava interessado principalmente em realçar o progresso que sua carreira artística teve depois de Roma. Se para participar da exposição romana ele teve que se submeter ao exame de um júri especializado — dizia —, agora tinha sido simplesmente convidado para um evento napolitano importantíssimo, a "Primeira Coletiva das Artes Figurativas no Mezzogiorno", que seria inaugurada em agosto, no Palácio de Exposições da Mostra de Além-Mar. "Não fui aceito", enfatizava, "e sim convidado, como se faz com os artistas famosos." Também havia muitos prêmios valiosos: quinhentas mil liras ao prêmio Salvator Rosa, quinhentas mil ao prêmio Região Autônoma da Sardenha; e quinhentas mil ao prêmio Cidade de Nápoles.

Ele estava eufórico. Fiquei contente por todos aqueles prêmios que ele podia ganhar e pelo convite que havia recebido. Podia imaginar aquele convite, escrito com deferência em letras cheias de floreios, como queria meu professor do fundamental, e endereçado ao Mestre Professor etc., como meu pai queria ser chamado para não se sentir inferior aos artistas-professores do liceu artístico e da Academia. Além disso, lia-se preto no branco que ele poderia expor três obras. Mas ele apresentou apenas *Os Bebedores*, que no entanto valia por dez.

Teve a confirmação do prestígio que agora lhe era atribuído, depois de oito anos da mostra dos excluídos, na inauguração desta mostra. Seu quadro tinha sido colocado na sala principal, bem no centro de uma grande parede. Meu pai passou a noite o observando como se o visse pela primeira vez, enquanto espiava os visitantes que paravam encantados. Não podia se convencer de que tinham dado tanta importância a uma obra sua. A sala principal, *santoddío*: uma parede inteira. Enfatizava isso para todo pintor que aparecesse, dizendo: "Se me colocaram aqui, com certeza quer dizer que o quadro agradou".

Mas não precisou muito para se dar conta de que os outros não compartilhavam nem um pouco seu entusiasmo; ao contrário, tendiam a desconversar. Alguns o olhavam tentando conter a inveja, outros lhe lançavam mais diretamente miradas que pareciam disparos, outros ainda se limitavam a frases ressentidas e minimizadoras do tipo: “Onde queria que botassem um quadro tão grande como esse?”. Enfim, era evidente que a maioria fazia de tudo para estragar sua satisfação.

Depois aconteceu que vários começaram a soltar frases que tinham algo de rancorosamente alusivo. Por exemplo: “Você foi mais bem tratado que Spinosa, que ficou com uma saleta inteira porque é o presidente do sindicato dos artistas das ACLI”; ou: “Com boas recomendações se consegue tudo”.

Em um primeiro momento, meu pai não entendeu. Pensou que era um convite para atacar os recomendados e o fez de bom grado, lançando longas filípicas contra as marmeladas organizadas por *ricchioni* e *scurnacchiati* para dividir os prêmios em disputa e narrando tanto as trapaças que fizeram com ele em Roma, com o prêmio Mancini, quanto a cachorrada arquitetada contra ele no cinema Ideal. Mas aos poucos foi forçado a notar que aqueles que se enfureciam com as recomendações estavam irritados não com os outros, mas com ele. Corriam rumores sobre seus apoios poderosíssimos; dizia-se que ele tinha vendido o rabo e a esposa — assim se exprimiam *chilli sfaccimmemmèrd* — para ser convidado à Primeira Coletiva das Artes Figurativas no Mezzogiorno e ver seu quadro na sala principal. Uma coisa que realmente lhe fez mal.

A boataria — ele soube mais tarde — surgiu do fato de que o presidente da comissão para a colocação das obras, o famoso pintor Carlo Siviero, durante um jantar oferecido em sua homenagem no restaurante D’Angelo por outros pintores, interessados em tramar um jeito de dividir os prêmios entre si, tinha dito, surpreendendo a todos os presentes, que ele — “Seu pai, Mimí” — se tornaria um dos maiores expoentes da pintura italiana da segunda metade do século. Não só; Siviero chegou a acrescentar mais ou menos isto: "Gostaria muito de conhecer pessoalmente esse grande pintor". E como os mais pérfidos se apressaram em dizer: "É um sujeito que circula pouco, trabalha nas ferrovias", ele rebateu: "Eu sei que é ferroviário, mas mesmo assim digam a ele que tem enormes qualidades e que nós premiaremos essas qualidades".

Um verdadeiro trauma para todos os comensais. Meu pai foi informado das belas palavras e da boa notícia por Mele, o proprietário da galeria Medeia, que havia participado daquele jantar. É claro que ele gostaria de ter ouvido pessoalmente os elogios de Siviero, mas, em primeiro lugar, nenhum dos artistas que tinham organizado a comilança o convidara; segundo, mesmo que tivesse sido convidado, não teria dinheiro para contribuir financeiramente com a conta do banquete em homenagem a Carlo Siviero; terceiro, estava com o turno da noite nas ferrovias. Mas Mele lhe fez um relato muito detalhado e ainda disse que as palavras de Siviero tinham envenenado imediatamente a mesa. É por isso — Federí se deu conta de repente — que os olhares pareciam disparos; é por isso que se espalhou a conversa de que ele — ele! — tinha sido recomendado. E por quem, *cazzo*? Por Siviero, que ele nem conhecia? Pelos outros membros da comissão, o superintendente Molaioli e o arquiteto Canino, que ele nem sabia que aparência tinham? Pelos pintores De Vanna, Di Marino, Rossomando e pelo escultor Mennella, que prefeririam ter os colhões arrancados a favorecê-lo? Pelo crítico comunista Paolo Ricci, que já o detestava? Pelos vários doutores, engenheiros, arquitetos, advogados e autoridades que distribuíam os prêmios segundo as amizades e as clientelas?

Federí estava indignado. Ele, que era o artista mais desprovido de apoios que já pintou madeiras ou telas desde os tempos de Cimabue, ter que passar por um recomendado. Ia à Mostra de Além-Mar todas as noites e ficava com um pé atrás, pronto para reagir a qualquer alusão.

De fato, quando certa vez o pintor Giuseppe Carrino lhe disse rindo e brincando, lá na sala central, diante d'*Os Bebedores*: "Federí, me conte seus segredos, de quem você conseguiu sua recomendação", ele respondeu: "Tudo bem, *strunz*, vamos ao jardim e lhe conto meus segredos, e você me conta os seus". Os dois foram ao jardim para sair na porrada, mas Carrino, segundo meu pai, fez pior, sacou um canivete, disparou a mola e pôs a lâmina em sua garganta gritando: "Confesse: quem recomendou você?!".

Foi um momento bem complicado. Considerando que ele não tinha nada a confessar, e que Carrino insistia em manter a ponta da faca pouco acima de seu pomo de adão, era preciso deduzir que eu e os outros filhos não ficamos órfãos, e que Rusinè não ficou viúva, só porque por acaso calhou de passar ali o suboficial Cardona, também ele pintor, que interveio evitando que nosso genitor, o marido de Rusinè, fosse degolado.

Isso só para ilustrar o clima. Desde aquela noite ele evitou com o maior cuidado as salas da mostra, não por medo de Carrino — não tinha medo de nada e, se tivesse medo, estava habituado desde menino a controlá-lo, como lhe ensinara o campeão europeu Bruno Frattini —, mas simplesmente para se poupar de ver certas caras de bunda que não lhe ocultavam seus propósitos assassinos. Geralmente se pensa — dizia já velho, quando era ainda menos sereno que quando jovem — que o mundo da arte é repleto de pessoas que dizem belas coisas entre si sobre a Natureza, o Homem, os Sentimentos, as Técnicas, a Estética; mas não, Mimí: é um mundo cheio de *chiavecchemmèrd*, que passam o tempo mais se autopromovendo e fodendo com os outros do que discutindo sobre assuntos artísticos; o único e verdadeiro objetivo deles na vida são a grana e as trepadas. Com mais de oitenta anos, ainda sofria com aquela descoberta.

Enquanto isso, no final de setembro, poucos dias antes da premiação oficial, morreu Carlo Siviero, seu admirador, que estava doente fazia tempo. Imediatamente — contava meu pai — tudo o que Siviero tinha feito na comissão de prêmios foi desfeito. O prêmio Salvator Rosa de quinhentas mil liras foi para o professor Striccoli. O prêmio da Região Autônoma da Sardenha foi atribuído a um artista sardo, uma vez que no edital apenas sardos podiam recebê-lo. As quinhentas mil liras oferecidas pela prefeitura de Nápoles foram divididas entre oito artistas, um dos quais era Raffaele Lippi. E Federí ficou sem nada.

Ele soube de tudo e saiu de casa com o objetivo que lhe era habitual em circunstâncias desse tipo: ir à Mostra de Além-Mar e quebrar a cara de alguém. Estava justamente prestes a quebrar a de Mele quando este lhe ofereceu, de consolação, o prêmio-aquisição Cidade de Positano, cem mil liras. "Tudo bem ou não?", perguntou Mele. Federí estava a um passo de responder que não e soltar o braço quando a ideia de ter que levar *Os Bebedores* de volta para casa e ser forçado a pelejar com minha mãe e minha avó sobre onde colocá-lo, a ideia de ter que talvez destruí-lo porque não sabia onde colocá-lo, o fez mudar de ideia, e ele gritou: "Tudo bem, sim! Mas eu quero as cem mil liras agora, antes que vocês deem o dinheiro sabe-se lá a que *scurnacchiato*!".

Assim — concluiu, quando me contou aquela história —, *Os Bebedores* foi parar na sala do conselho municipal de Positano e lá está exposto até hoje, basta ir lá e ver. Então acrescentou: "Imagine que o crítico Piero Girace escreveu em seu jornal, o *Roma*, que aquela era uma composição realmente ambiciosa, e que em certos aspectos podia lembrar Brangwyn".

Eu escutava e fazia expressões de contentamento, mas não sabia quem era Brangwyn.

Não fui a Positano. Talvez vá mais tarde, mas não para escrever aqui nem para ver se *Os Bebedores* realmente tem alguma coisa a ver com Brangwyn. Perdi todo o desejo de investigar na manhã em que me apresentei no Palazzo San Giacomo.

Na guarita, encontrei não um funcionário, mas três ou quatro, todos apertados naquele espaço estreito. Tive que explicar detalhadamente minhas intenções. Queria ver, falei, alguns quadros de meu pai; tinha um horário marcado com a dra. Guidi. "Quadros de aviso?", me perguntou um do grupo, de rosto avermelhado. Gastei algumas palavras para convencer o grupinho de que, quando eu dizia "quadros", estava me referindo a pinturas a óleo, a pastel, a aquarela, até apenas desenhos, mas não a quadros de aviso. Acabei conseguindo, e o funcionário de tez avermelhada pediu um documento meu. Examinou com atenção, olhou em um fichário, disse que não havia nenhuma liberação em meu nome. Depois de alguma discussão, ligou para a dra. Guidi e me permitiu a entrada: "Pode passar. Segundo andar".

Subi de elevador. A dra. Guidi era uma mulher de meia-idade, com o aspecto muito bem cuidado, de modos gentis. Me disse: "Imagine que acabei me esquecendo do senhor. Vou pedir para alguém acompanhá-lo imediatamente". Então percorreu o olhar pela sala, onde além de sua escrivaninha havia outras três: duas ocupadas por mulheres, uma por um homem. Escolheu o homem. "Massimo", disse, "pode acompanhar este senhor? Ele está procurando alguns quadros do pai."

Massimo, um jovem de olhar esperto e rosto simpático, mostrou-se contente com a missão e me conduziu. Atravessamos salas com belos tapetes, mobiliário antigo e pinturas em molduras douradas nas paredes. A cada quadro, mesmo quando eram visivelmente do século XIX, ele me perguntava com ar divertido e solícito: "Este é de seu pai?". Eu respondia que não. Então ele me indicava: "Vamos por aqui", acrescentando frases do tipo: "Sorte de quem tem o dom da arte. Tem coisa melhor que um trabalho livre e criativo?".

Demos uma olhada na sala do prefeito, aproveitando que ele ainda não tinha chegado. Nenhum sinal dos quadros de Federí, obviamente. Então passamos ao salão do conselho, onde Massimo elogiou as molduras, uma tela com uma modelo gorda posando no ateliê de um pintor, um quadro com duas que se beijavam. "Mas não são do seu pai", lamentou-se com olhos vivazes. Então me conduziu aos gabinetes, alegre por poder entrar de repente e dizer: "Com licença, precisamos ver se aqui há algum quadro do pai deste senhor".

Abre, fecha, fecha, abre. Demorou algum tempo até que meu guia se cansasse e dissesse: "Agora vamos voltar à doutora e ligar para a colega que cuida do inventário". Perguntei: "Há um inventário?", mas não me espantei que não tivéssemos recorrido a ele desde o início, me pareceu normal.

Retornamos ao escritório, e Massimo pegou o telefone.

Depois de algumas tentativas frustradas, me anunciou: "Deu certo". Explicou a uma amiga chamada Rosaria o que estava procurando. Esperei um pouco, ansioso. Ele notou minha tensão e fez um sinal confirmando: "Os quadros estão aqui". Então acrescentou, erguendo dois dedos: "Dois". Em seguida pegou os detalhes, escrevendo simultaneamente em uma folha de papel: "Um representa uma zona industrial e está na Contabilidade. O outro é um nu a pastel e está na Limpeza Urbana". Agradeceu a Rosaria, desligou e disse satisfeito: "Viu que conseguimos achar? Agora vamos primeiro ao escritório da Limpeza Urbana".

Retomamos a peregrinação. Deixamos as belas escadarias, os amplos corredores limpíssimos, as grandes salas, os salões com estuques, ouros, tapeçarias e nos adentramos por passagens estreitas, cômodos escuros e malcuidados, tons de clínica particular de quinta categoria.

"Pode deixar que eu converso com eles", me aconselhou Massimo. Começou abrindo portas e perguntando sem dar explicações: "Há quadros aqui?". As respostas em geral eram alarmadas ("Não", embora houvesse alguns; ou "Tudo o que há está aí, nós não tocamos em nada"), como se os funcionários se preocupassem não em responder à pergunta, mas em esclarecer que eles não tinham nenhuma responsabilidade por um eventual sumiço do que estávamos procurando. Um deles, sentado à mesa de um gabinete em penumbra, resmungou: "Quadros? Nós aqui nunca tivemos quadros, somente quinquilharias". Massimo riu, achando muita graça daquele "quinquilharias". Decidiu: "Venha comigo".

Eu o segui, ele bateu à porta, entramos em um cômodo amarelado como uma banha rançosa. De um lado, sob um quadro ricamente emoldurado que representava uma marinha, estava sentado a uma ampla escrivaninha um homem de faces rosadas, visivelmente incomodado com o calor — um dirigente, acho. Do outro, atrás de uma escrivaninha menor, estava uma senhora morena, de aspecto cordial. Massimo disse ao homem: "Estamos procurando um quadro a pastel que representa uma mulher nua". O homem sorriu, se lembrava do quadro. "Uma mulher com uma bunda desse tamanho", exclamou, alargando os braços. A senhora também se lembrava. "Uma com uma toalha nas costas", disse, "que voltava do banho." O dirigente balançou a cabeça, não se recordava da toalha; só lhe ficou na memória a bunda enorme. Disso nasceu uma pequena discussão estética. Massimo e o outro funcionário louvaram as bundas pequenas, bem torneadas, carnudas mas não muito, firmes. A senhora, com o ar de quem está resignada às conversas masculinas de escritório, defendeu as amplas dimensões, a consistência macia. "A mulher mediterrânea", disse, "é bonita justamente por isso." Então os dois homens, para testemunhar sua eterna predisposição ao outro sexo, se proclamaram apreciadores também da mulher mediterrânea. "Sim, é claro", falou a senhora, "vocês falam, mas não sabem de nada. As belezas da mulher mediterrânea são para entendedores, não são coisa para o primeiro que passa." A conversa prosseguiu nessa toada por um tempo, até que se voltou ao quadro. O dirigente lembrou perfeitamente que, aliás, tinha uma moldura muito feia. "E depois sejamos francos", acrescentou, "aquele quadro não ficava bem aqui dentro, o mandamos para a Via San Tommaso d'Aquino. Era uma verdadeira porcaria, se se pode dizer."

Falei bruscamente: "Não é possível. Foi meu pai quem pintou".

O dirigente ficou confuso, murmurou que era tudo culpa da moldura. "Com uma bela moldura", se justificou, "eu teria tido uma impressão diferente."

Então nos despedimos e deixamos o escritório.

Uma vez lá fora, Massimo se mostrou animado com o andamento de nossa busca. "Fiz muito bem em não dizer que o quadro era de seu pai", se congratulou. "Assim as pessoas não se censuram, dizem aquilo que pensam. O senhor não gosta da verdade?"

Não respondi, dei apenas um meio-sorriso. Naquele momento estava pensando em como meu pai teria reagido. Teria intervindo alegremente na conversa com a senhora morena, superando tanto Massimo quanto o dirigente nas alusões de cunho sexual. Depois daria um soco no depreciador de sua obra, sem lhe permitir dizer nem uma palavra a mais. Então sibilaria ameaçadoramente a Massimo: *sinuddiestrúnz*. Já eu me limitei a um "não é possível". Senti um desgosto por mim que eu conhecia muito bem, mas que agora — me dei conta — derivava de uma espécie de reavaliação das maneiras de Federí. Pena que eu sempre as tivesse afastado de mim.

"Agora", me disse Massimo, "precisamos ir à Contabilidade para ver se o outro quadro está lá." Enquanto nos deslocávamos por corredores não menos poeirentos e malcuidados, embora certamente mais luminosos, ele me explicou o que eu deveria fazer para localizar o nu a pastel: sair na Via Imbriani, disse, virar na Via Verdi, seguir direto pela Via Cervantes, virar à esquerda na Via San Tommaso d'Aquino e ir até o número 15, segundo andar. "Pena que não posso acompanhá-lo", lamentou.

Enquanto isso, olhamos por cima de uma divisória. Notei imediatamente a pintura de meu pai atrás de uma escrivaninha vazia. Tinha tonalidades empoeiradas e reproduzia o que se avistava de seu quarto na avenida Arnaldo Lucci, para onde nos mudamos no final dos anos 1950. O quadro era datado de 1960. Dava para ver uma grua, um trem, andaimes, trilhos e, à direita, uma das pilastras características da nova estação da Piazza Garibaldi. Largas massas de cores, uma outra fase. *Os Bebedores* e minha infância tinham ficado para trás.

"É aquele ali?", perguntou Massimo. Fiz sinal que sim. "Belíssimo", ele disse depois de um olhar distraído, e logo passou a conversar ironicamente com um funcionário de passagem, vindo de não sei que escritórios, sobre questões sindicais. "Vamos abolir o quarto nível", disse seu interlocutor. Massimo arriscou: tudo culpa da CISL. O funcionário retrucou: "Por quê? E o que é que a CGIL está fazendo?". Com o tom de quem analisa os fatos com objetividade, Massimo falou: "É verdade, às vezes a CGIL é submissa". E a mim: "Terminamos aqui?". O funcionário voltou à carga: "Vocês estão subjugados". Me concentrei na moldura paupérrima do quadro. Quando estava sem dinheiro, Federí pegava quatro tabuinhas, as pregava, passava por cima um verniz prateado ou dourado e aquilo era a moldura. Massimo tornou a me perguntar: "Tudo pronto? Podemos ir?".

Naquele momento entrou uma mulher de seus quarenta anos, foi até a escrivaninha vazia e perguntou: "O que houve?". Meu guia lhe explicou tudo. A funcionária olhou o quadro como se o estivesse vendo pela primeira vez, depois se aproximou para ler a assinatura e se dirigiu a mim comovida: "De quem o senhor disse que é este quadro?". Falei o nome e o sobrenome de meu pai. Ela me abraçou num impulso. Era uma sobrinha, disse, de tia Lina, esposa de tio Peppino, o irmão de minha mãe.

Retribuí o abraço como se de repente tivesse descoberto, bem ao lado daquele quadro, um sentimento de afeto que estava relacionado a Rusinè. Massimo exclamou: "Que beleza, parece o programa de Raffaella Carrà". Depois, quando deixamos o escritório, me disse ao se despedir: "Foi de fato uma experiência emocionante. Agora ouça o que lhe digo: vá à Via San Tommaso d'Aquino. Na minha opinião, o senhor não pode perder o nu a pastel". Já eu pensei que, ao contrário, seria melhor deixar tudo para lá, e de maneira definitiva.

Saí do Palazzo San Giacomo e, esmagado pelo ar quente e úmido, sem ter tomado uma decisão, subi na direção da Via Guantai Nuovi até que cruzei a Via San Tommaso d'Aquino. Quando me vi diante da rua, me pareceu inevitável virar à esquerda e entrar no número 15.

Saindo de um portão, um sujeito quase esbarrou em mim enquanto falava com grande agitação a um amigo: "Giuvà, a luta dos desempregados não existe. Não existe mais nada, só sobrou a merda".

Subi por escadas escuras.

Empurrei uma porta, entrei, circulei pelas salas. Ninguém me deu atenção. Então pesquei um homem de minha idade, com ar coloquial, e lhe disse: "Estou procurando um quadro de meu pai, um nu a pastel. O pessoal do Palazzo San Giacomo me mandou aqui". O homem se revelou muito solícito. Não se lembrava do nu, mas mesmo assim me levou de sala em sala, dizendo aos funcionários: "Este senhor está procurando um quadro pintado pelo pai dele, um nu a pastel". Todos me olhavam com um ar de quem pensa: "Sorte sua que não tem nada para fazer". Um senhor atrás de uma mesa coberta de pastas e documentos falou: "Eu me lembro dele". Deu indicações precisas: por aqui, por ali, com fulano, com sicrano.

Meu acompanhante me conduziu decidido até uma sala onde havia seis homens, uns atrás de escrivaninhas, outros sentados em mesas compridas e bagunçadas. Olhei ao redor e não vi o quadro. O homem que me acompanhava disse aos presentes: "Aqui deveria haver um nu a pastel". Um tal que comia uma laranja falou irritado: "Nós aqui não pegamos nada. Lá está ele".

Apontou para um canto fechado entre dois móveis de metal cinzento. Ali, naquele espaço exíguo, havia o nu de uma mulher de costas, um corpo de carne pálida, como se tivesse saído de uma sauna, retratado em grandes manchas coloridas em estilo fauvista. Aquele quadro também era de 1960. Eu me lembrava perfeitamente.

O funcionário que me acompanhava exclamou, dirigindo-se a mim: "Mas é a espátula, não a pastel". Os outros zombaram dele: "A espátula, a pastel. O que é que você entende disso? Fique na sua". Houve um bate-boca. O funcionário disse que entendia do assunto, também pintava: aquelas tintas tinham sido espalhadas com uma espátula. Mas seus colegas continuaram rindo: "Falou o artista, o pintor do caralho". Ele se dirigiu a mim: "É a espátula ou a pastel?". Respondi: "Espátula". Agradeci, me despedi e saí às pressas do número 15 da Via San Tommaso d'Aquino.

Uma vez fora do prédio, me sentei na beira da calçada. Voltou-me à mente minha mãe quando tinha entrado no hospital, no verão de 1965. Certa tarde, enquanto fazia companhia a ela, me disse em dialeto: "Eu sei que vou morrer", e então explodiu em lágrimas. Diante daquele desespero, senti uma dor que nunca mais esqueci.

O sofrimento daquela manhã, enquanto eu caminhava pelos escritórios da prefeitura de andar em andar, não tinha sido diferente. Eu me sentia cada vez mais desolado e agora me aniquilava um desgosto pela verdade, a impressão de ter feito algo errado. Não sabia como remediar.

Por isso, acho, decidi que era o suficiente. Desisti de ir ver *Os Bebedores* e preferi me ater às histórias excessivas de meu pai. Com prazer, cedi por um momento, em silêncio, a seus tons ferozes e recriminatórios. Depois uma senhora de seus sessenta anos parou ao meu lado e me indagou, preocupada: “O senhor está passando mal?”. Fiquei logo de pé e disse: “Estou ótimo, obrigado”. E segui rumo à Piazza Carità.

Terceira parte

O dançarino

Meu pai morreu na manhã de 16 de novembro de 1998, enquanto o barbeiro do hospital lhe fazia a barba. Não sei nada sobre sua morte, nenhum dos filhos estava presente. Mas pensei muitas vezes naquele barbear bruscamente interrompido, uma face sim, a outra não, o sabão que ainda estava no rosto. Era um homem que cuidava pouco do aspecto. Quem sabe por que decidiu se barbear justamente naquela manhã.

Vinte dias antes, ao voltar para casa, encontrei na secretária eletrônica a notícia de que ele estava em coma no hospital de Luino. Telefonei a Geppe, que sempre sabe a coisa mais certa a fazer, e ele me disse: "Se está em coma, não adianta viajar a noite inteira. Se sair do coma, quer dizer que escapou mais uma vez, e então vamos vê-lo amanhã".

Nenhum de nós acreditava que realmente estivesse perto de morrer. Queria muito chegar ao ano 2000, teria resistido pelo menos mais dois anos, talvez até mais. Por amor aos números — como eu já disse —, sua intenção era morrer em 2017, e sabíamos que, teimoso como era, faria de tudo para conseguir isso. Meu irmão Walter costumava lhe dizer: "Papai, você só morre se te derem um tiro".

Durante a noite, ele saiu do coma. Parti de carro pela manhã com meu primo Enzo e sua esposa, e atravessamos a Itália em um ritmo de conversa, debaixo de chuva. Enzo é médico, mas sua paixão é a fotografia. Ele, que também tinha inclinações artísticas, nutria uma admiração afetuosa pelas atitudes fantasiosas de meu pai, por sua mania de grandeza. Ao longo da viagem, falou dele com palavras que eu nunca tinha usado, e senti um pouco de vergonha. Talvez — disse a mim mesmo — ele o ame mais do que eu.

Chegamos ao hospital de Luino quando meu pai já tinha recuperado a capacidade de falar continuamente, sem se interromper. Ao chegarmos, ele estava respondendo todo irônico a um colega de quarto que não aguentava mais seu falatório. "Meu caro, o que o senhor queria? Acabei de voltar e tenho que ficar calado?". Falava assim mesmo tendo agulhas nas veias, cânulas de oxigênio soprando no nariz e um tubo que lhe saía do tórax borbulhando um expurgo vermelho em um aparelho ao lado da cama.

Ao nos ver, assumiu um ar alegre e tentou se levantar. Estava pálido e magro, com a pele tão esticada na testa e nas maçãs do rosto que as rugas tinham sumido. Quando era jovem, talvez não fosse muito diferente de como eu o estava vendo agora, aos quase oitenta e dois anos.

Ele nos abraçou e nos beijou. Meu primo não conteve as lágrimas e saiu do quarto, eu me sentei em uma cadeira ao lado do aparelho com o líquido vermelho.

"O rapaz se comoveu", disse meu pai com certa satisfação. Quis me apresentar aos vários inimigos que rapidamente tinha feito na enfermaria, mas como se fossem amigos. Sem interrupções, em voz alta para que todos ouvissem, passou a falar de si, do preço de seus quadros, de quando conheceu Giuseppe Ungaretti. "Quem me apresentou a ele foi Guttuso", esclareceu a mim e a todos os presentes, tanto que depois de quinze minutos eu já experimentava o mesmo mal-estar por aquele comportamento e não via a hora de me retirar.

Ele percebeu e me perguntou, solícito: "Nunca lhe contei como conheci Ungaretti?". Fiz sinal que não. "Depois me lembre que eu preciso lhe contar", disse. Então pensou um pouco e me alertou: "Não se esqueça das coisas que lhe conto, não se esqueça de mim". Eu o tranquilizei, não me esquecia de nada. Adormeceu.

Por algum tempo, dormiu se lamentando no sono. Contei os anos que tinham se passado desde a morte de minha mãe: trinta e três. De que lhe serviu aquele tempo a mais, o que ele tinha feito? Havia deixado as ferrovias, viajado, se casado de novo, tido um outro filho (Massimo), deixado Nápoles e ido para o Norte: Varese, Lugano, onde os marchands — dizia — fazem bem seu trabalho e há mais civilidade. Trinta e três anos, mas nunca os organizou em uma história, rios de histórias. Seus relatos escritos e orais se detinham na soleira da morte de minha mãe, e nunca falou nada sobre ela. Não teve tempo nem vontade de contar a segunda parte de sua vida. Quando os anos minguam, aquilo que é distante é narrativa, o que está perto é desalento.

Acordou sobressaltado, me viu ao lado da cama, disse com a boca empastada: "Meu anjo da guarda estava lá". Passou a me contar o sonho que teve. Sonhou com um irmão que tinha morrido em tenra idade, chamado Enzuccio. Uma vez, sua mãe Filomena o confiara a ele. O menino era pequeno, dois anos e meio, ele estava com catorze, era preciso prestar atenção. Mas ele tinha se distraído, e Enzuccio acabou com os dedos prensados na porta. Um acidente de nada, mas naquele momento lhe pareceu a única culpa grave de sua vida. No sonho ele tentava se desculpar com o menino, queria ser perdoado. Perguntei: "E o anjo da guarda?". Me olhou perplexo, não se lembrava mais de nenhum anjo da guarda.

Nesse meio-tempo, chegaram meus outros três irmãos. Meu pai exclamou: "Que alegria, todos vocês vieram apesar de eu não ter morrido". Geppe lhe disse brincando: "Quando você morrer de verdade, nós não viremos. A gente se interessa por você vivo, não morto". A brincadeira não agradou. "Bela filosofia", disse, "eu penso de outro jeito." Pensava que tinha de ser lembrado para sempre: trabalhara a vida toda por aquele objetivo, de durar, e agora se afligia que até os filhos lhe dissessem: o que interessa são os vivos, não os mortos. Começou a expor suas ideias sobre o assunto, mas nós já as sabíamos de cor e o interrompemos. Para diverti-lo, formamos uma fila na frente dele. Queríamos dar-lhe uma visão de conjunto de como se multiplicara e de quanto efetivamente duraria. Seis filhos: cinco homens, uma mulher; sem contar os netos. Ele nos mirou perplexo. Continuou nos olhando mesmo quando nos dispersamos em grupos, uns para fumar lá fora, outros para conversar, e o deixamos sozinho, com um meio-sorriso distraído.

Quando fui me despedir — precisava voltar com Enzo —, encontrei-o brincando com uma jovem de não mais que vinte anos. Eu me aproximei e a garota se afastou, rindo. Ele deixou os olhos sobre ela, uma mirada de desejo e admiração comovida, que talvez fosse apenas fruto de um átimo de esquecimento, como se seu cérebro tivesse fechado entre parênteses o resto do corpo, as agulhas, as cânulas do oxigênio, o tubo no tórax.

Inclinei-me e disse em seu ouvido: "Bonito ver como olha para ela, quer dizer que está bem". Ele estremeceu de contentamento e me confidenciou com alegria: "Mimí, até seis meses atrás...", e começou a se gabar de sua potência sexual.

Meu pai sempre falou muito de sexo. Era um de seus assuntos preferidos. Mesmo contando relativamente pouco sobre mulheres e casos amorosos, se vangloriava de possuir uma particular sensibilidade sexual, era orgulhoso do perfeito funcionamento de seus genitais, dizia que todos os homens de sua família tinham dado uma boa prova de si em qualquer idade. Tinha certeza de que nós, filhos, estaríamos à altura daquela tradição.

Sua paixão pelas mulheres — me contou várias vezes, com o bom humor que o assunto sempre lhe causava — se manifestara muito cedo. Já quando começara a frequentar a escola particular do professor Piantieri, não pensava em outra coisa além das meninas. Ele as desenhava em seus cadernos, ia atrás delas, queria beijá-las, assim que podia tentava enfiar a mão em suas calcinhas.

No início, aquela vocação tinha sido repelida tanto por uma feia professora cheia de espinhas quanto pelas próprias meninas. O problema era a aparência, porque as pessoas superficiais sempre escondem a substância. Na época Fdrí, tomado por sua vocação para desenhar qualquer coisa ou pessoa, estava constantemente sujo de tinta e descabelado, o que lhe dava um aspecto de selvagem perigoso. Por isso as menininhas, graciosas da cabeça aos pés com suas fitinhas e trancinhas ou cachos e lábios de coração, quando ele se aproximava para beijá-las e levantar suas saias, escapavam dizendo: "Vá embora, como você é feio". A própria professora, que preferia os meninos engomadinhos, não lhe escondia sua repugnância.

Então, na vez em que Fdrí decidiu escrever sua primeira carta de amor a uma colega de sala, Maria, sobrinha do pároco, foi um pandemônio. Ele tinha confidenciado a ela que era um grande pintor, que queria levá-la com ele para a África, que queria beijá-la e baixar sua calcinha. Mas Maria não gostou, começou a chorar e mostrou a carta à professora.

A mestra, que era uma carola da paróquia onde o tio padre de Maria rezava a missa, leu, ficou pálida e se enfureceu. Submeteu meu pai a dez bordoadas de régua na palma da mão, mandou-o direto para o quadro-negro ajoelhado no grão-de-bico seco e gritou que ele era um pobre coitado, filho de pobres coitados, e ainda por cima feio. Fdrí só foi liberado pelo bom diretor Piantieri, que entrou na sala por acaso, encontrou-o ajoelhado no grão-de-bico, repreendeu a professora e lhe disse benévolo: "Fdrí, eu sei que você é um grande pintor e que, como todo grande artista, tem a imaginação acesa, mas você ainda é muito novo, deixe a África para lá e não escreva mais coisas feias para Maria".

Depois daquele episódio, meu pai passou por um longo período de tristeza. A professora o obrigou a ficar em um banquinho isolado, perto da janela, desenhando meninas — se quisesse —, contanto que nem chegasse perto delas. Seus colegas, meninos limpos que eram filhos de profissionais liberais e pessoas de posse, nunca mais lhe dirigiram a palavra, nem por engano. Duas expoentes da aristocracia, as pequenas condessas Nina e Pina Narni, que antes eram mais disponíveis e quando o professor elogiava os desenhos de Fdrí faziam eco, "Como são lindos", resolveram olhar sempre para a frente, pareciam duas estatuetas. Enfim, todos agora o tratavam com ostensivo desgosto. De modo que, mais dia, menos dia, ele se convenceu de que tinha algo de errado, pensou que fosse realmente feio.

Em casa, olhava-se desolado no espelho e se perguntava: "Por que minha mãe é tão bonita, por que meu pai é tão bonito, e por que eu sou tão feio?". Frequentemente se pegava pensando também: "Por que os pais dos meus colegas são feios e meus colegas são bonitos?". Às vezes comparava aquelas duas interrogações, percebia uma contradição, mas não conseguia resolver o problema. Então se punha a desenhar, desenhava meninas na escola e em casa, era o único jeito de não ficar triste.

Um dia não aguentou mais e contou tudo à sua mãe, dona Filumena. Disse a ela que as meninas da escola se recusavam a ser abraçadas e beijadas por ele, lhe diziam que era feio. "Feio, você?", gritou dona Filumena que, como já se sabe, tinha o sangue quente. Decidiu correr imediatamente à escola para dar uns tapas naquelas escorbúticas *scupettíne do cess* e puxar o cabelo da professora. "Meu filho, feio? Meu filho?", berrava.

Atraída pelos gritos, apareceu dona Luisella, uma amiga íntima, esposa de dom Federico, o guarda, e aos poucos a acalmou com suas boas maneiras. Ah, dona Luisella. Embora já em idade avançada, meu pai só de mencioná-la refazia o olhar encantado que pousava sobre ela quando era menino. Toda vez que falava daquela mulher, se referia a ela como a matriz incomparável de todas as mulheres imaginadas e reais de sua vida. Morena, olhos grandes, elegante. Apareceu de repente, justo quando ele tinha tocado o fundo da humilhação e a mãe berrava que queria correr à escola e aprontar um escarcéu. Dona Luisella intervinha e sussurrava com uma bela voz rouca: "Filumè, se acalme". Como Filumè continuava gritando, acrescentava: "Esse menino é o mais bonito que existe". Então pegava Fdrí pelo braço, e ele podia respirar comodamente seu cheiro, um cheiro memorável, o cheiro que depois se tornou o cheiro das mulheres lindas. Enquanto ele parava de chorar e até se sentia realmente feliz, sua mãe se acalmava, desistia de estapear as meninas e arrastar a professora pelos corredores da escola puxando-a pelos cabelos, limitando-se ao plano de impor a Piantieri um concurso de beleza entre os alunos para mostrar a todos que Fdrí, como até dona Luisella dizia, era o mais bonito de todos.

Depois aconteceu que Filumena — já calma — encontrou por acaso o diretor Piantieri e de fato lhe contou a maldade que as meninas faziam com o filho. Diziam que ele era feio — ela falou — e por isso não se deixavam abraçar nem beijar, o menino sofria. Como faria agora para convencer o filho de que ele não era feio e que não devia se preocupar com isso?

O professor Piantieri a consolou dizendo: "Senhora, não se preocupe: leve Fdrí à sala Íris na Piazza Garibaldi". Nessa sala, explicou, estavam passando o filme *O garoto*. Era só olhar: o garoto do filme era idêntico a Fdrí. E como os atores em geral — adultos e crianças — eram todos bonitos, se Fdrí se parecia com o garoto, Fdrí era bonito.

Meu pai foi naquela mesma tarde à sala Íris, acompanhado de um tio chamado tio Giuvannino. Os dois se sentaram, o garoto surgiu na tela e ele estremeceu. Teve a impressão de estar diante de um espelho. Disse satisfeito ao tio: "Sou igual ao garoto". O tio riu: "Que nada, você é muito melhor". Ao voltar para casa, dona Luisella disse a mesma coisa, apertando-o contra o peito macio, tanto que meu pai também a apertou com paixão e não queria mais soltá-la. Falou: "Fdrí, você é bem mais bonito que Jackie Coogan", que era justamente o nome do ator que fazia o garoto.

Desde então, na escola, ele ficou em seu banquinho observando os colegas e pensando: "Nenhum de vocês, *strunz*, se parece com o garoto. Eu sim. Sou o mais bonito de todos". Quanto às meninas, agora as olhava com desprezo. Não queria mais saber de beijá-las e abraçá-las. Não tinha mais nem curiosidade de enfiar as mãos dentro de suas calcinhas. Agora só pensava em dona Luisella. E quando estava no hospital, ainda me dizia: "Lembra a Claudia Cardinale quando era jovem?". Dona Luisella era assim. Uma espantosa criatura de Deus. "Deus", exclamava rindo, "é um artista imenso." Tinha criado dona Luisella com o máximo cuidado e atenção.

Quando aquela senhora ia à casa de Filumè, meu pai não conseguia se conter, ficava insuportável. Deitava-se no chão, esperava que ela passasse por cima dele. Luisella o via, ria, falava: "Fdrí, o que você está fazendo aí?". Então passava de fato por cima dele, que podia ver seus calçolões brancos no escuro da saia. Gostaria de ter podido tocá-la com as mãos, prolongar a tepidez perfumada que o roçava quando um pé de Luisella se erguia, passava por ele e aterrava nas lajotas do outro lado. Mas ela não parava e passava adiante. Então o menino se levantava insatisfeito, ia até ela e, abraçando suas pernas, se agarrava ao tecido de sua roupa. Ela dizia: "Filumè, o que é que seu filho está fazendo? O que ele quer de mim?". Filumena reagia nervosa. "Fdrí, pare com isso, deixe dona Luisella em paz". Mas, como o filho continuava apertando as coxas de Luisella, mantendo a boca pressionada em seu ventre, ela tirava o sapato do pé esquerdo e o acertava na cabeça com o salto, gritando: "Solte". Fdrí resistia o mais que podia. Preferia correr o risco de rachar a cabeça a desgrudar daquele corpo excepcional de mulher.

Uns vinte dias mais tarde, quando tornei a ver meu pai, encontrei-o esvaziado de vida, uma silhueta rígida que era o decalque malfeito daquilo que havia sido, e voltei a pensar em quando, por três anos seguidos, de 1957 a 1960, planejei minuciosamente matá-lo.

Por mais que me esforçasse para recordar, nunca tive por ele sentimentos serenamente afetuosos. Nos anos anteriores, muitas vezes me aconteceu de esperar que por algum motivo ele não voltasse mais para casa. Nos anos seguintes, tentei reduzir nossas relações ao mínimo. Mas naqueles três anos não fiz outra coisa senão sonhar de olhos abertos em assassiná-lo. Queria afundar uma faca em seu peito e gostava de sentir à noite, antes de dormir, o sangue dele nas mãos.

Agora que estava morto, pela primeira vez me perguntei de modo explícito por que nutri por tanto tempo um desejo como esse. Descobri com surpresa que a vontade de parricídio era motivada não tanto pelo modo como ele tratava minha mãe, mas sobretudo por sua maneira de falar das mulheres e do sexo.

Não quero dizer que o clima insustentável da casa não influenciasse. Com certeza, na manhã de um domingo de primavera de 1960, levantei cedo e encontrei Rusinè na cozinha, absorta. Com certeza estava com um olho inchado, todo roxo e com estrias vermelhas. Com certeza eu disse a ela, me esforçando para ser convincente: "Vou matá-lo". Mas naquela época o pior já tinha passado, e eu mesmo pouco acreditava naquilo que dizia. O verdadeiro desejo de matá-lo tinha aberto uma estrada perigosa anos antes, até me tirar a respiração do peito. O ano de 1957 foi o da consciência mais intolerável. Mas, se eu quiser realmente achar um início convencional para aquela pulsão homicida, precisaria talvez recuar a uma tarde de 1956, quem sabe de 1955 ou até de 1954, quando eu estava na janela da cozinha da Via Gemito, provavelmente no verão, e observava um menino que estava escrevendo com giz uma palavra na porta de enrolar sob as arcadas do prédio em frente — aquele recém-construído —, entre as risadas de outros meninos. A palavra era *pucchiacca*, vocábulo que na época me soava como um estalo de dedos grudentos, o som de um prazer inconfessável, feito de tremores e precipício.

Os meninos escaparam deixando ali a palavra, e eu a estava lendo em segredo, branca sobre o fundo marrom da porta, quando senti meu pai atrás de mim. Me virei e o vi. Estava desgrenhado como sempre, mas com um ar divertido, o olhar malicioso dos dias bons. Fiz um movimento para me retirar, mas ele pôs a mão em meu ombro, me segurou firme contra o parapeito, se curvou sobre mim e me apontou os pórticos, a porta de enrolar. "Não estou enxergando bem", disse em dialeto, "o que está escrito ali?"

Olhei os pórticos, olhei a porta de rolar, li mentalmente: *pucchiacca*. Mas aquela leitura, apesar de silenciosa, não era mais furtiva e solitária como a de poucos segundos antes. A palavra ressoou tão alto em minha cabeça que tive a impressão de que toda a vizinhança a escutasse, toda a Via Gemito, o prédio em frente, o campo esportivo. Tinha perdido toda a aura de emoção roubada, parecia uma placa opaca de cor cinzenta. Senti apenas sua vertente obscena, a vergonha, um borbulhar nauseante de cola de coelho, como a que meu pai às vezes dissolvia sobre o fogo, dentro de latas metálicas.

"Mimí, você não sabe ler?", ele riu, me mantendo rente ao parapeito para evitar que eu me afastasse. E agora me parece que, atrás dele, de lado para a janela, também estavam outras pessoas, talvez tio Antonio, talvez o irmão de mamãe, Peppino, talvez meus primos mais velhos, talvez meus irmãos, talvez minha própria mãe. Sinto que o público cresceu, mas na memória me ficou apenas a voz que insiste e diz: "Leia".

Desde então, foi preciso tempo para que eu tornasse a aceitar o som daquele vocábulo. Tive que envelhecer, consultar dicionários, remetê-lo à sua natureza de metáfora de campo arado e de jardim, de tufo de mato nas bordas de uma poça d'água. *Portulaca* e *pucchia*, verdura de gosto salgado e poço de carne, as folhas da minestra e o sexo tenro das mulheres, gozo e consolo. A palavra é isso, talvez Federí a sentisse exatamente assim, não lhe parecia um nome feio, eu deveria entrar na brincadeira. No entanto, cravava os olhos na porta e só sabia que aquilo que meu pai achava divertido era humilhante para mim. Me parecia que em seu pedido havia sobretudo a necessidade maldosa de me fazer falar algo que não se deve dizer. Achei arriscado pronunciar aquele vocábulo, era lhe dar um jeito de perceber o langor que me causava, torná-lo público, fazer disso um objeto de escárnio. Não sabia como me comportar e me sentia queimado pelo rubor.

"Mimí não sabe ler", eu o ouvi exclamar desapontado. Me sacudiu forte com a mão e disse: "Ali se lê *pucchiacca*".

Conto os anos daquela turbulência homicida, anoto os eventos importantes de então: meu irmão Geppe pegou uma nefrite; minha mãe mostrou sintomas crescentes de mal-estar; meu pai começou a pintar paisagens de Paris copiando-as de Utrillo; mudamos de casa abandonando para sempre a Via Gemito; descobri a dança, fiz a primeira comunhão, pela primeira vez me apaixonei.

Me apaixonei por Nunzia, uma menina de cabelos compridos e pretíssimos, a pele lisa a ponto de parecer papel cuchê, o peito já grande sob a malha, dentro do sutiã. Mas "me apaixonei" é dizer muito pouco. Seria preciso uma expressão única, capaz de sugerir não um idílio da primeira adolescência, mas o transbordamento tempestuoso do sangue, a onda de fluidos e as fantasias de gozo que despejei sobre ela.

Nunzia apareceu durante um ensaio de dança na casa de tia Maria, mulher de tio Espedito. O ano: talvez 1956, ou mesmo 1957. Naquele período, todo o meu corpo, da ponta dos cabelos às unhas dos pés, estava em busca de uma Nunzia sem o saber. Enquanto isso, me contentava com o que se podia encontrar pela casa. Esperava que meu pai não estivesse, que minha mãe fosse fazer compras ou entregar vestidos às suas clientes, para vasculhar os locais secretos do apartamento. Folheava livros de arte, herança do tio Peppino de Florença, em busca de obras com mulheres nuas. Examinava entre os desenhos de meu pai, dentro de pastas ou em cima do armário do quarto de dormir, para estudar confortavelmente os corpos femininos que ele havia desenhado quando frequentava a escola livre de nu.

Não sentia mais a suave excitação infantil de outros tempos, aquela lânguida suspensão que me invadia folha após folha. Agora havia uma ânsia de ver que eu detestava. Eu não a governava, ela me governava. Toda vez dizia a mim mesmo: é a última — mas nunca era a última. Forçava continuamente as figuras desenhadas ou pintadas a ganharem vida, fazia com que se tornassem de carne e osso e, se estivessem de perfil, viravam-se de costas, ou me mostravam o peito, ou abriam as pernas.

Era devorado pela vontade de sentir prazer, e o prazer sempre beirava a violência. Certas vezes desejava rasgar as folhas com pinturas e desenhos, movido por motivações confusas: arrancar os corpos do papel, comê-los, mordê-los, lambê-los, fazê-los em pedaços, enfim, destruí-los como se fossem os culpados por me deixar assim, servo de deleites que não conseguiam me apaziguar, ao contrário, exigiam ser gozados ao infinito. Eu me sentia um animal sujo e perigoso, cego e furioso em sua cegueira, totalmente no escuro, capaz de tudo.

Não conseguia fechar os olhos sem experimentar a vontade de afundar, arrombar, afogar-me em um prazer de laceração e simultaneamente de esgotamento.

Um dia achei no armário do quarto de dormir, no meio de um monte de quinquilharias, uma caixa. Abri e dentro dela havia umas fotos, muitas, em papel de impressão espesso e granuloso, claros e escuros que tendiam ao amarelado. Eram fotos de mulheres nuas, também elas parte — pensei — da herança do tio Peppino de Florença, só podiam ter vindo dali.

As mulheres sorriam mostrando suas partes mais secretas, sem nenhuma timidez, sem relutância. Eu as olhei e olhei enquanto surgiam uma a uma do fundo do armário, entre as roupas de minha mãe que pendiam dos cabides de madeira e tinham o cheiro das vestes usadas, dos sapatos, das luvas, dos chapéus. Ora sentavam-se de pernas cruzadas olhando o teto, ora ofereciam grandes nádegas, sulcos profundos, fendas, me olhando da balaustrada de uma sacada com o sorriso de quem pergunta: "E então?".

Estudei aquelas mulheres por dias, meses, anos. Podia vê-las de dia e de noite. Não conseguia resistir à vivacidade daquelas fantasias. Estava subjugado. Quando a srta. Pagnano chegava para provar os vestidos que minha mãe costurava, eu a olhava passar a passos leves e imaginava debaixo da roupa, dentro do sutiã, atrás do tecido da calcinha, cada uma das partes dos corpos que eu conhecia bem das fotografias. Sofria por não ser pequeno o suficiente para correr até ela e tocá-la intimamente, por brincadeira, como meu pai tinha feito em seus tempos com dona Luisella. Por outro lado, pensava: ainda bem. Agora me apavorava qualquer proximidade entre meus pensamentos, minhas experiências mudas, e os pensamentos exibidos de meu pai, suas experiências mil vezes alardeadas.

No fundo da caixa descobri ainda uma foto de grupo, homens e mulheres. Era menor, o papel era mais flexível, os brancos e pretos tendiam a fortes contrastes. Eu precisava aguçar o olhar para ver bem o branco, que era branquíssimo, e o preto, que era pretíssimo. As pessoas estavam em posições complicadas, que permitiam a cada um fazer algo com seu vizinho, ou com a boca ou com as mãos ou com os pés ou com o sexo, recebendo enquanto isso as mesmas atenções. Uma firme corrente de cortesias. Estudei aquela foto nos mínimos detalhes, toda vez que me foi possível. Não havia um particular que não fosse uma língua de chama capaz de queimar em locais profundos. Eu estava marcado por emoções confusas, mil hipóteses, fantasias. Quando recolocava tudo em ordem na caixa, me sentia atordoado de prazer e ferido pela ignomínia.

Fechava a porta do armário evitando que se escutasse o rangido e me revia por alguns segundos diante da lâmina do espelho. Estava descabelado, olhos em alarme: às minhas costas, a cama de casal, o cobertor amarelo de um lado, azul do outro, uma ascensão da Virgem sem moldura pendurada torta na parede. E escapava do quarto.

Nunca voltava ali com prazer. No domingo de manhã, Federí às vezes acordava tarde e gritava de repente que queria o café. Minha avó e minha mãe preparavam o café e então me diziam: "Leve para ele". Eu levava o pires e a xícara pelo corredor, abria a porta, entrava, estava escuro. No quarto onde tempos atrás eu tinha visto o pavão com sua cauda colorida, agora nunca faltava aquela multidão de mulheres nuas nas laterais do armário. Todas as poses que eu conhecia se mostravam como cartas de baralho nas mãos de um prestidigitador. Sentia os cheiros pesados da noite, os percebia como um sinal daquela presença feminina ou os vestígios de meus amores fantasiosos. Depois acendia a luz e meu pai se levantava, tossia, cuspia o catarro de fumante e pegava o café. Sempre me dizia uma frase benévola, às vezes brincava, eu não podia me retirar porque tinha de esperar que ele bebesse para levar a xícara. Tomava todo o cuidado para não olhar na direção do armário. Temia que ele notasse meu olhar e compreendesse que eu sabia da existência das fotos. Tinha medo de que exclamasse: "Como você foi capaz?". Ou, pior ainda, me apavorava a possibilidade de que me dissesse: "Pegue, vamos olhar juntos", e começasse a nomear com aquele prazer de discorrer que o caracterizava: "Estas são as tetas, esta é a racha, este é o buraco do cu". Palavras que estavam todas em minha cabeça, eram as únicas que eu conhecia para aquele gênero de coisas.

Bem mais insuportáveis eram as vezes que a ordem de levar o café para ele chegava quando minha mãe ainda estava na cama. Acontecia raramente, mas podia ocorrer. Então minha avó me dava duas xícaras com uma expressão severa e eu não ousava dizer "Não quero ir", porque sabia que ela, por certas regras não ditas nem escritas, nunca botaria os pés no quarto de casal do genro e da filha. No máximo me acompanhava para abrir a porta, e pelo corredor já se ouvia a conversa deles, um rumor machofeminino, às vezes minha mãe ria. Minha avó parava, baixava a maçaneta, empurrava a porta. Depois me deixava na soleira escura e se retirava.

Eu avançava enquanto ouvia o rangido da cama, Rusinè se mexendo, a luz explodindo sobre sua mesinha. Mas antes que o cômodo se iluminasse eu não podia furtar-me à contiguidade entre aquela cama e o armário, entre meus pais, a caixa e as fotografias. Era uma fantasia sedutora e insuportável, que partia de outras fantasias mais remotas, de criança, quando temia que meu pai, uma vez trancado no quarto de dormir com minha mãe, a submetesse a vários tormentos, como espetá-la com alfinetes, arranhá-la, puxar seus cabelos. Agora pensava que a obrigasse às poses daquelas mulheres. Mas às vezes, quando escutava as risadas dela, suspeitava que ela também se dobrasse de bom grado. Noutras ocasiões, quando ele gritava, batia nela ou berrava na noite: "Leviana", queimando suas presilhas no fogo, eu chegava a pensar que ela não fosse nem um pouco diferente daquelas mulheres do armário e que assumisse de livre e espontânea vontade as posições das fotos, aliás, que soubesse perfeitamente que por trás da porta com o espelho estavam escondidas aquelas imagens e as estudasse, assim como estudava os movimentos das modelos nos jornais femininos ou as maneiras das atrizes do cinema ou as pintoras das galerias de arte, para depois reproduzi-las não só com ele, mas com qualquer outro.

Enfim, não era uma boa fase: foram dias perdidos no sentido também de desperdiçados, e foi assim por muito tempo. A certa altura, meu pai começou a pintar sobretudo nus femininos — depois os pintou durante toda a vida —, mas sem modelos, como se os fizesse mentalmente. Eram mulheres que se olhavam no espelho, mulheres que se despiam, mulheres que saíam do banho com uma toalha nas costas. Tinham corpos feitos a grandes manchas de tinta, espalhada com a espátula. Eram cores violentas, me pareciam a tradução daquilo que eu experimentava ao imaginar um corpo feminino nu. Reconhecia ali a mesma necessidade furiosa de apertar, morder, afundar, sacudir. Sentia nas telas uma ânsia igual à minha, e não podia aceitar isso. Teria preferido um pai de linguagem casta, sem experiências impronunciáveis, de mente pura, como eu achava que todos os meus amigos tivessem. No entanto, nas poses daqueles nus eu era obrigado a reconhecer as fotos do armário, encarnadas como se as mulheres tivessem passado do papel impresso em branco e preto para a pele quente e colorida não diante do cavalete, mas servindo de modelos imóveis e ainda assim vivos, no segredo do quarto de dormir. Percebia neles uma alegria despudorada, um traço de bom humor repentino, como o que em certos dias me aborrecia mais que seus maus humores, quando por exemplo se sentava à mesa todo contente, e minha mãe passava ao lado dele para servi-lo, e ele lhe dava um tapinha no traseiro ou enfiava a mão debaixo de sua saia, tanto que ela pulava se esquivando, entre divertida e envergonhada, e Federí se dirigia a nós, filhos, com um olhar malicioso e levantava as mãos de modo exagerado, dizendo de si mesmo em voz alta, numa falsa repreensão: "Porcalhão, nojento, tire essas mãos daí".

Eu espiava os quadros pendurados nas paredes de casa antes que ele achasse um jeito de vendê-los. Não me agradava que qualquer um pudesse dar uma olhada em seus desejos e nos meus. Foram necessários anos, décadas, para eu aceitar que tinha um pai que expunha tão abertamente, tão sem pudor, nas palavras, nas pinturas, aquilo que eu preferiria ter apagado de mim para não sentir sua necessidade. Quanto mais ele insistia na exibição orgulhosa de seu desejo sexual, mais eu ostentava uma impassibilidade soberba, calando-me diante de suas alusões e me subtraindo a suas demonstrações de potência.

Ele já estava com sessenta anos quando, em 1977, fui visitá-lo em seu ateliê em Lugano, onde morava. Fui acompanhado da mulher que amava, me sentia feliz e invulnerável. Ele nos recebeu com seu habitual desperdício de energia verbal. Passou imediatamente a falar de si, de seus quadros, do dinheiro que ganhava, das jovens modelos. Ria, gostava de se exibir e de ostentar, não tinha mudado uma vírgula com os anos.

A certo ponto falou que, se não fosse nos escandalizar, nos mostraria algumas coisas em que estava trabalhando. Pegou alguns cartões e nos fez ver os desenhos a pastel que — disse com orgulho — os marchands para quem trabalhava tinham encomendado a ele. Eram coitos de cores muito vívidas, de uma luminosidade obscena. O velho desconforto de adolescente me voltou de golpe. Ele brincava, se divertia, nós também ríamos. Todavia, descobri que os anos tinham passado inutilmente para mim. Assim como nos tempos de Nunzia, conservava ainda a opinião de que suas alusões ou conselhos ou conversas ou traços e cores eróticas eram sujos e que, malgrado a aparência de alegria e brincadeira, tornavam sujos meus sentimentos amorosos, meus desejos.

Porém, antes que Nunzia aparecesse, aconteceu que meu irmão ficou doente. Começou dizendo que sentia frio, mas ninguém deu bola. Os cômodos da Via Gemito eram gelados até no verão, e ele era um menino que, de resto, se queixava pouco. Dizia: "Estou com frio", e então ficava encolhido em uma cadeira, pálido, os joelhos contra o peito, como para reter o calor. Minha mãe tinha muito trabalho a fazer e lhe sugeria: "Vá brincar, assim você se esquenta". Eu tinha meus problemas e estava todo tomado por furores secretos. Meu pai ora trabalhava nas ferrovias, ora pintava, sem cuidar de mais nada.

Em dado momento os olhos de Geppe incharam, seu rosto ficou cinzento. Rusinè se preocupou e foi batalhar com o marido para que chamasse o dr. Papa. O médico chegou, fez uma expressão preocupada. Descobriu-se que o menino tinha tido uma escarlatina que lhe provocara uma nefrite. Para se curar, disse, ele não podia se expor ao frio nem no inverno nem no verão.

Daquele momento em diante, meu irmão raramente saía de casa. Parou de brincar, tornou-se um menino triste. Usava malhas de lã em qualquer clima, uma jaqueta de tecido pesado, calças compridas, um chapéu permanentemente na cabeça. Nosso pai circulou pela casa imprecando e estapeando-se de tanta raiva, atacou a mania de deixar as janelas abertas, o que causava violentas correntes de ar, atacou o *padreterno*, que quis lhe complicar uma vida já bastante complicada. Então tomou o filho como modelo e lhe fez um retrato tenebroso, com resultados superiores aos de Battistello Caracciolo. Depois expôs aquela obra na galeria San Carlo, quando fez sua primeira mostra individual, mas não conseguiu vendê-la. Nunca achou uma maneira de desfazer-se daquele quadro.

Minha mãe foi quem mais sofreu com a doença de seu segundo filho. Ela o amava muito, não escondia isso, certamente reconhecia nele alguma coisa que nós não tínhamos. Certas vezes pensei que o sentisse mais próximo a seus parentes, mais parecido com ela, inclusive fisicamente; noutras, suspeitei que reconhecesse nele os aspectos melhores do marido, o resultado de uma espécie de depuração de Federí. O fato é que demonstrava uma preferência por Geppe. Agora que o menino estava doente, cuidava dele com assiduidade ansiosa; meu pai gritava para ela: "O menino teve escarlatina e você nem percebeu", acrescentando: "Em que merda você fica pensando?", mas ela, de cabeça baixa e o lábio inferior levemente trêmulo, não rebatia, como se de fato se sentisse culpada.

No entanto, mais tarde minha mãe começou uma campanha para que saíssemos da Via Gemito. Invocou com a casa úmida, sem sol, todos tínhamos bronquite. Atazanou meu pai com sua entonação baixa mas insistente, até que ele encaminhou às ferrovias o pedido de outro apartamento. Impeliu meu pai a reforçar o pedido com o atestado da doença de meu irmão e com outros atestados que declaravam que eu, Toni e até Walter, que tinha um ou dois anos, sofríamos de catarro nos brônquios. "Escreva dizendo que aqui estamos todos doentes", insistia minha mãe, porque ela mesma não se sentia bem. Tinha dor de dentes, digeria mal, dores no abdome, uma fraqueza difusa. "Se o apartamento não fosse tão frio", se defendia acenando a Geppe, "a escarlatina não teria feito esse estrago."

Naquele período, ela se lembrou de repente que nem eu nem meu irmão tínhamos feito a primeira comunhão. Não ia mais à igreja havia anos, meu pai nunca foi. Quanto a mim, tinha tentado três ou quatro vezes ouvir a missa, estimulado por alguns amigos muito devotos, mas fiquei entediado, não sabia nada sobre aquele levantar, sentar, levantar de novo, e só conhecia a ave-maria e o pai-nosso. Ia à paróquia para brincar, e uma vez meus colegas convenceram o padre a me vestir de coroinha para servir a missa com eles. Me deram um sino, me disseram que fariam um sinal quando fosse para tocá-lo. Mas fizeram sinais errados de propósito, toquei o sino sem motivo, o padre se chateou. Quando ele descobriu que eu não entendia nada de missas e não tinha nem feito a primeira comunhão, falou muito mal de minha mãe e de meu pai, de modo que não fui mais à paróquia.

Agora, por causa da doença de Geppe, Rusinè recorreu de novo à igreja, principalmente a um santo mártir de origem egípcia, são Ciro, que, junto ao companheiro João, ele também um santo mártir, curava enfermidades de todo tipo na igreja do Gesù Nuovo e na da Piazza San Ciro a Portici. Tornou-se muito devota. Via meu irmão entristecido, com seu chapeuzinho de lã na cabeça para evitar correntes de ar e friagem, e rogava ao santo para que o curasse. Assim aconteceu que ela fez uma promessa. Prometeu que, se Geppe se curasse, ele e eu faríamos a primeira comunhão vestidos com uma túnica, como são Ciro. Por isso passou a nos mandar ao catecismo.

Meu pai nunca se pronunciou sobre aquela promessa. Então, deduzi que não devia se opor. De resto, embora detestasse a igreja e os padres e os beatos cinzentos de pau mole e as beatas pretas de racha ácida, ele mesmo muitas vezes apelava ao *padreterno* e aos santos ou para cobri-los de insultos, ou para pedir algo urgente nos momentos de dificuldade. Ele era assim: as igrejas o deixavam triste, o papel central que padres e papas se atribuíam o enfurecia, dizia sobretudo que não era do tipo de se ajoelhar. Quanto às manifestações religiosas, só gostava das festas da cidade ou de bairro: a de Piedigrotta, a de Sant'Antonio Abate, a da Madonna delle Grazie, que se celebrava justo na Via Casanova, a rua de sua infância.

Era um grande espetáculo. Da sacada do apartamento da avó Funzella, Fdrí observava tudo e, ainda na velhice, se lembrava de cada detalhe. Os operários chegavam bem cedo, descarregavam as estacas de madeira pintadas de azul e as fixavam nas bordas das calçadas. Eram pessoas que trabalhavam duro sob a direção de um mestre supervisor da festa, um chefe sempre insatisfeito, de quem os operários se queixavam em surdina, labutando entre caretas e suor: *figliezòccola*, *canteremmèrd*, *mannaggiopatatèrn*, *vienaccà strunz ca tesguarromàzz* e outras coisas que o menino escutava com interesse, habituando-se a considerar compatíveis a blasfêmia, a obscenidade, as Graças, a Virgem e todo aquele cintilar de cores: o sol que reluzia nas chapas acima das estacas azuis, as bandeiras que tremulavam, os caibros de madeira decorada que articulavam as duplas de estacas, as ampolas de vidro com mechas embebidas no óleo que, ao escurecer, quando eram acesas, se tornavam desenhos, figurações, festa de Nossa Senhora e dos santos e dos olhos.

Meu pai contava com gosto sobre essas festas. A luz elétrica — falava — já existia, mas as luminárias da Via Casanova continuaram sendo feitas por algum tempo como no passado. Houve uma fase de transição em que a ampola com óleo e mecha brilhava ao lado dos lampiões a gás e do esplendor dos arcos voltaicos, luz de óleo, de gás e de eletricidade, paisagens com coloridos diversos e diversa iluminação. Fdrí olhava e aprendia: muda a luz, muda a cor, muda a sombra.

Depois a festa acabava, mas ele não se conformava, tinha achado tão bonita que agora se aplicava a reproduzi-la em casa, fazendo bandeiras coloridas e tentando até acender lamparinas com estopim e óleo, tanto que certa vez quase botou fogo na casa e levou um monte de pancadas de salto na cabeça.

Mas paciência: era muito bom preparar aquelas festas privadas na casa de Funzella. Quando ainda tinha por volta de seis anos, fazia com o irmão Antonio, que tinha quatro, pequenos altares bem coloridos, colando com sabão umas bandeiras de papel de seda em fios de algodão e colocando figurinhas de santos e virgens dentro de caixas vazias de fósforo, para fazer o tabernáculo e convidar as meninas do prédio para brincar de procissão. As meninas se apresentavam animadas. Rezava-se a missa, cantavam-se hinos, a Virgem e os santos eram conduzidos pela casa. Mas bem no meio dos ofícios Fdrí e Antò baixavam as calças, ficavam de quatro e diziam rindo às meninas: "Nós somos a vaca de Consiglia, a leiteira", porque queriam ser ordenhados, fazendo de conta que seus pintos eram tetas. As meninas às vezes fugiam, às vezes os contentavam ordenhando.

Meu pai falava e eu ficava escutando, mas de má vontade. Tinha poucas lembranças do sexo infantil, mais veleidades que fatos. Além disso, naquela época — aos treze, catorze anos —, eu não gostava de relembrar aquilo. Mas ele me dava cutucadas, lançava olhares maliciosos, dizia: "Aposto que você também fez essas coisas: com a filha de dona Mirusio — seu safadinho sujo". Eu me esquivava, ele insistia. Enquanto isso, meu pai se lembrava de outras histórias, como na vez em que o irmão Antonio o casou com uma menina chamada de a bela Rosina. E logo recomeçava a contar.

Quantas Rosas tinham aparecido em sua vida, um destino. Rusinè, Rose Fleury, a pequena Rosina com quem se casou aos seis anos de idade. Missa, festa de núpcias. Depois, aproveitando que todos os adultos da casa estavam concentrados em envasilhar conservas de tomate, ele e a bela Rosina se esconderam debaixo da cama da avó Funzella. Ali Fdrí pôs imediatamente as mãos na calcinha da menina, embora ela usasse uma calçola que ia até a metade da coxa, e a coisa era difícil. Mas a menina não ficava atrás e logo fez seu pinto crescer, transformando-o em um pintinho ou caralhinho muito duro, com um grande prazer. Toca e esfrega, a certo ponto Rosina lhe disse em dialeto: "Fdrí, mete aqui dentro". Naquela altura Fdrí não desejava outra coisa, mas o espaço entre o assoalho e as ripas de nogueira do estrado não permitia se mexer com facilidade para tirar as roupas. Para piorar, ouviam-se as vozes dos adultos lidando com tomates e a de Antonio, que os procurava pela casa gritando: onde vocês estão? Por fim, a certa altura a menina resmungou: "Vamos para minha casa, a cama é mais alta, lá é melhor".

Fdrí concordou sem hesitar. Os dois saíram de debaixo da cama de dona Filumena e, tensos, circunspectos, escapando à vigilância dos mais velhos, chegaram ao quarto andar e se meteram no apartamento de dom Ciccillo, pintor de paredes, pai de Rosina. Ali se enfiaram rapidamente sob a cama de casal. A menina tentou tirar logo a calcinha, mas era uma operação complicada, ela estava presa a um corpete — explicava meu pai — por ligas. De tanto tentar e tentar, Rosina quis se erguer para soltar as ligas, mas bateu a cabeça nas tábuas da cama. Àquele barulho dom Ciccillo acudiu gritando *che cazz'è* e se abaixou para ver. Meu pai chispou dali. Correu escada abaixo perseguido por dom Ciccillo, que berrava: "*Chiavechemmèrd*, safado", desviou-se de Federico, o guarda, marido de dona Luisella, entrou na casa dos pais e tornou a se esconder debaixo da cama.

A história terminava assim, com dom Mimí tentando agarrar Fdrí pelo braço, dom Federico, o guarda, querendo acertá-lo com um chicote de cocheiro, dom Ciccillo que o espetava com uma vara. Meu pai comentava com uma melancolia divertida: "Dom Mimí me arrebentou bem diante dos olhos de dona Luisella". Certas vezes também dizia: "Olha só o que as crianças são capazes de aprontar". Ou então me instruía: "É preciso ficar muito atento com as filhas meninas, rapaz: basta um triz e elas se perdem".

Em algumas ocasiões, ele também me contou o que aconteceu com a bela Rosina. Levou uma surra terrível do pai e dos irmãos, tanto que ficou com marcas por semanas. Depois o tempo passou, ela cresceu, tornou-se uma garota afetada. Fazia o possível para seduzir qualquer um — dizia meu pai, manifestando sua reprovação. Matou-se aos dezoito anos por amor, jogando-se de seu apartamento no quarto andar.

O padre que nos preparou para a primeira comunhão nos falou demoradamente sobre os pecados carnais, mas sem dar informações explícitas. Preocupou-se sobretudo que eu, com quase catorze anos, ainda não tivesse feito a primeira comunhão. Puxava a penugem de minha cara, os pelos de minhas pernas descobertas (eu ainda usava calças curtas) e ria dizendo: "*Ciuccione*", que queria dizer "retardado". Às vezes também exclamava: "Que olheiras feias"; noutras vezes alongava os dedos de surpresa em direção ao meu tórax magro, agarrava um mamilo e dizia: "Que vergonha, olha só que duro".

Eu ficava desconcertado. Meu pai falava que, em matéria de pecados, tinha uma visão ampla e podia passar por cima de todas as culpas, exceto uma: desejar a mulher dos outros. Embora estivesse sempre pronto a dar risadas sobre assuntos de sexo, as histórias de adultério o irritavam. Melhor dizendo, se irritava com histórias em que uma mulher legitimamente casada se deixava assediar a ponto de trair o marido. Ficava ouvindo por um tempo e depois investia contra a adúltera, exclamando: "Essa é uma escarradeira".

Eu ouvia e assimilava a metáfora com desgosto. Pela conversa dele, intuía-se que os que escarravam eram pessoas de bem, gente que, precisando cuspir, tinha que cuspir em algum lugar. O problema — eu entendia, entedia desde muito tempo — não era a necessidade de cuspir, que é natural, mas a vocação de muitas mulheres, tipo a bela Rosina, para servir de escarradeira. Meu pai me advertia: "Tome cuidado, encontre uma menina direita". Eu fazia sinal que sim, prometia que tomaria cuidado, mas enquanto isso não pensava senão em uma que se deixasse cuspir.

Vivia entre contradições, tensões, alarmes. Uma vez, só para mencionar uma, quando eu estava com uns doze anos, um menino de minha idade que veio em casa para brincar me perguntou, depois de ter lançado um olhar interessado a Rusinè, se ela poderia lhe fazer *'nu bucchíno*. Tentei matá-lo com uma haste de guarda-chuva que estávamos limando juntos para fazer uma flecha pontiaguda. Como não consegui, não quis que ele viesse mais à minha casa. Mas por meses sonhei em matá-lo. Sabia que aquele era o modo certo de agir. Sabia também que o garoto teve sorte de não falar aquele palavrão na frente de meu pai. Se eu tinha apenas pensado em matá-lo, ele — eu imaginava — teria arrebentado sua cabeça contra uma parede sem dar a mínima à sua pouca idade.

Por outro lado, a posição rigidíssima de meu pai me entristecia. Mesmo desejando cuspir logo no sexo das mulheres, me incomodava reduzi-las a um estado que mais tarde levaria a mim, a meu próprio pai e a outros a dizer: "Aquela é uma escarradeira", e detestava ter pensamentos sobre o outro sexo parecidos com os de meu colega de brincadeiras. Não sabia o que fazer. Espremido entre o padre de catecismo, que brandia ameaças contra atos impuros ou fornicação, e meu pai, que me encorajava a fazer ambas as coisas na primeira oportunidade, mas com um desprezo sem meios-termos pelas meninas ou mulheres que me contentassem, eu crescia como um bichinho assustado.

Aconteceu que, em um sábado, fomos todos à casa dos parentes de minha mãe para não sei qual comemoração. Nessas ocasiões se comia do bom e do melhor, e eu acima de tudo me sentia muito querido e amado pelos filhos de tio Espedito e tia Maria, de tio Attilio e tia Carmela, com os quais passava todo o tempo inventando lorotas. Eu contava, eles ouviam, e passávamos horas assim. Mas naquela vez ocorreu um fato novo. Minhas primas tinham uma amiga, Nunzia, bem morena, cabelo pretíssimo, olhos de carvão. Eu a tinha visto várias vezes, mas sem prestar atenção. No entanto, naquela vez olhei para ela e senti as faces, a testa e as orelhas queimando. Tentei com cuidado me colocar no centro das atenções com minhas histórias, mas não consegui, ela se entediou rapidamente, quis que todos dançassem. Não havia música, mas isso não era problema para ela. Dançou cantarolando, primeiro sozinha, depois com minhas primas, para lhes ensinar os passos. Acabei esquecido em um canto, observando.

Como dançava bem, cada movimento era leve e cheio de graça. Mostrava os movimentos da polca e fazia tanto os passos do cavalheiro quanto os passos da dama, alternadamente. Tinha pés pequenos que mal tocavam o piso, saltava com elegância, a saia oscilava descobrindo de vez em quando os joelhos, e seu peito se enchia de alegria. Me falou de repente, em dialeto: “Venha ser o cavalheiro”. Respondi que não sabia dançar e, com medo de que insistisse, saí correndo da sala. Temia desmaiar caso ela apenas roçasse minha mão.

Em seguida, fiquei sabendo muitas coisas de Nunzia. Frequentava o terceiro ano do ginásio, mas não ia bem na escola. Vivia lendo *Sogno* e *Grand Hotel*. Vestia de preferência roupas escuras, porque se sentia gordinha e queria parecer esguia. Sabia dançar tão bem porque o irmão de seu pai era um hábil dançarino e lhe ensinara todas as danças.

Logo tive a oportunidade de conhecer aquele seu tio. Era um homem enxuto, lembro-me dele já velho, na verdade não devia ter mais de quarenta anos. Sempre usava um colete marrom muito justo. Tinha bigodinhos bem cuidados, louros, e uma coroa de cabelos avermelhados da qual despontava o crânio reluzente. Gentilíssimo no trato, sabia fazer um elegante beija-mão que divertia muito minha mãe, suas tias, até minha avó. Tinha três filhos mais novos que eu e uma mulher silenciosa, que quase não dava as caras. Não tenho conhecimento de que trabalhasse, mas tinha viajado por muito tempo pela Alemanha, França e Bélgica vendendo não sei o quê. Agora vivia de suas economias.

Ignoro seu nome, todos o chamavam de O dançarino. Eu não, sempre pensei nele como o tio de Nunzia, e mesmo ao nomeá-lo em voz alta dizia: "O tio de Nunzia". Acho que tinha escolhido aquele modo de dizer só para multiplicar as ocasiões de falar "Nunzia". Pronunciar seu nome me comovia: Nunzia, Nunzia, Nunzia. Não havia coisa relacionada a ela que eu não nomeasse para poder especificar: é de Nunzia. E tudo o que vinha de Nunzia era bom, era acolhido com simpatia. Por isso eu gostava de tudo o que dizia respeito ao tio dançarino: as maneiras educadas, a elegância das atitudes, a disponibilidade para ensinar sua ciência da dança.

Era um ótimo professor, em pouco tempo meus parentes, adultos e pequenos, se arriscaram na polca, nas mazurcas e em polcas-mazurcas. Ele também tentou comigo, em uma tarde em que minhas primas me arrastaram para sua casa. Fui apenas porque esperava que Nunzia estivesse lá. Ela não estava, o dançarino, sim: estava sempre em casa. Ele me perguntou: "Sabe fazer a valsa saltada?". Eu não sabia fazer nem a valsa normal, confessei com grande mal-estar, e fui muito debochado por minhas primas. Mas o tio de Nunzia se mostrou gentil e começou a me explicar que era preciso girar sempre, "a valsa é a dança mais girada que há". Piruetou sozinho com desenvoltura pela sala e então me explicou: duas batidas, seis movimentos. Me agarrou e começou a tocar uma música com a boca, me mostrando os passos. Tudo inútil, não aprendi nada. Ele não me disse, mas mesmo assim descobri que eu era um fracasso para a dança. "Parece um salame", gritaram minhas primas.

Se fosse por mim, teria passado todo o tempo livre com o tio de Nunzia. Mas meu pai mal o tolerava e se chateava quando eu falava dele com entusiasmo. Antipatia recíproca, acho. Quando se conheceram, passaram imediatamente a medir-se. Federí logo o fez saber que era um artista de grande talento, conhecido na Itália e no exterior. Citou suas exposições na Flórida e em Paris, contou quando ficou amigo de Guttuso em Roma, falou algumas palavras em francês e outras em inglês, para mostrar que não era um qualquer, mas um homem cosmopolita. O dançarino pegou a bola no ar e desandou a falar em francês, inglês e alemão, passando a contar dos lugares que tinha conhecido no exterior, costumes que tinha assimilado, coisas que lhe haviam acontecido. Depois de um tempo ele pontificava, e meu pai se calava. Não só: tio Attilio e tio Espedito davam corda ao dançarino.

Federí ficou mal, nem tanto — acho — porque o homem se gabava bastante e fingia saber tudo de tudo — um presunçoso de merda, o definiu mais tarde —, mas porque teve a descortesia de não se deter sequer um instante sobre sua fama de artista, ao contrário, como se desse a entender: "Você é pintor, eu sou dançarino, ambos temos competências artísticas, somos iguais".

Iguais? Meu pai logo concluiu: "*Chistènuddiestrúnz*". Então, embora o dançarino tivesse esposa e filhos, disse que, assim como todos os homens que amam a dança, ele na intimidade devia ser uma bicha. "Até as bichas podem casar e ter filhos", me explicou quando desconfiou que eu não acreditava, acrescentando: "De todo modo, basta olhar como ele se movimenta, aquele seu colete, o bigodinho, os poucos pelos que tem na cara de bunda".

Falou essas coisas em diversas ocasiões, ora uma alusão, ora outra. De início senti a habitual antipatia, as mesmas que experimentava toda vez que ele diminuía as pessoas; depois, de repente, me veio um verdadeiro ímpeto de ódio, o primeiro de que me lembro com absoluta precisão, não tanto por amor ao dançarino, mas porque ele era tio de Nunzia e eu achava que as maledicências sobre ele acabavam respingando nela.

Desde então comecei a temer que meu pai mais cedo ou mais tarde afrontasse o dançarino e, segundo seu costume, cuspisse ou mijasse na cara dele ou lhe arrebentasse a bunda. Daí nasceria uma briga, mas eu — disse a mim mesmo — não me limitaria a olhar. Ficaria ao lado do tio de Nunzia.

Será que ele era tão intratável com o dançarino porque não sabia dançar? Difícil afirmar, era complicado obter dados seguros sobre Federí. Naquele período, por desprezo em relação ao tio de Nunzia, ele com frequência dizia: "*Chillu strunz balla 'na chiavica*, eu sei dançar melhor". Mas, como se sabe, ele sempre jurava ser melhor em qualquer campo: artes, ofícios, ciências. E mesmo diante da evidência dos fatos, não era simples decidir o grau de suas competências. Se era forçado a aceitar o confronto, fazia um ar arrogante e soltava suas tiradas em tom excessivo, grotesco, como se tivesse decidido não mostrar suas verdadeiras qualidades, tamanho era o asco que o adversário lhe causava.

Declarou muitas vezes, por exemplo, que teve um passado brilhante de esquiador, e durante anos guardamos em casa velhos esquis de antes da guerra, os dele. Crescemos — nós, filhos — o admirando em uma foto sua na neve. Ali ele está jovem, tem vinte anos, faz uma bela presença no uniforme de atleta que está em pose de descida livre. Mas sabia realmente esquiar? Nunca nos deu uma prova disso, nem nos mostrou qualquer paixão por aquela atividade, nem um vago interesse. Apenas contava, com seu estro para divagações, que em 1937 ele estava fazendo seu trabalho de reparador de locomotivas quando se apresentou um suboficial da milícia ferroviária, dom Mimí Tavolozza. O homem explicou que o comando geral da milícia tinha decidido selecionar bons esquiadores e mandá-los a competir para cima e para baixo nas montanhas da Itália e da Europa. Por isso perguntou aos jovens ferroviários presentes: "Quem de vocês sabe esquiar?". Tendo captado na hora que havia uma possibilidade de escapar à imundície das locomotivas por um certo tempo, meu pai levantou a mão gritando: "Eu sei esquiar", apesar de só ter visto a neve uma vez na vida, e de longe, no topo do Vesúvio. Assim, com base em sua palavra, as ferrovias o dispensaram do trabalho de reparador e a milícia o recrutou e mandou a Roccaraso, para os treinamentos. O líder do grupo, comandante Astorri de Campobasso, logo se deu conta de que Federí não sabia nem como se fixavam os esquis nos pés. Mas tomou-se de simpatias por ele, era um rapaz que sempre oferecia bebidas a todos, tinha até arranjado tempo para pintar aquarelas de montanhas, bosques e gaiteiros que presenteava a qualquer um, especialmente a Astorri. Por isso o líder torceu a boca de início, mas o deixou aprender tudo sobre como se esquia. Ele se preparou e se tornou excelente naquilo. Participou de muitas competições e, quando saltava do trampolim Roma, já era o mais atlético, o mais audaz, o mais amado pelas garotas.

O mesmo aconteceu com as danças. Nunca teve tempo de aprender, era um passatempo que não o atraía. Mas certa vez esteve em San Candido como esquiador da milícia. Fazia um frio de rachar, estava hospedado em um grande quartel com a equipe de oito atletas, da qual fazia parte. Eram servidos à mesa por lindas jovens austríacas da fronteira. Uma delas, a mais bonita, se chamava Friedel Grüber. Federí a viu e ficou espantado. Ele a cortejou um pouco, beberam algo e ela lhe disse: me leve para dançar. Ele opôs alguma resistência, mas no fim se deixou levar. Uma vez no salão de baile, pediu que Friedel lhe ensinasse os passos e os aprendeu num piscar de olhos. Dançou com ela polcas, mazurcas, quadrilha e cotilhão.

Mas o que mais funcionou — me contava baixando a voz, para evitar que minha mãe o escutasse — foi a esfregação entre eles no tango. Depois de um tempo, só queriam se abraçar, se beijar, se apertar, se amar. "A dança", me explicava, "serve para isso." Não para fazer poses de bicha, mas para apertar o corpo de uma mulher.

A certa altura, começamos a dançar na casa do dançarino todo sábado. No início, quando ainda morávamos na Via Gemito, minha família e eu participamos raramente daquelas festas: ir até lá era uma viagem, tínhamos de atravessar toda a cidade. Porém, quando as ferrovias acolheram o pedido de meu pai e lhe atribuíram outra moradia em um prédio recém-construído (quinto andar: quatro cômodos, uma sala de estar, uma cozinha grande, banheira e até um bidê), as coisas mudaram. A nova casa ficava a um passo da estação, dentro da área do pátio de carga, na avenida Arnaldo Lucci. De lá, eram só dez minutos até a casa do dançarino, que aliás morava a cem metros das lojas e dos apartamentos dos parentes de Rusinè.

Um sábado sim e um não, começamos a visitar tio Attilio, tio Espedito, tia Maria, tia Carmela. Mas ficávamos pouco na casa deles. Depois de algumas conversas, íamos todos — tios, primos, minha mãe, minha avó, meus irmãos, meu pai, que sempre ia de má vontade — até a casa do tio de Nunzia, para ver como se dançava e como a vida podia ser alegre.

Eu naturalmente olhava sobretudo Nunzia. Deve ser por isso que não lembro nada da mudança da Via Gemito para a avenida Arnaldo Lucci. Não guardo nenhum vestígio desse evento tão importante para toda a família, não sei o antes nem sei o depois. Hoje de manhã tentei dar uma ordem aos fatos: a) Geppe se curou; b) fizemos a primeira comunhão vestindo uma túnica à la são Ciro; c) fomos a uma das festas dançantes na casa do dançarino. Mas não consegui decidir se essas coisas aconteceram quando ainda estávamos na Via Gemito ou quando já morávamos no apartamento da avenida Arnaldo Lucci, em frente à estação.

Não é uma diferença irrelevante. São espaços distantes, zonas distintas de Nápoles e dos sentimentos. A Via Gemito me pertence, para o bem e para o mal é a rua de minha infância; a avenida Arnaldo Lucci, por sua vez, me pareceu imediatamente uma rua adequada apenas para meu pai, barulhenta, lotada, perigosa. Os prédios descascados, o ronco dos carros e dos trens, o fluxo de gente mal-encarada, nem sequer uma árvore.

A impressão durou ao longo dos anos. Posso recuperá-la intacta quando, na época de minha viagem em busca de *Os Bebedores*, vou rever, entre os tantos outros lugares de Nápoles, a avenida Arnaldo Lucci também. Passarei por trás do monumento a Garibaldi, entre desocupados e pessoas à espera. Darei uma olhada na longa praça cheia de carros e de passantes, cortada ao fundo pela cobertura dentada da estação, uma lâmina de serra sobre a qual se apoiam paralelepípedos de arranha-céus e faixas vazias de céu. Seguirei a calçada até o velho Hotel Terminus, até a cancela que dá para os trilhos da Circumvesuviana, até o Hotel D'Anna. Terei a impressão de uma área caótica e festiva, cheiros de pizzas, *pastacresciute*, *panzarotti*, *vermicelli* com vôngoles, tráficos lícitos e ilícitos, um teatro para todas as línguas meridionais, para todas as cores de pele, para todas as músicas, cantos, vozes antiquíssimas e recentes de chamado. Diante de mim, à esquerda, verei o prédio onde morei por quase uma década, até a morte de Rusinè. Me parecerá inalterado: cinzento com persianas verdes, o fluxo de trens de um lado, o fluxo de carros do outro. Descobrirei apenas que a antiga área do pátio de cargas — meu pai a atravessava todos os dias para ir ao trabalho; nós também passávamos ali com frequência, e ele nos recomendava: "Se pararem vocês, digam a palavra de ordem: 'serviço'" — se transformou em um grande estacionamento. Quanto ao resto, acharei que os lugares conservaram o mal-estar de então, a impressão de ter caído da colina para uma zona de multidão, de empurrões, de rixas. Sinal de que nem a força do hábito nas ruas, o fascínio dos trens que vêm e vão, as explorações aventurosas dentro de vagões vazios em trilhos mortos, o vaivém à noite com meus companheiros ociosos, conseguiram apagar o sentimento de inadequação.

A avenida Arnaldo Lucci me desorienta e também me assusta um pouco. É verdade que foi minha mãe quem quis mudar de casa, mas duvido que quisesse se transferir justo para aquele lugar. Federí nos arrastou para cá com raiva e sem nenhuma explicação, a um passo de seu odiado trabalho de ferroviário, para os locais de sua infância, adolescência e juventude, para dentro dos sons sujos do Lavinaio, da Forcella e da Duchesca, ou para a avenida Garibaldi, onde praticava boxe, na frente do teatro Apollo, onde arrebentou os dentes do engraxate, para a Via Casanova até a Piazza Nazionale e a Via Zara.

"Venham comigo", ordenou, e a Via Gemito desapareceu, durante anos não me lembrarei mais dela. Agora moramos nesta casa estranha. Parece mais fria, exposta aos ventos que assoviam como em um filme de alpinistas na tempestade. Circulamos pelos cômodos com malhas, cachecóis, calças à la zuava, boinas na cabeça — especialmente Geppe, que não pode tomar frio. De noite, eu, meus irmãos e minha avó continuamos dormindo no mesmo quarto, em grandes camas. Na desordem dos desejos, me agito no escuro. Estamos aqui apinhados, sem um espaço privado, ainda que a casa tenha amplas zonas vazias. Minha mãe se concedeu uma sala enorme, um espaço para fingir-se senhora de boas maneiras, que recebe sabe-se lá que visitas. Meu pai tem um cômodo todo seu, que logo aprendemos a chamar de "o estúdio". Lá dentro não há grandes surpresas: quando não está trabalhando nas ferrovias, nós o encontramos na posição de sempre, sentado em frente ao cavalete. Pinta, pinta e pinta, mais exasperado que nunca.

Está engordando, os olhos não têm mais aquela febre, ficaram somente as fúrias. Começou a pintar quadros que representam Paris. Pintará por anos quilômetros e quilômetros de paisagens à la Utrillo, telas ao infinito, a partir de agora até a morte de sua mulher, em 1965. À noite, depois de secarem, ele as enrola e leva a quem as encomendou, que paga imediatamente. Meu pai não aguenta mais, quer fazer dinheiro. Quer um automóvel, os parentes da esposa compraram um 1100, a Giulietta. Também quer fazer uma viagem a Paris, mas não àquela de Utrillo, que lhe dá náuseas. Quer ir a Paris de hoje e plantar ali seus quadros de verdade, as telas de arte, não as vistas de Paris, que chama de "quadros comerciais". Sente que seu futuro está no exterior. De fato, continua falando de si, com mais insistência que antes, como de um homem com um grande destino, só precisa esperar. Tudo passa, diz. O pior vai passar, o melhor está por vir. No entanto, as ambições se atenuaram. Agora, quando não pinta a Paris de Utrillo, sai em busca de exposições e festivais de pintura extemporânea onde — conta — ganha o primeiro prêmio, o segundo, uma medalha de ouro, uma de prata, muitas taças, quase como se fosse o campeão de algum esporte. Mas não acho que ainda saiba fazer quadros como os dois pescadores de Roma, ou *Os Bebedores* com o menino que despeja a água. Ou até faz, mas eu já não percebo.

De fato, sou muito distraído. Só penso nas mulheres nuas das fotos no armário, em Nunzia, nas danças de sábado. Por um tempo, penso até em me tornar um dançarino. Isso me parece possível quando vem à nossa casa um jovem, parente distante de meu pai chamado Palummiéll, que foi vendedor de peixe em Porta Capuana e agora quer aprender o golpe de vista de um desenhista. Palummiéll passa horas no estúdio, mesmo quando Federí está nas ferrovias. Desenha vários objetos a carvão e de início se mostra disposto, mas depois meu pai lhe diz que, como artista, é *'nu strunz* e então perde a disposição. Nos últimos tempos não tem vontade de fazer nada, apenas conversa. Assim descubro que ele sabe dançar e lhe confesso: eu não. Quando meu pai está ausente, resolve me ensinar os passos do tango, da valsa, da polca.

Lembro que me empenhei muito em seguir suas aulas. Palummiéll fazia os movimentos do homem, eu, os da mulher — e depois trocávamos. Ele me dizia, rindo: você dá pena, e eu sabia disso, mas mesmo assim queria aprender os passos de alguma dança. Falava a ele das festas de sábado à noite, dizia: "Você acha que agora já posso tirar uma dama?". Ele ria: "Se você não sente a música, como vai tirar uma dama?". Então zombava de mim: "Você não quer sentir a música, você quer é sentir a dama". Era verdade. Eu negava energicamente, mas era verdade. Dava um passo aqui e outro ali somente na esperança de que, em um sábado, teria a coragem de ir até Nunzia e lhe perguntar: "Nunzia, quer dançar comigo?".

Eu preferiria que meu pai ficasse em casa pintando, sem nos atormentar, mas ele primeiro protestava, depois resmungava e então decidia com expressão sofrida nos acompanhar à casa dos parentes. Começava dizendo: "O que vou fazer lá?", e continuava se queixando do tempo precioso que nós o fazíamos perder. Como sempre, implicava sobretudo com minha mãe, por sua mania de querer visitar os tios. Quanto mais ela dizia: "Vamos logo, está ficando tarde", mais ele ficava na frente do cavalete, às vezes dando as últimas pinceladas, às vezes sem sequer pintar — raspando a paleta com a faca e cultivando seu desgosto.

Enquanto isso, Rusinè se vestia com cuidado, escolhendo entre as roupas da última moda que ela mesma costurava. Como aquela era a única ocasião legítima de vida mundana que lhe era concedida, cuidava com extrema atenção de seu aspecto: fazia as sobrancelhas com a pinça, passava creme Nivea no rosto, pintava a boca de batom fazendo caretas no espelho. Durante aquelas operações, de vez em quando gritava: "Federí, já estamos prontos: você está pronto?".

Eu tremia, porque sabia que meu pai estava sempre prestes a ficar furioso, e aquela pressão podia fazê-lo explodir. Eu ainda sentia o cheiro das presilhas que ele queimara em uma noite de junho, talvez no ano anterior, depois da mostra individual na galeria San Carlo. Ouvia aquele seu grito noturno que era um insulto: "Leviana!". Temia que a qualquer momento tudo recomeçasse, com um desespero e uma violência ainda maiores. Por isso, às vezes me vinha a vontade de tapar os ouvidos preventivamente e de me encolher em um canto.

Mas em geral meu pai se continha e respondia "Estou prontíssimo", mas continuava sentado e despenteado diante do cavalete, com a calça de trabalho manchada de tinta. Queria dizer com essa frase que, se a mulher demorava duas horas para se arrumar, ele era muito mais rápido, lhe bastava um minuto, podia continuar tranquilamente refletindo ou pintando sem que ela enchesse seu saco o tempo todo. De fato, apenas quando minha mãe aparecia na sala sem um fio de cabelo fora do lugar, mostrando que minha avó também estava prontíssima, assim como os filhos, e dizia impaciente: "Viu que agora vamos ter de ficar de braços cruzados esperando você", ele tirava a calça manchada, ia de cueca dar uma penteada no cabelo, vestia uma calça mais decente, mas ainda assim surrada, enfiava o paletó em péssimas condições e exclamava: "Está vendo? Um minuto".

Ficava emburrado por todo o trajeto da Via Taddeo da Sessa, pensando em suas coisas. Depois, na casa dos parentes ou no bar de tio Espedito, ficava subitamente alegre. Falava com todos, ria, contava histórias divertidas. Agora era um homem de quase quarenta anos, com uma tendência mais acentuada a conversas obscenas. Eu o espiava e esperava que continuasse lá no bar, que não subisse para a festa do dançarino, que não se fizesse notar por Nunzia. Mas o que eu mais temia naquela época era que, por alguma distração minha, ele intuísse os desejos secretos que ela me inspirava e os tornasse públicos, rindo deles com tio Espedito, tio Attilio, tio Matteo e meus primos mais velhos, que o consideravam um mestre de vida sexual.

Era uma ideia insuportável. Eu sabia muito bem o que os homens diziam entre si sobre as garotas. Certa noite, um amigo de meu primo me puxou de lado e me contou o que costumava fazer com a namorada nas áreas escuras das ruas do bairro, na grama da Via Taddeo da Sessa ou à sombra dos caminhões da avenida Novara. Fiquei abismado com as palavras que ele usou: um dialeto densíssimo, pesado, imaginoso, todos os sons do sexo, *ca sfaccímm* que esguichava sobre as coisas, mas sobretudo entre as mãos e as coxas da garota, para então escorrer como cal depois de um golpe de pá, líquido espesso misturado a outros líquidos de boca, de racha, ou seja, de boceta, *pucchiacca*, o poço úmido dentro do qual o rapaz, para melhor gozar seu suco com a língua, no inverno — me contou — tinha o hábito de derreter uma barrinha de chocolate, e no verão, de espremer um pouco de limão, como se faz com as ostras vivas quando se passa pela Via Caracciolo e se diz com água na boca: "Agora pego umas ostras frescas para mim: ah, que delícia".

Eu não podia tolerar a possibilidade de que meu pai se afastasse para um canto com meus primos, com os amigos deles, e todos juntos falassem de Nunzia desse jeito, debochando. Sonhava acordado com homicídios. Por outro lado, já tinha aquelas imagens (o chocolatinho derretido, o limão) e muitas outras na cabeça, não podia expulsá-las. Eu as sentia a toda hora e me abandonava a elas com um ardor crescente da fantasia e do corpo, embora temesse que, como em uma tela de cinema, me surgissem na superfície das pupilas, oferecendo um espetáculo repugnante.

O dançarino era um dançarino perfeito. Eu perdia o fôlego toda vez que ele dançava com Nunzia. Nessas ocasiões, seu talento se somava ao da sobrinha e o efeito era tão espetacular que todos os outros dançarinos se sentiam no chinelo diante deles e se afastavam, encostando na parede de modo a deixar o maior espaço possível àquela exibição soberba. Formava-se assim um círculo de espectadores extasiados e, dentro do círculo, tio e sobrinha dançavam como se a música viesse diretamente de seus corpos, e não do gramofone.

Era um espetáculo que me arrancava lágrimas dos olhos. Quer inventasse movimentos de tango ou rodopiasse na valsa ou desse leves saltos de polca e mazurca, o dançarino sempre mantinha uma expressão de concentração estática no rosto tenso. Quanto mais a dança o possuía, mais ele empalidecia. Mas os olhos brilhavam e as orelhas ficavam vermelhas, tão vermelhas que, só de vê-las, as minhas se avermelhavam também. Aos poucos eu me transferia para ele. Sentia todo o meu corpo estremecer, como se realmente tivesse a capacidade de acompanhar a música com a devida destreza e, no caso, de dançar com Nunzia.

Ela estava ali — em minha opinião, belíssima —, os cabelos pretos, a testa branca, as faces coradas. Quase voava pela sala, como se fosse uma forma granulada da luz, visível apenas para estirpes de visionários, como a de que eu descendia por linhagem paterna. O único sinal de esforço era o suor que se condensava sobre seu lábio superior, que depois o tio enxugava com gentileza com o lenço, quando a música parava e todos nós aplaudíamos com entusiasmo.

Nunca se tinha visto uma dupla assim no bairro: a dama de baixa estatura, quase menina, o vestido preto, meias brancas;

o cavalheiro alto, calvo, com vincos profundos nos cantos da boca e ao lado dos olhos, magro, de colete. Mas o tempo da música apagava a calvície e as rugas, alongava os ossos, amadurecia as formas. Eu também me sentia crescer naquele ritmo: as calças compridas, o colete — era capaz de conduzir Nunzia da mesma maneira afetuosa e decidida que seu tio dançarino.

Portanto, em um sábado, tomado por aquelas fantasias, assim que tocou um tango fui até ela, que papeava com o tio toda vermelha e suada, e lhe perguntei: "Quer dançar?". Me olhou muito divertida e disse: "Você ainda precisa comer muito feijão". A resposta me feriu profundamente, e até perdi as forças para me afastar ou pelo menos dizer alguma coisa. Fiquei na frente dela, gelado, não sentia mais minhas mãos, os pés, nada. O dançarino interveio com garbo para dizer: "O tango é muito difícil. Mas não se preocupe, depois vamos todos dançar quadrilha". Voltei a mim e disse: sim, obrigado. Depois, enquanto Nunzia e o dançarino iniciavam os primeiros passos de um famoso tango, busquei meu pai com o olhar. Estava com medo de que ele tivesse visto a cena. Sabia que, nesse caso, ele cobriria de todas as injúrias de que era capaz a menina que me rejeitara, e de todo o desprezo possível o tio, que não a obrigara — como deveria — a dançar imediatamente comigo. Para ele era inconcebível que alguém pudesse dizer a seu primogênito: "Você precisa comer mais feijão" ou qualquer outra frase humilhante. Ofender a mim era como ofender a ele, aliás, pior. "Vagabunda", teria dito. Ainda bem que estava distraído: murmurava algo no ouvido de tia Assunta, e tia Assunta, arroxeada pela pressão alta, dava risada. Foi mesmo uma sorte. Fiquei em um canto e aguardei a quadrilha.

Chegou a hora da quadrilha. Era a verdadeira especialidade do dançarino: ninguém sabia conduzi-la do modo como ele a conduzia. Chamou todos pelo nome, um a um, crianças, adolescentes, jovens, adultos, até minha avó. Escolheu sua parceira, que era Nunzia, e disse com voz clara, em uma mistura de napolitano e uma língua misteriosa: "*Medàm e cavaliérs, facíte 'nu cerchio*".

Os casais se puseram em círculo ao longo das paredes da sala. Rusinè tentou envolver o marido, mas ele não quis, disse que não era o tipo de bancar a marionete nas mãos do dançarino. Mas lhe permitiu: "Dance com Mimí", enquanto se recolheu em um canto para desenhar na santa paz em certos formulários da ferrovia que sempre levava no bolso.

Minha mãe me falou toda contente, pegando-me pela mão: "Eu e você vamos dançar". O dançarino desceu o braço do gramofone sobre o disco — música estrondosa de quadrilha — e gritou naquela língua obscura, que só ele conhecia e talvez meu pai também: "*Promenàd!*".

Era a língua da quadrilha. Ressoava em toda festa, e eu a adorava, já me sentia melhor ao ouvi-la. Todos fizemos um passeio em fila de pares, girando pela sala: crianças que lançavam gritos de alegria, nós adolescentes muito tensos e atentos às ordens mais que conhecidas e indecifráveis do dançarino, os adultos que riam com os dentes falhos, minha avó que se contorcia congestionada, tia Assunta, com lágrimas de entusiasmo nos olhos, que lhe dizia ao vê-la tão animada: "*Nanní, nun te piscià sotto*".

Terminado o passeio, o dançarino parou, ergueu um braço, fez a mão rodar sobre a cabeça calva e gritou: "*Muliné dedàm!*". Todas as mulheres se precipitaram para o centro da sala: as meninas se debatiam para conquistar espaço entre as roupas largas das adultas, as adolescentes se achavam realmente damas e faziam pequenos meneios elegantes, as adultas como minha mãe eram mais meninas que as próprias meninas, ou fingiam que eram.

Tentei não perder Rusinè. A cada sábado eu me tornava mais hábil na quadrilha e sabia em que momentos devia dar o braço a ela, fazendo-a dar o *tur demangòsce*, que era o giro pela sala da esquerda para a direita. Mas ocorreu um fato que me cavou um buraco no peito. O dançarino, de surpresa, se aproximou de mim com seus movimentos leves e me ordenou em voz baixa: "*Sciangé dedàm!*", puxando-me para seu lugar diante de Nunzia. Então gritou, como previsto: "*Tur demangòsce!*" e, sob o olhar carrancudo de meu pai, fez um giro pela sala ao lado de minha mãe, imitado por todos os outros casais.

Nunzia me sibilou bastante irritada, em dialeto: "*Scétate* e me dê a mão!". Eu dei — foi a primeira vez que a toquei — e fomos girando ao longo das paredes amareladas, sob uma débil luz elétrica, ela me dizendo à meia-voz: "Lembre-se de que depois você precisa se inclinar para mim", e eu, tensíssimo, lutava para manter sob controle a sensação de precipício.

Lembrei-me bem a tempo de me inclinar diante dela. Enquanto isso o dançarino já ordenava de novo, em uma atmosfera de excitação geral — a música, as risadas, os gritos: "*Promenàd!*". E então acrescentou: "*Muliné decavaliérs!*". E ainda: "*Promenàd!*". Nós rodopiamos e passeamos com muito afinco, enquanto meu pai desenhava cada vez mais carrancudo.

Hoje tenho a impressão de que essa quadrilha foi o momento mais feliz de um período que, por sorte, passou para sempre. Escrevo, me interrompo, consulto manuais sobre dança para refrescar a memória. Mas logo ponho tudo de lado, não sinto mais necessidade deles. Há a música, a voz do dançarino se conservou perfeitamente, até sua figura, e isso basta. O tio de Nunzia — aí está ele — se mostra todo empertigado com seu porte magérrimo, o rosto branco, as orelhas vermelhas, e roça de leve a mão de minha mãe, conduzindo-a pela promenade. Minha avó vacila, senta-se em uma cadeira, ri até não poder mais, enquanto as irmãs passeiam em círculo com seus cavalheiros (tio Espedito, tio Attilio, tio Matteo) e gritam para ela: "Você está bem, Nanní?", mas sem apreensão, só para enfatizar: "Vejam como Nannina ri; quando começa assim, não consegue mais parar". Quanto a mim, não acredito no que está acontecendo comigo. Danço quadrilha com Nunzia, só isso me interessa, e fico atento para não errar.

"*Dossaddòs!*", grita o dançarino. Eu faço poses idênticas às dela e corro para a frente com todos os outros, recuo, me lanço de novo para a frente, giro em círculo com os cavalheiros, sinto que esse homem fez por mim uma coisa pela qual lhe serei grato para sempre e nesse momento não me importa mais nada que meu pai o deteste e que com certeza esteja furioso porque aquele estranho está dançando com Rusinè. Faço o *tur demàns* com Nunzia justamente como o dançarino está fazendo com minha mãe, e quando ele grita: "*Scevò debuà, decavaliérs*", sinto que se pode ser feliz quando a música faz o sangue ferver e quando se é o cavalheiro de Nunzia.

Depois o dançarino bate as mãos e, para não haver dúvidas, esclarece: "*Sciangé dedàm!*". Deixo Nunzia segundo a regra, passo ao lado de minha mãe, que está à minha frente, depois ao lado de tia Carmela, então de tia Assunta e por fim de minhas primas, uma a uma, até das meninas. Não vejo a hora de voltar para o lado de Nunzia. Mas não é fácil, há uma confusão, as palpitações me deixam lento, a música acelera, o dançarino já está ordenando: "*Scevò debuà dedàm!*", e eu sinto que a estou perdendo, a perdi, estamos todos de novo em círculo, o dançarino a tomou de volta, e ele e a sobrinha, entrelaçando os dedos, levantam os braços e formam um arco. Decepcionado, faço de novo par com minha mãe. O dançarino ordena: "*Lespònts!*", e os casais passam sob a ponte feita pelos braços em arco, dele e de Nunzia. Todos se divertem. Há uma onda de perfumes e de suor, eu e minha mãe também estamos prestes a passar sob o arco.

Mas meu pai se cansou de desenhar. Ele dá um salto, arranca sua esposa de mim e também grita: "*Lespònts!*", mergulhando sob o arco com Rusinè e dando um forte esbarrão de ombro no dançarino. A dança continua entre gritos e risadas. Eu me vejo cavalheiro de uma menina de oito anos e passo sob a ponte, respirando os aromas de Nunzia. Entretanto o dançarino rodopia como um toureiro sobre si mesmo, enfiando-se ousadamente sob o próprio braço direito, um passo de grande habilidade. Quer desincumbir-se depressa para dar novas ordens. Mas já se sabe como meu pai é, e eis que ele se antecipa aos comandos, berrando: "*Escargò!*", com um belo sotaque estrangeiro. Todos nos juntamos — inclusive o dançarino e Nunzia — e corremos atrás dele, que nos guia por um percurso em espiral, como as volutas da casca de um caramujo. Dá saltos desregrados, descabelando-se com uma fúria alegre. Tudo desvanece.

A quadrilha termina assim, agora não sei se em cada passagem é mesmo a quadrilha daquela noite, se a música parou, se a certa altura não foi preciso reiniciar o gramofone. Tenho na cabeça fragmentos de quadrilhas diferentes, mas que importância isso tem, o que aconteceu em um sábado pode também ter ocorrido em outros sábados, e o que parece nunca ter acontecido, ninguém exclui que, em um sábado ou outro, possa ter realmente se dado.

Faço aquela noite prosseguir não com uma autêntica briga entre meus pais, mas com uma impressão de *appiccico*, vocábulo do meu dialeto que quer dizer peleja e que até hoje me deixa curioso por seu significado de grudado com cola, *appiccicato* — "estamos *appiccicati*" —, como se o ódio não tivesse efeitos diversos do amor e, em ambos os casos, se tivesse vontade de grudar um no corpo do outro, abri-lo, afundar dentro dele.

Na noite depois da quadrilha com certeza deve ter havido um *appiccico*, porque sempre acontecia que, se Rusinè por algum motivo se mostrava muito contente ao lidar com estranhos do sexo masculino, meu pai a corrigia a som de tapas.

Ao longo da festa, ela e o dançarino tinham estado mão na mão, suor misturado a suor. Então dou por certo que Federí a tenha feito pagar por isso. Era um homem sempre de pé atrás, especialmente quando se tratava da mulher. Ele a humilhava, espancava, lhe dizia em alto e bom som que não estava à altura do marido excepcional que lhe caiu do céu. Mas, contraditoriamente, temia que ela pudesse preferir qualquer outro a ele, e a submetia a uma vigilância permanente.

Uma vez, como de costume, fui vasculhar entre as coisas dele (tinha sido um ano antes, dois anos antes?) e achei em meio a seus desenhos um formulário das ferrovias densamente escrito no verso. Era um conto, uma história em terceira pessoa que falava de um ferroviário chamado Franco, ótimo marido e bom trabalhador. De modo totalmente casual, Franco descobria que sua esposa o traía. Primeiro ele se desesperava, chorava; depois, quando teve certeza da identidade do rival (tratava-se de outro ferroviário, seu amigo íntimo), o matava jogando-o de uma ponte sob um trem de passagem. Então voltava para casa para assassinar a mulher.

A cada palavra, escrita com sua caligrafia firme, eu pensava: "O ferroviário é ele, a mulher é minha mãe". Revirei a folha nas mãos, perdido atrás da ideia de que Rusinè de fato o traísse, mais cedo ou mais trade o trairia, e ele acabaria com ela. Ainda tenho a folha guardada em algum lugar, ele mesmo a deu para mim anos depois, dizendo: "Mimí, seu pai também poderia ter sido um escritor". Aceitei o presente ocultando que, para mim, aquilo tinha sido um sinal de ansiedade, um testemunho escrito do que lhe fermentava na cabeça.

De resto, aquilo que ele pensava, queria que eu também pensasse. Desde criança, temi que minha mãe secretamente lhe fizesse algum mal. Eu ficava em ânsias, pensava que aquela possibilidade pudesse acontecer a qualquer momento. Um sorriso dela, um olhar, me deixava alarmado. A opinião de

Federí sobre toda forma de contato entre homens e mulheres deslizava sorrateira dentro de mim, não conseguia arrancá-la da mente. Aqueles contatos — ele dizia — nunca eram inocentes, mesmo quando as intenções o eram. Começa-se com um gesto aparentemente insignificante — continuou me explicando mesmo já velho, rindo — e se termina sempre fodendo. As pessoas, Mimí, não têm outra coisa na cabeça, trepariam em qualquer lugar, a qualquer momento, com quem quer que fosse. Os homens são assim, as mulheres são piores. Por isso ele não confiava, nunca confiou. Por exemplo, quando ele gritou com a mulher: "Leviana", na noite de junho, depois da exposição na galeria San Carlo, mesmo não sabendo exatamente o significado da palavra, eu sabia o que meu pai queria dizer e me esforçava para não ouvir. Nesse vocábulo havia a prefiguração daquilo que poderia comportar a sociabilidade de minha mãe, sua vocação a se fazer bonita, a agradar, a se sentir admirada. Então eu me retraía assustado e horrorizado, nem procurava a palavra no dicionário, me fechava a qualquer articulação de voz que pudesse me ferir.

Perder contato, ficar impermeável, estrangular os afetos, não sentir dor. Por isso só conservo uma pálida impressão do *appiccico* depois da quadrilha. Por isso sou capaz de contar, e mal — como já disse —, apenas dois episódios certos de surras feias que Federí deu em Rusinè ao longo de seus vinte e três anos de casamento. Naquela noite, imagino que ela, submetida a acusações por ter feito par com o dançarino, tenha se justificado assim: "E o que eu deveria ter feito? Dizer que não, que só danço quadrilha com meu marido e meu filho?". Também suponho que eu deva ter ido me trancar em algum canto com as mãos nos ouvidos para não escutar. Devo ter pensado: se conseguir não escutar as vozes, nem as pessoas vão existir mais.

Mas a voz de meu pai era invasiva. Depois daquele sábado, sem um motivo claro, Federí começou a me falar com mais frequência sobre sexo, dirigindo-se diretamente a mim, como se considerasse que já fosse o momento de me atribuir suas próprias propensões, suas fantasias, até sua idade.

As ocasiões para aquele tipo de cumplicidade não faltavam. Só para começar, houve muitos casamentos naqueles meses. Primas de minha mãe se casaram, primos, parentes de pessoas a quem meus pais eram ligados por relações de compadrio, por causa de crismas. Todos os noivos se mostraram satisfeitos que meus pais fossem comadre e compadre de lenço, uma instituição que eu mal conhecia, e que Federí e Rusinè interpretavam cada qual a seu modo. Por exemplo, para quem acompanhasse minha mãe, parecia que ela se atribuía a missão de cuidar de tudo o que tinha a ver com roupas de baixo, lençóis, cobertores, vestido branco, conjuntos de viagem e também lenços de noiva. Já meu pai colocava o lenço no centro da cerimônia e sempre falava dele em tons alusivos, ria e me olhava como se eu tivesse que entender imediatamente.

Ele era muito ativo nesse seu papel. Quando os noivos apareciam e ele estava em casa, nunca os deixava em paz. Levantava-se do cavalete e vinha entretê-los com grande cordialidade, falava ao ouvido do noivo e ele ria, falava ao ouvido da noiva e ela dava sorrisinhos pudicos, corando, ou caía em despudoradas risadas. "O lenço", ele se divertia, e os dois se mostravam contentes com toda aquela atenção, enquanto eu sorria para mostrar que estava entendendo. Mas era evidente que eu não entendia. De modo que meu pai cantarolava versinhos (os inventava continuamente, para mim, para meus irmãos, para minha mãe, para minha avó, poeminhas sempre de uma alegria demente, sempre um tanto vulgares) do tipo: "Lencinho, lencinho/ faz sujeira no escurinho" etc. Minha mãe intervinha falando em dialeto: "Pare com isso", e levava a noiva para longe.

Eu entrava na brincadeira, mas não conseguia me divertir tanto quanto os outros. Não entendia nem mesmo por que tanta gente fazia questão de que ele fosse padrinho de lenço. Talvez fosse tão procurado porque, sendo a essa altura chefe de estação de primeira classe e dirigente central, tê-lo como padrinho dava prestígio. Talvez o quisessem porque dizia a todo mundo que era um pintor famoso na Itália e no exterior, e os parentes dos noivos e os próprios noivos acreditavam, estavam felicíssimos de se tornarem *cumparielli* daquele baita *cumpàre*. Talvez mais simplesmente porque queriam ter minha mãe como *cummàra*, e para tê-la não podiam deixar de aceitá-lo também como *cumpàre*. De todo modo, na intimidade, eu excluía que o escolhessem porque ele podia parecer de fato um homem agradável, divertido, cheio de uma vitalidade envolvente. Eu não conseguia perceber esses seus aspectos. Olhava a noiva e, fosse ela bonita ou feia, gordinha ou magra, alegre ou triste, logo imaginava o noivo grudado nela, mãos, língua, tudo, e era devorado por aqueles pensamentos, não conseguia me livrar deles. Sentia o prazer e a culpa dos pecados carnais, expressão do catecismo que se alastrava como uma mancha vermelha e brilhante, dava substância aos jogos verbais de meu pai, servia para interpretar a irritação de minha mãe, me tornava hostil ao ritual do lenço, aos casamentos tão frequentes, àquela mania dos parentes próximos e distantes de envolver meus pais em seus planos nupciais.

Certas vezes se chegava a ponto de fazer a própria festa de casamento em nossa casa, no salão da avenida Arnaldo Lucci. Noutras vezes os noivos, como eram pobres e moravam no interior (Casavatore, Afragòla), ficavam conosco para a lua de mel. Quando de manhã, pouco antes do café, os dois saíam discretamente do quarto de dormir de meus pais, cedido a eles com a solicitude desagradável de costume, meu pai sempre fazia à noiva perguntas do tipo: "Como o noivo se comportou?

Esteve à altura?". E a noiva, a depender do tipo que era, respondia tímida ou respondia com a liberdade de uma mulher já casada, que finalmente não precisa mais fingir pudores. Tanto no primeiro caso quanto no segundo, Federí inventava engraçadas metáforas sexuais e espicaçava os dois jovens para fazê-los confessar os segredos da cama. Era um momento de risos, zombarias, tapinhas com a palma aberta entre as escápulas. Me lembro de um rapaz ruivo, representante comercial, que diante da pergunta de Federí: "Já habituou bem sua esposa, *cumparié*?", repetia feliz, enquanto a recém-casada não conseguia conter uma risada nervosa: "Que batalhas, *cumpà*, que *cumbattimenti*".

Em uma dessas festas de casamento lá em casa, Nunzia também esteve presente. Aconteceu que uma prima de minha mãe, não muito jovem, se casou com um guarda municipal de bigodes à la Clark Gable. Foi um dia caótico, a sala cheia de sol, o assoalho grudento por causa das comidas e bebidas que os convidados tinham deixado cair. Certamente também havia uma orquestrinha para animar a festa, mas duvido que Nunzia tenha dançado. Todos dançaram, adultos e crianças, mas ela não, talvez porque todos os que dançavam fossem pernas de pau, e mesmo o noivo, que se dava ares de dançarino de tangos e valsas, não deve ter passado por seu crivo. Habituada a ser a dama do tio dançarino, Nunzia não se contentava facilmente. De resto, o dançarino não estava: meu pai o detestava, e ele nunca pisou em nossa casa.

A jovem não se misturou nem mesmo com as moças de sua idade, as considerava muito crianças. Preferiu brincar de pega-pega com a gente, os meninos, e se ligou sobretudo a dois amigos meus, aos quais dei a entender que entre mim e ela poderia haver — se já não houvesse — alguma coisa.

Brincamos por bastante tempo. Ela fugia gritando e rindo, e nós a perseguíamos. Escapava como uma Angelica pelo corredor, pelos cômodos, pela varanda. Meus amigos e eu a perseguíamos como paladinos pela selva, mas Nunzia era veloz e de reflexos rápidos. Fechava as portas atrás de si com estrondo, pulava sobre as camas, entrava na cozinha derrubando coisas. Às vezes eu estava a ponto de agarrá-la, mas não o fazia por medo de segurá-la pelo braço, roçar seus seios, senti-la viva entre as mãos. Eu conhecia tão bem meu desejo que desacelerava a corrida de propósito, não queria correr o risco de pegá-la. Por isso meus amigos me empurravam para trás, especialmente um que era dois anos mais velho e não se continha como eu. Ele a alcançava, a agarrava, a jogava contra a parede para detê-la, ficava sobre ela, às vezes os dois caíam no chão ou em uma cama e ali lutavam sem se poupar nos golpes. Ela gritava contente, ele também. Então voltávamos a correr, com novas perseguições.

No fim, desisti. Fiquei apoiado no batente da porta, com raiva de mim mesmo. Pensava que deveria intervir, dizer chega, ninguém brinca mais, afastar meu amigo mais velho, lhe dar um soco, lembrar a ele que eu tinha visto Nunzia primeiro, que até o alertei sobre isso, não era justo que ele se metesse no meio e a tocasse daquele jeito. Todavia eu continuava calado, e não por medo dele, mas porque temia que ela gritasse comigo: "Cuide de sua vida, só me agarra quem é capaz de me agarrar".

O dia de festa passou entre suplícios. Quando Nunzia voltou para casa, fiquei aliviado. Nem sequer me despedi dos amigos, decidi que não queria mais vê-los. Me joguei num sofá sujo e fiquei olhando minha avó, minha mãe, as tias que davam uma ordem na casa. Eu estava exausto pelo mal-estar que o cheiro de vinho e comida me dava.

Antes de ir para a cama, quando a casa ficou de novo arrumada e sem estranhos, meu pai me chamou sem que eu esperasse. Sem preâmbulos, com um tom de brincadeira mas amargurado, disse mais ou menos isto: "Mimí, você não precisa pedir permissão às mulheres, tem de botar logo as mãos nelas". Expressão que usou muitas vezes depois para me encorajar, quando achava que eu estava sendo tímido demais com as garotas. Então me estimulava em dialeto, rindo: "Meta logo as mãos nelas". E dava para notar que estava a ponto de me dizer onde. Mas não era preciso. Eu sabia exatamente que tinha de pôr as mãos no sutiã de Nunzia, no meio das tetas, dentro da calcinha. Mas agora eu achava intolerável que meu pai me falasse com aquele tom amargurado e chegasse a insinuar o que eu deveria fazer. Temi que fizesse referências explícitas a Nunzia. Falei a mim mesmo de modo confuso, com as têmporas latejando: "Ele não pode nem pronunciar o nome dela".

Naqueles anos, Federí chegou a negligenciar a pintura para cuidar de mim. Quando ainda estávamos na Via Gemito, eu estudava no vestíbulo do banheiro, uma saleta sem janelas. Ele passava para ir ao banheiro, depois saía e me perguntava: "Tudo bem? Muitas lições de casa?". Eu tendia a não lhe dar corda, o que mais temia era aquela solicitude. Mas ele não se dava conta de meu mal-estar. Pegava uma cadeira, se sentava ao meu lado e dizia sério: "Vamos ver".

Queria me fazer acreditar que sabia tudo, italiano, latim, história, geografia. Inventava frases de efeito com palavras bem difíceis, que depois me obrigava a escrever sob ditado nas redações; insistia em traduzir para o latim e do latim; mas acima de tudo se entusiasmava com meus exercícios de matemática. Enquanto se dedicava a problemas de geometria ou a exercícios de álgebra, fumava um cigarro atrás do outro, e meus livros e cadernos se impregnavam do cheiro do tabaco. Eu ficava ao seu lado em silêncio. Ele buscava soluções das maneiras mais complicadas. Enchia páginas de cifras e se apaixonava a tal ponto que muitas vezes se esquecia de mim, das tantas matérias que eu tinha que preparar, e se concentrava em um único exercício por horas, mantendo-me preso a seu lado e me perguntando a intervalos regulares:

"Entendeu o que estou fazendo? Agora vou lhe mostrar como chegamos ao resultado".

Quase sempre o resultado que o livro indicava — ao final, entre colchetes, impresso em páginas de cor verde — era absolutamente diverso do resultado a que ele chegava. Então recomeçava do início, mas eu precisava ir à escola de tarde, havia turnos duplos, sentia que o tempo voava e não ousava dizer a ele: "Papai, chega, preciso fazer várias outras coisas". Com certeza ele se irritaria, ficaria até aborrecido, porque ele também estava gastando tempo, descuidava da pintura pela paixão, o remorso e a revanche que o tomavam diante dos estudos. Assim eu aguardava e, quando ele me fazia perguntas para obter minha concordância, eu sempre respondia: sim, tudo bem. No fim, ele esbravejava: "O resultado do livro está errado, Mimí: deve ter havido um erro de impressão". Ou talvez — conjeturava — o autor seja *'nu strunz*, mas você não deve se deixar impressionar, tem que sempre pensar com a própria cabeça, *chist'imbecille* não sabe fazer os exercícios.

Eu ficava arrasado. Já tinha certeza de que ele me mandaria: "Agora vá à escola e diga ao professor: o resultado do livro está errado". Também sabia que eu nunca diria algo do gênero, nunca. Além disso, não seria preciso. Com certeza eu descobriria que a maior parte de meus colegas teria chegado a um resultado idêntico ao do livro, e na volta me sentiria obrigado a mentir. Nesses casos eu sempre mentia, e diria a ele: "Sim, papai, você estava certo, o resultado do livro de fato estava errado, o seu era o correto". Eu precisava falar assim para que ele ficasse contente.

De fato, na volta da escola eu lhe repetia grosso modo essas frases. Ele fazia um ar satisfeito e, entre uma pincelada e outra, me reiterava com certo orgulho: "Nunca se deixe impressionar, rapaz, só confie em si mesmo", acrescentando a citação "*memento audere semper*". Insistia: "A sorte favorece os audazes". E, de um modo ou de outro, sempre acabava me lembrando, rindo: "Não seja respeitoso com as mulheres, é preciso dominá-las, e passe a mão nelas". Explicava que sempre tinha agido daquela maneira. Do mesmo modo — enfatizava — eu deveria agir: o bom sangue não mente, era questão de raça, nossa raça sempre soube como lidar com as mulheres.

Suas histórias nesse campo eram todas de sucesso. Teve a vez que ele estava com vários outros jovens agitados, na frente do bar Apetino, e seduziu apenas com uma troca de olhares uma linda garota, desejada por todos os homens do bairro Ferroviários. Teve a vez que, ainda adolescente, ia assiduamente à pensão Rondinella, um bordel na esquina da travessa Sergente Maggiore e a escadaria de Chiaia, e ali as prostitutas o acariciavam grátis, por pura simpatia, por cima e por dentro das calças. Teve a vez que era esquiador da milícia em San Candido e levou Friedel Grüber para o dormitório e tudo correu às mil maravilhas até que ela, quando já estava saindo ao amanhecer, tropeçou nos esquis apoiados na parede, acordando todos os atletas e até o chefe da equipe, Astorri. Teve a vez que ele saiu de noite e se afastou para os pórticos do estádio Ascarelli com uma jovem prostituta, certo de que quem ia pagar era um amigo dele, mas o amigo foi embora, ele não tinha um centavo, e a garota começou a gritar: "Desgraçados, canalhas, ladrões. Meu Deus, meu Deus, socorro".

Era um arquivo farto de anedotas, cheias de bundas redondas e firmes ou de tetas volumosas. Hoje considero que ele me contava essas histórias por motivos pedagógicos. Queria que eu aprendesse o jeito certo de agir com as mulheres. No entanto, sem se dar conta, obtinha o efeito contrário. Fiquei incomodado todas as vezes que me acenou a casos desse tipo. Não houve um único relato sobre temas sexuais do qual eu tenha pensado: "Aqui está bem claro como eu devo me comportar". Ao contrário, minha verdadeira reação quase sempre foi: preciso tomar cuidado para não agir assim.

Eu não gostava dos episódios, não gostava da terminologia, sobretudo não gostava como até nessas histórias ele recorria de bom grado à ideia de destino. Se em geral encontrava essas mulheres, especialmente se muito bonitas, era por vontade divina. O livre-arbítrio — dizia — é uma mentira: você vai para a direita em vez de ir para a esquerda, e se vai para a direita topa com Enza, se vai para a esquerda, não topa com ninguém. Para causar impressão, citava o monge Pelágio, citava santo Agostinho e concluía: só o Onipotente é árbitro de todas as coisas.

Eu estava me preparando para minha primeira comunhão tardia em meio a muitas tensões. Estava tomado pelo problema de Deus e pelo problema do sexo com igual afinco, e Deus me parecia limpíssimo, ao passo que o sexo era sujo. Então detestava que ele recorresse ao livre-arbítrio e ao Onipotente para contar com fervor a sucessão de fatos que o levou a determinado amor, a apertar bundas, a acariciar tetas.

"O encontro com sua mãe também foi predestinado", dizia solenemente. Naquele dia de 1938, como aliás em qualquer outro dia, as possibilidades — me explicava — eram infinitas, flechas luminosas que disparavam de todos os lados. Naquela confusão toda, ele poderia perfeitamente não ter notado Rusinè. Poderia estar amarrando um sapato justamente enquanto ela avançava a passos rápidos. Poderia ter se distraído por causa de um rato que corria pelos trilhos, poderia ter sido atraído pela conversa dos colegas operários do Depósito. A probabilidade de que, da ponte onde estava, ele não a visse enquanto passava como seu bolerinho e a saia evasê era elevada. No entanto, ele a avistou. Tudo escrito, Mimí, destino.

Também tentei encontrar Nunzia fora das ocasiões associadas à dança. Várias vezes me postei como um caçador na frente da escola dela, esperando que saísse, mas ou ela ia logo para a entrada do metrô com as amigas, ou — pior ainda — se entretinha com rapazes mais velhos, rindo e fazendo caretas. Parado na calçada em frente ao portão da escola, esperava que me visse e me chamasse com frases do tipo: "O que você está fazendo aí? Quer me acompanhar?". Só se deu conta de minha presença uma única vez e virou o olhar para o outro lado.

Também gastei muito tempo tentando fazer seu retrato. Como em meu delírio de apaixonado eu estava convencido de que ela se parecia com Silvana Mangano, coloquei um recorte de jornal com a foto da atriz no vidro da janela, apoiei em cima dele uma folha branca e recopiei seus traços com lápis, em transparência.

Demorei não sei quanto tempo, um trabalho de dias e semanas, fazendo coincidir na folha — aperfeiçoando, sombreando, apagando — minha ideia de Nunzia com a foto de Silvana Mangano. Dedicar-me àquele desenho me dava uma prazerosa quentura, mas temia que meu pai me descobrisse e, tendo em vista que a fisionomia de Nunzia a meu ver emergia cada vez mais clara, a reconhecesse.

De fato, certa vez ele apareceu de surpresa atrás de mim. Disse irônico: "Mimí, um artista na família já dá e chega"; então examinou meu desenho e perguntou: "Quem é?". Respondi: Silvana Mangano. Ele balançou a cabeça desaprovando, se inclinou e, com poucos golpes de borracha e lápis, refez o desenho: "Esta é Silvana Mangano", disse satisfeito. Quando se retirou, olhei a folha com atenção. Me pareceu o retrato perfeito de Nunzia.

Conservei aquela folha por muito tempo. Levei-a no bolso por meses, mostrei-a várias vezes aos colegas de escola dizendo: é minha namorada. Peguei até o hábito de contemplar os traços a lápis e rezar: "Santa Maria, faça que amanhã eu a encontre". Mesmo andando na rua eu pedia continuamente coisas do tipo: "Deus, por favor, faça que eu encontre Nunzia atrás daquela esquina, faça que ela saia agora dos jardins". Depois, quando as preces não eram atendidas, sentia raiva e vergonha. Tinha a impressão de pensar como meu pai: pretendia que Deus cuidasse de meus encontros com Nunzia, a misturava às virgens e aos santos. E se para me justificar eu falava coisas do tipo: "Ela é digníssima das atenções do Senhor, não é uma escarradeira", depois, só por ter pensado aquilo, me detestava. Queria refletir e falar com palavras somente minhas: não suportava mais as de meu pai, nem para negá-las; me parecia que impediam qualquer intensidade, qualquer profundidade.

Se ainda o suportava — dizia a mim mesmo com a raiva esnobe do adolescente —, era apenas por seu talento de artista. Eu observava o desenho, que a essa altura já havia se consumido nas dobras. Fizera uma Silvana Mangano que tinha exatamente o olhar de Nunzia, o mesmo que eu via na igreja aos domingos, quando ia de caso pensado à paróquia de seu bairro esperando encontrá-la. Nessas ocasiões a missa não me parecia tediosa, queria que não terminasse nunca. Ela estava ao lado das mulheres, usava um véu azul na cabeça, às vezes cantava. No momento certo, se levantava e ia ajoelhar-se nos degraus do altar, esperando que o padre lhe desse a hóstia.

Justo naquele período me dediquei muito às palavras da religião: providência divina, espírito santo, imaculada conceição, comunhão, graça. Era como se estivessem coladas em uma superfície polida, e eu tentasse descolá-las com as unhas. Trabalhava nisso — me recordo — por horas.

A certa altura foi a expressão "bom Deus" que me chamou a atenção, tornou-se uma ideia fixa. Os livros escolares a usavam em abundância, as professoras, certas mães muito devotas de meus colegas de colégio. Diziam continuamente: o bom Deus quis isso, o bom Deus quis aquilo. Comecei a me perguntar por que tanta insistência naquele adjetivo: não era suficiente chamá-lo simplesmente pelo nome e basta? Cheguei à ideia de que o bom Deus fosse assim definido para distingui-lo de um Deus mau, seu irmão gêmeo, ativíssimo, muito presente, mas de quem nunca se falava, como acontece com os parentes que se maculam de culpas inomináveis.

Logo excluí que se tratasse do diabo. O diabo me parecia apenas um colega de brincadeiras obrigado a fazer o papel de malvado enquanto a brincadeira durasse. O Deus mau era outra coisa, me assustava, e por algum tempo lhe atribuí a culpa por todos os fatos insuportáveis que aconteciam a mim e à minha família: a fúria de meu pai, a doença de Geppe, até aquela decisão que minha mãe tinha tomado de que eu fizesse a primeira comunhão vestido de frade.

O bom Deus, eu pensava, nunca permitiria que meu pai atormentasse minha mãe daquele jeito, que falasse assim das mulheres. O bom Deus nunca teria deixado meu irmão adoecer só pelo gosto de impelir Rusinè a recorrer a são Ciro. O bom Deus, concluía, nunca teria posto em sua cabeça a ideia de que, para agradecer ao santo mártir, não era suficiente fantasiar Geppe de frade, mas era preciso também me vestir daquele modo, que não tinha nada a ver com aquilo.

Não, eu recapitulava, evidentemente havia um Deus mau que orquestrava situações insuportáveis por pura maldade: um Deus que agia, no caso específico, por meio da raiva de meu pai e dos esgotamentos de minha mãe, contra o qual o bom Deus não sabia reagir de outra forma senão dizendo despeitado: "Tudo bem, se quiser, pode estragar também a primeira comunhão desse rapaz".

Fiquei arrasado. De que adiantava um deus desse tipo? Por que dirigir orações a ele? Por que se dedicar ao exército de seus intermediários, virgens e santos? Eu não sabia me desvencilhar. Embrulhado naquele meu zoroastrismo de fim da infância, um dia eu cancelava o Deus bom e inepto; noutro dia cancelava o mau, que, indo as coisas já de mal a pior, me parecia supérfluo; noutro dia ainda, varria ambos de minha frente, uma vez que, para melhorar e piorar tudo, já bastava meu pai.

Eu via a data da primeira comunhão se aproximar — minha mãe falava dela sem parar —, mas Federí, que se pronunciava sobre qualquer coisa, continuava em silêncio sobre aquele assunto. Eu me perguntava: "Por que ele não diz: meus filhos nunca vão fazer a primeira comunhão vestidos de são Ciro?". Se ele quisesse, poderia falar. A única vez que Rusinè ousou dizer à mesa, enquanto almoçávamos: "Mimí nunca vai à missa aos domingos", ele se chateou, mandou que ela não se metesse naquelas coisas, disse: "Mimí faz o que ele quiser. Quer ir à missa? Vá. Não quer ir à missa? Não vá".

Assim também demonstrava não ter nenhum temor a Deus. Em todas as ocasiões em que seu destino luminoso parecia se apagar, ele descontava diretamente no *padreterno*, blasfemava, o agarrava pela gola, punha naquela peleja a mesma raiva de quando se atracava com os *strunzemmèrd* que nas ferrovias, no mundo da arte local, nacional e internacional, faziam de tudo para envenenar sua vida. Então, quando ficava especialmente furioso, formulava em dialeto — enquanto andava praguejando para cima e para baixo pela casa — certas teorias em que Deus era alguém que primeiro nos iludia e depois nos decepcionava, *'nu sfaccímm* que era pior que gato e rato. "A pior coisa que Deus inventou", disse uma vez com pesar, "foi nos dar a consciência de que vamos morrer: nem a mente perversa do pior camorrista poderia conceber uma maldade mais terrível."

A morte, terminar, que asco. Temia a casualidade. Certas vezes, depois do almoço, com a mesa ainda posta, ele comparava sua mão com a de Rusinè, sua linha da vida com a linha da vida dela. "A minha é longuíssima", dizia satisfeito, "a sua também. Chegaremos ao ano 2000." Acreditar que tinha uma mão onde tudo estava assinalado o reconfortava. O ano 2000, quase certamente o de 2017. "Você também, Rusinè", dizia. Mas Rusinè sacudia a cabeça, estava com a pele amarelada, não se sentia bem. Vivia como se estivesse agarrada à vida que escapava, murmurava melancólica: "Olhe bem: minha linha da vida se quebra na metade da palma". Ao ouvir essas palavras, Federí ficava nervoso. Pegava a mão dela, a examinava com muita atenção e concluía: "É uma interrupção mínima, deve ser um resfriado, depois a linha recomeça. Olhe: a sua é mais comprida que a minha". Então advertia: "Se eu morrer primeiro, não ouse se casar de novo".

Aquele pensamento o deixava irritado, Rusinè deveria permanecer fiel mesmo se ele morresse. Por isso, para maior segurança, recomendava a nós, filhos: "Se eu morrer, meninos, impeçam sua mãe de se casar de novo". Rusinè ria e dizia: "Então, se eu morrer antes, você também não vai poder se casar". Mas ele rebatia, já de novo alegre: "Não, eu sou homem, tenho minhas necessidades, casado ou não casado preciso molhar o biscoito". E dava um meio-sorriso, acrescentando: "Um artista sempre molha". Depois, olhando sobretudo para mim, dizia: "Rapaz, seu pai sempre molhou o biscoito e sempre vai molhar". Aqui nós deveríamos sorrir satisfeitos.

No entanto, havia pouco motivo de satisfação. Já desde então eu sentia que aquele seu misturar a raiva e a satisfação com Deus, a morte, o sexo ocultava um enrosco difícil de desenroscar, até para ele. Por isso ele se calava diante da promessa que minha mãe tinha feito a são Ciro. "Algo existe", dizia inspirado quando, depois do almoço, ficávamos à mesa sozinhos, um na frente do outro. Assumia uma expressão atormentada, falava do nada, do vazio, do infinito e outras palavras pesadas. Gostava de formular questões últimas a si mesmo e de se abismar nelas, ruminando. Fez isso quando era jovem e mais ainda na velhice, com tons de filósofo e cientista. A depender dos tempos e das circunstâncias, discutia sobre o Big Bang, a matéria e a antimatéria, a massa saturada de energia, o impulso de translação, a eternidade. Fazia esforços admiráveis para formar uma ideia acerca daqueles assuntos. Citava ao acaso Platão, Aristóteles, Bacon, Kant, Darwin e Einstein. Mas depois, especialmente quando eu já me declarava com soberba ateu e materialista ou mais serenamente descrente, ele fazia um ar grave, me olhava direto nos olhos e exclamava: "Mimí, eu ao contrário creio: depois da morte deve haver alguma coisa". Acrescentava enfático: "Não creio no deus antropomorfo. Acredito na Força Originária, na Essência Última, no Fim Decisivo". Eu respondia conciliador, sobretudo quando já estava muito doente: "Faz muito bem, papai".

Sua profissão de fé não me surpreendia. Pensei com frequência nas vezes em que, sob os olhos aterrorizados de nós, filhos, ele passou da blasfêmia à prece com a mesma generosidade ingovernável de emoções e sentimentos. Se algo o ofendia ou o assustava ou o fazia sentir-se em uma armadilha, primeiro ficava furioso e depois se desesperava, gritando: "*Padreterno, Madonna mia bella, caggiafà, caggiafà*".

Parecia uma síntese das culturas mais antigas do Mediterrâneo, quando vermelho e desgrenhado voltava os olhos brilhantes para o teto e repetia a pergunta: *caggiafà*. Conhecia muitos casos milagrosos, fatos que tinham em seu centro respostas celestiais àquela pergunta terrena: "O que devo fazer?". Citava muitas vezes, por exemplo, o que havia acontecido com sua mãe Filomena, protótipo de todos os eventos miraculosos que contava. Filomena tinha tido meningite na infância e se salvara justamente por milagre. Contraíra a doença aos dois anos de idade, e Funzella, sua mãe, correu para chamar o médico, deixando-a sozinha no berço. Não o encontrou e voltou desesperada para casa. Porém, assim que entrou no apartamento, ouviu uma voz celestial entoando uma canção de ninar no quarto onde deixara Filumè. Não havia ninguém, ninguém que fosse visível: mas o berço ainda balançava, e Filumè estava acordada, rindo, totalmente curada.

Ao contar essa história, meu pai sacudia a cabeça comovido. Apesar de nunca ir à igreja, acreditava nas intervenções divinas. "Não há dúvida de que coisas milagrosas acontecem", dizia. De resto, a história de desespero e oração que ele mais contava havia ocorrido justamente com ele, entre 1958 e 1959. Tinha acabado de comprar — eu me lembrava? — uma Cinquecento em prestações, mas sem grandes alegrias. O carro não era comparável aos automóveis possantes dos parentes de Rusinè; as prestações o sangravam; teve até que se sujeitar a acolher em casa tia Nenella, viúva do tio Peppino de Florença, para conseguir mais algum dinheiro e somá-lo ao salário e aos trocados que recebia pelos quadros comerciais. Em suma, um inferno: quatro filhos homens, a sogra Nannina, tia Nenella, as ferrovias, suas pinturas de grande artista, as vistas de Paris para comer, o esgotamento nervoso cada vez mais incômodo de Rusinè.

A mulher estava mal. Tinha palpitações, sentia falta de ar. Ele também teve que assumir aquela situação de mal-estar. Aconselhado pelo dr. Papa ("As mulheres só se sentem bem quando estão grávidas, o Pai Eterno as fez assim"), resolveu curá-la do exaurimento deixando-a grávida mais uma vez. Então Rusinè se viu em sua quinta gestação, com uma barriga enorme. E já que agora não ganhava quase nada como costureira, e considerando que não conseguia ficar de braços cruzados — ao contrário, se não trabalhasse em alguma coisa, se sentia ainda pior —, decidiu fazer uma nova tentativa de lançar-se no comércio.

A ideia era uma cópia degradada dos sonhos dos tempos da senhora eslava: abrir um armarinho-papelaria com o irmão

Peppino e a esposa, Lina, pessoas que ela amava e que eu amei também. Eram afetuosos e gentis, um casal muito unido, com uma casa que, ao contrário da nossa, estava sempre em ordem. Ele àquela altura já era um operário estável da Alfa Romeo; ela, dona de casa, tinha feito o ginásio, sabia grego e latim, estava sempre muito bem cuidada. Como eu gostaria de ir morar com eles por algum motivo. Quanto mais os amava e admirava, mais meu pai falava mal deles. Agora, reagir aos sentimentos dele com sentimentos de sinal trocado era mais forte que eu. De modo que, em segredo, aprovava plenamente que minha mãe abrisse um negócio com tio Peppino e tia Lina.

O armarinho-papelaria teria sua sede em um subsolo situado bem debaixo da residência do casal. Eram dois vãos, para entrar era preciso descer alguns degraus abaixo do nível da rua. No fim de 1958, minha mãe e tia Lina trabalharam muito para dar ao local um aspecto digno. Arranjaram um antigo balcão e umas velhas estantes. Foram aos atacadistas da Piazza Mercato para comprar alguma mercadoria e, enquanto esperavam a liberação da licença, começaram a experimentar as potencialidades da pequena loja. Evidentemente imaginavam que os negócios logo iriam de vento em popa. Gente que entrava e saía, canetas, botões, presilhas, clientes que se tornavam fregueses graças à afabilidade e à gentileza das proprietárias.

Contudo, segundo Federí, as coisas não se encaminharam dessa maneira. Como sempre, ele dizia que todo o peso daquela empreitada tinha recaído em suas costas e, em vez de ir ao ponto central da história, divagava para contar minuciosamente como a esposa complicou sua vida e o cunhado lhe tirou o sangue. Enumerava: precisei desembolsar um bom dinheiro para montar a loja, tirando-o da renda dos quadros comerciais; gastei gasolina inutilmente e fui forçado a acompanhar sua mãe, grávida, ao pandemônio da Piazza Mercato e aos depósitos dos atacadistas; tive que ficar na fila com ela para solicitar a liberação da licença na prefeitura; e ninguém me escutou quando eu disse: "Os outros parentes vendem salame e provolone, *cassate* e *sfogliatelle*, coisa que se come, coisa em que as pessoas gastam. Já vocês duas vendem canetas, lápis, botões, coisas que não se comem, em que as pessoas gastam pouco ou nada. Como vamos enriquecer assim?

Enfim, a esposa não lhe deu bola e planejava ampliar o comércio para os livros didáticos, dizia que era possível fazer bons negócios com as escolas. Negócios do caralho, rebatia ele. Não aguentava mais. Era obrigado a levantar da cama por volta das seis da manhã, levar de carro a mulher até a loja-subsolo, correr para as ferrovias, correr para pintar as telas à la Utrillo, correr para ir buscar Rusinè às oito da noite. Um desperdício inútil de energia, tempo roubado à sua atividade de artista. Não, não aguentava mais. Ele merecia uma outra esposa, capaz de ficar ao lado dele e compreender suas razões mais profundas.

Foram em frente assim, até que em uma noite de tempo ruim, com trovões e relâmpagos, Rusinè sentiu as dores do parto. Federí teve que enfrentar enormes dificuldades para achar uma parteira, não havia parto de filho em que ele não penasse mais que a parturiente. Saiu na noite de tempestade correndo com a Cinquecento e ignorando todos os perigos. Encontrou a parteira, a sra. D'Eva. Levou-a até Rusinè a tempo de felizmente ajudá-la a pôr no mundo sua única filha mulher, uma menina muito bonita, batizada na mesma hora com o nome de Filomena.

E aqui finalmente se chega ao núcleo milagroso da história. Rusinè como sempre se recuperou muito rápido do parto e recomeçou a correr para cima e para baixo. Tinha a recém-nascida para cuidar, o marido que resmungava sem parar porque a atividade comercial não rendia nada, o compromisso com a cunhada nos turnos da loja-subsolo. Levantava-se cedo da cama, pegava a menina — cujo nome tinha sido reduzido para Nuccia — e a levava consigo ou de carro, acompanhada de Federí, ou de transporte público, para trabalhar na papelaria. Ou seja, o tempo transcorria entre mil preocupações, com coisas a fazer na loja e as mamadas da filha, que então era submetida a incessantes deslocamentos. Em um domingo de manhã, embora fosse janeiro e estivesse frio, meu pai resolveu ir com o pintor Cardone pintar no bosque de Capodimonte. Antes de sair, beijou todos os filhos como de costume e também Nuccia, que estava no berço. Mas se deu conta de que a pequena estava com a pele um pouco lívida e o nariz gelado. Falou: “Tem certeza de que esta menina está bem?”. Rusinè respondeu: “Está ótima, no máximo com um resfriadinho”. Meu pai saiu.

Estava dirigindo para o bosque com Cardone ao lado quando, atormentado pela lembrança da pele da filha e de seu nariz gelado, decidiu se abrir com o amigo pintor, que tinha um cunhado pediatra e devia com certeza saber bastante de recém-nascidos. Falou: “Hoje de manhã minha filha estava um pouco arroxeada”. O pintor estremeceu, as relações de parentesco devem mesmo ter transmitido a ele competências médicas. Exclamou: “Pare, me deixe descer, corra logo para casa. Sua filha tem uma bronquite capilar sem febre. Se não for tratada a tempo, pode ser fatal”.

Meu pai ficou pálido, deixou Cardone e correu até um telefone. Ligou para o dr. Papa e descreveu o estado da filha. Papa diagnosticou: “A menina com certeza tem uma bronquite capilar”. E ordenou que ele arranjasse imediatamente um cilindro de oxigênio, enquanto ele corria para confirmar o diagnóstico.

Com o coração na garganta, Federí cortou a cidade em todas as direções acelerando ao máximo a Cinquecento, mas nada feito: nas farmácias não havia cilindros de oxigênio. No fim, conseguiu um bem pequeno na zona de Pianura, com o níquel reluzente. Voltou para casa, subiu as escadas de dois em dois degraus, encontrou Rusinè desesperada e o dr. Papa ansioso. Nuccia estava muito mal. Respirava com dificuldade, tinha a pele azulada. O médico pôs nela a máscara de oxigênio e então se despediu, dizendo com tristeza: "Estamos nas mãos de Deus".

Durante sete dias a menina ficou entre a vida e a morte. Quando contava essa história, meu pai insistia bastante na dramaticidade daquela semana. Tenho vagas lembranças, mas imagino que Rusinè tenha ficado desesperada, que ele como sempre tenha descarregado nela toda a culpa, o que bastaria para aniquilar pessoas bem mais fortes que ela: o tempo desperdiçado na loja para contentar o irmão e a cunhada; a menina exposta ao frio e à umidade; a doença mortal que isso lhe causou; o dinheiro gasto inutilmente; em suma: se a menina morrer, eu mato você e todos os seus parentes de merda. É o que imagino. Mas Federí prosseguia falando de si como de um homem mudo, arrasado pelo sofrimento. Naqueles sete dias, dizia, ele não comeu, não dormiu e velou a filha ao lado da esposa, que a apertava entre os braços e ninava como Nossa Senhora das Dores ou outras virgens. No sétimo dia — era de novo um domingo —, ele cedeu ao sono e dormiu levemente. Rusinè o acordou às cinco da manhã com um empurrão e, de olhos enxutos, exausta, lhe disse em dialeto: "A pequena está morrendo".

De fato, Nuccia agora quase não respirava, tinha o estertor dos moribundos. Meu pai disse à esposa com repentina gentileza: "Desculpe, preciso sair um instante". Correu para fora do quarto, abriu a porta de casa, saiu. Já nas escadas começou a berrar, voltando-se desesperado para o reboco das paredes: "*Padreterno*, por que quer levar minha menina? Eu creio em você, não pode se comportar assim. Leve a mim, que acabei de fazer quarenta e dois anos, leve a mim, que já vivi bastante", e outras coisas do gênero, todas mais ou menos nesse tom. Como ninguém lhe respondeu, teve um de seus habituais ataques de fúria e, uma vez na rua, na barulhenta avenida Arnaldo Luzzi, se pôs a blasfemar contra todo o paraíso pelo modo como se comportava com sua filha. Somente quando a sogra, Nannina, que correu atrás dele para evitar que fizesse alguma besteira, o agarrou pelo braço e lhe disse: "Quieto", ele desabou no choro. Por fim, transtornado, voltou para casa e foi até o quarto, ao lado de Rusinè.

Nuccia estertorava de modo cada vez mais assustador. Mas de repente, como se tivesse notado a volta do pai, abriu os olhos e olhou para ele. Foi um olhar demorado. Então vomitou num ímpeto um grumo de muco escuro e voltou a respirar normalmente. Nesse momento, sorriu para ele.

Meu pai transbordou de alegria: os milagres de sua vida eram muitos, mas aquele lhe pareceu o mais maravilhoso até o fim da vida. No entanto, logo em seguida, ele rompeu a trégua que tinha estabelecido com a mulher. Desde aquele dia a impediu de voltar à loja-subsolo, gritou que seu lugar era em casa, ao lado de sua única filha mulher, se queixou de seu dinheiro, dinheiro suado, fruto da arte, que tinha sido desperdiçado naquela empresa de *strunz*, e a obrigou a desfazer a sociedade com a cunhada e o irmão. Àquela altura, Peppino e Lina também renunciaram ao armarinho-papelaria. No lugar dele, abriram no subsolo uma sucursal da lavanderia Papoff, graças à qual — segundo meu pai — ganharam muito dinheiro, bem na fuça deles. Federí acreditava muito em sua boa sorte e nos milagres que o cercavam, mas se irritava enormemente quando um sopro de bem-estar bafejava os outros. O que os outros recebiam de bom da vida era um golpe que o *padreterno* infligia diretamente a ele.

A ideia de que Deus não existia só me ocorreu com clareza quando o dr. Papa declarou oficialmente que meu irmão estava curado. “Ele está bem”, disse, “mas precisa se resguardar.” Ao ouvir a notícia, minha mãe exultou de alegria e se convenceu de vez que são Ciro lhe concedera a graça. Foi comprar tecido marrom, tomou minhas medidas e as de Geppe com a fita métrica, costurou duas túnicas, as estreitou na cintura com uma cordinha branca. Vestidos daquele jeito — ela nos disse comovida —, dali a poucos dias, em junho, faríamos a primeira comunhão.

Fui me olhar no espelho. A túnica me chegava até o joelho, dava para ver os tornozelos magros e bastante peludos. Comecei a chorar de tanta vergonha, foi a última vez que chorei. Pensei: “Não, Deus não existe”.

Então chegou junho, mês das primeiras comunhões. Rusinè pôs um belo vestido de cerimônia e até um chapéu com veuzinho. Meu pai se arrumou o suficiente para dar a entender: estou com roupa de festa. Minha avó colocou o vestido preto das grandes ocasiões: casamentos, funerais, crismas. Meus irmãos menores, Toni e Walter, foram bem escovados e penteados, com uma linha perfeita à esquerda. Meu irmão Geppe e eu vestimos nossas túnicas, umas sandálias de são Ciro, e fomos arrastados para fora de casa como se nos levassem à fogueira.

Nem me ocorreu a hipótese de rebelar-me. Naquela circunstância recorri — creio — à ideia de destino que tinha aprendido com meu pai. Resignei-me aos olhares zombeteiros dos vizinhos, ao sarcasmo de meus amigos, à curiosidade dos passantes e aos deboches dos primos que, junto a tias e tios, compareceram à cerimônia.

A praça onde ficava a igreja me pareceu enorme, conservo dela uma impressão de branco sujo e de cinza úmido. Um espaço mole, que nos engole. Os meninos, todos mais novos que eu, se encaminham com os pais rumo ao portão; as meninas vestidas de noivinha, os garotos com roupa cor de pérola e camisas de um branco ofuscante. Faz calor, há um vento já de verão que me extenua.

Na igreja sinto um ar pesado, que cheira a vela queimada, e agora eu também levo uma vela na mão. Tudo parece de ouro, ouro em profusão, até o altar, até as arcadas, a cúpula. Não vejo são Ciro de pronto, tenho a lembrança de um grande Cristo na cruz. Então minha mãe me aponta o santo médico. Descubro que ele tem uma túnica bem mais comprida que a minha, não sei por que Rusinè costurou a minha tão curta. Ela está pouco distante, se ajoelha, reza. Observo-a com hostilidade. Penso com rancor que bem poderia ter oferecido a si mesma a são Ciro, vestir-se de monja, entrar na igreja de joelhos ou avançar até o altar arrastando a língua no pavimento. Teria prestado uma bela homenagem ao santo e me pouparia dos olhares gozadores de meus primos.

Estão todos lá, os maiores e os pequenos. Olho para eles de soslaio, me fazem acenos divertidos, imitam um caminhar requebrado de mulher. Entendo de repente que, para eles, não estou vestido de frade, mas de mulher: minha túnica parece um vestido de senhorita ou de senhora. Sinto como um corte bem no meio do peito, que vai da garganta até o umbigo, e intuo o que ninguém se preocupou em me dizer explicitamente. A coisa não vai terminar aqui: iremos à casa de tia Maria, tia Carmela, tia Assunta, para comemorar essa primeira comunhão; haverá um grande almoço, como acontece em todas as festividades da família; haverá uma festa da qual devo participar vestido assim, de cueca sob a túnica, e serei exposto às brincadeiras mais insuportáveis. Depois as danças. Eis outra coisa em que até agora evitei pensar. Penso nisso e não tenho mais vontade de comunhão com o corpo do filho de Deus. Ao longo deste dia vai haver dança. Vou ver Nunzia, é inevitável. Ela também vai me ver. Já não nutro por Jesus Cristo nenhum reconhecimento, acho que não há motivo para isso. Nunzia vai me ver vestido com esta túnica.

Lanço à minha volta um olhar desesperado. Há uma parede densamente decorada com ex-votos de prata: é como se estivessem suspensos pedaços de corpos humanos esquartejados, pernas, braços, meia cabeça, pescoço e boca. Mas a imagem que por fim se conserva mais nítida é o entalhe de uma balaustrada, que deve ter ficado um bom tempo sob meus olhos: um alicate preto que cruza um martelo com cabo branco. Sofrimento, tormentos.

No ano seguinte à morte de meu pai, entrei certa manhã na igreja de Gesú Nuovo. Tive dificuldade de localizar onde estava são Ciro. No entanto, notei que um novo santo se apoderara do templo, são Giuseppe Moscati, médico dos pobres morto em 1927 e canonizado em 1987. Possui ambientes impecáveis dedicados a ele, ergueram em sua homenagem uma estátua acho que de bronze, um site na internet é dedicado a ele. Na área lotada de fiéis, densamente adornada de ex-votos reluzentes e de memórias de sua generosa vida terrena, também está exposta uma bomba incendiária que caiu na igreja em agosto de 1943, mas não explodiu. Levantei a hipótese de que os novos santos são considerados mais aptos que os antigos para enfrentar os males recentes do mundo.

Nesse meio-tempo, olhei ao redor e por um instante não me senti mais tão seguro de ter feito a primeira comunhão naquela igreja. Quando achei a capela com a estátua de são Ciro, um grande crucifixo, a arca com suas relíquias e uma passagem para a sacristia decorada com ex-votos de prata empoeirados, não tive nenhum sobressalto provocado pela memória. Talvez — pensei — a igreja não seja esta; talvez eu tenha feito a primeira comunhão na igreja dos Pórticos.

Fui até um homem velho (um sacristão?) que — ele me disse — estava naquela igreja desde meados dos anos 1950. Contei sobre minha primeira comunhão, perguntei sobre são Ciro, sobre os ex-votos. "Eu me lembro de uma parede lotada deles", lhe confidenciei, e ainda quis saber se Moscati por acaso não tinha tirado o espaço tanto de são João quanto de são Ciro, os dois mártires egípcios. Não, respondeu energicamente: são Giuseppe Moscati tinha muitos fiéis já nos anos 1950, aliás, já rogavam por ele desde os anos 1930 e 1940. Claro, depois que foi canonizado, com direito a uma estátua e a salões, a devoção cresceu bastante. Mas o sacristão me garantiu que são Ciro é sempre são Ciro, é celebrado todas as quintas-feiras e ninguém sonha em reposicioná-lo: de fato, sua estátua permaneceu onde estava, e também os ex-votos, apenas a disposição está um pouco diferente. Mais perguntas, tudo esclarecido? O velho fez um ar impaciente e desapareceu na sacristia.

Perambulei pela igreja com a cabeça nas nuvens, chateado com minha falta de memória. Por fim me sentei em um banco e observei longamente são Ciro, um Cristo na cruz, a arca com as relíquias na qual os fiéis de passagem depositavam com os dedos gestos de gratidão. Eu tinha feito minha primeira comunhão aqui ou não?

Só me senti mais propenso ao sim quando encontrei na balaustrada de mármore o entalhe com o alicate e o martelo. Então vi nitidamente minha mãe rezando, bem-vestida, as maçãs do rosto pronunciadas, os olhos brilhando sob o véu e uma impressão de alegria misturada a sofrimento que, toda vez que penso nela, lanço sobre seu corpo depauperado. Também imaginei que, uma vez engolida a hóstia, uma vez encerrada a cerimônia, ela nos tenha pegado pela mão — a mim e a Giuseppe — e nos conduzido para fora, na praça. Decidi escrever sobre isso em uma caderneta, ali mesmo, sentado no banco, pela enésima vez.

Saí da igreja — escrevi —, mas não com minha mãe. Fiquei ao lado de meu pai porque me pareceu o único lugar onde nenhum de meus primos ousaria zombar de mim. Durante todo o percurso de carro até a casa dos tios me mantive calado, apreensivo. Procurei não pensar no que me aguardava, mesmo sabendo que as coisas não desistem de acontecer, mesmo quando não se pensa nelas. Talvez na casa de tia Maria, talvez na casa de tia Carmela — talvez —, comemos e bebemos. Federí fez um brinde para dizer mais ou menos explicitamente que seus filhos eram melhores que os filhos dos outros, que estudavam com afinco e graças a Deus se tornariam homens de destaque, como o pai deles. Deus, o destino. Quem sabe — pensei — se são a mesma coisa ou se brigam entre si — minhas ideias estavam confusas. Rindo e brincando, Federí passou a falar mal abertamente de todos os garotos presentes, porque não tinham nascido para os estudos como seus filhos, mas só para fatiar salames e provolones, ou para fazer docinhos, ou acabar como operários, sei lá, na Alfa Romeo ou na Ilva. Eu não sabia mais para onde olhar, tinha plena consciência de que, perturbado como estava, não havia escapatória. Enquanto meu pai falava, os meninos me olhavam e debochavam, só esperando o momento certo para me crucificarem.

A essa altura o almoço se encaminhava para o fim, aqueles almoços de festa eram intermináveis, começavam às duas da tarde, mas às cinco todos ainda estava na mesa. Já estavam chegando os amigos dos tios, os amigos dos amigos, os conhecidos com seus filhos a tiracolo.

Toda vez que alguém aparecia na porta, eu estremecia. Toda vez que diziam a mim e a Geppe: "Que lindos *munaciélli*", ou seja, frades, eu fixava o olhar à minha frente, prendia a respiração e sabia que o pior ainda estava para acontecer — logo Nunzia apareceria.

Quem chegou foi o dançarino, com a esposa e os filhos. Os meninos começaram a correr para cá e para lá, a esposa ficou calada em um canto, o dançarino beijou a mão de todas as senhoras presentes. Fez uma mesura especialmente elegante para minha mãe.

Fiquei alarmado, percebi nitidamente os pensamentos de meu pai quando viu o gesto do dançarino, o dorso da mão de Rusinè tocado pelos lábios do dançarino. Rusinè também percebeu. De fato, notei que ela ficou rígida, não riu, não sorriu. Retraiu imediatamente a mão e se virou para conversar com tia Carmela. Suspeitei que, depois do episódio da quadrilha, ela e Federí tinham estabelecido um acordo. Um pacto secreto: se quiser continuar indo às festas dos seus parentes, não dê confiança ao dançarino. Ou talvez não tenha sido preciso nenhum pacto. Rusinè já tinha tido a ocasião de aprender que não devia deixar ninguém beijar sua mão.

Quando? Na noite da mostra individual na galeria San Carlo. A certa altura, se aproximou dela um homem elegante, de seus cinquenta anos — cujo nome já não lembro, mas sempre o tive na memória por anos, tinha sido pronunciado em minha presença, eu o ouvi com estes ouvidos. Esse homem se aproximou de Rusinè, se inclinou e beijou sua mão. Talvez tenha sido a primeira vez que alguém lhe fez um beija-mão, porque — eu tinha uma lembrança claríssima desse episódio — ela caiu na risada como se sentisse cócegas. Meu pai estava discutindo com o pintor Chiancone ou Cucurrra ou sei lá quem. Virou-se furioso para olhar a mulher como se dissesse: "Agora eu vou aí e lhe quebro a cara". Mas Rusinè não percebeu. O homem estava lhe dizendo que era poeta, não parou de falar com ela durante a noite inteira, nhe-nhe-nhem, nhe-nhe-nhem, um cortejador profissional. A certo ponto, se lamentou por não ter com ele seu último livro de poesia, queria lhe dar um exemplar com dedicatória. Mas no dia seguinte — jurou — iria pessoalmente à casa dela levar o livro: onde morava? Minha mãe respondeu como uma mulher independente: "Via Gemito, 64". E assim, no dia seguinte, o homem do beija-mão foi levar o livro. Apareceu quando Federí estava trabalhando nas ferrovias, mas dom Ciro, o porteiro, o parou na entrada dizendo:

"Quem é o senhor?", e acrescentando: "Lamento, não se pode subir sem o marido em casa". De modo que o poeta foi obrigado a deixar o exemplar com a dedicatória na portaria, sem ter o prazer de entregá-lo diretamente a minha mãe. Quando Federí voltou do trabalho, dom Ciro lhe deu o livrinho e disse: "Quem trouxe foi um senhor que se diz poeta". Um senhor? De cabelo grisalho, um tipo metido a besta, o clássico *strunz* paquerador? Sim, sim, sim.

Como a memória é pérfida, toda lembrança é já o primeiro estágio de uma mentira. Esse episódio, que é um momento importante das brigas entre meus pais, somente ali, na igreja do Gesú, enquanto eu escrevia na caderneta, encontrou um lugar ao lado do entrevero daquela noite de junho, quando Federí queimou as presilhas de Rusinè e gritou: leviana. Primeiro era só um episódio desagradável, sem desdobramentos, sem consequências graves. No entanto, naquele momento, me pareceu que a iniciativa daquele homem — a de ir entregar em domicílio um livro de versos a Rusinè, que nuca teve a oportunidade de ler versos na vida — foi a verdadeira causa dos gritos e das porradas. Mas não consegui decidir — e não sei decidir até hoje, enquanto dou uma ordem aos apontamentos inventando nexos — se minha mãe foi espancada imediatamente, apesar de o homem não ter subido para lhe levar o livro, ou se os tapas aconteceram na noite seguinte, quando o poeta voltou a aparecer e dom Ciro relatou a meu pai, que ficou furioso da cabeça aos pés.

O fato é que — continuei escrevendo às pressas no caderno — quando o dançarino beijou a mão de Rusinè, eu já sabia perfeitamente o que meu pai achava dos beija-mãos. Achava que quem faz esse tipo de coisa é *'nu franfellíc* todo meloso, que acha que pode foder com o marido legítimo fodendo a mulher dele. Por isso fiquei logo apreensivo, o que se somou ao abatimento que eu já sentia. Estava muito deprimido.

Pensava: “E agora mais isto: mais brigas, mais porradas — Deus realmente não existe”.

Naquele momento, Nunzia chegou.

No fim do almoço, meu irmão logo correu para se juntar aos outros meninos. Não parecia preocupado com a roupa que vestia. Puxaram sua túnica de surpresa, e ele reagiu com empurrões e socos de brincadeira, correu pelos cômodos, perseguiu e foi perseguido e ajudou alegremente o dançarino, com os outros meninos, a desocupar a sala para abrir espaço ao baile.

Já eu permaneci sentado entre meu pai e minha mãe. Adotei um ar pensativo e, quando alguém acenava para mim como que dizendo: “Venha, o que você está fazendo aí?”, eu balançava a cabeça, ria sem graça e no máximo falava: “Estou bem aqui”. Por fim meus primos, os amigos deles e os amigos dos amigos se limitaram a me espreitar de longe. Com um ar seriíssimo, alargavam os braços como quem diz: “Fique tranquilo, não vamos fazer nada”. Mas eu não me fiava, me sentia mais seguro ao lado de meus pais e esperava que notassem menos a túnica. A própria Nunzia se limitou a um olhar de desgosto e agora estava afastando as cadeiras, sem me dirigir sequer um sorriso de zombaria.

As danças começaram, eu continuei em meu lugar. Minha mãe também não saiu da cadeira. Normalmente ela conversava com as tias, com a cunhada, com todo mundo. Agora, ao contrário, estava silenciosa ao meu lado, marcando o tempo com o pé. Estava vestida como uma grande dama, usava até batom, mas não parecia estar contente. Olhava os que dançavam sem manifestar nenhum entusiasmo, como se tivesse imposto a si mesma uma atitude de estatueta para evitar qualquer deslize. Se alguém lhe dizia: “Quer dançar?”, respondia: “Não me sinto disposta”. A certa altura, quando o dançarino veio convidá-la, respondeu sem um pingo de sedução: “Não, obrigada”.

Depois de um tempo meu pai nos deixou ali e deu um giro para conversar. Ria fácil, gozava os tios os chamando de "os patrões". "*Padrò*", dizia a tio Attilio, "como vão os negócios?" E tio Attilio, que era um homem de poucas palavras, respondia com um sorriso gentil: "Bem". O que mais ele podia responder? Sabia muito bem que, na boca de meu pai, a palavra "patrão" era um meio insulto. Federí queria dizer: você se acha patrão de sabe-se lá quem por esse dinheirinho que acumulou, mas na verdade é só *'nu strunz*. Dono de charcutaria. Dono de um carro. Dono do caralho. Meu pai pensava assim: o verdadeiro patrão era apenas ele, dono de formas, senhor para refazer qualquer coisa do jeito que quisesse. Não bastava ter dinheiro para se dizer patrão — dava a entender —, era preciso ter qualidades superiores. Qualidades que os tios inclusive reconheciam nele sem problemas, em silêncio, evitando fazer objeções. E isso o deixava nervoso. Circulou pela sala em busca de alguém que lhe desse corda, uma pessoa de caráter que rebatesse suas falas, alguém disposto a debater com ele de modo que pudesse exibir sua inteligência. Nada. Passado um tempo, voltou entediado para nós, se sentou ao meu lado e começou a me falar: "Vá, Mimí, vá dançar, não seja tímido, vá".

Eu já tinha um monte de problemas: a túnica, Deus, a incapacidade — malgrado a recentíssima primeira comunhão com o corpo de nosso senhor Jesus Cristo — de manter o olhar afastado dos peitos grandes e vivos de Nunzia, que palpitavam nos movimentos de polcas e mazurcas. Mas temia acima de tudo uma coisa que se chamava *salatura* ou *salasso*. Era muito praticada entre os meninos, e talvez ainda se pratique. Era uma antiga humilhação que meninos infringiam a outro menino. Consistia em pular em cima da vítima, imobilizá-la e tirar suas calças e cueca. Meu pai mesmo me contou sobre isso. Quando ia à escola preparatória para o trabalho "Casanova" — me disse — e estava no primeiro ano do curso, em sua turma havia um repetente grande e forte chamado Servillo, moreno, já de barba cerrada. Esse rapaz, filho de um empreendedor de Acerra, se achava o maioral e distribuía a todos os mais novos terríveis *caròcchie*, ou seja, um certo tipo de cascudo, dado com a mão direita fechada e o nó do dedo médio saliente como uma cunha. Como não suportava levar cascudos, Federí obviamente se rebelou e organizou uma vingança. Um dia, na saída da escola, enfileirou nas costas de Servillo vários colegas de turma, todos atormentados pelos cascudos, e enquanto isso mandou que dois parceiros seus, Raiola e Pardo, fossem fingir uma briga bem na frente dele. Servillo estava descendo os degraus que davam para a rua quando Pardo e Raiola se atracaram à sua frente e os outros rebelados se juntaram às suas costas. Enquanto o rapagão com pinta de malandro tentava passar, as filas atrás dele lhe deram um empurrão violentíssimo, Raiola rapidamente se agachou fazendo-o tropeçar, e o jovem camorrista de Acerra voou para a rua de braços abertos, batendo a cara na calçada. Imediatamente Federí ordenou que os mais pesados se sentassem nas costas e nas pernas de Servillo para mantê-lo imobilizado. Depois deixou que cada um o *scarocchiasse* à vontade e, quando o viu com a cara sangrando e zonzo pelos cascudos, deu o comando: "*Salasso*". Ao ouvir essa palavra, Servillo se debateu, gritou, implorou, mas meu pai foi inflexível. Apesar de o rapaz escoicear, os outros tiraram sua calça, baixaram sua cueca até o tornozelo e o deixaram pelado na calçada. A pessoas passavam, olhavam e riam. A humilhação foi tamanha que, a partir daquele dia, Servillo parou de dar *caròcchie* e assim que via Federí desviava o olhar para o outro lado.

Os *salassi* estavam na ordem do dia, mas com aquela túnica curta, sem calças, exposto como uma mulher, eu me sentia particularmente em risco. Que tensão nos nervos, contraídos a esmo em cada ponto do corpo. Hoje estou tentando pôr tudo em ordem, mas na época era como se uma mão de ferro esmagasse diferentes objetos juntos, tenros e de casca grossa, misturando seus detritos. Ainda havia o cheiro de vela da igreja, o gosto da hóstia. Mas também havia os peitos de Nunzia no sutiã, meu pai que batia entre minhas escápulas com a ponta dos dedos e dizia: "Vá dançar", a provável vergonha de terminar despido em um canto e sentir o olhar inquisidor dos agressores em meu sexo acanhado. Não eram coisas separáveis, eu não conseguia achar uma hierarquia, que idade infeliz: Nunzia, Deus, o desejo, o pecado, a nudez vilipendiada, a voz de meu pai, minha mãe.

Rusinè estava ao meu lado sem dizer nada. Sentia-se obrigada a ser diferente daquilo que era — essa é a impressão que me ficou dela. Uma mulher tolhida. Sua natureza era induzida a definhar. Eu percebia que era isso o que estava acontecendo, sentia confusamente a razão disso em meio às tantas pressões que me cercavam, todas contíguas. Era claro que meu pai não queria que ela se divertisse, porque temia que não se divertisse honestamente. E ela se resignava, tentava não lhe dar a oportunidade de pensar que, assim como todas as mulheres, abrigasse a desonestidade. Por exemplo, o poeta que tinha vindo lhe dar seu livro. O dançarino que lhe beijava a mão. Todas ocasiões de risco. Por isso se mantinha rígida como uma estátua, não dançava, nem sequer sorria. Quantas festas de então tinham sido assim. Ou pelo menos assim eu as percebi: confundia tensões de natureza diversa, as minhas, as de meu pai, nutrindo suspeitas e fantasias. Rusinè também é frágil — dizia a mim mesmo. Por isso talvez não deva se arriscar a dançar, especialmente com o dançarino. Que perturbação, que enjoo, um terremoto. Pensava pensamentos sem querer pensá-los.

Nesse meio-tempo Federí não lhe dirigia a palavra, tinha decidido se concentrar apenas em mim. Era tão benévolo em relação a mim — sempre foi — que nem parecia o artífice de vigilâncias, proibições e ameaças a Rusinè. Parecia um pai alegre, um amigão. Mirava Nunzia com um olhar esperto e me dizia: "Vá, dance, Mimí, não seja tímido: seu pai nunca foi tímido".

Naquela época arranjei um canivete — mas a expressão é daqueles anos, um exagero de menino, era pouco mais que um estilete. Pertencia a um colega de escola, que sempre o levava no estojo das canetas. Peguei emprestado dele e não o devolvi mais. Quando me dizia: "Me devolva a faca", eu respondia: "Ainda preciso dela, depois lhe devolvo". No final, parece que se esqueceu.

Não sei se me armei antes ou depois daquela festa de comunhão. O certo é que ainda sinto a mão direita no bolso, apertando o cabo do canivete. Mantenho a lâmina sempre pronta, ando nas ruas assim, de cabeça baixa, passo rápido, lâmina nua. Essa é a emoção que seguramente conservo. O resto eu sei muito bem o que é: nomes de coisas ou pessoas, conexão verbal de fatos distantes, imaginação escandida pelas batidas do coração. A verdade dos fatos — hoje tenho a impressão de poder escrever, mas o dia está escuro, transcorrendo em nuvens carregadas, o tronco do lariço molhado de chuva que vejo de minha janela exala um sopro vaporoso de planta — é uma ruína depois de uma explosão, palavras de emergência para tapar buracos, um trabalho paciente de calafetagem, sintaxe que compacta detritos diversos, de todo modo útil para que se declare: "Sou eu, tenho minha vida, uma história minha".

Então sigo em frente. Sinto a faca no punho, escondida dentro do bolso. Mas com certeza não a aperto agora, durante a festa de primeira comunhão. Isso vai acontecer em seguida, a túnica não tem bolsos. A hostilidade, esta existe e cresce como uma doença inevitável, uma peste das glândulas. Sinto de novo os dedos de meu pai batendo entre minhas escápulas, sua voz que diz: "Vá, dance". Embora ele tenha o cuidado de não mencionar seu nome, sei que está me impelindo a dançar com Nunzia, e o faz com um afeto insistente e solícito.

Por outro lado, Nunzia dança sem parar com o tio e nunca descansa. Agora está concentrada em uma valsa saltitante e, se todas as outras duplas parecem bêbados descoordenados, que dão chutes a esmo, ela, de vestido e cabelo pretos, mas com o rosto de cera, e ele, magro de colete, as orelhas vermelhas, formam um casal elegante e afinado, saltam sérios e compostos ora com o pé direito, ora com o esquerdo: como são talentosos.

A valsa termina, meu pai me obriga a levantar. Faz sinal ao dançarino e lhe diz: "Os velhos devem ficar com os velhos, os jovens, com os jovens". Eu queria sumir do mundo num passe de mágica: sinto não só que Nunzia está insatisfeita, mas também percebo que há algo de incorreto naquela intrusão de Federí em minhas coisas, naquela manobra. Um lance incongruente — me parece —, com que de um lado ele impede Rusinè de bailar com o dançarino porque só a ideia de que aquele homem toque sua mulher lhe dá repulsa; de outro, age de modo a induzir o tio de Nunzia a me conceder uma dança com a sobrinha, porque sabe como é, de uma coisa nasce outra, a dança serve para isso mesmo, Mimí, bote as mãos nela etc.

Estou muito tenso. Intuo que por trás dos gestos e palavras de Federí há uma substância que me inflama de ódio e ao mesmo tempo me degrada. A substância é a convicção dele de que Nunzia não esteja protegida, mas que está ali apenas para que eu bote as mãos nela. E isso me ofende porque a ofende. Não suporto que ele adivinhe meus anseios e me empurre para realizá-los, tentando aliás me arranjar uma ocasião. Todavia é verdade, não tenho outro pensamento além daquele que Federí está tentando encorajar. Por isso, se de um lado fervo de raiva só de pensar que ele se intrometa e use uma de suas palavras pesadas para se referir a Nunzia, por outro, torço para que agora, imediatamente, o dançarino não entenda a manobra de meu pai e admita: “Os velhos devem ficar com os velhos, os jovens, com os jovens” e diga: “Tem razão, dom Federí: vamos deixar Nunzia e o rapaz dançarem”. De uma coisa nasce outra etc.

O tio de Nunzia sorri. Tira com um lenço o suor da testa e me leva até a sobrinha com gentileza, dizendo: “Dancem, vamos, dancem, assim descanso um pouco”. Então se põe a conversar amigavelmente com Federí; me parece um homem tão razoável e discreto, como eu gostaria de ter um pai assim. Nesse meio-tempo, outro disco começa a tocar, adultos e jovens se juntam alegres, gritando. Eu também danço com Nunzia, mas não sei o quê. A música está baixa, não escuto, não percebo nada além do contato com a mão dela, sua saia roçando meus tornozelos descobertos.

Depois, pouco a pouco me chegam as risadinhas, os risos dos primos e dos amigos. Deve ser pelo modo como estou vestido, penso, e com certeza é por isso, mas também — me dou conta de repente — porque os papéis estão invertidos, Nunzia faz as vezes do cavalheiro, e eu, da dama. Tento me afastar com gentileza e digo: “Nós erramos, sou eu que devo conduzir você”. O que quer dizer: eu sou o cavalheiro que a conduz na dança, não você. Mas ela me segura, aperta forte minha mão, enlaça minha cintura e diz: “Se quiser dançar comigo, eu conduzo”.

Não sei o que fazer, talvez deva abandoná-la no meio da sala. Tropeço: não sou capaz de dançar como cavalheiro, imagine como dama. Entretanto continuo dançando, mas morrendo de vergonha com aquele saiote de frade, e ela no papel de homem em vez de mulher. No final me afasto, me refugio num canto e verifico imediatamente, como sempre, se meu pai notou de que modo as coisas se passaram. Não, ele continua conversando com o dançarino. Então deslizo por uma parede e deixo a sala.

Agora provo um sentimento insuportável de inadequação, vai ser assim durante toda a adolescência. Sofro como se sofre aos catorze anos, quando a imagem de nós mesmos que os outros nos devolvem não adere à que gostaríamos de ter. O sofrimento cresce, me instila uma vontade de autodestruição. Sei que meus primos vão vir para *salarmi* ou *salassarmi* ou o que quer que seja, mas não faço nada para me proteger, quase espero que aconteça. Quero apenas dar e receber porradas. Evidentemente levarei a pior, vão pular em cima de mim, me imobilizar no chão, me levantar a saia, me abaixar a cueca. Vão até gritar: "Nunzia, venha ver o pintinho que ele tem". Mas já não procuro um refúgio tranquilo, me afogo arrasado nas previsões mais sombrias.

De fato eles chegam, todos meninos. Dizem: "Você é mulher até quando dança". Procuro algum objeto para me defender, não acho nada. Tiro uma sandália, a agito no ar, mas eles riem ao me ver com um pé descalço e outro não, o saiote, a cordinha branca na cintura. Alguém dá a ordem: "*Salasso*", e se lança para me pegar. Distribuo golpes com a sola. Imediatamente outro diz: "Chega, ele está quase chorando, vamos parar porque o padrinho fica bravo".

O padrinho é Federí, que é respeitado e temido. Só de pensar nele, os meninos fazem uma expressão resignada, me dirigem uns xingamentos e depois se retiram. Então sinto no peito um ódio maior do que se tivessem de fato me humilhado. Meus olhos queimam, o coração bate nos tímpanos. Depois de um tempo, volto para a sala de dança e vejo a maior confusão. Todos se agitam em um *cotigliòn*: polcas, valsas, galopes. Quem dirige é naturalmente o dançarino, que vai dizendo frases espirituosas com voz alta e clara, fazendo todos rirem. Meu pai também se associou ao grupo, faz os movimentos exagerados de sempre, comanda: "Galope". Já minha mãe está sentada no mesmo lugar e olha divertida como todos se divertem.

Vou me sentar ao lado dela, puxo o mais que posso a túnica de são Ciro sobre os joelhos. Assim, a poucos centímetros dela, vou me acalmando. Tenho um pensamento que já pensei diversas vezes, e que vou pensar nos anos seguintes. Penso que, se estou aqui em silêncio, com esta roupa, tolerando a música, os gritos de alegria, as danças, é por amor a ela. Minhas obediências, a paciência, os silêncios ponderados se devem à certeza de que Rusinè já sofre demais e, sendo assim, não posso dar passos em falso, nada que a faça sofrer mais. Se ela morresse, penso, tudo seria mais simples: quem me deteria? Eu poderia fugir de casa, embarcar como grumete, perambular com algum circo equestre, tocar gaita, finalmente aprender músicas diferentes destas.

Enquanto me sento ao seu lado e a espreito com o canto do olho, componho imagens de violências e de fugas. Sonho de olhos abertos que bato com força em meu pai se ele apenas tentar me dizer: "E aí? Botou as mãos nela?" — e escapo. São tempos em que acho que tudo se resolve ferindo, matando, desejando a morte. Insisto em pensamento: se ela não existisse, eu finalmente poderia fazer mil coisas inomináveis que evito fazer só para não a ouvir murmurar entre lágrimas: o que você fez? Poderia matar meu pai, por exemplo, e me tornar órfão; e finalmente não sentiria mais essa ligação dos afetos, pior que um arame farpado envolvendo com força o músculo do coração.

Por muito tempo pensei que, se Rusinè começou a adoecer em 1953, com certeza se encaminhou para a morte depois de passar por noites como aquela das presilhas queimadas, depois das noites de festa sem festa como a de minha primeira comunhão. Atribuí a ela uma agonia que durou anos e carreguei o remorso, que ainda carrego, por não ter me dado conta, por ter me adestrado em não me dar conta.

Nos meses seguintes, deixei de lado as palavras da religião. Resolvi o problema de Deus ao ir comungar certa manhã sem me confessar: já que o *padreterno*, como o chamava meu pai, não me fulminou, deduzi que sua existência era uma mentira antiquíssima e fui cuidar de outras coisas. Me concentrei nas palavras da vida comum. Delas extraí definitivamente a convicção de que justo por lá passava a dor e comecei a filtrá-las, a retardar sua percepção. Treinei o ouvido para escutá-las distantes, reduzi ao mínimo a reação aos seus sons. Para fazer de modo que o filtro em torno de cada nervo se espessasse, aprendi a caminhar lentamente, a tornar todo movimento pacato, a viver na distração com ar absorto.

Meu pai me perguntava cada vez mais: "Mimí, em que você está pensando?", esperando que eu sacasse um pensamento e ele me retrucasse com os seus, sem fim. Mas eu sempre respondia: "Em nada, papai", e era a pura verdade, eu não pensava em nada. Estava fazendo o possível para esvaziar a mente, para expulsar as crenças de Federí, as palavras que ele me dera ao longo dos anos.

Minha cabeça estava lotada sobretudo delas, e tentei por muito tempo apagá-las. Era um trabalho teimoso de adolescente. Pensava: "Se eu esvaziar a cabeça, não serei mais seu prisioneiro, não vou mais sofrer e assim me tornarei invencível". Como agora, eu tinha certeza de que as palavras eram a via do suplício, tentava não só não escutá-las (de fato, não teria sido melhor se eu não tivesse ouvido na noite de junho: leviana?), mas também raspá-las definitivamente das coisas. Uma árvore — imaginava — sem mais "árvore", uma nuvem sem mais "nuvem", um pai sem mais "pai", uma mãe sem mais "mãe". Queria me reduzir apenas a gemidos secretos de prazer.

Ao longo dos anos obtive alguns resultados. A distração desejada e ostensiva se transformou em desinteresse. A impermeabilidade em relação aos assuntos da casa se tornou um traço do caráter. Acentuei gentilezas, obediências e impassibilidades, transformei-as no biombo atrás do qual ocultava o desejo intenso de cortar qualquer ligação com meu pai e, consequentemente, com toda a família.

Foi assim que perdi Rusinè. Ela estava diante de meus olhos, mas eu não a enxergava nem queria vê-la. De resto, se mostrava cada vez mais silenciosa, menos presente em nossa vida de homens. Saía pouquíssimo porque — dizia — a rua lhe dava palpitações e vertigens. Seu mal-estar se acentuou: um esgotamento nervoso cada vez mais forte, apesar do tratamento sugerido pelo dr. Papa, isto é, a gestação e o nascimento de Nuccia. Nas vezes em que botava o nariz fora de casa, a garganta lhe apertava até perder o fôlego, sentia dor de estômago, no primeiro quiosque de aguadeiro tomava um copo de *acqua ferrata* com limão e bicarbonato. Mas estava ótima — afirmava —, se sentia uma mulher de fibra.

Naquela época ainda não demonstrava a idade que tinha, parecia ter cinco, talvez dez anos a menos. Morena, não tinha um fio de cabelo branco. A pele de sarracena era lisa, sem uma ruga. Costurava para si vestidos da moda com tecidos baratos e, assim que surgia uma ocasião, os vestia com a felicidade das meninas quando se fantasiam de adultas. "Você se enfeita demais", resmungava meu pai muito irritado, mas ela não cedeu quanto à sua aparência e continuou se enfeitando como bem queria.

Em geral, Federí reagia àquele seu desejo de elegância com sarcasmo. Com os anos, passou a ter outra ideia de beleza, que não coincidia com a de Rusinè. Agora, para ele, ser bonita era um conjunto de boas qualidades, como as que pôde admirar em certas esposas de profissionais liberais que admiravam seus quadros. Bela presença, dizia, penteados de cabeleireiro, voz baixa, língua italiana, sorrisos em vez de risadas. Mulheres de tão boa educação que nem pareciam de Nápoles. Cidade bonita, mas, caralho, com um fedor de *chiavechemmèrd* que lhe tirava toda a vontade de fazer, de inventar.

Quando quis ter um telefone em casa, um aparelho preto como um coleóptero gigante, preso na parede do corredor da avenida Arnaldo Lucci, começou a brigar com a mulher por seu sotaque inadequado. Às vezes apenas ironizava, às vezes se enfurecia. "Alô", ele a instruía com o fone no ouvido, "você tem que dizer alô, não oi!" Seu "alô" era escandido com elegância, voz baixa, em uma pose decente ao lado do aparelho, as três letras pronunciadas de modo claro; e imitava o "oi" dela com um grito festivo, acompanhado de gestos das mãos ou caretas, com aquele "i" suspenso sobre o abismo da indecência.

Dava muita importância ao modo de atender ao telefone. Quem telefonava podia ser um galerista, um pintor e professor de desenho, um amante da arte, e não queria fazer um papelão. "Sou capaz de frequentar qualquer ambiente, você não", dizia a Rusinè. E a fazia escutar, muitas vezes passando sem interrupções dos tons ferozes com que a humilhava ao ar bonachão, como ele sabia imitar todos os sotaques do Centro e do Norte da Itália. O preferido era o toscano. "O toscano é a verdadeira língua italiana", dizia, e se dirigia a mim, acrescentando satisfeito: você só fala tão bem porque o fabriquei em Florença, na casa de tio Peppino e tia Nenella.

Eu não o suportava. Seus tons cativantes, aquele modo de se exprimir de boca fechada com notas de cortesia, me espantavam ainda mais que os gritos costumeiros em um dialeto ultraplebeu. Em ambos os casos eu sentia desgosto. Mas me parecia que a aversão podia tornar-se mais perigosa quando ele a submetia às formas respeitosas do dialeto domesticado. Todas aquelas palavras, e no entanto o rancor transbordava de qualquer jeito, transbordava até quando recorria ao inglês, ao francês, ao alemão, línguas nas quais dizia ser excelente. "O mundo não é só essa *chiàvica* de cidade", se lamentava. As línguas estrangeiras podiam abrir outras portas para ele, permitir trocas de ideias com artistas de todas as nações civilizadas.

Queria viajar: ir à Suécia, à Noruega, à Dinamarca, à Finlândia, ao Canadá e aos Estados Unidos. Mulheres louras, quadris estreitos, pernas compridas. Ria de repente, achando graça de tudo o que se podia fazer com as estrangeiras. Nesses casos minha mãe assumia uma expressão de aquiescente despeito, do tipo: "Quer fazer o quê, tome cuidado, não ouse". Então ele esclarecia, apontando os quatro filhos com um gesto exagerado de patriarca: "Estou falando para eles, Rusinè, não para mim", mas nos dando a entender com várias piscadelas: o pai de vocês, meninos, está sempre de prontidão.

Eu ria, mas não achava nada engraçado. Talvez tio Peppino de Florença tivesse razão quando, anos antes, falou sobre mim: não sabe se divertir. De fato, eu era um menininho sisudo. Ria, sorria, mas só cultivava sentimentos ruins. Prontidão: que alusão mais irritante, me parecia mais insuportável que as pancadas em Rusinè. Eu ria, sorria, como se a cara não me pertencesse. Sentia até como se as orelhas e os olhos tivessem perdido a sensibilidade. Não ouvia, não via, seguindo uma estratégia que, em meus planos, devia me anestesiar para sempre.

Já Rusinè via e escutava, o que me deixava hostil também em relação a ela. Eu não admitia mais, como no passado, que ela aceitasse aquelas palavras e brincadeiras em nome da vida sossegada. Porque eu a achava melhor que ele, e me irritava que não o demonstrasse. Sentia que era sedutora. Parentes e conhecidos exclamavam ao vê-la: "Sorte sua que se mantém tão bonita". Queria que tomasse coragem com a aprovação geral de que desfrutava e dissesse ao marido algo de terrível e definitivo. Difícil entender que a doença estava inchando seu baço e lhe devorando o fígado.

Em março de 1965, minha avó morreu. Certa vez, na época de minha primeira comunhão, eu a encontrei na cozinha absorta, enquanto picava salsinha em uma tábua manejando uma faca com grande perícia. Perguntei a ela: "Jure que, quando morrer, se existir realmente um além, você volta para me contar". Ela, que tinha me ensinado todas as rezas na infância e sempre se mostrou preocupada com nossa fé de crianças, interrompeu aquela operação na cozinha e me surpreendeu dizendo em dialeto: "Eu já sei, não existe. Vou ficar que nem esta salsinha". Olhei a salsinha, então tornei a insistir, e ela jurou sorrindo. Os anos passaram. Primeiro, o lado esquerdo do corpo se paralisou, depois veio o golpe definitivo em uma tarde fria, de repente. Ergui contra aquela morte todos os escudos que, com o tempo, eu tinha preparado. Só deixei que me ferisse o sangue que lhe escorreu do nariz e a testa gelada — um objeto —, quando a beijei segundo o costume. Não retornou do além para me contar coisa nenhuma. Deduzi que estava certa: salsinha picada. Restou-me a repulsa àquele vegetal que sangrava linfa esverdeada sob os golpes velozes da lâmina.

Por outro lado, me surpreendeu que meu pai se mostrasse sinceramente compadecido. As relações entre eles sempre foram tensas. Nannina não perdoava em Federí o linguajar vulgar, os tormentos que dava à filha, o fato de pôr em dúvida que seu outro filho, Peppino, fosse mais bonito e bem-educado que ele. "É *'nu strunz* egoísta", lhe dizia dia sim, dia não, jogando-lhe na cara mais ou menos explicitamente que, junto a Rusinè, ele foi forçado a se casar também com ela, já que o filho a descarregou em suas costas e ficou por isso mesmo. Depois sublinhava: "Além de bem mais inteligente, também sou mais bonito que seu filho". Nannina respondia: "Você sempre foi feio". E se engalfinhavam, ela rindo de ficar roxa, ele irritadíssimo. Mas é verdade que, quando ela morreu, ele ficou triste e soturno — Federí detestava qualquer contato com a morte. Mas assim que Nannina foi enterrada, voltou imediatamente a falar mal de Peppino, que — esbravejava —, sendo pão-duro por natureza, quase não tinha contribuído com as despesas do funeral.

Quanto a Rusinè, se desesperou com a morte da mãe de uma maneira que surpreendeu a todos, já que estávamos habituados à sua imagem de mulher contida. Chorou por dias e noites, sem parar. Logo ficou com uma cor terrosa. Os olhos, o ventre, as mãos e os tornozelos incharam enormemente. Não era possível acalmá-la, era como se todo o seu organismo se recusasse a afastar a dor. Passaram semanas, o poço de lágrimas secou. Mas Rusinè não recuperou o aspecto que tinha, ao contrário, ficou ainda mais inchada, especialmente na barriga. Além disso começou a tossir, não uma tosse forte, mas uma tossezinha persistente que ela mesma, habituada aos diagnósticos de Papa, definiu como nervosa. "Estou com tosse nervosa", aprendeu a dizer.

Nenhum de nós se preocupou muito, foi suficiente que parasse de chorar. Somente as tias, que vinham de vez em quando à nossa casa, lhe diziam: "Rusinè, você está grávida de novo". Mas ela fazia sinal que não e exclamava: "Quem dera fosse verdade". As irmãs de minha avó insistiam: "Tem certeza de que não está grávida? Se não está grávida, deve estar com outra coisa. Chame o médico". Minha mãe dava de ombros: "Vai passar". E explicava: melhor esperar do que batalhar com Federí, sempre às voltas com suas coisas de pintura. Ainda mais porque, como se sabe, ele era obcecado, logo diria a ela: "Você quer ser vista pelada pelo dr. Papa".

De tanto esperar que o mal passasse, decorreram três meses e se chegou a junho. Dia após dia, os dez anos que minha mãe tinha mantido cuidadosamente afastados de si se precipitaram sobre ela, acrescentando-lhe outros que não lhe diziam respeito. De uma mulher que aparentava pouco mais que trinta anos, transformou-se de golpe em uma cinquentona. As saias não cabiam mais nela. estava com as pernas grossas, os olhos amarelos. Foi essa mutação que a exasperou. Um dia, foi até o marido que como sempre estava pintando e lhe disse: "Preciso ir a um especialista; na minha opinião, Papa não basta".

Naqueles anos, mais ainda que em anos anteriores, Federí via a esposa como uma das maiores encheções de saco que o *padreterno* lhe dera. Não conseguia achar tempo para se dedicar a seus quadros, vivia assoberbado pelas vistas de Paris e pelo trabalho nas ferrovias. Querendo fazer algum dinheiro a mais, pôs para trabalhar até Geppe, que demonstrava uma boa disposição para a pintura. Meu irmão voltava da escola e, na ausência do pai, de turno nas ferrovias, nem terminava de comer e já ia se postar na frente do cavalete para esboçar os Utrillo. Pintava por horas calçadas molhadas, figurinhas a passeio, céus carregados de chuva, praças famosas. Trabalhava sem parar e por isso não tinha tempo de fazer as tarefas para o dia seguinte. Quando Federí voltava exausto do ofício de ferroviário, não dava nem boa-noite e ia direto para o cavalete. Dava pinceladas de mestre para acabar o que Geppe tinha pintado e enquanto isso continuava um litígio com Rusinè, iniciado horas antes, ou começava um novo, como para ter companhia. A mulher gastava demais. A mulher se deixava roubar. A mulher não entendia que a carreira de um grande artista estava virando pó. A mulher não percebia nem mesmo um dos problemas compositivos que o atormentavam. A mulher não tinha sensibilidade para as questões realmente importantes: a arte que estava mudando; *'nu strunzemmèrd* chamado Manzoni que tinha exposto sopro e merda de artista em Milão; outros *strunz* do tipo — só para citar alguns —, Burri, Fontana e Vedova, que, mesmo não sabendo segurar um pincel, se achavam sabe-se lá o quê. Rusinè, que escutava essa lenga-lenga de seu canto, depois de exercícios de silêncio mais ou menos prolongados, corria para o estúdio e estourava: "Quem mandou você fazer essas vistas de Paris? Fui eu? É você que quer fazer isso". Ou então o acusava: "Não está vendo que Geppe está cansado, não vê que assim ele não consegue estudar?". Ou então se queixava: "Não estou me sentindo bem, sinto um peso aqui, não sei o que pode ser". Frases que imediatamente autorizavam o marido a esbravejar:

chevvitemmerdecchésta, *meruttocàzz*, chega, vou embora para Paris, vou embora para a Finlândia. E isso por anos, como já se sabe. Por outro lado, não tenho detalhes mais vívidos, não saberia onde buscá-los. Eu me cegara, não ouvia mais as palavras, tinha jogado fora a faca que levava no bolso, tinha crescido. Seguia em frente evitando ao máximo me envolver com meus pais e com os problemas da casa. Às vezes, saía à sete da manhã e só voltava às duas da madrugada, pensando: "Que me importa".

Até que um dia minha mãe decidiu justamente que não aguentava mais, se apresentou na sala e exigiu um médico que não lhe dissesse, sem nem a examinar: "Sabe-se como as mulheres são, precisa ter outro filho". Já tinha feito filhos demais, abortos também, chega: agora — murmurou — esta barriga inchada é outra coisa.

Seguiu-se uma pausa de segundos, de dias. Meu pai tentou reagir com frases brincalhonas, cançõezinhas inventadas no momento, ponderações do tipo: "Você está ótima, nunca esteve tão bem". Ela desandou a chorar, disse que não era verdade, que não estava nada bem. No fim das contas chamaram o velho dr. Papa, com as tensões de sempre quando era preciso chamar o médico de qualquer jeito: os silêncios, os embaraços, o dinheiro gasto desse jeito.

Papa foi escrupuloso. Ficou sério, disse que Rusinè tinha que ir imediatamente a um especialista em doenças hepáticas. Falou com um tom tão impressionado que Federí ficou cinzento e começou a se desesperar, murmurando: "*Madonna mia*, *madonna mia*, o que está acontecendo, o que eu fiz de errado, por que devo ser punido?". O doutor o acalmou, lhe indicou o nome de um professor: tratava-se de um médico muito importante, que certamente daria um diagnóstico decisivo.

Marcou-se uma consulta, meus pais foram ouvir a sumidade. Meu pai esclareceu a ele que era um pintor famoso, falou de seus quadros e de sua cotação no mercado, prometeu lhe presentear com um em breve. Enquanto isso o professor examinou minha mãe — poucos minutos — e prescreveu uma internação imediata no Hospital Gesù e Maria para exames. Rusinè voltou para casa, tinha um ar alheado. Encheu depressa uma mala com suas coisas e foi, como se diz, se internar.

Trinta e quatro anos após a morte de minha mãe, um ano depois da de meu pai, resolvi rever aquele hospital. Subi pelas escadas da ladeira Tarsia como tinha feito tantas vezes no verão de 1965. De vez em quando, para recuperar o fôlego, me virava para olhar um quadradinho de céu e mar. Senti o mau cheiro dos detritos que se decompunham ao sol, o mesmo que não sei mais separar da ideia de doença. A cidade que, fortemente vigiada por policiais, me parecera de uma beleza limpa na Via Caracciolo, na Via Partenope, até na Piazza Plebiscito — o Vesúvio apoiado sobre as águas, as pessoas passeando ou fazendo jogging apesar do calor, o mar diante dos grandes edifícios das tantas especulações imobiliárias, algum pescador que corta o ar com o anzol, meninos cabulando as aulas, gatos de rua que circulam pela barreira esbranquiçada do arrecife —, me havia restituído a face que melhor conheço já na Via Toledo e depois no mercado de Pignasecca, frutas, peixe ainda vivo, pizzas quentes e pão fresco no balcão, as vozes dos vendedores apregoando no dialeto sedutor, mas cortadas pelas ambulâncias ensurdecedoras do Hospital Pellegrini: cidade desconexa, boa apenas para a vida robusta que se agita e empurra (a ameaça em dialeto: "Vou te mandar pro Pellegrini"), difícil para recém-nascidos, velhos, deficientes e doentes, tranquila apenas para quem pode permitir-se os vidros duplos nas janelas, lotada de lojas novas que são feridas psicodélicas dentro das fachadas de antigos prédios descascados, música de cada canto do mundo e trêmulas canções locais em alto volume, multidão tumultuosa e grupos lentos de desocupados.

Subi até a Via Cotugno, na Piazza Gesú e Maria. Enquanto isso, passo a passo, ergui definitivamente a pedra mantida por tantos anos em cima da angústia de então e senti sobre mim todo o mal-estar que Nápoles me dá, a crise de pânico que me toma logo após as declarações sinceras de amor, as saudades, o propósito de voltar a morar aqui. Perguntei a uma senhora que comprava fruta, mas só por vontade de falar: "Que doenças são tratadas nesse hospital?". Ela mostrou estar com a mesma vontade de conversar e me respondeu: "Doenças infecciosas. Meu pai esteve aqui em 1972, achavam que ele tinha hepatite. Não tinha, mas foi um milagre não ter pegado a doença aqui". Federí fez a mesma observação poucos dias depois da internação de minha mãe. Voltou para casa furioso, disse que o Gesú e Maria era um bordel, os homens iam para a ala das mulheres e as mulheres para a dos homens, os doentes mijavam nos corredores para evitar ir ao pântano de merda e sangue que havia no piso dos banheiros comuns, a higiene do todo era tal que, se não se achasse logo um remédio, Rusinè — com certeza saudabilíssima — adoeceria gravemente ali dentro.

Nós o víamos deprimido, pálido, de olheiras inchadas. Estava convencido de que algum invejoso tinha rogado uma praga para que ele torrasse todas as economias de seu trabalho em médicos e remédios. Mas que se fodam, exclamou: não deixaria a mulher no ambulatório nem um minuto a mais. E, segundo seu costume, agiu com excessos. Vasculhou a casa, pescou o dinheiro que tinha escondido em livros, debaixo de lajotas, em caixas cheias de quinquilharias, no alto do armário do quarto de casal. Era dinheiro que havia ganhado com as vistas de Paris. Juntou tudo e pegou um quarto particular para Rusinè. "Está melhor assim?", perguntou para ouvi-la contente.

Àquela altura, começou a brigar nas ferrovias para poder se ausentar o máximo possível do trabalho. E, coisa bem mais espantosa, parou de pintar: nada de vistas de Paris, nada de criações de artista, nada de nada. Passava todo o tempo livre ao lado da mulher, dormia com ela. Naturalmente não parava quieto: falava, falava, falava. Falava com os doentes, os enfermeiros, os maqueiros. Despejava naquele mundo da precariedade e do risco mais palavras ainda do que as que geralmente usava. A cada visita de um médico ou professor, distribuía desenhos, aquarelas, têmperas, quadros a óleo, dando a entender — ou dizendo explicitamente — que eram coisas de valor, não se tratava de dezenas, mas de centenas de milhares de liras, obras destinadas a valer cada vez mais.

Quando se sentia um pouco abatido, deitava-se na caminha ao lado de Rusinè e lia romances policiais (amava romances policiais) ou desenhava num caderno quadriculado. Às vezes retratava a mulher, embora ela se retraísse. Só me lembro bem de um desses desenhos: ela está com o rosto inchado, um ar desolado. Não há nem sinal de como ela tentou parecer naqueles meses: decidida a se curar, atenta a não se mostrar deprimida, muitas vezes até alegre. Ele soube colher em seu rosto o desespero, como se a tivesse retratado em um momento em que estava pensativa, já sem controlar o olhar, a expressão.

Nunca gostei daquela folha quadriculada. Teve o efeito de apagar da memória todos os esforços que ela fez para acreditar na possibilidade de cura: as amizades com os pacientes, o quarto que parecia uma residência de férias, os médicos que acolhia como se estivessem fazendo uma visita de cortesia. Mas os traços da caneta, ao contrário, capturaram sua rendição à doença, a certeza de que a vida tem uma falha.

Era uma frase sua de costureira: tem uma falha. Recorria a ela quando as clientes iam à Via Gemito provar as roupas que ela costurava. "Aqui não cai bem", dizia a srta. Pagnano, olhando-se no espelho do quarto, e ela, com alfinetes entre os lábios, puxava o tecido aqui e ali, tentava ajeitar, até que enfim admitia: "É verdade, tem uma falha". Ficava triste quando isso acontecia. Acompanhava a srta. Pagnano até a porta, voltava com o vestido para a cozinha, jogava-o na mesa e começava a descosturá-lo. Explicava à mãe e às duas aprendizes, uma loura e outra morena: "Tem uma falha no ombro". E, ao admiti-lo, fazia a mesma expressão que depois se fixou naquele desenho. Tanto que, não tendo suas palavras à disposição, ao longo dos anos disse a mim mesmo que seu modo de pensar a morte estava naquela sua fórmula de costureira. Morrer era uma falha. Uma falha do organismo, como se o corpo fosse uma roupa — metáfora antiga — que não cai perfeitamente. O ventre inchadíssimo. O baço pesando três quilos. O fígado se atrofiando. Derrame intraperitoneal.

Toda a cidade começou a me parecer falha, entre julho e agosto pensei em deixá-la o mais rápido possível. Eu me deslocava a pé, não queria gastar com transporte, não havia dinheiro. A depender do dia, os pontos de referência eram a Piazza Manzini ou a Piazza Dante. Descia rumo ao hospital quase correndo ou subia a passos largos. Na entrada (Hospital Clínico) me vinha uma sensação de repulsa. Não gostava da cor amarelada da fachada, a tinta descascada do portão. Contava os degraus: primeiro dois, depois onze. O jardim interno me parecia densíssimo, como um pedaço de floresta cheio de plantas exóticas, talvez porque no prédio se tratassem doenças tropicais. Os corredores tinham o acinzentado da sujeira, paredes altas com tetos brancos e arqueados, marcados por barras horizontais.

Encontrava minha mãe sempre na cama. Da janela aberta chegava um repique constante de ferro batendo em pedra de lava, obras em curso. Oi, oi, e depois não sabíamos mais o que dizer, mas sem constrangimentos: tínhamos a confiança da proximidade. Apenas uma vez ela murmurou: "Eu sei que vou morrer", e caiu no choro. Todo o resto foi: "Tire esse prato daqui, lembre-se de mandar lavar a camisola na tia Nenella, cuide de seu pai, tente evitar que ele dê seus ataques".

Hoje estava com as pernas inchadas, o ventre estufado; no dia seguinte a enchiam de remédios que a faziam expelir todos os líquidos, dando-lhe a ilusão de ter voltado ao normal. Certa tarde ela dormiu, e eu dormi também. A certo ponto acordei sobressaltado e a encontrei sentada na beira da cama, olhos brilhantes, gestos agitados. Estava tentando colocar uma pantufa, mas não do lado dos dedos, do lado do calcanhar. Tentava e tentava e então dizia, rindo: "Não se preocupe, eu sei que estou errada". Não sabia nada, não sabia o local e a hora, já não se orientava nas operações cotidianas. Eu a ajudei e, assim que se pôs de pé, começou a andar no quarto para cá e para lá, torcendo as mãos. Falava depressa, estava invocada com um novo medicamento que lhe haviam dado na noite anterior. "Eu sei que me fez mal", repetia.

Em certos dias demonstrava grande confiança nos médicos, especialmente em um doutor escrupuloso, muito jovem, que cuidava dela com uma dedicação absoluta; noutros, quando um avanço era imediatamente sucedido por uma piora, ela desanimava. Então os médicos a repreendiam, diziam: "A senhora precisa colaborar". Mas eram injustos, ela colaborava até demais, submetia-se a qualquer coisa sem dar um pio. A certa altura, falou-se até de uma operação resolutiva, à qual ela deveria se submeter na Inglaterra. Por um tempo, ela e Federí não pararam de falar daquela viagem, parecia uma viagem de lazer. Ele caprichava no inglês e dizia: "Iremos a Trafalgarsquer". Mas depois nada foi feito. O baço deve ser retirado a tempo — li em um velho livro que encontrei numa manhã de julho na biblioteca —, não quando a cirrose já havia devastado tudo.

Nos primeiros dias de outubro, Rusinè pareceu voltar à sua antiga forma, exceto pela cor ictérica. Teve alta do hospital. Ela se vestiu com cuidado e a primeira coisa que quis fazer foi ir agradecer a são Ciro pela cura. Todos nós a acompanhamos — talvez à igreja do Pórticos —, e me voltou à mente com desgosto minha primeira comunhão, vestido de frade. Olhei para ela enquanto rezava, tão elegante mesmo após a experiência da doença. Pensei pela primeira vez que a promessa feita para Geppe, e que atingiu também a mim, consistia em sacrificar ao santo toda uma ocasião de festa. Talvez, vestindo-nos daquela maneira, tenha se privado do prazer de costurar para nós as roupas oficiais da cerimônia. Era muito apegada aos raros momentos em que podia inventar livremente, para si e para nós, uma bela aparência. Seu sacrifício pela saúde de Geppe, pensei — e depois tornei a pensar com frequência nos anos futuros —, deve ter sido esse.

Depois fomos para casa, que ela achou uma bagunça, e começou vigorosamente a limpar os cômodos em cada canto. Preparou um almoço de festa: comemos faisão, um prato exótico, cozinhado à moda toscana para agradar a meu pai. De tarde se sentiu mal e foi para a cama. O jovem médico do Gesú e Maria chegou prontamente e enfiou agulhas em seu braço, de resto já cheio de furos. A certo ponto, o médico a levantou e tentou que ela engolisse um líquido amarelo. Falou: "Muito bem, senhora, isso, venha só mais um pouco para a frente", e ela, como se houvesse despertado de repente, a fim de mostrar que queria contribuir para a própria salvação, deslizou rapidamente sobre os lençóis até o pé da cama, perguntando: "Estou fazendo direito, estou fazendo direito?".

Entrou em coma, os parentes vieram. Federí chorava desesperado, gritando pela casa, mas ninguém o consolava. Todos pensavam e até lhe deixavam explícito: "Você poderia ter sido mais atento antes". Até que ele se sentou na beira da cama de casal onde a mulher estava morrendo, agarrou sua mão e lhe perguntou: "Rusinè, tem certeza de que me ama?". Depois, como se fosse uma questão crucial, insistiu várias vezes: "Se você sempre me amou, aperte meu dedo".

Ela não via nem escutava nada, mas Federí, com sua habitual teimosia, não se conformou, quis acreditar que sua voz ainda chegasse até ela. Mais tarde, contou que ela não só apertou seu dedo, mas que até deu um sorriso para acalmá-lo. Como estive presente naquela cena — e tentei várias vezes escrever sobre ela, ora com desprezo pelo patético, ora com melancolia comovida, ora com ternura, mas sempre para apagar o mal-estar que senti —, me perguntou várias vezes nos meses seguintes, até que se esqueceu. "Não é verdade que ela apertou meu dedo?" E eu sempre confirmei: sim.

Minha mãe morreu em 8 de outubro sem nunca recuperar a consciência.

Federí reagiu àquela morte com a estridência de costume. Só para começar, rompeu todas as relações com os parentes de Rusinè, que de uma hora para outra pararam de se mostrar aquiescentes; aliás, já não lhe ocultavam que, morta Nannina, morta a sobrinha, não tinham mais intenção de tolerar seus insultos e suas fanfarronices. Às tias, que nos ajudaram a sobreviver durante a longa enfermidade no hospital e que nos primeiros tempos ainda tentaram nos ajudar, deu a entender por todos os meios que elas tinham enchido e até estourado seu saco — e aqui se podem acrescentar a bel-prazer todas as obscenidades em dialeto — e que finalmente se acabara o tempo em que podiam arrancar dinheiro de seu bolso para comprarem carros e apartamentos, elas e *chilli merdaiuoli* dos maridos. Evidentemente ele se deu conta de que o estavam acusando de negligência em relação à esposa e por isso eliminou todos eles de sua vida. Na velhice, dedicou-se inclusive a cortá-los das fotos de família.

Logo depois se desentendeu com seus parentes. Primeiro recorreu a eles em busca de ajuda — tinha dois filhos ainda pequenos, era preciso achar um jeito de seguir adiante —, mas depois, em pouquíssimo tempo, passou a brigar com todos. Deve ter lhe parecido uma recaída na infância ruim, na adolescência. Voltou a se sentir negligenciado e não reconhecido, no sentido de que não queriam vê-lo como ele se reconhecia; justamente como quando era menino, gritou: diminuído, bloqueado, explorado, roubado. Enfim, a coisa também terminou mal com seus parentes de sangue, mesmo ele não tendo poupado elogios à sua inteligência e sensibilidade, mesmo eles tendo se prodigalizado com um gasto generoso de energias.

Diga-se que cada entrevero ou rixa, em vez de debilitá-lo, aumentava extraordinariamente suas forças. Naqueles meses, fez várias consultas com o jovem médico que cuidara de Rusinè para saber se estava com o fígado estragado, e obrigou todos nós a fazer o mesmo; mas estava em perfeita forma, o sangue lhe fervia, tinha uma grande vontade de pôr mãos à obra. Estávamos todos com boa saúde, mas mesmo assim pegamos o hábito de tomar colheradas do elixir Amaro Medicinale Giuliani após cada refeição, para nos precavermos contra eventuais distúrbios hepáticos. Continuamos nossos caminhos, deixando a casa um caos toda manhã e dando uma arrumadinha de noite. Nosso pai obviamente não se importava com nada, a não ser, como dizia, em ganhar dinheiro para a família. Em pouco tempo, mesmo se dentro daquela desordem sem futuro, ele recomeçou a pintar, a frequentar críticos e pintores, a ansiar por realizar seu destino. E logo lhe pareceu natural que a casa seguisse adiante graças à boa vontade de Geppe, talvez de Toni, talvez de Walter, que, com o estômago embrulhado, tinha a tarefa de separar nossas roupas horrivelmente sujas e de enfiá-las na máquina de lavar. Quanto a mim, estava treinadíssimo. Fazia esforço para não cuidar de nada nem de ninguém, desde antes da morte de Rusinè.

Somente ao entardecer, antes de se postar diante do cavalete por boa parte da noite na casa desolada da avenida Arnaldo Lucci, Federí ficava um pouco melancólico. A mulher ainda estava em toda parte, atrás das portas da casa, nos cantos em penumbra, dentro do armário, e ele buscava com seu costumeiro desperdício verbal uma saída para aquietá-la, encontrando para ela um lugar definitivo entre os nexos, as evocações e as considerações gerais. Ele a revirava na cabeça, a exorcizava falando sem parar. Queria reduzir a morte dela à ideia geral de morte, ao sentimento que ele sempre teve a seu respeito. Procurava entre suas memórias mais remotas, dizia: "Quando eu era pequeno, morrer para mim significava perder". Perder no sentido de ser derrotado. E falava de dom Carmine, pai de dom Federico, o guarda, marido de dona Luisella, que tinha participado da Primeira Guerra Mundial. Aquele homem — dizia —, para lhe explicar as batalhas em que se viu metido, desenhava em uma folha perfis de montanhas e posições de canhões. Depois enfiava um dedo na boca, raspava-o contra uma bochecha e fazia um barulho de garrafa destampada, que eram os disparos de canhão. E a cada disparo marcava na folha umas cruzes para indicar os soldados mortos, os canhões destruídos. "Aqui estão os austríacos, aqui os italianos", dizia. Então contava as cruzes na folha, e quem tivesse mais cruzes significava que havia perdido a batalha.

Morrer, perder. "Sempre senti a morte como uma derrota", dizia. Enquanto isso, tentava se lembrar de suas primeiras experiências de baixas. Dom Carmine, por exemplo, que desapareceu de repente. Envenenou-se, sabe-se lá por quê, bebendo a água em que tinha diluído o fósforo de seus fósforos suecos. Assim Fdrí, o pequeno Fdrí, ouviu daquilo que os adultos diziam. A morte que chega engolindo veneno todo dia. Buscava o fundo de sua infância diante de uma garrafa de vinho e encontrava laços secretos entre fatos distantes, inventando-os quando não os encontrava.

A certa altura, tomou o rumo certo e começou a refletir sobre a recorrência trágica do nome Rosa em sua vida de homem e de artista. Antes de tudo a bela Rosina, que se jogara do quarto andar por uma desilusão amorosa. Depois Rose Fleury, que, após sua partida de Menton, teve um final obscuro e horrível. E ainda o primeiro enterro de sua vida, uma memória indelével, quando morreu uma menina de quinze anos que morava no mesmo andar do apartamento da avó Funzella. Era uma moça bonita e muito querida. Os funerais foram como uma festa. Durante a vigília, logo apareceram o chocolate em belas taças de porcelana e muitos biscoitos em uma bandeja de prata. Depois foram distribuídos confetes e outros mais choveram das sacadas quando o carro branco despontou na Via Casanova. Veio até uma banda e acompanhou o cortejo tocando "Palummella, zomp'e vola". Federí ainda tinha a música nos ouvidos, e escreveu sobre esse enterro em seu caderno de memórias. A moça naturalmente se chamava Rusinella.

Aquele nome recorrente, explicava, era o sinal de uma predisposição sua à viuvez. Justamente um sinal, assim como as cifras de sua data de nascimento, como as luzes das fogueiras de santo Antão. Mas agora já não o ouviam, no máximo fingiam que escutavam. Eu estava me preparando para sair de casa e me casar naquele ano, apesar da pouca idade, e fazer uma história pessoal minha, que eu pretendia sem um pingo de culpa. Seriam necessários anos para que eu voltasse a lhe prestar um pouco de atenção, evidentemente antes era preciso errar por minha própria conta.

De fato, fui embora e perdi com alívio suas novas histórias. Eram histórias de renascimento, precisamente como se a morte de Rusinè não fosse de fato o fim da vida da esposa, mas sobretudo o ponto de virada da sua. Novas aventuras, as viagens, os amores, obviamente a pintura. "A Força Excelsa", dizia já velho, perto dos oitenta anos, "escreveu minha vida página por página, ponto por ponto, altos e baixos, até o momento preciso da minha reinserção entre as sombras." Subia de tom e de linguagem quando tangenciava esse tema. Pensava sobre os ciclos, a escuridão e a luz. Via-se perfeitamente que as sombras não lhe agradavam e, se fosse mesmo obrigado a descer entre elas, esperava — graças a um jogo de Energias Universais Inexauríveis — voltar logo à luz e continuar a pintar.

Quando Rusinè ainda estava viva, se aproximara cada vez mais do *Roma*, o jornal de Achille Lauro, de monarquistas e fascistas. Encontrava-se frequentemente com Piero Girace, o crítico de arte daquele diário. Parecia-lhe um progresso na carreira, Girace era alguém que escrevia artigos e publicava livros, tinha amigos que debatiam e fantasiavam, me falava sobre eles. Como estava cheio de atenções solícitas pela grafomania que já me assolava, enchendo meus silêncios com suas palavras em cascata, duas ou três vezes conseguiu que eu publicasse umas páginas graças às suas relações. "Você tem que fazer ouvir sua voz", me dizia enfático. Estava tão raivoso com o rumo horrível das artes que me espicaçava: "Mimí, vamos escrever contra *chisti strunz*". Nessas ocasiões, batia o dorso da mão nas páginas do *Mattino* que o deixavam feroz, mas também o preocupavam. Na opinião dele, os piores críticos e artistas eram os que ocultavam sua estupidez atrás de palavras muito complicadas. Que caralho é o tachismo? Que *sfaccímm* querem dizer com informel, actionpainting e nuclear? Essas manchas de merda colorida, a pintura atirada na tela como se fosse cal de *fravecaiuóli*. E a colagem: agora a arte seria a colagem. Ele já fazia colagem aos três anos de idade, na sacada de Funzella. Pintava com a matéria das coisas que achava ao acaso. A vida que passa diante dos olhos, sim, não as lenga-lengas sobre o fluir do caralho, sobre o pulsar do caralho, dentro do espaço da espacialidade. Suspirava. Ficava deprimido. Perguntava em voz alta: "O que vai durar mais, toda *stammèrd* ou, só para dar um exemplo, *Os Bebedores*?", e eu tinha que responder: *Os Bebedores*. Enquanto isso, misturava leituras disparatadas, ampliava raivas de origem diversa. Lia frases, sei lá, de Filiberto Menna e exclamava a título de comentário sarcástico: "*'Azz! 'Azzò!* Entendeu?". Ou passava a resmungar, debochando: a forma informada, a forma deformada, a forma informe, formar as formas. Ou exclamava desolado diante de tudo o que não era figurativo: "Eu já sabia fazer *'sta cacata* quando ia ao riacho de Reggio Calabria". Mas infelizmente, acrescentava, nunca tive ao meu lado alguém como Filiberto Menna, disposto a escrever cretinices sobre minhas cretinices. Porque, se queixava, a arte agora é assim, que nem o Gato e a Raposa; o Gato traça uma linha e a Raposa diz: esta linha está repleta de fluxos pulsionais e autorreflexões do sujeito.

Ria com amargura, mas depois tentava entender melhor. Passava as noites procurando entender. Ou então perambulava com Girace. Já o vi se envaidecer com qualquer um que mostrasse apreciar sua pintura. Formava duplas, grupos e gangues com gente com a qual rompia no intervalo de poucos dias. A certo ponto foi parar em um movimento que se chamava Tradição e Realidade, fundado obviamente pelo crítico do *Roma*. Mas logo se amargurou: aquele movimento — dizia — só tinha uma multidão de *strunzemmèrd*. Por outro lado, o que devia fazer? As exposições, os prêmios. Me mostrava a lista dos nomes que integravam os jurados e o comparava com a lista dos premiados: "A regra é: eu premio você ou um amigo seu hoje, você premia a mim ou a um amigo meu amanhã". Concluía: "Se você fica de fora dos círculos, está fodido".

De vez em quando, entre o final dos anos 1960 e durante os anos 1970, acontecia de nos encontrarmos, mas nunca estávamos de acordo sobre nada. Ele me expunha suas ideias sobre tudo — que não me pareciam ideias dele, mas as que assimilara na juventude sob o fascismo —, e sobre tudo isso eu me limitava a dizer: não. Em certas ocasiões, quando encontrava em minha casa alguns companheiros de luta política, ficava muito contente e fazia de tudo para seduzi-los com suas histórias de velhas militâncias e decepções, tanto que várias vezes os companheiros me diziam: "Que homem interessante é seu pai. Quando ele deixou o PCI? Com a Hungria?", mas eu nem tinha certeza de que ele tivesse entrado no PCI e me limitava a responder: "Acho que sim".

Contudo, geralmente Federí tinha que se contentar apenas comigo como interlocutor. Então se agitava, ficava aflito, voltava a se inflamar, se lamentava. Não conseguia se conformar com nossas divergências políticas e culturais. Uma vez, antes de ir embora, me disse em voz baixa: "Mimí, saia dessa, você não sabe o que pode acontecer na Itália". Respondi que sabia perfeitamente. Eu era um adulto, mas ainda fantasiava como um menino. Imaginava que logo estaríamos combatendo rua a rua, meu pai em um front, eu no outro, ele tradição e realidade, eu vanguarda e revolução. Esse me parecia um *grand finale* para nossa história cheia de conflitos mudos.

No entanto, o final não veio, e até as tensões daquela época arrefeceram. Nos anos 1980 e 1990, ele passou a dizer com crescente convicção que sempre houve uma perfeita concordância entre nós dois: direita e esquerda eram a mesma merda; mas a esquerda lia mais livros e era mais inteligente. Conservou essa posição até a morte. Quanto ao resto, continuou a se queixar. "Depois de Fontana e Manzoni", dizia, "que *cazz'è* a arte?" E, como eu não lhe respondia, respondia a si mesmo, contando nos dedos: "A arte é: ministros colhões, subsecretários cafetões, críticos veados e mercadores bissexuais. O grande artista não é mais necessário, basta *'nu strunz* qualquer que suja uma tela". Mas mesmo assim continuava pintando: ilustrações de seus pensamentos filosóficos com técnicas à la Hausmann; cavalos e jóqueis de um dinamismo novo para ele, a galope em direção à linha de chegada; uma Leda com o cisne estreitado entre as pernas; uma Dânae que não recebia a chuva de ouro, mas a mijava dos restos de uma astronave; figurações tumultuosas do Apocalipse. Quando eu ia encontrá-lo, dizia: "E aí? Gosta?". Eu respondia: "É bonito". Às vezes rebatia obstinado: "Bonito ou não, quem se importa, Mimí: o essencial é que sempre pintei". E se orgulhava com repentina alegria: "Fui um homem livre, arrotei na cara de todo mundo".

Mas ficou muito contente quando, do fundo de sua vida em Nápoles, despontou de repente o Gruppo Sud. Segunda metade de 1947, dizia. Na Via dei Mille, casa do pintor Mario Cortiello. Ali nasceu o Gruppo Sud, próximo da revista *Sud*. "Eu não estava presente naquela reunião", se lamentava. Culpa das ferrovias: daquela vez ele estava no turno da noite, era sempre assim nas ocasiões importantes. Todos os outros tinham ido (Ricci, De Stefano, Raffaele Lippi), e ele não. Mas depois participou de algumas mostras do Gruppo. De uma em especial, a de encerramento, organizada na galeria Blu di Prussia em 1948, tinha inclusive deixado uma marca indelével com uma obra de composição perfeita — "Mimí: perfeita" —, uma pintura sobre tela intitulada justamente *Mostra del Gruppo Sud al Blu di Prussia*. Na verdade, ele devia ter se esquecido desse quadro: pelo que recordo, nunca o mencionou em seus relatos. Mas quando — acho que em 1991 — montaram em Nápoles uma mostra dedicada ao Gruppo Sud, e seu quadro foi exposto com obras de outros pintores daqueles anos, a *Mostra del Gruppo Sud al Blu di Prussia* logo se tornou central para ele. Falava frequentemente do quadro, com satisfação, auxiliando-se com a imagem que aparecia no catálogo. "Representei", me explicava, "Raffaello Causi conversando com De Stefano, Carlo Barbieri contemplando uma obra de Renato de Fusco, Paolo Ricci no centro, com seu foulard vermelho e a bengala, Raffaele Lippi sentado em um canto, ao lado da entrada da galeria, enquanto olha duas obras suas: uma ruína e um retrato de Anna Maria

Ortese." Caralho — exclamava contente —, que trabalho: uma obra que nenhum daqueles pintores seria capaz não só de executar, mas nem sequer de pensar. Lippi, por exemplo. Caralho, caralho. O companheiro Lippi só pintava gatos mortos e ruínas. E aquele retrato de Anna Maria Ortese: bem, Ortese era realmente uma bela jovem, mas Lippi estropiou seus traços. Mas dizer o quê? "Deixa pra lá, Mimí", concluía. O tempo passou, ele só falava por falar, sem azedume. Lippi era bom, De Stefano era bom, todos eram bons. Distribuía elogios, se sentia satisfeito, dizia que não tinha mais raiva de ninguém. Invejas, ciúmes, as maldades que lhe fizeram: poeira. Ou quase. Embora tentasse assumir tons de um distanciamento sábio, de vez em quando as ondas do ódio voltavam a subir. "Naquela vez, por exemplo, na Salvator Rosa", se lembrava. Lá, na promotora napolitana das artes, havia exposto algumas paisagens finlandesas. Coisa boa, pintada quando — depois da morte de Rusinè — ele foi àquele país para pintar e amar as belas mulheres da Finlândia. No entanto, o pintor Nazzaro, achando que ele não o estava ouvindo, disse perfidamente a um outro: "Olha esse metido do Federí, faz questão de mostrar que esteve na Finlândia". Entendeu? Sem imaginar que ele estava a menos de um metro, atrás de uma parede fina, trancado em um cubículo estreitíssimo, escutando tudo. "Isso só para lhe contar o que eu tive que sofrer", se lamentava. Esteve a ponto de sair dali de dentro e arrebentar a cara de Nazzaro. "Mas não fiz isso", se tranquilizava aos poucos, "primeiro porque estava fodendo no cubículo com uma jovem e bela pintora; segundo, porque são águas passadas, Mimí, deixa pra lá: quem é hoje esse Nazzaro? — uma sombra como todo o resto."

Fazia uma careta de desprezo e voltava a folhear o maciço catálogo da exposição do Gruppo Sud. Dizia enfaticamente, mas sem convicção, batendo o nó dos dedos na página em que seu quadro aparecia: "Agora entrei na história da arte, rapaz, era o destino". Eu respondia: sim, papai. No entanto pensava: de que destino ele está falando, fez tudo sozinho, com as palavras e com os fatos; pelo talento inquieto, por teimosia, por uma vontade imbatível de durar. Um esforço que me deixava espantado, como quando eu era criança, na época em que vi o pavão ao lado da cômoda; ou quando fui chamado para fingir que despejava água de um garrafão; ou mesmo no tempo de Nunzia, quando pensava: "Odeio meu pai", mas sem saber reduzi-lo a proporções razoáveis, que finalmente me acalmariam.

Passaram-se três meses, quatro, um ano da festa de primeira comunhão? Ou dois dias? Ou uma semana? Verdadeiras ou inventadas, dou por certas as datas de meu pai — nas minhas não confio. Então mais uma vez me limito a escrever: "a certa altura", "algum tempo depois", "naquele período".

Naquele período eu acordava cedo de manhã, mais cedo que de costume, e corria para a estação de metrô porque sabia a hora em que passava o trem que levava Nunzia à escola. Era mais um dos encontros marcados que me concedi por minha conta, sem dizer a ela. Queria vê-la atrás do vidro da janelinha, bater com o nó dos dedos, dar um oi antes de eu mesmo correr ao colégio. Despenteado, perdido em mim e nos outros em meio à multidão dos passageiros que esperavam, esperava apenas que alguém me desse um empurrão ou me insultasse para meter-lhe o canivete que levava no bolso.

Por certo tempo consegui vê-la todos os dias e fazer uma saudação. Uma vez ela até baixou a janela e me disse: "Não vai à escola?", e eu menti para me exibir, respondi que não. O trem partiu, por alguns dias não a vi. Depois me chegou a notícia de que tinham metido o dançarino na cadeia. Havia sido denunciado pelo pai de Nunzia, corrupção de menor. As festas dançantes acabaram.

Senti algo me queimar no estômago e no peito, mas não demonstrei nenhuma reação. Dos comentários que captei só me ficou na memória um deles, acho que de tia Nenella enquanto falava a Rusinè em dialeto: "A menina sempre saía da casa do tio toda vermelha". Agora que escrevo, vejo Nunzia — os cabelos bem pretos e a pele do rosto muito branca — manchar-se de repente de vermelho, e lhe acrescento até as gotinhas de suor no lábio inferior, enquanto sai do portão onde o dançarino morava. Quanto ao resto, chega, mandei embora palavras, imagens de pessoas e sintaxe de fatos, segundo as técnicas que andava testando.

No entanto, durante dias tive apenas um temor: de que meu pai se pronunciasse sobre aquele acontecimento escandaloso. Temia que, no almoço ou no jantar, ele olhasse significativamente para minha mãe e exclamasse: "Bem, o que foi que eu disse?". Não se limitaria à pergunta, nos recordaria com detalhes o que ele havia dito: que o dançarino era *'nu chiavechemmèrd* e que logo se notava na sobrinha a vocação para servir de escarradeira. Depois elogiaria seu olhar de pintor, olhar de quem vê mais longe, de quem sabe ler além das aparências. Eis por que não tinha querido que a esposa dançasse *cu' chillu strunz*.

Eu comia cabisbaixo, o coração na garganta. Sentia seus olhos sobre mim e pensava: agora vai falar. Não queria escutá-lo, não podia aceitar que se gabasse de ter tido razão. Sabia que, se ele me envolvesse e me levasse como sempre pelo rumo de suas palavras, eu teria que aceitá-las, não havia escapatória. O dançarino, Nunzia. Eu estava ferido, mas me esforçava para encontrar os motivos. Não sabia quais, só estranhava que o murmúrio dos parentes de minha mãe não fosse feito de deboches e obscenidades, mas de suspiros, como se dissessem: olha o que foi acontecer. Eu também tinha vontade de suspirar, me sentia exposto demais ao risco do ódio e da repulsa, esse me parecia o melhor caminho. Já o caminho de meu pai era detestável. Sentia sobretudo que uma única palavra de Federí sobre aquele assunto reforçaria todas as suas palavras precedentes e, portanto, também suas ações, as suspeitas, a desconfiança em relação a Rusinè, até à sombra ameaçadora daquele poeta que certa vez levou seu livro à Via Gemito. Eu tornava a escutar os gritos dele com minha mãe naquela noite de junho, a sentir o cheiro das presilhas queimadas no fogo. A palavra dá força à palavra. Mal você apaga uma e logo chegam outras, não sabia como agir. Queria tirar "meu pai" de meu pai para não ouvi-lo mais, considerá-lo uma forma qualquer do vivente, percebê-lo como um lagarto e assim salvaguardar meus sentimentos, aquela história impalpável com Nunzia. Mas às vezes me parecia um esforço sem sentido: as palavras eram muitas, ele falava, os outros falavam, eu não podia raspar películas de significados ao infinito. Por isso apertava a faca no bolso. Temia que, de todo modo, as frases acabassem chegando, a linguagem quer ser falada. Eu só podia matar e aceitar os verbos consequentes: os pensados, os ditos, os impronunciáveis.

Vivia assim, na confusão, hoje pronto a explodir em urros selvagens e lágrimas, amanhã fechado no silêncio de estratégias cavilosas. Até que um dia — talvez eu estivesse com a cabeça nas nuvens em um quarto da avenida Arnaldo Lucci, ou na varanda, olhando do quinto andar a rua barulhenta — meu pai me viu distraído e me perguntou com leve ironia: "Está pensando em quê, Mimí?".

Estremeci, tive a impressão de que havia chegado o momento, apertei a faca no bolso. Agora ele começaria: Nunzia, a escarradeira, o dançarino, *chillufigliesfaccím*, *moccachillemmuórt*. Em vez disso, limitou-se a dizer afável: "Tudo passa, rapaz". E essas palavras inesperadas me agradaram e me acalmaram naquela ocasião. Com certeza ele queria dizer, segundo seu modo de ver as coisas: tudo passa, mas, para recomeçar melhor que antes, se fecha uma porta e se abre um portão. Eu, por minha vez, tomei aquele "Tudo passa" da maneira que me servia naquele momento: tudo passa, e nada recomeçará. Nada que pelo menos previsse a mim no papel de filho primogênito. Isso para o meu bem e para o dele.

Depois da morte de meu pai, pensei nele com muito mais frequência do que pensava quando estava vivo. Às vezes me propunha a rastrear todos os seus quadros, depois reduzia o projeto à recuperação daqueles que eu lembrava bem e que tinham sido significativos para mim. Noutras vezes planejava esclarecer para mim mesmo sua relação com minha mãe e, de modo mais geral, com as palavras que usava para falar de sexo. Noutras ainda, a antiga hostilidade da adolescência renascia em meu peito, a garganta apertava, queria enumerar cavilosamente seus gritos, as vaidades, os gestos de violência.

Assim que fechava os olhos, o revia como o tinha visto na câmara mortuária do hospital de Luino, estranhamente vestido de festa, roupa escura, camisa branca, o rosto de cera com bigodes caídos, a boca fechada em arco sobre o queixo como um arco-íris privado das cores. Um turco, eu pensava, daqueles desembarcados cinco séculos atrás na marina de Chiaia, três navios carregados de guerreiros no meio da noite, as mulheres que fugiam gritando, umas descalças, outras sem a saia. Não tinha nada dos príncipes do Norte, dos quais imaginava descender. Era ao contrário um herdeiro dos piratas do Oriente, um corsário audacioso morto havia pouco, glória do Mediterrâneo, matéria esculpida com arte, a pele do pescoço que fazia uma dobra de grande precisão, talhada a golpes de cinzel.

Depois essa imagem desbotou, do homem morto retornou o vivo. Em certas ocasiões, por exemplo, enquanto eu lia ou olhava a tevê, ele aparecia de repente, ao lado de Rusinè, pela janela de um hotel em Veneza. Tinha acabado de receber o prêmio Positano por seu famoso quadro *Os Bebedores*. Para comemorar a bela notícia — ou para me recompensar por eu ter servido de modelo no papel do menino que despeja a água? —, me deu de presente um relógio que tinha no quadrante um caubói com um enorme revólver que marcava os segundos. Além disso, me incluiu naquela viagem a Veneza — ele, minha mãe, eu —, dinheiro gasto com alegria, uma experiência de contínuo prazer, o mar, a cidade sobre as águas, uma banca de jornal.

Eu via mais a banca que qualquer outra coisa. Ficava ali parado, observando as capas das revistas em quadrinhos, quando eis que se abria a janela do hotel, Rusinè me fazia um sinal de saudação e ele, mantendo um braço em torno de seus ombros, gritava para mim imitando um sotaque vêneto: "Não se mexa, olhe lá". O acordo era que eu devia ficar olhando os títulos e as figuras até que eles me dissessem para voltar para cima. Agora ambos me saudavam com a mão, Federí dizia algo divertido no ouvido de Rusinè e a janela se fechava, me deixando sozinho no largo. Quando voltava a se abrir, o tempo tinha passado. Ele se tornara velho, eu estava envelhecendo também, ele me falava em tom confidencial: "Você se esqueceu de Veneza? Se esqueceu de quando eu e sua mãe o mandamos olhar os títulos das revistinhas?". Eu fazia sinal que não, claro que me lembrava; então ele me olhava com malícia e me informava: "Mimí, eu estava sempre de prontidão".

Imagens e imagens, mas minhas preferidas são as que me vêm à mente de modo repentino, nunca exumadas antes. Momentos diante dos quais, se estivessem vivos e eu pudesse contar a eles, Federí e Rusinè fariam uma expressão perplexa, como se não se tratasse de cenas de suas vidas. São instantâneos irrelevantes, de uma luz feliz que colore sem acentuar as cores, como nos sonhos. A vez, digamos, que ele volta para casa do trabalho e está com o rosto queimado de sol. Minha mãe lhe pergunta brincalhona: "Você estava trabalhando ou foi à praia?". E ele responde rindo: "Que praia, Rusinè". Jura que ficou na estação o tempo todo e só durante o intervalo foi pintar um pouco ao sol. Mas ela não acredita, quer conferir se ele também se queimou nos ombros. "Deixe-me ver", diz, e o segura pelo braço, rindo, se agarra a seu pescoço, lhe abre a camisa para ver embaixo.

Eu os observo, é uma brincadeira entre os dois, nós filhos estamos excluídos dela, mas nos divertimos. Federí finge que foge, minha mãe o persegue, grita para ele: "Você esteve na praia, com certeza, tomou banho de mar". Ele rebate: "Que nada, olhe", e levanta a camisa, mas não dá para entender se os ombros estão vermelhos de sol ou apenas um pouco rosados por aquele puxa e empurra. Tanto que Rusinè diz em dialeto: "Agora quero ver se você está salgado", e o segura porque ele quer escapar de novo. Lambe seu braço, o ombro, e grita triunfante: "Está vendo que você está salgado!?". Nesse ponto Federí também se lambe e diz, perplexo: "Salgado coisa nenhuma!". Eu estou em um canto e observo. Minha mãe percebe, se atrapalha, me pergunta: "Venha provar e me diga se não está salgado". Mas atrás dela meu pai já me faz sinal que não, com ar cúmplice. Faz isso para me dar a entender que tem algo a ocultar, embora seja claríssimo que está dizendo a verdade, ele de fato estava pintando na estação. Não há nada a fazer, ele é assim: mais que a verdade, gosta de dizer mentiras, quer que acreditem com caretas alusivas que esteve na praia e em boa companhia. Quer sobretudo que eu acredite. No entanto, enquanto Rusinè o lambe mais uma vez, no peito, no pescoço, até no rosto, eu fecho os olhos e não me lembro de como termina.

Questo libro è stato tradotto grazie a un contributo dei Ministero degli Affari Esteri e della Cooperazione Internazionale Italiano.

Obra traduzida com a contribuição do Ministério das Relações Exteriores e da Cooperação Internacional da Itália.

Via Gemito © Giulio Einaudi Editore s.p.a., Torino, 2020.

Todos os direitos desta edição reservados à Todavia.

Grafia atualizada segundo o Acordo Ortográfico da Língua Portuguesa de 1990, que entrou em vigor no Brasil em 2009.

capa
Elisa v. Randow
foto de capa
Studio di Giorgio Morandi, Bologna, 1989-90
© Eredi di Luigi Ghirri
preparação
Silvia Massimini Felix
revisão
Tomoe Moroizumi
Huendel Viana

1ª reimpressão, 2026

Dados Internacionais de Catalogação na Publicação (CIP)

Starnone, Domenico (1943-)
Via Gemito / Domenico Starnone ; tradução Maurício Santana Dias. — 1. ed. — São Paulo : Todavia, 2025.

Título original: Via Gemito
ISBN 978-65-5692-891-3

1. Literatura italiana. 2. Romance. 3. Ficção contemporânea. I. Dias, Maurício Santana. II. Título.

CDD 853

Índice para catálogo sistemático:
1. Literatura italiana : Romance 853

Bruna Heller — Bibliotecária — CRB 10/2348

todavia
Rua Fidalga, 826
05432.000 São Paulo SP
T. 55 11 3094 0500
www.todavialivros.com.br

fonte
Register*
papel
Pólen natural 70 g/m²
impressão
Geográfica

FSC
www.fsc.org
MISTO
Papel | Apoiando o manejo florestal responsável
FSC® C019498